《江西省哲学社会科学成果文库》编辑委员会

主　任　　祝黄河

成　员（按姓氏笔划为序）

万建强　　王　晖　　何友良　　吴永明　　杨宇军

陈小青　　陈东有　　陈石俊　　祝黄河　　胡春晓

涂宗财　　黄万林　　蒋金法　　谢明勇　　熊　建

江西省哲学社会科学成果文库
JIANGXISHENG ZHEXUE SHEHUI KEXUE
CHENGGUO WENKU

想象与叙事
——童话·史诗·寓言

IMAGINATION AND NARRATIVE
FAIRY TALE·EPIC·ALLEGORY

张慧敏　著

社会科学文献出版社
SOCIAL SCIENCES ACADEMIC PRESS (CHINA)

总　序

作为人类探索世界和改造世界的精神成果，社会科学承载着"认识世界、传承文明、创新理论、资政育人、服务社会"的特殊使命，在中国进入全面建成小康社会的关键时期，以创新的社会科学成果引领全民共同开创中国特色社会主义事业新局面，为经济、政治、社会、文化和生态的全面协调发展提供强有力的思想保证、精神动力、理论支撑和智力支持，这是时代发展对社会科学的基本要求，也是社会科学进一步繁荣发展的内在要求。

江西素有"物华天宝，人杰地灵"之美称。千百年来，勤劳、勇敢、智慧的江西人民，在这片富饶美丽的大地上，创造了灿烂的历史文化，在中华民族文明史上书写了辉煌的篇章。在这片自古就有"文章节义之邦"盛誉的赣鄱大地上，文化昌盛，人文荟萃，名人辈出，群星璀璨，他们创造的灿若星辰的文化经典，承载着中华文明成果，汇入了中华民族的不朽史册。作为当代江西人，作为当代江西社会科学工作者，我们有责任继往开来，不断推出新的成果。今天，我们已经站在了新的历史起点上，面临许多新情况、新问题，需要我们给出科学的答案。汲取历史文明的精华，适应新形势、新变化、新任务的要求，创造出今日江西的辉煌，是每一个社会科学工作者的愿望和孜孜以求的目标。

社会科学推动历史发展的主要价值在于推动社会进步、提升文明水平、提高人的素质。然而，社会科学的自身特性又决定了它只有得到民众的认同并为其所掌握，才会变成认识和改造自然与社会的巨大物质力量。因此，社会科学的繁荣发展和其作用的发挥，离不开其成果的运用、交流与广泛传播。

为充分发挥哲学社会科学研究优秀成果和优秀人才的示范带动作用，促进江西省哲学社会科学繁荣发展，我们设立了江西省哲学社会科学成果出版资助项目，全力打造《江西省哲学社会科学成果文库》。

《江西省哲学社会科学成果文库》由江西省社会科学界联合会设立，资助江西省哲学社会科学工作者的优秀著作出版。该文库每年评审一次，通过作者申报和同行专家严格评审的程序，每年资助出版30部左右代表江西现阶段社会科学研究前沿水平、体现江西社会科学界学术创造力的优秀著作。

《江西省哲学社会科学成果文库》涵盖整个社会科学领域，收入文库的都是具有较高价值的学术著作和具有思想性、科学性、艺术性的社会科学普及和成果转化推广著作，并按照"统一标识、统一封面、统一版式、统一标准"的总体要求组织出版。希望通过持之以恒地组织出版，持续推出江西社会科学研究的最新优秀成果，不断提升江西社会科学的影响力，逐步形成学术品牌，展示江西社会科学工作者的群体气势，为增强江西的综合实力发挥积极作用。

祝黄河

2013年6月

目 录

前 言 ………………………………………………………………… 1

童 话

第一章 想象虚构与传记真实 …………………………………… 3
第二章 想象功能与童话叙事 …………………………………… 14
第三章 上帝礼物"天分"的弱,俗世猥獗"舌头"的强 ……… 31
第四章 以心灵"识别",乃爱之绝唱 …………………………… 45
第五章 叙事循环:"嘀……嗒","嗒……嘀" ………………… 57
第六章 叙事的真假问题:"儿戏"
　　　　——"拉钩"的可靠性 ………………………………… 76
第七章 外师造化,中得心源 …………………………………… 83
第八章 想象穿越语言 …………………………………………… 95

史 诗

第一章 吟诵与叙事 ……………………………………………… 109
第二章 "民族精神"是否可以由想象叙事来建构? …………… 121
第三章 语言缪斯,化蚍蜉为永生 ……………………………… 129
第四章 想象羽诗叙入为史 ……………………………………… 145
第五章 智慧与土地的结合 ……………………………………… 157
第六章 追究神话想象的叙事生成 ……………………………… 172

寓 言

第一章　卡夫卡的寓言想象 ···················· 203
第二章　爱与死相缠的叙事奥秘 ················ 215
第三章　如云彩般飘逸的寓言叙事 ·············· 219
第四章　影像网状化叙事 ······················ 226
第五章　声音交响化叙事 ······················ 236
第六章　情节节奏化叙事 ······················ 247
第七章　以冰块包裹激情之叙事 ················ 259
第八章　"爱自己的敌人"链接神话之叙事 ········ 273

终 篇

真实在瞬间，瞬间在别处 ······················ 301

参考文献 ···································· 351

后记　豆蓬瓜架雨如丝 ························ 357

前　　言

叙事离不开想象，但现有的叙事理论，多集中研究技法，而忽略了叙事精髓的想象功能。本研究从童话、史诗、寓言三方入手，着重分析想象在叙事中的枢纽功效。如果说童话深入人的童年期是叙事时间的异域（或者说是当下非现实）化，那么史诗就是将叙事时间追溯到远古，探究历史源头，而寓言更是以灵魂不朽的悸动幻化未来。本研究拟在叙事进程的显性和隐性双重机制中去探寻叙事情节的设置及叙事时间的调控，借用童话思维与神话的相通性，探究叙事意象的"知觉"图景及构设该意象图景的隐喻语言结构；揭秘观念世界与感觉世界交互、相错，以及和声共鸣的象征秩序和寓言效果。

首先，本研究以安徒生及意大利当代普密尼童话为主要分析文本，采用文本细读、寓意阐释法，来整合性地探讨叙事理论与读者批评理论的结合及双向互动。当下中国研究，做引介，乃至纯粹的叙事学理论的研究不少，但是将叙事理论与读者批评结合的理论探讨，特别是笔者试图借鉴"零度"理论，结合写作与阅读，以回旋的方式，即从阅读返归叙事的逆向分析，到目前还属独见。另外，关于安徒生的研究，世面上有一些或是单篇读解，或是建立在儿童文化基础上的探讨；对于普密尼获奖童话，也只是有小学生的引导讲解而已。从童话入手，来探讨文艺理论的研究，既属于崭新的视角，又是文艺理论溯源的根本。贴近童话叙事本身，目的在于追究理论思维的构成，故有一定的学术价值。从目前发表的前期研究来看，社会反映良好。在"想象虚构与传记真实"章节是以安徒生童话写作叙事本身来实证其多重传记的真伪，并澄清中国接受安徒生这异族文本长期以来的误读。在"想象功能与童话叙事"章节，以对安徒生《老头子做的事总是对的》奇特叙事的剖析，来深究叙述理论机制中的"交换"功能。而这理论系统的"交换"机制，牵引到读者批评理论，正是本书童话部的枢纽契机，故承接篇章，从一离奇的童话故事入手，来探讨叙事理论。对"叙事判断""叙事策略"等叙事功能的分析，直逼叙事理论不可绕开的"伦理层面"，即叙述的真实与虚假问题。就童话本质来说，不会期待童话故事会真实映衬现实经验；但是，作为叙事理论，特别是叙述者与读者批评的关系理论互涉中，必然会强调区分叙述逻辑的真伪。也就是说，如何让读者"信"，使叙事虚构的世界逐渐获得现实的品格，既需要"逼智"策略，又需要"桥"的引渡技术，最后让读者从叙事伦理、叙事形式和叙事审美这三个方面圆满抵达童话。将一个关于生死，却把叙述基调定为"小"，却小而有"智"的故事，从"嘀哒"传统单一叙述模式拓展延伸至时空立体。将读者带进叙事功能思考，在一定程度上颠覆了传统叙事仅从作者或叙述者的角度去分析"时间旅行"的习惯思维。也就是说，尽管钟表方向只有一个"嘀嗒"，但观察者可以因为自己的处境不一而得出不同的"事件"话语。故事已成为"话语"，在对"话语"的细细辨析中，曲径通幽。

其次，史诗部立于中外比较的立场，探究史诗思维的产生，进一步深入探讨想象在叙事生成中的功能作用。在把握叙事要素的"情节"脉络时，特别注重分析"政治修辞"的隐含意义，有利于揭示叙事进程的隐性结构，这使得阐释深透且别具新意。从口头吟诵到文字叙述，原始语言的"编织"与"缝纫"将个体（如"诗"）的抒情与民族绵延的"史"之叙事相融合。"史诗"的吟唱是把形上的灵魂超越性体验带入"现场"，凝就为"史诗"的精神。这精神雄浑广博，浩大超越。择例比较古希腊与中国先秦的语言生成情态，探究其语言形成的"观照方式"之差异。虽说关于中西思维不同有不少论述，但是，立于民族政体历史构成，从探究语言叙事功效入手，分析远古贵族的精神气质，及诗韵般高贵的人类共通性，孔子较荷马别有蹊跷。思考从求"美政"之偶到丧"俪"之骈，从中国语言独特的"偶俪"与"知音"之追求，及由"隐秀"到"神思"，借中国语言寓意的深究细察，结合人类社会政体行为的思考，以先古文体演变为范式,来昭显想象能力立于行为之上的缤纷形态。而"语言缪斯,化蚍蜉为永生"章节是从语言形态和表达方式着眼来深思"史"与"诗"。以"诗"之"叙"来思政、建政,恰如全新的"弥赛亚",乃智慧与土地的结合。

另外,关于寓言部的叙事讨论,首先分析的是卡夫卡的寓言想象,其次以略萨《酒吧长谈》为蓝本,从"影像网状化""声音交响化""情节节奏化"分别深入寓言叙事。寓言表达方式的诞生,建立在自然与历史的结合之上,正如加西亚·马尔克斯《百年孤独》将历史时间寓于想象中构设,本书此部分对《百年孤独》文本作了全新阐释,从探讨文本的叙事策略到与神话链接的文本话语方式,无不在探析语言能指漂浮的多重意义,以剖析虚构修辞的双语辩证及隐喻象征。因此,本书每个篇章,像探讨拉丁美洲文化历史的书写问题,事实上关联的是文学的自然品格,也就更贴近叙述学的本质问题。

童话、史诗、寓言集合探讨于想象与叙事中,正是一个虚构性关联组合。故此,在研究的终篇,回环往复于开篇童话中论及的俄国理论家康·帕乌斯托夫斯基以文本叙事来讨论想象理论的策略,集中分析维吉尼亚·伍尔夫的批评理论与创作实践的双向互动,意在通过想象突破禁忌,穿越时空,企及叙事峰塔,启迪心智。

童 话

第一章　想象虚构与传记真实

安徒生被引介到中国，得益于功不可没的第一人——周作人。他1912年在《童话略论》中高度评价安徒生"今欧土人为童话唯丹麦安兑尔然（Andersen）为最工"。[①] 周氏之言还非信口雌黄，紧随此论之后，1913年发表《丹麦诗人安兑尔然传》于绍兴《叒社丛刊》创刊号，不仅首次向国人介绍安徒生的生平、创作，而且更明确安徒生之童话"前无古人，后无来者！"[②] 按周氏后来自己注释，即"文学的童话到了丹麦的安徒生，已达绝顶，再没有人能够及他"。[③] 理由是："诗性与孩子性。"[④]

但是，在安徒生文字辉煌于世的两百多年的历史上，无论中外，"孩子性"论断有多方争议。最具代表性，也是最刺激安徒生的是他同时代的哲学神学家克尔凯戈尔的批评。在《只是一个人的创作》批评文中，克氏认为安徒生的童话只是为成人而作，那痛苦悲伤都不适合给孩子。而小说《只是一个小提琴手》更是缺乏人生观，随心所欲、自我放纵的表达。[⑤] 当代儿童文学和文化的学者和翻译家杰克·茨伯兹（Jack Zipes）更是严厉指出，关于安徒生，历来被误读。在这位作者看来，安徒生几乎是一个文字野心家，他认为安徒生绝对不安分于童话作家的命名，而是涉

[①] 周作人：《童话略论》，《教育部编纂处月刊》1912年第1卷第7期。
[②] 周作人：《丹麦诗人安兑尔然传》，《叒社丛刊》创刊号，1913年12月。
[③] 周作人：《两条腿序》，《语丝》1925年3月第17期。
[④] 周作人：《随感录（二四）》，《新青年》1918年9月15日第5卷第3期。
[⑤] 参考 The Cambridge Companion To Kirkegaard, Edited by Alastair Hannay and Gordon D. Marina, Cambridge University Press, 1998, 三联书店，2006, p.94。

及多方领域，除童话之外，安徒生写了 30 多个剧本、6 部小说、3 本自传、诗歌集和几本旅游札记，还有绘画、论文等，可安徒生为世界留名的却只是童话。杰克不无嘲讽且尖刻地论述，这童话只不过是安徒生用老到的叙述，把自己一手策划为"浪漫英雄"，既营造神秘，又骗得同情。杰克认为安徒生 3 本自传只是三种不同的叙事，营造出不同的故事粉饰，而掩盖了真实。于是，安徒生的一生就自我浪漫为"童话"了。作者引出安徒生的《我的童话一生》的片段说，这里唯一真实的是安徒生的生日，但他的父母只在他出生两个月前结婚，而且安徒生一生，特别是出名之后，常常被不知哪里冒出来的身份不干净的姐姐骚扰。因此，杰克认为，安徒生的生活可以是任何东西，就是不会是童话。童话只是叙事的技巧，是进身名流的策略。[1]

安徒生说自己的一生是一个美丽的童话，富足且光辉灿烂。这是不是谎言？这正是区分语言于孩子思维与成人思维的关键。无论是在我们熟悉的《丑小鸭》，还是《一个母亲的故事》及多篇以《姨妈》为题的童话里，安徒生都在以另一种思维语言叙述自己的身世，那是一种以泪水的晶莹化为珍珠的叙述，一种生命永恒的痛蕴蓄于灵魂的飞升与向往中的表达，这正是童话的精神。可以说，刻薄的批评家立于成人的现实不懂。正如安徒生在多篇童话里表达过的，只有很小很小的孩子才能懂天籁之语："'跟我上屋顶吧。'猫儿说道，它发音吐字十分清晰，叫人一听就懂。当一个人还不会说话的时候，是非常能懂鸡呀鸭呀、猫呀狗呀的话的，它对我们说的就像父母的话那样一听就懂。不过要真正很小很小的时候才行。在那个时候，老祖父的手杖会嘶鸣，会变成一匹马，有脑袋也有尾巴。有些孩子的这种想象力要比别的孩子保持得更久，于是大人就说这孩子太迟钝，开窍太慢了。大人真是说话太多啦！"[2] 也就是说，安徒生记述的一生是用想象构成的，可毫无想象力的大人听不懂。

---

[1] Jack Zipes, *Hans Christian Andersen—The Misunderstood Storyteller*, the quotation of Anderson's words is "my life is a beautiful fairy tale, rich and glorious..." on the page 3, published by Routledge Taylor & Francis Group, 2005.

[2] 〔丹麦〕汉斯·克里斯蒂安·安徒生:《安徒生童话与故事全集》，石琴娥译，译林出版社，1992，第 890 页。（本章后所有安徒生童话故事皆出此本，只注作者及年份于文中。——笔者注）

周作人推崇安徒生，当然与中国新文学意识的民间性、平民化论点有关，甚至推崇野性思维理论，"能用诗人的观察，小儿的言语，写出原人——文明国的小儿，便是系统发生上的小野蛮——的思想"，但更重要的是"以小儿之目观察事物"。[①] 这观察的精髓在大家熟悉的《皇帝的新装》篇里正是"诚实"。也就是说，童话的诚实是心灵的诚实，"心灵的诚实"吐露的生死之秘密只有上帝才能破解。因此，安徒生的语言编织与省略并置，他的出场奋斗与缺席共生。对这童话精神的探究可以首先举其1861年创作的《冰姑娘》作为例证。

在这篇童话里，安徒生叙述了一个让死神惧怕的勇士，他起死回生于冰峰，无险可怕、无峰可阻，可谓战无不胜。他还是婴儿之时，就随母亲坠落冰崖，母亲去世，自己带着死神的吻返回人间。只要一心为生，即使头额上烙印有死神之吻也不可怕。这则童话的旋律是："倘若你不相信自己会摔下去，你就摔不下去！"本着这样的信念，他历经与死神冰姑娘搏斗、攀登、射击取胜，击毙老鹰并赢得幼鹰，收获爱情……但就在百般齐美、即将洞房花烛的前夕，这举世英雄却坠落了。于是，这英雄数战迎娶美人的故事转换成一个死亡、离别与孤独坚守的结局。为什么？难道可以因为故事最后的悲剧就否决这童话的品质？什么是童话的精神？安徒生的童话始终浪漫于爱情，这似乎是他全部的理想追求。"冰姑娘"在爱情上只出了一点点差错，那就是在筹备婚礼的途中出现了另一个出身高贵的英国人，于是，新娘就动了恻隐之心。这心最初的萌动是为了测试新郎最大的爱情，叙述者和主人翁都强调那心还是忠贞的，于是这英雄再度起死回生。可是，就在婚宴的前夕，新娘却梦见了自己成婚之后与那中途生枝的英国人私奔了，即使这是梦，而且无人知晓，梦醒之后的新娘也悔过咒骂自己，但是，上帝的眼在空中，明澈犀利。就是这无人知晓的梦揭示了这婚姻的隐患和心灵诚实的危机，于是，这对准夫妇发新潮游玩于小岛，小船跑离，新郎追逐，却发现了他前次遇难丢失的新娘给予的订婚戒，于是新郎随幻影之戒奔去，丧生于湖底。也就是说，那戒指失落事件本身就说明了生命的坠落，当心已接受了坠落，再勇猛也无济于事。也许心灵的诚

[①] 周作人：《随感录（二四）》，《新青年》1918年9月15日第5卷第3期。

实当事人也恍然不知，那新郎自己好像也并不清楚这追寻、奋斗、拼死力争的婚姻有不真的隐患。诚实，唯有上帝可以裁决。而人类是追求完美的，因为这追求，这英雄必死，否则就无法顺应童话爱情追求的逻辑。这英雄的婚姻不是一般世俗的婚姻，而是奋勇拼搏、豪气胆识凝聚的天成，不允许沦落到猜忌、不忠乃至背叛私奔的庸俗里，即使是梦之意念也不允许。这才是安徒生的笔，以死对生的"缺席"完善极致的美。

安徒生的爱情在这两百多年的叙事里是以"赢得"和"退却"化为神话的。童话《冰姑娘》的故事，被笔者看成是安徒生对"诚实心灵"的追求，以至于不得不"缺席"于结果。根据安徒生三次真实恋情的"缺席"故事，特别是俄国理论家渲染的安徒生爱情故事，几乎演化了中国对童话甚至哲学神学的接受。这是本章讨论的第一部分，由此分析童话思维及叙事结构。想象与现实、创作与批评间的争论乃至伤害，属于本章第二部分的离析。在《冰姑娘》故事的结尾，造成爱情损伤的关键还在于那英国男人的出身，在另一个层次的出身里，故事中英雄新郎首次感受到屈诎，也正是这教养文化甚至血统差别吸引了新娘，以致损伤了爱情。这正是悲剧形成之因，更是安徒生一生致命之点。"天鹅蛋"的血统在安徒生看来是神圣的，可如批评他的杰克所说的，安徒生自己的血统却无从考证。在《豌豆上的公主》中，安徒生几乎将这样的血统观念表达到极致。何谓"真"公主？即使公子踏破铁鞋也难以觅求，可是一颗压在20层床垫、20层天鹅绒被下的豌豆却轻而易举地证实了一个"真"公主。可是证明安徒生天才的"豌豆"在哪里？首先确认安徒生天才的是他的母亲，还有就是"姨妈"。倘若证实安徒生天才的，只有妓女"姨妈"，算不算数？"姨妈"们关于天才的论断与达官贵人及主流批评的接受差距，一直折磨着安徒生。"心灵识别"是本章要讨论的第三部分。

奥秘只在于上帝，这是基督教的精神，一定程度上安徒生将其化为了童话。表达总有难以表达之处，这也是安徒生尴尬身份与实际闻名的不和谐的和谐之处，或者说是缝隙中的弥合之方。这是被割去舌头以换取追求爱情和永恒灵魂的海的女儿的表达。小人鱼用身体舞姿、眼神符号来表达心灵，将"缺损"作为神圣的付出，更是语言表达的象征，还有执着、义无反顾甚至舍弃生命的追求。这是安徒生真实的身心，它"缺席"于看似优美高贵的血统叙事中,却因为"缺席"而获得了灵魂的高贵。以哲学的"旁观"来审视、用心灵来体味自我的"缺席",这"缺席"却又想象飞升的表达正是他毕生的追求,这正是童话。

一 想象"缺席",情染童话

安徒生神话般的"缺席",在两百多年来的叙事史上,成为意之点染、情之神思。中国画讲究墨韵"点染",南宋诗人陆游将此作画技法入诗《剑南诗草·掩门》云:"点染聊成字,呻吟近似诗。"再有北齐颜之推《颜氏家训·杂艺》载:"武烈太子(萧子芳)偏能写真,坐上宾客,随宜点染,即成数人,以问童孺,皆知姓名矣。"清代刘熙将"点染"植入《艺概》,于是,我们可以说"点染"是一理论之语。

安徒生有这样一幅墨喷画,作于1871年7月9日,叫《双面人头》,现存于安徒生博物馆。图注安氏语录云:"你在纸上点上一滴墨水,把纸叠起来,朝四面挤它,于是就出现了某种图形。你要是有点幻想和绘画意识,你就可以在墨迹上加工,图形就能清楚地显现出来;你要是一个天才,那你就有了一幅天才的画。诗人也是这样。他们偶然洒了一滴墨水在纸上,他们把墨水挤开,把它画成画,于是你就有了故事。"

可以说,俄国理论家帕乌斯托夫斯基的《夜行的驿车》就是这样一篇"点染"之作。在现代的知识锻铸中,或者说在中国现当代思想文化的阐释意象里,《夜行的驿车》篇被"点染"为中国语境中的"安徒生爱情"图。理由是诗人曾卓再读或者说改写了帕乌斯托夫斯基的《夜行的驿车》,明确为《夜行的驿车》拟就副标题——《安徒生的爱情》,而且完全省略掉帕乌斯托夫斯基的篇头引介。本章要呈明的恰是,帕乌斯托夫斯基《夜行的驿车》的中文传播,只是诗人曾卓意下的"点染"。

二 (俄)帕乌斯托夫斯基《夜行的驿车》的 渲染与中国接受

小说《夜行的驿车》开篇引介:"关于想象力及其对我们生活的影

响，本想单辟一章加以阐述。但考虑了一下，我没有写这个章节，而写了一篇描述诗人安徒生的短篇小说。我认为这篇小说不仅可以替代这个章节，甚或比泛泛地谈论这个题目能给人以有关想象的更加明确的概念。"[1] 也就是说，作者意在以小说言理论，情节的动人只是为阐明这个18世纪到20世纪中期核心的文艺理论概念——"想象"。如何定义一个理论概念，或者说以什么样的方式来定义，在某种程度上就揭示了这概念本身。帕乌斯托夫斯基使用的形式却是叙事，以对安徒生爱情的虚构来阐述"想象"的理论内涵。似乎故事意象的黏合就必然成为安徒生的爱情，或者说安徒生的爱情就是想象本身。

于是，我们不得不回到安徒生对自己爱情乃至自传的叙事中，甚至无法不这样认为，正是他独具一格的叙事方式才构成与"想象"的共通性，方使对他的叙事成为理论本身。上文提到，有西方批评家指出安徒生的自传真实性问题，什么样的传记方为真实呢？安徒生用不同的语言事件来多重叙述自己的故事，更有多篇童话被认为也属于自传体。正如本章上文提到的，无论是安徒生自己标明的自传还是由后人推测的童话自传，叙事方式都是统一的，皆出自"想象"。而他的爱情故事就像童话本身多姿多彩。这里仅就《坚定的锡兵》来作些许想象分析。

话说有一组玩具由25个扛着毛瑟枪的锡兵组成，他们由一把旧的锡汤匙转化锻铸而成，也就是说，锡兵的家族历史既像故事那般具有较深的渊源，却又不值那么高贵，但还是服色鲜亮，上红下蓝，个个如一。但是，就有那么一个士兵与众不同，像《丑小鸭》篇中描绘的，他先天不足，"只有一条腿，因为他是最后一个铸出来的，熔化的锡不够用了"。在上帝的爱里，任何不足乃至畸形，都不会如人类的肤浅一般"被作为谬误而删除"，走向永恒，与追求者机会均等。因此，先天条件不足，但资质非凡，且意志力坚定，几乎是安徒生故事叙事理念的"内省机制"。他的笔总在审视身世渊脉，又不懈地表达顽强，似乎所有的故事，无论是童话的成功还是爱情的失败，都是"不足"与"顽强"的张力钢丝上的

---

[1] 〔俄〕康·帕乌斯托夫斯基：《金玫瑰》，戴骢译，上海译文出版社，2004，第162~174页。

舞蹈，在"张力"的枝头开花结果。这个锡兵首先就被界定："他用一条腿照样站立得同别的锡兵一样稳当。这正是他引人注目的地方。"（安徒生，1992）跛脚有跛脚的意志，可以让童话传播，让信仰的无忧无虑康复人间，这是安徒生的另一篇童话《跛脚孩子》。但锡兵"跛脚"信仰的是爱、坚贞与执着。"脚"在安徒生看来，本来就是一个多义意象，它常常与"红舞鞋"组合，而构成对梦的追寻。小鱼人为了"爱"与"灵魂"，将鱼尾交换为"腿"，即使如踩冰刀上的舞蹈也在所不惜。锡兵坚挺的"独腿"映衬的爱情正是舞蹈似的飞翔：她，正是一个穿着"薄如蝉翼的轻纱长裙"的舞蹈剪纸姑娘，缀着一小片亮晶晶的金箔鸡心，"张开双臂，一条腿往上踢，那条腿跷到了半空中，以至于独脚的锡兵还以为她和自己一样也只有一条腿"（安徒生，1992）。就这样一个认同，及对美的绝对追求，使他坚信"她可以为他的妻子"。于是，一条腿"站得笔直"就多了一重寓意："双眼一刻也没有从她的身上挪开过。"这执着惹恼了鼻烟壶里的小精灵："把你的目光挪开，不许再看她！"锡兵的拒绝招来了横祸，于是从三楼摔到阴沟，再被冲入水槽，最后被鱼吞了。生死轮回，竟然这鱼又被厨娘买回来一刀剖开，锡兵又重新回到了那个恋人伫立的房间，而且四目相对，泪水坚忍出默许。就在演绎这九段荡气回肠的爱情，生死重逢几乎圆满的瞬间，安徒生习惯在这样的灵魂即将走向幸福巅峰的黄金刹那拆解掉尽善尽美的期待："就在这个时候，一个男孩伸手把锡兵拿起来扔进了壁炉里。"于是，"锡兵在熊熊的烈火中坚定地屹立不动，炽烈的火焰在烧灼着他，但是这究竟是真正的火焰还是爱情的火焰呢，一时间他说不出来。"这是安徒生的视死如归，"华丽的制服退色了"，但这是那生死旅途的风吹雨打之故，"还是由于伤心悲哀而退掉的呢，没有人能够说得出来"。安徒生善于将悲伤化作主人翁的内心独白，又跳出人物，发出冥冥空中的悲怆。于是，这"说不出"就达到了悲剧中惯用的"静寂"恰是"轰鸣"之效果。只有四目相对，在这样的对视中"他觉得自己在一点点地熔化"，尽管"仍然刚毅坚定"。似乎是这坚定的执着效果，竟然笔锋一转，"一阵穿堂风吹过"，小舞女飘进了壁炉，抵达锡兵的身旁，并迅速被点燃，"化为了一缕轻烟"。这是不是安徒生转瞬即逝的幸福观，或者说他骨子里对现实的美满就存有彻底的怀疑。虚无缥缈的美，彗星般划过却又可以六十年轮回。什么是独一无二？什么是烈火锻铸后的剩余？锡兵熔化为"一坨小小的锡疙瘩"，这，竟然是"一颗心——一颗小小的锡做的心"（安徒生，1992）。可能这"心"的寓意是安徒生生命或者说爱情的全部。谁可以预测生命的长短、命运的好坏？在《彗星》篇里，流淌的"烛花"前的孩童"肥皂泡"对应着"彗星"，哪一个有"更远的轨道，更广阔的空间"？是"烛花"、"肥皂泡"，还是"彗星"？安徒生在这则童话的结尾说"生命去了浩瀚长空里"（安徒生，1992）。消逝蕴蓄了广袤、永远。这就抵达另一则童话——《好运就在一根木签里》，因为"丹麦有句谚语：'嘴里含一根白木签子，你就会隐身不见'"（安徒生，1992）。

"不见"事故之后的我们能发现拥有什么呢？是那"锡心"——由想象构筑的语词，狄尔泰如此记述马拉美对这神奇魔力的见证："我说，花！我的声音让任何轮廓都被遗忘，音乐般升起的是这美妙的观念本身，其形式与已知的一切花朵都不同，那就是所有花朵的缺席。"在能指的"想象"里，无须所指。安徒生缺席的不是爱情本身，而是真实相对于想象的退隐。这就是帕乌斯托夫斯基关于安徒生的"童话"。与其说这位俄国理论家是在以小说阐述理论，不如说是在写童话。童话中，安徒生在从威尼斯到维纳罗的夜行驿车上发生了一段动人心弦的爱情，时刻激动地思念着车上的一位夫人，以至于不得不去拜访她，而她也正痴情地等待着、迎接着他的到来，但在幸福即将来临之际，双方顿时醒悟这是诀别。因为"只有想象中的爱情才能天长地久"，甚至，童话与爱情不可兼得。这俄国人叙述的具体情节，不发生在安徒生三次恋爱经历的任何一次，但"爱"与"缺失"的精髓却屡屡发生在他的童话叙述中。也就是说，帕乌斯托夫斯基是用想象演化安徒生叙事或者说"童话"的精髓。

批评家追究传记的可靠性，这一点德里达在纪念保罗·德曼时也涉及。原因是保罗在《浪漫主义的修辞学》中对虚构和自传之间不可判定的区分作了探讨。德里达引述出一个功能性概念"转义结构"，即自传与虚构在"包括自我认识在内的知识基础"上的"镜子互映"效果。也就是说，从安徒生到帕乌斯托夫斯基，发生了"镜映"的转义运动，从源点的"传"走向了被发现、被揭示的故事彼端，由想象虚构凝聚，其间的关键恰是叙事的吸引力。因此，德里达认同保罗："自传的兴趣不是揭示可信的自我认识，它不做此事，而是以打动人心的方式证明，凡由某些转义替代物构成的文本系统不可能是封闭的，不可能被总体化（亦即不可能达及存在）。"也就是说，生平文本，以"感动"为旨归，向"想象"开放。安徒生叙事的"内省机制"，那种以别样的"叙事"之眼和天外的籁音，以休止符的猝然停顿营造顿时缺席的方式，很有点类似中国画的空白，于无声处更蕴生命的惊雷，有着泛发永恒之光的无尽阐释空间。安徒生的拟人、拟声、拟物的"幻觉性虚构"，正是德里达引述的"是死后的声音虚构；一块没有铭文的碑石会使阳光悬于虚无之中"。太阳之眼抚摸无字的墓碑，是什么样的"空镜头"，能生发出如此生命的意义？德氏说这虚无意符——"墓志铭"的阐释，正是华兹华斯的诗歌："向着光明敞开，太阳凝视墓石，天雨将它拍打。"[①] 这种转喻的修辞手法，在德里达看来，是悼念保罗死亡或者说缺席，甚至可以说是生命不在场的灵魂在场性，因为沉痛之深不得不在记忆与幻觉中做的选择。解构大师德氏始终给自己保留质疑的姿态，即使是"虚构"。这是德里达与安徒生的不同，安徒生的虚构就是生命本身，童话就是人生。德里达的兴趣是"他者"，"他者"在寓意中的发声；安徒生的"他者"就是自己，彼此交融。

太阳、墓碑，还有玫瑰，也都是安徒生叙事的典型意象，不同于理论家思辨性的"一瞥"，安徒生赋予叙事"意象"的是如诗人般的反复咏叹，是吟诵。像"荷马墓上的一朵玫瑰花"，在通篇回旋，如诗歌韵律般盘旋，即使成为木乃伊般的"枯萎"，可"啧啧"赞叹荷马之声，却如梦般永恒不息。是这样的"想象"精神吸引了帕乌斯托夫斯基的笔，更是如此诗情折服了中国文艺思想界的几代人。

笔者曾问：为什么我们会将帕乌斯托夫斯基的文艺理论探讨误读为安徒生的"爱情"，且完全盲视于虚构？诗人曾卓首先界定《夜行的驿车》是诗。打动诗人的要数"晚祷钟声"下安徒生与爱情的诀别，以至于这无须装饰的"诗"之动情，竟然"一切有机地融合在自己里面"了。折服于中国文艺思想界的首要理念是理想与现实的分离。《金蔷薇》中，

[①] 〔法〕雅克·德里达：《多义的记忆——为保罗·德曼而作》，蒋梓骅译，中央编译出版社，1999，第34~38页。

"只有在想象中爱情才能天长地久,才能永远围有一圈闪闪发亮的诗的光轮。看来,我虚构爱情的本领要比在现实中去经受爱情的本领大得多"。这段话被反复引用、转换、引申。中国传统思想中不仅有"心性"之美于现实的张力,更有中国现当代思潮对基督教的向往,那种"十字架"的以"弱"示爱,总能激起中国现当代以神学引介为背景的思想文化界柔肠寸断。于基督理念而言,"爱并非那种以真实的个体为起点和终点的体验。相反,它总之是对个体个人的存在形式的虚无所作的情感透视"。①在这点上,中国人几乎不能区分本章下面将提到的安徒生与克尔凯戈尔的分离。在中国思想对神学的接受度量上,安徒生的"弱",那种"春天就在身边,却不敢进入他的心灵"②之惧,与克尔凯戈尔的"战栗"是共通的。就是笔者在行文的此刻,亦禁不住用克氏的"旁观之眼"论述来解读安徒生的"内省机制":"如果一个人是他自己生活的旁观者,那么这个人当然就可以去专注于观察自己,在对自己的考察之中完善自己,在内在的孤独隔绝中防护和保卫自己,使得自己的状态高贵化。在这样的情形中,那内在的旁观者就走上了进入幻觉世界之路。"③这迷人的"哲学神学之眼"蛊惑了中国接受。克尔凯戈尔在《致死的疾病》中,用诗的语言阐明:"主啊!给我们以弱眼/去看无关紧要之事,赐我们以明眼/去识您的全部真理吧!"其实,这哲学性修辞远远不只是中国的接受迷惑,阿伦特说:"谁是不朽的?是行动者还是讲故事者?"这属于典型的希腊式问题。自希腊哲学以来,"为了能'看到'不可见事物,他应该是盲人,看不到可见事物。他用失明的眼睛看到的和用词语组织起来的东西是故事,而不是行为本身,也不是行动者,尽管行动者的名声将响彻云霄"(阿伦特,2006)。但是在这里,笔者必须指出的是,中国接受中,因为

---

① 〔德〕M. 舍勒:《爱的秩序》,林克等译,三联书店,1995,第9页。
② 这是安徒生在《我的一生》中记述自己游览威尼斯——"这朵凋谢于大海中的莲花"时记下的感受。笔者难以论证当时安徒生的忧伤。只能举出在这次旅行中,他记下了威尼斯一座全封闭的巴洛克式石桥。这座桥建成于1600年,桥左侧为总督府,右侧却是监狱,是死囚奔赴刑场的必经之路。处决前,犯人与亲人道别,可听到死囚临刑前的叹息,故取名为"叹息桥"(第168页)。
③ 〔丹麦〕尼尔斯·托马森:《不幸与幸福——克尔凯郭尔镜像》,京不特译,华夏出版社,2004,第14页。

如此蛊惑的哲学意念，再加之中国现当代对俄国思想的特殊迷恋，硬是活生生地误读安徒生的"晚祷声中的爱之诀别"是为了可以继续写出"童话"，更荒诞的是说现实中爱与童话水火不容，结果，连安徒生在临终之际都对好友概叹"为自己的童话付出了巨大的代价"，因为"幻梦"似的爱情会终止童话生辉，故舍鱼而取熊掌。这是典型的俄国"现实让与想象"，或者"想象让与现实"的二元思维，可是知识传播到中国，我们很好地将它们拼贴进希腊哲学对"不朽"的论述："最优秀的人宁愿选择一样东西；而不要其他的东西，也就是宁愿选择永恒的声誉，而不要短暂的东西。"① 于是，中国思想界，几乎用不着细读安徒生的童话，就欣然应允而且作为"晚祷钟声"思想来传播，那希腊哲学世界公认的"配得上作为人的唯一动机就是追求不朽"，② 是安徒生的"流芳百世"弃绝了爱情。

可以有千万重误读，唯独不可以只凭俄国的虚构且完全不读安徒生童话来误读那独特的、烈火中仍然永垂不朽的"爱之锡心"，以及小鱼人的献祭那俗世难懂的追求之纯粹！只要平心静气翻开安徒生童话的任何一个故事就完全清楚，童话就是安徒生爱的本身，只有追求爱情的极致纯粹，方有了童话。③ 其实，不必在思想理论的探讨中来纠缠安徒生的爱情，还原帕乌斯托夫斯基的文艺理论探讨，借阿伦特的话："我们的思想之物的产生不是通过我们直接得以体验事物的感官知觉，而是通过在这之后的想象。"（阿伦特，2006）即使放回到基督教爱之神学，如奥古斯汀般否决现实情感的幸福感，终极指向也是"灵魂的救赎"，绝对不是功成名就。

---

① 〔古希腊〕赫拉克利特：《前苏格拉底哲学家残篇》，见《古希腊罗马哲学》，商务印书馆，1962。
② 〔美〕汉娜·阿伦特：《精神生活·思维》，姜志辉译，江苏教育出版社，2006，第148页。
③ 误读里蔓延的荒诞，像思想一样经久不衰。这是笔者在这里必须指出的理由。再举近年出版物中董晓的博士论文《走近〈金蔷薇〉——巴乌斯托夫斯基创作论》（南京大学出版社，2006，第55~57页），作者在讨论到《夜行的驿车》篇时，主观武断这是帕乌斯托夫斯基"最出色的'传记性小说'之一"，这个内引语"传记性小说"，当是混淆了《夜行的驿车》的下一篇《早就打算写的一本书》文旨，在此篇里，帕乌斯托夫斯基力求为作家立传。在帕氏看来，这两篇文旨意念、理论思考各不相同，前者是探讨"想象"的理论概念，后者才是"传记"。可是董晓以安徒生人名误导，外加之多年来中国语境中的《夜行的驿车》篇误向传播，将《夜行的驿车》与《早就打算写的一本书》二篇一锅煮，并以"文学肖像"的艺术情结为主旨，在误列《夜行的驿车》情结之后，即总结"文学肖像"的四大基本特征。

第二章　想象功能与童话叙事

　　童话与想象几乎同体孪生。没有想象，就难以构成童话。这就是鬼鬼神神看似都非真人真事，也有拟人、夸张，甚至也弄个似小孩的形象在叙述间蹦跶，可就是没有童话，没有童话的感染力的原因。其实缺乏的正是"想象"。

　　那么，什么是"想象功能"呢？威廉·狄尔泰在谈歌德的想象时，如此引述歌德之言："我有这种禀赋，当我闭上眼睛以后，我低头在视觉器官的中央想象出一朵花，这朵花一刻也不保持它的第一种形象，而是分解，从它内部展现出色彩的、自然也有绿色的叶簇中探头的新的花朵；这不是天然的花朵，而是想象的花朵，可是它们像雕刻家的玫瑰雕饰一样合乎规则。把萌发出来的创造物固定住是不可能的，相反，我要它持续多久就多久，它不疲软也不强化。我可以产生相同的东西，当我想象一块彩绘玻璃饰物的时候，它接着同样由圆心向圆周不断地变化，同我们当今发明的万花筒完全一样。"[1] 也就是说，是碎片与碎片的契合，在既有规则又色彩纷呈中生发意义；是视觉图景，又不完全呈现视觉图像。理由是这"碎片"正是文学艺术的核心语素——"意象"；而"意象"，正如韦勒克在《文学理论》中引述庞德（E. Pound）的界定："'意象'不是一种图像式的重视，而是'一种在瞬间呈现的理智与感情的复杂经验'。"而这样由"意象"契合出来的"图景"指向的恰是"寓言"。也就是说，

---

[1] 〔德〕威廉·狄尔泰：《体验与诗》，胡其鼎译，三联书店，2003，第159页。

这"知觉"的图景,更多、更大的意义是"代表了"或者说"暗示了"某种不可见、内在的东西。意象既可以叙述,又可以隐喻。而且,"意象"可以一次性转换成"隐喻",也可以多次呈现、不断重复,以成为"象征"。[1] 这里用一具体例子来说明此理论概念,那是德里达纪念保罗·德曼的演讲《论灵魂》篇中所言,说曾经他与保罗·德曼听完爵士音乐会返家,驱车途中,德理达的儿子皮埃尔开始与保罗·德曼探讨乐器。吸引德里达的是"灵魂"这个词,在法语里,它指小提琴和低音乐器琴体内用来支撑琴马和连接两块面板的木片,它又小又脆弱,始终受着威胁,随时都有危险。而这乐器的"灵魂"深深打动了德里达,以至于"内心产生一种异样的激情,一种莫名的震撼"。因为"灵魂"这个语素,"总是在向我们诉说生与死,并驱使我们梦想不朽"。[2]

这正是童话叙事的构成,在它的想象空间里,一切都成为"意象"。于安徒生而言,每个意符都由想象而生,且意味无穷。正如上文提到的"墓碑",那以"阳光眼睛"抚摸的无字之语,在安徒生《古老的墓碑》篇中给了明确的意义:那"难以辨认的碑文"却将是"世代相传,发扬光大"的传说和诗篇,是美和善,是永恒的"老两口手挽手漫步在古老的街道上,或者坐在椴树阴底下的石台阶上,双颊红润,向行人点头微笑,不管他们是穷人还是富人"(安徒生,1992)。那"木乃伊般的干花"咏唱出的是"生命的各个章节"。这"意象"之诗,安徒生却会称它为"无声的书"。斯蒂文斯说"终极信仰一定是在一种虚构之中",这引发了对想象的构思原则的讨论。童话想象建于"虚构"中,克莫德曾著专著为虚构辩护,指出它是"有意识的虚假性",与"假说"存在本质不同,因为它不会因论证而消逝,不存在证实和否定。尼采更说"如此虚假性不能成为反对它的任何理由",因为重要的问题是它"能在多大程度上发展生命、保护生命、保护物种"。[3] 这给了我们绝色的理由来解读安徒生。

---

[1] 〔美〕勒内·韦勒克·奥斯汀·沃伦:《文学理论》,刘象愚等译,江苏教育出版社,2005,2006年第二次印刷,第212~215页。

[2] 〔法〕雅克·德里达:《多义的记忆——为保罗·德曼而作》,蒋梓骅译,中央编译出版社,1999,第8~9页。

[3] 〔英〕弗兰科·克莫德:《终结的意义:虚构理论研究》,香港牛津大学出版社,1998,第31~37页。

童话思维与神话的相通性，那种隐喻的语言结构，和声共鸣的方式，寓言的效果，如杰姆逊的阐释："所谓寓言性就是说表面的故事总是含有另外一个隐秘的意义，希腊文的'allos, allegory'就意味着'另外'，因此故事并不是它表面所呈现的那样，其真正的意义是需要解释的。寓言的意思就是从思想观念的角度重新讲或再写一个故事。"[①] 安徒生这样的寓言故事数不胜数，他的故事有许多"花蕾"绽开的意象，常常美丽鲜活的生命就躺在那花蕾丛中，像"拇指姑娘""沼泽女"，还有无数"公主"，都如本雅明描述的卡夫卡一样，将"寓言"如"花蕾绽开花朵的方式"展开，寓意层层，有时深而不显，即使不明述"花"，却"朵"也在其中。这里随手拈来一篇《两个姑娘》，"姑娘"这个意象，本是一个性别指称，可是在安徒生的叙述里却关乎"爱情"，当她们被叫作"夯"后，就必然失恋了，因为"那个大块头打桩机不情愿娶一个'夯'来当妻子"，而"夯"自古以来就叫"姑娘"，只是赶时髦改为了"夯"。这命名的更改影响了命运，于是这生命就凝成了一种特殊的呼唤："姑……"把后半截吞掉了，吞掉了后半截的称呼仍然在她们彼此中运行，她们说这是为了"犯不着去小题大做、斤斤计较"（安徒生，1992），而实则这清高是安徒生典型的悲怆。我们可以立于"性别""命名"乃至"现代文明"的思考等不同立场给予不同的解读。

杰姆逊曾总结，"二十世纪最初对叙事进行分析就是从童话开始的"。他说苏联人类学家弗拉基米尔·雅可夫列维奇·普罗普（Vladimir Propp）在20年代研究了大量俄罗斯民间流传的童话，发现传统以"主题分类"的童话研究容易造成概念混乱，比如"狐仙"类，或是"蟒蛇"类，难以分清角色正反。因此，普罗普认为"叙事中某种成分的功能"远比"主题"重要。他的著述《民间故事形态学》（*Morphology of the Folktale*）更是归纳出"西方民间故事的基本形式是'追寻'"。此论到20世纪50年代由俄籍语言学家罗曼·雅各布森（Roman Jakobson）译成英文，再由词汇学家格雷马斯（A. J. Greimas）在重写普罗普书的同时创立"叙

---

① 〔美〕弗雷德里克·杰姆逊：《后现代主义与文化理论》，北京大学出版社，1997，第130页。

事分析"方法。"对格雷马斯来说,叙事中最基本的机制是'交换',为了创造出不断有新的事件发生的幻觉,叙事系统必须来回地展现积极和消极的力量。这种交换的基础是自然和文化的关系。"① 而安徒生有一篇著名童话也谈"交易",不只把"想象的愉悦"交易了出来,更把远古的"说书人",即叙事者在"自然和文化的关系"中交易得活灵活现。

本雅明很好"讲古",② 在说书人篇章里,他强调史学作为一门艺术,是非常讲究技艺的。而史家更是游侠与工匠的结合,他们二者一身,或共处一室。只有将技艺与记载融合为一,艺术方有本真和原创。本氏是相对批判工业复制文明而生发的议论,甚至认为,在中世纪之后就再也没有了真正意义上的说书人,那远古的真谛就失传了。

读安徒生的童话《老头子做的事总是对的》,会让人想起本雅明的说书人。"凝听"与"口述"的结合是本雅明探讨的语义功能。而安徒生在短短童话的开篇就申明要"讲一个故事",这故事是"听"来的。故事也可以如人一般,"越老"会变得"越亲切可爱"。于是笔者的文题就可以如是追问:为什么要"讲古"?讲"很久很久以前"?甚至还可以问,为什么要讲童话?说书的意义何在?

这则童话的开篇,待安徒生摆好了说书人的架势后,开讲言道的是"贫穷",叙事镜头首先慢慢摇出的是一贫如洗的"农舍",因为这贫穷,各件物什都一目了然,在这清晰的分辨里,镜头定格在了一匹"派不上什么用场的马"身上。相对清贫如洗的农舍来说,一匹闲得无聊,只是偶尔作为交通工具的马,实在没有什么实际用处。于是才生发出故事延续的动因"交易",要将无用"交易"成有用。

什么东西是最有用的?对贫穷来说,"钱"或许是最有用的。可是安徒生不愧是本雅明说的"技艺者",听来的故事再度讲述,与贫穷构成的相对概念"钱"却被藏匿在了篇题也是文旨、核心之间了,那就是"老

---

① 杰姆逊在此引用了《聊斋志异》中的两则故事,一是《鸲鹆》,一是《画马》,皆谈交易,以实例来分析叙事结构及故事的寓言性。杰姆逊:《后现代主义与文化理论》,北京大学出版社,1997,第117~130页。

② Walter Benjamin, *Illuminations*, Edited by Hannah Arendt, Translated by Harry Zohn, Schocken Books, 1968.

头子做的事总是对的"。真是千金难买这百信不疑!

可以说这是一个歌颂信任的故事,要说"很久很久以前……"安徒生其实只将这"信任"或者夫妻恩爱赤诚作了一个叙述的引子,悬置在叙述过程上空,直到尾声方再请出。诙谐的叙述其实只是老头子的独角戏——一个人的心理活动,一个人在交易中的主张决断。太太的"换点别的东西,老头子知道自己想干什么"始终是叙述决断的背后隐语,是远景,是故事发生的背景天空。

但是,叙事反复琐碎,从马换到牛换到羊换到鹅再换到鸡直至换到最后的一袋烂苹果,真像游吟诗人,本雅明推崇的旅行者、说书人,一路叙述,一路的诱惑。这个世上诱惑我们的东西实在太多,而人对自己真正的需要其实很盲目。这一连串叙述绵绵的"交易",几乎不无讽刺地揭示,人其实对自己利益的衡量和判断很荒诞。可安徒生本意不在讽刺和调侃,也不着重其荒诞。那么故事要讲的是什么?为什么越讲会越亲切可爱?

故事的叙述由旁观的说书人起篇,持高高在上、保持与故事的距离审视态度,同故事中的"老头子""老婆子"自我的言语产生复调形式。也就是说,叙事总有一个别样的思考空间,无论是老婆子执迷地"信任",还是交易的不可思议,叙述者总牵引着读者的目光,既进入故事又游离于外,进行反省。就这样叙述意识的内在逻辑层层推进,从实际出发,牛比马有用,因为有奶,而羊比牛好看,"肥,皮毛也好",从奶的物质要求进入了审美观赏。可"鹅"是老婆子唠叨过的"要是咱们有只鹅就好了!"于是审美的羊换成了爱人的"鹅",老头子心满意足:"现在她就能有一只了,它会成为她的。"从自我的审美享受上升到了爱人的需求。于是羊换了鹅。赶集人群纷芸,拥挤嘈杂,安徒生对人的尘埃命运没有任何存在主义的叹息,或者说童话的品格将任何生之忧思隐而不显。叙述给出了一个对比,以"人和牲口"的"挤挤攘攘"衬托出"税官养的一只鸡正大摇大摆地溜达呢"。是税官的身份还是鸡的悠闲姿态吸引了老头子呢,以至于这税官的鸡战胜了老婆了需求的鹅?实际上在老头子的心里,这"短尾巴"的鸡可以敌得过"牧师家的抱母鸡"。难道这暗示出乡村自然田野的真实舒畅战胜了教堂的伪善?安徒生给了我们一个谜语。至少我们知道从家庭的叙述逼向了社会和教堂。于是,叙述者下了个结论:"在赶集的路上，老头子做了一连串好买卖。"可这结论却如叙事的休止符，一个停顿，一个歇息，还没等读者缓过气来，一袋烂苹果出场了。读者的阅读期待怎么样也不可以将鸡再换成烂苹果。而安徒生就是给换了，还换得理直气壮！说是"去年马棚子旁边的那棵老苹果树只结了一个苹果，我们把它放在碗橱上，一直到烂得裂开了还舍不得扔"。为了让老婆子开开眼，为了老婆子定义的那一只烂苹果为"财产"，贫穷因为它的一无所有而处处凸显珍贵。于是，与牧师的较量，教堂的意义衬比远远不如老婆子的眼界及由贫穷衬托出的昂贵财产——对烂苹果的占有更重要！马与烂苹果的价值原来在老婆子的意念判断里是去年就产生了的，以至于这"一连串不错的交易"都被解构了，那无所事事、几乎在通篇叙事里都忽略任何马的神态、样貌，根本在老婆子心中不占位置的东西，在那个荒芜不丰收果实的"去年"就该换成"烂苹果"了。于是，马的交易结果几乎到了理所当然的是一袋烂苹果，而且不得不是的地步了。

最无用的也许是最能让人心满意足的，抑或"满足"其实如活得好坏，只是一种心情。叙述者一直在勾引读者追问：什么是利益？在这利益熏心的物质膨胀时代，对孩子讲述这样的童话，对我们讲述这样的故事，亲切正在于让我们懂得甚至洞穿我们当下的时代，有一种意义在远方，如今渐渐大家不熟悉了，那是朴素中的素朴，为了对方的愉快而愉快！交易叙述的过程中始终在利益语词的背后探寻着快乐的可能，从自己的愉悦走向爱人的欢心。这样一种意义和诉求、无价之价值，是这物质的时代缺乏的，以至于不得不用"很久很久以前"，以"说古"的方式来呼唤，就像呼唤大地的浑然之初，伊甸园的再生。

谁说烂苹果没有用？在表层叙事结构里，它赢了一场打赌。满袋金币的富翁最缺乏的是信任，于是，为了老婆子信任老头子，这无论如何都不灭的吻，实际价值是一百二十镑金币。而这烂苹果还有另一层意义，它可以昂贵到教育一个吝啬的牧师太太，可以让不懂人的价值为何物的人拥有这袋财产。安徒生极善用转喻，是为了一份晚餐的情谊，老婆子去找邻人要香菜，而遭遇到小气鬼拒绝，还以"烂苹果"作了比喻来贬损。自然，"烂苹果"就成为受伤害的人间情谊修复的关键，也就构成了老婆子当天最大的愿望。叙述到结尾，就不只是恩爱的信任意义了，超越农舍走向了人间，是要教会人与人之间相互支撑。这才是叙事复调的意义，是"说与听"结构的真谛。即使再贫穷，人人之间亦是可以交互、支持的，这才是人间最大的快乐。何为"交易"？就是你乐我乐大家乐！从马到苹果，每次"交易"叙述者都要强调交换双方都心满意足。就在这心满意足的富余里，童话由出场的"交易"走向了"赠送"，赠送给吝啬之人明白做人的道理，这真是将无用成功换得了有用。

应该说，叙述者安徒生真如本雅明欣赏的"工匠"，非常精到地把握着叙述节奏和韵律。通篇童话犹如上山下山的抛物线，在叙述的前半部，是"交易"的步步递进，直逼到"烂苹果"抵达叙述之峰巅；而在高潮中还埋下伏笔，关乎赌局的输赢。接着就顺然转向农舍里呼应篇头引子的老夫妇双方对话，既是对话，又别具一格，是老头子的"再叙述"和"老婆子"的倾听。这说与听的夫妇间，叙述者旁插"把一袋子烂苹果和两个陌生人都忘在脑后了"。这里几乎是别具用心的着笔，世俗的赌局，金钱的利害，在此被瓦解，农舍的娱乐让俗世的尘埃无缝隙可钻。或者说，即使见缝也难以插针！于是，再叙述犹如一路风吹，乘着缆车滑行，老头子每个对自己"交易"途中的再叙述，都能激发老婆子的无穷期待和向往，直至高呼；而每次"交易"的变更并不能损伤任何这叙述本身带来的快感。好似说，老婆子要的根本就不是自己期待的物质结果，而是老头子这叙述本身。在这对夫妇叙述的时间里，几乎安徒生自己也歇息了，或者说震惊了。难怪拥有那满口袋金子的俗人要目瞪口呆于这"下坡"中的"欢天喜地"，以至于不得不偿付赌金，而且也输得心服口服，乃至愉悦满堂。从叙述的"上坡"烦琐急骤到"下坡"的舒缓悠扬，从表象的"交易"渐渐揭示出叙述深层的意识结构，那就是寻找人人为人的快乐，是这样的意识结构才使得故事越讲越可爱。故事更因为超越表象而在意识中具有了神话的品格。此乃童话，不是少年不识，而是识之超然！

安徒生童话的叙事结构，如此不言"追寻"，或者说隐讳"追寻"篇的叙事还真稀少。大多数情节设置基本如普罗普的"追寻"结构，主人翁身处劣势，但执着追求爱情、理想，更多的对象设置是"公主"或者"王子"，因此主人翁就常被考验，而且需要神力帮助。故事情节会因为各种各样的困难险阻而起伏，最后，无论目标是否达到，是否拥有了

"追寻"的结果,灵魂都得以飞升。故事在"历时"的叙述中延伸,最后总走向"共时"的交响和鸣。说安徒生童话具有"神话"品格,正是他童话的结构犹如列维-施特劳斯所言的"永恒闪现"。

在"永恒"式的结构中闪烁夺目的是"童话语言"。列维-施特劳斯区分语言与说话的不同,认为前者属于"回复的时间",后者却"不可回复"。这是说故事可以再叙、重叙,还可以生发"另外"寓意的叙。安徒生把这称为"沼泽地里的编织"。《沼泽王的女儿》篇就是如此呈现"回复时间"的。故事可以由鹳鸟转述,且"世世代代流传"。故事千万种,任何一个故事都可以"从上一代鹳鸟妈妈传给下一代鹳鸟妈妈,一直相传了上千年,一代比一代讲得好,现在我们这一代是讲得最出色的了"(安徒生,1992)。于是镜头尽量拉向远方,拉到讲述史的起源,最初故事发生的时刻。那是沼泽边上利姆海湾三层楼石砌房子中的鹳鸟家庭的故事。鹳鸟在房顶筑巢,鹳鸟妈妈正在"孵蛋"。可是有一天,鹳鸟很晚才回家,"浑身羽毛乱蓬蓬的,神色显得慌慌张张"。叙事总发生在诱惑的隧道里,踟蹰前行。鹳鸟说:"有件非常可怕的要紧事告诉你!"鹳鸟妈妈恐惧,求丈夫还是不要说为好,免得因焦急而孵不出小鸟。可是,鹳鸟坚持讲述,因为这是有关"仙女"的故事,这即使责任重大正在孵鸟、有一些恐惧的鹳鸟妈妈也好奇了:"就是那个仙女的后代吗?你快点讲!你知道我正在孵蛋,忍受不住等得太久。"于是,鹳鸟开始讲这位仙女公主为救父亲,"披上天鹅的羽毛衣"到沼泽地来寻鲜花的偏方。"你讲得太啰唆啦,"鹳鸟妈妈被叙述诱惑得非常不耐烦,"这样讲下去蛋会受凉的!我忍受不住老这样担心焦急。"可是故事不会因为焦急而中断。这位公主发现了沼泽里的鲜花,脱下羽毛衣潜水下去采摘。可是也是披着羽毛衣的另两位公主却将潜水的公主的羽毛衣撕了个粉碎,让她再也不能飞回。鹳鸟妈妈开始受惊吓了,但仍然问:"后来呢?"公主开始大哭,泪水撼动了桤木,惊动了沼泽王,于是桤木树枝变成了魔掌将公主拽了下去,"泥沼上冒起了几个黑黑的大水泡,一切就消失得无影无踪了"。好似鹳鸟讲的故事到这里就结束了,可是神话品格的"语言时间"如"五线谱"般"历时"(纵向)、"共时"(横面)纷呈,于是在安徒生要讲述的"史"的故事中,鹳鸟一家就顺然参与了自己讲述的故事。鹳鸟每天都去观察沼泽的动静,终于有一天,"从沼泽的深处钻出一根绿色的茎梗",随着这奇异的叶子长大,长成"一个花骨朵儿来",待它盛开的时候,鹳鸟竟然看见了花萼里躺着一个可爱的女婴,如初沐浴,活似睡莲上的公主。于是,鹳鸟好心把这沼泽王与公主的女儿送到没有孩子的海盗家。从这里开始,故事进入似梦似真。一如鹳鸟的乘风而行,叙述者跳到语言上空说"对一个人来说是顺风,也许对另一个人来说就是逆风了"(安徒生,1992)。

童话语言的特殊性,笔者认为就在于"人语"与"非人语",或者说世界自然万物语言的共通。在笔者看来,其超出了神话结构的"矛盾组合"分析。列维-施特劳斯的"神话素"分析灌输于矛盾结构中,于是就成为对这矛盾的"虚构性"解决。而"童话素"(构成童话的细节各元素)却是融合交互于结构中,无论是人语、鸟语、物语,各种事物,只要你有儿童的耳和眼,就可以共听、共享,甚至没有地域和国籍、时代之分。任何人、任何时代,你都会懂,这就是童话!也就是说,似乎又不是杰姆逊用美国一诗语概括的结构主义的认识:"诗是座想象中的花园,里面有真正的癞蛤蟆。"在童话世界,没有这样的模棱两可、善恶分明,美的属于上帝天国,丑的最终会被圣水洗礼,获得灵魂的恬静飞翔。这"沼泽王的女儿"就是一个例证,她真的是美女与蛤蟆的结合体,"混血儿"(《混血儿》中的角色)的另一种,善恶交织。善良的强盗太太获得了鹳鸟带来的莲花婴儿,喜出望外。可是,当夜幕降临时,这美丽的女婴却变成了一只奇丑无比的大青蛙。从此这故事的世界就分裂为二。安徒生非常细腻地描写了这善良太太的观察:女儿白天有非凡美貌却性格暴虐、蛮横,甚至有些杀人不眨眼;晚上却在丑陋青蛙的外貌下温柔似水、眼蕴悲伤。女儿分为白天与黑夜,为美丽的人却附带野蛮的畜性,而为青蛙时却又满具人美好的性格。作为养母,深情满怀又无时不在女儿与青蛙之间挣扎、煎熬。如何选择?如何施爱?叙述中的太太越来越喜爱青蛙,甚至可以与这女儿青蛙倾诉衷肠。笔者说,安徒生的"通语"(即超越人类之语)不同于任何其他特别是当下我们熟悉的科幻片的妖魔互通,就在于他语言的"智性",这使得"拟人""化物"的手段软化,而形象浑然天成。

在安徒生笔下,如"沼泽女"这样复杂的人物性格当然也不多。就像分析他的童话结构,他的人物"童话素"基本可以在具"永恒"意义结构之中寻到它们的"功能性",也就是说,在"追寻"的爱情模式里,男、女可以找到任何物件替代,无论是花朵、昆虫、鱼鸟,还是瓷器、烟囱,等等,它们的性格特征并不复杂难测。但是,《沼泽王的女儿》这个故事却非同一般,似乎就像笔者的解读,安徒生有意在这个故事里表达他的"叙述缠绕"。这个故事多处使用梦幻乃至"无意识",这属于弗洛伊德的理论,为了难以满足的愿望之满足,我们做梦。似乎这是神话形成的理由,甚至弗洛伊德从神话"俄狄浦斯情结"中发现了儿童的欲望。但从安徒生的叙事里,弗洛伊德发现的"欲望"不是童话诞生之因,尽管童话如梦。安徒生始终申明自己的童话如诗。亚里士多德告诉我们"诗人的职责不是描述已发生的事,而是描述可能发生的事,即按照或然律或必然律可能发生的事"。[1] 那么,童话预示的未来是什么?回到《沼泽王的女儿》,从故事开始,也贯穿故事始终,鹳鸟妈妈就坚信那善良美丽如仙女的埃及公主不会死,而且会摆脱"沼泽"重新飞回故国。对善和美的坚信后来促使鹳鸟偷了那两个粉碎公主羽毛衣的坏人的羽毛衣,救助沼泽母女飞翔,这是后话。但这坚信却是诗人的"或然律或必然律",这决定了安徒生童话预示的未来永远是灵魂飞升。

    天鹅羽翼的意象与安徒生的梦密不可分。但是,《沼泽王的女儿》隐含着一个真伪判别,从鹳鸟开始的故事,就说"有些事是一下子就可以感觉得出来的",指的正是他看见的飞翔的天鹅不是"真天鹅",而是"羽毛衣"。故事发展到埃及三位公主,皆为公主却有善恶之分。于是,相对羽翼飞翔的意象,故事又给了我们另一个相对的意象——"不长羽毛的鸟儿"。这是指雪,都清楚"雪"相对鹳鸟来说是灾难,也是掩盖肮脏的虚假,白雪皑皑的美相对天鹅是假。在这大雪封山的时刻,故事也生发于火炉旁,可是故事有真伪。两位坏公主编造了被遗弃的好公主死了的故事欺骗国人,"谎话,全是凭空想出来的"。鹳鸟家庭一致认为那欺骗的"长嘴必定会折断的"(安徒生,1992)。语言的繁复,安徒生心知肚明,他的叙事语气总带有嘲讽,特别是针对用爱的话语建构的"节外生

---

[1] Aristotle, "Poetics", *The Norton Anthology of World Masterpieces*, vol. 1, 1973, p. 561.

枝"的情节里。故事叙述虚假之后竟有"博学者的高谈阔论",以至于"那深奥的学问"叫鹳鸟受不了。不管学问家如何将爱肢解得破碎不堪、万种千奇,鹳鸟只知道一句就是"爱能孕育生命"。故事接着叙述的是双面双性"沼泽女"如何亲临基督之爱而康复。

丑陋的蒙恩向美丽转化,尤其是灵魂飞升,是安徒生童话的基本模式,从《关于一只鸭子的故事》到《小天鹅》,再到《丑小鸭》。但本章这里感兴趣的是故事语言,这"沼泽女"的康复其实是隐喻语言的创造。安徒生一步步叙述这魔女灵魂复苏缝合的艰难,说"水滴石穿",就像树木"开花结果"那样不能催生般缓慢,而这,安徒生比喻说:"就像母亲对孩子唱儿歌一样,孩子在不知不觉中就记住了,孩子牙牙学语时并不懂妈妈在讲些什么,可是经过日积月累,这些话全都记在脑子里,也就越来越明白了。这样,语言的力量就显示出来了,它有力量去创造。"而创造故事本身恰如"沼泽女"般呈双面性,如何辨识真伪?如何能以爱去魔?

"沼泽女"在笔者的解读里是隐喻,沼泽更是现实生活的象征。努力追求或者说写作本身就是释放、提升自己,可是又往往总是越陷越深。正如他在评述让他感受非常不好的好朋友的色情小说《米诺纳》时写道:"也许是为了纯洁,她走向沼泽,在沼泽上方游荡,指出沼泽的力量,然后陷入其中死去。"说人亦是说己。无论是生活压力还是追求结果,其实都具有双重性,更何况不少人认为,"双重人格"本就是安徒生的天质。安徒生曾在《只是一个小提琴手》故事中,把那个首先识别天才的妓女斯苔芬称为"一个不开心的沼泽肖像",甚至对自己也有"沼泽肖像"的自喻。或许正是安徒生要借语言的创造力"冲破那覆盖着神的沼泽之水,把你的生命之根由摇篮拉出来",但又绝对不能将上帝的恩赐(如"脚")困于"魔鞋",而不得不剁脚(《小红鞋》)。

因此,双面性正是语言的编织的正反两重。这里再借用《踩踏面包的姑娘》篇中的一段离奇的语言:"沼泽女人正好在家里,因为说好魔鬼和他的曾祖母要来登门拜访。那个曾祖母是一个非常恶毒的老太婆,她从来就闲不住的,甚至出门也带着自己的手工活来干。今天她也随身带来了,那是给人的鞋子里缝上一块'不许停下来'的皮子,让穿上那双鞋的人永远走个不停，无法安宁。她还绣得出谎言来，会用钩针把散落在各地的流言蜚语都编织到一块儿，用来害人，诱人堕落。唉，这个老曾祖母啊，她就这样缝呀、绣呀、编织呀，忙个不停。"（安徒生，1992）足可以看到语言编织的另一面。

也许世界本身就是"混血"而成，何况语言。有人说，上帝创作了《圣经》，魔鬼造了"扑克"。《圣经》常被称为"创作的灵魂"，而"扑克"也被视为叙事的魔法。列维-施特劳斯就在《神话的结构分析》中假设叙述者是"一个对我们的扑克一无所知的旁观者，他好长时间与算命的人坐在一起"，记载、重构"扑克"花色的变化。[①] "沼泽女"在故事结尾沐浴了《圣经》的阳光，灵魂统一回归，却入了天堂。留给世间的"血肉身躯化为尘埃"，"尘埃"处"只剩下一朵凋谢的莲花"（安徒生，1992）。"很古老的故事"中的"沼泽女"重叠进当下鹳鸟后代，这就是"回复时间"，绵延千年的童话叙事，想象繁衍。

另外，还需补充的是，据斯蒂格·德拉戈尔的记载，安徒生创作剧本《混血儿》时，一脱"旧"安徒生那"提琴手和即兴诗人"的"苍白颜色"，而描绘进"蓝、紫、绿、黄、红"这些"南方强烈的色彩"，以至于他自己都认为"可怕的激情满怀"是自己的虚荣心在作怪。在《混血儿》结束后，"他失去了门牙。他必须装假牙。哦，浮华放荡的青春和没有假牙的嘴！谁愿意要一个没有牙的人——一个装着假牙的丑汉？"[②] 本章这里企图寻找线索来探讨安徒生的"讽喻"笔法，或者说"讽喻的叙事语气"。苏格拉底说："讽刺是人类交往的间接方式。"这很契合安徒生人生的现实交往。而克尔凯戈尔在日记中也这样写道："讽刺是一种道德热情，它在人们内心的讲坛上永远强调自我和一种善的教养，它在表面上（和人有关）是从自我中无限抽象出来的结合。"[③] 这更贴切于安徒生对自己"诚实心灵的追寻"。其实，在涉及保罗·德曼的"寓言"时，我们就

[①] 王逢振等编《西方文论选》，漓江出版社，1991，第115~116页。

[②] 〔丹麦〕斯蒂格·德拉戈尔：《在蓝色中旅行——安徒生传》，凤凰出版集团，译林出版社，2004，第98~99页。在这本传记里，作者力求还原安徒生的现实人生，所指"放荡"是指安徒生一次次手淫，几乎对自己的生殖器产生恐惧。

[③] 〔丹麦〕索伦·克尔凯戈尔：《克尔凯戈尔日记》，上海社会科学院出版社，1992，第119页。

接近了"讽喻"。他把"反讽"作为"寓言颠倒了的镜像"。也可以这样简单地说,当你在正面结构中遭遇表达的困难时,就把镜子倒过来,在多一层"距离"或者"神秘感"中贴近镜像。就好比本章分析双重的安徒生,借用保罗·德曼之语,在正面,他可以"看见自己",但这不够,不是完整的他,他还有"另一面",必须把镜子倒过来,于是就"又触摸了自己的不可能性"了。"正"与"倒"的镜子之间,就像两个"自我"之间,永存一段难以触摸的距离。德曼用希腊神话中埃洛斯(Eros)和普绪柯(Psyche)这对情人永远不被上帝允许充分接触来比喻。于是,这永恒如"暮间颂歌"的距离中就呈现"讽喻"了(德里达,1999)。

下面举出安徒生两篇童话《衬衫衣领》与《牙痛姨妈》进一步说明。《衬衫衣领》的故事是说从前有一位漂亮的绅士,全部的动产除了一个脱靴器和一把梳子,就剩"一个世界上最好的衬衫领子"。这高傲的领子已经大到该结婚的年龄时,凑巧他获得了一个机会同美丽的袜带一起在水里洗。于是领子惊叹道:"我的天!"因为他还"没有看到过这么苗条和细嫩、这么迷人和温柔的人儿"。于是就发起爱情的猛攻。先问"尊姓大名",可袜带很矜持:"这个我可不能告诉你!"领子不气馁:"府上何方?"把袜带弄得"羞涩难当",没有回答。领子又紧追不舍:"我想你是一根腰带吧?"得不到任何回应的追求者渐渐走向了调戏:"一种内衣的腰带,亲爱的小姐,我可以看出,你既有用,又可以做装饰品!"袜带终于忍不住:"你不应该跟我讲话!"像所有女人无辜受侵犯一样,袜带委屈地继续道:"我想,我没有给你任何理由这样做!"衬衫开始无耻了:"嗨,一个长得像你这样美丽的人儿,就是足够的理由!"袜带无奈:"请不要走得离我太近!"甚至惊恐:"你很像一个男人!"这下衬衫得意了:"我还是一个拥有脱靴器和梳子的绅士呢!"把主人也吹嘘成自己了。可淑女袜带还是不被诱惑,仍然请他不要走得太近,因为她"不习惯于这种行为"。恼怒的领子认为这简直是"装腔作势"。于是领子开始谋求他欲,在滚热的熨斗底下,激情澎湃的领子觉得"烫透了身体",皱纹全没,焕然"一新人",于是就冲动地向熨斗求婚。可是骄傲的熨斗从他身上踩了过去:"你这个老破烂!"领子锲而不舍,再接再厉。因为领子边缘有些破损需修补,于是就遇上了剪刀。"哎哟!"领子已装腔作势了,

"你一定是一个芭蕾舞蹈家！你的腿伸得多么直啊！我从来没有看见过这样美丽的姿态！世界上没有任何人能模仿你！"冷静的剪刀回答："这一点我知道！"不识相的领子误以为得着机会："你配得上做一个伯爵夫人！"到这时他把主人、脱靴梳子都当成自己的财产了，似乎离伯爵只差一个庄园。这下惹恼了剪刀："难道你还想求婚不成？"结果因为生气，把他"结结实实"地剪了一下，从此他再也"复原不了"了。这个挫败和打击，使他拖回残损的身躯，转头收心来讨好梳子："亲爱的姑娘！你看你把牙齿保护得多么好，这真了不起。你从来没有想过订婚的问题吗？"遗憾的是，这时的梳子已经同脱靴器订婚了。丧失了所有求婚可能之后的领子开始"瞧不起爱情这种东西"了，于是沦落到"造纸厂"同破烂为伍。领子丧失了一切，但吹牛的习惯保留了下来，情人成为讲不完的故事。意味深长的是，领子在良心上忏悔于袜带，因为在他的想象里，袜带为了他"跳进水盆里去"，而且同盆共洗过。这使得他情愿变成一张白纸。处心积虑的安徒生于是说，事实上，所有的破烂都变成了白纸，而领子只不过是我们选中的故事。目的是警示读者："有一天我们也会来到一个烂布箱里，被制成白纸，在这纸上，我们全部的历史，甚至最秘密的事情也会被印出来，结果我们就不得不像这衬衫领子一样，到处讲这个故事。"[1]

而《牙痛姨妈》说的也是故事与"纸"的来源，这时纸已不再是刚从造纸厂出来，还带有原始的"破烂"味儿。这味儿就是通常所说的"命运"，是"纸"的命运，"故事"的命运，或者说也是"说书人"的命运。故事开篇就问：你猜故事从哪里来？在大木桶的"废纸篓"里，原来"有许多好书和稀有的书籍都流落到了熟食店和五金杂货铺的老板手上"。不过不是如图书馆似的为阅读，而是裹熟食、黄油、鲭鱼、干奶酪……原来本雅明的"图书馆收藏"还太高雅了些，而有悖于他自己的民间说书理念。安徒生说得彻底：一个父母开熟食铺、自己又受雇于杂货店的"好书人"，"收藏了很有意思的纸张"。其中有政府官员废纸篓里捡

---

[1] 〔丹麦〕汉斯·克里斯蒂安·安徒生：《安徒生童话故事集》，叶君健译，人民文学出版社，1992，第27~29页。

来的"重要文件",还有"女友私函""丑闻"等等,不论印刷还是手写,范围极广地统统收藏,以至于"有一批数量不少的文学作品和文件被他抢救下来了"。而安徒生的故事就是这被抢救的纸片之一,一个"患了很厉害的牙病"的大学生的遗稿,题目就叫《牙痛姨妈》。前面笔者曾提到安徒生的"内省机制",为此意图,他习惯使用叙事视角转换技巧,一般从他惯用的说书人的"全知全能"跳出做他方评论。《牙痛姨妈》从收藏家开始慢慢移动镜头,最后定格于故事。本雅明说"书籍自有它们的命运"。在安徒生看来,"纸片""故事"也一样。收藏家的天职在本雅明看来不在收藏本身,而是对"书籍精华——物件命运"的阐释。[①] 或许正是因为如此,安徒生当仁不让地在阐释中把收藏家给忽略掉,自己"全知全能"地在转述的上空俯瞰,那纸片上亡灵自我讲述疼痛。直至故事"完成了它们的使命",并随着"腌鲱鱼、黄油和绿色的包装纸而散落到世界各地去了"。

在中国当代,甚至整个世界20世纪思潮都曾经以"革命"的形式否决过"想象",其被判为"唯心"。这似乎抵触了"唯物"的现实,导致文学乃至思想分析出现障碍。为此,萨特创造一个概念叫"想象界"。据杰姆逊解读,是为了寻找到与现实事物发展联系的关系,而用此概念来表达一种"感知形式"。按萨特理解,我要描写一所房子,并不需要像实物写生似的一笔笔描摹,而是用"心灵的眼睛"爬在写字台上看。这又不是凭空捏造,而是每个字词、片段、细节、情节,都与现实关联,无论是回忆还是描写,无论这房子是存在千年还是千里之外,在我的文本里,各处各时代房子的碎片,就像安徒生垃圾桶里的"杂味"纸片,可以通过技巧在"我的垃圾桶"式的"想象界"里建造出一所崭新的完整的房子。而它与现实紧密相连。这就是存在主义哲学家萨特认为的"想象是存在世界里的行动"。

本章在这里要问的是,《牙痛姨妈》篇里的"行动"是什么呢?是"诗"与"痛",是识别诗人的"姨妈"和制造疼痛之死的姨妈的模糊混淆难辨的双面性。就像糖果与蛀牙,故事说姨妈用糖果哄我说我是诗人,

---

[①] Walter Benjamin, *Illuminations*, Edited by Hannah Arendt, Translated by Harry Zohn, Schocken Books, 1968.

有上帝给予的"诗人气质",而这"气质"就是"想象",比如说姨妈"她是一个老小姐,从我记事的时候起她就很老啦!她的年岁好像一直静止不变的"(安徒生,1992)。亏了这样的"想象",于是"牙"的真假几乎模糊,姨妈有一口洁白、漂亮的好牙,"她很爱惜她的牙齿",以至于她晚上"向来不戴着牙齿睡觉"。倘若只是牙齿的真假难辨事还小,可是她有一天梦见自己掉了一颗牙。真是不得了,"这就是预兆,"她说,"我将要失去一个真正的朋友,不管是男的还是女的。"可她的朋友笑话她说一颗假牙"只能预示你失去一个假朋友"(安徒生,1992)。可这位向她求过婚,只怪她自己耽搁而误了婚事的忠实朋友真的就死了,乃至活人不得不用"想象",本来是期待成为"伟大诗人"的,却患上了"诗痛症",更可怕的是,这在现实中呈现的还是"死去活来"的"牙痛"。"诗痛"与"牙痛"就像萨特的"想象与现实"同体孪生。即使这诗人讲述自己"寓所"任何的细节,姨妈都会喊出声:"你真是诗人!"姨妈有了萨特的感受:那语言描述的"房子"总是随着"我的告诉"长在了姨妈眼前。但是,安徒生的讲述是不可以停止在萨特的"房子"上的,叙事就是"牙"的演奏,好似电影《神秘花园》里的台词"宇宙就在喉咙里"一样,安徒生的叙事是"诗配上音乐,在你的嘴巴里用口琴演奏出来"(安徒生,1992)。这自然就要从"像一滴亮晶晶的牛奶"般的"乳齿"开始,再到"在疼痛和苦楚中诞生的智齿",最后自然沦落到"一颗又一颗,掉得一颗不剩"的结局。

克莫德曾这样分析叙事的虚构手法,他说,"嘀嗒",你可以将它拟人化,说它"说起了我们人的语言"。但仅仅是拟人还远远不够。当然,更不要说本章要谈的童话叙事了。他说叙事结构是从"嘀"到"嗒"的过程,从开端到结尾,犹如发生从空间感知地面的行动。要在这两个声音过程里填充意义,人格化正是为了要赋予过程经历的时间以形式,从而按需要产生。也就是说,在从"嘀"到"嗒"的"想象虚构"中,有人类历史经常言说的"时间整合",即"我们是如何将对现在的感知、对过去的记忆和对未来的期待纳入一个共同的结构之中"。还可以说,"嘀"从纯粹象声词寓言性地含有了"一个卑微的起源",而"嗒"就成了"一则无力的启示"。但是,我们还可以"制止嘀嗒间的间隔所具有的那种掏空自己的倾向以便在嘀之后的间隔里保持一种对于嗒的强烈的期待"。也就是说,"嘀嗒"成为结构,之间有想象纷呈的复杂情节。无论"嘀"离"嗒"有多远,其间相隔多久,中间发生的故事终会发生。而且我们可以无尽预设、假定,乃至追寻"时间"在故事发生中的意义。借圣奥古斯汀的发现,即"吟诵一首赞美诗是我们感知过去、现在和未来的行为的最佳模式"。那么,在这样的模式里我们再来解读"嘀嗒",就体会了"爱情经验,即那种能使普通人产生神圣的满足感的性爱意识"(克莫德,1998)。而这,也正是安徒生欲求达到的童话叙事目的。"牙齿"的一生就是"嘀嗒"的历史过程,疼痛恰如想象激情。安徒生借故事说这是"诗的韵律":"伟大的诗人应该有大牙痛,而小诗人只有小牙痛。"若要不疼,就"把它们拔起来,让冷风直吹到它们的牙根上去,让每一颗牙齿都患上寒腿病"(安徒生,1992)。

想象与童话,在安徒生看来奇妙绝伦,就像所有美丽的世界都可以生发于冰天雪地里的根根火柴中,成为临终祈祷。笔者愿以尼古拉斯·海德巴赫为安徒生作的《卖火柴的小女孩》的画来作结本章此部分。一婴儿安然地躺在一只精致的拖鞋中,这是根据安徒生故事开篇说"卖火柴的小女孩"本来穿了妈妈的拖鞋,可是被飞奔而来的马车吓丢了一只,而另一只"被一个男孩捡起来,拿着逃走了。男孩还说,等他将来有孩子的时候,可以把它当做一个摇篮来使用"(安徒生,1992)。我们都清楚,"卖火柴的小女孩"光着脚丫,在除夕的漫天雪地里,穿过数根火柴的超凡美丽而最终回归到了这安详如画中。什么样的灵魂可以使生命适合进如此画面?故事世代相传,千古轮回,像生命出自尘土又归于尘土,万千纷呈都回归于这精美拖鞋与最初生命的恬静超然组合中。

第三章　上帝礼物"天分"的弱，俗世猖獗"舌头"的强

上帝很吝啬地只创造极少的"天分"，只有极少数的人才可能生发起想象、点染出童话，却非常慷慨地给了每人一条"舌头"，他们因各种理由可以霸道横行。于是，天才常常被俗世野蛮地判为"疯子"。疯子还是天才，一直是安徒生的苦恼。他在小说《只是一个小提琴手》中真实地刻画出这心灵受折磨的处境。一个从小就想象手中的小提琴可以如教堂圣画般绚烂出玫瑰的天才，却始终缺乏飞升的"运气"。安徒生把它指称为"环境"："最高贵、最耀眼的白罂粟要是生长在杂色的罂粟中间，经过几年也就会变色。环境是一只无形的手，在物质的发展过程中塑造着它。"（安徒生，2005）为了抗争者宿命般的境遇，优秀的灵魂总在远行、求索，但历程创伤密布，安徒生如此描绘出这痛苦："世人要用他们尖锐的舌头来舔你柔和的心，一直到它生起一层粗皮；他们会拿邪恶的眼睛望着你，让你的思想中毒。人很坏，即使是最优秀的也有毒液从他的舌头上滴下的时候。要是你是他的奴隶，那你要心怀仇恨默默地吻他的手！"（安徒生，2005）从这引文的最后一句可以断定，安徒生说的"优秀"与笔者指出的"天分优秀"是有区别的。安徒生仍然在言"环境"，是那些掌握权威的贵族阶层，或者批评主流，只有他们的舌头才有杀伤力。面对"环境"，你可以如"丑小鸭"般逃出鸡场，但"环境"及运气，特别是"诗人天鹅蛋"的飞翔与"舌头"实在关系密切。

安徒生说："天赋就像是一个蛋，它需要热，需要幸运赋予它生命，否则它就只是一个孵不出生命的蛋。"（安徒生，2005）因此，这小提琴

手热切渴望得到一个温暖以便创造生命的环境。当他意识到自己的"天赋被音乐激活了,开始在寻找实现。他意识到他的体内有珍珠;他并不知道,像海里的珍珠一样,他的珍珠要等待潜水员把它带出来见天日,或是紧紧地附在像蚌和贝这样的载体上,才能被人看见"(安徒生,2005)。不幸的是,这期待的"载体",安徒生在小说中隐喻性设置成欲哭无泪的"悲怆",主人翁一生始终没有真的蒙恩获得贵族权威高贵的"载体",以至于最后绝望寂寂地死于小镇。但是,小主人翁在遭受大家指责他为"疯子"后离家出走,竟然真的如彗星般闪烁过奇迹,几乎是伴随天才愿望发生之初,就遭遇到一个斩钉截铁论定他天赋的女人——斯苔芬·玛格丽特,她在还是孩子的主人翁眼里犹如圣母:"你肯定是像他们说的那样,一个天才!"(安徒生,2005)这个判断和友善,"她跟他拉了手,说他是个天才",让初出茅庐的小孩兴奋不已,以至于想象出"农民的孩子当上了国王的童话回到了他的头脑里"(安徒生,2005)。因为"他产生了一种真正的天才把自己的命运交到一个富有的男人和女人手里时怀着的那样的信赖;这些人常常是有能力做出判断的,他们的判断和她做出的那种大体是一样的"(安徒生,2005)。这样纯然且一厢情愿的天真是安徒生致命的创伤。作为读者的我们清楚,斯苔芬只是一个妓女,而只是妓女说你是天才,不算!如果说天分,不具有确认自己的被动性,或者说俗世的"弱",需要"蚌"或"贝"的载体,那么这弱女子怎么也承受不起"认定"天才之功,因为一个妓女的"舌头"轻如渺茫之烟雾。

  这样的挫伤实际上伴随着安徒生真实的一生,尽管他比他笔下的小提琴手幸运得多。但即使进身于上流社会,那"承认"的真诚或者说信心总在疑惑甚至伤害中。莫非是斯苔芬的女性天然性的论断更纯然,让后来国王的勋章也超越不了?可以肯定的是,安徒生对友善的纯粹有很独特的要求,这就像他被想象出的"缺席"爱情。笔者甚至认为克尔凯戈尔给安徒生的伤害,正因为这纯粹的对友善有着纯然追求的理想,以至于造成伤害的感受特别强烈。据资料《只是一个小提琴手》交出之后,遭到26岁的神学家克尔凯戈尔的严厉批评。克尔凯戈尔的"密不透风的语言"给安徒生造成了极大的伤害。笔者认为,最让安徒生困惑不解的是,这年轻的神学家在城里和作者相遇,还友好地向他"低语"自己的阅读感受:

"我很快就会给出我对您的小说的一篇批评,这篇批评比其他评论更为公正,因为在这里人们对您的理解无疑是不对的。"① 这个看似友好的耳语,给了具有童话情结的安徒生一个美好期待,恰是这期待的失落、自我期许与批评的尖刻间的极大反差造成心理上完全不能接受的伤痛。安徒生反复阅读克氏的批评,神魂颠倒地纠缠在众多难以释解的"为什么"中:"为什么他低语自己的好感而写出自己的恶感?""活着的读者"和"死去的批评家",一半一半?②

自安徒生出道以来,有批评不断。对于大多数批评的胡言乱语,安徒生可能更愿意置于现实的谋生去理解,这样也许比较容易对伤害拥有一种自我释然的态度。在安徒生的童话已经闻名时,克尔凯戈尔当时出版这第一部批评安徒生的书时还寂寂无名。《住在食品店老板家的小精灵》篇中很有趣地影射了这份心情。在这篇童话里,安徒生绝妙地把老板老婆的"舌头"借来一用,说这妇人"多嘴饶舌",于是在这妇人睡觉的时候,反正这舌头闲着不用也是不用,小鬼就把它从妇人嘴里偷了出来,放在任何地方,不论是咖啡磨还是钱盒、劈柴等等,都可以喋喋不休,特别是放在愚蠢的木桶上,一说就没个完,要不是及时把舌头放回妇人嘴里,舌头差点就磨烂了一截。而这木桶借舌所言,竟让许多物件佩服得五体投地,"以至于后来食品店老板在晚上阅读他的《时报》上的《艺术和戏剧评论》时,它们认定报上登的全是大木桶的观点"(安徒生,1992)。也就是说,如"长舌妇"般的批评只不过是借个舌头而已。而安徒生最看重的却是那些也许不幸成为包奶酪的废纸的诗歌,那"枝繁叶茂"的真实生命艺术,盲视颗颗如星星般闪闪发光的果实,也不屑于倾听美妙悦耳的曼玲似的歌唱,原因正是批评家恰如这贪图每年圣诞节有一碗黄油粥喝的

---

① 转引自〔丹麦〕斯蒂格·德拉戈尔《在蓝色中旅行——安徒生传》,冯骏译,译林出版社,2005,第90页。
② 〔丹麦〕安徒生:《只不过是个拉小提琴的》,林桦译,见《安徒生文集》第四卷,人民文学出版社,2005。安徒生与克尔凯戈尔,他们在宗教理念,甚至生活情操方面都有不少共识,都尽染着"恐惧与战栗"。那么克尔凯戈尔与安徒生的裂缝到底在何处?下文将谈到安徒生的《影子》,而克尔凯戈尔也有以"影子"(或者说影像)来喻个体之论述,认为多重影像的投射可助不见的个体性得以昭显。从克氏日记以及现有著作及克氏评论来看,他的第一本评论安徒生的书几乎不算什么,多不提。

小鬼，即使艺术可以感染出真实的心跳，以至于火中抢救诗歌藏于"小红帽"，但一想到那现实的"粥"，就不得不屈服，安徒生说："这桩事情倒真是给人以启迪。"（安徒生，1992）

倘若"舌头"真能摘下来就借用了的话，而且还赋予它不止工具性功能，外加上意识判断，那么，若把斯苔芬的舌头，那从一开始就友善、天然认定天才的舌头移植到上流社会、主流批评，是不是安徒生心灵就不用挫伤于出身低微？也就是说，要是权威主流一开始就有妓女的舌头，那就好了！但真正能触及天才的契机，是需要绝密钥匙的，而这"小鬼"还只是在锁孔外品尝，故仍然脱不了凡俗。脱不了凡俗的一切都只能是"故事"，安徒生说："永恒的真理是漫长的，要比故事长得多。"这启悟恰来自《各得其所》。此篇同样在揭示上帝的奥秘，只有真正为善的，才是上帝封赐的"贵族"。上帝的评定与俗世毫不相干，其隐含了安徒生对当时兴起且时髦的平民运动的清醒反思，不是荒谬透顶的"愈是卑贱低下的就愈品德优秀"。万事就看倾心与虔诚，本着善根，终归会"各得其所"。于是，倘若"舌头"真能发挥为善之功，方可算为"各得其所"。

一 《水沟里的一滴水》——哥本哈根

批评特别是1847年克尔凯戈尔的论述给予安徒生的伤痛，笔者试图从安徒生的文字中追迹。从1848年创作的《水沟里的一滴水》中，似乎可以推测安徒生的愤恨和逃避。批评以及爱情失败常常是他旅行的动因。《水沟里的一滴水》体现出一个心灵流亡者与为之奋斗而又遭伤害之城市的隔阂。短短的故事描写从放大镜的一滴水中看到的是一个厮杀成性的城市，个个赤裸着拼杀，"什么歹毒的招数都使出来"，嫉妒与野蛮在这个城池毒菌般蔓延，即使你"与世无争，只求独善其身，可是大家也不放过，把它拽出来咬得稀巴烂，再把它吃掉"。为什么要如此残忍呢？故事说："看看，它的腿居然比我的长出一截，哼，非把它咬下来不可！"还有更可恶的戕害心理："那个家伙耳朵背后长了一个小疙瘩，一个没啥不得了的小疙瘩，不过大概会使它觉得有点疼，那就干脆叫它疼痛难当吧！"叙述者哀叹："于是大家都围上去推搡它，拼命咬它，无非就是为了那个小疙瘩。"这样的邪恶是什么呢？回答说："一定是哥本哈根，或者是别的什么大城市，因为大城市的众生相都是相同的。这是一个大城市。"而这样的城市却是"水沟里的一滴水"（安徒生，1992）。

事实上，安徒生与哥本哈根的差异用珍爱他的朋友汉莉耶特的描绘是："连他自己都不知道他是怎样一个人。不是哥本哈根式的，不是高雅的，不是很温柔，不是木讷的，不是浮躁的，而是博爱的、严肃的、由衷的……"据德拉戈尔记载，1841年12月哥本哈根对于安徒生来说就是"烦人而压抑的月份"。因为《文学批判时刊》上登了对安徒生戏剧《摩尔女孩》的扼杀性批判。当时安徒生"多么希望自己是李斯特啊，有钱，有名望，受崇敬，能够到处旅行，并且把所有琐碎的东西抛在脑后！"亲近的朋友都说，批评的刺激几乎令安徒生疯狂："要在这个冰冷的国家、要在这令人窒息的哥本哈根忍受下去，就必须有非同寻常的热情火焰。如果他的自我意识不是那样强的话，那么他就会被在这些年里持续地抛向他的恶意打得失去平衡。"岂止是"失去平衡"，几乎是生死感受。但是，谁该死？汉莉耶特在信中这样问："一个玫瑰精灵偷听了他的话，并且去告诉蜜蜂了。谁应当被杀？"[①]

笔者把安徒生的回答放进童话《影子》中来阐释。既可以把"影子"喻为"自我个体"，又可以将其假设为"创作的文字"，无论何种都暗示出安徒生灵魂深处的痛。他的故事《影子》绝妙而诡异。本来影子只是人体在光影下的投射，不具有立体的可能，扁平被动。但安徒生的《影子》却玄机四伏，满处喻体。说是一个才华横溢的学者从遥远的寒冷国家千里迢迢来到炎热无比的国度，这国度的骄阳无比"逞威"，竟然可以把人都晒成"桃花心木"一般。这"桃花心木"的人，可想而知会制造故事的结尾。但是老到的叙述者却把这"桃花心木"的作为灌输给"影子"。这本来与人为一体的"影子"，开始在炎热里与人同甘共苦："太阳晒得他筋疲力尽，人也消瘦下去了，瘦得连他的影子也缩了起来，比在老家的时候要小得多。可是就连这一点点影子太阳也不肯放过，在白天看不

---

① 〔丹麦〕斯蒂格·德拉戈尔：《在蓝色中旅行——安徒生传》，冯骏译，译林出版社，2005，第125页。

见影子,只有到晚上那影子才会恢复过来。"(安徒生,1992)可这命脉与共的影子却在一个晚上因为好奇给弄丢了,就像人类因为苹果的诱惑而失去伊甸园一般。故事这样叙述,在一个炎热而人声鼎沸的城市,庸人到处都是,可就是有一个寂静的诱惑在潜动,那是学者对面无人且黑沉沉的房屋,有不断重复的音乐飘出,诱惑之外还有阳台上的美丽鲜花。音乐和鲜花,还有沉寂的神秘都是勾引梦幻的因子,于是,这学者就在一个晚上"醒来",似真似幻,开着阳台门的"窗帘随着晚风在轻轻飘拂",于是学者就感觉到了对面阳台"发出一道奇异的光",鲜花绚烂,光芒中耀出一个美丽姑娘,炫了学者的眼睛,再定睛,却万物恢复沉寂,只有音乐的诱惑,"如同中了魔法一样着迷"(安徒生,1992)。这是故事的铺垫,就好比伊甸园的苹果铺垫出人类的原罪。后来,这外国的学者在傍晚乘凉的时候,就玩起了蜡烛和影子的游戏,影子被蜡烛倒影于对面的墙壁,再由墙壁反射出的身影就顺利抵达到了那对面的鲜花丛中。影子随身而舞,造就了学者的进一步幻想,不只满足于花丛里的自在,更要"钻个空子溜进去",这下不得了,就像仿制上帝模样的亚当受了蛇和夏娃的蛊惑,从此人与影子就失落了。影子乐不思蜀,悬念四伏,但叙述者不理。故事接下来讲述学者丢失影子的烦恼,叙述者申明这还不是幻觉,而是故事,是叙事。因为丢失影子的悲剧早在学者家乡就有故事,正因为像故事那样早已蔓延的叙事,失去影子之个体的悲哀就得不到信任,更不要说同情了。每当黑夜,无论如何再点燃蜡烛摆弄身姿,还是"喂、喂"地千呼万唤都无济于事。狡猾的叙述者只是调侃这样的苦恼,而醉翁之意却是:"不过在炎热的国度里,所有的东西都生长得非常快,一个星期之后,他忽然发现在他走到阳光底下的时候,他的脚底下又长出了新的影子。这真使他欣慰不已,这么说影子的根还是留在自己的身上了。三个星期之后,当他动身返回故里的时候,这个新长出来的影子已经长得挺像模像样了。在旅途上,这个影子长得又高又大,就是去掉一半也没关系。"(安徒生,1992)

读到这里,我们必须要一个停顿,中国现代文学中,鲁迅也有"影"的象征,以"影"与自己的告别来自我否认。"影"只有在半明半暗中方存在,正午和完全的黑暗都将把"影"吞灭。那么,在与"影"的相随里,"纯粹"渴望就难企及。似乎《影的告别》是为凭吊根本虚无的"纯粹"之梦,"影"不要去你所去之处,无论天堂还是地狱,或是俗世的黄金时代;"影"也不愿意跟随你"住你"所住,于是"影"与你告别,但"不愿"与"不住"意味着"无地""黑暗"乃至"泯灭",决绝地选择"自我独行"的结果是宁可"彷徨于无地"。那么,安徒生笔下的学者丢失的"影"象征着什么?在《影子》的故事里,我们还没有读出安氏笔法惯用的爱的纯粹,因为这故事不发生安氏式的爱情。那么,这"影"同样可以作为克尔凯戈尔的"自我个体"来阅读,也就是说,新的"影"是经过炎热与寒冷两个国度洗礼之后的"个体"再组合,才那样拔高到"又高又大,就是去掉一半也没有关系"(安徒生,1992)。但是,叙述者又以接下来的嘲讽摧毁了这样的阅读期待,当老影子故国重游时,以人的主体拜访原主人,那高大的新身影"却像一只卷毛狗那样乖乖地躺在他的脚底下"任其践踏。新的"影"并不表示人的主体张扬,反倒是失落,那么该追问的是失落于何处。

仍然是"诱惑",是如让上帝动怒的苹果之罪的知识诱惑,现代人的主体失落于这诱惑无边的峡谷中。学者开始乞怜自己的故影的历险故事,这故事叙述本身成为主体。与其说影子变成了"人",似乎是延续18、19世纪人道主义的理念,但深入叙述者,不如说安徒生其实在解构关于人的神化。影子到底进入那异国对面的神秘房间"看"到了什么,是否会"讲述"与学者,也同时包括所有倾听故事的听众,这"看"与是否"讲"成为叙述勾引的"引线",调动起全部的阅读期待,几乎是躁动,但是"影子人"只卖弄机关说半句见到了"诗神",这正契合了学者曾经的梦幻,那美妙炫日花影中的女人。即使"影子人"没机会入"诗神"的闺房,也待过"前厢房",沐浴过"诗神"殿堂的光辉,正是这光辉将学者的知识衬托得暗无天日、一钱不值。"里面的那些厅堂是什么样子的呢?"学者问道,"是不是像空气新鲜的森林?是不是像神圣的教堂?置身在这些厅堂之中是不是有如站在高山之巅仰望繁星密布的夜空?"但是,叙述者设计的"问"的背后永远有一层纸的阻隔,正似那神妙无比又难以企及的女神,能指永远抵达不到所指。骄傲的"影子人"只是回答:"那里面什么都有。"再加上"我看到了一切,我知道了一切"。"一切"是什么?"一切"是现代发生的生生死死,人性恶的林林总总,是哲学丧失家园后的无家可归,是上帝之眼看到的所有。但是,它们始终在叙述诱惑的上空,悬置到"影子人"都被追问得不耐烦了,几乎濒临烦躁,于是近于无礼地急于要了断一个回答:"我告诉你我到过那里,因此你该懂得我必定会看到那里能够看到的一切。如果你也到过那里,那么你就不会再是个人啦。可是我到那里去了一趟,却从一个影子变成了一个真人。同时我还弄明白了我与生俱来的内在天性同诗神的血缘关系。"(安徒生,1992)原来"影子"还有这样高贵的血统,而人却不具有,那就是作品文字本身。笔者几乎被安徒生的文本牵引着走到罗兰·巴特的"读者的诞生就是作者的死亡"了,倘若把主人和影子的关系看成作者与作品的关系,那么影子就是这样诞生于人的死亡之上。

"影子人"在把前主人搞得"震蒙"了之后拂袖而去,"日月如梭,光阴荏苒,又是几年过去了"。当学者"绞尽脑汁"写出来"讴歌真善美"的文字,"对于大多数人来说正如奶牛眼里的玫瑰花一样",以至于"病倒了"时,"影子人"再度拜访,并建议带学者去旅游,到"浴疗场疗养","影子人"慷慨承诺承担全部费用,条件只有一个:学者为"影子人"的影子。玫瑰花的抒情与浪漫,奶牛懂么?!不知这"奶牛眼里的玫瑰花"是不是当时安徒生对于批评与他作品之感受,但他讲述的《影子》的故事却有了一个比鲁迅还悲哀的结尾。影子成了主人,主人成了影子,"他们或是一起坐马车,或是一起骑马,或是一起步行。他们时而并肩,时而一前一后,完全按照太阳的位置而定。那个影子知道得一清二楚,总是能使自己处在主人的位置上"(安徒生,1992)。到后来几乎有奴仆之分。如果像黑格尔的主仆辩证还好了,可是,故事的结尾却是他们遭遇到了一个眼光锐利的公主,在公主要与影子成婚之际,判处了主人的死亡。不是鲁迅的影子告别主人而沉入黑暗的"无地",而是人的死。

笔者追问:为什么安徒生要判自己在故事中("学者"在英文里却是哲学家,即 philosopher)死亡?据杰克(Jack)陈述,许多批评家注明,鬼魅性《影子》带有强烈的自传色彩,影子与人的分离是影射一个不愉快的谋生经历,安徒生提交的倡议遭到爱德华·科林(Edvard Collin)的否决,理由是没有使用规范的"你"。而在《影子》里也有一个情节,当影子作为主人，而主人作为奴仆之后，影子声明从此主人得称呼影子为"您"，而影子只能把主人称呼为"你"。当主人有一天企图表达友爱，提议"既然我们已经成了旅伴，而且我们又是从小一起长大的，我们结拜为兄弟好不好？这样我们就可以变得更亲近一些？"这倡议的结果是影子断然而严格地区分了从此以后的"您"与"你"的主仆称呼。在杰克转引的安徒生日记里，安徒生就直接叹息说，如果你贫穷、我富裕，我引导你入神奇，于是我不再是一个被友好与仁慈救济的穷鬼，在那样的境界里我们会有平等，也才会真实地彼此了解、相互倾心。批评家认为扮演义父般角色的科林表面上与安徒生合作，内在却始终贯穿与安徒生本质性的分离。于是，《影子》篇的复杂隐喻出安徒生与科林家族关系的复杂，既是赞助人，又是敌人，《影子》随时隐藏着对那种优越态度的报复。[①] 如果仅仅是一种愤恨情绪，或是自由的言说，笔者认为都不能完全支撑起书写者或者说哲学家的自我谋杀。除了上面笔者已经提到的罗兰·巴特的作者与作品的关系外，可以这样推测，是历年来多重复杂的特别是来自主流贵族阶层的批评直接挫伤从"丑小鸭"奋斗为"白天鹅"的安徒生的自信，尽管在1847年《安徒生童话》已经非常具有影响力，可是这样致命的自卑，导致了不可抗拒的自戕。

一个丑小鸭的奋斗历程中，需要多少善良的资助甚至庇护，方有可能得到机会走进阳光，遭逢海洋，得以飞翔？"旅途"与"旅伴"就像翅膀象征飞舞、鹅毛，墨水象征书写一样在安徒生的语言里别具意义。他在早期童话中有一篇特色鲜明的《旅伴》。它讲述了一个失去父亲、远走他乡寻找幸福和理想的孩子，因为乐善好施，即使把父亲留下的所有铜板施舍

[①] Jack Zipes, *Hans Christian Andersen—The Misunderstood Storyteller*. 这里注明安徒生重写了 *Chamisso's Peter Schlemihls wundersame Geschichte*（1814），说是一个人把影子卖给了魔鬼，由此富裕了起来。约纳斯·科林（1776~1861），国王特别财务代理，特级国务参事。1822年担任皇家剧院的副主任。安徒生进入正规学校接受教育，皇家剧院指定科林负责安排安徒生入学事宜，并担任其监护人。之后的近40年时间里，安徒生视科林为恩父。科林的家被安徒生称为自己"家中之家"。安徒生与科林的家人都保持有密切的关系。见〔丹麦〕安徒生《我的一生》，玄之译，东方出版社，2006，第51页。但是Jack引述的爱德华·科林，曾被介绍为监护人之子，也就是安徒生曾求爱的对象监护人的女儿路易丝·科林的哥哥，服务于司法部，与"安徒生的经年交往里，从来不肯尊迁就用昵称'你'来平等相待"（见石琴娥译序第4页）。

光了，但依靠对上帝的信心依然对前程充满希望。于是就在旅途中获得了一个旅伴，一个无所不能的旅伴，帮助他逃出诸多险境，还消灭了妖魔，赢得了公主。在这篇童话里，白天鹅符号只起到刹那而过的工具性过渡作用，似基督教理念中的天使，是传递信息、助人类趋近乃至有可能抵达上帝奥秘的桥梁。天鹅绝妙无比的歌声只是一个绝唱般的信息，提示寻梦的旅途人我来助你，以献身的姿态赠送了天鹅翅膀，叙述者因为这样的陈述意图，几乎犯不着来交代这天鹅为何而来、因何而死。赠翅膀给追寻的人，似乎是唯一目的。对这篇童话，在笔者的解读里，最具象征意义的是那本来早已死了的旅伴的奇妙药水，像笔者开篇所引安徒生对于墨水与写作的言说，它使用一滴，那遭魔鬼妖化了的公主就显身为黑天鹅，再一滴就成为白天鹅，第三滴方成为原来的公主。在这样奇妙无比的故事结尾，这白天鹅仍然是一个桥梁的象征，是从魔鬼走向天使的过渡。并且，笔者认为，文字，抑或作品的自由欢快，那种罗兰·巴特似的狂欢，安徒生是感觉到了的。在这《旅伴》童话中有一个助木偶获自由的想象，很类似"影子"的自由。那旅伴的"神奇药水"还有起死回生之功效，第一次起作用是助一断腿老太太重新站起；第二次就是使被大哈巴狗咬断的木偶"王后"起死回生，还神奇地再也不用牵引线的束缚，以至于木偶剧团的老板都不得不出高价换取这药水讨得所有木偶的自由。木偶线与木偶，恰似古老的作者与作品关系之传统理念，而获得自由的木偶们的狂欢，叙述者描绘得"令人陶醉"。

因此，笔者认为，受批评伤害的安徒生，幻想"墨水"如这神奇的"药水"，一次次从批评的死亡性伤痛里起死回生，就这样一路写来。而且就像他嘲笑批评的无知一样，若可以用这神奇的让魔鬼隐身的"墨水"泡之，"批评家"好比在安徒生"墨水"童话里浸泡一下的"公主"，瞬间就变成了"黑天鹅"，再浸泡一下就成了"白天鹅"，最后在童话的文字里获得天堂般的和谐美好。甚至可以说，安徒生对于恶魔隐身的"公主"们是何等仇恨，以至于在"她"接受魔法时会被"旅伴"抽得遍体鳞伤，好似那藤条就是安徒生之笔，若有这样以死亡获得的神力之"旅伴"相助，必将给伤害践踏他人者严厉教训。

安徒生与批评的关系，之所以有着那样痛彻心扉的伤痛，与他（按中国话是)"出人头地"、(按西方现代说法是)进身贵族主流阶层有关,这根深蒂固于安徒生意识形态中的理想、艰难困苦的奋斗,以及这追求的终极目标,却总是难以真的与自己的内心感受达以完美而水乳相融。安徒生曾在自己1845年生日时自嘲,最大的成功其实是最大的空虚。而当代对安徒生的批评更质疑:安徒生的魅力、意义到底是什么?其实很少人只因安徒生去研究童话意识或是创作功能,多数研究基本关注于安徒生的人生经历与工作的关系,而这也正隐喻出一个"丑小鸭"进身社会主流的"联姻野心",且安徒生又在作品里淋漓尽致地表达了这艰辛追求路途上的苦难和折磨,这几乎都导向如耶稣般的十字架受难。

二 千古哀叹的是才华并不具有自我"成就"之功——《蓟草的经历》

被当代批评指责具有"优生"甚至"种族主义"意识的安徒生,其实只是对优秀和上帝赐予的天分礼物本着致命的珍惜。因此,安徒生自己将这样"感恩"的"受难"命名为"光荣的荆棘路",他说:"世界的历史像一个幻灯。它在现代的黑暗背景上,放映出明朗的片子,说明那些造福人类的善人和天才的殉道者在怎样走着荆棘路。"[1]

"荆棘"意识的产生来自两方面,一是如《光荣》篇所举出的代代英雄,从荷马的遇难,到高斯的受折磨、诽谤、侮辱甚至迫害到流放的种种,使得创造者如同"蓟草"的命运:"蓟草开出了花朵,但只不过是为了装点坟墓。"(安徒生,1992)这"坟墓"的寓意,既有批评的扼杀,也有世界种种对智慧财富掠夺后的忘恩负义,似蜜蜂和黄蜂采去了花中之蜜,"却把花朵抛弃了"(安徒生,1992)。这关键还在于造成"荆棘"的另一绝唱性悲叹,"天才"自身不具有完善"成就"之功,社会的条件,外在的辅助,几乎可以致命。

《蓟草的经历》就是以童话来表达这样一种刻骨铭心的创痛心情。说

---

[1] 〔丹麦〕汉斯·克里斯蒂安·安徒生:《安徒生童话故事集》,叶君健译,人民文学出版社,1992,2007年第8次印刷,第306页。

在"富丽宏伟"庄园外的一个"珍稀"花园的旁边,有一路边"蓟草",这野生于富贵之外的生物,"没有人瞅上它一眼",只有一头路过的"老驴"总是对她"挤眉弄眼":"你长得真美,我真想把你吃掉。"可"蓟草"毕生的凤愿就是可以荣华于那栅栏之内富贵的归宿。这热切的愿望生长出了堪称奇异的"紫色鲜花",以至于名贵到让人仰慕的"苏格兰小姐"称赞其为"苏格兰国花",而庄园主的儿子为了博取丽人心,不惜让玫瑰刺破手指,摘取了这"蓟草"的第一个孩子,而且这孩子花不只越过了栅栏,还别在了名贵小姐的衣扣上。这成功的荣耀让"蓟草"兴奋不已,故事在空气中传播乃至真的就成就了一门婚事,几乎让"蓟草"得意忘形:"这门亲事是我撮合的……我一定会被移植到花园里去的……说不定会被栽种到花盆里去。虽说花盆里挤得难受,不过总算是最荣耀的了。"(安徒生,1992)蓟草就这样将幻想许诺给成群的孩子,"如今每一分钟我都等着越过栅栏"。向往和深信不疑的信心,几乎营造出中国人熟悉的鲁迅笔下阿Q的认祖归宗的伟大幻觉,以至于这"蓟草"真的认定自己祖先是"苏格兰国徽"上的永驻:"常常有人出身显贵的家庭,而自己却一无所知!"安徒生的诚实就在于表达了世世代代、即使是当代批评他是种族主义者,只要敢于面对自己的心灵,也不得不承认的心理,似"蓟草旁边一株荨麻"的同感:"倘若它(这荨麻)被好好抬举一下的话,它本来是能够织成细麻纱布的。"(安徒生,1992)

在安徒生看来,要成就天鹅,你必须首先是"天鹅蛋",但是天鹅蛋并不一定能成就得了"天鹅"。于是,故事中,夏去秋来,第一个蓟草孩子的花朵的幸运并没有落到其他同样、也许更茂盛的花朵身上,她们渐渐枯萎凋零。待庄园主的儿子与苏格兰小姐也如愿成婚了,"蓟草仍然站在那里,只剩下最后一朵花了"。这被新婚夫妇称为"幽灵"的花朵将要被刻进庄园客厅的"画框"里,于是蓟草问:"我生出来的第一个孩子被插在了上衣的扣眼里,我生出来的最后一个孩子被刻到了画框上!那么我自己的归宿又在何方?"安徒生用老驴调戏的语言来回答蓟草的执着,笔者不知这调戏里有没有安徒生欲表达的泪水:"快到我这里来吧,亲爱的!我没法子凑到你那里,绳子不够长呀!"调戏并不能改变蓟草,她陷入"深深的沉思中",像我们"天下父母心",安徒生的结尾:"唉,只要孩子们被带进去了，做母亲的就是站在栅栏外面也心满意足啦！"这样"高尚"的想法感动了太阳，于是太阳光说："你也应该有个好去处！""在花盆里还是在画框上呢？"蓟草问。太阳光答："在一篇童话里。"（安徒生，1992）

或许这就是安徒生自己对童话及自我在童话中定位的阐释，代表着"人往高处走"或者说自我价值认可的普遍心理。在这份坦白的真诚里，任何故作姿态的不屑和虚张声势的阶级立场表演的鄙夷都未免显得矫情。但是，安徒生不仅于此，他清醒地认识到弱势群体在许多情形之下就如小人鱼那样没有声音无法表达自己，美丽或者说天才本身不是移植于豪华花园、花盆乃至画框的全部理由，外在的、出身的、社会的条件往往更多的时候压倒天资本身的魅力。于是人与境，"丑小鸭"的追求历程与权威、资助的关系就复杂而微妙，这几乎构成荆棘的另一面。许多的时候，你甚至不知道权威是如何形成且笼罩于你的生命并裁断你的未来。这是童话《牧羊女和扫烟囱的人》中的表达。那个中国瓷老头尽管提不出证明说是瓷牧羊女的祖父，却"有权管她"，还可以随便点头决定她的婚事，害得牧羊女不得不和扫烟囱的情人出逃。可故事叙述到这两个小瓷恋人好不容易爬进壁炉、穿过漆黑的通风道而且胜利地达到烟囱的出口，几乎亲触"头顶上是一片星光灿烂的夜空，脚底下是万家灯火"，如此"天地广阔，无边无际"的自由景色却把牧羊女吓哭了，甚至"泪水把她身上的金色冲得一片斑驳"。世界太大了，大到小小的牧羊女"吃不消"（安徒生，1992）。不知这是不是安徒生想象的自我出逃（像旅游）又因为"金色斑驳"（经济等各方现实条件的隐喻）而不得不重回贵族客厅的写照。出逃与取宠一直是"荆棘"追求之路的尴尬二重奏，尽管安徒生在童话故事里幻想了一个折中的结尾：当这一对小瓷情人千辛万苦回到原来的地方时，可喜可贺的是权威"祖父"碎成了三段，故事更改了权威性，因为这祖父虽被粘好如初，脖子上却多了一颗钉子，这钉子维系的权威生命就再也不能点头了，于是这对小瓷情人就既不需要远走他乡，亦能终成眷属。

安徒生是在资助中发达的，光荣与伤害并置。特别是在基督教的感恩理念影响下，权威与受助人的关系就错综复杂，这是为什么当牧羊女出逃退回到客厅发现权威祖父碎裂后自责,而不是幸灾乐祸的原因,不是打倒了权威就有"小人"报复成功的痛快,而是因为忏悔甚至忽略了对自由的向往。笔者认为这正体现了安徒生的信仰素质。可这点被西方批评(如上引的杰克)认为如随便涂抹的油漆那样不和谐。安徒生与当代的左派阶级理论在认识论上存在本质分歧,不是所有低下层人就一定要阶级控诉,其实生存境遇的曲折艰辛、企及终极的不可能性更具艺术魅力,而安徒生对这复杂、细微甚至具有人性普遍意义的思考总是有更好的象征性表达,这就是《踩踏面包的姑娘》。当你不珍惜恩赐,践踏面包,会遭遇到什么样的结果呢?这本是类似基督教中不知感恩的惩罚故事。爱慕虚荣的小姑娘英格尔,为了保护美丽的鞋子不弄脏,而不惜踩在了面包上,于是就坠落到深渊。但是安徒生似乎要表达某种自我灵性之忏悔:"小英格尔就这样来到了地狱。人们并不总是这样直接来到地狱的,可是他们倘若有灵性的话,他们就用不着走弯路,而是一下子就到地狱里去了。"(安徒生,1992)比单纯的忏悔更复杂的是,这"踩"面包的脚就从此再也拔不出了,而是越陷越深,像地狱中被千年蜘蛛网似的镣铐锁住的守财奴,守住忘了钥匙的钱柜干着急,灵魂在永不得安宁的痛苦中受尽折磨。结果脊椎、四肢僵硬,浑身冻结成了面包上的一尊雕像,像鲁迅《野草》中描绘的"死人",任苍蝇欺凌。脚底下的面包非但不能充饥,还以诱惑的形式成为"饥饿的煎熬,到了后来,她觉得自己肚子里的五脏六腑都互相啃噬起来,把它们自己吃个精光。她肚子里空洞洞的,空得令人恐怖"(安徒生,1992)。如果我们跳出上帝的惩罚与拯救叙事,而将这表达作为隐喻来解读,处处是现代人与"食物"纠缠的玄机,你、我、他,只要是自我"觅食",或者"荆棘"路攀登者,无一能逃脱这"下陷"和"凝固"。

第四章 以心灵"识别"，
乃爱之绝唱

艺术有真假，倘若在一个只对假物感兴趣的低俗权威面前，你展示真实，就只能吃力不讨好。这就是童话《猪倌》。故事说一个贫穷小国的王子，为攀结高贵的公主，用自己仅有的两件宝物求婚，一件是父亲坟头的玫瑰花，"只要闻一下，一切烦恼和忧愁都会忘掉"；另一件是能唱"婉转动听歌曲的夜莺"（安徒生，1992）。但是，浅薄的公主只要精致的假花和八音盒，对真实的生命嗤之以鼻，结果，王子假扮猪倌，专门制作假物，要么是可以嗅到天下佳肴的铃铛小锅，要么是模仿奏华尔兹的"拨浪鼓"，愚蠢的公主却神魂颠倒，不惜以香吻交换。

"识别"需要"慧眼"，有能力发现、判断乃至揭示。但更重要的是，慧心需要"酷爱"，像安徒生笔下的戏迷姨妈，其可贵就在于对艺术的痴迷，为"戏"而活。在《姨妈》篇里，就描写了一个痴迷于戏如"宗教信仰"般的姨妈，50年不变的包厢定位，甚至死后还立下遗嘱，将遗产的利息赠送给"一位正直没有家室的老姑娘，每年专用于预订每个星期六的剧场里第二层左边的一个座位给她看戏，因为这一天演出的剧目通常是最好的。享受这笔遗产的人只需要履行一个义务，那就是她每次上剧院去看戏时必须想起长眠在坟墓里的姨妈"（安徒生，1992）。也就是说，姨妈的坟墓仍然有一架梯子连接到戏院，就像她生前戏院的内部电话线直达她的床头一样。安徒生曾在《铜猪》篇里描绘过伽利略坟墓上这样的艺术之梯："这梯子就好像代表着艺术本身，因为艺术就是一架烈焰熊熊的通往天堂的梯子。"（安徒生，1992）也是在这篇文章里，安徒生一笔带过另一位妓女接客的描写，但从他的传记来看，只有 1819 年他投奔哥本哈根姨妈时，才遇到过女人接客的场景，随后，安徒生就离开了，从此再也没有提过这妓女姨妈。只不过在《只是一个小提琴手》里刻画了一个对"天才"起着推动作用的妓女"斯苔芬"。

在西方叙事史上，"梯子"是神与人沟通的渠道象征。《圣经·创世记》说，雅各梦见"梯子"，由地面直上天堂，天使们靠着它上上下下。于是翌日醒来，筑祭台的云深处为"上帝之家"。而但丁在《神曲·天堂》篇里，穿过繁星密布的最后几层天空时，在那"第七层"同样显现了"雅各的梯子"，象征获救赎者进入永恒的光明。似乎只要涉及"创造力"，"雅各的梯子"象征就必然显现于表达中。弥尔顿、艾略特、叶芝、庞德、乔伊斯等"都运用过梯子这一共同形象"，[①] 几乎是承袭的传统。这"梯子"具有两方面意思：一为人有上升入天堂的可能；二是人自身的力量是有限的，必须依赖外力，且这外力还非一般，是上帝赐予的"梯子"才行。也就是说，安徒生"姨妈的梯子"是否有效，实在有极大疑问。在弗莱看来，区分"上帝之梯"与柏拉图的"爱之梯"，他申明只探求前者。而在安徒生看来，上帝与爱皆可以合一为趋达诗之童话。于是，我们可以随手借用柏拉图对"诗"的谨慎来小心翼翼于"姨妈"的"天才"论是否信口开河了？

在《理想国》中，苏格拉底与格罗康讨论"诗"当为自己存在的合理性辩护，苏格拉底说："但是如果证明不出她有用，好朋友，我们就该像情人发现爱人无益有害一样，就要忍痛和她脱离关系了。我们受了良好政府的教育影响，自幼就和诗发生了爱情，当然希望她显出美好，很爱真理。可是在她还不能替自己做辩护以前，我们就不能随便听她，就要把我们的论证当作辟邪的符咒来反复唪诵，免得童年的爱情又被她的魔力煽动起来，像许多人被她煽动那样。我们应该像唪诵符咒一样来唪诵这几句话：这种诗用不着认真理睬，本来她和真理隔开；听她的人须警惕提防，怕他心灵中的城邦被她毁坏；我们要定下法律，不轻易放她进来。"[②] 这

[①] 〔加〕诺思洛普·弗莱：《神力的语言——"圣经与文学"研究续篇》，吴持哲译，社会科学文献出版社，2004。
[②] 〔古希腊〕柏拉图：《文艺对话集》，朱光潜译，人民文学出版社，1988，第 88~89 页。

可以用来理解安徒生的《顽皮的孩子》,故事说一位老诗人,在大雨天救助了一位被淋得落汤鸡的孩子,而这淘气的孩子,当喝/吃过老诗人的甜酒和苹果缓过劲来后,竟然用弓箭对准老诗人的心"嘭"的一箭。后来还跟随人见心就射,即使是"姑娘到教堂受'坚信礼'的时候"这顽皮的小孩也不放过。他有许多射心的故事,曾"射中过爸爸和妈妈的心",最可恶的是"有一次,他居然把一支箭射进老祖母的心里去啦,不过这是很久以前的事了。那个创伤早已经治好了,但是老祖母一直忘不了它"(安徒生,1992)。爱箭穿心,是坠落还是飞升?安徒生其实不无暧昧。

虽说他有不信任,但抵达爱就像飞奔上帝之家一样不能没有"梯子"的外在帮助。在《恋人》篇中,爱本身几乎毫无信任度,炫耀的全是外在的光环。陀螺与皮球,开始陀螺很谦卑,老向骄傲的鞣皮做成的球小姐求婚,可怎么样表示门当户对,球小姐就是不信。陀螺还向天发誓:"如果我撒谎,那么愿上帝不叫人来抽我!"而球小姐就是看不上他,一心只想空中的燕子,结果,不小心在一次"高攀"途中失踪了,以至于陀螺生发出无比的想象之恋。在他也"不再年轻了"的时候,却有幸被镀了一层金色,以至于兴奋不已,蹦进了垃圾箱,在一堆烂苹果、白菜的垃圾"贱民"中却重新遭遇到老恋人"球儿"。可这时已是老太太的"球儿"看见陀螺,是久逢知己,倾诉衷肠。"谢天谢地,现在总算来了一位有身份的人,可以跟我聊聊天了!"她诉说自己出身的高贵,差点同燕子结婚,却不幸跌到"屋顶的水笕里去了",一待就是五年,把全身都浸涨了:"对于一个年轻姑娘来说,这段时间是太长了。"尽管陀螺认出了旧恋人,却再也不为衷肠而动。特别是金陀螺又被小丫头从垃圾箱里拾回"屋子里",重新"引起人的注意和尊敬",那可怜的"球儿"却"一点下文也没有"了。故事结尾说:"陀螺再也不说他的'旧恋'了,因为,当爱人在屋顶上的水笕里待了五年,弄得全身透湿的时候,'爱情'也就无形地消逝了。是的,当人们在垃圾箱里遇到她的时候,谁也认不得她了。"(安徒生,1992)爱神之箭的不可靠在于"心"有质地万千,倘若"箭"射中的只是一颗如球儿的"软木心",还只不过是虚荣一些、好高骛远一些、幻想膨胀一些,到头来自讨苦吃罢了;而倘若射中的是颗"桃木花心",天生的使命就是"被鞭子抽",这样的花言巧语总让人狐疑。

"心"是物质的，又并不具有物质性。弗莱借华莱士·史蒂文斯的诗题《没有场所的描述》来形容"心"。也就是说，"心"可以是"缺乏场所"的"内在创造"。而在基督教理念里，"心"不可以没有"灵"。也就是说，"创造"核心点依赖"灵"，而"灵"具有神秘的"启示"之功力。即使是《新约》对《旧约》的传承接受，按保罗在《圣经·哥林多前书》中所言："必须用灵性去辨识。"于是心灵总合二为一为一种具有人类创造力的"潜在思维"。里尔克用"呼吸"来形容："为了自己的生存/不断纯正地融入宇宙之中。"也就是说，宇宙自然与人、灵与肉"互相渗透"，这样的开放方有"爱"的可能，只交融而不侵犯，由此才可以诞生"永恒的婴孩"（荣格之语），才有生命不懈永远上升的可能，这灵性的生命才被称为"心灵"。

"启示"的灵性如"道成肉身"，有神谕的呼唤之效，幻着神秘的倾临总往往不期而至。也正是如此，生命时间从起始走向终止才如梦幻神奇、复杂多变的探险，于是就有了前面已分析的"叙事的追寻"，而本部分着重探讨的是追寻的旨归，抵达灵魂深处的可能，以至于"童话"或者童话作家安徒生自身的"天才"，可以如《新约》般在"灵性的辨识"中显现"福音"的光辉。

一 《大门钥匙》

人不可救药地依赖外在，这在"梯子"的隐喻里已表露。《大门钥匙》篇说人的性格和行为，多由自己的"星座"而定，好似那王室参事，属于"手推车星座"，万事都需要"推上一把"。他总是将时间耽搁在路上，"若不去推他一把，他是不会朝前走的"（安徒生，1992）。这参事知识渊博，无事不晓，都亏了他有一把神奇的"钥匙"，开始还在手上玩着魔术般的变字母游戏，结果"钥匙"干脆径直"钻进了他的脑袋里，在那儿摆动个不停"（安徒生，1992）。它可以回答天下所有的问题，也自然成了参事的"乐趣和智慧的源泉"。但这"精灵"不被夫人的远亲——一位"有灵气的才子"药剂师相信，甚至被嘲讽般地诋毁为小道新闻。

为了论证这"钥匙"的"灵气",及药剂师的无知"盲识",安徒生首先穿插了这个"胡编乱造"作为铺垫:有一个家庭有一张古老的餐桌,餐桌里有一个精灵。一天两个孩子单独在家里,禁不住"天资聪颖"的诱惑,把精灵弄醒了,于是得罪了他,惹来报复。恼怒的精灵把孩子推进自己的两个抽屉,然后载着他们"从敞开的大门跑了出去,跑下台阶,跑过街道,一口气跑到了运河边上,就纵身跳进了运河里去"。于是两个孩子就淹死了,柜子被送上法庭,"以谋杀儿童的罪名被判在广场上活活烧死"(安徒生,1992)。关于"灵"的叙事,当极其谨慎小心,倘若无"善"根,必将经受恐怖。接下来,"钥匙"预测地下室男人的女儿的命运,回答是"胜利和好运"。为此这女孩与故事本身都踏上了"追寻"之路,可是蜿蜒曲折,终于不堪重负失败了。在这由"钥匙"预测的胜利起点到失败结局漫漫的曲折叙事中,连参事夫人都走完了一生,而且那不怀好意的药剂师还把"钥匙"变成了口水似的"大部头小说",给参事"天下最恶毒的中伤"。情节就在参事的房子"连那些浸泡在水里抽芽花的樱桃枝现在也由于悲哀而枯萎了"时,那失败的姑娘却顿悟了:"首先做一个好人,然后再是艺术。"(安徒生,1992)这启迪促成了参事婚姻生命的重生,身为参事夫人的姑娘也就印证了"钥匙"的预测"胜利和好运"。

本部分要讨论的是"识别"天才的可能性,特别是在"上帝之梯"与"姨妈之梯"的价值意义存在天壤之别间,如何可以论证"识别"之有效。"钥匙"的"识别"能力最后的论证结果几乎出乎意料于安徒生"天鹅蛋"的内在本质。为什么会这样?"平庸的好人"真能在安徒生心灵上超越"艺术"?故事中姑娘顿悟:"不少钩心斗角和相互嫉妒的事。"此为前章已详述的原因之一。还有前文涉及的安徒生性格的"双重"或者"多重"性,倘若自己"识别"自己都有一定的难度,或者说都只能用"多棱镜"的呈现方式,那么如何有信心全权托付他人"识别"?何况这"识别"还是地位低下如深渊的"妓女"的识别。这依靠的"智识"或者说"开启的钥匙之灵"需要如何的深奥性?

在前文提到的西方评论家杰克的论述里,安徒生威慑秩序而不惜将笔下童话人物若有反叛者置于惩罚中,既为艺术亦抵制"着魔"。但是在笔者的解读里,安徒生正是深深懂得浩渺宇宙中生命的渺小和无奈而无法不敬畏。正如他的追寻与拯救，假如没有"上帝之梯"，以及心灵的悟性坚韧，结果就难以抵达。在《野天鹅》中，拯救者小艾丽，其实也是安徒生甚至我们每个人，只不过是从一片"绿叶"的"洞"中仰视太阳，全部的呼吸都在祈祷，唯一可以信赖的是自己如小姑娘般的"坚韧"和"沉默"的智慧，出其不意地"跳"到公主的身上，方能为"最高者"（《跳高者》，安徒生，1992）。康德那种"天才"创造"现实"如上帝创造"天国"的自信，在安徒生看来存在两否性，即使他同样认同康德的"审美"需要"鉴赏力"，艺术"创造"需要"天才"之论。或许是安徒生太清醒或者太诚实于自己，或者是自己笔之墨水在纸上盛开的边界，甚至人生羁旅的有限。只不过是"椴树"叶的经脉上的挪动，"走啊，走啊，可是还没有等到走完，太阳就下山了"（《玫瑰花小精灵》，安徒生，1992）。而客观现实却如万花筒般"镜片破碎支离"，以至于"灵性识别"之路坎坷崎岖，若没有一种被称为神奇的"爱之超力"，万万难成。

二 《白雪女皇》

在叶君健的珍藏本里，海德巴赫为这则童话绘了两把朴素的椅子，一把配上一个蓝色的典雅坐垫，好似那具有康德似的"鉴赏力"的"姨妈"虽已故去，却"灵性"犹存，只要我们伸手触摸，还有那智性的余温。而另一把却放一个小小的放大镜，呈立体的动感，刚才还被使用，你随时可以提起，那手把处诱惑着也测试乃至窥审你的"辨识"能力。

这是一个由七个小故事组合的大故事，开篇就言那魔术"放大镜"。任何美只要它一照，就像"煮烂了的菠菜"那样"令人憎恶"。而丑如小小"雀斑"，却可以被它放大到满天地。即使是人心里深藏的"虔诚和善良"，在这魔镜里也只能"表现为一个露齿的怪笑"。更不幸的是，这魔镜还在各国飞舞之时跌碎了，碎成"几亿、几千亿以及无数的碎片"。有的"比沙粒还要小"，在世界上乱飞，只要飞进你的眼睛，就扎根不动了，导致这含有这"碎片"的眼睛看任何事物都只有坏的一面。最后连"心"也变成了冰块。

可以肯定，"识别"安徒生"天才"的姨妈，或者妓女"斯苔芬"

是没有使用过这放大镜的,尽管那图画中两把椅子摆放得很靠近,但在"叙事时间"上一定如安徒生的表达方式,相隔万万年;或许是姨妈们死得太早,要么魔镜还没有产生,更不要说等到它粉碎不可阻挡地飞进眼睛里,来误导你的"辨识"能力。可是故事里的男孩加伊却成为不幸者,在雪花转玫瑰的花季,在教堂钟声的底下:"啊!有件东西刺着我的心!有件东西落进我的眼睛里去了!"这正是那丑恶魔镜的碎片,"它把所有伟大和善良的东西都照得渺小和可憎,但是却把所有鄙俗和罪恶的东西映得突出"。而且这小男孩的心也渐渐变得像冰块了,摧残玫瑰,作弄任何人,无论是老祖母,还是"全心全意爱他的"小女孩格尔达。再后来,他被白雪女皇吻了一下,这冰冷透彻的吻"一直透进他那已经成了冰块的心里",从此失去记忆,忘记了所有人。这是故事二。

到故事三,开始了女孩对至爱的哭诉寻找。她开始对太阳诉说,然后对燕子倾诉,它们鼓励她,说加伊没死。于是格尔达愿意用自己最美丽的新红鞋去换取好友加伊。从此她踏上了"追寻"的荆棘路。遭遇过巫婆,被巫婆的金梳子梳去了记忆,直到泪水浇开了玫瑰,才重新想起自己的寻找使命。但是安徒生的故事到这里却卖了关子,寻找的行动被另一套叙事——花儿的故事替代。因为格尔达向它们询问加伊的下落。"不过每朵花都在晒太阳,梦着自己的故事或童话。这些故事和童话格尔达听了许多许多,但是没有哪朵花知道关于加伊的任何消息。"卷丹花讲:"咚——咚!"说印度的寡妇在丈夫的葬礼上被人群里的"一位活着的人"火焰般的眼睛穿透灼热了心。格尔达说:"我完全不懂!"可卷丹花说:"这就是我要讲的童话。"到牵牛花讲古老城堡的常春藤伸向阳台偷窥爱情,格尔达开始还误以为是讲加伊,牵牛花却回答:"我只是讲我的童话——我的梦呀!"再到雪球花"破裂"的肥皂泡泡歌、风信子的哀悼、金凤花的"颂金"故事,以及水仙花的自恋,与加伊的失踪和格尔达的寻找毫无关系。于是"光阴"就这样"耽误"在了这冷漠叙述中的"灰色和凄凉"的"茫茫世界"了。"延宕情节"是叙事的一种策略,虽说花儿的故事与童话"追寻"结构无关,却潜藏着影响甚至改变"追寻"路径的可能,至少让"追寻"行动争取到思考时间。这时间还因为各色的参与,具有对行动的考验品格。

接着发展到故事四，格尔达得到乌鸦和王子公主的帮助，乌鸦肯定少不了叙述，但"追寻"行动与叙事并置，而且生发爱情，所以可以登车而行且"闪耀得像明亮的太阳"。到了故事五，格尔达却遇上了强盗，好在这时"追寻"故事本身已经可以赢得同情，于是获得了强盗女儿和斑鸠、驯鹿的帮助。路继续延续，到故事六，连驯鹿也可以叙述这"追寻"的故事了，于是神奇的力量开始显现，这是芬兰女人的"辨识"："我不能给她比她现在所有的力量更大的力量：你没有看出这力量是怎样大吗？你没有看出人和动物是怎样为她服务吗？你没有看出她打着一双赤脚在这世界上跑了多少路吗？她不需要从我们这儿知道她自己的力量。她的力量就在她的心里。"正是因为这"心"之力量的无穷，在故事七抵达了加伊冰块的心之所时，用泪水融化了寒冷，以至于加伊眼中的魔镜碎片也哭了出来。于是这两颗小小的心的组合就破了白雪女皇的冰图，那是两个字，叫做"永恒"。只要有这两个字，人就成为自己的主人。

回到那两把椅子，永恒的正是那千古不散余温的坐垫。如果说这个故事从"识别"的质疑走向心灵永恒的期许，那么下面的故事就是极致超越。

三 《一个母亲的故事》

这其实是一个以心识别的故事。被死神抱走孩子的母亲奋力追回自己的孩子。她首先碰上了夜神，但要听完歌曲，方肯为其指路。夜莺可以点燃黑夜路的光明，同样是安徒生的童话意旨。在他第三次爱情失败之后，就以"瑞典的夜莺"——歌星燕妮·琳德为蓝本创作了《夜莺》。在母亲的故事里，笔者愿意首先套进《夜莺》的故事，因为两个故事存有共性。要有"心灵"的识别，不是有眼睛或者感官就可以达到的，这"识别"对爱的素质要求颇高。都说安徒生算是第一人，开始使用现代表现手法书写故事，恰在于他喜好使用象征、隐喻，而在《夜莺》篇里更涉及原声与仿制，工业文明的理性剖析制造以及复制诸问题。真正的生命力在于原创，它可以使濒临驾崩的皇帝起死回生。这是一个发生在中国远古的有关皇帝的故事，我们弄不清楚安徒生当时为何有那么点讥讽中国皇帝宫室生活的心态和感受，但可以推测安徒生可能一知半解于中国著名的"知音"故事。这是一部失恋后之作，对"知音"的表述和意在索求情有可原，因此，"夜莺"永远不忘的是听者以泪回报的"赏赐"。当皇帝说："你这只神圣的极乐鸟，我已把你认出来啦！你就是那只被我逐出我的帝国的夜莺！然而你却不计前嫌，用你那甜美的歌声把死神从我的病榻上撵走，我该怎样赏赐你，才能报答你的救命之恩呢？"夜莺却回答："我第一次为你歌唱的时候，你流下了泪水，我永远也不会忘记。这些泪珠就是滋润歌者心田的最珍贵的珠宝……"（安徒生，1992）也就是说，尽管爱情的彼此拥有，可能难以企及，但相识、相知却也贵重无比，这方是"识别"的意义。

　　故事叙述当大臣受命寻找夜莺时，有许多盲视与盲听，开始把母牛的"哞哞"和青蛙的"呱呱"愚蠢地当成了夜莺，这象征性地铺垫出皇帝动情泪水的弥足珍贵。而这样的知音难求还在于聒噪太多，即使是话语认可的表演场地，也会有不识真音之价的贵妇，说什么"要嘴里含点水"，说话装扮出颤音就可以假扮夜莺骗得逗爱取乐。人在追求的路上有很多挑战，不止于爱情。有着鲜活生命的夜莺遭遇人造夜莺的经历，几乎隐喻出原创生命遭遇工业复制文明的境遇，但是于安徒生而言，真正走进心灵的永远是生命与动情。对19世纪的安徒生来说，人的主体性还是一个可以坚持的向往，尽管已经预感到现代工业文明摧毁的气息。其实在笔者的解读里，安徒生的笔已经有些许后现代的语言景观了。当真夜莺被逐出帝国之后，人造的夜莺就平步青云，安坐于皇帝卧榻的丝绸垫子上，并被册封为"皇家首席歌唱大师"，而且"宫廷乐师为这只人造夜莺写了一部二十五卷的书"。安徒生不无讥讽地这样叙述游戏景观："这部书篇幅冗长、晦涩难懂，而且是用难得不能再难的中国字写的。大臣们都说他们拜读过这部巨著，而且还看得懂书里写的内容，因为他们都怕被认为是蠢才而挨板子。"（安徒生，1992）这讽刺朝廷的口吻极像《皇帝的新装》的假戏真做，而《夜莺》的不同之处还在于以郑重其事的夸张之笔揭示某种机制的荒诞。安徒生写到"挨板子"还不过瘾，继续写道："就这样整整一年过去了。皇帝、朝臣和中国所有的百姓都能背下那只人工夜莺的每个音调。正因为大家都学会了，所以更加疼爱它。他们都能够跟着它一起唱，而且他们也真的这样做了。街上的孩子们唱着'叽叽叽、咯咯咯'，皇帝

本人也高歌'叽叽叽、咯咯咯'。真是热闹得很。"（安徒生，1992）

安徒生非常喜好极致的表达，即无法表达的表达，那是割去了舌头（《海的女儿》）之后的倾诉、歌吟，那是哭掉了眼珠（《母亲》）之后的寻找、辨识。因此，安徒生的写作意绪当属现代。但为什么他要如此夸张，而且完全是因为感受而达到的只有后现代方有的取乐景观？是他对燕妮·琳德在成功之后，那庸俗的众星捧月以至他难以接近的心理愤恨之隐射？从传记里，可以清楚看到，安徒生是燕妮的最初识别者之一。初识时，燕妮只有22岁，还从没有在瑞典之外的地方演出过，安徒生给过她鼓励，并为她的演出寻找机会。燕妮的演唱会大获成功，得到国王赏赐的钻石环，还有"三百个高中毕业生以火炬游行和小乐队的形式为她祝贺，人们传说她有着神圣的力量"。[1] 而安徒生在燕妮的飞黄腾达里却陷入了苦恋般的单相思。可以肯定的是，当时安徒生的情感心理颇为复杂，焦灼而痛苦，甚至妒忌频频与燕妮接触的门德尔松。

捕风捉影于这些心理问题不是本章的兴趣。笔者更愿意捕捉安徒生天才的感受力，那种以文字纯然感受到的、被杰姆逊定为现代棘手的"表达"问题。遭遇现代工业文明冲击后，语言被现代程式规范而沦落为陈词滥调。安徒生将这形象地用"叽叽叽、咯咯咯"来表示了，在这"叽叽叽、咯咯咯"里，语言丧失了杰姆逊所说的"纯洁性"，既不能表达感情，更无法体现自我。于是杰姆逊提议，"在语言表达方式之中，加入另外一种语言表达方式"。他举出毕加索的画，以无声的画——另一种语言来表达被污染的语言背后。[2] 而这正是安徒生的极致手法，丧失的舌头正是为了突出舞蹈的身体、眼神语言，哭出的眼珠正是要表达心灵的倾听。于是"缺席"就成了另一份创造，乃至对大地原生命力复苏的拯救。

让我们在这时回到《母亲》篇里。"识别"付出的代价曾极其昂贵，母亲得到夜神的指引后，遇到的是挂满冰凌的"黑刺李树"，作为问路的

---

[1] 〔丹麦〕斯蒂格·德拉戈尔：《在蓝色中旅行——安徒生传》，冯骏译，译林出版社，2005，第141页。
[2] 〔美〕弗雷德里克·杰姆逊：《后现代主义与文化理论》，北京大学出版社，1997，第177页。

交换，安徒生动情地叙述道："她把黑刺李树紧贴到自己的胸前，捂得那么严实，树丛的刺都扎进了她的肌肤里，她的鲜血大滴大滴地淌下来，可是黑刺李树从此暖和过来了，竟然在严寒的冬夜长出了嫩绿的新叶，绽开出鲜花。一个悲痛欲绝的母亲的心竟是如此温暖！"（安徒生，1992）这或许是安徒生对自己母亲的真实感念，毕竟母亲是第一个鼓励他作为天才的。得到李树指路的母亲又被一个大湖挡住了去路，要么把湖水饮干，这是人做不到的；要么是大湖开口提出的折中办法，要母亲哭，直到"把眼珠子哭了出来，落到了湖底，变成了两颗价值连城的珍珠"（安徒生，1992）。于是以眼珠交换得以通行的母亲，当抵达儿子所困之地时，靠什么来识别？而且识别的是已成植物的众多生命中的那样的"一株"。母亲最后献上了自己的头发，以换取识别的机会。茫茫的植物丛中，"悲伤的母亲朝所有这些弱小的花弯下腰来，倾听花里的心跳声。她终于在几百株植物中听出了她自己的孩子的心跳声"（安徒生，1992）。只要有爱的心灵，就定会有识别。正如死神问："你是怎么找到这里来的？"母亲答："因为我是一个母亲。"故事如同安徒生的许多童话，在结尾总别出心裁。死神还给了母亲眼珠子，让母亲看到两类人，一类是能给人类带来幸福和快乐的人，而另一类却是庸庸碌碌悲哀度过一生的人。其中就有一个是自己的孩子，母亲决定了自己的"缺失"，尽管为了追寻付出了所有，但是，识别出的生命并不是为自私占有，为了生命的意义和价值，母亲放弃了自我拥有。这是不是14岁的安徒生离开母亲奔赴前程的写照？这样以心灵表达的母亲，谁可以否决她对"天才"的论断？不错，血统是安徒生的自卑，也不否认他有根深蒂固的"天鹅蛋"意识，但正像他的"以无言代有言"的表达方式一样，《母亲》篇是一个超越，将出身低微甚至或许俗世上被判为不光彩的"无声"，以爱的心灵倾听方式和别样的表达重新定位。这是安徒生与批评他的乌合之声的差距，非但不写那不可更改的身世苦痛，反而以艺术之笔、性灵之情升华。拥有如此奇爱的灵魂怎么可以说不是童话，不富足和灿烂辉煌！

弗罗姆把爱分为两种，一是"重生存的爱"，另一种是"重占有的爱"。后者只是"对爱之对象的限制、束缚和控制"，而前者却是创造性的活动，无论是面对一个人，或一棵树、一张画、一种观念……总在唤醒和更新"他（她或它）的生命和增强他（她或它）的生命力"。[①]这爱的创造性行为，正如本章开篇引述安徒生的墨染，让爱盛开，于是生命就得以更新和成长。

结　语

对于那伟大的一切，我们什么也不是。这是面对上帝、艺术乃至神圣的纯粹，安徒生告诉我们的谦卑。这份信仰是不可以同他的现实荆棘路上的任何纠葛相提并论的，就像我们理解的他那伟大的童话，无法映衬他信仰所言的"伟大"一样。在笔者的理解里，《园丁与主人》正蕴蓄了这样一种超然的精神境界。无论这庄园主夫妇如何浅薄地"墙内果实花朵墙外香"，既没有真实的鉴赏能力，又缺乏真诚品尝的心灵，但创造者热爱的是上帝的花园，不辜负上帝恩赐的天分和勤劳礼物，只求奉献型开拓。每次在这凡俗主人大赞外面的水果和花色时，都能保持谦谦君子的宽容，澄清且循循诱导低俗走向审美，认识到他们赞赏的外面的美其实就茁壮于他们自家的园子里。安徒生在故事的结尾提醒我们重新深思，这个警醒让我们可以自问心灵：谁是我们真正的主人？倘若天上的主人给创造以护航，又何妨地上的卑俗！对于这个安徒生写于1871年他生命结束前四年的童话，笔者的理解完全不同于西方批评家认为的这是安徒生对自我的悲剧性总结，正如杰克所说：他的童话的力量，对他自己甚至对作为读者的我们而言，在面对现实的权力时都是无能为力的。本章认为，这论断完全否定或者误解了童话的真谛，那种上帝启迪人类、帮助人们获得洞见的圣光朗照了我们，安徒生带着自己欣慰的平和进入天堂。

[①] 〔美〕埃里希·弗罗姆：《占有还是生存》，关山译，三联书店，1992，第50页。

第五章　叙事循环："嘀……嗒"，
　　　　　　　　　　"嗒……嘀"

在评析安徒生童话的文章中，笔者已在讨论叙事功能中涉及叙事理论中的"嘀嗒"论述。它来自弗朗克·克默德的《结尾的意义》。似乎是为了讨论开始与结局，形象化了"嘀嗒"。这个语词在书写中本无间隙，其快捷、迅速，就像我们眼睛捕捉光的合成，不会将每束光线滞留停顿来论述一样。但是，在形象陈述里，"嘀"与"嗒"又必然存在"间距"，将这样一个"间距"映像放于现象思维，从而映衬出叙事的功能活动，真可谓犹如神功。而《马提与祖父》[①]文本，几乎是一个天衣无缝的论证范本。爷爷躺在床上死了，从开始到结尾，场景没有发生任何变化，却衍生了一个丰富迷人的游历故事。那么，在爷爷临终的床边，家人悲痛告别的刹那，时间几乎凝固不动的迅速里，故事的叙述时间从何而来？那长长的游历时间，如何让你能在思维中捕捉得到？"嘀……嗒"的"间距"就很好地发挥了作用，它正形象出如真空般真实存在却隐而不显的"叙事时间"。

《马提与祖父》的故事，说爷爷死了，家人悲痛甚至呆滞。而孙子却在屋顶一只苍蝇的信息启示下得到了爷爷的召唤，于是爷孙二人就如科幻片那样神奇超越众人麻木走出房间，散步去了！童话的魅力在于让你亲临实感到不愿意承认这是神游，于是，读者与这爷孙二人一起在故事的上半部，为了随意遇到的河边无主无名马这样的目标，追寻得神魂颠倒、痴迷

[①]〔意〕罗伯特·普密尼：《马提与祖父》，新蕾出版社，2007。

不已。当抵达马之目标功成圆满，似乎要完成普罗普所谓的童话叙事功能的"追寻"全过程时，故事滋生出后半部分，从"游戏"中"返回"。说是爷孙二人得到了一只蚊子在掌心的信息启示，于是掰开掌心的荆棘，玩起"探宝"游戏。后又因惧怕海盗而必然地走向归途，回到临终的爷爷床边。本章把前半部分作为叙事功能实践，而后半部分就是文本阅读。也就是说，从叙述中我们走过的途径，是否或者说我们如何才能在叙事的经脉上按图索骥，得以返回？其间不乏罗兰·巴尔特的阅读愉悦。当孙子返回到临终的爷爷床边，哀痛的亲人连注视爷爷床单"穗边"的眼都没有移开，如此刹那，只有天花板上的苍蝇不见了。"嘀……嗒"，完成了什么呢？床上的爷爷只是空壳了，因为故事神奇地叙述了在"散步"旅途中，爷爷渐渐变小，小到没有了重量，也没有了形态，最后只剩下气味，被孙子吸进鼻子里去了。于是故事完成了一个生死轮回、灵魂不灭、世代绵延的想象。但是，笔者认为像吸烟般把爷爷吸进鼻孔的举动正是文化基因的"熏陶"。这故事正好成全了一个理论合集，由叙述结构走向文本结构，即"讲"什么、如何"讲"，到怎样"读"，读出意旨。

这正是"嘀嗒"的内涵。大家都认为克默德"揭示了时间和叙事的基本特征"。[1] 由自然的日夜、年月、季节更替，到人的生死，时间的循环回归正构成思维模式中叙述"开始至结尾"的生成。正如叙事理论家不断分析的"嘀嗒"概念里，其实蕴含了"嘀嘀"如钟表的反复声。将似钟表的"嘀嘀"换成如雨珠、屋檐水漏的"嘀嗒"，是为了强调时间的"一个方向性"，而这正是叙事功能结构特征，从而产生"追寻"模式。但是，当"嘀嗒"被作为理论概念抽离出来时，其实就像马丁指出的，我们有意忽略了"嘀嗒"行为的下一个"嘀……"。也就是说，"嘀嗒"概念不只是具有方向的那"一个"，应该始终不失"重复"性，这也就规定了"嘀嗒"不可以换成"嘀"与"咣"的组合。因此，"嘀嗒"现象（以现象学的理论背景，作动词用于这里）出来的"结局与开始"当呈"网络"特性。这种从一个方向的平面走向多重方向的立体，正是叙事学理论分析的由故事走向"话语"。而这也正是本章对《马提与祖父》故事

---

[1] 〔美〕华莱士·马丁：《当代叙事学》，伍晓明译，北京大学出版社，1990，第96页。

的探悉意图，不只"追寻"其叙述时间的情节轨迹，而且离析其叙述方式的话语纵横。甚至，本章还具有某种随《马提与祖父》的故事情节本身而形成或者说"结构"出突破叙事理论的"顺向思维"的野心，在最后采取逆向思维"回溯"，将叙述与文本阅读合为一体，逆向探源。

一 "间距"中发生的"追寻"

从这里开始，本章要探究"时空"场域中的行动。也就是说，要从"嘀……嗒"的"间距"走进《马提与祖父》的叙述场景，分析出其"行动"特性和模式。

1. 似真似幻

《马提与祖父》一开始就设置了一个"动静"相对场景。首先是众人"泪流"与马提的"不哭"相对。前者，具有"嘀嗒"的循环功效，是"有的开始哭，有的刚停"。"哭"的"行动"循环里蕴含着世俗绵延。其次是众人的"注视"与马提的"凝视"。前者是呆滞不动的，以语素结构"盯着""闭起"呈现。尽管这两组语素结构本身具有动感过程，但由于"盯"和"闭"的结果指向终止，那个"嘀"发出后的承接"嗒"更是以临终死人"被单垂下的穗子"来比附，场景被封锁在"一片黑暗中"，当然地就决定了叙述层面的一个不动的映衬背景，它连贯起开始与结尾。而后者的"凝视"却是由语词的"定"——犹如"嘀"的沉着和信心，从那固定的屋檐而突如其来的行动，再扶助这本来"定"的"嘀"之游活，恰是那"嗒"的结果——动的"苍蝇"："它正在爬行，好像不知道该到哪里去。它一会儿爬东，一会儿爬西，一会儿朝前或朝后。也许它丢了什么小东西，正在寻找吧。"

苍蝇在天花板上的爬行启示，构成了叙述的开始，不仅于此，还直接透视出理论家普罗普的童话"追寻"模式。这"追寻"产生的精髓正因为一个"丢失"或者说"不见"的"小"，而这"小"又寓意百层："马提心想：连苍蝇都嫌小的东西，那么对孩子来说应该更小啰。如果对大人们来说，岂不是小到极点了！"正是在这丰富的寓意里，我们有了最后一个动静相对场景：那苍蝇寻找的小东西极有可能从高处"掉"下来，而且会"咬"了天花板下方的"爷爷"；这"掉"和"咬"对应的是爷爷的"无法行动"。似乎是逃避这前者"动"的袭击，而繁衍出了后面的故事。也就是说，"嘀嗒"的固定方向，那种由上至下的垂直，在"咬"语素的袭击伤害，及相对马提对爷爷的情感映衬里，难以再维持一个方向的"固定不变"。于是这"嘀嗒"就形成了一个空间状态，方向如万花筒的射线，纷呈而射。也正是这"射"又意味了许许多多个未知，就像马提的"胡思乱想"："假如马提能够知道爷爷哪里被咬的话，便可以替他把小东西抓走……"而这个假设，我们都清楚，包括叙述者自己，是装腔作势的，是只有否定没有肯定答案的勾引下文。

"嘀……嗒"的"间距"速不可逮，但进入叙述后，我们就能尽可能地从语素、语词中捕捉刹那纷呈于夜空的烟花并置。

2. 方位动态

爷爷否决了不动待"咬"的僵局，转头向着马提，"还叫着他的名字"。这交流方向的另一头，却是众亲人"没有反应"，也"根本没有人注意到爷爷开口说话"。我们都有"说与听"的结构经验，突破这经验的唯一方式，也是经久不衰的哲学，就是超越现实的此在结构，走向难以企及彼岸结构的。这是上文的"小"之隐喻。从"此"走向"彼"，我们历经千年，乃至精疲力竭，就因为方向运作过程中总有障碍，如开始的马提与爷爷的距离好似三段，左是众人，右是爷爷，中间有了个马提。如何将马提与爷爷的距离缩短，走啊走，最终合二为一，再回到众人的原来场景，已经成功完成了从此及彼的超越。而在这故事的开始，马提对爷爷突然说话，还固守在"咬"的意念里时，爷爷却说："我们去散散步好吗？"

在当下的我们，理论素养已经很好培训出理解，即"散步"相对"追寻"具有解构之功。也就是说，从普罗普的"追寻"理论，以及笔者对安徒生传统童话的解读，到《马提与祖父》，已经不可回避地具有当代突破意识。所以，不会再有安徒生的一个高高悬挂着的"公主"在远方，所有的"追寻"都在旅途中跳跃，最后成功跳到"公主"的身上，完成大结局。当下，本章解读的《马提与祖父》，是将大写的你我以爷爷的指代渐渐走向"无",一种空灵却内心存有的"无"。

从此,故事就渐渐脱离"诡异"的场景,出走向河边。但是,叙述者仍然给出走留了一个不变的场景,就像历史中我们向来被感动的——家庭为游子永久留了那么一道敞开的门,叙述者的爷爷只邀请了马提一个人,"所以妈妈、爸爸、姊妹们、叔叔们、表兄弟们,以及其他亲戚都没动,也都没说话。他们只是望着爷爷,有的看着他的双手,有的注视着床单,有的埋藏在泪眼后的黑暗中"。

"死"对于"生"来说,是"嘀"的那一头"嗒"。就像"嘀"总会走向"嗒"一样,"生"一定会朝"死"走,只是怎么走、走多长的不同;而那"嗒"的结果却是要随心态,体味不一。爷爷说"死",只是"开玩笑","还举起一只手来抓鼻尖"。这个任何人在"生"的途中都会不经意做出的动作,被"爷爷"界定为故事对"死"的态度,以至于孙子马提也会为世间的"严肃"而"忍不住笑了起来"。这"笑"一直贯穿整个叙述,成为基调,似乎"笑"与"小",特别是在汉语的谐音意味里,我们足可以看成孪生双簧。这也正是开始与终结,"嘀嗒"又是"嗒嘀",是孙子的成长与爷爷的变小,乃至合一,"嘀"与"嗒"本是合而难分。

在叙事学理论中,很强调作者的"自己的读者",也就是说,有些人是不适合接受故事的。以"手拂鼻"的动作为例,爷爷的"抓鼻尖"有点类似"羽扇纶巾谈笑间",轻轻那么一摇,"樯橹灰飞烟灭"。但是许多人,如马提的"叔叔"也"拧了下鼻子",却只是"发出滑稽的声响",以至于承接来的是"一个姐姐长叹了一口气"。作者用心良苦地常常将叙述者模糊于马提的视角间。似乎,当叙述者观察"马提的视线从众人的肩膀移向天花板,想看看苍蝇是否仍在找东西"。作者与叙述者是有距离的,而且直接以第三人称叙述,也可见不是马提自己在说。但是接下来的"视线"聚焦的结果却是马提与叙述者合二为一了,共同看到:"它已经走了。爷爷轻轻把门打开,好像不想惊扰到亲友。"钱钟书在《管锥篇》里,以与《荷马史诗》比较的角度来分析《左传》笔法,指出,"假乙之耳目,以行甲事",意在分离"乙之所见"非"作者所见"。钱氏点出此笔法,其实仍在强调"渲染","如狄更斯小说中描写选举,从欢呼声之渐高知事之进展"(《管锥篇·左传成公十六年》)。但在本章的分析里，与其说"苍蝇及其它的爬行"意在渲染，不如说它是"叙述信息"。在当今我们生活的信息时代，已经教会我们不再有任何困难理解前人咏画所用的"缩千里于咫尺，写万趣于指下"(《图画见闻志》)。"苍蝇及其它的爬行"信息，正是开启《马提与祖父》故事"追寻"的动因。本章在这里追问：既然这"爬行"本是故事意旨，那么作者干吗要狡猾躲闪？这就关系到作者、童话、读者三者的关系。可以说，作者与读者在含量上皆大于"童话"，作者只有在与童话叙述者合而为一时方在童话中，而读者也只有拥有"小"之眼、"纯"之心方能接受童话。这是马提与爷爷超越"亲友"的真谛。

好了，我们已经定了至少三方之立体"方位"，那就是，叙述者的视角之"小"位、出发"追寻"的起始"嘀"位，还有未来归来家门的敞开不动的"嗒"位。因此，祖孙俩就在这样的方位运作里，自然到达一条河边。如果说"嘀嗒"是镜头视角平视或者仰视而产生的音像效果，那么，在多方位的立体时空中，就难以只局限于镜头聚焦的前后上下推移了，而是镜头本身移动，得由下往上，呈俯视状。这样"嘀嗒"才可以从垂直变换成平淌的"河流"。① 而正是这样一个方位的更改，定位就很重要，如何在这平躺的"静静河流"中定出方位，你就需要想象，其远远超过"嘀嗒"的垂直简单。所以，马提要爷爷有一个"背山面海"、被喻为"智慧"的想象，为此，马提"做了个深呼吸"，慎重得出："左手边的就是左岸，右手边的则是右岸。"你立在左岸，对面就是右岸。似乎，从"嘀嗒"的上下发展到"左右"，即使是从左的此岸走向右的彼岸，也还是不能尽叙述者之兴。因此，爷爷突兀地来了一句："所以如果我们朝前走的话，就会走到海啰。对不对？"马提想了一会儿。"完全正确。"他说。这个对话将河流的方位引向看不见的只有想象的"海"，而且叙述者还强调补充出："接下来是一阵胸有成竹的沉默。"是对远方不见的"胸有成竹"，而且只需意会，不必言传。在中国文化里，不仅道教

---

① 这"镜位"的移动，的确可以借鉴中国山水诗话。都说中国山水画讲究"俯瞰"，而柳宗元的"千山鸟飞绝，万径人踪灭。孤舟蓑笠翁，独钓寒江雪。"更是以空旷浩渺迷倒世代。这是后话。

的方位几近与每个人、每件事的性命相关，而且万事万物之点皆在方位纵横交合的气场间；就是儒教，左右上下，也有等级尊卑。但马提与祖父却在喻山借水中定了一个被叫做"远方"的方位，是童稚乎？"马提问河流，知道哪边是左，哪边是右吗？但是河没有理会，只静静地往前流。"

都说中国叙述不乏鬼狐妖童，但这不是童话。理由是作者所书非为儿童。也就是说，作者、叙述者，还有读者，都与儿童无关，其叙述志向非"小"为目标。既然叙述对象非儿童，叙述意旨也难"小"，何来童话！那么，山水呢？也许在西方论述里，童话的山水笔法大可放于感觉物件之类去做分析。就好比马提问水，只不过发掘了孩童的感觉灵性，从马提的视觉感知潜行到"水"或者直指"物"的感知，在修辞上是"通感"，在认识上是童趣特征。但是，在中国文化里，却有着源远流长的山水雄笔、妙笔、彩笔、智笔，山水与人相通相灵是我们的根，那么，我们在自己如此丰厚的历史甚至是气质背景下该如何分析阐述当下接受的童话中的山水？那"没有理会"马提，且"只静静地往前流"的河，好似中国山水画韵："至平、至淡、至无意，而实有所不能不尽者。"（《宝迂斋书话录》）[1] 这是中国美学里善于渲染的"灵气"。灵气与童话的重要性是《马提与祖父》开篇就定位了的。但中国文化里的"灵"与童话之"灵"区别在哪里？这区别或是解释我们的山水看上去近似却非童话之窥豹一斑。

无论是中国文化，还是美学，我们拿来映衬手头的思考特别是中西比较思维下的分析时，总会有力不从心之感。因为派别纷呈，当我们言"灵"时，首先会质问是哪一朝、哪一派之论，论论不一，难以归统。故本章当开先申明的是拿来为我"童话"思维的可能性所用，破派别与朝代格局。首先，我们说孔子的山水定位："知者乐水，仁者乐山。知者动，仁者静。知者乐，仁者寿。"朱熹《四书集注》曰："知者达于事理而周流无滞，有似于水，故乐水；仁者安于义理而厚重不迁，有似于山，故乐山。"为阐释朱熹《四书集注》中的孔子之"各得其所之妙"，周振甫特意在孔子山水定位间，出示夫子喟然叹曰："吾与点也。"而这是我

---

[1] 本章所引画录，皆参见李泽厚《美的历程》，安徽文艺出版社，1994。

们要追究圣人童趣时常常引述的孔子弟子曾晳（名点）之语："莫（暮）春者，春服既成，冠者五六人，童子六七人，浴乎沂，风乎舞雩，咏而归。"冒昧拿我们的圣人孔子的定位与童话马提的定位来比较，分别已经豁然。孔子之志乃"老者安之，朋友信之，少者怀之"。① 倘若笔者斗胆将"述而不作的夫子"也以作者视之，正如上文已提到的"含量"太大，而马提的叙述者只取最后的"少者怀之"就足够了。倘若我们圣人或者后来的叙述者只取这"少者怀之"一点，笔者就可以断定中国童话必然也源远流长了。

接着，我们来窥些山水之论。前面已提到"静静河流"的泰然，有吾画之韵。借王阳明的定性，河流之"定"其意"远"正是导向《马提与祖父》故事的流向。也就是说，定者，也是心性。中国论及山水时多撷取柳宗元，柳氏在吟咏山水时，安然心性于佛寺，于是"闲其情""安其性""唯山水之乐""泊焉而无所求"等境界迷倒了世人。于是，吾心性与马提故事的彼心性差距出来了。因为本章开始就定位童话模式为"追寻"，中国之灵最后走向的是"空"，似不追！追与不追，是否有本质之差别？暂且不说道家的逍遥不屑于追，也不想继续佛家的"寂然不动"（《系辞》），这里，本章先要暂搁柳宗元认祖归宗说本土、道儒家。钱钟书在《管锥篇》中郑重其事大论"山水记"，为山水溯源，然后为山川论"德"，首推董仲舒《山川颂》。钱钟书老人家是要教导我们山水笔法的"起兴抒志""模山范水"，像董仲舒赞山："俨然独处，唯山之德"；赞水："源泉混混泫泫，昼夜不竭。"再接上多个"既似"排比，得出"咸得之而生，失之而死，既似有德者"。也就是说，你不可以浅薄地说儒家无追，孔子在川上曰："逝者如斯夫，不舍昼夜！"好在董先人一点不含糊地告诫我们追的是什么，"德性"也，故德似生死定之！《马提与祖父》故事就是讲述生死，可是，童话的生死与儒家的生死在本质上的不同已昭然若揭。儒家追寻德，可生可死；而童话的追寻却只是"嘀嗒"，追寻目标远远不及"德"那样高尚宏大，而生死更是追寻的旁白、背景，或者干脆是屏幕。"生"是"嘀"的轨迹过程中如生命的自然走向到"嗒"

---

① 参见周振甫《周振甫讲古代散文》，江苏教育出版社，2005，第28页。

或者说"死",毫无气吞山河。这里得岔开一句,叶维廉在《中国诗学》著述里,严明区分"山水的描写"与"山水诗",指出自然山水本身不足以构成诗中的美学"主位对象"。[①] 那么,钱老所论的"山水记"与叶翁当有可商榷之处,作为晚辈还是顺势逃开为好,免得被流沙飞石砸扁了。开句玩笑,若山水只求模仿之功,会被柏拉图驱逐出"理想国"的。好在还可以回到柳宗元的《小石潭记》:"潭中鱼可百许头,皆若空游无所依。日光下澈,影布石上。佁然不动,俶尔远逝,往来翕忽,似与游者相乐。"山水游鱼,无须追,本与人为一体、同乐,属柳氏的我们之文化。那么,不具有儒家"追德之生死"的《马提与祖父》故事,是不是就更接近了柳宗元的安然嬉戏呢?换一种问法是,柳宗元的山水观是不是就近乎童话呢?

答案可谓扑朔迷离,本章只能尽力追迹。若从王阳明的视点来论,据《传习录》记载,先生游南镇,一友指岩中花树问曰:"天下无心外之物,如此花树在深山中自开自落,于我心亦何相关?"先生曰:"你未看此花时,此花与汝心同归于寂。你来看此花时,则此花颜色一时明白起来。"也就是说,花处于人之"灵"中。只要启迪性灵,物皆于我。在王氏看来,柳宗元的"空游"之"鱼"只有遭遇"游者"方显出中国山水之"灵"。在《马提与祖父》叙述中,也有类似的"游者祖孙"与"无所依"之"马"相遇的情节演示:在祖孙遥望远方的"右岸"时,有一匹马"在河边吃草,尾巴悠闲地、慢慢地左右甩着",很有点类似柳宗元的"空游的鱼儿"。但马提祖孙或许是因为"远方"之"远"的障碍,难得

[①] 叶维廉:《中国诗学》,三联书店,1992。叶氏在此著中,将《荷马史诗》、《诗经》、《楚辞》、赋,乃至罗马帝国间的叙事诗中"大幅自然景物的排叙,都是用自然山水景物作为其他题旨(历史事件,人类活动行为)的背景;山水景物在这些诗中只居次要的位置,起一种衬托的作用……没有成为美感观照的主位对象"。这算不得"山水诗"。叶氏立于比较诗学,将华兹华斯与王维作比,指出中西诗人观物的态度和写山水的程序之差异。中国诗人是"即物即真",即自然的"自身具足";而英美诗歌多掺和"知性的侵扰",难得"不牵涉概念世界而直接地占有我们"之境界。叶氏甚至调笑般地引出一组西方中世纪训练修辞的山水组合句:"远近小川从山泉吟唱而下/……柔柔的水流带晶光的点滴滑动/在阴影里每一只鸟,悠扬动听/高唱春之颂歌,低吟甜蜜的小调……"这很似当下我们网络随处可见的诗,被叶氏斥为"非由感情融入山水的和谐",而与山水诗有天壤之别(第83~98页)。

柳氏的映石投影之趣，就只好开始了孩童遥望"远方"的游戏。

首先，是"喜欢"，而且祖孙还有各自不同的"喜欢"的独特"看"的方式：爷爷——"把另一只空着的手举在眼睛前面，试着越过这一片银光闪闪的河水，去看清对岸"。马提——"先闭上一只眼，把食指和拇指围成一个圈，然后用另一只眼从圈圈望出去，这么一来，好像他把动物变小了，能圈拿在手里。马提用两只手做个望远镜，现在马又变大了"。这童话游戏"看"之"灵"与王阳明的心性之"灵"有无差别呢？不同在何处？孩童马提也无真实的"镜"，只不过是"拇指与食指"以及双手并置，却物理化出眼睛的聚焦功能，此功能直射西方的"单点透视"论。不少话说现代性理论之言似乎都立足于此，开启思考。世界就好比那远方之马跌入马提手指围成的望远镜圈圈里，可大可小，跌宕起伏。现代折射的任何意象都在不同程度上象征出意义的探寻，就好比在《马提与祖父》的叙述中，唯有这一处隐含着祖孙差异，那就是这难以模糊以童心掩盖的不同之"手"。爷爷的手温暖干燥如妈妈，这是马提的感受。而叙述者的观察是，这老手与马提的嫩手手势不同，以至于目的也就有了意义上的差异：爷爷搭个凉棚，是为看清、看实；而马提变焦，是为看全、看幻，看远还要看近。叙述在故事后半部分，更有这老少不同手的纹路，喻示人生探宝路径。即使是爷孙的共赴"追寻"，也可以发现隐而不显"代沟"的蛛丝马迹。似乎从爷爷到马提，隐喻着现代的逾越。而且，自然遭遇在现代意识里远远不够企及"远方目标"，必须有个"手段"，无论是爷爷的"凉棚"还是马提的手势"望远镜"。那么是不是就是这"手段"直接构成了王阳明的性灵与童话之灵的差别呢？这样的追问非常危险，很容易掉进传统与现代之争的泥坑。因为传统的中国哲学讲究以心喻镜，根本就不屑于外借什么其他手段，只有"心"就足够！

那么，我们传统意念里的"心"与"童心"有多远？特别是如何接近以"童心"为"童话"？这问题才是本章之旨。上面笔者已经提到，叶维廉指出中国独特的观物状态和程序，他也举出禅宗《传灯录》中出名的公案：老僧三十年前参禅时，见山是山，见水是水。及至后来亲见知识，有个入处，见山不是山，见水不是水。而今得个休歇处，依然见山只是山，见水只是水。由此，叶氏得出历来中国思想中的公论："稚心素心不涉语。"（叶维廉，1992）这下让笔者陡然忘乎所以地兴奋起来，在笔者的处处追问、累累障碍之间，回到禅悟的"稚心"，真是恰到好处的逃避。问：如何是佛法大意？答：春来草自青。问：什么是人境俱不夺？答：常忆江南三月里，鹧鸪啼处百花香。问：色身败坏，如何是坚固法身？答：山开花似锦，涧水湛如蓝。按叶氏的说法，答否？答了，又没有。

马提变换的手指是为了拉长、缩短"景深"，而中国意念中"心"的"景深"该如何把握？"是—非—是"的结构，不能放于西方"单点透视"聚焦的现代论中来讨论。叶维廉的理解是放回到老庄哲学，于是得出"以物观物"的"消解距离"。老子是"以天下观天下"，庄子是"无形、无尽、无言"，唯"无"至绝。这样的状态，叶氏说，西方透视的那种"定时、定位、定向"的距离意识是"办不到的"（叶维廉，1992）。但是，童话思维在一开始，本章就破"定"而入，讲求立体纷呈。但关键的差异是中国思维的"无距离创作论"与童话叙事的"嘀嗒间距论"。其实，在我们触及"景深"时，已呈现画面镜头意识。叶维廉批评西方的绘画意识是到立体派方突破了"单点透视"，而中国山水从来就是"散点""回旋"透视。叶氏说："突破'物眼'，就是距离的消解。"（叶维廉，1992）意思是说，"观者不偏执于一个角度，不以名限物；相反，以不断换位的方式去消解视限、消解距离，而能意会到物物之间的无限延展，物物之间互依互存互显的契合"（叶维廉，1992）。庄子称此为"两行"。这"物物"互动的状态，在马提与马间也有故事情节。说"右岸"的马被命名为"小捣蛋"之后，"马提兴高采烈地停下来，转头，把双手放在嘴边，对马叫着：'你叫小捣蛋！小捣蛋！等会儿见，小捣蛋！你懂我的话吗？小捣——蛋？'"这描绘的视角是叙述者的，也可能是爷爷的，但更可能就是"右岸"的马的，但声音却是"左岸"的。"河对岸的马抬起白色的头，马尾往上高举了一下。"这视角又回到"左岸"。但是紧接着，"太棒了！要这样才乖！小捣蛋！"若仅凭此声音，我们会认为马提与马视角这时合一了。只是叙述者在这声音的背后紧插了进来："马提边叫边在岸边跑来跑去。"对岸，"马又垂下头去吃草"。是类似中国的"物物换位"还是西方的"景深变焦"？怎能分辨？

不只是中国山水画,如叶维廉言,非"一瞬描摹",而是"许多不同的'瞬间'从许多不同的角度"同时组合的"看",如"前山""后山""侧看""仰视""俯瞰"(叶维廉,1992)等等;山水诗也是"全面视境"。叶氏称王维《终南山》有"诗中雕塑的意味":太乙近天都(远看——仰视)/连山到海隅(远看——仰视)/白云回望合(从山走出来时回头看)/青霭入看无(走向山时看)/分野中峰变(在最高峰时看,俯瞰)/阴晴众壑殊(同时在山前山后看——或高空俯瞰)……(叶维廉,1992)叶维廉是暗用叙事理论来读中国山水诗,故会有"述意"之论。只不过这"意"在老庄哲学里,虚实相互,有无共生。那么,本章要追究的是如何"述"。在中国美学中诗画的"述功"叫"气韵",于音,是"弦外之境";于画而言,是"飞白"层层"淡出"的气势。受此启发,再读《马提与祖父》,"它听到我说的话了,对不对?"当他跑向爷爷时这么问,爷爷早伸出双手迎接他。"我想是的,"爷爷说,"马的听力不错。"爷爷的双手、迎接的姿势,还有"马的听力",即使作为读者的我们再愚笨,也不能将这些"语素"以书面文字呈现为止,那画外之音、意外之韵,几乎不可抵挡。甚至可以说,那"拉长景深,变调焦距"的童话叙述模式,与层层淡出的"飞白"有异曲同工之妙。

3. 时间延宕

从问"河"到问"马",还有祖孙的互问,给我们中国读者带来拂不去的禅味。答问体,是中外哲学的一个常见模式,很好地起到拓展思考的作用。上面已经提到透视变焦与开启现代意识的关系,而实质是这视角的变换直接关涉语言。是"语言—思考—生命"这样的构成,开启出现代。换一种说法,即人与上帝对视之刻,就是现代开启之时。更浅白一点,是"伊甸园"的苹果事件,引发了"知识",上帝之"语言"与人之"语言"从此分离。笔者在多篇文章中提到本雅明探讨现代语言时人语被动于上帝语的绝望。这绝望直接叩问从"地狱"追寻"天堂"的时空距离的逻辑性。打一个不恰当的比方,似乎上帝吹了一口气,于是人就获得灵性被命名之后无奈而被动地处在由生走向死的"追寻"天堂的途中。即使以互文为前提,似乎说同样在这旅途中,也有上帝"追寻"与人和好

第五章 叙事循环："嘀……嗒"，"嗒……嘀" 69

如初的另一面，但这看似互动实则存有天壤之别的"追寻"里，会有许多愚蠢的异教质疑：倘若人按上帝之意出于尘土、归于尘土，那么，干吗一定要辛苦一生？不要这样的生与死的从尘土归于尘土的"嘀……嗒"间距，似乎就避免了苦难。毕竟人生不像"嘀嗒"那样物质化无知无觉。海明威的笔就往往透视出这样的与上帝对话的睿智。可是，在我们的人生旅途中，上帝却总是制造各种坎坷，延宕时间，好似你我大家只不过是上帝叙述的一个策略而已。关键是，祖先亚当、夏娃吃了那个诱惑的"苹果"，因了"知识"，人类宿命地有了原罪的惩罚。

人是通过知识来给事物命名的，像爷爷与马提要给马命名一样。他们试了好多，都不合适，"于是爷爷讲了飞马皮加索斯的故事"。爷爷想用这故事知识命名对岸的马。可是马蹄否决："故事很好听，不过我想这个名字并不适合。"马因了"似乎的察觉"而得出"左岸人看→右岸马回看→然后又继续吃草"的"述韵"渐进，于是爷爷与马提就共同许可以"小捣蛋"命名之。对于前面的"不适合"与后面的"小捣蛋"的合理性，叙者没有明确指出，这理由似中国画的"飞白"，只可意会，不可言传。故事每当遭逢这样"机关"似的悬念时，就插上句空外旁白："两人沉默下来，只是静静地注视着河水。"但这里，笔者要问：为什么一定要命名远方一个突然遭遇的物象呢？若在孔子看来，是"名不正言不顺"。就像爷爷创意给马起名，是为了"也许等一会儿碰到它"，是为未来的"抵达"机会备后路。而马提又担心："可是如果它已经有了别的名字，我们就不能再叫它小捣蛋了！"而爷爷却说："名字是人替它取的。如果我们给它取了小捣蛋这个名字，对我们来说，它就叫小捣蛋。"这让孙子马提豁然顿悟："这么说来，我们或多或少都算是它的主人啰，而它的一部分也已经属于我们了，对吗？"爷爷斩钉截铁地说："没错！"若没有孔子之功，真难有这爷爷的自信。其实孔子对"周礼"的追念，还不及这爷爷可以把"远方"的某点以一个命名就拥有了。命名与权力的关系，在中国以"分封"的形式，从不忌讳。只是权与名的关系发展到现代，知识发生学才形成理论体系。随着对知识的质疑和多方挖掘，"命名"的自信也难免产生了动摇。这动摇的威力远远大于马提对"小捣蛋"之名的担心。可是蹊跷的是，《马提与祖父》的叙述却以故事的"延宕"触及这质疑哲思。

"小捣蛋"本来是童话故事为"追寻"模式树立的"远方"的一个目标性灯塔,可是,正如开篇所言,这当代的童话丧失了传统安徒生追寻公主的执着,叙述时间很散,难以迅速。甚至读者辨别不出延宕的时间是多少分钟,还是几个小时乃至几天,甚至更久,反正以尽兴为宗旨。故事发生了插曲——马提与爷爷在河中抓鱼,"扑通"与"像水草一般"鱼儿的"绿色影子"的嬉戏,及祖孙两人的"全身湿透",我们就再也难僵持在孔子"正名"的严肃中了,不可抗拒地又跌回到庄子的"鱼乐"了:"庄子与惠子游于濠梁之上。庄子曰:'鯈鱼出游从客,是鱼之乐也。'惠子曰:'子非鱼,安知鱼之乐?'庄子曰:'子非我,安知我不知鱼之乐?'"这个中国古老的寓言故事在知识发生学理论上被多方提出,这里只表达其直接打破了本雅明的现代忧郁。本氏在"人语"思考中满含忧患地也问了惠子同样的问题:人命名"灯""山""狐狸",如何确认这沟通乃至何为确定的可靠性?庄子答惠子是以质疑"质疑行为"本身来破质疑,而走向对知识、人智的超越。大家都知道庄子追求的境界是"得鱼忘筌",可是马提与爷爷在"鱼乐"嬉戏里根本就无"筌"可忘。故事有的是"踏进冰凉的溪水","两腿分开","用手指把口袋的开口向外撑",直到由水的"痒痒"发展到口袋口"封起来"之后"里面的东西动来动去"的"痒痒",由"技"得"果"!且对"鱼"的占有或者说品味,不只是老庄的审美层面,还有食用,却又因缺乏"平底锅",鱼儿重获自由生命,捕鱼者不是忘"筌",而是客观地匮乏"筌"方走向"鱼乐",如庄子的纯粹境界。外在手段就像叙述本身强调的策略,重要无比。这是西方现代"追寻归宿"之执着病。本章这里不是要重复对现代反思的陈词滥调,而是欲探讨童话"追寻"模式的叙述功能之设计和结构完善的可能性。《马提与祖父》是极好的范本,以叙述多变策略,以及贴近老庄思维的蕴藉,使得本章的叙述范式探讨得心应手,逐步深入。

爷爷放鱼时,"把手松开。一条黑影闪过,溪底的水草摇晃一下,鱼消失得无影无踪。"而"马提的手还没全张开,鱼便展现出它的生命力。它游了半米,停了一下,好像不相信可以重获自由。'快点游!力贝洛!我的这条叫力贝洛!'马提说。鱼顺着溪水,闪电般游走了"。马提是在生命展现张力的情急之下，突然又命名这"鱼"了，尽管是在放生的同时强调一个实际是"虚"的拥有。首先，笔者要指出的是，爷爷与马提在叙述呈现上向来有差异，这差异是童话开篇铺垫的底色，即大与小的哲理意义的不一样。也正是因为如此，对爷爷的叙述，从这"鱼乐"开始，就在孙子的眼里产生了"一种奇怪的感觉"，作为读者的我们早就知道，尽管这里叙述者不说，那是"爷爷从此开始变小了"。笔者完全可以说这是象征，是如知识在老庄思维下的"飞白"似的渐渐变淡、隐去，走向"无"。

接下来就是马提较爷爷的"大人知识"更接近叶维廉借老庄哲学攻克西方认知程序与方式不足的思考。叶氏用了熊十力的《破破新唯识论》，说庄子的"筌蹄说""体不可以言说显，而又不得不以言说显。则亦无妨于无可建立处而假有设施，即于非名言安立处而强设名言。……体不可名，而假为之名以彰之"。无论是命名"马"，还是情急之下命名"鱼"，都是"假名彰之"，是万千每时每刻变幻之中的"假设"。因此，叶氏说："因为预设目的，所以把所谓相关性的事物选出、串联，依循一些主观的情见，作序次性的由此端推向彼端或由下层（直观现象）推向上层（理念本体）的辩证活动。殊不知物物之间、人人之间、人物之间不仅互涉重重，而且其间并置未涉同时仍然互为指正。这又非序次性秩序所能表诠的。"（叶维廉，1992）这就不只是马提与爷爷、河、马、鱼、水草等"并时"思维本身了，而是迫使本章必须由这"鱼乐"的叙述时间延宕"作为"来思考"嘀嗒"追寻模式的本质性超越了。

老庄有名言："有始也者，有未始有始也者，有未始有夫未始有始也者。有有也者，有无也者，有未始有无也者，有未始有夫未始有无也者……"这绕口令似的艰涩不如叶维廉阐释顺手："说是'始'，事实上'始'之前之'始'，还有'始'之前之'始'之前之'始'。所谓'始'的意念，是把时间割断来看才产生；假如不割断，则没有'始'可言。"（叶维廉，1992）那么，在"嘀"之前，也有无数个"嘀嗒"，而在马的追寻结构中插进捕鱼的"追寻"和放逐结构，正是"嘀嗒"……"嗒嘀"，以及"嘀"之前的"嘀嘀……"

中国循环思维是否可以修正童话叙述的模式？如何探寻得清楚其功能运用？

二　一个顿号再加一个问号，叙事策略

　　一个时间上的休止或者说停顿，以及答问体的智性，在上节都已作分析。本章在这部分欲探寻在"嘀……嗒"间距之中发生间隙休止的意义，即对"嘀"寻找走向"嗒"的路径中这"停顿"的阐释。从叙述者在谋求这个间隙行为时的意图，以及设置的人物作为，可以透析出多少作者与读者的关系？也就是说，一个童话叙述文本构建了何种作者与读者，或者说读者与童话的牵连程度？这其实也在触及童话魅力的永恒性问题。

　　上文已经说到马提与爷爷在老庄似的"鱼乐"之后，文本浮现一种"怪"的感觉，这感觉首先来自马提的观察："爷爷看上去有点怪。"我们读者都清楚这"怪"的叙述将渐渐引导大家贴近故事母题——"爷爷越变越小"。但是，读者与"小"的距离，也就是读者与童话的距离，是实际经验无法测量的。那么，作者该以什么样的策略来处理这些必然发生于叙述途中的棘手问题呢？

　　在小说中，由于读者反映批评理论的风行，叙述者再也不可能如18世纪那样忽略读者的存在。小说家作为作品创造者，再也不可以武断说自己"设计的事件在展开的过程中同时又起着判断这一事件的尺度的作用"。更不要说童话了，童话作者普密尼怎样也不可以强迫读者接受"爷爷变小"的事实，即使是孩子年龄群的读者。这爷爷"小"得离奇，就是对故事人物马提也是万分不可思议的事情。而如何在离奇里处理故事与读者的关系，是童话创作不可回避的使命，它直接关联到叙事理论本身。正如伊瑟尔在谈小说时所言："从一开始，小说所选择的与读者的不同关联方式便决定了它所叙述的事件的形式。"[①] 可以说，童话叙述的"嘀嗒"形式同样难以抹去与读者的关联，那顿号及问号，就蕴蓄了读者的爆发力，处处枢机皆投射了作者叙述的策略。

　　"叙述判断"在当代叙事理论中尤为强调，费伦将其纳入修辞性叙事

---

① 〔德〕沃尔夫冈·伊瑟尔：《作为现实主义小说结构成分之一的读者》，章国锋译，王逢振等编《最新西方文论选》，漓江出版社，1991，第37页。

研究中，并认为："从修辞性理解来说，叙事判断对于叙事伦理、叙事形式和叙事审美这三个方面都至关重要。"[1] 可以说，"嘀嗒"的叙述形式与故事展开行为中，分不开"伦理"与"审美"，三方共同关涉"判断"。其类似于上文已经分析的将"嘀嗒"传统单一叙述模式拓展伸向时空立体。

应该说，读者是立体坐标空间中当代理论话语独特而关键的面向。而伊瑟尔早就让我们知道，若读者自我介入判断，即使是虚构的故事，也会使"虚构的世界逐渐获得现实的性质"（伊瑟尔，1991）。但是，童话，特别是如故事要将爷爷的现实的"有"化成想象的"无"，实在有漂洋过海之艰难。通常我们现实渡河越海需要"船只"或者"桥梁"，而《马提与祖父》叙述之"船"和"桥"，隐而不显于意象间。故事似乎要引领我们切入"现实"情境："走着走着，他们来到一个交叉路口，左边的路笔直地沿着溪流而下；右边的，则要经过一座小桥，也可以沿着河走。"（普密尼，2007）这道路的选择符合"现实的性质"，是人生历来不衰的常喻。按常理，孙子总是要讨教爷爷的，在上文的分析里，爷爷也总是携载"知识"的。但是，这时的爷爷却回答："我不知道，你决定吧！"在这样的疑难面前，叙述者不得不自己跳出来旁叙：孩子马提两条路都喜欢，很具有煽动读者经验的效果。而且孩子的现实决定总是"掷铜板"，这几乎是童话乃至儿童文学解决选择难题的套用模式。但是，《马提与祖父》文本绝妙处在于，一个"掷铜板"手法并不能让选择高枕无忧；逼迫选择的气息热乎到读者没有办法不感受到，这是催孩子成长的酵素，你逃不掉，必须选，因为铜板也成双："两个铜板都很漂亮。一个一面有条船，另一面有麦秆。另一个一面有个轮子，反面是个大胡子的人头像。"（普密尼，2007）对于本章的语言意象分析，选择哪块铜板当然是明摆着的，其实故事叙述者也早已如本章一样清楚得很，但为了更贴近孩子的现实，他却要卖关子："我不知道掷哪一个，两个我都喜欢。"马提又在选择中为难了。有选择就有判断，而"为难"正是叙述的机关，那顿号，

---

[1] 〔美〕詹姆斯·费伦等主编《叙事判断与修辞性叙事理论：伊恩·麦克尤万的〈赎罪〉》，载〔美〕詹姆斯·费伦等《当代叙事理论指南》，申丹等译，北京大学出版社，2007，第370页。

暂时中断、休止歇息片刻的理由是让读者有空隙进入。你，读者，不是与童话隔海相望吗？我，马提，正是那船或桥载你渡越！

因此，本章几乎水到渠成地可以在此套用一个概念，将马提作为"隐性读者"。其实，故事从一开始的任何信息，我们读者都无法真正接触到。倘若信息都是间接的，又何谈直接判断？所以，读者的判断只能跟随马提。而故事的信息，特别是"爷爷变小"这个信息就像开篇的苍蝇和后来的蚊子，马提是叙述者指定的信息接收和阐释者。"爷爷变小"首先是马提"读"出来的。当然，马提在"翻来覆去"掷两个铜板后，作出判断："选中"有船的那个。没完！叙述意象竟然呈图像化，那么，图像就有意义指代，马提又被逼向选何图像更切近旨意。他"用手指翻转着铜板"说："我不能决定，爷爷。"要让读者投身马提，判断无法不做到紧锣密鼓："仔细想一想，你就有可能作出明智的决定。"这句没有明确注明的话，可以从对话习惯知道是爷爷说的，但也可以跳出习惯思维将此引语给予狡猾多端的叙述者，于是，"逼智"就是一种叙述策略。本章开篇呈现过作者给故事定下的基调"小"，小而有"智"。这"智"可谓是读者一个期望的枢机，就是说读者要完全叠合马提，在判断思维上认同，必须要"智"的技术。

终于，"马提聚精会神地想，还不时地看着铜板，然后他说：'这样好了。如果掷出有船的那面，就沿着左边的小路走，因为小路靠近溪水。若掷出有麦秆的那面，则走那条穿越田野的路。'"（普密尼，2007）而我们读者也都知道，这田野的路有"桥"。也就是说，"船"与"桥"共同存在于二者择一中，读者你想不"渡"也难了！何况，受图画与语言意象如此不露痕迹地缝合一处的判断之"智"的吸引，几乎再聪敏的成年读者，也难以拒绝被这样的"判断"镶嵌。几乎就像所有宝石镶嵌在黄金、白金中自然成为首饰的一样，读者就这样毫无知觉地陷入童话故事叙述中。出乎意料的是，叙述者并不因为你读者被俘虏了就作罢，仍然是喜怒无常、变幻莫测，结果就是："掷吧！"爷爷说。但是，"当马提正想把钱币抛起时，忽然停住"。又是一个空中划音之后的休止符，是不是只为重复那大家都已经清楚不过的"桥"之选择判断？

马提像顿号那样僵在空中："我想不必掷铜板了，爷爷。"读者会比爷爷的问号更恼怒,分明有一种被戏耍的感受,像钢丝飞人一个意外挂在了半空中,上下不能。可是,被催逼的孩子真的成长了,马提很冷静:"因为我已经决定要走哪条路了。"这无须孩子般选择的果断表明不只是你读者走向了我,我马提已经成为你。但是,马提的使命是要引导你读者抵达真正的叙述目的。那就是,为什么有"桥"的选择?因为,"河的另一岸有小捣蛋呀!"这是整个叙述"嘀"的"嗒",读者的最终目的地。即使恼怒的问号在这顿号之后如爷爷的语气急促了,但是目的之不能忘却本身就预示了某种颠覆,那正是关于大与小的机密。

第六章　叙事的真假问题："儿戏"

——"拉钩"的可靠性

孩童思维，于诚信与机密而言其处理方式一般是"拉钩"，于是就建立起彼此相互的信任，提供任何信息乃至机密的可靠保证。当读者与马提，这被本章命名为"隐性读者"的信息真的共享且必须作出"判断"时，那抵达叙述意旨的距离远远不是一个"船"或者"桥"的意象可以迅速完成的。其实，无论是马提还是爷爷，在叙述功能上都承负双重职能，可以说，当他们以人物角色的对话和行为直接参与叙述时，他们既是"隐性叙述者"又是"隐性读者"。那么，如何给予读者可靠的信息？到这里，我们已经悄悄触及叙事理论绕不开的"伦理层面"，即叙述的真实与虚假问题。

就童话本质来说，不会期待童话故事会真实映衬现实经验；但是，作为叙事理论，特别是叙述者与读者反映批评的关系理论互涉中，必然会强调区分叙述逻辑的真伪。也就是说，倘若读者因不信而导致拒绝与马提"拉钩"，读者与叙述文本的关系就将脱落，直至叙述不能圆满成功。这叙事理论文本伦理在《马提与祖父》故事里，几乎很自然地可以以人伦常识伦理来映射。那就是，马提对自己看到且必然判断的"爷爷的小"要承负伦理风险。

因此，马提在涉足"大—小"故事母题时，几乎完全脱去了孩子气般地谨小慎微起来："河上总会有桥的，对不对？"这似乎是明知故问，却是爷爷针对马提的幼稚发问"可是如果我们过不去呢"的成熟回答。但这回答语气里又掩饰不住地透露出一个不适合孩子的沉思与茫然。而且，我们都没有忘记，叙述者早就告诉大家穿越田野之路"有小桥"。我们都没有忘记，成熟了的马提与幼稚的爷爷又怎能忘了？故意要"忘"的担心必定别有隐情。爷爷按常理再答马提的"对不对"泄露了天机："既然这里的小溪上都有座小桥，那么在某个地方应该有座大桥，否则人们怎么过河呢？"也就是说，仅一座桥，离真正的渡越还远远不够，且同时表明由小走向大是人之常情，即使那大桥不在视域之内。但是若要逆转思维由大而小，即使是眼睛千真万确"看"到的，也难以理直气壮到不屑伦理审判。还只是一个孩子的马提要判断"爷爷小"而且"小"到不可救药的"无"，不仅需要穿越伦理的勇气，还需要叙述策略更具别样的智慧。故马提悠悠语气中说的"河"就别有蕴意，几乎是"风险"的隐喻，而"桥"更是渡向伦理安危的期待。也就是说，故意忘却却再度强调河与桥的关系，是马提在心理上接受爷爷"怪"的伦理挣扎。更进一步说，读者要追随马提的判断，同样要负载伦理风险，而如何才能让读者心服口服地接受这样的风险呢？叙述形式就必然因为这"判断的风险"而改道，"嘀"与"嗒"间曲径通幽。

故事中的马提在爷爷的葬礼上，尽管一直被吸进鼻孔的爷爷逗笑，但始终保持天之"机密"不泄露。假设让我们在这里想象一下，马提要向亲人甚至母亲、父亲再现或对话"爷爷变小"的事件，可能吗？其实，除了作者的叙述设计本身外，我们读者是马提唯一跟踪全程的知音。保住与读者的同盟关系当是马提在没有言说边沿的绝境般孤独中唯一可以寄托的焦点。他必须全力解释和证明自己的行为经历凝结成的判断在叙述逻辑中的"可靠性"。在当代叙事理论中，一种新的认知指出：叙述不仅被"视为客体或成品，还要把它当作行为或过程，当作有情境规定的双方交易，当作出于至少一方的愿望的交换"。[①] 在《马提与祖父》的故事里，有几处类似这样的"交换"，那特殊情境中的"一厢情愿"几乎让深陷情境中的马提不知所措。一次是以划拳来赢得登高望远——看"哪里有桥"；还有一次是在市场，以真丝领带换得一根玉米和一个苹果。"交换"本身在叙事中起初显得一点不重要，犹如爷爷与马提的"儿戏"。交换结

---

① 参见〔美〕罗宾·R.沃霍尔《新叙事：现实主义小说和当代电影怎样表达不可叙述之事》，载〔美〕詹姆斯·费伦等《当代叙事理论指南》，申丹等译，北京大学出版社，2007，第241~242页。

果在得以许可免费进入"钟楼"时似乎没多大意义，但是到了玉米和苹果，在当时的马提看来，只不过占据了两手。可是爷爷却很满足："你看，想要的东西不是得到了吗？"除爷爷之外，叙述者、读者，甚至马提自己，都清楚这交换的结果离真正想达到的目的实在太远太远，远得都要无可奈何了。这无奈的叙述情绪很容易诱惑读者同情马提的孤独无助、毫无沟通，以至于叙述者也有了紧接着的叹息："马提一手拿着玉米，另一手拿着苹果，跟在爷爷后面。他不知该做什么。他有玉米和苹果，可是肚子不饿；有个爷爷，却不断地变小。"当一个孩子都意识到游戏的结果无意义，事情就严重到无法不严肃了。叙述逼到这样的处境中，谁也难逃脱、回避，甚至掩盖，而不得不直面真实了。马提鼓足了勇气："爷爷。""什么事，马提？""我有话要对你说。"不知从不敢说到敢说，在心理上要跨过怎样的千山万水。这显现上面引述叙事理论中新认知的"交换"作用。它要助叙述行为成为亲身经历，像"真实"这样的概念一般。

问题是，读者真的就那么容易只随你一个"儿戏"交换就乖乖如马提般"跟在爷爷后面"亲身游览出"叙述行为"么？读者是不能随意就被牵着鼻子而且被假设为健忘的。大家都仍然记住，马提在玩耍两个铜板时是为了掩饰一种看爷爷时心中冒出的"奇怪"感觉，这让他慌张不已的伦理风险。狡猾的叙述者也正是毫不含糊这样的理解纠葛，必须中断读者的理解与"爷爷变小"的事实关系，通过技术策略来让读者的注意力与其他叙述事件发生关系。就像马提和爷爷的"看"，现代的"看"随着角度位置的变更移动，新的景观"一些屋顶和一个钟楼"出现了，而那作为追寻目标的"马"却"看不见"了。

根据纽宁用"认知与修辞"综合的方法重构的叙事理论成果，笔者可以如此揣测马提与爷爷"看"的变更，几乎是"隐性作者"对叙述者的一个出卖，其目的是拥有双重身份的马提要不惜一切代价来赢取读者的信任，要以"拉钩"甚至发誓言的形式来表明自己作为"隐性读者"的可靠性，甚至脱去"叙述者"身份，而将"隐性作者"与读者共负一身。于是，读者注意力就与一个个小小如孩子玩家家似的"谎言"游戏牵扯上了关系，本章也就走近了叙事理论中由韦恩·布思首次提出、一直在文本分析中不可或缺的概念——"不可靠叙述者"。它，就像标尺一样透显出"叙述者与隐性作者之间的'距离类型和相距程度'"。首先,马提为了遮掩初识"爷爷小"的惊恐编造了一个"小石头跑进鞋子里了"的谎言。这惊恐的刻画越逼真,越能赢得读者感受"可靠"。尽管爷爷都有怀疑:"小时候我若走累了,也会用鞋里有石头当借口。"(普密尼,2007)"不可靠叙述者"是被"隐性作者"采用各种文本信息来揭示的。尽管表面上说谎的是马提,但是读者清楚文本内在的马提"担心"之善,它随着爷爷的"步伐稳健,神采奕奕"而更换心情,这马提对爷爷情感细腻之真,不能不打动读者。纽宁告诉我们:"修辞叙事理论则提醒我们,一个不可靠叙述者绝不是随意投射出来的,而是预设存在着一个具有创造力的动因,这个动因把大量的具体信号和推测邀请赋予文本和叙述者,让读者注意到叙述者愚蠢的自我暴露和不可靠性。"[1]"马提的鞋里根本没有石头,但他却弯下腰,脱了鞋,倒转过来抖了抖,装个样子,不想让爷爷看出他在说谎。"(普密尼,2007)要区分的当不是马提在"说谎",而是"不可靠叙述者",揭露他,就意味着直入马提与读者的同盟,同时还以现代视角及虚构情境的不稳定性开启了故事下个叙述模块。

在叙述中始终保持故事可讲述性尤为重要,在爷爷"越来越小了"这样的不可讲述的事实里,技巧性推进故事,而且让读者不纠缠于"真假"性不可解问题,而接受"虚构",即不对真实抱有期待,而是兴致勃勃地直接参与故事,追踪故事的"假设"活动,在假设中达成马提与读者的合一。虚实问题在现代视域里其实只不过是焦距的变换问题,当认知角度参与虚构,阅读就产生了某种"关联意识"的期待,[2] 即参与到马提与爷爷的旅行中,故事文本就成为"虚构行为"——旅行模块的相互组合。因此,自然旅游者的眼前景物是焦点"村子比从远处看起来显得

---

[1] 〔德〕安斯加·F. 纽宁:《重构"不可靠叙述"概念:认知方法与修辞方法的综合》,载〔美〕詹姆斯·费伦等《当代叙事理论指南》,申丹等译,北京大学出版社,2007,第81~101页。

[2] 此概念是理查德·沃尔施在《叙事虚构性的语用研究》中借用语言哲学的"关联理论"(relevance theory)作的分析,他清晰地辨析出当叙述性概念无法完全取代虚构性时就说明一个理论问题,即"叙事再现逻辑并不能在虚构与非虚构之间做出令人信服的区分",那么"虚构叙事的实质"就必然转移到"虚构叙述的行为上","或者说从虚构叙事的产品移到虚构叙事的生产上"。见〔美〕詹姆斯·费伦等《当代叙事理论指南》,申丹等译,北京大学出版社,2007,第154~169页。

大",而且方向也很重要。于是,爷爷有了"假如——"登高可以望远,"也许可以看到哪里有桥"。似乎是为了成就这个"假设"才有了"钟楼",而不是因为"钟楼"而产生了"假设"。这是"故事旅行"与真实旅行之别。因为假设与虚构的重要职能,"钟楼"就自然成了承载意象,一如弗里德曼借福柯的"异托邦场域"阐释的:"各种建筑物都有借喻的力量,充当了异托邦的场所……它们启动了跨越边界的行为;事实上它们使故事——即对事件的展示——得以发生。"① 我们知道"钟楼"引发了"划拳",不只是两两争斗,还特意描述了祖孙共同的"看见":"守卫正一个人在玩划拳的游戏。他把一只手高举过桌面,一会儿伸手,一会儿握拳,另一只手上的几根指头忙着计数,还不时地吆喝几句,其中夹杂着数字。"叙述者再从"看"走向行动:爷爷停下来望着他。"你在和影子比赛吗?""是呀!"守卫回答,"如果我能比影子还快的话,就不可能有人会击败我。"在这守卫的未来性"假设"之后,爷爷也有一个同样的未来之"假设":"如果我有空再经过这里的话,会来找你挑战!"我们都知道爷爷即将"小"到没有了,或者"死亡"了,这个假设是永远不会兑现的空头支票,那么,如此叙述意图何在?

弗里德曼在上文中还引用分析了米歇尔·德·塞尔托(Michel de Certeau)的《空间故事》,认为,在空间经验的旅行故事中,塞尔托把叙述空间的活动"比作两个肢体的接触:'只有当含情脉脉的接触或你死我活的争斗之时,两个肢体才能区分出来'"。也就是说,对叙事的辨识和判断,犹如识别那眼花缭乱的与影子的划拳比赛。在叙事中,手指的设计在塞尔托看来就是叙事边界的设定,一如《马提与祖父》文本对谎言及亲临实感的设计,既标志边界又存有内在联系:"叙事行为在有边界和与边界外有关系的地方继续发展着……叙事与不断地划分出边界相关……一方面,故事不知疲倦地划分出边界,滋生出多个边界;……另一方面,故事又不断地架起'桥梁'——它的功能是'焊接,是反对绝缘'。"② 可

---

① 〔美〕苏珊·斯坦福·弗里德曼:《空间诗学与阿兰达蒂-洛伊的〈微物之神〉》,载〔美〕詹姆斯·费伦等《当代叙事理论指南》,申丹等译,北京大学出版社,2007,第215页。
② M. de Certeau, "Spatial Stories," in The Practice of Everyday Life, trans. by S. Rendell, Berkeley: University of California Press, 1988, pp. 125-126.

以说,马提与祖父的叙事,正是在"看到"—"感知"—"判断"之间的空间相互作用之下构成的。这也正是沃尔施要阐述的叙事中的"关联理论",其"带来的最重要的结果是它提出了交际中的关联功能和真实性之间的新型关系"(沃尔施,2007),即判定爷爷变小的"真值标准"从属于祖孙及读者共同参与的"语境中的语用关联标准"。《马提与祖父》文本这样告诉我们,当进入"钟楼"这"故事发生器"时,并没有发生"历史就像晚上的一栋老房子。所有的灯都亮着。先祖们在里头细声地说着话",① 而是在漆黑中自己创造故事:爷爷牵起马提的手"让眼睛先适应一下"。待"渐渐地"可以分辨时,"你走在前面,我在后面跟着。"爷爷盼咐道,"你怕我掉下来,对不对?"马提"问"过之后,作者让他接上一连串动词"停""扶",都表示郑重其事。"没错。"爷爷回答,"但是如果爷爷跌下去的话,怎么办?"横亘在马提与爷爷之间的如何上"太窄的楼梯"成为语境中再真实不过且迫切需要解决的问题。而"跌",其实只是一个"假设",但这"假设"之逼真几乎可以否决其他任何字面对"真"的质疑。正如沃尔施所说的"假设之为假设,必须视之为真。然而所有的假设,在不同程度上而言都是推论的产物",而这"推论"正是为在"语用"上"驱动"关联。② 爷爷和马提为了假设的"跌","推论"出一种比较确保双方都不从楼梯上掉下去的方式,即马提的建议:"这样好了,一段路你走在前面,另一段换我。走在后面的得注意,要让脚踩得准。"这"关联"的不只是马提与爷爷真的在能力上也"一般高低"了,而且"关联"出"动情",在祖孙间如划拳般交替:"每到一段楼梯拐弯的地方,他们就换先后。""马提肢体"与"爷爷肢体"之间不存在争斗高下,而是真情绵绵,直至把读者也深深带入这情感赋予的"楼梯通道"。他们在一边置换中位置也随着升高了,于是,外面景观中的"村里的屋顶就显得越低",似乎隐喻出"真情"越往高处行,视角变换的"不实"就自然往低处走,甚至那目标的马,却都是黑色的了。马提当即否定:"不是我们的小捣蛋。"但后文我们知道正是"小捣蛋"。只是辨识随

---

① Arundhati Roy, *The God of Small Things*, New York: Random House, 1997, p.51.
② 理查德·沃尔施在《叙事虚构性的语用研究》中的叙述,见〔美〕詹姆斯·费伦等《当代叙事理论指南》,申丹等译,北京大学出版社,2007,第162页。

方位不同有不同的景观罢了。那桥也看见了在"左边"。我们读者不会忘记他们祖孙二人"追寻"的目标是右岸，所以左右前后，随你的角度不一变换不停。叙事到这里，要坦承无论是视角的变更，还是真的有戏说之"谎"，就像爷爷承认"我也哄了你一次"。这字面语义都不重要了，重要的是如何在真情的"通道"里诉之语言的"路径"，马提终于要从掩饰直面真实了。

笔者认为《马提与祖父》文本的叙事策略，正是"钟楼"的登高开启了"关联"意义，使得"说谎"的伦理危机被彻底瓦解在读者直接参与的祖孙情感中。他们共同亲临实景："景色相当美丽……河水闪着光亮……广阔的田地，直通到地平线尽头……"正是这样的"共同"实感，穿越"与影子划拳"的象征，走向市场："听着声音，闻着香味，看着五颜六色……向河走去，走到有桥的地方——"故事叙述者在这节的结尾说："在这个故事里，天空总是晴朗、明亮的。"倘若笔者不说，读者也定会猜到，塞尔托描绘的叙事空间的矛盾冲突，终于在语言的相互关联中最后解决，水到渠成于"含情脉脉"了。叙事伦理从黑暗中挣扎走向了光明，"爷爷变小"的事实公开了——本章又回到上面的马提鼓足勇气叫了那声"爷爷"及"什么事，马提？""我有话要对你说。""你必须？还是你想？""我想。""那么说吧！"马提没说话。"你不想说了？""想，我这就说。""我听。""你越来越小了。"马提轻声说道。"你的意思是我越来越年轻了？""噢，不。我指的是厘米……是身高，你越来越矮小，样子却没变。"在这对话急促的叙事行为里，读者已经比马提那"轻声"更加自然地接受了这"小"的事实了，几乎可以同爷爷一样沉着，同声合拍、理直气壮地说："太好了！"

将读者带进叙事功能思考，在一定程度上颠覆了传统叙事仅从作者或叙述者的角度去分析"时间旅行"的习惯思维。也就是说，尽管钟表方向只有一个"嘀嗒"，但观察者可以因为自己的处境不一而得出不同的"事件"话语。也就是说，故事已成为"话语"，在对"话语"的细细辨析中，曲径通幽。

第七章　外师造化，中得心源

前文已将"追寻"模式落实到"鱼乐"。但经过读者共识走向叙事意图欲企及目的时，是否会由"造化之秘"的"虑合玄机"，走向作者—文本—读者三位一体的"至乐"？也就是说，我们大家一起来建构故事，但以"叙述只是一种过程"的态度，用特殊的"红线钩沉"方法逼使叙事模式及文本主题寓意化，从而贴近了鲍德威尔的理想："经典叙事凭借对时间和空间的操纵，将故事世界变成了一个内部和谐的结构，以至于叙述行为看上去似乎是从外部进入这个世界的。"[1]

尽管前文在情感上读者与马提，甚至爷爷，都差不多共同接受了叙述构成的"变小"意识，但要达到智识上完全默契，乃至使故事的"内部结构"走向彻底"和谐"，读者，或者马提与爷爷，甚至作者与叙事的关系，可以走向某种神性般的超越，实在还需要下一番功夫。因此，马提又开始在心里发问："为什么爷爷一直不断地缩小呢？"大家都已经习惯了，只要是马提与爷爷"沿着河走"，或许是"智水"的作用，总会问题层出不穷。另一方面也说明，我们可以不追究"变小"的真假，但是在智识上至少该推论追究为什么，是什么原因导致了如此结果。

因果链条是"追寻"叙事模式的关键。于是，也有不少《马提与祖父》文本的阐释立于"死亡与生命"主题，当然能说得过去。就像艾略

---

[1] D. Bordwell, *Narration in the Fiction Film*, University of Wisconsin Press (Madison), 1985, p.160.

特在《四个四重奏》里说的："只有通过时间，时间才能被征服。"文学对于时间来说，最为迷人。叙述时间可以被固定，甚至作为过程消逝而去，像一场演出；但故事时间却永远无法嵌定，可以长过生命，乃至万万年。在这样的意义上，爷爷的"变小"暗示灵魂的不灭、精神的永存，还有故事讲述的源远流长。

但是，《马提与祖父》文本好似对这"追寻"链条总是三心二意，或者仍然只是逃避那个根本就不在文本叙事逻辑范畴的"为何变小"之推论。所以，马提一靠近河，虽沉思，但一发问，造物就万化，于是，还没等"推论"思维成型，祖孙就引着我们"看见了桥，还有对岸的田野和草地"。通篇祖孙的迷阵、破阵，总在刹那间。时空偶然，在中国思维常可喻"道"，甚至自然也可"笔补造化选春梦"。钱钟书在《谈艺录》中说这是"造化之秘，与心匠之运，沆瀣融会，无分彼此"。可是难以解释的是，这"造化"本来应该给"追寻"一个果——那就是"马"，却没有！"马提四下张望，寻找着那匹马，但却没有看到。正对面有一大片向日葵田，黄色的花冠像一个个的小太阳。"叙述者跳出来说，马提又有疑问，却因"高、矮"之语意，担心爷爷敏感，所以咽回去了，"桥就在附近，他不久就可以亲自过去量量，看向日葵有多高。他当然不叫它们向日葵，因为他根本就不认识这种花"。这首先说明"变小"仍是叙述构成中没有完全排除的心理障碍。其次，过桥抵达花，成为新的目标。目标对象越是现象化，"追寻"的执着也就越显动摇。更有意思的是，那不认识的"太阳"似的花儿，如何显现"匠心之运"？

1. 让目标化为"感叹"般的"敬意"

当把一个执着的目标幻化为"现象"时，我们早已练就的现代思维自然而然会走向亲临当下瞬息万变处境中的"现象学阐释"。于是，借用卡西尔的"语言与神话"企图，将那上下求索、苦苦"追寻"的终极目标形象为"瞬息神"概念，顾名思义，必然泰然处置叙述的变换不定。甚至可以说，只有将概念推向某种语言的神性思考，语言构成的叙事形式，及读者、文本、作者与这形式的关系，才有神性的瓜藤可摸。尽管卡西尔是为辩论神化概念与语言相衬而反举美因霍夫的论点："首先指称祖先精神的地点,其次才指称从那个地点释放出来的力量。"本章却欣喜地援引美氏撼人的说法,即"只有返回到感叹语层次",让感叹"表示的不是某一样东西,而是一种印象,并且还被用来表达对任何一种超乎寻常、奇迹般的、奇异卓绝或令人惊恐的事物的敬意"。[①] 也就是说,把目标"感叹化","追寻"使得追寻者都"惊恐"出"敬意"。

不是笔者故弄玄虚,到处寻宝、寻咒唬人,实在是若不如此拓开思辨,就难以跟上马提祖孙叙事的路径,而被茅塞堵死且有可能被抛出叙事的关系结构。"桥看起来很近,但他与爷爷走了好一阵子却又走不到。"对马提的"永远也走不到这座桥"之问,爷爷答:"也许我们想得太迫切了些。"若把终极视为神性居所,你欲企及的"施与"行为就只能朝拜而不允许如恋人般地思念抑或还没准夹杂着占有之"想"。神,作为一个具有祖先般渊源的概念,前面可以有动词,甚至它自诞生以来,就是为了人的动词行为,是在动词的相对里建构而出的。但是这动词绝对不能用"想神",而是"敬神";只能是动词的"敬",不能是胡思的"想"。这样高深的道理,孙子还一时没懂:"什么意思?""通常我们太迫切地去期望什么,反而却得不到。"爷爷的智慧拳脚,始终是"变小"认同的反向张力。在智识上,读者总是随着马提跌宕在爷爷"睿智"与"变小"的张力钢丝弹簧上。"但总有一天会得到吧?"爷爷说"是的",当不再计较"时间"的时候。只有故事,只有故事的时间,方为"终极"。真灵!就在爷爷点拨超然之智间,"马"——小捣蛋"出现"在了"向日葵的后面",只有"高昂的马头和马尾"在风中诱惑。

但是,尽管目标如凝脂,"春梦"似呼唤,"桥"却在你"朝着"它走时"越来越远了"。我们可以理解为是终极目标的显形,必然造成中途暂定目标的隐去和消失。但是,"桥"却又是渡达终极目标不可缺少的工具,就像叙述过程,不鞠躬尽瘁、恪尽职守,是不可以死而后已的。问题是接近这"桥"的方式是什么?马提说"跑",爷爷说"忘"。是"跑"还是"忘"?我们再度跌入哲理思辨。爷爷拗不过孙子的"执",开始随从了"跑",结果把身高跑成了与孙子"一样高了",抵达与"桥"的结

[①] 〔德〕恩斯特·卡西尔:《语言与神话》,于晓等译,三联书店,1988,第91页。

果仍然渺茫。"跑"向目标亦"于事无补",欲速则不达。

自然就只能"试着别去想",改换"忘"的方式。哲学上的"盲视"需要修炼之功,不是一时三刻说能不想就不想的。"桥"开始在意念里同马提捉迷藏:"当他不去想桥的时候,他觉得桥就在面前。可是当他看了一眼小捣蛋和一大片向日葵,想上桥时,桥又变得离他好远。"这几乎打击得马提灰心到"过不了桥了"。于是,爷爷开始教马提练就"参禅"之功。"转移注意力,去想其他的事。"——马提开始想"市场",乃至"胡扯"。桥几次近乎靠拢,"但随后又马上远离"。最后,"两人都不说话"——无言,马提也在心里告诫自己:"他只想在河边散散步,对桥、马或花都不感兴趣。"隐性作者此时都动了恻隐之心了,因为"桥"仍然不信马提——"仍然离得远远的"。因此,隐性作者不得不实施"匠心之运"了:"左岸较远一点的地方,既没马也没花,却有一大片刚除过草的绿地,偶尔有几堆稻草堆成的小山。清风带来青草味,马提做了一次深呼吸。"这片自然景好似影片的一个特写,不无突兀地闯进叙事。特写,一种电影镜头的特殊叙事方式,其目的在影片中是让"很小的细节场景将银幕填满,表明在自然界很宽裕的东西在电影中不能充分供给"。它要隐喻出某种"存在着的缺席并总是以缺席的方式存在着"。这可以说对"灰心"的马提是一个仁慈的安慰,而且引导禅悟还不能一时三刻见效的孩子自我约束——营造某种意念"偏离"——如特写,"它不仅要求我们对某个东西加以关注,而且要求我们对别的东西不加理睬"。[1] 这真是很管用,就在马提望着特写心猿意马要从一个草堆跳到另一个草堆,近乎我们曾经经历的"鱼乐"游戏时,只在这"想草堆"的片刻,桥因"信"坦然呈现了,而且赫然在目。

中西思维都有相"忘",或者说"盲视于目"、启迪于心。中国诗论强调以"道心"巧"运"人心,即"道心微微,无为而自然。人心冥合于道心就是让人心贵于无为而不动心。只有不动之心能任事物自然呈现"。在马提看来,这样的境界是靠隐性作者帮助完成的。甚至,马提也

---

[1] 〔美〕艾伦·纳德尔:《第二自然、电影叙事、历史主体、〈俄罗斯方舟〉》,见〔美〕詹姆斯·费伦等《当代叙事理论指南》,申丹等译,北京大学出版社,2007,第498页。

难以达到柏拉图的智者之灵,为灵魂之尊视耳目为粪土,可以顺手牵来那躲藏在现象背后的目标对象。其实,在第五章就涉及哲理上的"认识智慧",在第七章,我们仍然躲不开地再度进入分析有什么不同。老庄的"无为而无不为",讲求的是"丧我、无我、忘我、无心无意,返道人气,回归自然,天机自张的过程"。而古希腊是讲求从"盲"入"思",到现代海德格尔后,更是"我思,故我在"。无论是"无"还是"思","我"都是本体,结构是我与物间,主体与客体;可是,当本章跨过第六章,读者颠覆了主客关系之后,那对象、目标本身就蕴蓄了主体之神功了,如那"桥",它信不信你,就决定了你能否抵达。所以,到第七章爷爷要求马提的不是"我"的忘和"无思"我,而是忘"他"及"无思"他。当"他者"概念颠覆理论界以来,"意图思维"就成为困难了。似乎逼视西方理论思维不得登台亮相出语言分析,而中国思维亦可以将就从喜好的"忘言"合一为《庄子·天地》"机心"之"机事"。

因此,本章就自然抵达第二种不同于本章开篇之处,那就是"巧夺天工"! 正如余虹概括的:"中国的无为自然论和妙造自然论在根本信念上是一致的。"也就是说,《马提与祖父》文本的"隐性作者"追求的正是"外师造化,中得心源"。本章在这里的超越行为,可表述为袁枚的《随园诗话》语"诗宜朴不宜巧,然必须大巧之朴"。[①] 本章在此力求探悉的是由读者参与的叙事"匠心独运",一如爷爷"消散"或者说渗透的每个"方法"。在我们当下思维中,必然对古典的"融合"与"认同",乃至直接以"自然"命之的概念,有更深入的认识。在叙事理论中提出"第二自然"概念,纳德尔这样指出:"如果把'second'作为一个动词,意思就是'确论''赞同',或'应和'某种共识。"第二自然所强调的"与自然相呼应",动词化了,是在一种实践行为里将自然再现并使之确认得以实践。于叙事而言,就是将"自然"以经验的形式编码,如特写之功直接"施与"景色呈"仪式化"。当马提视域中的不识之花,以"向日葵"形象渐渐腾出画面,就像影片中我们常见的一只手或者一双眼特写于银幕,我们从来不会忘记这肢体来自人。那么,仪式化出的"向日葵"即使再腾

---

① 参见余虹《中国文论与西方诗学》,三联书店,1999,第 178~187 页。

空而出，也难以脱去黄色如海洋的背景，喻示叙事线索的程式。于是，"就可以使特定的活动成为事件，使特定的事件成为参照点"。[①]

这样的转化目的或者说叙事的目标自然就回转到本节开篇的"感叹"隐喻中了。当祖孙真的沉浸在黄色花的海洋，马提已经自然对"事物"产生出"惊恐的敬意"："真怕把向日葵又'想'走了。"

2. 圆心图谱，红线钩沉

我们从"嘀嗒"走到"向日葵"，它是以一圆心为中心，向四周铺展、伸张的灿烂，好似我们由爷爷为何"变小"的推论走向了梵语的圆寂。"距离"塑造美感已成陈词滥调，成为我们思维的"第二自然"。营造距离，如变焦的现代性，也在开篇提及。这里，笔者力求思考的是对距离的态度，某种思维形态。"忘"和"不想"都表达一种意念距离，因了这距离方抵达目标。若仅靠文字描述，太抽象，不无艰涩。好在《马提与祖父》文本呈现给我们最具象的图景。当祖孙俩好不容易可以徜徉在向日葵的"茂密"中时，却没走几步，"就走散了"。也就是说，圆寂图太容易构成"迷阵"。祖孙甚至不可以"手牵着手走"，因为间隙太窄，不能并肩，只能先后。在前面登高望远处，有着同样的排序设置。那时叙述要强调的是"交换"寓意。而这里，在迷阵圆的图景上，"替换"肯定行不通，即使预先假设在同一轨道线上，也很有可能就如我们常常在迷阵的图案中丢失一样糟。因此，爷爷红色的毛衣，在黄色的背景上拉开红色的线，这图景与我们读者，占据了美术三原色的两种，醒目瑰丽。马提作为不动的中心，"抓紧红毛线的这一端"，爷爷却带着拆好的毛衣线团开始先走。于是，就很像爷爷成为一个画家，在黄色的背景下，从中心出发，让红色的线画下一层一层、一圈一圈的图画。

索尔·斯坦伯格在1964年画了一幅叫《螺旋》的画，画面中心是作者自己的身体，立在所画螺旋的中央，旁若无人，甚至无动于衷，他只专注他所画的线条笔尖触及的那一点上。线条在人的外围以螺旋的方式从内

[①] 参见〔美〕艾伦·纳德尔《第二自然、电影叙事、历史主体、〈俄罗斯方舟〉》，载〔美〕詹姆斯·费伦等《当代叙事理论指南》，申丹等译，北京大学出版社，2007，第491~495页。

向外扩展，直到伸向"一片乡村景色：树木、一片云、山顶和一间小屋"。这幅画被认为是"现代绘画史的寓言"，展示了"时间线索从内向外、从中心到边缘"。它逼迫我们认知的是线条延伸的方式，被作为纯粹"元图画"，指认为"一幅关于自身的图画，一幅源于自身创造的图画"。它的内外界限，不同于任何同心圆的外围扩展，也有别于"这样一幅画，画面上的一个人在画一个正在画画的人，这个画画的人在画一个正在画画的人，这个人在画……以此类推，n 个嵌套的再现层面"。也就是说，螺旋的内外界限是对封闭圆的突破，其创建的结构是"连续的，没有断裂、分界或复制"。① 这正是我们看到或者说感知到的爷爷的红线图。在茫茫的黄色海洋，已经变小的爷爷是看不见的，俯瞰图景里只有不动的马提和红线的螺旋延伸。

爷爷拿着毛线球"消失在花丛中"，马提只是"拿着线头等着"。等了"好一会儿，握紧线球，抬头看着蓝天，看见云、飞机、燕子、蝴蝶、蜜蜂飞过"。在这样的圆寂之阵，好似马提真的顿悟了："行到水穷处，坐看云起时。"直到爷爷叫他才跟着红线走，边走边卷："红线很明显地穿梭在绿色的枝干与树叶中间。……向日葵的叶子有时被风吹起，有时被马提用线扯过，发出刷刷的声响。线偶尔会改变方向，马提小心地沿着线走……"结果是不只走出了迷阵花林，与爷爷会合，而且终极目标"小捣蛋"正在"两百米远的地方吃草，它用尾巴轻轻拍着自己的身体"。

走向"本心"，不知是不是中西思维的圆寂与二元"追寻"融会贯通之后走向的理想状态，本章不想下结论。但叙事踪迹引领读者到此，无论是马提还是"小捣蛋"，都多少"入定"了许多。生命形态的路径就如斯坦伯格的"螺旋"线，转呀转——伸向远方，那期待的田园般安详。那圆中心的目无旁视的人，就是"自然"。

3. 神——声、色、香、味

"夫神者何物？天壤之间，色、声、香、味偶与我触。"② 这是中国古

---

① 见〔美〕W. J. T. 米歇尔《图像理论》，陈永国等译，北京大学出版社，2006，第29～32页。
② 彭辂：《诗集自序》，《明文授续》卷36，味芹堂刻本。

来为文之境,以神意视之。马提与祖父以故事的"行动"一一呈现,好似故事叙事就是这样一个色、声、香、味天然偶成的积木空间。它无形却胜有形,好似德里达的"理想对象",那无处不在的"三角形",无论在纸上、画上,还是树枝交叉处,作为意识之概念的"三角形"将永不磨灭。德氏为此而形容文学,当文学成为读者意识的理想性"意图"时,即使文本被毁掉,那"理想对象"也将永远存在。[①] 爷爷在一天天变小,马提对未来担心无比,可爷爷始终说会有办法的,那办法是什么呢?结果当然是死的对立面"不死",也是消逝的反面。德里达把消解与建构辩证合一,他认为,消解"要么是创造性的,否则什么也不是"。那么,爷爷的"变小"直至消逝,亦暗示了创建?

"红线"可以钩沉历史,也可以引向未来,甚至超越迷阵的当下。这是上文已论及祖孙以爷爷的方法走出花阵。爷爷的方法有多种,孙子马提还不能完全掌握不同的对象当用不同的方法之诀窍。当他们祖孙渐渐靠近"小捣蛋",马提更是忍不住叫起来时,那"马却渐渐地离去"。马提顿时惊慌,"又来了!"他以为那曾经发生的、急切想得到什么就会远去的事情又发生了,所以,连忙说:"爷爷,如果我们不急迫地去渴望某样东西,是不是反而能够轻而易举地得到?"可是,这次爷爷却否决说,"对活的东西"这方法"行不通"。马相对于桥,是"活"的;活的东西,因为有知觉,就有被叫做"情感"和"沟通"的别样空间。这似乎是后来爷爷诱惑马的"方法"。

要在不识之中创建互识。我们大家都记得开篇的"发现"和"命名"马,其实都是为了创建。那么,故事的创建,意图何在?回到德里达,他说:"心灵:他者的发明。"[②] 意思是说,文学作品,不只是叙事的编织,更是远古的"发现",就像马,在发现和命名之前就存在,但因为发现和命名,拓开了朝向未来的"创建"空间。正是因了"偶与我触"这样的

[①] 希利斯·米勒认为,德里达的"理想对象"是胡塞尔的用语,德氏曾经翻译过胡塞尔的《几何学起源》(*The Origin of Geometry*),并在前面写了一篇很长的序文论及"三角形"之喻。见〔美〕希利斯·米勒《文学死了吗?》,广西师范大学出版社,2007,第116页。

[②] 〔法〕雅克·德里达:《心灵——他者之发明》,载《文学行动》,赵兴国等译,中国社会科学出版社,1998,第250~281页。

机遇,在作者乃至读者的意识里,那"理想对象"就会顺从甚至迎面而"来"。德里达研究的是语言,是借他喻已,说彼言此,很有点类似中国的"比兴"。钟嵘《诗品》中说:"言有尽而意无穷,兴也;因物喻志,比也。"在德里达看来,是借"他者"把语言特别是落实到"词语"的"能指"空间尽情拓展,以至于所指在无边中"消解"。中国的比兴要的就是"言有尽而意无穷",有的甚至追求王夫之所言"全用比体,不道破一句"的美学标准。德氏的非"词语"可以"穷尽""囊括"的"消解"式审美境界,正是严羽《沧浪诗话》所言:"羚羊挂角,无迹可求。"因此,我们可以喻马提与祖父"诱马"意在召唤"理想意图"的"来"。在看似"游戏"的种种方法策略里,将"理想意图"视为使命。

中国修辞讲究意理、情志及至诚。这些手段都是一种途径,最后"去词尚意",抵达"甘"的本质。但是中国传统文艺学思考多从诗歌、散文入手分析,小说次之,更不要说是故事叙事方法了。所以,这些修辞理论,看似都在文本结果中总结,无论是"意理、情志及至诚",还是满具道家色彩的"尚自然"观,都无法让后人学到如何"启"文,也就是中国文论缺乏那个"嘀"的研究。对于作文,只有情发于心,手之舞之、足之蹈之,这样的说法,与其说是技巧,不如说是理由,而且多适合诗歌创作。不同的是,西方叙事理论很讲究探求"起始",那是"遭遇想象物"的起步,也是追寻结果的超越。这里直接借用米勒对莫里斯·白朗修的认同。白朗修在对普鲁斯特的研究中,提出两种时间的体验,米勒说自己与白朗修的共同论点是普鲁斯特著名的结尾——"两种时间并置对时间的超越"。这正可以启发爷爷变小,最后马提把几近消失了的爷爷像吸鼻烟似的吸进了鼻孔。人不可超越的就是死亡,如何将生命的时间超越,马提与祖父的故事是一个优秀的尝试。

马提与爷爷、孙子的成长与爷爷的缩小,正是两种生命时间的隐喻。我们完全可以说,无论是这生命时间意象,还是叙事"发明"的"马",都是某种修辞借代,是"假物色比象"的"技巧"。理解这点,在本章行文到这里,无论是读者还是文本分析本身,都不会有困难。但如何准确地以"技巧"的方式,也就是爷爷常常说的"办法"来融会贯通那个"比"后面的"象"却不是一件易事。白朗修有文为《海妖之歌:遭遇想象物》，是谈时间意象，如海妖的诱惑，她唱着："荣耀的尤利西斯，希腊骑士的冠冕，休息一下你的船，让你听到我们的声音。没有一个驾着黑船驶过这里的水手，没听到过我们唇上流出的甜蜜曲调，没一个听到过的不感到愉悦，变成了一个更智慧的人。"① 但是，大家都知道，海妖诱惑的歌，起始就是终结，停泊或者说抵达就是生命的埋葬；海妖歌在对未来的承诺里布满死亡气息，这样"开启"叙事的"技巧"也就已在故事绵延的教诲中丧失了诚信。海妖歌是西方时间意象中对"想象物"的"呼唤"，其走向有两种可能：一为死亡，二为战胜。于是，米勒说，白朗修的故事有两个"主人"：一个死去，隐而不显；另一个活下来，把故事讲下去。这生与死二者合一。这样的故事在本章看来容易制造出角逐与争斗，外加毫无诚信。因此，笔者建议在西方思维的"呼唤"里加进中国思维的境界，叙事中以西方意图起始融合中国情志、意理，甚至如中国修辞追寻的——"修辞立其诚"。

申小龙在论及中国修辞中如此总结："'修辞立其诚'，自《周易》提出以来历代都将'诚'理解为诚信、诚实，指一种精神状态。而清代的章学诚则用'气'来解释'诚'，赋予这种精神状态以无形之'形'。'气'在章学诚的语言里指一种临文的心态。"这"心态"，是指"心平气和""设身处地"，于文，"心诚气平"方决定"文辞信实"。② 倘若我们将《马提与祖父》故事中的"马"作为一个语言的古老"发现"，叙事"发明"出德里达式的"理想意图"，要如何将海妖歌的启动与中国之"诚"结合，方能企及那本质的"甘"？爷爷说，对待"活"的东西，只凭不想是没有用的，要"主动出击才成"。于是，苹果与红线发生了作用。爷爷"用毛线球的一端绑住了苹果蒂，然后把苹果交给马提，接着他把线团打开一半，让线松松地掉在地上"，并让马提把苹果咬上一口，让香味吹向马，然后"苹果呈抛物线划过天空，后面跟着一条红线"，被抛了出去，像海妖歌，却美若悠然："苹果降落在草地之后，又弹起一次，毛线所拉成的弧形这时也缓缓落下。"被叙事的"理想意图"发明的

---

① 见〔美〕希利斯·米勒《文学死了吗?》，广西师范大学出版社，2007，第105页。
② 申小龙：《语文的阐释》，辽宁教育出版社，1991，第326~327页。

马与创建者自身,他者与我,彼此间互相在勾引中潜行,小心翼翼,红线"不可以硬扯,要一步步地把它引向我们"。而那马——"马边吃草边小小地移动着。看起来好像没目标,其实却一步步接近苹果"。马提缓缓收线,爷爷说不能让马看见苹果移动,"如果它看见一个会动的苹果,一定会吓一跳,然后逃走的;反之,香味不会使它害怕,因为香气在空气中游动,它看不见"。人与马都看不见却可共嗅的"香味"却是互相走近的唯一通道。即使"线"被突然"卡住",也只"悄悄向右走两步"就得。五步、四步、三步,捕获与猎物的距离,苹果是马的"理想意图",而马是马提与爷爷的"抵达",马、苹果、马提、爷爷的合一是本章的"嘀嗒"。"用力往小捣蛋的方向吹一下苹果。"爷爷说,"马提举起苹果,吹了一下。马动了一下嘴唇,好像它想发问。"尽管德里达们很注重读者情致,但始终没有注意到"理想意图"本身也可以"能动"起来,只要为文心态可以做到"尽其天而不益以人",于是,万物如天,就可以"情能汩性以自恣"。

"理想意图"若要发问,问的是什么呢?在德里达看来,"发明"本身是为了叙事运动,而这运动永无终结,在消解里创建。好似"嘀"的水雾弥漫,形成"甘"的飘香,那"嗒"盘旋环绕,永无终止。在马吃苹果之际,爷爷要马提用手"摸它鼻子和眼睛中间的那块地方"。于是幸福的拥有终于蹦出了两个字:"成了!"这"成"是西方叙事模式"追寻"的水到渠成,更是中国的"立其"—"甘"—"诚"。但是,犹如"马",在马提、爷爷圆满获得之际,它已从白马认知转为一半黑一半白,事物的认知永远不会百分之百。作为视角"调焦"理论,本章上面已多处论述,康德似的"认知—理解""直观对象—思考"犹如道家黑白辩证等等,于是本章行文到这里可以这样总结,形同本章开篇,为确定一个"远方"而想象,为获得这"远方"而"追寻",却在拥有了"远方"或者说是"追寻"与"远方"的合一之机后,"知性"再度落实回到"想象"枢机处,这被康德看成"心力"的能力,才是叙事行为的核心。马提心满意足地骑在马背上问爷爷:"小捣蛋现在是我们的了?"爷爷答:"不全对。""你的意思是它有其他的主人?""不,我的意思是,没有任何东西是你能百分之百占有的。"即使一颗球或一粒小石子,人能占有的仅此很少一部分，其余的"属于世界"。那大大而远远超越人的认识之天空的"属于"，永远会引诱探掘，为文就在永不停息的"别样雕琢"中。其实，在德里达抑或在中国的"气"中，也都不会有终止、结束无须再行动的"嘀嗒圆满"。叙事游戏犹如"百足之虫，死而不僵"，总是活水无穷，来者甚远。故事永远是"意犹未尽，意在言外"。马提与祖父还得继续前行，爷爷也还没有彻底完成从"臭皮囊"下完全脱颖而出的蜕变。但是，本章作为叙事"追寻"模式的探究到此就算告一段落。下面将沿祖孙俩的足迹，尝试由批评如何沿路返回，就像马提在经过时间超越，而且与爷爷生命融汇之后返回到家——起初的时空，从"嗒"借批评功能反向趋"嘀"。

第八章　想象穿越语言

除了语言，其实什么都没有发生。读者清楚，随着故事发展我们会与马提还有他心中的爷爷回到最初爷爷临终的床边。那么，我们只是经历了一场"语言历险"，其目的确实很像巴尔特的文本愉悦。如我们上面提到的"捉鱼"，当祖孙俩在"小捣蛋"的背上"坐得屁股都痛了"，就该到了说"再见"的时候了，"他们让马自由奔驰"，它"驰骋而去，留下了飞扬的尘土"。语言的魅力就在于，现实可以"飞扬"而逝，却意味隽永。

不同于巴尔特，或者说本章既基于巴尔特又欲超越巴尔特处在于，不仅仅拘泥于文本诠释，而是要将上文诠释批评使用的方法、文本角色及叙事视角、语态及表达，再度推到显微镜下作叙述批评文本的生理剖析，寻找出隐藏于"语言历险"背后的东西，探究为何要构设如此的想象历险。也就是说，从爷爷临终的床边再回归到临终的床边，那个起始的"嘀"本来就丰满，硬是"想象"出一段"历险"，然后再回到富足的"嗒"。如何解释这样的想象运动之合理性？故事中当祖孙与"小捣蛋"告别之后，也临近开始追寻的目标——大海了，拥有了空前的满足状态，叙述在此使用了一个空镜头来呈现："茂密的松林，到处响起清脆的蝉鸣。海水的咸味、松树的香气迎面而来，大地一片祥和。"这样的满足状态，依靠一个空镜头的隐喻性描述还不够，祖孙还使用了"饿"这个生理词来强调。经历了一场生动多姿的语言历险，祖孙俩却都"不饿"，以至于他们自己也感觉"真奇怪，我一点也不觉得饿"。也就是说，"追寻"不是因为匮乏，"想象历险"是在富足中的腾升。那么,想象要"飞扬"起的是什么呢?

应说"取信沟通"的方式,其意境高远,而且在想象中千面千手。这里不妨借用华尔特·菲希尔论述的概念"叙事范式",其以修辞的方式来研究作品,"是将叙事作为对现实的一种修辞活动"。[①] 笔者并不认同这"范式"的目的是要否决"语言历险"之乐,在本章是博采众长,只为明理。爷爷变小是现实中死亡的一种"修辞幻象",其功能意在沟通,其目的在"飞升"的"认知"。虽然,所有的状态——无论是自然还是肚子,都不"饿"——"祥和一片",但是,爷爷仍然在一个劲地往小里变,"爷爷现在比马提明显地小了一截",以至于安然的心态无法不受到干扰,"你为什么这样看着我?是不是因为我又变小了?""是的,爷爷。我真怕,如果你再这样小下去,说不定会消失得无影无踪。"人,是很善于焦虑的,也极容易破坏"安详",所以,人极其需要"技术方法"。可以这么说,使用某种如神话般的"修辞幻象",不只是单纯为满足儿童文学的孩子心理需求,更重要的是用童话般的叙事技术话语,来企及人世间"安详"的可能性。这正是故事中爷爷总是豁达、办法无穷的原因。对于变小,他总是开导马提,会有办法解决的。"我们不久就会知道了。"爷爷说着,面露微笑,"也许,当我小到一丁点儿大时,就会又开始长大,说不定会变成一个巨无霸爷爷呢!"对于辩证认知,说服他人"信赖"等,在上文笔者已做分析。这里要强调的是,文本是以何种方式来呈现这"辩证"且培训思维的。"巨无霸"是一个既具有孩子想象,又早已因为"快餐文化"的现实,而使得每个孩子从"味觉""视觉"等经验中建构出固有的某种象征意象。以"巨无霸"作为变小的未来,不无安慰作用,但是故事结束,"巨无霸"的爷爷"无"实体,而是一个消失的爷爷之"历史生命"与孙子马提"未来生命"的合一。

因此,"巨无霸"作为现实已成为话语普遍认同的规则性形象语言,很好地承担起象征使命,筑起"想象"与现实间的"沟通",以"修辞幻想"方式来启动、参与、推动认知思维的建构工程。

[①] 〔美〕华尔特·菲希尔:《叙事范式详论》,载〔美〕大卫·宁等《当代西方修辞学:批评模式与方法》,常昌富等译,中国社会科学出版社,1998。

一 功能信息项——"想象"工程的推动源

首先是信息功能项的品格。作为童话文本，它承载的意义如何确立？童话叙事具有超现实功能，这在上文分析里我们已透析，也就是说，现实只有在发生意义的情况下才被以童话语式诉之语言。换一种说法，对于孩子，倘若让他以语言的形式来承诺未来，除了"长大"这个词之外，将仍然还是"长大"。那么，在马提面对爷爷死亡的现实里，如何能跨时空地承负起生命死亡的意义？在跨越现实或者说追寻成长的路径中，童话叙事文本如普罗普的功能分析，在路径出现障碍之时，必然有神奇功能性要素，排忧解难。这种转折故事的关键点，在普罗普[①]看来，成为叙事功能的核心要素，它其实也构成童话文本的关键。这就是《马提与祖父》文本对信息的强调，而这信息只有童心方识。但这里已经不是如前文仅阐释信息的寓意，而是要追问为什么在叙述返回原轨道时同样使用信息，而这信息却不只是一个引领就转而消失无影，却是自始至终给出结果，目的是论证这超验信息的可信度。

前文说过，设计游戏是为了推动故事。在爷爷是否变"小"之后就会成为"巨无霸"的疑惑中，在孩子思维途径可能出现阻碍时，神奇的功能信息发生了作用，就像孩子面对死亡，为解决这个艰难的现实陈述，曾经出现了"天花板上的苍蝇"信息一样，我们获得了"蚊子"的信息。如果说前半部分《马提与祖父》文本是因了"苍蝇"信息而凝聚了叙事"追寻"模式，你还将信将疑，那么，圆满获得"小捣蛋"到追寻目标再度自由驰骋的自足中，苍蝇几乎在叙事中隐去。好似就为了说服你相信，对这样信息语式、童话功能的"信"，才设计了接下来的游戏。

爷爷这次的游戏是"看图寻宝"。"可是我们没有图呀！"爷爷却说"图就在我们的手上"。哪一只手纹是寻宝图呢？在普罗普归纳的功能形

[①] 参看〔俄〕弗拉基米尔·雅可夫列维奇·普罗普《故事形态学》，贾放译，中华书局，2006。普氏对神奇故事做了系列"形态"分析，从其组织成分总结归纳出多种故事功能。

态中，符合"神谕"启示的逻辑演化必然是"二项选择"，对"选择"的阐释在"硬币与路"的叙述过程中，笔者也在上文详述。这里"选择"不是目的，是理解选择逻辑的引线，为选择，祖孙的手开始合并："爷爷的手指修长而苍白；马提的手指则又短又肥呈粉红色"，合并的目的就是死与生的融合。不仅于此，爷爷还说："我们得等一等，我们需要一个信号。"本章已不再将故事叙事当成阐释对象，而是批评再分析对象，是文本本身投射出这样的理论素质。比如，对这求助信息如"神谕"的作为，文本有形象性描述，一如贴切的逻辑分析："他们张着手坐在松树底下，像两名等人来施舍的乞丐。阵阵和风带着海水的咸味，摧拂着马提的黑发和爷爷的白发。""苍蝇"信息是不期而遇，这属于"叙事"功能，但理论分析，这信息就不再是偶然，而是理性的期待。这期待时时投射出对生死的理性分析。

在马提期待"信息"时，却发现身旁的树干上有一个"稀奇"的东西。"那个东西看起来像蝗虫，却是透明的且一动也不动。"这突然现于眼帘之物，很容易被误解为就是期待如"神谕"般的"信息"。可是，爷爷却将它迅速具体化，以打破我们的臆想："这是个空壳，是虫子蜕化时脱下来的。有些虫子长大时，不连着旧皮一起生长，而会把外壳脱下来。你看见的就是一个老而无用的空壳。"这只是阐述人的长大趋势，会留下空壳、脱颖而出，好似暗示爷爷自己的死便是灵魂的飞升；这也是人的躯体小到极点，灵魂就会宏大的另一种说法。好像"巨无霸"的回响总成为"成长"的背景，而大小、有无又相续相承。犹如死后人的躯体，也只是"老而无用的空壳"罢了，"好像是昆虫的纪念品"。纪念品承载的是历史，后人如马提般会不时产生"看起来挺滑稽"的感觉。这说明，一方面看似在阐明道理；另一方面也说明，不是孩子突然遭遇的事物都可以具有营造故事的"信息"品格，这要分析清楚它是不是可以起到"推进"叙事的作用，只有激发叙事动机的显现，方有普罗普所言的"叙事功能"性。因为这样的信息才可能使故事情境绝处逢生。也就是说，作为"叙事功能"的装置，不是为了过去，而是促发未来。

其次，这种具有创建品格的信息本身就是建构角色甚至影射视角的某种方式。《马提与祖父》所有的信息都是从孩子的视角来接收和演化的。这视角既属于孩童，又富有哲理，且活泼变换，还很适合现代思维。这在开篇就论证了。这里要问的是，为什么在爷爷临终的床边那么多人，唯有马提和爷爷被着重而出？这样的角色是如何、以什么方式被创造出来的？有人说，如果一个人自己不想或者说没有素质发现"真理"，没有任何人可以强迫得了。那天花板上的"苍蝇"信息是马提自我遭遇到的，没有任何强迫；也可以说，信息本身就具有挑选和创造角色的功能，当它发出指示时，具有传播的可能性，而且对方需要有接收元。那么，马提之所以有这样的功能，是因为他具备想象能力，一个孩子的幻想品格。因此，品格才会产生吸引，且不仅仅是吸引，马提还会审视，由审视而引向近于"幻想"的行为。可以说，也不是所有孩子都合格被"想象型信息"选中，马提还有爷爷，这两个角色有一个共同性就是喜爱"审度"，对世界审视的眼光或者"视角"本身就属于哲学。一方面可以说，祖孙天生就有哲思品格；另一方面也可以说，特殊的信息功能在某种程度上型塑了如此"角色"及"视角"，而这"角色"及"视角"又天然亲和神奇，具有童话型思维。

终于，"一只蚊子一声不响地飞到马提的左手。爷爷，这是信号吗？噢，是的，现在要仔细地瞧。他们研究蚊子停的地方，那就是有宝藏的地方：正好在马提右手两条掌纹的交汇处"。马提与爷爷这样的角色类型，如巴尔特亲戏的那种，即"信息"抑或任何符码，都可以被兴味盎然地把玩、深究乃至属于被探奇的特殊材料。正是这样具有想象机能的角色才会有如此表达：蚊子给予的坐标定位是不会忘记的，"因为蚊子咬的地方好痒"。但马提的问题是："我们两个现在在哪里呢？我指的是在我们的图上。"谁可以把自己标进自己的手纹？但祖孙这特殊角色就可以如此深究问题并慎重而深邃。"这个得研究一下。"爷爷说完就仔细地看起来。在反复比照、研究之后得出又一个"二项选择"：要么他们当下的坐标是爷爷右手纹的"黑痣的地方"，也很有可能是孙子马提的左掌纹。于是，他们决定以实验为主，好似所有的逻辑推理，理论与实验并行。先按马提的路径，发现了一棵"枯树"。从"空壳"到"枯树"，应该也有什么内涵可以挖掘的，但这是不是宝藏呢？结果是他们获得了"一块圆形、凸起的玻璃，像个透镜"。故事中，这玻璃后来可以将玉米转化成"爆米花"，并将"饥饿"转化为"饱"，这是后话。这里要说明的是"想象"

建构的方法，甚至创造、转化的手段乃至材料，也都是可以如掘宝一般，在探究里、深掘中获得。整个叙事文本的阐释，总在某个机关就有某个独特的方法，这是批评文本的机械"扳机"。

这第一种试验失败了，除了这块玻璃什么都没有，于是得探究第二种可能性——往爷爷的手纹路径走。突然，来了个小插曲，马提说："忘了把空皮囊带走！"这个"忘"不是前面我们论及的"得鱼忘筌"的"忘"，而实质是"记"，是一种"纪念"的品性，让爷爷有信心为孙子所"吸"。正是有如此隐藏的寓意，这"无用的空壳"，爷爷还要特别腾出烟草盒来收藏。似乎暗示，"烟"的"熏陶"已经升华为马提既面向未来的成长，又携带永久不倦的历史纪念。可以说，只有这样的行文气势之角色，才配承载叙事文本的功能。未来正是踏着先人的脚步前行，当按照爷爷手纹走的时候，"地形真的与手纹相符：手掌上的每个交点，每条纹路的弯曲形状，都找得到交叉口以及弯曲的道路"。但历史又是错综复杂的，"有些地方得特别小心地去审视，譬如有块地区，在爷爷手纹上显得复杂，实地一看，真的到处都是小径、干涸的水塘和岔路"。地形图，是从爷爷的手纹再拼接到马提的手纹，故事说"按照马提的手纹走，就简单多了"。只要穿越"松树"，"往海的方向走去"就行。

爷爷现在"只有大约六十厘米高"了。宝物是什么，在行文中不重要，几乎只是一个不明确的引诱。于是马提就想，这"宝"可能就是让爷爷"恢复原来身高的药"。寻宝排难，是神奇故事叙事的另一项功能。但爷爷"恢复身高"不是目的，而寻宝同样是智识的训练，还有要让"信息"取信于人。如何让马提，再加上一个爷爷郑重其事地审度"信息"，要成为"规则"，就必须要经过推理、论证、实验等步骤。在"马提手掌被蚊子咬过的地方"，正是藏宝之处。至于"宝"从何而来，又归属于谁，不是神奇故事探究的兴趣点，故在"海风轻轻吹着"的挖掘中，马提最担心的就是爷爷会不会"掉进洞里，所以随时都警觉地注视着"。死亡会让生命重归洞穴，或者说掩埋"无用的空壳"，这是常理。但是故事的深意就在于这死亡的生命会破土而腾空飞升。挖掘出的"镶着金属边的"宝箱成为另一个象征。它"里面铺了绒布，却什么都没有，只看见松树根穿过箱边的两个洞而在里面生长"。也许，不只理性地确定了信息的可靠性，爷爷让马提看死亡安葬的未来事实，才是掘宝的本意。更深层的启发是"盒子空了"如"空壳"，但是松树会穿洞而出，生长出去。于是，就又有了一个"安详""充实""自足"的语态。

"他们透过松枝的空隙仰望着蓝天，闻着松脂与海水的香味。四周传来蝉鸣。"只有在人的眼光充裕之时，哲思的眼方能开启。探宝与金子，都是神奇故事的功能项，但在本章的此处分析里，是作为开启思维的引线。好似角色的姿态、气息都与"信息"互通、同构，就像通篇基调，那马提的眼光总是朝向未来。开篇的"苍蝇"信息就是因为他不同于他人只集中注意力于悲伤，偏偏是他仰头向天花板，于是爷爷也就只邀请他。当祖孙躺平仰望蓝天时，马提再度望见了金色："蓝色的天，金色的树枝。"神奇的结果就出来了，金色"都跑到松树上面去了，树根把金子吸尽，让树长成金色。这是我生平见到的第一棵活生生的金子树！"如果说让"灵魂"着色添装的话，就再也没有如童话这般稚拙到你难以抗拒、无法不被吸引。用形容词表达灵魂早已是陈词滥调，而且不无矫情，可是，在孩童的视域里，形上脱俗的灵魂竟然着上了最俗的金色，魂灵的丰收，该产生何样的感受？甚至还可以说，若马提呼唤大家来看天花板"苍蝇"的挪动，特别是在悲伤悼念的时刻，一定会遭到呵斥的。而挑动所有人对"金子"的欲望，几乎就再也不会有任何人拒绝仰头了。于是，世俗的眼光也都空灵了起来，接受生命的转换之神奇，也就水到渠成了。

二　转化、超越，在法面前

其实，在本章这部分说"信息"是力求分析"表达信息的方式"，这直接构成如普罗普归纳的"功能项"。这样的"形态"归类，很容易遭到德里达对类型说的批判，即"类型一词一旦说出，一旦被接受者听到，一旦有人试图理解它，某种界线就划定了。当界线确定时，它的范式和限定性的规则就接踵而来"。[①] 德里达要问的是：谁做裁判？有何资格？本

---

① 〔法〕雅克·德里达：《类型的法则》，载《文学行动》，中国社会科学出版社，1998，第159页。

书在前三章的诠释里，多突破各类"规则"界限，而故事意旨"超越生死"本身也是对"禁忌"的突破。在第四章，叙述要按图索骥，甚至沿途返回，将叙述背后的理论分析揭示出来，就不能忽略故事中所有可把握的"功能"指向。

如果仅从诠释的角度看，《马提与祖父》故事前半部玄妙诱人，但后半部，特别是寻宝、被强盗逮捕的中间段落，很落俗套。金子灿烂于树，格林童话就有丰富的"金苹果"。而遭遇"强盗"，正是普罗普"神奇故事"探究之点。在普氏看来，当他的"形态学"被结构主义大师列维－施特劳斯否决为只是形式罗列，而无历史结构分析时，就立志撰写后来的著述《神奇故事的历史根源》。"形态学"概括的"角色功能"，诸如"禁令"—"破禁"—"遇险"—"脱险"等功能项，为何被《马提与祖父》在这中间部分无端统统塞进文本，使得一个本来脱俗的文本如此画蛇添足呢？即使是普罗普立志作的"历史分析"，也只不过把"幽禁"的缘由、灾难的形成及脱险的可能，做些与现实历史渊源的联系。[①] 本章若只局限于跟随文本，拘泥于固定诠释方式，那就必然落入俗套而毫无新意。好在，根据本章立意，此部分本来就是批评的批评，是让叙述重返穿越语言的尝试，倘若立于此语言分析，就契合了本章前面作的叙事探究，承接的是让叙事方式穿越语言隧道，自然就柳暗花明，也别开洞天。

在俗套的现实模仿里，其实故事呈现的是欲望，对"金子"的欲望，又落实在"功能项"的规则中，于是，我们就自然得到一个语言分析的构成——"欲望"与"规则"。这结构属于罗兰·巴尔特的文本分析，他把"欲望"与"能指"同构，并把对它们的陈述作为"客观法则"。克里斯蒂瓦认为巴尔特的可贵正在于"把作为'现实的'异质性标志的能指中的欲望侵入、连接到科学所标点的'一种庞大操作性程序的轨迹上去'"。由此克氏得出："在语言和写作之间存在着'欲望'，而在写作和批评知识之间也存在着欲望。"[②] 于是，对"金子"的欲望，其实是"语

[①] 参看〔俄〕弗拉基米尔·雅可夫列维奇·普罗普《神奇故事的历史根源》，贾放译，中华书局，2006。

[②] 〔法〕朱丽叶·克里斯蒂瓦：《人怎样对文学说话》，此文收于《语言中的欲望》，此篇翻译见〔法〕罗兰·巴尔特《符号学原理》，李幼燕译，三联书店，1999，第208～241页。

言—写作—批评"三维的欲望,《马提与祖父》故事对这"知识"套用了另一个由爷爷讲述的故事。

话说祖孙被海盗逮捕,马提把仅有四厘米的爷爷抱在怀里,爷爷讲了一个《魔鬼有三个桶》的故事。爷爷在孙子的怀里讲故事,形式就已突破"禁忌"了。其实遭遇海盗,就是犯禁。马提有两处表达突破"禁忌"的"欲望":当海盗临近,爷爷问"要不要逃走"时,马提说"我想靠近一点看他们"。当爷爷再问"要不要逃?"时,马提坚持:"我想和他们聊聊天,也许他们是友善的海盗。"是这样才遭遇了险情。文本并没有直接转述《魔鬼有三个桶》的故事内容,但可以有两种猜测:一是爷爷形象化了一个三维的可能性;二是一般由"三"构成的童话中,多是二者合谋,对抗一方"他者",最后,"他者"逢凶化吉成为主体,其语言运动就自然构成一个具有层阶性质的"创生"系统。

事实上,本部分标题借用德里达与卡夫卡同名寓言《在法的前面》①的解构,就是要承认这样一个观点:在实用理性中,亦包含着荒诞不经的或叙述性虚构的因素;而且在文本解析中,严格割裂的"法"本身就是荒诞。法,只能是如克里斯蒂瓦对罗兰·巴尔特的"逻辑的程序规则"作的结论,其意义在于传达出文本目标中"象征与实现""主体与历史"间的辩证法,一种穿越语言的"运动"。于是才有一种通过"代码"获得的"交流",并且"同时允许已被说的东西和未被说的东西任意地飘浮"。

没有让读者也知道的故事,好似文本惯常的"神秘"作为,但是,马提与爷爷在这故事讲完之后,却破天荒地说"饿"了。当然是险情破坏了自足状态,"饿"与其说是自然发生,不如说是被海盗对"金币"的索求要挟而诱惑出来的。"饿"还表现了一种缺失,就像作者故意不让爷爷讲给马提的故事,也不让我们读者知道一样。从语言形态来分析,读者获得了一个"不在场"的提醒,而这正导致爷爷即将来临的消失。如何使"不在场"处于"在场"中,这正是现代语言学经常探讨的问题。本章针对故事叙事,以"死亡"的消失与"记忆"的存留作为隐喻来言谈叙事的论点,也可以说俯拾皆是。在本雅明看来,讲故事人就是将"死

---

① 〔法〕雅克·德里达:《在法的前面》,载《文学行动》,中国社会科学出版社,1998。

亡"作为"永恒观念的强大源泉",是为了一生的丰功伟绩,且要以故事的形式"疏导生者",增长"知识和智慧",才言说"死亡"。"死"在巴尔特看来是文本叙事的终结,又是解读的开始,以一种对前者存在的否定而重铸此在。这正是爷爷与马提的关系即将融会的情景,更是《马提与祖父》文本的"语态",即辩证思维里的"转换"。因此,故事中"饿"的自然现象是"吃玉米",可是"太硬"。于是,爷爷使用了"凹凸透镜",通过折射的光,将玉米"转化"成了"爆米花",由此祖孙都"饱"了。从"饿"转化为"饱",既是你我大家每日的现实问题,又是冥冥中神性的超然。要从一个囚禁的匮乏走向安详自足,怎一个"远方"了得!

马提与爷爷选择了逃跑。其实故事到这里才真正踏上归路。本章以离析的语态将叙事回归提前了。一如叙事的永无封闭及文本的解读永远开放的姿态,爷爷"望着海"问马提:"我们回去吧,你想走哪条路呢?"马提惊讶:"有多少条啊?"爷爷近乎信口开河地说:"你想要多少条就有多少条。"这真是罗兰·巴尔特阐释文本的"路"之理念。我们都知道,来的时候祖孙只有两条路可以选择,而今是四通八达。爷爷其实也并没有忘记,还补充道:"当然包括我们来时的那一条。"也就是说,从来的一个方向,已经"转化"为可以天马行空了,就像太阳可以耀眼于天空,也可倒映于水中,只是角度的问题罢了。爷爷也可以坐在马提的头顶上,感觉"像是坐在一片草坪上!"这样的自由犹如翱翔,可人生却又如流星划过的刹那。爷爷几乎小到没有了,让马提吻一下,就吸进了鼻孔里。于是,爷爷就只能在马提的身体里共赴前行了。

这里本章要揭示的是语气,从抱着"洋娃娃"一样大的爷爷逃跑的急促里转换为了看太阳想星星的舒缓,再由焦虑地寻找头上的"爷爷",到惊恐地把爷爷吸进身体,再回到共赴旅程的安详,这节奏、语气和呼唤,无不与语言生命息息相关,也始终不离飘浮在空中叫着"未来"的东西。因此,马提以听爷爷的声音为由,一次次呼唤:"爷爷,你好吗?这是你的声音吗?过了小桥,我们要回家了……"舒缓悠扬,千古回响。

帕斯卡尔说:"一个人再穷,死的时候总会留下些什么。"这是说记忆,当故事回到原来定格的场景——爷爷已是"空壳"的床边,在家人沉浸在死亡"缺失"的哀痛里的时候，马提却是充实的，甚至在葬礼中，心中的爷爷还要与马提逗乐。马提的秘密是文学的秘密，但有一点认同，爷爷"仍活在我们的心中"。马提说的是故事，爸爸说的是怀念，而本章说的是叙事，一如斯蒂文斯宣称的"终极信仰"，它"一定是在一种虚构之中"。

结　语

我们如何对文学说？我们如何对历史说？《马提与祖父》展示了某种"转换""多重""变幻莫测"的想象旅程，任何一个符码、气息，都是我们进入思考的通道和引线，本章就此成文。借用乔治·艾略特（George Eliot）的《亚当·比德》的开头："埃及魔法师把一滴墨当作镜子，竭力为每个偶然来此的人，揭示遥远过去的幻象。"笔者模仿艾氏的口气也说：本章用自己笔端的这滴墨，为诸君"显微"了一个"生与死"交汇"定格"的时空，想象纤维，爷爷临终，马提神游。在"嘀……嗒"模式中，我们又有了新的启示，开始与结局，生与死，以"虚构"作为理解世界的方法，走向天衣无缝的结构和谐。

史 诗

第一章 吟诵与叙事

一 引论

本章并非做古史研究，而是动念于当下中国蓬勃的诵读热潮。在这古经普及运动的红火下，笔者窃问，若以史诗为例，中国人缺的到底是什么？史诗只是一个平话体例，若只是在上古史中国还不见此形式，并没有什么可以焦虑乃至自卑的，因为公元4世纪，说评就开始萌动，到8世纪更是蓬勃发展。后来民间艺人也一直不断，至当下，以媒体传播的后现代形式，突然在中国大地以弘扬古文化为东风，吟诵突然一跃为文化之楷模。一个毕生做中国古诗文研究的学者舞台寂寥，而可以学唱几声的后生却拥有众多粉丝。难道中国的古文复兴全仰仗着戏子舞台？笔者这里没有一点贬低唱戏之意，而是有感于毕生从事古诗文研究者在当下舞台上的屈诎，好似不会唱，默吟默诵都不算，再如何钻研，也得在这当今舞台上下课。难道中国千年古文只是唱几下就了得？难道说弹唱真的不是东风压倒就是西风取胜，于是在当今就可以全权取代中国古文思想精髓？

中国人喜好焦虑。做现代的，说从语言到思潮皆舶来品，这是焦虑。而做古典的，本来该为千年古国文明自豪吧，特别是中国古诗古史，他们把海外汉学家整得一头雾水，可是仍然焦虑：中国无"史诗"！于是乎，中国人有多大胆，地就有多高产，谁说我无"史诗"？幅员辽阔的中国，藏族的、黎族的……洋洋六十多万言的"史诗"，你荷马来比比试试，你的《伊利亚特》《奥德赛》不就是二十余万言吗？比下去了吧！中国人这样与古人作比时一点也不脸红，尽管中国经传忌讳"臆比前儒"。笔者不是要去触及藏族《格萨尔》的真伪，"史诗"的性质本来就是流传加创编，在匈牙利格雷戈里·纳吉的著述《荷马诸问题》中，纳吉用了两个词"编织"与"缝纫"，并且触及荷马文本的"庇西特拉图①修订本"事件。说古希腊这传唱诗歌来自民间，却有财产归宿品格，于是僭主就利用财与权召集歌者，像中国戏曲的官宦堂会般吟唱，不同的是，各方歌者带来的都是自己的那"编织"好的底稿，再加上现场表演发挥的独特性，从而流淌进多方布下的记录者手笔，记录者亦可发挥创新力，越是迥异，越显特色。洋洋"史诗"就这样把一块块完好版图"缝纫"而成。用当下的词语，那可以叫着"网编"了。那么，不是说中国民间没有"创编、演述、流布"的"史诗"流程，而是《格萨尔》至少为当代的"编缀"作品，而且僭主为谁，一目了然。

　　本章要说的其实是古代，点出《格萨尔》只为引发一个中国人很易忽视的"现场性"。"史诗"的本质不只是"记叙"历史，更是当场"吟诵"，中国"史诗"不是没有"记叙"前人之"史"，而是没有"吟唱"的"当下"，没有对永恒精神的吟唱。史与诗的结合，其实是过去与当下的合二为一，英雄精神的回环不绝；以史为鉴，不是运用在权谋利益争执中，而是回环唱响，如歌如诉。因此，中国的史只体现权术，却难以熏陶培养性情，更不要说英雄崇高的飞升昂扬；而"史诗"吟诵的品格事实上是灵魂的飞升，这才是"诗"的"史"！

　　中国人要不遗余力地争，笔者也有"诗"言"史"，看《诗经》《楚辞》，屈原不就歌吟诗人荷马吗？更滑稽的是，不少人论述，中国的"诗"因更抒情而乏叙事，故让古希腊的叙事史诗抢了风头。没有人想过，中国"叙"史，源远流长，技艺之精湛让世界咂舌。正因为此，《诗经》《楚辞》中的"史"，无论是唱还是吟，其实都一样是"记"，"记载"的本性并不因为创作形式变换了而有不同。没错，我们的诗在"言

---

① 庇西特拉图（Peisistratus，约前 600 年～前 527 年），古希腊雅典僭主，是梭伦的继任者。他于公元前 6 世纪中后期在雅典掌权，继承了梭伦的主要改革政策并对改革有所发展。他是雅典政治、经济、宗教和文化生活中的重要人物。

志"、抒情，但以屈原为例抒的是什么情呢？是个体的创伤，对政权的如痴如醉，是香草美人般体己的倾诉，"发乎情呀，也要止乎礼义"，故"诗"之"经"呀，"情发于衷而形于外"，却"诗无邪"！本章要指出并行将探讨的是，中国缺乏"史诗"不是抒情与叙事的问题，而是中国的抒情只表达个体的宣泄，从来就不在乎吟唱的"现场性"。一方面是"记"史，一方面是"抒"个体之情，这样结合的"史"与"诗"，哪里可以寻到"史诗"的精神？这精神是雄浑广博浩大之超越，虽以"英雄"为本，但死亦不乏灵魂的飞升。"史诗"的吟唱是把形上的灵魂超越性体验带入"现场"，是在歌者与听者的互动氛围中脱俗超然。即使是"叙"，实质却是"吟"、是"诵"、是"唱"。我们缺乏的不是"诗"的"史"，长短也不是主要原因，而是古希腊的形上精神。这精神在大战后，卢卡奇哀叹说丧失了，于是，小说在哲学无家可归之后，在世界破碎之后，有了叙事。因此，本章还欲探讨的是，按卢卡奇所说，有那么鲜明的叙事、叙史风格的中国，莫非在上古就形上之无家可归，破裂粉碎了？吟诵与叙事，本章欲讨论的不只是文本方式，更是精神。

把"史诗"作为民族"传奇故事"的黑格尔，几乎认为上古之后就再难有史诗了，那是"民族精神的标本"。他完全杜绝"人工仿制品"，诸多论述离析仿制品精神之匮乏。在黑格尔看来，精神的最高动作，就是世界史本身。他总强调"观照方式"。他认为，当下仿制品随处可见的观照是与描绘世界脱节的。而真正诞生史诗的时代，即使是神话也与世界融合，神总飘荡在"诗与现实的光辉里"（黑格尔，1981）。本章不证伪，却要探讨中国古人是因为什么理念阻断了史诗思维。以屈原《天问》为例，是否可以探析到我们对神话的态度？这态度自然关乎中国人的宗教观念。同时，黑格尔断定："中国人没有民族史诗，因为它们的观照方式基本是散文性的，从有史以来最早的时期就已经形成一种以散文形式安排得井井有条的历史实际情况，他们的宗教观点也不适宜于艺术表现，这对史诗的发展也是一个大障碍。"这段高论当然引起中国人的强烈不满，朱光潜在译文的下面立注说，无史诗"是事实，但古书中所载的史诗材料仍很丰富。中国元明时代小说在18世纪有些传到西方，如《风月好逑传》《玉娇梨》之类颇受到西方人（例如歌德）

的赞赏"。① 因此，我们不得不追问：礼崩乐坏后，孔子作《春秋》，与史诗的精神差别在何处？为何孔子不能是荷马似的歌者？而又为何会繁衍出左丘明失明方要阐释《春秋》？本章不会跌入荷马也失明的臆想性中外比较中，也不会使用中国历来研究的史传考据法追究真伪。就像什克洛夫斯基的调侃："对托尔斯泰的问题：'为什么李尔王认不出肯特和他的儿子爱德华？'可以这样回答：因为要写戏。至于这是否现实，莎士比亚对此毫不关心，正如下象棋的人毫不关心马为什么不能直走这个问题一样。"② 都说《左传》的叙事风格影响中国后代小说，那么，先人是以何种观照方式来把握和传诵古史的呢？黑格尔的一个轻飘飘随意的"散文"论，难以服众，但是探讨中国先人的叙史态度和观照方式，以及文本在叙事中的想象建构，不乏意义。

吟诵与叙事问题的探讨，既要破除中国有无史诗这样体例的假焦虑，更要重新审视中国为史的态度，这态度直接关系到远古观照世界的方式。同时，放于"民族精神"的话语讨论中，本章要追问的是：为何中国的叙史在"叙"与"吟"之双方皆掩饰不住零落，甚至不无某种精神的匮乏？"叙"与"吟"无论是在中国的"史"还是"文"中，都非正统，那么，统领风骚千年的中国古文之正统，为何就体现不了或者说在某种程度上摧毁了中国之"民族精神"？中国的现代，几度平民化运动，本来的语境是在帝王统领千年的王朝，亦有边缘的发声，也有收集整理。坏就坏在颠覆性的革命之倡导上，"经国之大业，不朽之盛事"（曹丕《典论·论文》）的中国之文，因为他的帝王习气，太不能代表民族精神了。而中国的逍遥审美，要"风行水上涣，天下之至文"（苏洵《仲兄字文甫说》），此另一支，也因为精神太贵族，而不被认可为能够代表"民族精神"。于是乎，我现代先驱，于民间上下而求索，于世界语境却终归难以面对他人千年历史的盛况。怪哉的是，我亦千年帝国，精英经典上品纷呈，到了现代，却呈现捉襟见肘的局促。因此，本章又是对中国文史现代的重新反思，中国古来之文，其实从来就不是"我手写我口"（黄遵宪《诗界革命》）。

---

① 〔德〕格奥尔格·威廉·弗里德里希·黑格尔：《美学》第三卷下册，朱光潜译，商务印书馆，1981，第170页。
② 〔俄〕维·什克洛夫斯基：《散文理论》，刘宗次译，百花洲文艺出版社，1994，第52页。

二 孔子"述而不作"

  这姿态本身就把无论是"吟诵"还是"叙事"从制高点上都给否决了。孔子越是尊为圣,这姿态的等级意味也就越强。"皮里阳秋""微、削、讳"之笔法,犹如给中国文史成圣立了法。这态度及行事至今仍然影响着古文献、史及文的研究和写作方式。不管你能"作"、会"作",还是啥也"作"不了,反正你统统"述"了就成"圣"。

  先来看看孔圣人"述"的《春秋》。也就是说,当我们羡慕古希腊史诗时,那是一种把握远古史的方式,因此看我先人最早的古史。《春秋》姑且当成孔子"述"的鲁国史。"元年春王正月。三月,公及邾仪父盟于蔑。夏五月,郑伯克段于鄢。秋七月,天王使宰咺来归惠公、仲子之赗。九月,及宋人盟于宿。冬十有二月,祭伯来。公子益师卒。"这被王安石讥为"断烂朝报"的公文记事簿,就是我古史"圣经"。在公文记事中当然无法发生英雄史诗,这本是先天常识。但是,将这公文记事尊为"圣经"却是"述而不作"机巧,也就是说,我古史的把握态度,"不作"是不能"作",不许"作"。"作"的弊端,在中国公文政治中,枢机险妙高深。比如《左传·昭公六年》[①]记郑国子产执政间,欲将刑书铸于鼎,叔向急忙书信反对:"民知有辟(法)则不忌于上,并有争心,以征于书(刑书)。"《左传·昭公二十九年》记晋国亦欲铸刑于鼎,孔子如同叔向:"民在鼎矣,何以尊贵?……且夫宣子之刑,夷之蒐也,晋国之乱制也,若之何以为法!"权力的尊贵,统治的所向披靡,来自民的盲目无知。这样的处事态度,只将公文的归公文,政客的归政客,司空见惯,却是我史笔文笔之祖。

  "春秋笔法",《左传·成公十四年》给予定论:"微而显,志而晦,婉而成章,尽而不污,惩恶而劝善。非圣人,谁能修之?"于是,就成为中国历来治世为人的经典。而若以此来追溯"民族性格"或者"民族精神",会是如何呢?先说"削笔"。"削"就是删略、隐藏,是"讳"的

[①] 以下皆出杨伯峻《春秋左传注》,中华书局,1981。

执行方式。"为尊者讳,为亲者讳,为贤者讳。"① 一言以蔽之,权力即使过恶,也当"讳为示讥",该删的删、该削的削。孔子成圣之道就是"一字定褒贬",书与不书,暗寓褒贬于皮下。最著名而且千年被引注的要算"郑伯克段于鄢"了。"段",不言"弟",是"弟不为弟",而以"克"言死,措辞字字枢机。也就是说,本来"杀弟",经"春秋笔法"一着墨,就成了"克段"。古书常言,不见郑伯的杀气,更视尊者之仁慈呀。难怪桓谭于《新论》言:"经而无传,使圣人闭门思之,十年不能知也。"诡黠高深,政权之途,哪里是唱诗听书说书之徒能懂!再说直言。记事、书史为实,这是"春秋笔法"历来尊崇的。按常识既"删"既"讳"了,哪里还得"实"呢?但是公文体例有日月事实为证,不承认其"实"也难。在理念上《春秋》讲究"于外大恶书,小恶不书;于内大恶讳,小恶书"。② 这很有点像我们当下反美抗日中的愤青媒体,一不小心就把"民族"血脉传承了。撇开政治的诡黠,回到文论中,一字斟酌,本乃古文之贵。故"春秋笔法"精髓,贯穿千年叙事隽永蕴藉风采。有人举出《世说新语·雅量三十六则》:"王子猷、子敬曾俱坐一室,上忽发火。子猷遽走避,不惶取屐;子敬神色恬然,徐唤左右,扶凭而出,不异平常。世以此定二王神宇。"③ 一"遽"一"徐",定"雅量",不无绝妙。但是,这样的一字之妙,是中国古文之手无法诉之于口的。也就是说,古文的字酌句斟,用单词单字,即使双词,也极讲究"约其辞文,去其繁重",根本难以转换为口语,无论是"唱"还是"说"。想象这一"遽"一"徐"之妙,若要"说评"出来,必添加诸多表情动作方可明白。而这古文的高贵,哪里犯得上去焦虑无"史诗"般的"评话"体例呢?从文的角度,孔子没有将《春秋》以史诗般歌之,不是不能,而是不为也。

圣人孔子,对"八佾舞于庭","是可忍,孰不可忍!"是这样的"礼崩乐坏",方立志修《春秋》,以让"贼子惧"。这样的历史使命如同"春秋笔法",皆为礼之所赞。《礼记·祭统》这样记载周代青铜铭士之

---

① 《春秋公羊传注疏》,《十三经注疏》,中华书局,1980,第2244页。
② 《春秋公羊传注疏》,《十三经注疏》,中华书局,1980,第2210页。
③ 余嘉锡:《世说新语笺疏》,上海古籍出版社,1993,第375页。

法:"夫鼎有铭,铭者,自名也。自名,以称扬其先祖之美,而明著之后世者也。为先祖者,莫不有美焉,莫不有恶焉,铭之义,称美而不称恶。"史笔记事与文笔虚构,本水火不容。但是,到西周后期,铭文的卜辞中渐出现韵文,于是,文学虚构之笔,也悄然登场。于孔子而言,由史入文,是忌?至少可以肯定有两难和尴尬。难怪在《三国志通俗演义序》中会如此比附:"知我者其惟《春秋》乎,罪我者其惟《春秋》乎!"事物总存在两方面,"微而隐",既可以责为政治鬼祟,亦可以扬为如《庄子·齐物论》"圣人存而不论,论而不议,议而不辩"之品格的温柔敦厚、雍容大度。因此也可以说,"春秋笔法"留下的空白处,在政治上,可以为权谋;但是为笔,却激发了想象难得的空间。可以说,这"皮里阳秋"之陋,是中国渊源的叙事阐释的发端,更是中国虚构文学源远流长之圭臬。

并非只是上文举的一字之韵,《春秋》史笔的"不写之写"之曲笔,千年传诵。《红楼梦》《金瓶梅》《水浒传》等等,千古文人竭尽才思挖掘"史笔"渊脉,"文在此而意在彼",委婉隐晦,几乎是古文之审美极致。这样的情致给想象无限之拓展空间,但如何能让"一声两歌""一手二牍"的"弦外音"也如"史诗"般发挥于说唱现场呢?此处笔者也"暂存勿论"。

先来谈孔子,其次论述《诗经》。如何能把握孔子由史入诗,而又在史与诗间徘徊,且逼问出为何,孔子不将其《春秋》之"史"与《诗经》之"诗"诵结合起来呢?倘若如此,后人不就没有缺"史诗"之遗憾了吗?不少学者论及,《诗经》多篇目及"史",且推测论证说《诗经》重在抒情,而"史诗"更求叙事。无论《诗经》考据出何人编撰,但凭圣人孔子之功力,若将修《春秋》与编《诗经》合一,要把"叙事"之功与诗之"抒情"结合,该不会有疑问吧。关键还在于,即使《诗经》"叙事"亦"叙史",我们能否认祖归宗犹如亲近孔子之圣一般,寻得"民族精神"呢?

研究孔子的最基本文献是《论语》,以孔子为聚焦点论及"由史及诗",不能无涉《论语》。那么本章如何着手《论语》?顾颉刚曾在《古史辨》中追问:孔子如何成圣?他引述《尚书》:"惟圣罔念作狂,惟狂克念作圣。"也就是说,"思"很重要,有"思"为圣,无"思"作狂。更说"思"与"技"乃"共喜",引述洪范"貌,言,视,听,思",由此"五事"而得"思曰睿,睿作圣"。① 以"思"作为证点,来佐证孔子为圣,不难,一如历代视《春秋》之"微言大义"。孔子"记事"乃为"思",能否由此就假设《论语》乃"思"之结晶?无论是子曰的"志于道,据于德,依于仁,游于艺",还是"兴于诗,立于礼,成于乐",都不乏对"技"和"艺"的重视。于是乎就可断定《论语》之"思",力在为"文"。"文"是否是孔子由《春秋》之史走向《诗经》的核心之"思"?尽管笔者有佐证——子曰:"质胜文则野,文胜质则史。文质彬彬,然后君子。"也就是说,孔子此处之"思",几乎就靠近本章要追逼的史之"叙"了,也就是说,要摹写情状于目前,乃君子之尽善。但是,整部《论语》悖论重叠,孔夫子大人尴尬两难,总在靠近本篇玄机,又擦肩而过。子曰:"周监于二代,郁郁乎文哉!吾从周。"孔子不是不知"文"的功效,而是累累忧患,层层束缚。夏、商二代"礼"之"损",是"郁郁乎文"之过?如果这样使用朱子注疏:"尹氏曰:'三代之礼,至周大备,夫子美其文而从之。'"即"周公之材之美"可以"美其文",于是教化后人"从之",岂不就将忧虑型的绝望转化为孔子之理想?可是孔子,若以圣人誉之,可谓是难得圣凡合一之人。也就是说,倘若放于西方叙事体系,特别是"史诗"体例,将神泛化于人间,孔子本是一个非常好的叙事人物,英雄的理想与命运的弱点皆备俱全。于周礼,毕生之志,却又有如此叹曰:"甚矣吾衰也!久矣吾不复梦见周公!"朱熹《四书章句集注》如此阐释:"程子曰:孔子盛时,寤寐常存行周公之道。及其老也,则志虑衰而不可以有为矣。盖存道者心,无老少之异;而行道者身,老则衰也。"哀哉!倘若周公之美,不是守株待"梦",而是以"叙"、以"作"之笔,岂不正合史诗般发扬光大?

于孔夫子,"叙作",何其难矣!子曰:"巧言令色,鲜矣仁。"于政,"近者说,远者来"。于信,"言不及义"。中国对"文"之神圣,《论语》已有定位:"一言可以兴邦","一言亦可以丧邦"。"为君难,为臣不

---

① 顾颉刚:《古史辨》第二册中篇,上海古籍出版社,1982,第 132~133 页。

易。"故孔子自己对言之谨慎如是，教导弟子亦是："辞达而已矣。"因此，即使孔子与历代子弟有千般万象，但其宗旨亦不出子贡之言："夫子之文章，可得而闻也；夫子之言性与天道，不可得而闻也。"中国思维的特殊之神秘化，本章将放于神性视角去讨论，这里只点出，于圣于文，难"叙"的关键是"神秘"至无言。以"圣"作例，这本是孔子的终极追求，但是，子却曰："圣人，吾不得而见之矣，得见君子者斯可矣。"诚如顾颉刚统计的，整部《论语》言"圣人"处不过五条，而论及"君子"却有七八十条，好似《论语》之核心非圣人，而是"造君子"。

于"思"，《论语》开首"学而不思则罔"。"思无邪"，思与学，可当本章透析《论语》"思"之意旨时，却扑朔迷离。"思"于古希腊，形上之本，一如阿伦特所言："哲学本身规定了希腊人特有的目的——不朽。"故在阿氏的分析里，几乎是因为"不朽"之追求，才有了《荷马史诗》之"叙"及"游吟诗人"的产生："讲述已经做过的事情能使行为永远存在下去……即使讲述得不太好，一件被讲述出来的事情也将进入不朽。"若以我凡人之举借此思维来替圣人孔子惋惜，要使周礼不朽，讲述之！而孔圣人却有如此之难：……这由"难"至"惑"，其实直接将《论语》这样一个施教笔录对话体推向哲理文本。故《论语》少见与史诗比较，却可与柏拉图对话集相对照。因"惑"方有哲学，圣人在难叙之前惑虑重重，而这同样发生于希腊学。当"游吟诗人"概念因为荷马的《奥德赛》诞生之后，当故事之"叙"蔓延，阿氏指出："看到"看不见事物的盲人"用失明的眼睛看到的和用词语组织起来的东西是故事，而不是行为本身，也不是行动者，尽管行动者的名声将响彻云霄。因此，典型的希腊式问题就被提出了：谁是不朽的？是行动者还是讲故事者？换言之：谁依赖谁？是行动者依赖诗人，因为诗人使行动者出名，还是诗人依赖行动者，因为行动者必须首先完成值得回忆的伟绩？"换言之，若孔圣人真若荷马般讲述周公之美，周公与孔子，谁为不朽？今日的我们会说这是假命题，二者皆不朽也。史诗与荷马，前者是"民族精神"，后者"传诵"。于中国，无论是周公，还是周礼，抑或因周礼而颂扬的对象"文王"，都没有以精神的姿态恒贯中华民族之心，反倒不如孔子本身作为施教个体的神话那样具有蔓延力。与之恰恰相反的是，在阿伦特的引述分析里，无论是于政治还是哲学，响亮的回答却是以"雅典"——"全希腊学校"的恒定象征，阿伦特在后面作了一个括弧之注："（正如荷马是所有希腊人的教师）——之所以伟大，是因为'我们不需要某个荷马……或者他人的颂歌'来使之不朽；雅典人已经以他们的勇敢在大地和海洋上留下了'不朽的纪念碑'。"① 言归正传，希腊精神不是个人，即使以施教之名，群体与民族，以城市的固定作为永恒的象征。

中国，我老祖宗的问题出在我们没有诞生"游吟诗人"，而孔圣人事实上却是为抱负而居无定所；于政治、于哲学，西方史诗之后的现代哲学之"无家可归"，在远古的中国就有了！千年来，无论是宗教，还是哲学，更不要说政治，我们迷茫于恒定，更难追究永恒，世世代代，皆诸子纷争，又不时由皇权统一，因朝代而更换。但《论语》明确，人入德之门，乃"有恒"，有恒者，即使人"舍之"，天也必"助之"。子曰："善人，吾不得而见之矣！得见有恒者斯可矣！亡而为有，虚而为盈，约而为泰，难乎有恒矣。"因此，"有恒"，是中国之难，却又不可以说在理念，或者行为上，我们全无"有恒"。孔圣人更是"恒"之超常。于周礼，千年绰号为"孔老夫子"，诸多言行太迂腐；于教于学，"恒"之以生命。于乐，《论语·述而》曰："子在齐闻《韶》，三月不知肉味，曰：'不图为乐之至于斯也！'"而《史记·孔子世家》中更有趣文："孔子学鼓琴于师襄子，十日不进。师襄子曰：'可以益矣。'孔子曰：'丘已习其曲矣，未得其数也。'有间，曰：'已习其数，可以益矣。'孔子曰：'丘未得其志也。'有间，曰：'已习其志，可以益矣。'孔子曰：'丘未得其为人也。'有间，（若）有所穆然深思焉，有所怡然高望而远志焉。曰：'丘得其为人，黯然而黑，几然而长，眼如望羊，（心）如王四国，非文王其谁能为此也？'师襄子避席再拜，曰：'师盖云《文王操》也！'。"

由上文这则趣事，可以从几方面来进一步深入"恒难"之故。我们的习惯是儒家好为"君师"，而我们看见的不只是"师"，更是身体践行《文王操》。修身之本，就是修炼个人品行，往"文王"礼之高度行。这

---

① 〔美〕汉娜·阿伦特：《精神生活·思维》，姜志辉译，江苏教育出版社，2006，第146~153页。

思维精英式定位之难度，与《荷马史诗》理念彻底相悖，古希腊要把神拉向人间，与人共享喜怒哀乐，且神亦不乏人命运之弱点。而在我圣人思维里，几乎是不能允许的；倾礼与审美之极端，按现代人思维，几近偏执。但问题是，可否举国上下，人人都为文王？圣人是要人人皆守文王之操守，那么我们也就真的活在了上帝之国了。笔者不会赞同简单以一个精英与平民的对峙意识来轻易颠覆美与善的极致，但也不否认在现实行为中的难。精英与大众的困难沟壑，不仅是中国千年难题，西方亦如是。但仅就孔圣人与荷马来看，思维方向完全悖反。他者由上往下，而我方，是由下往上，成圣之道，难于上青天。尽管大家爱举孔子言"诗可以观、可以群、可以怨"，好似孔子亦不乏平民意识，而事实上，千年来，一个"群"的阐释，就洋洋如瀚海，为什么？难解！孔圣人真要民间大众之"群"乎？"观、群、怨"较"隐语讳"，当然在理念上进了一大步，但仅"讽谏"为止。再者，孔子为"乐恒"，是要"正乐"。求"雅"，没有争议，但何为"雅"，却难定夺。这里关系到为什么雅典就可凝聚成精神，而这精神就可以为后代任何地方传承。所谓"民族"，在中国如何确认？先谈"民族"，而后方可谈精神之凝聚。孔圣人乃至屈原，歌颂中原之音，当无疑义。所谓"韶音美""郑音邪"，皆从这样的核心标准出发。《诗经》三百余篇，皆可和弦歌之，《史记·孔子世家》说"三百五篇孔子皆弦歌之，以求合《韶》、《武》、雅、颂之音"。又有庄子之言："孔子诵诗三百，弦诗三百，舞诗三百。"诗与歌分离甚久，当今忽而要重温古音，但在理念上又多经反霸权熏陶，常常各方言登场，真可谓是"铿锵鼓舞而不能言其义"（《汉书·艺文志》）。何为"韶音"？若不能以"韶"一地方为"正""雅"之美，那么，今诗如何歌之，而不跌入"郑音"之魔？另外，方言的语言排他性，是很容易造成沟通困难的，一味颠覆中心之论，用于千古中文，实在危险。正如古文学家韩愈在《进学解》中批评"周《诰》、殷《盘》，诘屈聱牙"，不能不为当今警戒。另外，中国作为信念之"恒"与"政"关系太密。

正"乐"，乃为正"诗"，甚至直接将"正"指"政"。孔子学琴趣话即可见一斑。圣人乐之志，正是为"政"。所谓"诵诗三百，授之以政，不达；使于四方，不能专对。虽多，亦奚以为？"（《论语·子路》）

这本是老话题，但于本章，意下本是要由史及文，从史的为"事"到文的审美。可是，中文"文"美之极致，与"政"却经血肉脉相缠，不可分割。俗化或者平民，都大动干戈于审美，而中文在本质的美境上，就不可以我手写我口。《孟子》更是给本章之思沉重打击："王者之迹熄而《诗》亡。《诗》亡然后《春秋》作。""诗"于中国至圣之位，几乎是凡俗难以知晓的。

第二章 "民族精神"是否可以由想象叙事来建构?

　　几乎是思维脉络的必然,无法不另辟这一章来论述。好似这篇文字,不是论文的技术构成,而是"思"的先天自然性结构。当陈述孔子由史入诗,"述而不作"的技巧时,不能不隐含孔子对"叙述"的态度,即使是"诗"的"吟诵",歌者施教,为"正"乐。笔者追究的是"民族精神"的构成,特别是中国诗在先古就与"王室"合一。笔者的思考坚持这是一个关于"叙述"的话题,即"民族精神"存在于"叙述"间。在中国,当然是否决的,"思无邪"必然"诗无邪"。那么,若要以柏拉图的论述为参照呢?上章已经引述阿伦特将荷马叙述与城邦同构的精神礼赞,那么,为什么柏拉图要将荷马逐出城邦?对于以教育为基点的早期政治哲学,本章将聚焦"叙述"基点,观照中西契合性。

　　笔者首先对"模仿"这个词产生极大的疑惑。在中文的习惯性翻译里,柏拉图对诗人的逐出,首先就缠绕在"模仿"。可是柏拉图借助苏格拉底之语却是这样的:"如果诗人永远不隐藏自己,不用旁人名义说话,他的诗就是单纯叙述,不是模仿。"但是,当诗人隐藏自己的身份用他人的身份和语气在说话,不是荷马本人,而是他的人物第三、第四,或者更多叙事性虚构,这就成为"模仿"叙述。也就是说,柏拉图论述的"模仿",不是仅仅描摹现实,而是在讨论直接叙事与间接叙事的问题。柏拉图否决的是故事虚构。在柏拉图看来,间接叙事的故事虚构不可以完全实施教育。这是他逐出荷马及悲剧诗人的理由,却无端与孔子的"正乐"相沟通起来。

　　"民族精神"是否可以存在于故事?这是柏拉图驳斥的关键。孔子的圣人—君子—俗人（笔者篡改译定），与柏拉图的三级论断暗合。柏拉图要谈"模仿"的本质，以床为例，举三种。苏格拉底如是说："第一种是在自然中本有的，我想无妨说是神制造的，因为没有旁人能制造它；第二种是木匠制造的；第三种是画家制造的。"对"模仿"的理解误差，在某种程度上是中了柏拉图思维绕道的计。他其实根本不是在说"描摹"，而是叙事的本质。首先神的作品是"实体"，神造的是前无古人、后无来者的唯一，绝对没有相仿的。苏格拉底说，倘若造就了两个，那么必然会再造一个二者公共的另一个，能算是"真实体"的，前两个就不算了。换回到民族精神，从远古神意，"民族精神"独一无二，那么在叙事中蔓延的，可否也称为"民族精神"？柏拉图以神的创造在本质上的唯一，完全否决叙事。除神之外，他用了"木匠"，好比孔子的君子"修身"。"木匠"的技艺制造，是如君子般可以由"修身"企及的。因此，第三级才是"画家"——"悲剧诗人"，也就是叙事者。柏氏认为，他们根本就不能"模仿"得到神的作品，只能企及"木匠"之作。非但离本质远跌三级，更要命的是，"他模仿工匠作品的本质，还是模仿它们的外形呢？"一棍子打死。哲人苏格拉底说，床有各个面，在任何一方都有不同的外形，于是，悲剧诗人叙的是不同的故事，但本质却只有一个，于是乎，叙事只能叙出外形而非本质。不同视角、不同的叙事方式等构成现代叙事理论，而当这返回到史诗的"民族精神"之讨论，在柏拉图看来几乎判了死刑。苏格拉底说："所以模仿和真实体隔得很远，它在表面上像能制造一切事物，是因为它只取每件事物的一小部分，而那一小部分还只是一种影像。"影像与精神本身之分，在上文阿伦特处就涉及，苏格拉底更言明：倘若有真知识，"就不愿模仿它们，宁愿制造它们，留下许多丰功伟绩，供后人纪念。他会宁愿做诗人所歌颂的英雄，不愿做歌颂英雄的诗人"。笔者愿把这讨论放到下面的神话思维去延续。其实现代叙事理论的渊源出自神话，而"民族精神"的构成，恰是神性与世界相撞而出的刹那景观，以族群品格的范式不可磨灭。柏拉图的问题出在自性与他性的困扰里，他坚持的是神性就是神性，不能叙为他性；自我也不可能为他者，即使是叙事性虚构，也只能"模仿"作假。但在理路上必须提醒的是，柏拉图不是在讨论语言问题，或者文本理论，他思考的场域是早期政治哲学。

因此，有关"诗"的讨论，就回到了城邦政治理论的建构中。在中国，有"王室之迹熄而诗亡"之说，似乎我诗与政治先天同构。这同构关系，我们在审美情致里倍感打击，诗言志及审美，几乎是文人的志向追求。千年争论的熏陶提炼，笔者也不无落入俗套的开篇思维，欲从孔子"史"入"诗"，意在强求文之审美。以柏拉图为参照，一句"诗的教化"功能，作为"封建糟粕"未免太肤浅。返归早期政治哲学，于孔子，诗就是以政治为志业的方式和渠道，柏拉图不能企及的神造，孔子的圣人，都是此岸的我们难以企及的彼岸，而我们可以修炼的，是"木匠"的精致和君子的"修身"，由此，"诗"必然为"教"。但难以回避的是，作为"诗"的本质，它先天性地存有个体的私人情怀，与审美共赋，即使是孔子，无论《论语》还是"诗三百"，都不乏个体情致抒发，甚至柏拉图的所谓"直接叙述"，也不可否认"诗"之直抒胸臆的品格。所以，讨论必须划出疆域，在政治哲学领域，于"城邦"、于"族群"，我们要讨论的是"诗"与群体的关系，乃为政体建制。

首先分析孔子、柏拉图遭遇政治面对的问题。从理念上来说，不难达成共识的是，无论是孔子还是柏拉图，他们最为推崇的，不是与他人的关系，而是与自身的关系，是对自身修养净化的强调。孔子修身养性……而柏拉图，之所以否决"模仿"，借用伽达默尔对柏拉图的解读，以丑角的叙述模式为例，是"模仿"表演一种既不是自己也非他人的行为。导致的结果是"异己成为特性"。因为"模仿"的是他者的外形而非本质，"意味着一个人自己与自己相分离，与自己内在的东西相分离"，乃至使自己处于一种"遗忘状态"。[1] 伽氏认为这是柏拉图反对"模仿"的根本，认为这样的艺术只是在"重述那在现实中已经是'生活的虚伪'（黑格尔）的东西"（伽达默尔，1992）。但是，如果孔圣人抑或柏拉图只是坚守着个体内在修炼，那么关于"诗"的讨论，可以顺然进入仅是审美抒志中。麻烦的是，他们的理想，完全可以说毕生志业却属政治思想领域，而矛盾在

---

[1] 在中国，"遗忘状态"是更为复杂的讨论，在审美意识里，恰是为了修复政治现实与人内在分离的反叛。习惯思维中老庄哲学相对儒家处于另外一支，但是在本章，孔子自身与儒家现实政治本来就是分离的。他的个体审美、自洁、自廉乃至无法企及的高尚，都是他在现实中四处碰壁的根源。

于政治就必须要将个体与他者发生关系。按亚里士多德的说法，人皆是"政治动物"。其意在人都具有社会性。亚氏清晰地指出，这样的政治生活，要求了人的行动和言语。而孔子，讲求的是"仁政"，柏拉图寄托的是"城邦"。用一个有些不恰当的比喻，几乎是闹中一定要取静，恒定、笃静、冥思乃至道德的至上善行都是哲人推崇的。这要求与个体修身有相当可行性，可是于社会闹区，于政治，不无难度。善与静笃同政治的关联，几乎构成孔子或是柏拉图时期政治哲学的张力。他们的政治理念好似只到孔子《论语》、苏格拉底《谈话录》——这语言"城邦"为止，绝对不涉及真实政治体制的建构，即那种城邦体制中的人与人间的政治性利益关系。后来政治理念中的"契约"关系，几乎是他们厌恶的。正义是他们索求的，一个人的正义及大家共同的正义，好似都可以建立，但是人与人间的正义，如何办？在圣人信念里，"当一个人警惕着另一个人并有所提防时，正义便不存在。但当每个人警惕他自己，保卫他内在体制的正直和正义性时，正义便存在了"。[①] 可以说，"诗"就是他们语言政治城邦的一个表达形态。将圣人的伟业，那本属于个体的凡俗无以企及的美德推广于众，成为孔圣人、柏拉图的理想、志业乃至道德本身。这是他们共同强调"讳"的理由，也更是他们共同讲求"删诗"的标准。诗于他们而言就是教育的手段，音乐是公众教育特别是颂歌体裁的必然手段。无论是孔子的"文王"，还是经柏拉图删减之后认可的荷马诗中的神，在亚里士多德的"行为与言语"的政治场域，都是绝无瑕疵，既成就一番伟业的行动，又不乏恒定教化德性完美伟辞的通人。在这样合璧完美的圣人处，不存在行动者与诗人的分离，且天然造就，即使孔圣人也自谦只能达到施教而已。孔子的"仁政"、柏拉图的"城邦"，要让高贵的善德携手共进，就必然要吟唱"古人和圣洁天神的辉煌业绩"。颂歌是《诗经》的核心，也是柏拉图期望的智慧。其目的在于歌颂"政治人物的正义和德性"，教人学会拥有自我认识这样的先人知识。也就是说，吟诵的在场性，是由圣人情境——美德构成，即使是诗人，也都大打折扣。当前章从当下吟诵之风来深入思考时，正是处于我们既达

[①] 〔德〕H‐G. 伽达默尔：《伽达默尔论柏拉图》，余纪元译，光明日报出版社，1992，第57页。

不到史诗的诵叙之风，也难企及孔子的"唱"，仅"诗三百皆唱"盲目且哗众，既不知"唱"之意，也不懂"唱"为何。

可以这么说，于孔子或是柏拉图而言，教育的形式就是他们理想政治的形式，几乎到此为止。孔子由礼乐施教，到儒家的"齐家、治国、平天下"；而柏拉图在批判诗人之初就提出了教育形式的分析，他认为最好是用"音乐培养灵魂，用体操训练身体"。但是伽达默尔如此剖析道："对柏拉图来说，教育并不是传统意义上的在孩子们身上培养音乐的机敏与身体的灵巧。它也不是通过运用神话和诗歌中的英雄榜样来提高青年人的热情和精神，不是通过在神话和诗歌中所反映的人类生活来培养政治的和实践的智慧。真正说来，它是一个人灵魂的内在和谐的塑造。这种和谐是他身上的刚烈与温和的和谐，是任性和深沉的和谐。"（伽达默尔，1992）分明是一个"中庸"教导。苏格拉底的"和谐"与儒家的"中庸"，在早期政治哲学里，几乎都是判定美与不美、正义与否的标准。笔者如此推断，也许正是这样一个思维理路，而形成个体走向家然后治国的理念。根据阿伦特对福斯特尔·古郎耶的分析提示，希腊城邦与罗马城邦是有差异的。在希腊，家庭领域与政治领域还是处于分离状态的，城邦的兴起也很可能是以"牺牲家庭这一私人领域为代价"。荷马及他的史诗，游吟与故事英雄的浪迹，都一定程度给予了佐证。但于罗马，以"女灶神"的崇拜为意象，"女灶神在罗马统一和第二次建立以后成为'城市之炉'的女守护神，并且成为官方政治崇拜的一部分"（阿伦特，1998）。笔者试图这样来理解，无论是孔圣人还是柏拉图，都企图从家庭的和谐影像中去构想民族及政治共同体的美德。这是哲人拟想政治体并可能参与公共领域，且极度追求个体修身致美之必然。奴隶和野蛮人是不被允许进入公共领域，不具有政治领域的参与权的。[①] 倘若哲人之思不企图走向由他人见证的公共性场域，无论是为人还是哲思都难以至善至美。"卓异总是存在于能使一个人卓然而立并将自身同其他一切人区别开来的公共领域之中。在公共条件下从事的每项活动都能够达到在私人条件下永远无法企及的卓异境界。为了达到卓异境界，为了获得自我界定，那就总是需要其他

[①] 这仅是古代的境况，女性甚至被排斥在奴隶和野蛮人之外常属不被考虑之列。

人的在场。"（阿伦特，1998）也就是说，根据公共领域与卓异境界的关联，可以揣度哲人行为的心理需求。"无论是教育，还是机巧、天资，都不能取代公共领域的诸多构成要素，因为正是后者使公共领域成了人类卓异性的恰当表现场所。"这里是笔者借来理解先哲的一种方式，不可以放于审美情境中去逆推。但于孔子、柏拉图，于政治，可以作为佐证，只是能够营造他们"卓异"的场域要求极高，非政治——"正规的程序"莫属，即"不能是与自己地位相等或比自己地位低下的人的偶然的、习以为常的在场"。[①] 一如孔圣人对王朝的终极向往。

其次来看中国早期政体建构的理想与古城邦政体貌离却不无神合点。习惯上都把英雄神话时代进入柏拉图描绘的城邦世纪说成是由"诗"走向了"哲学"，而笔者更愿意说是走向了"政治"。所谓"哲学"指代，是强调"思辨"，而倘若撇开政治意图来纯谈"思辨"，会绕不开也说不清苏格拉底的悲剧，一如西方哲学两千多年来的纷扰。苏格拉底由"沉思"而走向质疑，疑旨却是关于自己是不是"最智慧"的人，以举证他人"最智慧"来否决神的判断因而亵渎了神，遭杀身之祸。之所以要如此迂腐，是"我爱神，更爱真理"，为理性的判断，为维护真理。可是，毫不犹豫接受城邦法律制裁，甚至顺从地接受死亡的判决又违背了对真理维护的姿态。既然"理性判断"无错，面对"神谕"，俗世法律又如何可以定罪？正是这完全说不过去，才导致阿里斯托芬在戏剧《云》中嘲笑那终日望云沉思而对现实百无一用的云阁之哲人。可苏格拉底用生命来维护的，的的确确是现世决策及秩序，是政体的法制建构。这正是尼柯尔斯所言："柏拉图为我们展现的不是凝神沉思星空而是关注家庭与政治共同体（political communities）的哲人。"苏格拉底是为其政治理想献身，他的思辨、修辞，无不是为政治目标。论辩若离开了政治抱负的前提，就会跌入阿里斯托芬描绘的荒诞诡辩里，如《云》中描绘的斯瑞西阿得斯父子的荒诞，一个认为只要学会思辨就可以摆脱穷困，有还债能力并富有的狂想，而儿子斐狄庇德斯更狂言"我想我能够证明儿子打父亲是天经地

[①] 〔美〕汉娜·阿伦特：《公共领域和私人领域》，刘锋译，载汪晖、陈燕谷主编《文化与公共性》，三联书店，1998，第80~81页。

义的事"。好似哲人真的处于庄子的"材与不材之间",苏格拉底就如弟子问庄子的"山中之木",成就了"物物而不物于物"(《庄子·山木》)。但是,猪与人在哲学中的诡辩,于苏格拉底,万万不能认同"物各有宜"于猪吧。为真理而辩,又为秩序而死,这是苏格拉底的悲剧,直接导致这悲剧的动因笔者将其归结为语言错误,就像本章将传统讨论中的"哲学"字眼转化为"政治"一样,是语言逻辑的误差导致了这千古之祸。在笔者看来,苏格拉底在企图建立城邦政体之时,清晰地意识到理性判断之重要,这势必颠覆原有而且根深蒂固的以神权为核心的宇宙之语言体系,好似相对这个固有体系,苏格拉底处于革新之位,这也是习惯于哲学界的论点,将苏格拉底之死定位为为民主而死,为维护共和体之法律尊严而献身,宁可接受他倡导的人民之审判。错矣!苏格拉底要以理性来建构政体是事实,他的政治理想就是要启发人类"以果断的方式"动用这理性的能力,来"创造出复杂的、具有高度组织性的社会,而这种社会包含并依赖于法律、道德准则、制度设施、组织机构以及知识的积累"。苏格拉底正是为这完美、合理秩序之理想而死,不只是他自己,学生柏拉图,学生的学生亚里士多德,一脉相承深情专注的皆是"城邦秩序",它体现了希腊文明的政治理想形式。但是,如何创建一套超越神话语言体系的城邦政治秩序的语言体系?苏氏、柏氏都认同由论辩到修辞,否决虚构叙述功能,以散文论述辩证体来契合政治意图。不只是在施教方面同中国早期政体相仿地注重诗仅准许存有"歌颂""讽谏"功能,而且以散文体的抒志及强势论辩之术领风骚。传统论述中,中国的专制政体与苏格拉底欲建构的民主共和体有本质区别,而本章却认为其貌离神合。神合点正是"王制"这贵族文化精英体式,当在王权的统照下否决任何的叙事冲突而只允许颂扬和声时,其城邦的权力机制、族群结构仍然是以贵族精英为核心。笔者认同沃格林指出的:"城邦各部分都保持着血缘关系秩序,不论这种血缘关系随时间之流逝如何幻化。所以,作为一座城市,城邦从来就没有像西方中世纪城镇那样,发展成一种由个体公民所组成的共同体,通过'同盟'(conjuratio)这种纽带团结在一起;作为一个地区性国家,城邦也从来无法像西方民族国家那样,扩展为一个由个体公民组成的民族。个体在他的政治单位之中,从来就没有获得过人格地位。"① 正如中国政治机制中乏有人格地位一样，早期城邦政体同样是王朝贵族机制的演化。正如沃格林接受的耶戈尔的命题："民主化"，只不过意味着"贵族文化扩大到人民身上"而已。从上至下教育推广王族美德，不正是孔子的抱负？苏格拉底、柏拉图乃至亚里士多德在理念上与孔子存有诸多共通之处，让精英贵族文化源远流长、深入人心是其政治抱负，为此可以舍生取义，一如沃格林批判的："我们切勿忘记，修昔底德笔下犯下暴行的人民，就是伯里克利黄金时代的人民；堕落的刽子手和阴谋家，就是那些表演和欣赏索福克勒斯和欧斯庇得斯戏剧的人；柏拉图、亚里斯多德深恶痛绝的、启蒙的、城市化的乌合之众，就是阿加德米学园和吕克昂学园得以在其中开枝散叶的人民。"（沃格林，2008）值得注意的是，沃格林是立于基督教的神学立场而持的批评态度，并不具有后来浪漫主义的阶级颠覆论的合理性，恰恰相反，在秩序语言体系建立的论述中，他极其推崇赫西俄德的《神谱》，认为赫氏才是秩序建构的功绩难灭之承担者，他将神话语言体系渗透进思辨，并以思辨将神权的随意品行引入秩序，诱导权力伦理化。由此不得不借胆如此假设一下，倘若民主机制不是从下至上，不是因为人的匮乏焦虑而采取斗争的不义手段，而是由上至下，由文化、富裕，优美良善之精髓，从贵族的小小族群扩大为民，是否就可以避免得了民主机制中的劣俗而优雅芬芳？也就是说，倘若孔子之仁，不只是成为庙宇、牌坊之祭奠，苏格拉底、柏拉图推崇的贵族精英不在吵吵嚷嚷、血腥恐怖的政治斗争中沦落为诗歌"简洁而不失华美表达"（沃格林，2008）之一隅，是不是政治就幽雅如兰了？苏格拉底以死相付的错就在于，这贵如幽兰的飘香在城邦吵嚷中，在人民参与却实质践踏精英文化的蛮横中销声匿迹了。在理性秩序的建立中，虚构叙事不是语言体系的天敌，而是在权力机制中如何明晰真理，于是，借用赫西俄德"缪斯"的隐喻，她不是爱情煽动的使者，而是秩序建构的力量，如何让她为真理而放弃谎言的吟诵，以思辨的智慧平息愤怒与纷争，遥遥相呼那高贵的大地之宁静，是为本。

---

① 〔美〕埃里克·沃格林：《城邦的世界——秩序与历史》，陈周旺译，译林出版社，2008。

第三章 语言缪斯，化蚍蜉为永生

哲学关注点多在对人类自身的思考，对自身的认识，并有着终极目标。可以通过思辨选择寻得抵达目标的手段和原则，且以此来引导自身的行动，而促使人类趋向最高级的人性状态。这种以形而上为旨归的对完美的终极追求，在上文论及的哲人自身沉思方面皆不成为问题。但是，当把这种形上能力、智慧、思想投注于社会时，并企图锻造出形上与社会间的联系能力，同时实现理性思考的实践功能时，问题出现了。因此，思考必然走向孔德所言的"一种实证主义哲学"。[1] 本章欲从语言形态和表达方式着眼来进一步深思由"史"而用"诗"，且又由"诗"删削为"政"的现象，从而探讨理性哲学走向实证哲学的路径。

上文谈到，无论是柏拉图还是孔子，要删"诗"为"政"时，就必然在建构政体之时离哲学远了。无论何种政体，其生命形态都犹如人，是有限之物，一如《孟子》的"王室之迹熄而诗亡"。但值得探讨的是，"诗"的生命形态是否只能依附于"王室"？这里的"王室"概念不以"贵族精神"概之，而直指"政体"，那么"诗"的寿命是否与"政体"同构？在荷马处是否定的，但在孔子处是肯定的；或许这也是历来争议中国儒家学说是否为哲学之由。哲学本质上探讨"困惑"与"不朽"，《荷马史诗》的重要性，恰是在于"英雄精神"与各方天体型构的"困惑"

---

[1] 〔法〕奥古斯特·孔德（Auguste Comte）在他的《实证哲学》中，用"一种实证主义哲学"来指称"社会学"。参见〔英〕H.P.里克曼《理性的探险——哲学在社会学中的应用》，商务印书馆，2006，第一章注5。

张力,且以虚构叙事的表达方式,"沉思"精神之"不朽"的问题。中国缺乏史诗,孔子难为史诗,关键问题就出在"困惑与不朽"上。尽管荷马也被认为是对"史前史"的叙述,后人对荷马以前的历史意识,是通过荷马的叙事来建构的,但这样的"历史意识符号体系",荷马一如孔子扬"周礼",是"站在历史进程的终点回溯过去而创造出来的",追忆似水年华,皆为"让过去的荣光指引现在与未来"。但奇异之处在于思维方式的差异,这是历来人们论及之处,如前文引用的黑格尔指出中国无史诗皆因观照方式的不同所致。问题是,中国的观照方式并非无哲学或者说哲学语言的表达。我们暂且把这表达立于"形象"与"隐喻",从中国文字的象形到庄子梦蝶,皆为哲思;可是孔子亦有喻说,如柏拉图,但本章要大胆假设,他们皆因"政体"之重而偏离了哲学。可以说,荷马的诗走入柏拉图的视域类似孔子的"删诗",由哲学出发抵达从政目的,于是诗就从"不死"的追求走向了"死","王室之迹熄而诗亡"。

中国敢于"困惑"于"天"的是屈原,甚至可以夸大些说屈原几乎不乏荷马笔下阿喀琉斯的自绝勇气,只是在对屈原的阐释符号系统里,我们不能理直气壮地把沉入汨罗江自杀的屈原作为民族英雄精神之楷模,尽管中国诗之不死,屈原始终是风向标。阿喀琉斯的自绝起因于"愤怒",是英雄以财产的名义给荣誉的损伤,为了比生命还珍贵的荣誉,为这荣誉之不朽的追求,阿喀琉斯自觉选择宁可战死于沙场,而不苟且偷生安逸于其他财产的补偿,以求安乐终身。现代平庸的我们是不能理解阿喀琉斯的,他为奖赏给自己的女人遭掠而愤怒,既然女人不涉足后来的爱情符号想象,而只是财产之一,那么又有什么不可以讲和替代呢?但是,阿喀琉斯宁可选择死亡,以战胜他人的死以及自己宿命之死来维护着荣誉受损的"愤怒"。不是阿喀琉斯不怕死,荷马在《伊利亚特》中叙写了他同样具有生的依恋和死的不舍;但是,为了只能用精神追求来形容的不朽之念,他宁可选择短命。弃绝安稳与长寿,以短命的方式逃避平庸,这是"史诗"精神之一。屈原的自绝有着那样无奈的被动,献身与政之不得,几乎是怨妇之死。中国古代政治亦好使用"天"这个概念,屈原的勇敢在于敢于问"天",但是不能在现实政治里活出英雄气概。"天"在中国政治里是借口,权力总可以临时抱一下佛脚,借来一用,以示权威,以至于天及"天"指认的"子"都不可置疑地权威化了。在这绝对权威下的人，总如弃妇般委屈，哪里还能刚健豪迈得起来。

　　不服气的我们常常愿意争执说屈原的《天问》也可以号称"史诗"，因为始终以叩问的方式吟叙先古。笔者要指出的是，"史诗"不是故事内容叙写了"史"，或者叙述了，也吟诵出了，就可以被叫"史诗"了。本章讨论的是一种可以让民族内涵与精神绵延不绝的文本制作态度，不管你的制作方式是独自还是群体、是叙还是吟，但始终文本制作的气息可以蕴于形上生生不息之永恒追求中。正如《伊利亚特》中阿喀琉斯的故事内容大家耳熟能详，笔者要讨论的是荷马的叙事态度，追问的是荷马为何要用心灵去倾诉一个优秀者阿喀琉斯的短命，而不是长寿。"赏赐"是权力显示其标志之一种，敕封、封赏是权力趾高气扬的沸点，但权力又总是喜怒无常，受封者无论以何种形式何种生命的辛劳付出了代价，都无可更改被戏弄的哀绝被动之处境。这是屈原及屈原式的智者勇者世代之哀鸣。但《荷马史诗》却以特殊的文本形式颠覆了那高高在上、喜怒无常的"施"与卑微的"受"间的主被动关系，或者说以"史诗"文本的自然性轰鸣不绝之音要求给不具有"定性"的权力一个"定性"。可以一时高兴就说"封赏"，转而阴天就又可以收回并将你打入十八层地狱的政治险恶，以"礼物赏赐"这样具有语言形象凝聚力的喻点，将人目可及的主被动关系，陷落崩溃于看不见的荷马之叙事里了。《荷马史诗》首次而且是平庸的后人难以理解地赋予了"赏赐"以尊严，"礼物"主体性地作为媒介来拒绝与权力戏弄的合谋，为此付出生命的代价也在所不惜。"赏赐的礼物"是英雄"荣誉"的象征，世俗的肮脏不可以玷污，尽管阿伽门农愿意将阿喀琉斯愤怒的动因——那被掠去的女人布里塞伊丝毫发无损地归还，并呈上自己的女儿，任阿喀琉斯挑选为妻，还有七位莱斯波斯的美女，七座最兴旺的城池，还有祭祀之锅、三脚铜鼎、金塔兰同、骏马等等，都不能平息阿喀琉斯的愤怒，及更改立志战死沙场的决心。何为"形上"？这是一个关于此岸难以触及彼岸"灵魂"的问题，这问题本身在浩瀚的哲学史上不是新问题，但是这问题背后的原则却警钟长鸣，那就是于"灵魂"之处没有交易，也不可以交易！作为财产的"布里塞伊丝"是希腊赞赏阿喀琉斯英勇的赏赐，好似阿伽门农的掠夺和奉还不能完全等同权力的阴阳天气和哭笑无常，但是，此岸阿伽门农"交易"的勾当辱没了彼岸"灵魂"的追求。也就是说，《荷马史诗》叙事如一变焦镜头，此手段，将"礼物"这此岸坐标的词物拉伸变焦于彼岸坐标系了，英雄精神就因为这调焦手法而走向永恒。

"荣誉"这个词物坐标是立于此岸还是彼岸，阿喀琉斯在回答"我年迈的老父福伊尼克斯"时说得很清楚，有着宿命般的坚持，"只要气息长存，我的膝脚还能挺立"[①] 就不会作罢。这是福伊尼克斯劝说心爱的阿喀琉斯接受阿伽门农的礼物时的回答。因为按照习俗，当你接受这个地方的权力赏赐后，这个地方的民众都会当街以神来敬你，而倘若你拒绝赏赐，即使你在战斗中获胜，你也得不到同样显赫的声誉。英雄精神不是世人当街的表演，而是与命运订立的契约，荷马在阿喀琉斯宿命性的回答中蕴含了文本对天命的反思。无论是获得荣耀还是献出生命都是宿命性的，而这宿命又在这先古文本里不可逃匿地具有了神话色彩，于是，对宿命的话语构思就自然缠绕且深入进对神域、神为、神灵的深思。有限的人之语言如何走向无限神之奥秘，这是一个棘手的问题，假设不使用语言的幻象、隐喻乃至变体，是难以理解的。

在我们用灵性感知又不能明确表达时，像对自然一样，我们在语言的运用中使用了"拟人"手法。"神"这个概念，最初显现于人的世界时，无论雕塑还是故事中，都似自然景象一般，将其拟人化，于是获得感知性。在触及这个论题时，韦尔南的"形象化和形象"章节很受启发，其引述了两位学者在此方面的论述。一为发表在《文字与文学科学院报告集》中赛义德的《问题意识》，即对"偶像"与"神像"的辨别，前者当人们投注目光于偶像之身时，意味着终结停止；而后者却可以让停驻于身的目光超越不息。于是韦尔南说："苏·赛义德的分析很有价值，它不把形象当成一种简单的现实——一种自然而然的出现，其本质不成为问题的现实。它明确地寻求解答'形象在希腊人的精神中是什么东西'的问题：它们的功能是什么，它们实施的是什么样的精神活动，它们是怎样被看到、被想

---

① 〔古希腊〕荷马：《伊利亚特》第 IX 部，罗念生、王焕生译，人民文学出版社，1994，第 602~610 页。

到的，它们与模本之间维系着的'相似'关系根植于什么基础？"这些问题皆是我们触及《荷马史诗》时绕不开的质疑。二是皮埃尔·韦尔南在《神话政治之间》论述"形象化和形象"时引注 J-L·马里翁发表在《形而上学和伦理学杂志》上的《关于偶像与神像的片段》论点，通俗易懂地指出："在偶像产生了把它作为瞄准对象的目光的时候，神像却召唤着视觉，让看得见渐渐地充满着看不见……人类的目光，远远不能把神明凝结为一种跟它那样固定的形象，反倒是在神像中，不断地看到看不见之物的浪潮以阵阵地袭来……"① 这些分析论点涉及的"见"与"不见"，神显现于人间的"在场"与"不在场"，乃至"重影"、"幻象"与"变体"诸问题，都在一定程度上帮助我们讨论"宿命"。

宿命，其实就是"在"又"不在"，总好似"显现"了，你挣脱不掉，可又多时"不见"，人们只有把一种追求的方向定为"宿命"，一如阿喀琉斯以生命去换取英雄精神的不朽，将对荣誉的追求当成不只是"使命"，更是"宿命"。就像我们已经熟悉的基督话语，"道成肉身"，神灵化为耶稣肉体是"使命"亦是"宿命"。荷马文本正是将对"宿命"的"思"形象出语言，将神的超验锻化为肉身，将神的"不在"与宿命中显现的"在"人格化了。于是才有了所谓将神拉向民间之说，用故事的形式叙说了神之有善有恶，甚至善恶重影纷呈，难以辨析，才落得柏拉图的训斥，有渎神之罪。细读《伊利亚特》，正是神的重影幻现，我们几乎无法立于现代和平意识上去指责阿喀琉斯荣誉背后的血流成河，因为荷马在叙事中往往如此插语作论：阿喀琉斯的使命其实是完成神雅典娜的意旨，灭特洛伊的傲慢，与其说是阿喀琉斯获得荣誉的途径，不如说是神的游戏。正如第 24 卷中，叙事者将阿喀琉斯对自己父亲哀悼的痛哭与被他杀死了儿子而悲伤号哭的老父亲普里阿摩斯放于同一故事场景，这里不是敌我双方人与人间的仇恨和悲伤，而是人共同的宿命般遭遇。在第 24 卷第 524、525 行这样写道："神们是这样给可怜人分配命运，使他们一生悲伤，自己却无忧无虑。"是神助了阿喀琉斯的荣誉魅力，是神要一个血染

---

① 〔法〕让-皮埃尔·韦尔南：《神话政治之间》，余中先译，三联书店，2001，第364~382页。

的风采!

而对于有限生命的人来说,唯一的追求就是对无限的执着。留给后人的史诗魅力就在于那不畏惧的英勇执着。英雄只为英雄而死,这是志愿,当河神施法,要阻挡阿喀琉斯前往特洛伊时,身困险境的阿喀琉斯的誓愿是宁可被高贵之士赫克托尔杀死,因为他是特洛伊中最优秀的,死在高贵之人手上被视为对高贵贞操的坚守。而若像"冬天一个牧猪童被急流冲走"那样"不光彩"地死去,才是无地自容的羞辱。是雅典娜从河神的危难中解救了阿喀琉斯,并且承诺助他获得荣誉。[①] 中国有古话说"成道者天助",如何理解阿喀琉斯英勇是"道",而保护城池的赫克托尔之英勇最后是"死",且死后被辱尸? 文本故事中神的旨意是一个解释,而叙事者对于英勇本身并不无评判,并非只把责任推给神而已。这叙事态度本身就是对英雄精神的看重和推崇,当射神阿波罗以欺骗的方式把阿喀琉斯从特洛伊引开,并讥嘲英雄杀不死他这神身,而只是陪玩了一场游戏时,在第 22 卷中"阿喀琉斯无比愤怒地回答说:'射神,最最恶毒的神明,你欺骗了我,把我从城墙引来这里……你夺走了我的巨大荣誉,轻易地挽救了那些特洛伊人,因为你不用担心受惩处。倘若有可能,这笔账我定要跟你清算。'"尽管人在神的戏弄里是那样宿命性悲哀,但英雄仍然可以不卑不亢。而当阿喀琉斯转回到特洛伊城下时,只有赫克托尔拒绝进城,在等待与阿喀琉斯拼个死活。尽管老父亲在城头呼喊,不要丧失宝贵的生命,不要让阿喀琉斯获得巨大的荣誉,这里叙事者同样面临为荣誉之死与苟活间的选择。赫克托尔因为自信而损折了军队,此刻他留在城外如此想道:"人们定会这样指责我,我还不如出战阿喀琉斯,或者我杀死他胜利回城,或者他把我打倒,我光荣战死城下。"这选择英勇的本质与阿喀琉斯一样,但是执行英勇且为荣誉执着却不易为之。当阿喀琉斯真的临近时,"赫克托尔一见他心中发颤,不敢再停留,他转身仓皇逃跑,把城门留在身后"。阿喀琉斯被史诗写成"如神一般",而赫克托尔却未脱凡俗之卑。因此又是雅典娜的帮助,赫克托尔

---

① 〔古希腊〕荷马:《伊利亚特》第 21 卷,罗念生、王焕生译,人民文学出版社,1994,第 275~285 页。

被判为"一个有死的凡人命运早作限定"。他与阿喀琉斯的命运,叙事者如此发人深省地讲述道:"天父取出他的那杆黄金天秤,把两个悲惨的死亡判决放进秤盘,一个属阿喀琉斯,一个属驯马的赫克托尔,他提起秤杆中央,赫克托尔一侧下倾……"接下来就是雅典娜的凯旋之词,即要歼灭赫克托尔,大获全胜。

与其说是阿喀琉斯杀死和羞辱了对手赫克托尔,不如说是神将人命玩了一把沙子游戏,而人的荣誉却在这游戏中生成。后人除了能捕捉这精神的气息之外,却难以仿效这宿命的劫难。好似叙事者就为了表达这不灭英雄精神的来之不易、代价昂贵,以成千上万的生命铺垫出一个辉煌,而生命与生命之间在本质上差别不大,就像赫克托尔与阿喀琉斯,可能后者更坚定更英勇。但是他们二者只不过是生命在本质意义上的重影同现,在天父之神举秤戏弄人之生命的同时,阿喀琉斯在追赫克托尔,"有如人们在梦中始终追不上逃跑者,一个怎么也逃不脱,另一个怎么也追不上"。人与自身,与影子的对峙追逐,是哲学的基石。可以这样说,《荷马史诗》文本不只是叙述吟诵,更是哲思;不仅将英雄的命运以宿命的蕴涵造就了悲剧效果,而且将自我以重影范式几乎是残酷厮杀的形式体现出高尚与卑劣之分。赫克托尔临死时向阿喀琉斯求一个尸体的圆满,这样痛彻心扉的要求,本来胜利在握的阿喀琉斯是不可以拒绝的,但是英雄却不尽人情地拒绝了。为什么?一个无数次为宿命性的生命在战争中消失而痛哭不已的阿喀琉斯,甚至在面对赫克托尔的父亲——特洛伊城权力的名副其实者也不无仁慈的阿喀琉斯,为什么要对特洛伊城这唯一自己心中同样敬仰的英雄赫克托尔如此残酷?笔者如此推想,残酷正是英雄对待自己的另一个我,一个与英勇对峙的另一个,必须粉碎彻底,英雄方可以走向圆满的巅峰。也就是说,对于英雄的凯旋,不只是杀了敌人,而是真实地战胜了自我。从阿喀琉斯与赫克托尔重影的"追"到"求"再到"拒",是宿命挣扎于哲学中的飞升。

但是,哲学的此岸与彼岸之分,是对人之追寻的一种安慰。人对彼岸的追寻犹如生命之限一样,难以逾越。荷马文本很好地叙写了人的自我重影,而在上古文必然性地对神的想象中,在神与人的重影中却不无挫折。首先,人是否因为勇往直前,即使"如神一样",就可以成为神?生命的有限否决了这样的可能,于是寄托于精神,对此圆满的叙述到基督教文本方实现。于荷马处,处处是残缺。不仅仅在阿喀琉斯、赫克托尔甚至海伦等角色身上,实际上处处是被神戏弄的伤痕。《荷马史诗》第 5 卷中英勇的狄奥墨得斯更是明证。他英勇立功刺伤了美神和战神,而阿波罗仍然吼道:"提丢斯的儿子,你考虑考虑,往后退却,别希望你的精神像天神,永生的神明和地上行走的凡人在种族上不相同。"但是人,或者说哲学,永不甘心。本章试图在这远古的文本中探求神与人重影的努力象征,历经的伤痕。暂且不从人由此岸往彼岸去追其路径,而是逆转过来,由神肉身化为行为,或者说透过"道"来探究,目的是尽量避免情绪的伤感。可是,这"重影"挫折的"其次",仍然昭然若显。冷静的探究之下,我们可以把神肉身化的善恶之分归于理性秩序的追求;天宇的神肉身化为人间神神人人之战,是理性与感性之争。

  荷马文本一如中国以及其他语言的先古之文,在神与人重影之初,力求孕育播种,于是史诗在最初的肉身化形象中美神、情爱之神阿佛罗狄特演着无比重要的出场戏,与美神对峙的是智慧神雅典娜,好似前者代表着情欲,后者代表着理性。本章将把作为女性立场的比较论述延置于下一章讨论,这里仅聚焦的是肉身化的挫折。荷马文本在故事角色符号配置上早有褒贬,阿佛罗狄特喜好的角色如特洛伊抢夺海伦而引发战争的帕里斯,几乎除了情欲一无是处,而配给雅典娜的皆是成就英雄荣誉之佼佼者。因此笔者不得不产生了这样一个臆断,那就是对千古之谜维纳斯,即阿佛罗狄特后来于罗马雕塑中的断臂之体,可以假设这是神肉身化挫折的表达。史诗中有狄奥墨得斯伤了阿佛罗狄特的手臂,阿佛罗狄特疼痛地倒在了母亲狄奥涅的"膝头上面;母亲抱住女儿,双手抚摸她,呼唤她的名字对她说:'孩子,天神中哪一位这样鲁莽地对待你,把你作为当着大众做坏事的女神?'"这里可以佐证美神伤得不轻,而且说明美神受伤之因是其情欲之灵化为肉身时遭受的非难。荷马文本用叙事符号的精致细腻将神灵的多重性离析分辨,非宗教文本,无法像信徒一般一股脑儿将神灵统而归一于"道成肉身",哲学追问的是何种道、何种灵?以什么样的途径、遭遇到什么样的客体,而导致了怎样的结果?《荷马史诗》在同卷第 416 到 425 行这样继续故事:"(母亲)这样说，抹去女儿手上的灵液①治愈手上的创伤，去除严重的痛苦。雅典娜和赫拉看见阿佛罗狄特的情形，她们就用嘲弄的语气激怒宙斯。目光炯炯的女神雅典娜首先这样说：'父亲宙斯，你会不会对我要说的话生气？可能是库普里斯劝某个阿开奥斯的妇女追随她自己非常喜爱的特洛伊人，她抚摸某个穿美丽袍子的阿开奥斯妇女时，一个不小心金别针把她的纤手划破。'"灾难不是因为战事而是起于情事，也就是说，当神灵肉身化于人间时，无理性的肉欲会造成血流成河。许多艺术话语都将断臂维纳斯化为美学的残缺之极，于美学领域的话语另当别论。但在古希腊，具有神性的彼岸之美非有残缺，英雄的人间壮举也不容残缺；是无法完美的人间之思，像柏拉图指责的"画家"，末流之言，方说残缺。故笔者在这里说断臂的美神乃为鉴戒，警示出一座张扬理性的丰碑。

当然，是史诗的神话品性使讨论无法撇开神话传说，而神话传说是一种虚构性话语，千古以来版本各异，总弄得考据学家上下颠簸，但这不是本章的兴趣。像阿佛罗狄特在赫西俄德的《神谱》里，她应该没有母亲，或者即使勉强也只能认"浪花"为母。赫西俄德建构了一个试图对于"神"的"谱系"进行探究的文本，正如韦尔南在《神话政治之间》中，另辟"宇宙起源"单章来分析赫西俄德这个文本，意在言明上古作者如何试图通过符号形式，来呈现和把握出一个具有"抽象化和系统化"的"神""过去发生的一切"，目的是"将来会发生的一切"（韦尔南，2001），即理性秩序的建立。借用希腊早期一句哲理格言："在万物混沌中，思想产生并创造了秩序。"（阿那克萨戈拉语）也就是说，当我们面对柏拉图对虚构文本的排斥否决时，得离析出神话思维的虚构性，不只启发出了叙事，还有哲理思想的根基，甚至是社会秩序建立的原始范式。可以说，无论是理性哲学还是实证——社会政治学，倘若涉及起源发生学知识，就离不开虚构叙事。就此产生的多方争议在笔者看来毫无意义，就像中国《左传》自诞生起就无休止地争议叙事铺陈与史学是利还是弊，几乎多为毫无确切结果的口水。可以这么说，柏拉图提倡的第三人称叙事及担心的第一人称

---

① 这里笔者该插进来说明，在第336~340行，女神受伤大叫一声，"永乐的天神身上的一种灵液往外流"，因为神没有血，而且不得不在同时把自己的儿子扔到了地上。这儿子是阿佛罗狄特"在安基塞斯牧牛时受孕"，正是这样的肉身化行为，方遭讥讽。

虚构叙事之危险，是史学建构摆不脱的忧虑。于史其意在担心有违事实，而于政更是恐生异端。

在本章，关于神话虚构，像阿佛罗狄特生于何方，笔者更愿意取《神谱》的说法，因为更符合本章的符号编码乐趣。阿佛罗狄特作为爱欲的象征符号，笔者更愿意接受她是天神之子克洛诺斯一怒之下阉割了父亲的结果。神话故事是这样的，说宇宙开始分混沌、大地、爱神，他们的职能不同、分工不一。混沌与大地故事都叙述了他们无性繁殖。也许是爱神的功能施展出现障碍，大地就诞下了一个天神——"繁星似锦的皇天乌兰诺斯"，而且其形自诞下就与母大地同等大小，天神可以"周边衔接"地完全覆盖她，于是大地就和广天交合，生下许多良莠不齐的种，最小的儿子克洛诺斯，"狡猾多计……他憎恨他那性欲旺盛的父亲"。所以，在"广大的天神乌兰诺斯"渴求爱情，"拥抱大地该亚，展开肢体整个地覆盖了大地"之际，早就埋伏好的克洛诺斯伸出了"那把有锯齿的大镰刀，飞快地割下了父亲的生殖器"。此处插一句，"阉割"与"弑父"皆是后来话语符号系统绵延的基石，也就是说，当我们探讨这远古文本时，不时发现诸多领域的渊脉。抱着这样的好奇探险的态度来讨论史诗，方有点意思。黑格尔为什么否决当代去写史诗，因为史诗的概念孕育远古荒原对宇宙之畏之祭的繁衍，就好比生殖器官的神奇壮观。有人说，无论《荷马史诗》还是这《神谱》，皆把人的世界想象为神的，而正是这样敬畏心态下的想象，符号才独具了祖先般携带自然力的强壮。与其说克洛诺斯割下的是"生殖器"，不如说是社会机制、语言符号的播种仪式。正如故事这样叙述道：这被割下的生殖器，"把它往身后一丢，让它掉在他的后面。它也没白白地从他手里丢掉，由它溅出的血滴入大地，随着季节的更替，大地生出了厄里倪厄斯河穿戴闪光盔甲、手执长矛、身材高大的葵干忒斯"。这神奇的血滴诞生了复仇女神和"巨灵神和巨人族"，同时，还诞生了"整个无垠大地上被称作墨利亚的自然女神们"。因此，克洛诺斯就把这父亲的生殖器，"扔进翻腾的大海后，这东西在海上漂流了很长一段时间，忽然一簇白色的浪花从这不朽的肉块周围扩展开去，浪花中诞生了一位少女"。这浪花与被弃的生殖器的结合，就诞生了阿佛罗狄特，"在她娇美的脚下绿草成茵"。她一降生就获得与爱神美神为伴的"荣誉"，

"她也在神和人中间分得了一份财富,即少女的窃窃私语和满面笑容,以及伴有甜蜜、爱情和优雅的欺骗"。这个浪花女神与生俱来的优点和缺点,都与人类特性有着相当符合之处。

是因为爱神的职能需求,符合人类猜想宇宙之初的思维构建,方产生了如此故事。对于浑然一体的天体,各国都有"开天地"之说,这是"间距"符号产生的最初形态,正是这"天与地"之间的"间距",不只"爱"或者说性的繁殖方可诞生,还建构出了人类这个介于天与地间的层面。"间距"又是叙事功能生发的温床,或者说是启发性时空,由神话模式一路演化直至叙事理论;① 同时"间距"还是哲学思维诞生之源,正是有了"间距",思才有了所谓"心之目"。而对宇宙的机理层次的剖析,必然导致社会乃至政体机制的理性创建。无论是美德还是邪恶,《神谱》都呈现了最初阶层与阶层间的结构形态,甚至显现出权力的属性和分派。

概括起来说,人类可谓有两大突出的恶之发源处:一为"权力",二为"欲望"。而这二者在神界、在神与神间,以及神人交互处就早已昭然若揭。从神人重影,到分离彼岸、此岸的人类与神界永难相交,乃至当下,"权力"与"欲望"此对相好就从来没有止歇过它们的如火如荼。之所以史诗不灭,笔者认为,很大程度上是在"权力"与"欲望"的恶中挺拔出的"英雄精神"何其不易之故。无论是"能力"还是"精神",要成就为"英雄",不仅需要主观原因,更离不开客观条件。《荷马史诗》几乎是揭露此对恶合谋的命运绝唱,阿佛罗狄特那"娇美脚下"拂过的"绿草成茵",正是权力与欲望媾合的枝繁叶茂。那么,上面说过的诗歌与政治姻联关系及"颂"与"谏"的职能,是不是诗歌在"权力"与"欲望"之下只能是一个婢女,最多也只不过介于"弄臣"与"谏臣"之间的小丑呢?这里要区分开来说,是记载过去还是建构当下?是著史为鉴还是畅想未来?柏拉图的"理想国"基本是立志于后者,但孔子却是立志于前者,不只是"为鉴",更要"贼子惧"。

正如上文引出的,中国之"王室之迹熄而诗亡",诗与政的血缘亲

---

① 由普罗普理论一路下来的叙事学说,基本离不开"间距"这个概念。在本书童话部分"叙事循环:'嘀……嗒','嗒……嘀'"及"想象功能与童话叙事"中有详述。

和，无论是柏拉图的"理想国"，还是孔子的"删诗"以及《诗经》文本占主要篇幅的"诵""谏"，皆与政体要求分不开。当后人叙述过去了的政体经历时，也就是说要叙"史"时，"诗"甚至"诗人"到底起何作用？存何功能？一定有某种内在因素促使孔子由史入诗。在笔者看来，修《春秋》与"删诗"，皆与孔子意图统一，这才导致追问诗与诗人的职能。由于我们没有如《荷马史诗》人之命运与神界相杂且角逐不断，当属先秦以前的原始文本；也无《神谱》这样探源神界秩序的范式文本，使得关于先贤诗人及诗的职能讨论存在一定的困难。如果这职能在我们先秦文本中就有了对"权力"与"欲望"的警示，乃至理性剖析，以诗的形式留存，我们也就有史诗了。我们缺的不只是对人的命运与"天"的"权力"间的故事叙事，还缺如《神谱》这样对天"权"的理性剖析。只有对"权力"和"欲望"这样的"客观条件"进行深入剖析，方能知晓无论是"民族精神"还是"英雄"能力是否有存在的可能。

《神谱》开篇就给"史"与"诗"定了位，其由"赫利孔山的缪斯"的歌唱形成。正是这优美之歌让牧羊者赫西俄德听到，记载下来，方有了《神谱》。这里值得首先阐明的是缪斯的双重功能。从外在看，宙斯的这九个女儿缪斯们歌唱，是在"宙斯用武力推翻了自己的父亲克洛诺斯后，正式统治天宇。宙斯自己拥有闪电和霹雳，公平地给众神分配了财富，宣布了荣誉"之后的颂歌行为。但是，我们不能忘记缪斯们的是，"统治厄琉塞尔山丘的记忆女神谟涅摩绪涅在皮埃里亚生了她们"。也就是说，缪斯们还携带着"记忆"基因，还有叙述历史吟诵不朽的另一重功能。这重内在功能，从牧羊诗人赫西俄德用了一整段来描述自己对缪斯们的请求来分析，更具有责任性、使命性，不只要赞颂"永生不死的神圣种族"，从大地到天神，夜神与海洋的生生后代，更要"说说诸神和大地的产生吧！再说说……赐福诸神的来历……他们之间如何分割财富、如何分享荣誉，也说说他们最初是怎样取得重岭叠嶂的奥林波斯……"试图在叙述过往历史的社会机制形态中，清理出政体建制的范式。因此，诗，就不只是"颂"，更有理性建制的史学功效。为此，我们可以在诗中清晰地看到"权力"和"欲望"的作为。

宙斯在《神谱》中是权力的巅峰，又是正义秩序的表征。他的诞生就是对权力的反抗。当他的父亲克洛诺斯掌得天体的大权之后，鉴于他对自己阉割父亲行为的心理后遗症，也可以说是怕权力一不小心就丧失的恐惧症，他把自己的孩子当成了首要防范之敌。插一句题外话，对权力的占有欲望在千年历史中，远远胜于对女人（更确切说是没有性别的情人）或者其他之物的占有；或许是如情人，丧失了还有再次拥有其他的可能，但是权力丢失了，再要拥有就千难万难了。所以为了权力，六亲不认。克洛诺斯生了不少"出色的子女"，但是，"每个孩子一出世，伟大的克洛诺斯便将之吞食，以防其他某一骄傲的天空之神成为众神之王。因为克洛诺斯从群星点缀的乌兰诺斯和地神该亚那里得知，尽管他很强大，但注定要为自己的一个儿子所推翻。克洛诺斯因此提高警惕，注意观察，把自己的孩子吞到肚里。其妻瑞亚为此事悲痛不已"。好玩的是，其实不只人有宿命性，神也有，克洛诺斯吞食孩子的行为并没有阻挡得住他命运的注定。其妻瑞亚设下计谋，当宙斯降临后，躲过克洛诺斯，由地神相助藏于"秘密地下洞穴"，而襁褓里却裹着的是一块石头，将它"送给强大的统治者天神之子克洛诺斯。他接过襁褓，吞进腹中。这个倒霉的家伙！心里不知道吞下去的是石块，他的儿子存活下来，既没有被消灭，也没有受到威胁。这个儿子不久就要凭强力打败他，剥夺他的一切尊荣，取而代之成为众神之王"。类似中国的朝代更换，"奥林波斯的闪电之神宙斯曾把所有不死神灵召集到绵延的奥林波斯山，宣布任何神只要随他对提坦作战，他就不革除其权力，让他们保有如前在神灵中所拥有的地位，凡是在克洛诺斯手下无职无权的神灵都得到公正的职务和权力"。似乎赫西俄德已经引导出了雅典民主政体的模式形态，宙斯一改我们习惯的话语中描绘的暴君之形象，成为一个"履行了自己的诺言"，也有能力"统治主宰"天宇之意符。沃格林将此解读为对"秩序意义"的探寻，无论是对盗火给人类的普罗米修斯的惩罚，还是制造潘多拉，都是"记忆返身聆听宇宙，去打探真实的秩序，这将克服时代的无序"。也就是说，记忆女神缪斯开启了诗的另一重哲思功能，沃格林概括道："在历史与秩序的哲学中，《神谱》的故事是一个基本问题。用非神话的语言来说，它是一种张力，是来之不易的文明秩序和一个魔力统治的骚动下界之间的张力，前者立足未稳，后者蠢蠢欲动。赫西俄德意识到这种裂痕的危险性，才迫不及待、苦口婆心地去阐述宙斯所代表的秩序的原则。"[1]

《神谱》文本不同于《荷马史诗》的是，既用了诗人缪斯出场，又只由赫西俄德保守第三人称客观叙事，好似这样的"思"就避免了"虚构"的危险。本章愿意将神话与形上符号互通，这样的通灵之符与诗，方可以与史归一。行文中笔者会禁不住慨叹我先人孔子，倘若在由史入诗途中再多一些神话与形上之思，史诗之乏于中国就不存在了。当然，中文也在《山海经》《诗经》《楚辞》等文本中不乏呈现对宇宙的探寻及神界人界分离，甚至神与人重影之符号叙事，在本章下文会不时比较性切入。

回到政体探寻的秩序问题，用一个浅显的例子，否决笔者指认的权力野心者也许会说，自古亦有"不爱江山爱美人"之说，但是此方言论若放于秩序话语，便不攻自破。可以这么说，权力与欲望有同体孪生性，欲望既可以催生权力的扩张，亦有被颠覆之惧，所以如重影互戏。在神界与人间中，有潘多拉意符；而神界本身，不只有阿佛罗狄特，还诞生了一个雅典娜。智慧女神是权力为自己生就的一个左膀右臂，再怎么好的隐喻都没有宙斯与雅典娜的神话关系更能展示权力之密了。同样是恐惧，这次是男人对女人的恐惧，不是恐惧阿佛罗狄特的欲望煽动，而是恐惧女人的智慧。这里要先说明澄清的是，雅典娜这女神之所以能成为权力的羽翼，是因为她本来就是权力为抗拒另一威胁"欲望"所生，而且雅典娜终身未婚，是无性之女。荒诞的是，无论中外古今，哪怕是神话溯源，权力对有性征之女的智慧统统皆惧，我中华民族更是此"惧"根深蒂固。话说宙斯对"神灵和凡人中最聪敏的"自己的妻子及她孕育于肚还没有出生的婴孩非常恐惧，据说这婴孩（即雅典娜）在"力量和智慧两方面都与她的父王相等"，于是，宙斯就施展了权力惯用神功"吞吃"，他就硬是活生生地把个妻子墨提斯给吞到肚子里去了，于是"雅典娜之母、正义的策划者、智慧胜过众神和凡人的墨提斯"就只能余生消耗于宙斯的肚子里了。或许是肚子里的占有智慧之功还远远抵挡不了欲望可能对权力的颠

---

[1] 〔美〕埃里克·沃格林：《城邦的世界》，陈周旺译，译林出版社，2008，第 196~197 页。

覆,于是为了秩序的使命,宙斯竟从"自己的脑袋里生出明眸女神特里托革尼亚"(即雅典娜),她"手持神盾,全身武装披挂",从父王的脑袋中降临于世。

"吞噬"是一个恰当的权力占有之隐喻,而宙斯的吞妻出女再返"吐"为助却值得再说说。中国有"吐子成兔"之说,《武王伐纣平话》卷中载:"纣王闻奏,令左右推转伯邑考,身醢为肉酱。王赐肉酱,命费孟教姬昌食之。姬昌心内思惟,此肉是我儿肉,若我不食此肉,和我死在不仁之君手也。喜而食之,曰:'此肉甚好。'费孟回去见帝,曰:'姬昌接得此肉,笑而食之,非是贤人也。'纣王得之,大悦,勒令教使臣去放了姬昌。姬昌得脱囚牢之苦,上马出羑里城半舍之地,下马用手探之,物吐在地,其肉尽化为兔儿。姬昌大哭。至今有吐子冢,在荡阴四里地是也。"这是孔子崇尚的美德之楷模周文王被囚的奇闻逸事,夹杂着纣王的贪色惧能,以赐食子肉来测试文王是否为圣,以衡量对权力的威胁程度。与其说文王贪生怕死不惜食子,不如说是在权力之下能力与智慧生长之曲。这恰与雅典娜的诞生"异曲同效",不同的是,中文逸闻中没有再建构故事,在文王美德之秩序建立后没有铺陈其得力于兔的再叙事,也就是说,中文逸闻叙事到悲凉为止,而没有生发出权力符号繁殖体系。我们有不少神话也是神人相合,乃至与动物自然相媾,如《释史》卷九记载,尧王是其母感三河之赤龙,负图而出,与之合昏而生;而舜却是其母感大虹而生(见《宋书·符瑞志》)。《释史》卷四也记载,神农是其母感华阳有神龙首而生;同卷五载,黄帝是其母感大电绕北斗枢星,光照郊野而生。王嘉《拾遗记》卷一记载,伏羲是感履苍帝灵威仰之迹,有虹绕之而生;而弃母感履巨迹而生弃(《史记·周本纪》)。契母感吞燕卵而生契(《史记·殷本纪》)。禹,更是其母感命星而梦接生禹(《释史》卷十一)。林林总总,传说纷呈万千,无论神话传说为何,笔者要追迹的是神人重影符号及故事生成的意义。就文王"吐子成兔"例来说,形成历史标记的,不是"兔"之符号,而是"羑地",它后来被列为"狱"的一种警示。就好像宙斯也让其父吐出了代替宙斯生命的石头,并"将这块石头安放在道路宽广的大地上,帕尔索斯幽谷中风景优美的皮托，以后给凡人作为信物和奇迹"。①

　　以史为鉴，是社会机理与作文行为的某种心理告慰，但是，史其实往往难以为鉴。有哪一种权力，因这"狱"的丰碑，而收敛平安过呢？只能说缪斯的歌唱给了我们思的空间，就像我们可以把希腊的神人重影现象，分析为人类社会政体行为以神的权力性条件为背景的缩影、为先古范式，来深究细察。只能说这样的勘探在某种程度上具有防范或者说深入思考之功效，多一点延宕于思之层面，而不那么快地被现实政治席卷殆尽。中文神话与哲思的缘分，就儒家来说，神人重影太过仓促，还没有来得及厘清宇宙天体的纷争，就匆匆将"天"命了"子"，即使如上文引神人合一孕生的半神半人之体，亦多建构的是凡人此世而已。《诗经·大雅》皆颂文王之德，只要"帝度其心"，就可以"维此王季"；而且主张"不识不知"，这才叫"顺帝之则"。于是对这简单的被动与天承蒙施惠的关系中，难以企及对权力的任何理性探险。如笔者前面所说，至多到屈原"授殷天下，其位安施？反成乃亡，其罪伊何？"天问而止。诗，只有突破唯"颂""谏"二任，而本记忆之母，与史与哲思与权力的理性剖析相系，方可政体虽死，诗辉永存。

---

① 以上引用的《神谱》内容，皆引自〔古希腊〕赫西俄德《工作与时日·神谱》，张竹明等译，商务印书馆，2006。

第四章　想象羽诗叙入为史

孔孟及屈原，都难能为史诗，非他们不能，而是不为。作为评话文体的史诗不发生在中国先秦，并非黑格尔界定的中国人属散文思维（此点前文已论），而是中国先秦无论是诗还是史，从言说主体到文本主体，都阻遏了史诗发生的可能。中国将"诗"以"经"论之，不在于评说而在于教化。正是因为"教化"的职能，以及其神圣性，才将《诗经》及《春秋》托与孔子。目的不在"话"民以"英雄"，而是"训"民以"温柔"，以至于使"敦厚"酿就民族品性，从而达到"君""臣"偶对的"美政"。问题出在"美政"的历史走向不畅达，为疏其阻碍，孔子丧家奔波、孟子谆谆诱导、屈原舍身相谏，可历史终究难为"芳草""兰茝"。以雅乐歌美构设的"风、雅、颂"和以"微言大义"为旨归的《春秋》，都只能浸染在某种净化状态之中，而这净化的生命是行将不远的，屈原以身作则给后世显明证实。不只是"众芳"小人的嫉妒，实乃"君"——权力化身，给予"美政"之美，就是一个极大的问号；更何况史更难仅在至美中铺陈，史属于俗世，而中国将诗与史合于孔子是在美学境界中，只能是圣而非凡俗评话间。

以《诗经》的《豳风·七月》为例，其整体描述的是千年如一的农耕生活的琐碎、繁忙及辛劳，与奴隶制下劳作的惯性表述相同；诗中亦存有阶级的盘剥与弱势恐惧之苦。但不同的是，所有的异议在祭祀与祝寿氛围间，可以万民臣服称颂——"跻彼公堂，称彼兕觥，万寿无疆！"在《诗经》中，即使是讽谏之"吟"，如《生民》，皆如《七月》般，质朴纯然。"温柔敦厚，《诗》教也。"于孔子，乃诗的灵魂。不学诗无以言的精髓是敦厚温柔。这样的审美情态如何能入风云战乱之史？史有现实规定性，兵不厌诈是尽量美化这现实龌龊的说法。自然由诗入史，吟诵走入叙事，文体难以凭借"温柔敦厚"的诗来释《春秋》，能尽如此职能的当然是《左传》。以《左传·城濮之战》为例，晋文公用一个"谲"字概括，如何挑拨是非、离间奸诈，是取胜之本。可谓到《左传》"温柔敦厚"之诗髓丧失殆尽，尽管政客吵嚷的仍然是"诗教""文教"，但无不是阳奉阴违，"挟天子以令诸侯"。一方面，民如《七月》之农，在敦厚的教化中失了言；另一方面，权在战事的凯旋里将"诈"合理性膨胀。这就必然使得中国先秦的叙事文体从一开始就纠缠在了与"民"完全脱节、不搭干系却与"君"谄媚不清的状态中。

在孔孟、屈子身上用"谄媚"似乎太低俗，在"美政"追求中，权力不是"霸"符而是"王"，是以统治的形式构建"政"的要害举措。由于"美政"完全在一个审美情境中，于是"君"与"臣"就不建立上下的利益关系，而是"偶俪""知音"。在这审美情境被破坏之后，具体说是《左传》叙史文体产生之后，"谄媚"方诞生。这里就引出本章的一个设问：为什么《左传》叙事后，文体进入虚构情境，出现的是《战国策》？叙事主体非"民"也非"君"，而是"贫乏不能自存"的冯谖，"妻不下纴，嫂不为炊，父母不与言"的苏秦，他们不具英雄品格中的任何一质，无忠无国亦无诚，却依仗三寸不烂之舌，以计奸获取金玉锦绣。应该说自《左传》，就宣告了"温柔敦厚"的民族品性建立的不可能，到《战国策》不只是文本叙事对象，就是"士"本身，也再难存留前世之品了。也就是说，当"士"的言说主体太过纯美，一如孔孟、屈子，那种仅探讨"礼"的贵尊级别，在无道无德无仁无义间，还要执着出"礼"，以使"贼子惧"的士夭折之后，"士"无论是言说还是叙事主体都碎裂了。从阐释文本的《左传》到专事虚构的《战国策》可谓当时承"谲"而行的"诈"性，已相当规模地进入了我民族品性的炼就中了，与当时战乱的时代相契合，却没能如古希腊的战事般显赫出英勇与崇高。笔者认为，能在言说和文本双向中承载孔孟、屈子主体并承继其美学含义的"士"，绝对不是俗世烂透了的《战国策》之"三寸不烂之舌"，而宁可是庄子。尽管老庄的出现，在传统论述中总是以相对儒家学说而论，但在政之审美情境中，笔者认为有一种自我的肯定是始终如一的，虽然到庄子，这社会已是"窃钩者诛，窃国者为诸侯"（《庄子·胠箧》）。

庄子美学营造了"虚构"语体的极致，却也没能为"史诗"之论立下任何作为。相对《战国策》说客、谋士们的离间诈计之虚构，庄子的虚构澄清剔然，因为政治理想的迥异，与政治大统一之建制的史诗思维风马牛不相及。笔者愿意这样认定，孔子、老子、庄子皆生不逢时，尽管孔子与老庄的政治理念迥异。孔子与老子的政治理念差异，无须本章累赘，但要指出的是庄子并非隐而弃政，只是在当时，小国寡民的政治理念已是完全彻底不可能，在极度绝望灰心之后，才能有"形固可使如槁木，而心固可使如死灰"的"隐机者"（《庄子·齐物论》）。庄子的论证，其实无不缠绕于审政论政之中，只是于庄子而言，不要说难以苟同巧言令色之徒，就是其唯一知音惠施，庄子亦讥讽道："南方有鸟，其名为鹓鶵……发于南海，而飞于北海，非梧桐不止，非练实不食，非醴泉不饮。于是鸱得腐鼠，鹓鶵过之，仰而视之曰：'吓！'"（《庄子·秋水》）只是无"梧桐"可栖，无"练实""醴泉"才拒食饮。后世将庄子的"隐"泛化，成为一种不无伪善的托辞，而从《秋水》篇此段中足见庄子不是有意如后人般矫饰之"隐"，而是生不逢时，只能以隐守洁。无须追究在同篇中记载的楚威王礼遇相邀庄子是诚是实，于老庄的政治理想，就不可能去"美政"，以"龟"作比，那世人熟知的"宁生而曳尾涂中"，并非后人演化的说什么弃仕途乃至作为如粪土，而宁愿在泥地里爬来爬去；这在俗世根本找不到任何沟通的庄子，困于现世之泥，只为难以"宁其死为留骨而贵"。楚请贤是为称霸，而老庄的政治理念是小国寡民，那么，即使赴之高阁，除了如龟般树之，还能有其他之"贵"乎？结果，庄子的虚构多出自如何脱现实泥困而出，其逍遥之鲲鹏、物化之蝶无不如此叹咏。

当庄子之虚构贴近屈原之思时，似乎史诗的火苗又在闪烁。于政治理念，屈子可探寻到孔子诗教之渊源；从想象虚构文体的显现，史之叙有重新入诗之可能。但是，中国有《左传》《战国策》叙事之后，再难入诗之净化了。屈子是遭谗言而丧失了"美政"机会的，这谗言却是《战国策》

叙述的核心枢机,连横或是合纵是当时战国间称霸取胜的关键,所以苏秦、张仪等才比屈子更有势头,就是惠施在张仪的舌中亦不得不抱头鼠窜,何况心气高洁如孔不亚于庄之屈子?可以这样假设,中国政治无论是孔孟还是老庄,如能将心性气节留存下来,如果承继其二合一的屈子不死,那么将有怎样一个别开洞天、高贵清纯的政治。王道之政!

自"五四"以来,习惯将"克己复礼"作为泯灭人之主体性的对立靶子,横加攻击。于儒家,的确不无迂腐至极的规矩,以《论语·侍坐》篇为例,子路错在何处?只不过是有为将军的抱负而已。孔孟的缺失是不敢将自己的政治抱负以"君"待之,而仅仅屈从为臣,最多是"为君师"。所谓"王道",是我的道由你来实施,"君子动口不动手"。这"不动手"之弱性直接导致了权力层面的臣服迂腐。再加之对"谦逊"与礼的过分要求,就成为对公西赤的表彰。现代批驳的是,仅为"小司仪"的"无"之抱负于儒者是不真实的,其虚假性的张扬完全掩盖了孔子象喻的实质意义,孔子喻体的背后是要说明:"赤也为之小,孰能为之大?"儒家的"谦逊"绝对不是说无抱负,一如庄子的鲲鹏之志,要以"涵而不显"的方式来"隐晦"表达,这是后人批驳其虚伪之点。但是,于儒家本身,不觉为"伪",甚至鄙斥"伪"为"小人"、为君子之耻,实在于"谦逊"是自爱之本,唯有自爱者方得他爱!自爱以修身导出,可谓儒家极致!受西方理论浸染者常常错误地将孔孟之"修",特别是屈子之从外在之芳草美玉之佩饰到内在德性之"修",误套阿喀琉斯的"自恋"阐释,完全忽略了修身与王政建构的不可分性。

在政治建制中强调人的主体性是很乌托邦的。不论是习惯批驳的封建建制还是现代建制,也不分专制还是民主,人之主体只能是局部性伸张,且往往在限制重重下的一种抒发而已。但是,当重新审度中国先秦"修身"之说时,本章不打算重复儒家的修身道义,而是立于屈原"身志"合一来谈,于政治建制理想的讨论场域中,恰恰"修身"之论还难能可贵地呈现些许"人之主体"的清纯自由,即使焕发的似乌托邦情怀如彗星般只现刹那光芒。也就是说,"修身"是王政的前提,由"修身"而锻造的"王政"方能具有"人之主体",且只有这样的"人之主体"之政,才可能"昔三后之纯粹兮,固众芳之所在"。

不是本章在危言耸听、故作高深地推翻现代话语对封建专制扼杀人性的定论,而是凭吊一种在先秦就不幸夭折而本来可以"好修"为纯粹的"美政"。正是因为"制芰荷以为衣兮,集芙蓉以为裳。不吾知其亦已兮,苟余情其信芳"。这样的自尊自洁、以"修"为志,权力才不是"求索"的旨归,"政"才是理想之宗。只有这样的纯粹"洁"之高度,方有可能使"禅让"不只是传说,孔孟为君之师、屈子甘为"女"之臣的可能,因为在玉洁冰清的"美政"志向中,"权位"才有可能不是个东西!遗憾的是,中国政制走向没能"朝饮木兰之坠露,夕餐秋菊之落英",尽管中华民族曾有"苟余情其信姱以练要兮,长顑颔亦何伤"的屈子之才,"虽好修姱以鞿羁",却终究是"謇朝谇而夕替"。如果屈子不死,中国政制不驱歧改道,如果"好修"可以实现"朝谇",那么远远不只是个人的"老冉冉其将至兮,恐修名之不立"的忐忑不会发生,而是中华民族的史诗早就翱翔于"兰皋""椒丘"间不可"止息"了。只是历史容不得"如果",屈子死则死矣,不死之屈子亦只能"进不入以离尤兮,退将复修吾初服"。(以上引屈原《离骚》篇)"美政"夭折之后跌入了"秦政",人于政治行为间的"主体性"才消失殆尽,于是才有了赵高等奴才宦官及后来的草莽之离乱,从此中国政制之"权位"才是个"东西"!结果使史诗未能驰疾,史事也就只能堕落为"鸾凤伏窜,鸱枭翱翔"(贾谊《吊屈原赋》)而已。

  本章意不在重拾历史批判之牙慧,兴趣盛浓在于文体走向与政制变体之瓜葛。汉民族立定四方、横极盛时之时,中华有史亦有文,《史记》可为"无韵之骚"(鲁迅),但"史"与"诗"的距离又何在?关键还得要分析当时产生之"文",不入史诗的文,却在盛极之汉时产生了"赋"。此文体可否作为一个折射镜辨析些许司马迁的腐刑?如果斗胆使用"阳具"理论,将史笔的阉割作为隐喻,那么以书史为志业的司马迁遭遇就远远不是"李陵事件"了,而是中华民族史书行为之象征。何为"赋"?"赋"字,《说文解字》定义"从贝,武声",相合取"会意"体。"赋"意,《诗·大雅·烝民》曰:"古训是式,威仪是力。天子是若,明命是赋。"因此,"出纳王命,王之喉舌,赋政于外,四方爰发"。即使仅从文体出发,刘勰《文心雕龙·诠赋》言:"赋者,铺也。铺采摛文,体物写志也。"书写，由叙人、叙事而走向了"体物"，不正是"明命""喉舌"之功么？一如班固在《两都赋序》中明确的"润色鸿业"，以至于"宣上德而尽忠孝"。虽说"赋"本具有"铺陈"与"口诵"皆合之特点，但此不乏气势之文体就是没能与史诗契合，擦肩而过，且只能与"政"谋合。于是孔颖达那"直陈其事，无所避讳"（《毛诗正义》）的理想就必然大打问号了。为天子听政之文体，如何能"敷陈其事而直言之"（朱熹《诗集传》）？司马迁之刑正是"吐无不畅，畅无或竭"（清刘熙《艺概·赋概》）之殃。《毛诗序》的"言之者无罪，闻之者足以戒"的理想，以司马迁的受刑为缩影，为政所阉，于是赋此诵读之文体功能就只能是影写事物。

中国诗之"六艺"——风、雅、颂和赋、比、兴，郑玄注曰："风，言贤圣治道之遗化也。赋之言铺，直铺陈今之政教善恶。比，见今之失，不敢斥言，取比类以言之。兴，见今之美，嫌于媚谀，取善事以喻劝之。雅，正也，言今之正者，以为后世法。颂之言诵也，容也，诵今之德，广以美之。"[1] 可见"赋"的职能本当与司马迁的义气相契不悖，甚至该是西汉立定四方时代之气，表汉武帝王之容。一如李蹊如此分析"赋"的文体阵势："囊括席卷"的"地毯式"横铺，似"一块一块的土地在脚下被开垦出来，向四面八方延展开去"。于是，"铺采摛文"的"深层文化心理根据"就好比是汉武帝疆土的征伐与开拓。[2] 以枚乘的《七发》为例，"疾雷闻百里；江水逆流，海水上潮；山出内云，日夜不止。衍溢漂疾，波涌而涛起。其始起也，洪淋淋焉，若白鹭之下翔。其少进也，浩浩澄澄，如素车白马帷盖之张。其波涌而云乱，扰扰焉如三军之腾装。其旁作而奔起也，飘飘焉如轻车之勒兵。六驾蛟龙，附从太白。纯驰浩蜺，前后骆驿。颙颙卬卬，椐椐强强，莘莘将将。壁垒重坚，沓杂似军行。訇隐匈磕，轧盘涌裔，原不可当。观其两傍，则滂渤怫郁。闇漠感突，上击下律。有似勇壮之卒，突怒而无畏。蹈壁冲津，穷曲随限，逾岸出追；遇者

---

[1] 见《周礼注疏》（下），郑玄注，贾公彦疏，李学勤主编，北京大学出版社，1999，第610页。
[2] 李蹊：《骈文的发生学研究——以人的觉醒为中心之考察》，河北大学出版社，2005，第181~182页。

死,当者坏"。古今中外,能找出几段向权力轰袭的如此壮语豪言?文如西汉之国势气盛,排山倒海,但特别要警醒注意的是,这雷霆万钧的描射对象却是"太子之疾",仅以"涛"作喻罢了。

"六艺"中,中华诗爱"兴"作"比",一个假拟的"疾",乃政体之"瘤"。言文者自认为是攻"瘤疾",可听者之政,哪能容得你"遇者死,当者坏"!如此这般之文,岂能与司马之史合,"阉"几乎是必然。只是中华之"士"却难能想通,因为"士"如孔孟的初衷就无意于权位,而是屈原的"美政",于"政"之"美"的寻求中,言说的"士"与听说的"权"非对立,而是统一于有机整体中的,即"组成铺成的每一个组件都既是独立的,又不是绝对独立的,它与其他的组件互相联系、相互作用,成为一个有机的整体。多项的力协调成为一个统一的综合而又中和的力,向前运动。目的是让说服的对象在巨大的倾斜感受中'动起来',打破原来稳定得已经僵化或腐朽了的局面"(李蹊,2005)。枚乘模拟的"涛"文,太子之"疾",的确是"倾斜"且"涩然汗出,霍然病已"(《七发》)。可是哪个"政体"之"汗"可以"士"之言,就"涩然"而出呢?笔者拟将"六艺"断为"时空"两部,"赋比兴"于"天人合一"的视为空间美学理想,而"风雅颂"——这"贤圣遗化""今世正法",以及"广美后世"作为历史时间,它们的契合犹如"赋"与"史"。但遗憾的是,"赋"铺成的空间没有真正走向天人广袤的狂野和可以上下为"叙"的民间,而是移花接木于"乐府",汉武帝"立乐府,采诗夜诵"一度成为时代风气。历来研究都局限于"雅乐"与"俗乐"之争,本章却要将此意象作为权力制衡"文"之策略,也是中国无史诗之根源。

一如汉武帝巧妙地将司马迁史笔作"阉"的计谋一样,到乐府,作为文体机构,汉武帝干脆"把乐府从太乐署分立开来,使之扩大为别一机构,而移置于少府之下"。何为"少府"?《汉书·百官公卿表》中言:"秦官,掌山海池泽之税,以给供养。"[①] 也就是说,把公共空间行为"偷梁换柱"为私家皇族行为。"公器私用"在皇权统治中合情合理,也就导

[①] 参见吴小平《中古五言诗研究》,江苏古籍出版社,1998,第43页。

致了文被阉割的必然。其一，如葛晓音在论述汉乐府叙事诗中指出的：
"汉代统治者将乐府采风作为观察民俗和吏治、提供政治借鉴和教训的手段。"这种"观风俗、察时政"的目的，决定了采风剪裁的文本内容"以体恤鳏寡孤独和考察郡县吏治这两项为主"，不是民间无英雄之事可"叙"，而是叙事主体不允。故此，葛氏指出："汉乐府虽多客观叙事体，其表现方式与西方'以叙事为职责'的史诗并不相同，西方史诗的'原义是平话或故事'，'它要求有一种本身独立的内容，以便把内容是什么和内容经过怎样都说出来。史诗提供给意识去领略的是对象本身所处的关系和所经历的事迹，这就是对象所处的情境及其发展的广阔图景。'"[①] 被采风的"民"即使是英雄，也难在"公器私用"中为主体，得以陈述出"所处关系和所经历事迹"。"赋比兴"广袤的空间转换成皇家庭院，运用移步换形的手法，即使"气之所至，言亦随之"，亦只能蹙在宫室方寸间了。刘勰言："写气图貌，既随物一婉转；属采附声，亦与心而徘徊。"（《文心雕龙·物色》）文就只能与帝心息相通了，则得其二，是何故难以将帝作为叙英雄之体呢？"娱"之故也，在为政用之外的后宫职能是"娱"，"以给供养"的"少府"职能也是"娱"，那么为"娱"取乐之文，又怎可以帝政话之？正是帝娱之职能将为文之"士"，"阉"进枷锁之中。历朝历代文人为政皆是"相如含笔而腐毫，扬雄辍翰而惊梦"。汉武帝时期呈现中国历史上少有的文士与帝相酬和的"美"欢景象，但笔者要说恰是"美"害其义！乐府文体之所以走向"娱"，是因求音乐之"美"。而音乐的至美追求恰是空旷静寂的"天籁"，"士"之错恰在这天人合一、心寂交合的知音求美中。于帝，于政，是否可以"知音"相称？

赋的体式擅问答体，前文已论及古希腊及先秦的问答体式追求的哲思，这里仅谈"偶句"，说"偶句"是"铺采摛文"的必经手段，是要强调汉语言四方稳健之大气，这似乎是西汉文人最初的梦幻，一如女子遭遇"雍容""浑厚"之力，就舍身相许一般，坏就坏在了你自以女相许，权就将你以女视之了。拟女和为"女"是根本对立的两个概念，当"士"以"女"作比，如屈子，悲愤郁结是主体之难之困。而笔者认为正是这

---

① 葛晓音：《汉唐文学的嬗变》，北京大学出版社，1990，第7、9页。

自我阉割性戕杀的自认,导致了后来"士"与政治关系中的被阉倾向。自己确认自己是女,还不是被动的,甚至不会意识到主体的沦丧。但是当统治者真以"女"视"士"时,为"女"即被嵌定以"女"侍奉时,"士"这身份才真正成为"妾"身,而难以再有主体品格了。如"赋",描体画物、为君宴飨戏酒助乐,再沦落到"弄臣"之位,而即使是如汉武帝要"崇儒举贤",且还深知"兰有秀兮菊有芳,携佳人兮不能忘"(刘彻《秋风辞》),但当"士"仅以"佳人"视之,其"女"之物化性命运就在劫难逃了。

故本章认为,当儒为政"器"时,也就是拒绝为"弄臣"之"士"与儒分离之时。有名的例子是祢正平(祢衡,173~198)的身世及他在《鹦鹉赋》中的泣血。一个二十岁刚出头的几乎在我们当今还可称为"乳臭未干"之士的弱点却是"少有辩才,而尚气刚傲,好矫时慢物"(《后汉书》本传语)。此品性为什么竟惹出杀身之祸?说是衡与孔融友善,融推荐与曹操,操欲召见,衡却假称自己患有"狂病",不肯前往;后被曹操命为鼓史,操欲报一箭之仇,在宴宾会上本欲当众羞辱衡,结果反被衡嘲弄一番,只因衡当时已是名士,不便杀戮,就将衡遣送给刘表。"刘表昏聩,更不能容人,又将他送给江夏太守黄祖。最后终被黄祖杀害。死时年仅二十五岁。"[①] 笔者几近悲怆的问题是,一点儿"矫时慢物"就可以被遣送给"军阀黄祖"么?"士"是被以什么样的法理作为"物"可以"送"来"送"去?"刚傲"的祢衡之心路历程,后人难以探析,仅从他为黄祖之子狩猎助兴的《鹦鹉赋》中,窥得些许泣诉:本有"配鸾皇而等美,焉比德于众禽"之志,却无奈"归穷委命,离群丧侣。闭以雕笼,翦其翅羽。流飘万里,崎岖重阻。踰岷越障,载罹寒暑"。每个与衡有类似经历之人,皆会同感"逼之不惧,抚之不惊。宁顺从以远害,不违迕以丧生"。可是让后世感慨万千的是,如此不惧不惊之衡却难逃杀身之殃!

当然,从汉武帝到曹操,中国政制经历了翻天覆地的变化,由定夺四方到分崩离析,君王之气度也由雍容走向猜忌。尽管一如汉武帝,曹操亦

[①] 见《鹦鹉赋》题解《昭明文选译注》,吉林文史出版社,1988,第737页。

是自才惜才，却少了那种立定乾坤之量。倘若不是如此一个气度之差，曹操与祢正平，当可胜出汉武帝以蒲车安轮去征聘枚乘，却因其年迈而乘道而死的遗憾。且不说区区小祢，在曹氏家族内部，就是"本是同根生"的曹植，也有"相煎何太急"的忧怨传世。数落如曹操、曹丕权力的弱质，属陈词滥调，本章的兴趣是在这样的变迁动荡时局中，寄托"美政"情境下的文人与君的关系，这关系的波澜直接造就了汉语文体的别样万千。

说由"赋"走向"乐府"，笔者以《陌上桑》为例，传统阐释定位于女子抗调戏之作。但笔者这里欲采取"女"之意象与"士"相合之解读。从屈原一路走来，士在叙事抒情中，善借"女"意。值得注意的是，这借举中的视角分离，化为主体与客体双向；也就是说，当极赞"罗敷"之美时，完全可以阐释为士在以别样的叙事主体观照自身，故才有如此美境："头上倭堕髻，耳中明月珠。缃绮为下裙，紫绮为上襦。行者见罗敷，下担捋髭须。少年见罗敷，脱帽著帩头。耕者忘其犁，锄者忘其锄。"此景象正是汉武帝恋司马相如之景观，可是"良时不再至，离别在须臾"（伪托《李陵与苏武》诗），因此才有《陌上桑》的"来归相怨怒，但坐观罗敷"。如果将祢正平拟为罗敷之美，在汉武帝时期，当是一用，而非"怨怒"，可在曹操时期终因性疑而将其杀害。

赋体走向五言，是由四六双双拆分为了五字成句，尽管《陌上桑》属于"相合曲"，但笔者愿意认为这是"士"心路历程的过渡现象，一如托作的苏武之诗"结发为夫妻，恩爱两不疑。欢娱在今夕，嫌婉及良时"。较罗敷，那种自信里生出了劝谏除疑之切。这里还可以曹植的《美女篇》做佐证。同样是采桑女，"妖闲"于"歧路间"，"柔条纷冉冉，落叶何翩翩。攘袖见素手，皓腕约金环。头上金爵钗，腰佩翠琅玕。明珠交玉体，珊瑚间木难。罗衣何飘飘，轻裾随风还"。这里叙事者已经从罗敷的远观走近了"玉体"，却是"顾盼遗光彩，长啸气若兰"，正是屈子之芳洁！正是如此玉洁冰清，才能激起帝王的"求贤良独难"。当叙事主体拟想对方权力之状，再掉转镜头于自己时，只能似曹植般感叹："盛年处房室，中夜起长叹。"

《陌上桑》篇中亦有第二段求女不得，传统阐释中的浪子，若将其喻为当时的乱世君主,就完全可以凸显出"士"历来慨叹无贤主明君的忧怨。《陌上桑》最后一段,既可以看成是立"女"视角,演化"三世"明君的别唱,又可看成是"士"观己之赞叹。这自信与立己,都可以契合由此走向建安期的人与文的觉醒和独立。相较诗源《诗经·七月》,同样也是"女执懿筐,遵彼微行,爰求柔桑"。但是"采蘩祁祁"结果却是"女心伤悲,殆及公子同归"。在"温柔敦厚"的为奴阶段,只有恐惧。尽管鲁迅说"中国人向来就没有争到过'人'的价格,至多不过是奴隶"(《坟·灯下漫笔》),但"士"之弃奴为人的努力,朝朝代代尽是。尽管在五言诗体中,"士"之"脊梁"以"女"论之,美丽卓绝,但同样不乏伟气浩瀚!

当然,以女作比,像蔡邕将一腔血性化为《青衣赋》,会遭来盲视者的辱骂,传统将《消青衣赋》的声色俱厉判为对奴隶女的认同,实在是偏离了士之豪气。士由屈子的舍身献祭到"身非形影,何得动而辄俱?体非比目,何得同而不离?"(《答夫秦嘉书》)已是由"女"之意象顶天立地了起来。之所以这里不避讳徐淑真实的女性身份,且借用她本无士与女比附之意,乃因其"答夫书",本章意在呈明并强调出在汉语文体文意中,"女"与"士"的意象距离是何其衮化为体己与贴切。一如女的痴情,有张衡的《同声歌》,那初遭宠恩的诚惶诚恐:"邂逅承际会,得充君后房。情好新交接,恐栗若探汤。"于是,"不才勉自竭,贱妾职所当"。何等君之德性气度,才能让满身才华、科文皆具的通才张平子似"贱妾"般"恐栗若探汤"?于是二十多年仕途中"绸缪主中馈,奉礼助蒸尝。思为苑蒻席,在下蔽匡床。愿为罗衾帱,在上卫风霜。洒扫清枕席,鞮芬以狄香"。士是以"贱妾"之身甘愿在"重户结金扃,高下华灯光"下"衣解巾粉御"的,且还绞尽脑汁"列图陈枕张。素女为我师,仪态盈万方"。目的只为"众夫所希见,天老敬轩皇"。这种君臣交合竟跨越了"男尊女卑",而是如秦嘉与徐淑的鸳鸯缠绵且自为主体,方可达到"乐莫斯夜乐,没齿焉可忘!"

竟然曾有过如此欢愉的恋情之士张衡,又为什么在年迈时会发出《归田赋》中的"徒临川以羡鱼,俟河清乎未期"之似屈子般的感慨?以至于悔悟"游都邑以永久,无明略以佐时"。前诗之"不才"是谦辞和娇羞,后诗中的"无明略"已是愤慨了。因为"谅天道之微昧",故只好"追渔父以同嬉"。要让一个"仰飞纤缴,俯钓长流",且还能"弹五弦""挥翰墨以奋藻"之士,去"超埃尘以遐逝,与世事乎长辞"。是在怎样的失望寒心情境下而抒发的情志!更相比较起初的合欢婚床,到老来却要逍遥"娱情"于"交颈颉颃,关关嘤嘤"(张衡《归田赋》)的自然罢了。所以笔者说,是士以与君的"咏萱草之喻",来"消两家之思"(徐淑),无明君贤士之婚媾状态下逆反而成就了并驾齐驱的"骈文"想象。也可以说,是去俗世君臣难以企及之"骈",而如张衡归园田般的模拟成为儒道双向的合"骈"。

结语:一如刘勰《文心雕龙·时序》所言:"文变染乎世情,兴废系乎时序",当"美政"之"骈"完全坠落进文体的"骈"娱时,我中华时代也进入了不长而多变动荡却绝响的魏晋。鲁迅说过,因为如"魏"的时间之短,所以诸多历史难以厘清。从鲁迅的《魏晋风度及文章与药及酒之关系》到李泽厚的《魏晋风度》都谈到了一点,无论是"人的自觉"还是"文的自觉",皆"产生在充满动荡、混乱、灾难、血污的社会和时代"。也就是说,尽管我们没有史实来印证,中国从东汉末年到魏晋是否如西方中世纪的严酷之后方有了人的启蒙之倡导,但至少我们可以从文人将生命倾注于文于玄的不无荒凉之诗篇中,略知当时他们处境的窘迫和绝古悲戚。死了的不只有祢衡、孔融,还有嵇康,鲁、李二人都谈到在魏晋诗酒潇潇风流的内心有着怎样的"忧恐、惊惧","心之忧矣,永啸长吟"。即使是侥幸没有被诛杀的阮籍,也是"终身履薄冰,谁知我心焦"。因为"万事无穷极,知谋苦不饶"。正是因为权势的迫迫不饶,一介书生才会"常畏大网罗,忧祸一旦并"。人之主体,以及如"骨气奇高,体被文质"的曹植抒发的"譬人伦之有周孔",无不是情泣恸哭之言。泪水洪流,还有生命个体内在痛苦的挣扎都不像诗篇般,可以为世知、为人晓,留存后世。今日我们后人能读到的也只有阮籍深沉的"一为黄雀哀,涕下谁能禁"。带着"不可禁"之泪水,死的死了,活的入玄归避,汉语之文借仙气的"隐秀",涤濯掉"骈"娱之具的贱身,而潜入"神思"与"情采",文人亦乘如此文之"风骨",而否决掉优伶戏身。

第五章　智慧与土地的结合

　　史诗与吟者同构，政体与使者并存。思考穿过中国士的追求，于本章将以《圣经·雅歌》①作为参照，探希伯来文化中"弥赛亚"职能。

　　关于《雅歌》(Solomon's Song)，历来版本不一，见解纷呈。有的将所罗门的生辰定在公元前1000年，那么他作为《雅歌》的作者就存疑问。因为King James的版本标明《雅歌》时间为B.C.1014，故有论述说《雅歌》早于所罗门。但是，根据King James版本的《列王记1》，"1 Kings" B.C.1015，既然在公元前1015年《列王记1》就记载了所罗门的继位及建功立业，所罗门就不可能出生在公元前1000年。而且，《雅歌》本归于所罗门前期作品，公元前1014年的写作时间是有理据的。在《列王记1》的第11章，写到所罗门死，也只不过是B.C.984。因此，本章姑且以《列王记1》为论据引导，推导论述至所罗门创作的《雅歌》，并比较B.C.1000的《箴言》(Proverbs)及B.C.977的《传道书》(Ecclesiastes)，以求新的阐释。

　　笔者认为，世上没有非政治性的宗教。"弥赛亚"符号本身就是神性政治的阐述行为，无论是显现在摩西身上，肩负着以色列民族走出埃及的使命，还是耶稣被钉在十字架上，都可以看成是神在施行统治的政治行为。只是神性政治与俗世政治之间存有不同，在摩西看来，弥赛亚要完成的使命是"服从"；而耶稣认为，弥赛亚的使命是服从受挫之后的救赎。无论是

---

① 本章使用的是HOLY BIBLE版本。Authorised, King James Version, World Bible Publishers。下文所有年代和叙述划分皆根据此英文版。

"服从"还是"救赎",在俗世政治中都仍旧有其血脉承继,只是俗世政治难以仅仅依凭"服从"与"救赎"来成就事业,这是所罗门的契机。可以这样假设,在所罗门父亲大卫王执政期间,"服从"与"救赎"仍是其施政核心,但上帝也明白,如果只是维持现状,创造物的人就始终难发挥其能力到极限,更不要说创造神性的辉煌显赫。笔者认为,上帝将立城之功在大卫处延宕,而恩准大卫之子所罗门领受,其理由就是赋予特殊智慧以"弥赛亚"的荣光。故此,所罗门的使命就必然超越"服从"与"救赎"。他的"受膏"是领受王位:膏他做以色列的王(anoint him there king over Israel)(1 Kings,1,34),这全新的"弥赛亚"将担当的是俗世政治使命。

如果说摩西和耶稣都是在与上帝订约之后完成使命的,那么,所罗门亦相似,在他执政初期,首先与上帝订下的约就是请求智慧。在芸芸众生中,何以突出?"And thy servant is in the midst of thy people which thou hast chosen, a great people, that cannot be numbered nor counted for multitude."(1 Kings,3,8)(仆人住在你所拣选的民中,这民多得不可胜数。)这里提出的问题是双向的,既是问上帝为何"我"担当使命,被选择,又是"我"如何完成这使命,关键在于"识"。"Give therefore thy servant an understanding heart to judge thy people, that I may discern between good and bad: for who is able to judge this thy so great a people?"(1 Kings,3,9)(所以求你赐我智慧,可以判断你的民,能辨别是非,不然,谁能判断这众多的民呢?)正是这辨别是非之求,让上帝喜悦,于是立约,赐所罗门前无古人、后无来者的智慧,以及这智慧带来的富足和尊荣。"The speech pleased the Lord, that Solomon had asked this thing."(1 Kings,3,10)(所罗门因为求这事,就蒙主喜悦。)问题是,为什么这"求智"会让上帝如此高兴?"智"与这新弥赛亚的政治使命有何关系?不只是经书上写的,因为没有求寿求富求灭绝敌人的性命,这无私行为取悦了上帝,而且求智实在关系到触动上帝施设弥赛亚的意图神经。

这里还可以换另条路径获取其他佐证。为什么在所罗门求智慧篇章里,首先要介绍他与埃及法老女儿联姻?姻亲,或者说男女性事,在经书的叙述中到底扮演何种角色?(此问题已渐渐接近本章主题要探讨的被认为不乏情色的《雅歌》)甚至可以将这思路推到《列王记1》第2章,本该继承王位的大卫（David）长子亚多尼雅（Adonijah）请求所罗门的母亲，说自己甘愿祝福耶和华选择的所罗门王，自己只有小小的要求，就是娶曾经为其父暖被的处女书念（Shunammite）。这请求在所罗门甚至我们读者看来都无大碍，可是所罗门却回答："Then king Solomon sware by the Lord, saying, God do so to me, and more also, if Adonijah have not spoken this word against his own life."（1 Kings, 2, 23）（所罗门就指着耶和华起誓说：亚多尼雅这话是自己送命。）因为在所罗门看来，求为父暖被的女孩与求国是等同的，这是他杀掉政敌兄长的理由。女人与国土的关系，似乎渐渐显露。于是，也就不难看出求智慧篇章中的开篇引子定调在与埃及女联姻，这对于整章叙事结构而言只不过是一个起兴而已。如此的叙述设计，再配合另一出戏，作为整章的落笔，那就是著名的"所罗门断案"。习惯说这是智慧的显灵，而笔者却认为，经文如此叙述结构目的不在于证明所罗门拥有了智慧，而在于这断的案是分裂一个孩子（后代）的身体，这里具有神意的智慧之旨，远远不是解决纠纷问题，而是政治使命中提防分裂土地的隐喻。贤明的俗世政治一如这亲生母亲，是不忍战事分割的。何能以非战事行为立定疆土？这是所罗门智慧之要枢。

　　本章的分析也终于企及《雅歌》了。不同的版本有不同的分段，特别是众耶路撒冷女子的回应与痴恋女子的独白，有些版本多处混淆。① 本

---

① 在2012年4月19日，文章初步成形；而20日读到2010年第1期《国外文学》王继辉的以"新国际本英译圣经《雅歌》"为蓝本的故事解读，从指出的"新郎""新妇"等引导词来看，王继辉手上的版本与笔者文中指出的"新国际"版相似，不谋而合的是，笔者文中指出的"混乱"恰同王文认为此版本中译的"主观臆断"。但是，值得商榷的是，我们使用古代文本，都受绵绵历史阐释的影响，尤其是《圣经》，完全脱离前人的"神学前设"，会使研究远离神学背景的"戏说"，毕竟我们针对的文本不是普通刊印，而是经文。何况，当我们面对不同翻译文本时，几乎不能摆脱文本自身已经形成的场域，比如，王继辉先生手上的文本"新国际"英译，与笔者使用的 King James 版本，它们之间的翻译差别直接影响到我们的解读。比如王文指出的："my love is to me a sachet of myrrh, resting between my breasts."（1：13.1）作者此处分析，爱意指向非所罗门的初恋牧羊青年。而在 King James 的版本中此句为："A bundle of myrrh is my wellbeloved unto me; he shall lie all night betwixt my breasts."这句爱意直接承接上句信仰语汇常用的"气味"而来，在上帝第一次与亚伯拉罕立约在祭坛实现时，上帝就是在气味中承诺，不再毁灭我们有缺陷的人类。故此，笔者认为这下句的"爱意"是不能与上句"While the king sitteth at his table, my spikenard sendeth forth the smell thereof"分割来臆断的。因此，笔者补充了自己阐释中值得辨析讨论的部分，愿在学术思想层面得以商讨。

章以 King James 版本文本进行分析，立场定位于众耶路撒冷女子段落，如同古希腊戏剧中的歌队角色，其视角高于当事者，具有审视和提升之效。比如开篇第二句："Let him kiss me with the kisses of his mouth: for thy love is better than wine."（愿获丰富的吻，因为爱胜酒的醇芳。）断句在此，第三句是谁说的？"Because of the savour of thy good ointments thy name is as ointment poured forth, therefore do the virgins love thee."（因为你膏油的馨香，你的名如同倒出来的香膏，所以众童女都爱你。）香港国际圣经协会的中英合本"新国际"版，将第二、三乃至四句的开头都归于"新妇"，笔者认为非常不妥，而且"朋友"与"新妇"的对话多处于混乱状。King James 版本文本的情节和意象更为清晰。这第三句，该是众女子歌队角色说的，是歌咏的定位，膏油的芬香，众目所望，既定位了弥赛亚的智慧之质，也定位了智慧将投注的情爱对象之纯。而痴迷女子只有自己的视角，剧情中第二句接上第四句"Draw me, we will run after thee…"更加顺畅。这里值得分析的是"吻我"和"吸引我"甚至"拉我"，如果定位于男欢女爱，这是情急之女，但问题是，所罗门真的只是表现一般男欢女爱，且圣徒们要把这私爱注入圣徒之言？在《箴言》第 24 章有"Every man shall kiss his lips that giveth a right answer"（*Proverbs*, 24, 26）（好似亲吻一般，给予公正裁决）。吻，是对正直的肯定，与智慧之"识"同构。在《箴言》第 28 章明确指出："For the transgression of a land many are the princes thereof: but by a man of understanding and knowledge the state thereof shall be prolonged."（*Proverbs*, 28, 2）（邦国频繁更替，是孽子之故。但有聪敏睿智的人，国必长存。）如何本着智识将国土"吻"出个地久天长，笔者认为这是所罗门书"歌中之歌"（song of songs）的初衷。弥赛亚，无论是摩西还是耶稣，都不是以强力制胜的，而是赋予弱的承担。那么，所罗门的建国立业，倘若没有霸气的侵略，而只是建构担当，该以如何方式来呈现？情歌是一种软化政治的表现方式。

最诡谲的是这个"她"的设置。有人说"她"就是埃及法老之女，有人说是友邦"示巴女王"（Queen of Sheba）等，从《列王记 1》第 10 章可以看到示巴女王对所罗门智慧的赞赏，欣慰大家得福于"made he thee king, to do judgment and justice"（1 *Kings*, 10, 9）（立你为王，使你秉公行义)。这是所罗门柔性政治的一个成功例子,既赢得了女王的奉献,又偿付了自己的拥有:"She gave the king an hundred and twenty talents of gold, and of spices very great store, and precious stones: there came no more such abundance of spices as these which the queen of Sheba gave to king Solomon."(1 *Kings*, 10, 10)(示巴女王将一百二十他连得金子和宝石,以及极多的香料送给所罗门。)所罗门也不只回答了女王所有的问题,而且,"King Solomon gave unto the queen of Sheba all her desire, whatsoever she asked, beside that which Solomon gave her of his royal bounty"(1 *Kings*, 10, 13)(满足了示巴女王任何所求,不仅于此,还按自己的厚意馈送他)。"弥赛亚"政治的长处在于多现建构与承担,而不现侵略与野蛮。这本是神性政治俗世化的理想趋向,可惜,无论是现实还是经书,好似造物主上帝自己并没有真正完全懂得新"弥赛亚"的意义,太局限于奴仆之说,像摩西被惩罚不得进入迦南地一样,所罗门最终并没能使以色列国土无疆。有人说是情欲之害,笔者却坚持是神性政治的蒙昧与俗世政治的冲突。

"她"之意符,所罗门使用得非常谨慎,在《箴言》的第3章,只有在与上帝达成协议,智慧呈万丈光芒时,"她"才出现,是"智慧"的征喻:"She is more precious than rubies: and all the things thou canst desire are not to be compared unto her."(*Proverbs*, 3, 15)(她比宝石还宝贵,你一切所喜爱的都不足与她比较。)"Length of days is in her right hand; and in her left hand riches and honour."(*Proverbs*, 3, 16)(她右手有长寿,左手有富贵和荣耀。)"Her ways are ways of pleasantness, and all her paths are peace."(*Proverbs*, 3, 17)(她的路是安乐、是平安。)"She is a tree of life to them that lay hold upon her: and happy is every one that retaineth her."(*Proverbs*, 3, 18)(持守她为生命之树的,皆有福。)这个"她"是智慧,是在坚信"The Lord by wisdom hath founded the earth; by understanding hath he established the heavens"(*Proverbs*, 3, 19)(耶和华以智慧立地,以智识建立天堂)。这"信"中的喜悦和自信,充满了所罗门前期生活。"Happy is the man that findeth wisdom, and the man that getteth understanding."(*Proverbs*, 3, 13)(幸福就是人寻得智慧,获得聪敏。)因为这是他——俗世之王承继弥赛亚荣光的使命,是他与上帝立的约。可

以说是上帝将"她"赋予了他："Get wisdom, get understanding: forget it not; neither decline from the words of my mouth. Forsake her not, and she shall preserve thee: love her, and she shall keep thee."(*Proverbs*, 4, 5、6)（遵从我的命令,要智慧,得智识,不可偏离,爱她,智慧就会守护你。）上帝之律法将智慧推向无上崇高,而作为俗世之王,就当然将这无上的律法与定国兴邦的使命相系。笔者几乎相信,在所罗门看来,他根本犯不着去分辨上帝与摩西的"十诫"之法与这约束他的"智慧"之法是否有冲突;更进一步说,他绝对没有可能将"十诫"中的奸淫之"她"与这智慧之"她"混淆。麻烦也就出在这里,尤其是当这个"她"有着诸多寓意时。在《箴言》的第 8 章,智慧之"她",如《雅歌》中的女子开口了,立在十字路口,要求人爱"她"："She crieth at the gates, at the entry of the city, at the coming in at the doors."(*Proverbs*, 8, 3)（在城门、城的入口处呼告。）"Counsel is mine, and sound wisdom: I am understanding; I have strength. By me kings reign, and princes decree justice. By me princes rule, and nobles, even all the judges of the earth. I love them that love me..."(*Proverbs*, 8, 14、15、16、17)（我有谋略有真知,聪敏有能力,帝王借我君临天下,君王依我断公平。王子和首领,世上一切的审判,都是借我掌权。爱我的,我才会爱他。）这个有权力有谋略有智识的"她"与上帝同构,连帝王的宝座和审判都依靠"她",这样的权力的爱之呼唤,如何不让一个年轻立志的王神魂颠倒！

  构设一个扑朔迷离又权力四射的"她"对自己的倾心迷恋,甚至娶个"智慧"做新娘,对一个初涉王位忐忑不安的执政者来说,真是再好不过的安慰。笔者把这当成《雅歌》创作的冲动。这里值得推敲的是"膏油的芬香",无论是他还是"她",皆在膏油的芬香四溢中情意绵绵。她呼唤他的是入室亲吻（《雅歌》第 1 章）,他品尝她的是石榴、蜂蜜和乳汁（《雅歌》第 4 章）。有将"她"肉身化的,说这些段落写得极端色情,可是换一种思考,这个她是上帝膏油芳香中的智识,一个年轻的王与上帝赐予的"智慧"新娘缠绵,才有了探掘深"井"、凿开幽"洞"、徜徉"溪水"恣肆的魅力。而正是智识之"欲"的言说追求,才需要构设"苹果丛林"（《雅歌》第 4 章）。伊甸园的苹果事件曾让上帝动怒,以至于要逐出亚当、夏娃,而到所罗门的王国,上帝已经进步到将智识苹果满植园林了，因此，所罗门才敢以"思爱成病"的胆魄要求"苹果"来"畅快心灵"（《雅歌》第 2 章）。"As the apple tree among the trees of the wood, so is my beloved among the sons. I sat down under his shadow with great delight, and his fruit was sweet to my taste."（*Solomon's Song*, 2, 3）（我的良人在男子中，如同苹果树在树林中，我欢欢喜喜坐在他的庇荫下，品尝其甘甜果实。）"Stay me with flagons, comfort me with apples: for I am sick of love."（*Solomon's Song*, 2, 5）（沉醉其中，给我苹果以慰藉，我已思爱成病。）笔者基本上是不认同将所罗门判为色欲癫狂之说的，而是认为，自伊甸园事件起，智识与情欲就没有真正清晰地辨识过，从来都是暧昧不清的，特别是在与上帝纠缠的话语中。

可以这么说，构成基督教原罪意识的苹果事件在笔者的认识中，几乎是一个导致纷争、挣扎、苦痛乃至悲剧的发生源。所罗门的文字充斥了对"果"之甘美的眷恋甚至是贪恋。习惯思维很容易将这贪恋误导为仅仅是肉欲膨胀，而忽略了所罗门文字的经书体格，那就是充满了象喻之隐。与其说是感官的满足，不如说是一个政治者的雄心抱负："A man's belly shall be satisfied with the fruit of his mouth; and with the increase of his lips shall he be filled."（*Proverbs*, 18, 20）（人的果腹就在于口中的水果，那唇上增长之满盈。）可以说是求知欲的鲜艳欲滴。除求智之外，在《雅歌》中，更是用如此象喻之隐立于女性立场，以女性的抒情来定位身体描述。以个体女郎对集体耶路撒冷众女的倾吐来呈现，意在说明为什么自己的所爱非同凡响。当众女子问："What is thy beloved more than another beloved, what is thy beloved more than another beloved, that thou dost so charge us?"（*Solomon's Song*, 5, 9）（你的爱人与别的爱人相比有何强处？以至于要这样嘱咐我们？）不是简单回答一句上帝赋予，而是借喻俗世人的情感回答，是可观可感可视可亲的超凡脱俗，从第 10 句开始："My beloved is white and ruddy, the chiefest among ten thousand."（我的爱人白皙红嫩，超乎万人之上。）这句话同样隐含了所罗门与上帝立约享有智慧是为了统领万千民众之意，但此处笔者更感兴趣的是接下来的描绘，从这男人的颈项、秀发到春波荡漾，"His eyes are as the eyes of doves by the rivers of waters, washed with milk, and fitly set"（*Solomon's Song*, 5,

12)（还有那红腮、丽唇如百合花，鲜艳欲滴）。不仅于此，还外加苍玉般的手臂、象牙雕刻的胴体，还有修长的白玉之腿……如果任何一个有政治抱负者要蛊惑民众的话，都能如此自恋般修身美誉，保准万众都痴癫癫地拜倒在你雄性的石榴裙下。不能不慨叹所罗门对魅力颂扬的高超技能，但要清醒的是，这一组美男美体的渲染走向的却是一个"his countenance"（他的表情），男性的表情，且落笔在了"黎巴嫩"（Lebanon）和"佳美的香柏树"（excellent as the cedars），抒情语气在这里的顿挫，犹如对一场激情戏的期待却走向了国歌高昂，于是"他的全然可爱"定位在了口如蜜饯。

从地名到柏树再到语言，统统是男性欲建构的话语，作为一个"王"，他用这女性的抒情要达到建构的目的是什么呢？绝对不是肉体之欲，以后面的女性自我胴体陈述为例："We have a little sister, and she hath no breasts: what shall we do for our sister in the day when she shall be spoken for? If she be a wall, we will build upon her a palace of silver: and if she be a door, we will inclose her with boards of cedar. I am a wall, and my breasts like towers: then was I in his eyes as one that found favour."（*Solomon's Song*, 8, 8、9、10）（我们有一小妹，她的两乳尚未长成，有人来提亲的日子，我们当怎样为她辩理？她若是墙，我们要在其上建造银色的宅邸；她若是门，我们要用香柏木板围护她。我是墙，我两乳如塔，那时我在他眼中方寻得恩泽。）是所有的肉体赞美之词都给男性胴体用尽了，是叙述者所罗门还是吟诵妇山穷水尽了？至少还该有柳暗花明之语吧，却只有了重复的"墙"，外加结论于果园。为什么女性胴体在这里不发生欲望指代？我们不会忘记第 4 章，笔者将其放在"智慧"之妇初入洞房，"新郎"同样是从"黎巴嫩"出发抒情，毕竟还有"你的双乳，好像百合花中吃草的一对小鹿"（"The two breasts are like two young roes that are twins, which feed among the lilies"）（*Solomon's Song*, 4, 5）。其实该追问的是这"双乳"与"百合"的关系，直接可以联想到《列王记 1》中上帝宫殿的建筑材料、风格和体势。一是两块特殊的石头，那是耶和华引以色列人出埃及与摩西立约的见证。"There was nothing in the ark save the two tables of stone, which Moses put there at Horeb, when the Lord made a covenant with the children of Israel, when they came out of the land of Egypt."

(1 *Kings*, 8, 9)（约柜里只有两块石板，就是以色列人出埃及地后，耶和华与他们立约的时候，摩西在何烈山所放的。除此之外，并无别物。）二是廊柱，这是灵性永恒的象征，不仅刻有先圣的名，还有诸多百合。① 通过如此隐喻，方走向"园"的孕育，"王国"的建立。故此，在《雅歌》这样的诗篇情歌中，也要累累出现建筑的"塔"、园林等景象。而且，还与许多地名相映衬，好似这立"王宫"之雄心，不只是永存，还有遍地开花，相当于国土扩张之远景。

当这样分析下来，就不难破解"看城墙的人"（watchmen）的粗暴，"they smote me, they wounded me; the keepers of the walls took away my veil from me"（*Solomon's Song*, 5, 7）（城上巡逻看守遇见我，打了我，伤了我，看守城墙的人夺去我的披肩）。值得提醒的是，这粗暴者是复数，笔者把它当成所罗门立定四方王土遭遇的反对面理解，于是这"她"就自然成为"土地"之喻了，与"王国"奠定的"墙"同构。在这样的推导中，"黑"（black）这个敏感词，特别是痴女自喻，也就不难理解。虽说黑人作家莫里森借用了《雅歌》之名，写了本关于"黑"的个体诉求小说叫 *Song of Solomon*，但伸张的是一个族群的特别言说，可以说《雅歌》中也的确有个体诉求，特别是"她"与众耶路撒冷女子对话中，通篇一遍遍重复"不要惊动他，等他自己喜欢"（not up, nor awake my love, till he please）。在"荆棘丛中的百合"，笔者认为这是当时政局的隐喻，而建构起自己王国的园子则是使命。于是这"黑"在所罗门看来不具有莫里森的肤色论，始终与"王国"的疆土有关。以非侵略来扩张建立王土，所罗门必然跌进"苹果"欲望说的纠缠里，这是一个柔性政治"弥赛亚"的悲剧。

自《箴言》（Proverbs）后半部到《传道书》（Ecclesiastes）基本记述了所罗门在实现自己政治使命中的心路历程。他以联姻的方式开拓疆土，就必然要接纳外族，要锻造政治的开放心态，而这却是上帝之律不允许的。在《箴言》第6章中上帝开始发出警告，而笔者却认为这与男女荒淫无度毫无关系，因为这不能解释一个政治家的抱负！何况所罗门在情事

---

① 当有一篇所罗门建造的"圣殿"与自己"宫室"的比较，从《列王记1》中，可以得出材料和建筑设计无不充满象征意义，处处体现"Kingdom"与"The construction of his palace"的不同。

上当不难，难的是他追求的恰恰是以智慧取得政治上的建功立业，而求智本身就具有吸纳异族的危险。我们不会忘记苏格拉底的渎神罪，就在于他对知识的信仰。好似上帝放出了知识的潘多拉，又自己反悔甚至有恐惧之嫌，于是，所罗门的智慧就必然陷入戴着镣铐舞蹈之尴尬。

在上帝的警告里，一遍遍重复的是远离陌生的异族女人："To keep thee from the evil woman, from the flattery of the tongue of a strange woman."（*Proverbs*, 6, 24）（与邪恶的女人保持距离，远离异族谄媚的女性之舌。）这里绝对不关涉情欲冲突，所罗门对"十诫"自父亲大卫处就承继信守而来；这一冲突恰是一神教与俗世政治的开放追求之间的冲突。笔者认为，犹太一神教在政治上的弱点就在于排斥异己的同时驱逐了自身，这是它丧国之训。这政治上的弱点，笔者认为所罗门当是意识到了的，故在《箴言》第10章中讲述的内容几乎全是所罗门企图解决冲突的一种方式，他企图证明自己的善意："As the whirlwind passeth, so is the wicked no more: but the righteous is an everlasting foundation."（*Proverbs*, 10, 25）（暴风过后，恶人归于乌有，义人的根基却是永存。）所罗门企图将上帝独占智慧的境况突破，以杜绝天下头脑简单、无知愚蠢的"女人"。有人把《雅歌》中的爱情比拟成信徒与上帝之爱，如中国屈原似的香草美人的君臣之喻。笔者倒是愿意将这"女人"被糟蹋的意符当成喻示上帝明智的企图。毕竟所罗门作为一个信徒政治家，在意识到智慧与上帝的约定构成冲突后，而且预知自己所有智慧建构的王国难以久存时，该是何等忧伤！笔者认为，《传道书》正是在这样的忧伤认识上写下的心灵轨迹。之所以说它是"传道"，绝对不是当今教会谋职的谎言性歌功颂德，而是一个有着俗世政治抱负的虔诚信徒以生命为历史做下的警示。

每个弥赛亚都会有挣扎、苦痛和求索，可是每个弥赛亚又都浸满了悲剧象征品格，所罗门也不例外。

在笔者的分析中，首先是接受所罗门书写的《雅歌》《箴言》《传道书》这种"神学先设"的。其符合《圣经》体例，无论是《旧约》摩西的五本记载，还是《新约》耶稣门徒的笔录，以及《圣经》的发生学探讨，都难以以《荷马史诗》为借鉴。也就是说，笔者根本不认同所谓口头文学的相传而成就了《圣经》文本，至少这相传也该是信徒之间的，而难以泛化到民歌民谣。这里要提醒的是，必须注意两希文化的差异，在研究希伯来文化时，最当谨慎处就是不同于希腊文化而存在的不可忽视的信仰群体。而在信众中，谁敢为满足口口相传的快感而挑衅上帝戒律？关于爱，人类享有的，在上帝视域中是逐出伊甸园的生儿育女；所有抒情的爱之第一位，只能发生在信徒与上帝间。民歌民谣抒发的爱情，在信众中，不要说《旧约》的远古时代，就是今天的新教信众间，也是非常谨慎的。笔者认为，关于书拉密与牧羊青年的爱情，且让所罗门魂牵梦绕的传说纯属人文思想之后的产物。一如上文已提及的莫里森一看到"Black"，就必然敏感地想到种族；而平民思想者一看到"劳动"就有阶级划分，还外加自由的爱情观。于是人间凡俗的三角恋爱就豁然纸上了，但琼瑶剧似的叛逆和爱情追求是无上帝在场的。不只是中文研究中有如此分析，打开英文网站 Shulamite Woman，几乎皆是称颂女性思想的象征符号，歌颂女性的勇敢和不图富贵荣华、执着平民爱情、可歌可泣的人文思想赞歌。

  笔者不采用传说之说，理由一，即无论是"看葡萄园"还是"自己的葡萄园"，都是与上帝沟通的曲笔，前者与劳动阶级不搭界；后者与自己物质拥有也无关。在两希文化时期，女人不仅自己没可能有财产，连自身也是他人的财产。这是恶儿押沙龙（Absalom）当庭侮辱大卫的嫔妃泄愤的原因。因此，笔者认为，《雅歌》中的"看园"抱怨之"my mother's children were angry with me"（*Solomon's Song*, 1, 6）（我同母的弟兄向我发怒）是隐喻权力政治中儿子们的争斗和败坏，以此更突出所罗门承担使命的合理。在《旧约》中，有许多篇幅都指出"好儿"与"劣儿"的利弊，这里仅举两例。《历代记1》中有："And the sons of Carmi; Achar, the troubler of Israel, who transgressed in the thing accursed."（1 *Kings*, 2, 7）（迦米的儿子是亚干，这亚干在当灭的物上犯了罪，连累了以色列人。）在《列王记1》中有："So king Solomon was king over all Israel."（1 *Kings*, 4, 1）（所罗门做以色列众人的王。）上帝的选民在《圣经》中是非常严肃的，这与"牧羊者"是默契的，信仰中，不是什么人都可以为"牧羊人"的。"牧羊人"除了对上帝如此称呼之外，就是指承担使命之人，有如弥赛亚。

  King James 版本有一个非常鲜明的特色就在于每页的中缝空间作了通本

《圣经》经文相通的注释，你可以说这是"神学前设"，但恰恰是这详尽注释，可见研究学科的根基。而且，《圣经》文本本身就是一个非常好的互文实例。根据注释，对"牧羊人"概念，文本注释线索引导读者参考《新约·约翰福音》第 10 章耶稣所说的"I am the door of the sheep"（*Jone*，10，7）（我就是羊的门），"I am the good shepherd: the good shepherd giveth his live for the sheep"（*Jone*，10，11）（我是好牧人，好牧人为羊舍命）。弥赛亚的自信就在于自己的使命是上帝赋予来引导迷众之羊羔的，而其他人，只不过是雇佣者，非"牧羊人"："Because he is an hireling, and careth not for the sheep."（*Jone*，10，13）（因为他是雇工，并不顾念羊。）此处的理念是："I am the good shepherd, and know my sheep, and am known of mine. As the Father knoweth me, even so know I the Father: and I lay down my life for the sheep."（*Jone*，10，14、15）（我是好牧人，我认识我的羊，我的羊也认识我，正如我为羊舍命。）从这样的互文理解中，《雅歌》第 1 章第 12 句之前对"牧羊人"的激情追寻，就是以比拟的方式来突出对圣灵乃至对弥赛亚的追随。当这激情追随抵达"while the king sitteth at his table, my spikenard sendeth forth the smell thereof"（*Solomon's Song*，1，12）（当王坐在桌旁，我膏油的芳香弥漫簇拥）时，语势的确有变化，这是宗教话语中常用的动静相对。信众在激情追寻中，方能贴近万方巍然的神灵之可能。被宗教热情追寻的对象，无论是上帝本身，还是受命于上帝的弥赛亚，都有这巍然"静"态。

在分析《雅歌》中的爱时，笔者认为无法撇开文本中"loveth"（爱）前面总有一个修辞定语"Soul"（灵魂），如第 3 章的开头，笔者把这当成是弥赛亚的直称。[①] 对于弥赛亚，接收上帝的声音与超能是统一的，在笔者的解读里，《雅歌》第 2 章当是上帝与所罗门的直接沟通，犹如《列王记 1》中的所罗门求智慧："The voice of my beloved! Behold, he cometh leaping upon the mountains, skipping upon the hills."（1 *Kings*，2，8）（听啊，我心爱人的声音；看呀，他翻山越岭而来。）此为诗化的祷告与上帝

[①] 在"新国际版"中，没有"soul"的修辞，而是将"soul loveth"改为"the one my heart loves"，见国际圣经协会 1997 年 8 月版本，第 1100 页。另外，特注明，本章中文翻译参考此版本以及自己的意译。

的应允。反复出现的意象,"shadows"(遮蔽)、"mountains"(山)、"apples"(苹果),无不是上帝与使徒沟通的语词。这样就不难理解《雅歌》第 8 章的最后了,先是有"所罗门的葡萄园",然后是"我的葡萄园",这里不是劳动生产力的财产之分别,在信仰叙事里,真正丰厚的财产是在天上。那么这"葡萄园的所属"就是喻象,与使命相系,是为上帝建造的圣殿(Kingdom)。如果说耶稣的使命是道成肉身,那么所罗门的使命就是将天堂的宫殿俗世化。

于是,《雅歌》的完成,就是宫殿被上帝验收,而执行使命者亦在奉送圣殿的同时飞升了,如注释的引导,用了一个"Flee away"(消逝遁迹),并互文注释(《启示录》,22,17):"And the Spirit and the bride say, Come. And let him that heareth say, Come. And let him that is athirst come. And whosoever will, let him take the water of life freely."(*Revelation*, 22,17)(圣灵和新娘都说:来!听见的人也该说:来!口渴人也当来;愿意的,都可以白白取生命的水喝。)这段经文是天使明证圣灵与使者的沟通,直接承接耶稣灵的告白:"I am the root and the offspring of David, and the bright and morning star."(*Revelation*, 22,16)(我是大卫的根,又是他的后裔。我是明亮的晨星。)以喻象启示,是希伯来文化的精髓。由此来理解《传道书》也就不难了。所罗门一如耶稣,归去(或者天使的语气说"来")之告白。借舍斯托夫的话说是:"虚无原来是神秘莫测的循环往复。"① 其实论虚无,就是在思考永恒。这里还更值得玩味的是《雅歌》这归途的最后,还以《路加福音》第 19 章来互文注释:"A certain nobleman went into a far country to receive for himself a kingdom, and to return."(*luke*, 19,12)(将十锭银子交给仆人,让他们去做生意,等主人回来。)而再根据此处《路加福音》的注释互文引导到《马太福音》第 25 章奥妙的寓意就非常清楚了:"For the kingdom of heaven is as a man travelling into a far country, who called his own servants, and delivered unto them his goods."(Matthew, 25,14)(天国又好比一个人要往外国去,就

---

① 见〔俄〕列夫·舍斯托夫《舍斯托夫集:悲剧哲学家的旷野呼告》,上海远东出版社,2004,第 429 页。

叫了仆人来，把他的家业交给他们。）这两个相似的比喻都是弥赛亚在传道中使用的，其故事是说，主按各自的才干给他们本金，智慧有胆略者会将本金翻番，为上帝之国建树；而懒惰愚笨者，却会遭上帝之国摒弃。由此，更能说明，在解读阐释《圣经》文本时，还不只是"神学前设"的问题，研究者不可忽略喻体修辞的寓意风格。

　　理由二是，笔者也拒绝所谓埃及法老女儿等的爱情传说误导，因为如此渲染男女爱情至上者的背后情结是存在血统论之虑，像阶级论一样。笔者认为，一神论的理念与种族和阶级论完全不同。经文告诉我们以色列是上帝的选民，但被选的条件是"信和服从"。所罗门在完成建造上帝宫殿时，也赢得了上帝的赐福，于是他建立了另一所自己的宫室和埃及法老女儿居住的地方。为此，笔者更愿意体会《雅歌》第5章是这上帝之宫与俗世之宫在所罗门信徒的心中产生了波澜，因为对信徒来说，首要的事情是对永恒和无限的感受，这爱的感受如柯拉柯夫斯基在《宗教中的爱》篇中引用康费尔德（Benoit de Canfeld）所言"在上帝之中，而不是在自己之中"。[①] 如何让上帝欣慰接纳俗世之宫，笔者认为这是所罗门夜不能寐的关键。在《列王记1》中就有所罗门的担忧：上帝那样华美的宫殿，能亲临到俗世间吗？在《雅歌》最后，是这执着对上帝的呼唤，终于得以告捷。容易造成误读的是这对上帝呼告的爱之表白使用了"sister"，在本文的理解里，所罗门一直把将上帝王国与俗世王国合一当成使命。借用现代哲学对巴塔耶的理解，其好友描述的境界："……让上下合一，消除整体与虚无之间的距离，他才成为一个不可思议的人。"[②] 并不是要借巴塔耶的情欲观来影射或者支持对所罗门的传说行为，而是力图阐释上帝整一的观念。于所罗门，在人造的王国与神的王国没有了距离，方成全了完整。还可以这样说，《雅歌》文本的确在某种程度上也显露了"三角"关系，但这非同俗世的男女纠缠，而是希伯来话语最基本的范式，即上帝—使者—信众。无论是摩西还是耶稣，在他们执行使命时，都有这样的

[①] 参见〔波兰〕莱谢克·柯拉柯夫斯基《宗教：如果没有上帝》，杨德友译，三联书店，1997，第86页。
[②] 〔德〕于尔根·哈贝马斯：《现代性的哲学话语》，曹卫东译，译林出版社，2008，第221页。

"三角"关系出现：一方面是上帝与弥赛亚神秘的沟通；另一方面是弥赛亚将上帝的意旨传播于民。在弥赛亚故事里常常也有脆弱的时候，无论是摩西还是耶稣，都有呼唤上帝却没有得到即刻应答而惊慌的时刻，所罗门的寻觅呼唤乃至夜中奔波，无不是灵魂呼告的呈现。

理由三，则是笔者对男女情爱说的质疑，即认为是因情爱误回，导致以色列人后来流离无国可依，皆归罪于所罗门的荒淫谴责。这种阐释的思想渊源更接近柏拉图的灵肉二分说，这无疑偏离了希伯来思想。在希腊文化里，柏拉图话语是相对诸神的肉身化澎湃而来；在希伯来文化里，不是肉欲如希腊诸神泛滥，而是要么禁欲要么多子多福。故柏拉图的灵肉二分说在希伯来话语场，其语势环境不同，相碰撞的话语场间力量亦有差异。宗教的善恶二元，是建立在"精神的全一"[①] 基础上的，也就是说，其世界观追求的不是个体的物质单一性，而是精神上可建构的统一性（即一元上帝的指认）。再说，如果说在《列王记1》中指责所罗门晚年的记载，可以当成一种阐释态度，那么，分析《雅歌》时，更能贴近文本意旨的当是所罗门自己的阐释。经文需要阐释，毋庸置疑，所罗门为"全新弥赛亚"的尊称，亦是将其如《圣经》文本的源头一般，当成阐释之源。也就是说，弥赛亚的职能，不只是作为上帝的奴仆执行上帝之旨，更是向世人阐释上帝旨意。因此笔者的另一条理据就是，如果在所罗门看来存有灵肉二分之罪的话，那么所罗门为什么在晚年写的是《传道书》而非《忏悔书》？都知道，忏悔是基督教思想的一个非常重要的理念，笔者否认这忏悔更属于新教，而《旧约》还未成形说。本章坚持贴近信徒思想，于信徒，追求的是永生，忏悔是抵达永生的途径，即使你有罪，只要忏悔仍然有升天的可能。而《传道书》非但无任何忏悔，甚至以肉欲话语观来看，还充斥不少抱怨颓废，难道所罗门就不担心下地狱吗？这说明所罗门根本就不认为自己有淫罪，反而坚持自己一生的行为是执行上帝的使命。《传道书》就更是经过《雅歌》建功立业之后的升天启示了。虚空是表达自尘土归于尘土，当使命完成时，生命及智慧都将回归，回归到上帝本身。

[①] 狄尔泰在归纳"宗教世界观"时，指出："精神的全一，它既处于各不相同的事物之中，又超出它们，它是统一体，是真实也是价值，每个单独的存在必然回复到其中。"见刘小枫主编《20世纪西方宗教哲学文选》，李哲汇译，上海三联书店，1991，第915页。

第六章　追究神话想象的叙事生成

政体求柔，史诗如女，乃叙事建构。本章拟勘探人类之初的病理现象，析权力话语生成之渊源。

理性思维中，"我是谁"已是一个老生常谈的句式，恒久却是无底之问；借用此句来思考女人的定位和方向，是什么样的生存框架局限了理性思维的视界，以至于形成了惯常认定？也就是说，本章借用"女人是谁"这样的发问方式，意味着将追问对于女性的性别认识来自何方，且又是怎样形成的。对男性秩序地图上为侵占和掠夺之战强行标记下的女性原始性坐标符进行质疑，是实践理性不可回避之责。

上文已涉及《神谱》中两类典型的女神诞生之径：一是从宙斯脑袋而出的智慧女神雅典娜；二是阳具与浪花之合而诞的情欲女神阿佛罗狄特。因功能而生成的工具性似乎与生俱来，这与人相对神的非主体或者说不能自主性相通；但不同的是女人，这性别生成之后的成长，却是在由神界走向男人界的"二手贩子"之欲望下的构设，即为达到男人欲望之目的的女人被规定了成长路径，于是，女人就变质成了"生成是为什么"，由男人欲望的"目的地"铺展出女人的坐标，并通过这样强行的方向规范来确认女人是谁。

但是，《神谱》中的神、人无论是"生成"还是"成长"行径中，其功能及目标都离奇且界限模糊，以至于酿成无尽的叩问空间。承继上文，本章仍然先聚焦赫西俄德之著。其实，在我们追究性别生成、生发乃至定位之际，有一个必须诚实面对而不能自欺的困境，那就是今天已无法还原远古，开天辟地的创世只是神话传说，是语言的不同组合罢了。借用卡西尔语言与思维的结构思路来投注神话，语言就成了一种"欺骗""戏弄"心智的"五光十色"的游戏，于是，"神话并非出于一种表述和创造的积极能力，而是产生于心智的某种缺陷（神话即是言语的'病理'结果）"。为了强调此论点的可靠性，卡西尔还作了一个"当代民俗学文献"可以支持其论点的注。[①] 那么我们今天借助神话分析出的就只能是人类之初的病理诊断书而已，但必须言明的是，本章讨论的不是个体心智残缺，而是集体心智，是千年以来男性群体及社会政治的集体心智。

一 病症之一：缺乏循环，更无时间生息

为什么要创造性别？其由何而来？在《神谱》大地女神该亚生发出广天乌兰诺斯，并随着大地与广天交合而繁殖绵延之际，性别就随天地分割而诞生了，且宿命附带生命繁殖功能和特性。可是，从《神谱》的创世故事中，累累出现繁殖的后代对权力进行篡夺和厮杀相争，于是，如笔者上文已作分析的"阉割""吞噬"等劣迹从远古就根植于男性统治的权力机制。本章要做的是，力求一点点剖析出这机制的病理根源。

繁殖，之所以要繁殖，是与绵延循环相通，笔者认为这本是大地之母该亚的初衷，更是远古宇宙生发的宗旨。可是，因繁殖而构建的"性别"自其诞生之初就走向了岔道，就好比母系制如彗星划过，是那样迅速地就被父系制强占、统治，以至于该亚还要依靠儿子克洛诺斯来对付侵占她的广天生殖器。赫西俄德的神话没有说出为什么乌兰诺斯的性欲是灾难，必须以正义之念之举来"阉割"的理由。笔者认为，此处的奥秘之关键在于，繁殖没有带来循环绵延，性别仅走向了性欲，而由此酿造的繁殖后代却是争斗厮杀的根源。远古宇宙与女性生命如大地般互通生息正是"阉割"之举的正义理据。但是，"阉割"并没有能使已经行入岔道的男性权力机制回归母性自然本体，而是由克洛诺斯导致出"吞噬"。为此，就不难得出本章病理分析报告的第一个结果：缺乏循环、无时间生息，是男性

[①] 〔德〕恩斯特·卡西尔：《语言与神话》，于晓等译，三联书店，1988，第33页。

权力机制病症之一。

在神话与历来的阐释系统里,潘多拉这第一个女人——宙斯赠送给人类的报复礼物,都是作为恶来指代,甚至有说赫西俄德之笔有厌女情结。无论是厌女、憎女还是报复,本章都将推后一一分析,而这里首要指出的是,潘多拉的诞生是男性权力机制在远古自救的一种举措,是"吞噬"失败之后,处理繁殖对权力的威胁的一种必然释放性走向。因此,在"阉割""吞噬"之后的第三代,宙斯统治奥林波斯权力机制必求完善之举,而形成"创造"。"阉割"—"吞噬"—"创造",本是赫西俄德要礼赞权力机制营运的初衷,但是吊诡的是拯救策略却是重创了一个女人。在悖论下凝就的怪诞心理,逼使潘多拉语言意符历来得不到公正褒义的赞美,好似这远古男性神之病态心理,演化了许多后来男性的虚荣和伪善。另外,与其说是潘多拉携带众神给予的礼物于瓶中全部放出,却只保留了希望仍屈在瓶中,不如说众男神们要赐灾难于人类,恰是为了拯救自己。因为,由此解决了不死却又繁衍的神界矛盾,"死"自潘多拉降临而凸显出来。

若没有"死",就不可能有明晰的"时间"观念。可以这么说,尽管开了天、辟了地,但是"时间"在希腊的众神间仍然是混沌,只有创造了"死"的类,生命方有时间性,而这正是潘多拉这第一个女人诞生的功绩。本章还可以推断性举出佐证,为什么赫西俄德有《工作与时日》,而且中文翻译更是把《工作与时日》编排在《神谱》之前为合本,值得玩味。从历史事件来说,众神的起源诞生一定在人类劳作之先,可为什么要突出"劳作与时间"?当然,在译者的序言中有这样的说法:"《工作与时日》无疑是赫西俄德所作,写成的时间也最早。《神谱》是另一诗人的作品,写成时间晚于《工作与时日》。"[1] 笔者却更愿意接受这样的一个信息:劳作与时间别具意义。

劳作与时间几乎是一对不可拆开的天然结构,没有意义收获的时日,是空洞无聊。可以说,不强调劳作创建出意义,"时间"观念就无法真正建立起来。无论是诗者赫西俄德,还是宙斯自己都非常清楚,所以在

---

[1] 〔古希腊〕赫西俄德:《工作与时日·神谱》,张竹明等译,商务印书馆,2006。

《工作与时日》中,力求在"时日"里建构出意义秩序。所谓的未来日子占卜预测,其实是权力对这新创建的"时日"还有诸多不安,按赫西俄德的诗句是:这些"时日"是宙斯赋予,并由"无所不知的宙斯"定夺意义(《工作与时日》,2006,765~770)。于是按照收获意义,"时日"有时会亲近"像一位亲娘",有时却又疏远如"一位继母"(《工作与时日》,2006,824~825)。而诗人宽慰说,只要你抓住"时日",勤于自己劳作的本分,就不需要究其原因,终会有"自己特别喜欢的日子"(《工作与时日》,2006,821~823)。这里必须阐明的是,以宙斯为代表的男性权制,就这样以"创造"的幌子,成功地将"时间"这本来在神权机制中匮乏的观念据为己有了,好似因"潘多拉"之后人类承受灾难而凸显的"劳作与时日"也本来天然存于男性权力机制中。为什么要鸣响如此警惕?是赫西俄德男性文本逼使不得不出来强调的立场。因为,在赫西俄德吟诵宙斯权力的同时,女性这本与宇宙自然共通的循环生命却反而被作为指责对立面,并且将性别诞生以来男性欲望嚣张而导致的"阉割"偷梁换柱,反而谴责起女人来:"你千万不要上当,让淫荡的妇女用甜言蜜语蒙骗了你,她们的目光盯着你的粮仓。信任女人就是信赖骗子。"(《工作与时日》,2006,374~375)阿佛罗狄特自然就成为谴责的标志。为什么会在歌颂"创造"中诋毁女人本初的创造之源?有几种推论可能。

其一,女性体格天然地弱于男性,这是该亚生发创造乌兰诺斯反而被他占领酿成的恶果。也正是因为这样,由女人生产出的男人多半从事户外劳作。这是大家耳熟能详的父系制代替母系制的缘由。但本章不是要重复这理由,而是要揭示这顺理成章理由背后的诡计,怎么就把"阉割"转变成了女性性别之尴尬,而且还因这尴尬创下了许多后代红火的心理学理论,甚至通过这些理论再误用演化为许多女性主义理论。荒谬!甚至有谬论误把"阳具"当成了"创造"之源,而依据神话,"创造"根本不需要阳具,女性如大地般的隐性自身就孕育丰厚的创造力,宙斯的祖父,那被浪花席卷的阳具本体,就是女性自然生造的。

其二,笔者的推论需要回归语言探讨。赫西俄德偶尔也赞美女人的劳作,比如:"十一日和十二日两天都是好日子,无论用于剪羊毛,还是用来收获喜人的果实;但十二日比十一日更好,因为这一天,在空中荡秋千的蜘蛛整天编织自己的网络,蚂蚁聚成堆,这一天妇女应搭起织机,开始自己的工作。"(《工作与时日》,2006,772~778)这里绝对不是要重复什么农业社会的劳动分工,而是"织机""编织""网络"这些词语信息掩饰不住女性智慧的创造,它与叙事相系。①

怎样来摸索雅典娜的智慧?连同缪斯的吟唱,在叙事中,会更容易把握扑朔迷离、被男性话语碎片化却依然星光熠熠的女性智慧。让我们来聚焦雅典娜神与女人的接触,从给予潘多拉的礼物说起,是雅典娜亲手编织刺绣的面纱和花环,雅典娜赠与女神抑或女人之物之技,多离不开服饰编织。比如在《伊利亚特》中,当赫拉要帮助达那奥斯人反对特洛伊而去蛊惑宙斯时,身上精美的长袍就是雅典娜为她缝制,且巧饰着许多艳丽的花纹。诗句不仅显示了女性与精美天然同构,而且兼备的智慧也不只是装饰本身,由编织技艺走向语言叙事,正是以对完善的追求来警示权力机制,每道精美缜密都是对男权陋习的驱邪纠正。回到《工作与时日》,雅典娜与潘多拉的接触是"教她做针线活和编织各种不同的织物"(《工作与时日》,2006,65)。不仅于此,赫西俄德掩饰不住的是自身对叙事的迷恋,同时又鉴于权力秩序而不得不产生心理角逐。于是,赫西俄德的文本在语言叙事上就充满了矛盾冲突。他成功地把对语言的绞杀放置于女人符号的批判性陈述中,说自潘多拉生成时,"按照雷神宙斯的要求,阿尔古斯、斩杀者神使赫尔墨斯把谎言、能说会道以及一颗狡黠的心灵放在她的胸膛里,众神的传令官也给了她成篇的语言"(《工作与时日》,2006,76~80)。

讨论女性编织叙事能力不是本章要旨,而权力对叙事及声音的遏制才是本章欲讨论的。当宙斯意识到萌动"时间"概念来建立权力的秩序法则时,却显露出天生的权力只准颂歌而不准异声的病理现象。女性被无端强加上巧言令色的罪名,实质上是宙斯在潘多拉瓶子中的设计,赫西俄德这样叙述道:瓶中的"一万种不幸已漫游人间。不幸遍布大地,覆盖海洋。疾病夜以继日地流行,悄无声息地把灾害带给人类,因为英明的宙斯已剥夺了他们的声音。因此,没有任何可躲避宙斯意志的办法"(《工作与时日》,2006,100~105)。对于政制要剥夺叙事品格,在前几章讨论

---

① 关于叙事绵延的详尽讨论,请参看本书童话部分关于《沼泽王的女儿》的讨论。

柏拉图及孔子的删诗中已有论及，此处要理论的是由于权力的病症而淹没了女性与"时间"概念的天然联系，以及缪斯对历史真实的吟诵之意义，她及她的音和叙才是"劳作"的意义，更是"时间"的品格。如果，真如赫西俄德叙说的寓言，说"一只鹞鹰用利爪生擒了一只脖颈密布斑点的夜莺，高高飞翔到云层之中，夜莺因鹰爪刺戳而痛苦地呻吟着。这时，鹞鹰轻蔑地对她说道：'不幸的人啊！你干嘛呻吟呢？喏，现在你落入了比你强得多的人之手，你得去我带你去的任何地方，尽管你是一个歌手。我只要高兴，可以你为餐，也可放你远走高飞。与强者抗争是傻瓜，因为他不能获胜，凌辱之外还要遭受痛苦'"（《工作与时日》，2006，201～213），那么，这则寓言不只概述了千年来权力的劣习，更说明"时间"早在神权建立之初的空洞和伪善，就像由男神权力创造的第一个女人潘多拉实质上的空洞。权力在拯救自身的同时，制造了一个承载"诱饵"的运输工具，无论是奥林波斯众神的礼物，还是潘多拉作为权力报复的礼物本身，都昭示着宙斯的创造之弊，回归生发本质，必须重回女性创世神话。

笔者将以中国现代作家鲁迅的《故事新编·补天》来阐释被男权篡改以至于玄而又玄的生命之呼吸，循环不已与宇宙天体的合然共通。之所以选择鲁迅，是其基于男性身份，且作为叙事者亲历女性身份在男性话语里的变体，以他的《故事新编·补天》的创世故事来透视男权定义女性之位的鄙陋，或许更具有说服力。在笔者看来，无论是神界还是人类，在上古期间，由于男权初建立，欲望强烈，很难客观将自身拉开距离，甚至不能将权力政制作为审视的他者来客观评述，所以如赫西俄德们乃至中国先秦各类经典中常出现自相矛盾、前后不一的对女性贬斥之词。而经过现代思潮洗礼，特别是鲁迅当时立于严厉审视自身及历史的批判立场，并以象征的手法，将历史路径从最初始的岔道误行且再也难以认祖归宗之迷途揭示得淋漓尽致。一如上文指出该亚的生发而酿成男性欲望的不可收拾之岔道，鲁迅《补天》一文的落笔停驻在千古叹息间：创世女娲生发而托付给巨鳌们营救的"仙山"销声匿迹，"总没有人看见半座神仙山，至多不外乎发见了若干野蛮岛"，当无异议。说到文明就无法不牵涉到语言，而笔者借《补天》立意的阐发，正是后代丧失了女娲的语言，是在迷失语言呼吸的空间，女人才被迷乱了方位、误埋了坐标，话语才不知女人为谁了。

女娲的语言与自然呼吸共存。从开篇女娲的苏醒到她死去,中国的创世女神有生有死,时空定位明确。在太阳与月亮之间,在"绿色的浮云"和"荒古的熔岩"中,呼吸于柏绿的娇嫩和杂花的斑斓。鲁迅的象征之笔锋利地道出,女娲"洋溢的精力"与"劳作"同构,她的语言抗拒着"时间"的停滞:"唉唉,我从来没有这样的无聊过!"于是,她"向天打一个欠伸,天空便突然失了色,化为神异的肉红,暂时再也辨不出伊所在的处所"。女人,是什么境况造成迷失而不知女是谁?是生命时间被践踏为空洞,当时间概念不生发意义时,生命的方位也就迷失了。"时间"与创造"劳作"性意义相系,故此,女娲用身心在波涛里舞蹈,不再歇息;她用呼吸创造,用缠髩如紫藤般丰满的手臂仙散,直到气息殆尽。《圣经》说人类的语言来自上帝呼了那么一口气,而女娲造人,也同样使用了泥土,更通过呼吸造就了语言。第一代泥土的小人,如"白薯似的"从光白中升起,就天然携带了女娲的呼吸,拥有着女娲本色的语言:"阿,阿!""Nga!nga!""Akon,Agon!""Uvu,Ahaha!"中文与拉丁文混合的远古创世,给女娲带来无限的创世欣喜:"这诧异使伊喜欢,以未曾有的勇往和愉悦继续着伊的事业,呼吸吹嘘着,汗混合着……"这荒古最初人之语,让女神也"觉得全身的毛孔中无不有什么东西飞散,于是地上便罩满了乳白色的烟云……"于是,笑,在这"可爱的宝贝"间生发了,"这是伊第一回在天地间看见的笑,于是自己也第一回笑得合不上嘴唇来"。这第一批纯净的创造物,也就是后来在天崩地裂之时,"拉近山来仔细地看"仍在"救命"的呼喊中不失"阿,阿!"之语的"小东西",于是女娲命巨鳌把这山——即我们后代消失的仙山,"给我驮到平稳点的地方去罢!"

在鲁迅看来,人造多了,也会劣质,第一批纯洁的"小东西"之后,精疲力竭再造的"只是大半呆头呆脑,獐头鼠目的有些讨厌"。而这些讨厌的东西,鲁迅同样以音来辨别连贯,"哇哇啼哭的小东西"正是后来猥亵地"偏站在女娲的两腿之间向上看"的"顶长方板"的赖种。笔者无须顾及鲁迅形象讽喻之笔,那"长方板"正是古人官帽,而只到这无耻伪善之徒的语言为止,其"背诵如流的说道,'裸裎淫佚,失德蔑礼败度,禽兽行。国有常刑,惟禁!'"谴责礼教的伪善是鲁迅的立场,而本章的兴趣是对于繁殖的祸患警示，形同古希腊，在《工作与时日》中亦明确告诫，生育不能多，如果有两个儿子，就得要父母延长寿命多创财富，以防争斗。

于语言，同样是众杂污染。《补天》中，第一批"小东西"，当"说得多了，伊也渐渐地懂不得，只觉得耳边满是嘈杂的嚷，嚷得颇有些头昏"。当这人类的嘈杂真正转换为人类之语，且以历史记之，就完全岔了道，丧失了天地呼吸之语，连女娲都再也听不懂了。天崩地裂之后，人类经语泛滥，而女娲作为核心，鲁迅连连在女娲与人语沟通中设置障碍，以至于鸟听人语似的，由此才萌动由造人的"劳作"转为"补天"之功绩。鲁迅作注，说关于女娲炼石补天的神话，取自《淮南子·览冥训》："往古之时，四极废，九州裂，天不兼覆，地不周载；火爁炎而不灭，水浩洋而不息，……于是女娲炼五色石以补苍天，断鳌足以立四极，杀黑龙以济冀州，积芦灰以止淫水。"从无性繁殖走向有性繁殖之焦虑，中华大地与古希腊共通；因繁殖而带来的欲望争斗，也类似。只是女娲天地间的"劳作"救治与神界男权方式迥异，相对于古希腊三代的"阉割—吞噬"到宙斯创造潘多拉制造灾难的拯救方式，女娲之举，以自然天地万灵来救赎乃至辛劳献出生命的付出，多么高贵。前者是厮杀、报复，后者是安详与奉献。这才是女性语言之本，犹如女娲留给大地最后的一声叹息："'吁！……'伊吐出最后的呼吸来。"这与天地互通的呼吸，鲁迅指出，带来的是"上下四方是死灭以上的寂静"。

当然需要明确，以分析鲁迅之言来论及女性自然之初的呼吸性语言间的关系，并不能混淆鲁迅之言亦是一种人为述说，那么就必有鲁迅的境遇和述说界限，因此也就不能避免这述说里有作者的立场和可能欠缺的东西。从《补天》看，好似鲁迅在伸"道"逆"儒"，无论是"上真""仙药"等语词，还是后来的歪门邪道要在女娲丰腴的死尸肚皮上扎寨，以及方士巡仙，都可见作者主张。[①] 借用福柯的说法："陈述不同于我们呼吸的空气，它不是一个无限的透明体；而是一些被转让和被保留的东西，

[①] 鲁迅：《补天》，见《鲁迅全集二·故事新编》，人民文学出版社，2005，第357~369页。

一些具有某种价值，人们想方设法去占有的东西；是人们重复、复制和转换的东西；人们为它们预制轨迹，并赋予它们在机制中某个地位；它们是人们不仅用抄写或者翻译的方法，而且通过注释，评论和意义内部派生使其增量的东西。"① 这可以作为对鲁迅《故事新编》的结论性解读。如果从文本再生的角度，还会有另外洋洋洒洒的论述；但言归正传，鲁迅这里的"道"说，未必不是讽笔，无论是汉武帝还是秦始皇，追寻的肯定不会是女娲"劳作"的"英精"，最多只是那些呼号"上真"的"小东西"般渴望连同仙山长生不老的机遇；事实上，女性在这"道"术的戏谑里，被历史记载为"采阴补阳"之具。使身体功能的普通工具性转化为精神之永恒，被誉为古希腊精神。

　　受鲁迅形象化出的女娲死尸肚皮的影响，难以不追古溯源，《山海经·北次三经》说"女娲"本为炎帝之女，溺于东海。这种说法与该亚相衬就有出入，是先有炎帝这样如宙斯的男权结构，再有女娲的创世，还是女人生发出男体？此乃无头案，这里借用中国远古神话旨在说明女娲意象的生息不灭。在《山海经·中次七经》上说："又东二百里，曰姑瑶之山。帝女死焉，其名曰女尸。化为䔄草，草叶胥成，其华黄，其实如菟丘，服之媚于人。"这里有两方面信息，女娲别名就叫"女尸"，"尸"之语义另当别论，因其可化为"草"，野火烧不尽，春风吹又生，且食之人媚。故《楚辞·天问》亦有"女娲有体，孰制匠之？"《说文解字》云：《广雅》——"始也"；《方言》——"律，始也"；《说文》——"始，女之初也"。王逸注《楚辞》更是说"传言女娲人头蛇身，一日七十化"。福柯使用过"人体解剖政治"来论及"权力模式"，在女娲被话语肢解处，不难捕捉到该亚生发乌兰诺斯后，就那样天然而成的权力运作机制以及其内部的抗争厮杀。也就是说，当女性身体生发为繁殖，女娲大肠盘结为世代时，讨论就无法撇开与"权力"对峙的思考。如果只将"尸"——"始"局限于"肠"，体之腐朽就不可避免，即使以"草"喻之。笔者想说的是，生发与不死是如何由意念走向精神的。可以说，在道家的理念中，自然存在，辩证不灭；但如何在权力机制的角逐中将理念凝

---

① 〔法〕米歇尔·福柯：《知识考古学》，谢强等译，三联书店，1998，第 132～133 页。

为精神，这是道家逍遥难为，就干脆扬言不为的。因此，被话语讨论肢解的女娲肚皮要提升为精神坚持，还是得重新回到古希腊的思辨中。

索福克勒斯的《安提戈涅》开场就通过话语解剖后的身体部位——"头"，将高贵与平庸做了定论。安提戈涅说："啊，伊斯墨涅，我至亲的妹妹的普通的头。"[①] 随着剧情发展，读者非常清楚，伊斯墨涅屈于权力的头并没有与身体分离。但在作为话语论断中，伊斯墨涅的"头"与安提戈涅的"头"是不一样的，事实上为了拯救兄长的灵魂、为了安葬兄长的尸体，后者的头危在旦夕，而在权力淫威下威慑的"普通"的"头"没有危险。这里要讨论的是什么是"不灭"与"生发"，触及的是何为"生"、何为"死"。在讨论《荷马史诗》的前章中，论及过阿喀琉斯以死的选择来追寻的永恒，安提戈涅有阿喀琉斯同样的追求、同样的英勇，且不是以厮杀、战争为前提，而是女性在权力胁迫下独有的坚韧，弱者的不灭真谛。此头颅并非彼头颅，而此肚皮也定非彼肚皮；只有这样的"生发"才是女娲"始"之初衷，只有这样的"繁殖"才是该亚的意义。笔者认为，死亡的概念生发出了时间的价值，而死却可以拓展精神的不死。因此，身体的不灭与万变，其实都是对时间与劳作的拓深思考。

二　病症之二：洞穴恐惧，权力的每个 毛孔都扩张出占有

当实践理性必然要从神的世界进入人的世界，而由神性力量演化为人的"躯体"形式时，我们就不能不厘析出"躯体"与"躯体"间的不同，即使在同一解剖器官盒里，肉体功能也因理念的方式不同而具有不同的内涵。福柯将其概述为"知识与权力"。本章愿意借助他把权力纳入"力量"之说，于是反思出权力在诞生之初，先于知识，是力量自然天生，就像没有道理解释该亚与女娲生化他物之后却不可避免的"弱"，好似确实存在女性与男性因性征而天然造就的力量不均等，以至于必然产生

[①] 〔古希腊〕索福克勒斯：《安提戈涅》，罗念生译，载《罗念生全集·索福克勒斯悲剧四种》，上海人民出版社，2007。

权力的强弱区分。笔者也愿意借用福柯的"皱褶"概念，好似乌兰诺斯只是大地原初的一"皱褶"，可以想象母性大地之所以生发男性是因为对力量的向往，就像生命向往超验一样，而"性"行为只是"皱褶"表达的形式。但是"皱褶"以繁殖的形式展开时，出现了许多磕碰。而到宙斯，笔者认同他是最初要建立权力体系秩序之神，也就是说，"皱褶"发展到宙斯处，权力企图有意识建构出体系，且此秩序可为人世之模式。也正是"皱褶"展开的可能性中，因力量形成、增长导致的斑点才在性别思考中一目了然。而笔者认为这"病症"正是男权挫伤女性的根源。

笔者认同在男权建制中，到宙斯统治时代才有对"时间"概念建立的企图，尽管"时间"本质上与女性性征同构。但由于男性性征某种天然性的盲视，直到宙斯统治下有了建立秩序的企图，欲求建构不只是神界更是人界的"永恒法则"时，概念"时间"才启动而出。但这"时间"概念，当以历史记忆的方式来表述时，无法避免与生俱来的创伤。男性性征的"时间"，从何而起？大地女神该亚的"给予"，这男性性征生命是女性"给予"的结果，这不可回避的事实"给予"男性性征的挫折以至于凝成的报复灾害，都是语言难以估量的。笔者只能这么说，宙斯以来，自第一个女人"潘多拉"被"给予"以来，男性话语体系里关于女性生命的一切，无论是环境还是行为，无论是资源还是成果建构，统统被套上"给予"二字，就包括创造生命本身。对无性繁殖的根本否决或者视而不见，"阳具"的"给予"效用被无限制地膨胀于各个领域，如果追究权力"创造者"的"给予"动机和目的，不难追溯到"被给予"事实——那性别发生之初。笔者愿意接受赫西俄德的宙斯作为"第一个拥有童年的神"，可是这童年有着太多的创伤，污迹斑斑，它们直接构成阻碍女性成长的灾难性男权机制。

宙斯的童年，是由以"洞穴"的隐藏，随时随地都可能被权力扼杀，所以必须装扮，以及使用"欺骗"对抗野蛮权力为策略等多方非正常因素组成，于是当这从前的弱者成为权力的舵手时，童年变态性"斑点"就像风湿隐痛似的不断发作于男权建制的各个缝隙，无论是观察判断的角度还是秩序结构的设置。女性实体被完全掏空，就像"潘多拉"身上众神的礼物，由"洞穴"、"装扮"以及"欺骗"构成男权话语中女性的身份定位。这定位完全出自男权创始之初的"童年"病症——恐惧。权力与生俱来就在"占有"与"恐惧"中徘徊,"占有"与"恐惧"使得"权力"难以避免双重性品格;能激起情欲歌赞情欲,其因出自"占有";而以残缺抵牾并困女以囚,则是因致命的恐惧。

从大地女神该亚初诞乌兰诺斯导致性别发生分类起始,"洞穴"概念当还未出现,几乎没有任何征象表明"性"的活动与繁殖必须与"洞穴"同构,好似更多存有"播种"概念,好似男性在大地上的撒野才概括出了"繁殖"。在中国有女娲与神农氏媾合而绵延人类的神话,而在上文提到的索福克勒斯的悲剧《安提戈涅》中,当克瑞翁要处死安提戈涅时,妹妹伊斯墨涅企图以煽动权力的私情策略来救姐姐,她问克瑞翁:"你要杀你儿子的未婚妻吗?"克瑞翁作为权力的化身毫不隐讳地大言不惭道:"还有别的土地可以由他耕种。"这种土地工具替换论几乎精辟地指出男性与"情"的先天不足,他们易动易换,万物皆工具,替代易常;甚至也可以将这看成为什么是此且只有男性来构筑权力机制的理由。"天涯何处无芳草"与忠贞不渝的英勇执着完全彻底相悖,前者可为俗世政治,而后者却永烁神性精神。克瑞翁当然不在乎伊斯墨涅指责他破坏了"情投意合的婚姻",政权的品性先天缺乏执着如一,而且以利益权衡的妥协为真谛。索福克勒斯的剧本中,既有作为女性同一性别的安提戈涅与伊斯墨涅的区别,更有女性作为性别的统称与权力男性为代表的克瑞翁间于"情"的天差地别。

为了权力独尊,克瑞翁施用暴力,逼使安提戈涅"活着住在坟墓里",而她死去的哥哥腐烂的尸体却严禁掩埋,"扣在人间"污染祭坛。结果导致神界动怒,由此克瑞翁这个在"情"的劝说中残酷冷漠、霸行不变的权力,却因对更大威严的恐惧而瑟缩屈服。为逃避命运的惩罚,他准备妥协,让活人安提戈涅走出坟墓。屈威妥协是权力政治中政客飞黄腾达的通行证,但古希腊剧作家却以悲剧独有的精神拒绝这亘古绵延之权力绿色通道的畅行,以死亡的英勇和高尚者的决绝,在实力难以相当的情况下,在权力的抗争中就只能用脆弱的生命亮起不灭的红灯。剧中安提戈涅在坟墓似的洞穴中自缢身亡,这个被权力指责的"坏女人",索福克勒斯给了她无尚神性的荣光,一如歌队所唱:"你这样去到死者的地下是很光荣,很受人称赞的;那使人消瘦的疾病没有伤害你,刀剑的杀戮也没有轮到你身上；这人间就只有你一个人由你自己作主，活着到冥间。"不仅于此，苍天回敬权贵变脸的蔑视，索福克勒斯写到极致，不是所有的罪行都可以得到宽恕，更不可以气节来陪葬权贵畅通的绿灯，克瑞翁的儿子面对罪恶父亲的惨叫，以剑刺向自己并把死亡的未婚妻抱在臂里："他躺在那里，尸体抱住尸体；这不幸的人终于在死神屋里完成了他的婚礼。"[1]

在索福克勒斯的理念追求中，"用石头垫底的洞穴"是"还没有举行丧礼的洞房"。"洞穴"，既是权力的惩罚，是囚禁牢狱的象征，又是逃避暴力、恐惧躲藏的居所。后者可以追究到宙斯的童年在洞穴中的生长，同时，也可以推断这创伤性童年经历导致了前者与生俱来并存于权力建制中，权力命其名曰"保卫"或者"安全"。因此，囚禁也就当然地具有了政制建制不可缺少的工具职能。"洞穴"奥妙的模棱两可性成就了哲学探究不尽的话题，而本章关心的是它如何自始至终影响着女性的定位。从宙斯心理来看，女性不只是其生命的诞生之本，更是保护其成长的庇护所，她以"洞穴"的隐蔽形式根深蒂固伴随护卫着他生命和力量的成长，好似就这样"洞穴"与生命的孕育同构了，几乎完全可以比"耕种"意象更加意味深长。但是"洞穴"之"在"，又有摆脱不掉的对黑暗莫测的恐惧及对光明的向往。不仅于此，光明与黑暗结构出的哲学意象纷繁复杂，笔者感兴趣的是：什么原因将黑暗就当然地与女性通称，而光明就自然地犹如天与地的分割，相对立于女性的另一面了，犹如性别产生的自然一样，给予了命名，这赋名定性的思维是如何与男性权力建制相通，又如何先天性地受到"洞穴"恐惧心理的影响？

在"洞穴"的隧道思维场域中，遭遇"光"是一个"存在"性事件，笔者愿意借用海德格尔对柏拉图"洞喻"阐释提出的"理念"观，即"洞穴囚徒"在遭遇"光"之后面临的是"要解决是什么和如何是"的问题。揪住宙斯，就是要探讨在"洞穴"庇护中的生命长成之后，发生且即将发生，还有已经发生且酿下了女性被定位"空洞"的根源。暂且想象宙斯在"洞穴"中是自由的，并不会如捆绑的囚徒般只能看到光打在

---

[1] 〔古希腊〕索福克勒斯：《安提戈涅》，载《罗念生全集·索福克勒斯悲剧四种》，上海人民出版社，2007，第294~342页。

洞壁上的"影子",他一定是既受到影子的幻觉影响,又急迫于实践"光"的真实,借用德拉孔波对赫西俄德的分析,"我们进入一个实践的、针对未来的层面"。他认为这是赫西俄德《工作与时日》的"根本内容"。之所以这么说,正是"洞穴"的寓意深远,"它形象化地'孕育'(engendre)了瓶子的遭遇和不幸的传播,那是因为,这一寓意一旦实施在人类身上,将不再意味着谱系历史的某个阶段,而是一种存在方式"。① 笔者愿意把这作为神权——城邦建制中那既是契机又是转捩的关键,由此来思考诞辰、庇护乃至死亡的形上构成,其中包括直接影响的诸如欺骗、伪装、乱伦等要素。在这里,笔者倾向将潘多拉作为权力智性的一个形象化标志,而并不同意德拉孔波的分析,认为潘多拉"是该亚的行为脉络的继承者"。尽管有诸多论者用"肚子""缺口"等语词来追究洞穴渊源,但笔者始终认为潘多拉是宙斯走出洞穴趋向权力的智性策略,她的形成受洞穴的阴暗影响,但是无论怎样都抵达不了该亚的深邃。而且,把该亚作为"吞噬和生育"的辩证,也值得质疑。形成原则与权力建制同构,而该亚的女性品格就始终不在权力机制之中,何谈她自身可为"原则"的建构?该亚是一个意象符号,在洞穴宙斯遭遇光之刻必须首先面对却又根本看不清的"混沌",于是只有在迫不及待降临的实践行为中暂且悬置,犹如生将死暂且悬置一样,却又是生的整个过程都是对死的探究,是欲将"混沌"来"看"清楚的努力。

  海德格尔的阐释里,那"囚徒"所不能看到的那些东西是什么呢?海氏借柏拉图的洞喻说回答:"那就是众理念。"同时海氏还进一步说明"'理念'是那种自身形成,并为了看、在看中存在的东西,与被看到的东西、被视见的东西相符合"。那么在洞穴中,宙斯于"藏"中能看到的只是黑暗,是什么也看不见;而遭遇光之后,可以看到的是洞壁上的阴影和背后指引行动的火光。于是,这里可以作为两条线索来思考,一如海氏继续问:"我们是通过什么样的一种看,而获得对理念的洞见呢?"② 首

---

① 〔法〕居代·德拉孔波:《赫西俄德:神话之艺》,吴雅凌译,华夏出版社,2004,第93页。
② 〔德〕海德格尔:《论真理的本质——柏拉图的洞喻和〈泰阿泰德〉讲疏》,赵卫国译,华夏出版社,2008,第47~56页。

先，是该亚黑暗中看不见的"看"，也就是哲学向来说的眼睛不见的是灵魂之洞见。这是对理念的看，或者说是理念之所以的形成。笔者愿意把这作为宙斯意念的根本，也是该亚孕育生发的生命与她所建构的本质性关系，她纯粹孑然独立，不受后来权力建制中性别偏执的制裁。就像俄狄浦斯绝命的忧伤：自己出生的地方，是否可以再开花结果？这是自乌兰诺斯诞生和繁殖以来乱伦（或者说杀父娶母）就如血脉遗传般给男性的致命性创伤，这创伤既造成权力建制对繁殖的恐惧，也延伸到对血缘政治的疑虑。但是，就像对黑暗不能看见的解决方式一样，对宿命性创伤，也有"不见"之"看"的可能，那就是悬置，而以理念的形式再度亲近。像俄狄浦斯毅然戳瞎自己的眼睛，却在宙斯以霹雳的形式要把这盲人送如冥土时，他却犹如两目光明："女儿们，跟着我朝这边走；看来也奇怪，我现在反而给你们领路，就像你们先前给父亲领路一样。来吧，不要碰我，让我自己去找那神圣的坟墓，我命中注定要埋葬的地方。朝这个方向，朝这边，朝这个方向走；因为护送神赫耳墨斯和冥土的女神正朝着这个方向给我引路。这不算阳光的阳光啊，从前你曾经是我的，现在我的身体最后一次接触到你；因为我就要去结束我的生命，藏身于冥府。"[1] 于哲学，"洞穴"一直就有既是子宫又是坟墓的双重含义。所以，俄狄浦斯的尴尬、苦痛、宿命性悲剧只有走向"洞穴"才算止息。

似乎说肉体好似空壳般蕴藉灵魂，但在心智进程中，终有解脱之时。我们习惯了肉体下沉是灵魂上升之说，而本章感兴趣的却是这双向运动的隐喻，不仅引导出洞穴与灵魂同构的意涵，更呈明女性对于自己孕育而生的男性，特别是自己用身体始终庇护的后代，尽管在权力建制和男性性格固有的争斗中他们对地母有许多冒犯和戕害，但是作为地母的本源，对走出洞穴的飞升仍宽宏出天地同存的祝愿。笔者认为，这正是该亚的深邃奥秘。有该亚的如此定位，我们才可言其次，那就是男性对光和影的反应。这里也存在两个方面。其一，在光和影中的男性（如宙斯）会是什么？如何是？其二，光和影可见中的女性又是什么？如何是？要解决如此问

---

[1] 〔古希腊〕索福克勒斯：《俄狄浦斯在科罗诺斯》，载《罗念生全集》第2卷，上海人民出版社，2007，第538~539页。

题，就必然触及"存在"之行动说。

于宙斯自己，在光与影或者说走出洞穴后，他是谁？海德格尔说："我们只不过是那种奢望有能力成为我们自己的东西。"（海德格尔，2008）笔者认为是宙斯为了成为权力的"自身"，伪装、欺骗等洞穴的负面影响才根深蒂固于后来的权力建制中。女性使用洞穴，是为保护生命，在面对残杀戕害时而不得不采取的无奈的保护措施。可当宙斯走出洞穴要成就为王时，这策略就自然而然地成为他"如何是"的首要途径；而当他已谋得自己的权位之后，或者说"弑父"之后，这曾经保护他、助他成王的手段就必然要加以防范，于是如何可使王位永不动摇，就得从"弑父"走向"弑母"。但笔者认为，历来所论的"情结说"值得辨析，俄狄浦斯的"弑父"可以说是宿命中的下意识，揭示的是权力基因的劣根性，从神权的代代"吞噬"到城邦的争斗厮杀，几乎都是为了权力，只有"杀"和"斗"两字可以概括。从希腊悲剧，甚至就单从俄狄浦斯的四个孩子走向"洞穴"的状态来看，安提戈涅的两个哥哥皆是为权位厮杀、争斗的化身，而女性却是为父奉献、为兄牺牲。这些情节事实几乎逼出一种假设：会不会女性的城邦更加美丽？为什么男性之嗣都有对权力威胁之可能？为什么设定的结果从神的"吞噬"到俄狄浦斯及克瑞翁之子都必然安于"洞穴"去寻死亡？好似"死"是男性之间争夺权力的必然，不管有无血亲。而女性符号的理念总是以"助"字当先，从雅典娜到安提戈涅皆如此。笔者认为这些思考完全可以纳入对城邦政治的深思，或许这正是索福克勒斯的良苦用心。为什么俄狄浦斯要死于雅典？雅典与忒拜有什么不一样？为什么雅典是神权认许的归宿地？

从神权走向城邦，在悲剧的故事中，我们不难捕捉到权力所释放的那种无处不有的恐惧：既是人人之争，又有神对人的设防。让神圣如处女般圣洁的神性与女性共通，且贯穿于城邦，笔者认为索福克勒斯的悲剧《俄狄浦斯在科罗诺斯》便是一个非常有说服力的文本。开篇，被忒拜逐出的流浪盲人俄狄浦斯踏进作为雅典"支柱"的女神圣地，他哀叹儿子没有为父护航，因在争夺王位，血腥厮杀，而女儿却伴随其风烛残年。这哀叹性叙述里有一个关键意象"离家远行"，人们习惯被教导"男主外，女主内"，却在正义与邪恶的精神献身中，推崇女性赴死或承受苦难。如俄狄浦斯吟唱的:"你们两个女孩子却代替了他们,为我这不幸的人分担苦难。"(《安提戈涅》,2007)女神广施的慈悲与安提戈涅姐妹联系起来,并且认为这是悲剧文本普通的暗示性,不只是一个简单的对女性的颂扬,而是对城邦权力的反思。

众所周知,克瑞翁在囚禁安提戈涅时,处处强调的是"城邦正义",服从他的权力是城邦所有人该"遵守的原则",其目的,据克瑞翁说是"使城邦繁荣幸福"(《安提戈涅》,2007)。而问题在于人制定的原则是否是神的天条。克瑞翁于洞穴的失败,不是男性的城邦与女性的失败,如伊斯墨涅劝安提戈涅的:"首先,我们得记住我们生来是女人,斗不过男子;其次,我们处在强者的控制下,只好服从……"(《安提戈涅》,2007)而是强调"我的权力"受神权的威胁,必然走向失败。索福克勒斯在触及神性时,总会施用器官分离法,如同前面论述的脑袋一样,在弱势应对强权时,身体部件再度分割:当报信的守兵报告有人胆敢掩埋尸体时,克瑞翁道:"难道你还不知道你现在说的话都在刺痛我吗?"守兵道:"刺痛你的耳朵,还是你的心?"克瑞翁道:"为什么要弄清楚我的痛苦在什么地方?"守兵道:"伤了你心的是罪犯,伤了你耳朵的是我。"(《安提戈涅》,2007)这使克瑞翁愤怒地贫嘴,事实上已经暗示出天上的神灵对地上之"我权"的蔑视。因此,在这贫嘴之后作者配上了一段歌队合唱:"奇异的事物虽然多,却没有一件比人更奇异;……那不朽不倦的大地,最高的女神,他要去搅扰,用变种的马耕地……人真是聪明无比……他学会了怎样运用语言和像风一般快的思想,怎样养成社会生活的习性……在技巧方面他有发明才能,想不到那样高明,这才能有时候使他走厄运,有时候使他走好运;只要他尊重地方的法令和他凭天神发誓要主持的正义,他的城邦便能耸立起来;如果他胆大妄为,犯了罪行,他就没有城邦了……"(《安提戈涅》,2007)这段议论若放在俄狄浦斯身上,似乎一目了然。但偏偏是警示克瑞翁的,那么就自然引发出问题,歌队在此处要"间距"出的意义是什么呢?绝对不是克瑞翁对城邦的信仰与俄狄浦斯有差异,而是在制定执行城邦原则的行为中对神的信仰和态度,犹如守兵慧言道出的"耳朵"与"心"的分离,这正是克瑞翁与神之间的隔阂,必然导致他面对"洞穴"的失败。尽管女性是弱者,敌不过强权,但克瑞翁城邦之权于神界仍是微不足道，转眼即可飞灰烟灭；甚至可以说正是克瑞翁的"我的权力"行为刺激了神无处不在的恐惧神经，以至于一恐惧就顺然地贴近地母，亲近洞穴，与女性共负了。

古希腊哲学很讲究"行动"，"行动"与"沉思"一直是历来哲学探讨中永不疲倦的辨析。可以这样推断，"洞穴"中的宙斯，或者说被"囚禁"之物，更多地拥有"沉思"；而走出"洞穴"的释放，拥有最多的是"行动"。"是什么"和"如何为"的构成正是"沉思"与"行动"的组合，后者是过程，前者才是目的，如果"行动"之"为"完全忘记了"沉思"之目的"是谁"，那么这"行动"就可能被否决。再者，犹如宙斯意念中离不开"洞穴"或者说灵魂的飞升不可以只是"行动"，甚至他脱离"洞穴"之为本身就存有伦理方面的疑虑，既在"弑父"又在"弑母"中，因此，哲学中由"沉思"来裁判"行动"成为必然。再看克瑞翁的"行动"，突出的一是对俄狄浦斯的"放逐"，二是对安提戈涅的"囚禁"。此二项"行动"还不包括开始参与将自己的姐姐作为婚床之礼物送给她儿子俄狄浦斯这样的罪。仅就"放逐"与"囚禁"来说，任何专制政体都如同克瑞翁一样，皆号称是以城邦的安全为前提才如此作为的。而若用"沉思"来评判，除了霸道出"我权"，实质上于神之信仰和城邦整体毫无益处。这可以说是忒拜与雅典的区别，直接可以从克瑞翁与忒修斯的不同得以证实。

先说"放逐"，在神的视界里，人唯有的归宿就是灵，躯体之任何其他物都是"流落"，如果人之掌权不能认识到这点，而把政体作为己身，必败。所以，相对克瑞翁强压他人服从而突出"我权"，雅典王忒修斯尽管也自称是"行动者"，却不乏"沉思"之言："我自己也是流落在异乡长大的……我知道得很清楚，我是凡人，到明天我所应得的一份不会比你多。"（《安提戈涅》，2007）人能明确自己的定位，是给神内在恐惧的定心丸。沃格林在谈到"美德与城邦"时，通过对梭伦冥想似的祈祷分析，得出"人之美德无法通过占有有限的物品来践履。人通过行动孜孜以求的物品，只是表面的东西；它们属于他的愿望和追求的错觉"。[①] 笔者几

[①] 〔美〕埃里克·沃格林：《城邦的世界——秩序与历史》卷二，陈周旺译，译林出版社，2008，第263页。

乎要把对这错觉的警惕也当成洞穴阴影后遗症,当洞壁在黑暗中突然阴影起舞时,震惊中觉醒的是对自由的渴望,这渴望之于城邦,在雅典有过"大写的人"之理念。可是,什么样的人才为"大"?就好比要探究洞壁阴影幻觉之真。本章不欲涉及雅典的兴盛和衰落,仅就阴影与光交合的作为来分析,它是趋向权力又恐惧失落的病源。一方面,走向权力的进程犹如与幻影舞蹈,狂欢而兴奋;另一方面,又无时无刻不处在幻影随时消失的恐惧中,这几乎是千年来与权力媾合者的通病。这在宙斯走出洞穴之初就根植下了,于是才有了另一策略,即将"灵魂"与人相合,有"灵"之人为"英雄",此人才可称为"大"。非常吊诡的是,走出洞穴者,本来其自身不可避免将纠缠进对地母的伦理负担,以及对父权的颠覆。可是制造一个人界,就很好地将神与人的分离状态巧妙地掩盖起来,结果宙斯自己可以抽身而出,在行动策略密布的计谋中,完善行动与沉思裁判的合一,最后得出只有宙斯如此至高无上的神才有裁判的可能的结论。本章要揭示,这是欲指出男权之所以形成密封不透难破的网系,是因为繁复难辨的诡计多端蓄在其中。女性始终是一个被利用之具。"娶母"—"弑母"—回归"洞穴"之死,是在男性权力运作的诡异关系中,在每每恐惧危险中都始终牢牢不放的庇护之荫。于危险可借来庇护,于霸道又可顺然踩压。这使得话语中始终都难以辨别女性是圣母还是荡妇,女性定位与形象始终都是模糊的。

可以说,情欲之所以被创造就是为了这模糊的诡计,它犹如阿佛罗狄特因阳具而诞生,其后承潘多拉为罪之礼赐给人类;而雅典娜生于男性脑袋,始终智慧辅佐权力之右。可以说,在强调人界之"我权"必须清楚自己定位而不可越神权之要求中,女性仍然处于游离状态,"男主外、女主内"在男权极端稳固毫无男性与男性争斗的绝对状况下方可被作为霸道之旗高高祭出,这"内"绝对不是敬奉性供养和痴情性关爱,而是闭锁性威风。于"放逐","内"是安居;于自由,"内"就是囚禁。在宙斯走出"洞穴"之际,就必然面对"放逐"与"自由"二重性。在宙斯,"放逐"有可能作为途径走向自由,这是俄狄浦斯由罪走向崇高的行为;而在克瑞翁的人之专制中,"放逐"则是阻止"自由"并与"囚禁"共谋。这与神的不同和分离形态直接导致自取灭亡,克瑞翁失落的就是没有弄清女性与神共存的微妙。当海伦作为被掠被囚对象"放逐"远离自己故土家园时,男性之争不是为要给予"内"和"女"之安稳幸福;安提戈涅陪同父"放逐",反而赢得英勇的名声,其实都是神运用银币双面的诡计,女既可以作为引诱,又可以作为辅助。如果是辅助,就如自由无边的雅典娜一般,可以畅行无阻。因此,在克瑞翁的城邦、宙斯的神权与女性安提戈涅的三角关系中,神自然与女性同在。城邦为女灵之家园方可永驻不衰。

再说"囚禁"。克瑞翁在把安提戈涅囚进洞穴中是如此咆哮的:"仆人们,别再拖延时间,快把她们押进去!今后她们应当乖乖做女人。"(《安提戈涅》,2007)男人可谓是利欲熏心、愚钝不化,竟然在神不可以定位女的前提下,以"禁"嵌定女之"囚",他们这样的生物怎么可能不冒犯神?何况"囚"之于"洞穴",在庇护的另一面,于神,不无如阿喀琉斯"脚后跟"般的隐痛创伤。再说,什么叫做"乖乖女人"?听人语还是服从神权,一直是肉与灵的争执。而安提戈涅恰恰是以神命承担苦难的姿态违逆人语的,所以合唱队才会把她誉为英勇。可以说在神界,英勇和智慧都不是男性的专利。女性,天生丽质,只是这如苍穹般的天然品质,于神界同样威胁男性之脆弱的神经。所以,智慧之母墨提斯才会被吞噬入男权之肚,只是以宙斯为核心的神权很善于转化,一如雅典娜从男性脑袋萌生——"宙斯生下雅典娜时,她便手持神盾,全身武装披挂"(《神谱》,2006,929~930),于是就当然无愧于智慧与英勇合而为一体的完美化身。但是这完美也如该亚用身体庇护男性成长一样,对于一个先天脆弱恐惧的性征来说具有需要与威胁的双重品格,正是这样的原因,女性于神界就被分离出多重形态。

在宙斯的秩序里,女神的"生成"有"智慧"与"情欲"之分,这种分割一直是男性话语不可缺失的组成部分。被嵌定为"情欲"者基本是被动无智可言的,就像《伊利亚特》的海伦,明明是个受害者,几次三番欲求回归故土,却仍然被掠夺者一次次索要她的身体。这被迫者在千年的男性话语里都是以"祸水"指代,而她自身非但没有智能拯救自己,即使早已明智到担忧被谩骂为"祸水",也敌不过"神意"而屡屡屈从。神如此地玷污女性——以他的生殖器的诞生物阿佛罗狄特为权力行使途径是别有用心的。而拥有智慧之女,却多是无性之物,如奥德赛的妻子,因了丈夫远离故土而荒废婚姻之性,有众多求欲者皆被堵在了"智"之门外。将"情"与"智"分开的企图是什么?很显然是要束缚女性的"行动",似乎是男性在行使"行动"中如亲近权力一样,既有成就的欢喜,又有掩饰不住的隐秘恐惧,于是限制"她"的行动,就必然可以达到只是辅佐绝无叛逆之功效。从雅典娜到美狄亚[①],她们构成一个从头脑智慧到美丽足踝的完整体系,犹如大地女神该亚的广博无穷,而这正是对男性致命的威胁。在"洞穴"恐惧后遗症之后再度引发病症,是因"行动"出轨导致恐惧扑面而来。

　　这本来只是普罗米修斯之过,与女人并无关系,可上帝一愤怒,就以报复性的作为创造了女人。《神谱》这样记载,为报复普罗米修斯盗不灭的火种给会死的人类,于是由宙斯跛足的儿子用泥土塑造了第一个女人——潘多拉。因报复而施惩罚的产品会是"谁"?潘多拉一诞生就美艳无比,而这美的全部指向一个归宿,即宙斯的仇恨要抵达惩罚的目标。无论是《神谱》还是《圣经》,惩罚的作为都单一到婚媾生子,好似人的繁衍就为了灵之残缺。《神谱》中这残缺无处不有,却又隐而不显。为了不负符号功能设置的苦心,制造女人者不是其他任何符号功能之神,而是"跛足"神。中国有句古话,"龙生龙来凤生凤",跛足神还能生出女人"行"么?何况跛足神为了极尽"讨好其父而亲手制作"了一条金发带,这"闪烁着灿烂的光彩"之"束"上,被跛足匠神镂上了陆地和海洋中生长的大部分动物形象,不露丝毫痕迹地就与繁衍之惩罚融合。也就是说,女人的"成长"因为权力的愤怒和媚权的讨好而宿命般困陷在了"生物"之"束"里了。

　　但是,智者皆知,"繁殖"在《神谱》里对权力同样具有威胁性;同样是恐惧之由,屡屡导致发生"吞噬",所以才会有"弑母"之为。如果把俄狄浦斯之罪作为一个象征,那么"礼物"之说,就有更加可探索的玄妙风光了。就好比说不是"礼物"概念的作祟,就很有可能不会发生

[①] 在《神谱》中,美狄亚被形容为"美踝"。一如制造潘多拉的神被形容词限定为"跛足"一样,笔者认为这些限定符号是有意蕴的,在强调劳作的意义时,会给予"金鞋"或是"美踝";而在要凸显控制时,一定是镣铐型的"跛足"。

俄狄浦斯悲剧，可是，"礼物"概念却是从神权到城邦权制中不可缺少的关键词。如何既说服自己正义地"弑"那保护自己成就自己之母，又顺利达到稳固权力的目的，笔者认为这是女人被权力创造出来的根本。"礼物"与罪恶之游戏，本来是宙斯得以存活且最后走向权力中心的行为，却因此而造就了礼物之原罪。像俄狄浦斯，本来是为了逃避宿命的灾难，而不幸因拯救了城邦获得了"礼物"，才走向了乱伦。将情欲引向罪，是在繁殖束缚女性的诡计中另一抵抗恐惧的病症发作。故此，笔者认为，作为"礼物"的潘多拉，与其说是制造了影像中的女人，不如说是权力进程中的一个策略，其实"她"仍然不具有性别特征，她的空洞性，犹如海德格尔对"心智"的论说，其形式既无时间概念也无空间概念，与时空都有距离。潘多拉就是这样一个权力"心智"，或者说是男性群体"心智"，自诞生以来就披带各种"礼物"，并以"礼物"之罪降临人间。在人间，它因为空洞而不可定位，只有它的创造者男性给予其定位说是女性，其目的就是要营造一种分离女人于人类场域的结果。女人非人，无坐标、无定位，只有被迫之运，这亘古的争执皆出此因。

其实"囚禁"于"女"而言不只是"禁"身，更是"禁"灵。只是在于宙斯看来，将"女"之理念分成片段工具性实体，于是就有灵与身的分割。而愚钝、缺乏"灵"眼之克瑞翁的错误，正是在于不解神之权力运作的奥妙，就好比无视"洞穴"的形上深邃一样，只在鼠目寸光的人的自我权力中蛮横霸道。其实宙斯的"囚禁"运作更加狡猾，既要避开自己心理上的"洞穴"创伤，又要达到其飞升洞口之后的权力目的。于是，尽管背景沸腾于愤怒镣铐之下，但女人，惩罚铁窗之奴的行为由跛脚神的技艺装扮，反而可以"美"指称了。这里值得注意的是，美妙和光彩在给予女人之初就隐含了一个陷阱；对美的判断，在男权话语中，从女人生成之初，就不具有对雅典娜神性赞颂之美，甚至也不及阿佛罗狄特虽带残缺之臂，却不无两袖清风神之主动性自由，而是权力时时必加防范的美色之害。在此，以导致宙斯愤怒而创造潘多拉的导火线——普罗米修斯的囚禁为例，隐喻出宙斯施用"囚"的策略。

罗念生的中文翻译本用了一个很好的词——"守望"，宙斯对"把火种藏在茴香秆里"偷给人类的普罗米修斯的"囚"不是困于"洞穴"或者闭入冥土,而是钉在天涯之角"守望"。"守望"是"行动"正在发生的过程,但因不通畅而作出的暂驻举动。本来"茴香秆—火种—藏"皆是宙斯"洞穴"经验,如果他是一个没有被创伤困扰者,就会很自然产生同病相怜的亲切。但神话剧情却相反,创伤营造了对背叛的恐惧和愤怒,还不仅是先在的"洞穴"黑暗之惧,更大的恐惧是担心在走出"洞穴"后的"行动"受阻、失败、停滞,只有万劫不复的创伤性"守望",这是宙斯最不能承受的惩罚。正是出于这样的原因,宙斯对普罗米修斯的惩罚不是简单的"洞穴"之"囚",而是"守望"。这"守望"策略放于女性,放于任何对美的理想追求中,都是残酷的惩罚;于"女"而言,在美中是终身的"守望",在时间中剥蚀,"时间"与女性并非同构,应该说自然时间在男权将其参与运作之后,就变质了;在惩罚逻辑中,时间就是囚笼,黑暗已化为不见之物,是时间消逝的隐晦,不在场的无处不在,看不见、摸不着,但剥蚀马不停蹄,对美的终极追求只有渐渐消残且无可奈何地"守望"——奈何"一江春水向东流"。

在埃斯库罗斯的悲剧《普罗米修斯》中,当苦难于叙述,无论是过去已经发生的还是未来即将发生的,当时间以语言的方式抗拒剥蚀,像灵魂抗拒躯壳之腐蚀,虽有绵延咏叹,但临到末了,即使是滔滔不绝的普罗米修斯也只剩一个词:"唉!"(《普罗米修斯》,2007)尽管于苦难,语言会因压迫而张力无限,如剧作家通过"伊娥"之口如此比喻:"我的心由于恐惧,向着我的胸膛乱撞,我的眼珠不住地旋转。疯狂的风暴把我吹出了航道,我的舌头控制不住了。这些浑浊的话向着那可怕的疯狂波浪乱冲乱撞。"(《普罗米修斯》,2007)被灾难囚困的生命,乱冲乱撞之后又能怎样,唯有一声叹息的"唉"别无他法。而权力的爪牙——赫耳墨斯犹如所有权力的帮凶麻木不仁且狷狯无耻的回答一样:"宙斯从来不认识这个'唉'字。"这几乎一语中的地道出权力狰狞的本质,但普罗米修斯的气概就在于临危不惧:"但是越来越老的时间会教他认识。"怎样能够让一声"唉"转变成时间的教训词,让无助的肺腑之无奈叹息成为向权力反抗的力量?这有赖于剧作家在《普罗米修斯》的剧情中,独具匠心地大篇幅叙述受难女性伊娥。

第六章　追究神话想象的叙事生成

本章通过透析拆解男权与女的诡计，借普罗米修斯的故事作为举证，不仅因为它是当权者制造潘多拉泄愤、报复人类的动因，还因为他是人类自由追求的同盟，更是普罗米修斯的经历及受难皆与"女"契合。故事中，他是被该亚联合"用计谋"推翻克洛诺斯帮助宙斯获得权力的功臣之一。当权力使用智"女"作为辅助时，不得不提醒的是，"助"同样是心理不健全的权力机制的一个致命病症，正是对"助"的恐惧，权力总是疑神疑鬼，猜测考验。"放逐"与"囚禁"在伊娥与普罗米修斯相遇结构中意蕴繁复，犹如地平线的标杆，清晰分辨出受难者携手之善、恶权合谋之险，性别在善恶的对立中超越；也就是说，在太深重的苦难面前只有被迫害与迫害者之分，就像辅助宙斯完善其权之恶的赫拉，在伊娥的遭遇中，她是非女。有许多被权力型塑后的女人基本成为非女。

在此，笔者最感兴趣的还是语言让时间重现生辉的魅力。应该说，"囚禁"与"放逐"都是以权阻滞时间作为的暴力，是对现有生命当下的剥夺，是夺去生命的前奏；如何才能冲破这样的枷锁，唯有语言。这是映衬普罗米修斯受难的唯一风景，就好比后来繁衍的故事情节中还有鹰啄肝脏又每日自愈之事，犹如语言，用那无边的叙述来缝合日复一日的创口。或许也可以说这是历史叙述的理由，是对伊娥受难历史的叙述，才可能会不只是愈合创伤，还可以想象未来。将"守望"理想化地配备了行动之可能，如给镣铐安装一双想象的翅膀。普罗米修斯语义真切，在祈祷中抒发："如果我的话有不清楚不好懂的地方，你再问个明白；我现在有的是闲暇，比我所向往的多得多。"对于匮乏无时间意义的生命来说，哪里是漂泊的尽头？何处又可能探究得到着落？吊诡的是，普罗米修斯的预言和向往仍然趋向繁殖对淫威权力的颠覆。只有暴君的后代方可推翻前任，而受难者只能寄希望这权力交接的缝隙里可能的自由。无怪乎歌队的缪斯们会惊恐祷告："啊，命运女神们啊，愿你们不至于看见我成为宙斯同床的妻子，愿我不至于嫁给天上的新郎；因为我看见伊娥……那是一种绝望的挣扎……我没有办法逃避宙斯的诡计。"（《普罗米修斯》，2007）

本来伊娥被赫拉妒嫉而变形为牛的故事，是在强调女性间困扰于情爱的争斗，但似乎纯粹是女性本能欲望的妒嫉，无以显现权力建制的意义，所以剧作家硬是把这伊娥的故事穿插进普罗米修斯的受难中。换一种说法,也可以说,在神话中,在神权与人类之间,唯有普罗米修斯为人挑衅神。从裹着肥油的骨头之欺骗到盗火,历来没有人怀疑,普罗米修斯的立场是立在人类这边,或者说同情人类。问题是:为什么?为什么他要这样做?历来一个简单的"反抗精神"四字解释,不能阐明之所以然。

　　前文指出过,宙斯秩序,应该是自创造了会死的人类始有"时间"的概念,而正是这概念造就出权力与子嗣关系的新观念,而这才是普罗米修斯行为的本质性意义。在神界,因神之不死,占有权力者丧失权力只有一种可能,就是被更大力量推翻,而这是"吞噬"之因,说明繁殖对权力的威胁,因为神界的权力建制不具有代代相传性。但是,到人类,人皆有一死,那么死亡对权力构成了另一种威胁,为对付死亡的威胁,子嗣才从权力的反面走向正面,以自己的血脉来承继权力,将有可能如生命一样朝生暮死的权力在时间的坐标上建制出恒久,同一血脉的子嗣就当然成为手段。于是,这男权在人界与子嗣的新关系,就必然影响甚至决定女性与子嗣及权力之间天翻地覆的变化。对待权力的暴政,女性曾用大地般的身体庇护弱小后代,而这躲藏中成长的后代如宙斯自己也的确是推翻暴政的途径,这是普罗米修斯一贯如此思维的理由,故此,他将苦难寄托于伊娥的十三代后人。但是,转到人界,在权力—子嗣的关系中,女性公然沦为生育工具。像美狄亚就是这沦陷操作境遇中的一个积极性反思,她体现了女性在人界政治建制中的作为,尽管有谋杀的残酷,一如该亚庇护行为中的"欺骗",在伦理上有"罪"之色彩,这原罪其实是权力建制的基因之一。不过,本章的兴趣在于,女性在这根本无其身份地位、作为游离在外的边缘旁观处境中,是如何积极有所作为的呢?

　　既然潘多拉这第一个女人诞生于人间就披挂上了缤纷的众神"罪"之礼,那么,如何将这百分之九十九的众神的罪礼,转化为女人行动的智能?将被动性空洞转化为积极充实,一如地母该亚的成就,笔者认为,这是美狄亚符号及行为生发的意义。也就是说,将跛足技艺转化为"美踝",美狄亚之为可谓最典型且最具说服力。在千年话语里,她的大逆不道是身为母亲却残杀了自己的孩子。若单独来看这事件,就在悲剧剧情中,也通不过伦理之关。但是,若将其放于神界与人界的权力建制之差别中,放于该亚的庇护到美狄亚的残杀关系中,就不难得出政治哲学性推论。在《美狄亚》的故事中，关于子嗣，有如此情节："她要进一步毁灭伊阿宋的种族，毁灭他的儿子，她自己替他生下的儿子。"毁灭自己的儿子，而要以被放逐的命运去雅典，为埃勾斯王完成"求嗣的心愿"，[①] 于情于理都说不过去；但是，若就城邦政治的建制来说，就顺理成章。笔者不愿甚至不无反感地在习惯话语中将美狄亚的行为归纳为情致迷乱下的报复，或者说在被抛弃的可怜同情处寻得点滴正义性情有可原。笔者认为，原剧作家在剧本中就有对当时经历城邦政治的理想，正是这理想映射出人物符号行为。剧本中，伊阿宋说："可恶的东西，你真是众神、全人类和我所最仇恨不过的女人，你敢于拿剑杀了你所生的孩子，这样害了我，使我变成了一个无子的人！你做了这件事情，做了这件最凶恶的事情，还好意思和太阳、大地相见？"（《美狄亚》，2007）可是，乘着祖父日神龙车的美狄亚，高高在上地否决了伊阿宋的哭悼，并且可以"到那海角上的天后的庙地上去安葬孩子"（《美狄亚》，2007）。这视角的高低正是叙述正义的体现，融会了叙事评判，将一个不可思议的行为于理想情境中转化为合情合理。故此，安葬行为结束之后的女人就去了雅典，不是一个简单生命的逃避，而是为一个城邦"求嗣"。

希腊从武斗走向雅典式的和平，笔者把它作为从神话史诗书写走向戏剧的一种追求。前文中就史诗《伊利亚特》论述过英勇与荣誉在"战"中的实现，而到欧里庇得斯《特洛亚妇女》，换了何种视角立在败者的废墟重审"希腊精神"？作者同样是立于女人与孩子的生死别离来立意，孩子是否因为城邦的溃败就得立于"祖国城楼的高垛上，依照决议，在那上面停止最后的呼吸"？如果说美狄亚的孩子是牺牲品，那么这些成群为城邦残害的孩子是否就是英雄？面对死的态度，我们曾多次以"英勇"誉之，是希腊精神的指代，但是如何来体味这废墟溃败场域中的被迫为妓为奴的女人与即将被断气的孩子？他们无辜的生命被迫承担起"祖国"，且从这样的重负里如何再审"希腊精神"？安德洛玛刻如此悲痛道："我最心疼的乖乖，最宝贵的孩儿，你得离开这可怜的母亲，死在敌人手里。

[①] 〔古希腊〕欧里庇得斯《欧里庇得斯悲剧六种》，载《罗念生全集》第三卷，上海人民出版社，2007，第160~161页。

你父亲的英勇竟害了你,那美德虽然拯救了多少旁人,但临到你头上时却不凑巧。"(《美狄亚》,2007)

是什么原因,英勇不能护卫子嗣?这个问题其实是质疑什么样的英勇才能有子嗣的承脉,那才可以誉为精神。因此,这女人接着唱道:"你们希腊人啊,你们曾发现残忍的行为不合希腊精神,为什么要杀死我这无辜的孩儿呢?"(《美狄亚》,2007)作为读者的我们都清楚,灭嗣是与吞噬一脉相承,是权力恐惧异邦的结果,可是,一如赫卡柏质问的:"你们为什么怕这孩子,做出了这空前未有的残杀?是不是怕他恢复这毁灭了的特洛亚?那么,你们未免太胆怯了!……在你们手里:如今我们的都城陷落了……你们倒怕起这孩子来了!我可不称赞这种没有经过推理的恐惧。"(《美狄亚》,2007)

男权的恐惧因病症而来,许多是经不起逻辑推理的。只能在批判希腊精神时,就像悲痛欲绝的女人安德洛玛刻追究的灾难的原因:"你的父亲可多得很,第一是冤仇,第二是嫉妒,还有残杀,死亡和大地所生的祸害也是你的父亲。"(《美狄亚》,2007)笔者把这看作对以"父"命名"希腊精神"的再度否认。父,于子嗣的危害和恐怖,因诸多弊病而直接有伤城邦建制。雅典,作为希腊精神的城邦,该以什么样的桂冠来装点呢?在注释118,译者罗念生很好地给了我们这样的理由:"雅典娜同海神争着要做雅典城的保护者时,她首先献出那象征和平的橄榄枝,海神却献出一匹战马。雅典人爱好和平,并且认为橄榄更有实用价值,因此奉雅典娜为他们的保护神。"当"橄榄"比"战马"实用,就说明城邦由战事纷争走向理性建制,而这也正是雅典娜在特洛伊最后所发的慈悲,她说:"我要叫特洛亚人,我先前的仇敌,感觉欣慰,给希腊人一个痛苦的归程。"这"痛苦"是教训,是根治残暴、治疗恐惧的药丸,于是神圣的城池才可以名副其实。"雅典娜首先在那里献出那浅绿色的橄榄枝,那是上天赐给那富有橄榄油的雅典城的荣冠。"[①]

特洛伊战争之后,进入雅典的女性可以说分为两极:胜者女神——雅

[①] 〔古希腊〕欧里庇得斯:《特洛亚妇女》,见《欧里庇得斯悲剧六种》,罗念生译,《罗念生全集》第三卷,上海人民出版社,2007,第209页。

典娜；战败为奴——成千上万的特洛伊女人。此二分法究其女性单面向意义不大，但是与城邦建制结合，就凸显出了功能性质。守护神的功能是要立法，而为奴之女却是以体产嗣，可谓是另一种女性脑袋与身体的职能性分割。之所以本章要强调女性与其所事政体的职能性，恰是因为当权力话语发展到城邦政体建制时，女性之角色亦有了别样的规范。随手仍可从《特洛亚妇女》中捡来佐证：剧情中，战败城女人为奴凭靠抽签，也就是说，与女人的品性优良无关，靠的是运气。但是运气并不是理性取决生死之依据，却发生了唯独被抽签派定去"看守阿喀琉斯的坟墓"的赫卡柏之女波吕克塞娜的死亡。本章最后还是要问：为什么接近洞穴"看守坟墓的奴隶"必死？她被裁判远离阳光、亲近洞穴，本来被塔尔提比俄斯称"有一种命运临到了她身上，使她解脱了苦痛"（《特洛亚妇女》，2007）。也就是说，她的命运指数与入城为嗣为奴的女人在"苦痛"的天平上非但不示弱，而且立于高位。这高位当然是与本章通篇贯穿的"洞穴"寓意相关，但是，这不幸的赫卡柏之女却在洞穴之口被阻遏了，"叫人杀献在阿喀琉斯的坟前，变作了那死人的祭品"（《特洛亚妇女》，204）。侍奉与祭品，在本质上不同，可以说男权到此，既要彻底隔断女性与洞穴的联盟，也同时要规范出女性与政体之"祭"位。于是，本章的思考只待另一境界，即为"嗣"之"祭"女与为"法"之"护"神，象喻互动，叙事将会如何想象性点睛呢？

寓　言

第一章　卡夫卡的寓言想象

优秀的虚构叙事总求双语辩证的隐喻性，史诗部聚焦政治修辞的讨论，意在浅探叙事进程中的隐性结构。当想象凝聚在自然与历史的融合中，叙事表达往往具有寓言品格。请看卡夫卡的《中国长城建造时》。

由于小说沾了"中国"二字，今天的时代，只要言说与国族挨边了，就太容易借后殖民眼镜来理论一番。但笔者觉得批判卡夫卡"西方立场"，实在有些冤，你说一个身负犹太族性，且在二战前夕的压迫氛围中，要坚持西方霸权意识，来蔑视、调戏一个遥远亚洲的中国民族，有无可能？而这无聊根本在小说大师手中一点玩耍的意义都没有，何况卡夫卡还是一个本性不属于后现代随意之人，他较真几近偏执。再说了，当今的时代，我们如何就不能好好地欣赏艺术作品及艺术家，一定要风马牛不相及地将一切都政治化呢？似乎在"后"声迭起、汹涌不歇的当下，若你想要发声，就一定要突出政治立场，或是种族的、国族的、地域的抑或性别的，否则就无语。[①] 而那曾经被本雅明等忧虑的艺术在20世纪初就几近消亡的作品，比较当下的游戏劣作，真堪称艺术。执着现代艺术者，痴情不一，却常被"后"色眼镜嬉戏甚至扭曲。笔者倒是认为，若心平气和一些进入卡夫卡，作为国人该欣喜，因为卡夫卡本陌生于我国土，却产生了一种遥远的吸引和召唤，古迹能入卡式寓

---

① 这里不是要否决"后现代"理论，而是反对取理论之皮毛喧嚣炒作者。因为理论的建构者与炒作者完全不同，前者像罗兰·巴尔特、米歇尔·福柯，甚至弗·杰姆逊，在艺术思维上，依旧不乏力透纸背的深邃思考，完全不需要依附于政治姿态来忸怩作态。真正动人的思想绝对不是依附，而是独立。

言，增辉添趣不少。还记得 1995 年，有幸作陪参加维也纳某前总统的晚餐酒会，酒会前先参观奥地利皇宫，介绍者列举从音乐绘画到文学多个大师，说他们属于奥地利的骄傲，不过也要补充，因为这些天才们也被柏林、布拉格称为他们的宝藏，反正大家共有。艺术及知识本无国界，人类共享。

当然，要解读《中国长城建造时》，还是得分析卡夫卡从未来过中国，是什么样的引力促他产生灵感。其实，《中国长城建造时》之名是不是卡夫卡起的都存疑。根据叶廷芳翻译注释，这篇小说写于 1917 年三四月间，似未完成之作；但 1931 年由布洛德以《中国长城建造时》为标题编入卡夫卡短篇遗著集首次发表。① 不过"长城"是中国独一无二的，所以，既然是关于"长城"的故事，说中国，亦无疑窦。卡夫卡起初动念的倒不是"长城"，而是皇帝的"谕旨"，也就是说起初吸引卡夫卡的是一道抵达不到目的地的空头"谕旨"。研究卡夫卡者喜好用"失败"作为他的身份定语，几乎是卡夫卡追求模式的意蕴。

是卡夫卡叙事的特殊模式暗合了"死人谕旨"的空落、闲置之情态，妙趣横生出那个肩负先王重任的使者，揣着"谕旨"在各道宫门拼搏奋战许久，却最后安然放弃——"当夜幕降临时，你正坐在窗边遐想呢"（卡夫卡，1994）。这很不符合中国的国情，受天命的使者，怎么可能这样悠然自得？一道"圣旨下"的吆喝，万众皆要匍匐叩头，高呼万岁；而先王临终授命的使者在忠孝礼纲的重重武装下，即使赴汤蹈火、死而后已，也无可能辜负重托。问题是这个"使者"是由"传说"传递到卡夫卡的笔下的，于是就有了某种漫画品格，看这"孔武有力、不知疲倦"之人，根本不像中国任何影片描绘的太监揣着圣旨，一路碎步小跑或是轿子急促颠簸，而是"一会儿伸出这只胳膊，一会儿又伸出那只胳膊"。为何到卡夫卡笔下，不用腿而用胳膊开路了呢？因为在卡夫卡的想象里，这是一个人太多的国度，必须要"左右开弓地在人群中开路"（卡夫卡，1994）。也就是说，古老中国的路不在地上，而是筑在人群中，这倒接近了我中国仁人情境。但卡夫卡也有自己的隐情，如他在 1920 年 9 月 17 日

---

① 〔奥〕弗兰茨·卡夫卡：《卡夫卡小说选》，人民文学出版社，1994，第 227 页。

记载的:"目的只有一个,道路则无一条。"① 可见,无路,是各时代、不分地域,无权无势者的相同处境。但不同的是,在中国,无论古今,若是有能耐揣着"圣谕",那可是能条条道路通罗马的。可卡夫卡笔下的使者,太多浸染了他个人的气息,于是,划船似的,在各道宫门宫墙奋战之后,大概是累得不行,叙述者一连来了几个"无济于事"。接下来发出千年长叹,最后竟然放弃歇息了。

"窗边遐想"的姿态,倒是非常契合我中国圆融思维。有人说,中国思维,本异于西方,不是如哥特式建筑般一味直耸入天,像资本似的不达目的不罢休,而是庭院楼台,三步一景、四步一阁,抵达不到顶峰,没关系,坐下来欣赏云从空中来,花随身边采。(当然儒家亦执着,道家亦异佛,本章在此先避之不谈。)但从未到过中国的卡夫卡不清楚,中国虽说人多,但是等级分明,就好比乌鸦成群,居于高层者却凤毛麟角;乌邦杂居混乱,宫廷却是宽敞幽静。乌众与皇家,没有任何时空机遇相交,所以"人口是这样众多,他们的家屋无止无休",初看有误。但事实上这使者还没走出"内宫的殿堂",宫阙深深,漆门沉沉,卡夫卡慨叹:"如此重重复重重,几千年也走不完。"可见,卡夫卡并没混淆下层与皇族,而是以寓言的方式,书写一种围剿的气氛,与其说这围剿渲染的气氛是在说人多,不如说是权谋兵器。是权力在争夺,杜绝你"冲出最外边的大门",而且即使冲了出去,也再无拯救的可能,"面临的首先是帝都,这世界的中心,其中的垃圾已堆积如山"(卡夫卡,1994)。一派历史残破的景象,坚守一份死人的谕旨,有何效用!

过期作废是权力致命之痛。旁观的叙事者当然不会大悲大戚,但若"使者"真乃炎黄忠义或恃权称霸者,就得另当别论了。只是卡夫卡总是将皇权与父权混为一谈,而且直接经验于后者,这就使得他笔下常透出一种似小孩恶作剧般的幸灾乐祸。对权力,卡夫卡没有义愤填膺,更不屑振臂抗争,有的是一种寒透骨髓的冷嘲,外加上不惜牺牲自己的深刻蔑视。或许正是这独特的气息,让后人痴迷不已。一般来说,常听到叫嚷要革命

---

① 卡夫卡1920年9月17日日记,载叶廷芳编《论卡夫卡》,中国社会科学出版社,1988,第749页。

要颠覆权力者,多半是自己极其觊觎权力。这种人大多容易要么貌似顺从听话,甚至可以奴颜婢膝,要么总在亢奋喧嚣,占山头拉帮派。二者几乎相似,都痴迷权力,一旦有机会就会谋反叛乱,等占据权力之后,这篡夺者往往比逝去的权势者更恐怖。

卡夫卡教给我们另一种面对权力的态度,冷眼旁观,像芭蕉受雨打、岩石遭浪击般默默承受,再淡淡地露出一线审视之后的讥讽。故此,"当夜幕降临时","坐在窗边遐想"的"你",这个本来是第三人称的"使者",作者改换成了第二人称,昭示出普泛意义。行文已然暗度陈仓地将中国使者换成了所有旁观权力的洞察了,并透射出警醒权力的睿智思考。"谕旨"何其神圣啊,可是加上一个"死人的"定语就一钱不值。这份对权力癌病的敏悟当然不是针对中国才有,而且中国的权力对于卡夫卡的内在感受来说也太遥远,他更关注的是与自身、与犹太身份密切的集权。在《皇帝的谕旨》文本中并无明确的中国或者长城这样的专有名词,最多是紫禁城的层层宫廷门道会比布拉格、维也纳的皇宫更加幽深而已,促使小说家借来幻想。但是,只有权力及与权力休戚相关者才会焦灼紧张,时时忧虑"过期作废"。两袖清风者,飞一飞,只是思绪;舞一舞,尽是神驰。故此,在紧接下来的故事里,叙述者已超越出那个"窗边遐想"的"你"而成为议论型思考者,好比视角镜头从"使者"的"窗边"缓缓升起,旭日般,将权力的丑态一览无余。

作为权力象征的"皇帝",对于百姓来说"深怀失望,又充满希望"。权力在明争暗斗中走马灯似的更换,与老百姓毫无关系。影响人们日常生活的人物,皇帝远远不如一个社区牧师更让人信服。而牧师吟诵的基本是"歌谣",于是皇帝也就"只活在歌谣"里,但是当牧师吟诵时,这死去的皇帝的故事就会迅速传播开来,其作用是暴戾与荒淫像历史般明鉴了当下。好处就是:"老百姓就是这样把以往的统治者弄得面目全非,把今天的统治者与死人相混淆。"(卡夫卡,1994)

更荒诞的是,权力还有颁布政令的恶习,对于百姓来说,有用的无一条,无用而过时的遍地篓筐,作为老百姓,就像吃饱了饭闲无事干的钦差,兜售着死人的"训诫",百姓还得佯装着洗耳恭听,否则就是"犯罪"。这是权力的恶,造就的是"……轿子后头,从已经瓦解的骨灰坛中专横地升起一个乡村老爷的形象"（卡夫卡，1994）。权力的恶还在于会臭味相投，近亲繁殖。虽说皇帝远在天边寿终正寝，但"专横"却总能在"骨灰坛中"妖魔般增生。但百姓抗拒妖魔有一套自得其乐的方法，那就是把"远方"驱逐出门外、心外，像把搬弄是非的"乞丐"驱逐一样。巴别塔曾是远古百姓们欲联合力量又遭霸权摧毁的象征，以语言混乱的形式，作为权力对人们施暴的见证。但到今天的百姓，早已看破"骨灰坛"的谎言，就像看破"官老爷"的把戏般，联合的所谓"起义"或是"革命"，"激动"亦是一派胡言，所以，就坚守被巴别塔隔绝粉碎了的语言——叫做"方言"的东西，把有可能的灾难都划给"古音古调"。于是"昔日的伤痛早已消弭"，今日的现实，只要是权力的伤害，亦易"抹杀"，虽说百姓无权无势，有"美好节日的欢畅"就足够了。

  本章欲解读卡夫卡书写无权对霸权的感受，卡式之笔真是精致绝伦，无论是专制还是霸权鼓噪的"革命"，在入木三分的讽喻中，在古今和邻省的时空纵横穿越下稀里哗啦，粉碎得一败涂地。而议论叙述者却始终一本正经，就像"假如有人根据这些现象断定，我们实际上根本没有皇帝，那么他离真理并不太远"（卡夫卡，1994）。

  接近"真理"的百姓却是"忠诚"无比的，以"村口的小圆柱上蟠曲着一条圣龙，自古以来就正对着京城方向喷火以示效忠——"这样的忠诚仪式其实"并没有给皇帝带来好处"，因为"对村里的人来说京城比来世还要陌生"。权力的承诺是最不可信的谎言，如果"方言"可以隔绝"邻省"，像把"消弭的伤痛"遗忘在疤痕而拒绝生痛，那么"京城"却是以居高临下的压迫，像不存在的"皇帝"似的，逼迫无权者接受顶礼膜拜的一个幻象虚拟。好在具有乐天派性情且自由到"无拘无束"的村民，只要世代用条龙去喷火"效忠"那虚拟的皇帝就好。至于那"一望无际"的"鳞次栉比"，昼夜不息、人群拥挤的京城，是可以当作压根儿不存在无须敬仰的，"难以想象有这样一个都城，难以相信京城和皇帝是一回事，就好比不好理喻一朵千百年来在太阳底下静静地游动的云彩一样"（卡夫卡，1994）。这否决在叙事效果上，当然不只是到"我家乡"为止，而是对霸权的颠覆性解构，你再耀武扬威，弱势者也可在灵魂深处，把你这霸权驱逐到"千百年"还有心灵"天空"以外，你其实什么也不是！

从使者第二人称的"窗边遐想"到第一人称的肯定认同，卡夫卡始终都未越出过自身体验。叙述者立场几乎是满怀深情于"家乡""村民"，倘若有国族殖民甚至第三世界等极端政治情绪者读到此，也不能不欣慰，比如"在我所走过的地方我几乎从未遇到过比我的家乡更为纯洁的道德"（卡夫卡，1994）。卡夫卡的笔始终荡漾着一种破折，让读者不要拘泥、僵死于想象，故此，在抒发"家乡"时，用了一个转折，"——然而，这是一种不受任何现今法律管束的生活，它只听从古代留传给我们的训诫"（卡夫卡，1994）。这哪里是在谈中国，分明是在谈犹太传统，还有犹太民族无法皈依任何时髦国族的现状。无论是身份还是语言，立于奥匈帝国分裂后的犹太族群，也只有如此超脱现实，才能居一方而得天独厚。笔者认为，这是说德语的卡夫卡，一改对"训诫"的讽喻而转为认同族群的努力。他虽然不是虔诚的犹太教徒，对教义教规还有别样的看法，但是族群的世代沿袭，犹如他动情的女人，坚守一份族性相通。

但是，小说最后，因对"长城"的归结，还是落笔到"中国"，这时第一人称"我"直接以"考察"者的身份闯入文本，阐明"中国"只是资料"文字记载"，难以"断言我省所有上万个村落甚或全中国所有五百行省的情形"都如同故事叙事者"家乡"一样，但是考察者"我"在观察材料中——"一个敏感者以通晓几乎一切省份的人的灵魂的机会"——得出"这些人对于皇帝的看法跟我的家乡的人的看法时时处处都有一种共同的基本特征"（卡夫卡，1994）。考察深入民族"灵魂"并不是为歌功颂德，所以文本中反复强调这"特征"并不是什么"美德"，而是"政府"平庸，"自古以来它缺乏能力，或者顾此失彼"，还说是权力诱惑的恶，导致"帝国的机构"建设混乱不得力。但是作为百姓，如何"使帝国从京城的沉沦中起死回生，并赋予现实精神"呢？这才是卡夫卡要探究的宗旨。

权力可能朝生暮死，瞬息如烟，但如何将帝国像"精神"那样，百姓可以将它"拉到自己胸前"，就像那个起初受领"谕旨"的使者，"如果遇到抗拒，他便指一指胸前那标志着皇天的太阳；他就如入无人之境，快步向前"（卡夫卡，1994）。皇天的太阳，舞弄权术的权贵们是承负不起的，而卡夫卡可以借笔极尽想象百姓的"胸脯"，可遗憾的是，"但臣仆的胸脯并不想起更好的作用，不过是感受一下这种接触，让帝国从它胸前消逝"（卡夫卡，1994）。这是所有辉煌最后陨落的不幸，但卡夫卡的隐喻性透视如同犹太民族般，若把族性"特征"当作某种"弱点"的话，至少它也是"联合"的手段之一。都城消亡了，但犹如野草在春风中吹生般地在各地各方滋生。问题是除了这"皇天的太阳"的象征符号触发了卡夫卡灵感之外，中国，或者说长城，是怎样在卡夫卡研究探讨"权力"和"帝制"时发生作用的呢？

艺术者与舞弄权术或投机倒把者存在本质的区别就是始终摆脱不掉坚守不渝的品格。在政经界，当下流行没有永久的敌人，也无永久的朋友。这是执着于艺术者万难苟同之处。所以笔者认为，思考帝国或民族性，其实是卡夫卡一贯的执着性格之表现，而之所以选择"长城"，是因为它太具有戏剧性，让卡式思维难以理解却好奇生辉。帝国如何能让遥远的边疆发生作用？这是在帝国建制时就明确的，但由于权力者的无能和平庸，导致帝国不是驾驭、控制住边疆，而是被夺权、改朝换代，不可思议。"长城"在蒙古族当政时，是一个什么样子的象征呢？这本来是防御异族入侵的工程，在异族当政时，产生什么滑稽的功效呢？笔者认为，这才是卡夫卡灵感萌动之因。本章从分析小说后半部分"谕旨"开始，是因文章自身逻辑，卡夫卡从考察历史到"暂时不想再考察"下去时，才呼应出小说上半部分直接写长城的篇章。

滑稽的是，作为防御工程的"长城"在传说中留下了"许多缺口"，感觉就像帝国的建制一般，本来就漏洞百出。而"游牧民族当时看到筑墙而感到不安，便像蝗虫一般以难以置信的速度辗转迁徙，因此他们对于工程的进展有可能比我们筑墙者自己还要看得清楚"（卡夫卡，1994）。如何解释将防御作为摧毁自己的途径这样的荒诞之举呢？卡夫卡的理解是："长城要起几百年的防御作用；这是一项极为细致的工程，因此，利用有史以来各民族的建筑智慧和建筑者个人的持续的责任感对于工作是十分必要的前提。"（卡夫卡，1994）就像我们当今喜好欢唱的"各民族大融合"一般，原来防御比"缺口"更荒诞不羁，工程技艺才是主旨。这样就很好地与卡夫卡的艺术精神契合在了一起,几乎契合到不能没有缺口了。中国有人去辩解说长城无缺口,实在很搞笑,因为卡夫卡言"缺口"早已翱翔出长城防御的魂魄,与事业专职精神相融了。正如卡尔·R.伍德林评述卡夫卡的小说"以隐喻的方式进行螺旋形运动"一般,"就像把一棵散了架的卷心菜重新一片片归拢起来,而且这棵菜还被一条饿得不亦乐乎的虫子啮了许多互不相连的小孔。在重新归拢好的卷心菜里,每一个具有持续意义的小孔都从表面某一部分的暗示开始,穿过卷紧的叶子,到达坚实的菜心,然后再穿过内涵丰富的叶子,到达最外面也就是最大的那片叶子。每一片叶子都在隐喻的关系上和别的叶子卷在一起"。[①] 中国的民族关系,犹如长城的缺口,在卡夫卡笔下其实只是隐喻之借口罢了。所以才强调"砌墙"技术乃国学之重的必要,从小玩"鹅卵石"的嬉戏就在练就基本功。

有很较真的平庸者说,卡夫卡说我长城建筑刚刚开始,简直是胡说八道,在他二十岁的年龄,怎样荒谬地把我秦始皇的帝国误叠进了清朝满族统治间?哈哈,想必卡夫卡在天上知晓如此指责也会乐得不行。在卡夫卡看来,建筑一座艺术文字的城墙,才是他的追求。思维缜密、精致无比的卡夫卡,小说每一段落都是经过深思熟虑,所以他在短短的篇章中可以融汇气象万千。将"建筑艺术",以"最重要的科学"作为国策,且嬉戏进孩童严格的训练,并强调"时代精神"(卡夫卡,1994)。从表面上看,卡夫卡是在嘲讽,但实际透露出他小说技能的精髓,在多么不经意的文字里展示出一个本雅明反复赞赏的"手势",那就是卡夫卡的时代"锤音"。大家都熟悉本雅明在卡夫卡逝世十周年的纪念文中曾指出:"乔治·卢卡契曾说过:今天,为了能制作出一张像样的桌子,就必须具备米开朗基罗的建筑学天才。如果说卢卡契思考的是时代,那么,卡夫卡思考的则是年代。他在粉刷时需要触动的是一个时期,而这还是以极不明显的手势表现出来的。卡夫卡的人物更多的是常常出于莫名其妙的原因就鼓起掌来。顺便还必须指

---

① 〔英〕卡尔·R.伍德林:《女歌星约瑟芬,或耗子似的听众》(1958年前),载叶廷芳编《论卡夫卡》,中国社会科学出版社,1988,第330页。

出，这些手'实际上是汽锤'。"① 本雅明本着他极其敏感的慧识，准确地触及卡夫卡技艺之髓，但是仅依靠中文翻译者，很难清楚领会，基本是人云亦云到不知所云。由于本雅明这里无注释，所以一时找不到卢卡奇言出何处，但结合卢卡奇《小说理论》中的思想，不难发现，卢卡奇强调的"时代"，即20世纪来临之际，他绝望地感受到是整体史诗时代的消亡与碎片故事时代的兴起。在这碎片纷呈的时代，要"能制作出一张像样的桌子，就必须具备米开朗基罗的建筑学天才"。他在《小说理论》终篇以陀思妥耶夫斯基展望的"未来时代的希望"作结，也就是有可能是一些"小歌"，或许"有一天会把这些小歌同其他先行者一起编织成一个巨大的统一体"。②

作为20世纪时代史诗的小说形式，展示的不再是"整合的文明"，而是"问题重重的文明"，③ 这以"邪恶"为时代特征的契机，正是卡夫卡在小说中突出的"幸运"之机。他说许多人的"知识"都"荒疏"了，针对什么而言？正是隐喻营建小说的时机来临。不过他是以专业"泥水匠"来暗示自己的所为："每四个民工就需要一个在建筑专业方面受过训练的人去领导，此人对工程的全局和底细须有深切的领会。"（卡夫卡，1994）"那些好容易当了施工领班的人，哪怕是最低一级的，到了工地，也觉得是值得的。……是他们让人在墙基上放下第一块石头，他们以此感到自己和长城互为一体了。"（卡夫卡，1994）正如本雅明区分的，无论是卢卡奇还是卡夫卡，他们都带着绝望的情绪感受到20世纪这时代的冲击，但卡夫卡不同于卢卡奇处，就在于不只是在时间点"整合"与"碎片"相对之论，而是时间具有宇宙时空变幻之能，一如"粉刷"之

---

① 本文使用的是叶廷芳编《论卡夫卡》中收录的王庆余、胡君亶译文。张旭东翻译的《启迪》集中，基本译意相同。而陈永国在《本雅明文选》中的翻译却有些许怪诞："……如果卢卡契想到的是年龄，那么，卡夫卡想到的就是宇宙时代。粉刷墙壁的人要移动这些时代，甚至在他最微不足道的运动中。在许多场合，而且常常出于奇怪的原因，卡夫卡的人物拍打着双手。曾有一次说出了一句漫不经心的话，即这些手'实际上是蒸汽锤'。"（中国社会科学出版社，1999，第234页）

② 〔匈牙利〕格奥尔格·卢卡奇：《小说理论》，杨恒达编译，丘为君校订，（台湾）唐山出版社，1997，第121页。

③ "The novel is the form of the epoch of absolute sinfulness." Georg Lukács, *The Theory of the Novel*, MIT Press, 1971, p. 152.

技,"时代"以"锤音"之势,在宇宙空间漫动,这才是卡夫卡特异的"手势"①。只有顺着这样的"手势"引导,方可接近破译卡夫卡神奇密码的可能。

当把砌墙、修城作为20世纪小说形式营造的隐喻时,笔者就比较认同残雪的阐释——"分段修建:艺术家的活法"。② 关于创作,卡夫卡在1912年9月23日的日记中记载:"《判决》这篇小说我是在二十二至二十三日的夜间,从晚上十点到凌晨六点一气呵成的。"于是感慨道:"写东西只能这样,只能在身体和灵魂完全裸露的状态下一气呵成。"③ 这很好地佐证了修城者的信心和对成就"像永远怀着希望的孩子"般的激情而必须分段修建。然而,笔者更感兴趣的是除此之外的"还有别的理由"。是什么呢?是"隐而不显"的"十分重要",是"最视而不见"的"姿态"(或者说"手势",gesture),这是本雅明对卡夫卡寓言的解读:"每个姿势本身都是一个事件,甚至可以说是一出戏剧。"像"花蕾绽开成花朵"。④ 也就是说,借用"长城"来建构的话语意义,其实就在于以不现意义中繁衍自我的想象奇葩。

悖反思维,是卡夫卡行文的技法,更是他思维的独具风格。这是郑重其事的努力,但最后若要追究落实处,却只能是一个游戏的空无。就像本雅明在纪念他时首先抓住的"波将金"故事,高级幕僚、国策全权、踌躇满志的结果,最后是一个空落的签名,再重大的意义,都以无意义终归。本雅明说这个早于卡夫卡200年的故事"像一个先驱……笼罩着这个故事的谜就是卡夫卡"。⑤

---

① 笔者更喜欢英文翻译的"age"与"cosmic epochs"的区分。"Georg Lukács once said that in order to make a decent table nowadays, a man must have the architectural genius of a Michelangelo. If Lukács thinks in terms of ages, Kafka thinks in terms of cosmic epochs. The man who whitewashes has epochs to move, even in his most insignificant movement." see Walter Benjamin, *Illuminations*, Translated by Harry Zohn, Schocken Books, 1985, p. 113.
② 见残雪《灵魂的城堡:理解卡夫卡》,上海文艺出版社,1999,第431~435页。
③ 叶廷芳编《论卡夫卡》,中国社会科学出版社,1999,第740页。
④ 〔德〕瓦尔特·本雅明:《启迪》,张旭东译,香港牛津大学出版社,1998,第112~113页。
⑤ 说叶塔琳娜二世的宠臣俄国侯爵波将金生病,国事急待,有苏瓦尔金自告奋勇,索要波将金签名,最后波将金签署的全是苏瓦尔金的无效之名。参看《论卡夫卡》,第27~28页。

把中国长城与巴别塔相连,正透射出卡夫卡的"技艺",本雅明说"煞费苦心",就像"高级领导"命建长城一般,"抡锤是真正地抡,同时又空寂无物"。意义只像孩子堆沙丘般,重在研习。[①] 似乎卡夫卡要追究通天巴别塔的半途而废,就在于基础不牢,而基础正是中国长城的"泥水匠","今天,几乎每个受过教育的人都是专门的泥水匠,在打基础方面是不会有错失的"。卡夫卡说要"从精神角度去理解"不形成圆圈的长城可以是塔的基础,关键就在于"泥水匠"的功能,既是"抡锤"者,同时又只归于"空寂"。领导机构和命令的形成,在于郑重其事,但同时机构又空无一人,"没有上级的领导,无论是学校教的知识还是人类的理智,对于伟大整体中我们所占有的小小的职务是不够用的。在上司的办公室里——它在何处,谁在那里,我问过的人中,过去和现在都没有人知道——在这个办公室里,人类的一切思想和愿望都在转动,而一切人类的目标和成功都以相反的方向转动"(卡夫卡,1994)。这是卡夫卡理解的长城的本质意义,护卫皇帝如图谋天国一样难。而巴别塔的追求没有如此"悖反"思维,只一心想通达上帝天上之殿,岂有不废之理!这既是卢卡奇分析的20世纪小说之形态:"一种绝望的尝试,一种崇高的失败。"[②] 又是卡夫卡解构权力的策略。也就是说,在卢卡奇看来,小说"成为我们时代具有代表性的艺术形式,因为小说的结构范畴基本上同今天的世界模样相一致"。[③] 而在卡夫卡看来是弱小与权力的对话,一如他与父亲的对话一样。

以小说的形式建立内在心灵的"帝国",就像找一个防御的借口,而其实青面獠牙的北方民族,根本子虚乌有。"即使他们骑着烈马径直追赶我们,——国土太大了,没等到追上我们,他们就将消失得无影无踪。"(卡夫卡,1994)本章认为,之所以权力会成为卡夫卡的寓言要素,正是因为它太"大",大到威严震壁,却又空落虚无,就像人人高呼"吾皇万岁",却要落实"打听","可是说来也怪,几乎不可能打听到任何事情,

---

① 〔德〕瓦尔特·本雅明:《启迪》,张旭东译,香港牛津大学出版社,1998,第129页。
② 〔匈牙利〕格奥尔格·卢卡奇:《小说理论》,杨恒达编译,(台湾)唐山出版社,1997,第27页。
③ 〔匈牙利〕格奥尔格·卢卡奇:《小说理论》,杨恒达编译,(台湾)唐山出版社,1997,第65页。

向走过那么多地方的香客打听不到，向远近的村庄打听不到，向那些不仅航行在我们的小溪上，而且也航行在各条圣河上的艄公们也打听不到。诚然，听到的不少，但一件也不能落实"（卡夫卡，1994）。大而无当的权力啊，就像"我们的国家是如此之大，任何童话也想象不出她的广大，苍穹几乎遮盖不了她——而京城不过是一个点，皇宫则仅是点中之点。作为这样国度的皇帝却自然又是很大，大得凌驾于世界一切之上的"（卡夫卡，1994）。可他不仅与普通人无二样，还不时有被"毒箭"瞄准"从轿舆上射下来"的危险。而实在内心充实的百姓，无须知道"主子受刑"，也无须知道王朝"奄奄一息"，对于不幸，"像迟到者，像初到城市的人站在拥挤的小巷的尽头，安闲自得地嚼着所带的食物"（卡夫卡，1994）。

　　本章终于抵达开篇的"传说"之处，统观上下方悟出：其实，在小说结尾卡夫卡着重的"家乡"，就是其小说构设的内心宇宙，赖以安身的根本，自得于心。相对过眼烟云、过期作废的权，踏实如乡。然而，作为"异乡人"的卡夫卡本无"家乡"可言，而此篇小说以中国南方为家乡所指，一如借了长城一说，是内心的小说世界，除此之外，岂有他乡！

第二章　爱与死相缠的叙事奥秘

爱与死相缠，乃基督教的奥秘。但笔者说，十字架上的死，多半还是被动的，我主耶稣痛苦难忍时也禁不住要问：父啊，为什么？但卡夫卡笔下的子却是连问都不必的，似乎欣然接受父的"判决"，毅然走向死，只为由衷地抒发："亲爱的父母亲，我可一直是爱着你们的。"①

没有任何理由可以解释格奥尔格的投水自尽，他生意兴隆、预期美满姻缘，仅仅因为年老体衰的父亲一时的愤懑"判决"儿子"投河淹死"，于是儿子就不得不死。卡夫卡为何热爱父子之间的角逐？卡夫卡笔下的家总是一个竞技场，父子间，是这方日落那方起。

《判决》中，就因为母亲的死挫伤了父亲的锐气，格奥尔格于是茁壮成长，将商行的生意扩大到五倍之多，使越来越边缘化的父亲积下怨愤。争权中的弑父是古希腊神话以来的笔法，克洛诺斯不阉割乌兰诺斯，就不能取得王位，宙斯不弑父就难掌大权。但卡夫卡不写权力，而是倾心于亲情，满怀深情地叙写父子血缘缠绵：儿子深情地抱着自己认为的病弱的父亲，满心"责怪自己，对父亲照顾不够，经常替父亲更换洁净的内衣，这是他应尽的责任"。他还下决心要同未婚妻商量把老父亲带入新居。而怀里的父亲几乎是以一种"惊恐"的方式让这种自责连连升级——他玩弄着儿子胸前的表链，且紧紧抓住不放。如果采用平庸的阐释，说这里正表现了习惯思维常用的老人对小孩的眷恋，甚至正是这眷恋之诉求受阻，

---

① 〔奥〕弗兰茨·卡夫卡：《判决》，孙坤荣译，人民文学出版社，1994。

方可老调重弹起孝道与疏忽,那就几乎完全损坏了卡夫卡的寓言之笔。卡夫卡非常经济地使用他的叙事权利,甚至故意使其故事总有一部分在半明半隐中,很像素描的阴影,形象骨骼由阴影方才凸显,于是阴影在叙事空间占的比重远远大于形象本身,其结果使我们读者总在似是而非中。

当父亲终于"躺好"在了床上,父子亲情几乎要走近"亲近"时,却仅仅因为父亲要将被子盖严实而骤然翻脸。温暖是父亲需要的,也是儿子愿意给予的,但是倘若这温暖过渡到"覆盖",就有颠覆之嫌了,就有点好似权力,无论忠还是孝,若是仅控制在下级的服务与上级的享受之间,也就是说下级为奴、上级为主之间,那才堪称德行。而倘若是下级主动,上级承受,那就反了。父亲也就是这样愤怒地掀开被子,"直挺挺地站在床上","你要把我盖上,这我知道,我的好小子,不过我可还没有被完全盖上。即使这只是最后一点力气,但对付你是绰绰有余的"。卡夫卡笔下的角逐在《判决》中还没有血淋淋,仅到与儿子的朋友结成联盟,并盗得儿子"顾客的名单"揣于"口袋里"而已。若立于父亲的立场,平庸者会说,正是儿子没有恰当地尊重父辈才会酿成积怨,就好比权力即使更替,元老也要被尊为顾问般,否则就麻烦了。

卡夫卡的叙事方位始终在儿子这方,父亲只是儿子的镜面折射,也就使得儿子始终似乎不明白父亲动怒的原因,就只能惊恐不前。熟知权力斗争的读者明眼一看就知,这是主人与奴隶的辩证法,可是卡夫卡笔下的儿子始终没有进入与父亲角逐的状态,也就是说,作者始终不愿意让他的人物跌入平庸的权力斗争中。卡夫卡要描摹出他人物的心态,一如这儿子被父亲以粗鲁的语言侮辱,他的未婚妻被直逼到角落时,一度也想起防卫:"长久以来他就已下定决心,要非常仔细地观察一切,以免被任何一个从后面来的或从上面来的间接的打击而弄得惊慌失措。现在他又记起了这个早就忘记了的决定,随后他又忘记了它,就像一个人把一根很短的线穿过一个针眼似的。"这个"记起"与"忘记"的心理波纹,正是卡夫卡荡漾之笔,短而稍纵即逝的"线"正是卡夫卡要"儿子"止步于平庸的进入,悬浮于角逐之外。于是这竞技就变成了单方独霸,老谋深算的自私自利,与懵懂不知的倾情豁出,不成对峙却相对着。结果是后者甘愿退出舞台,以死表白。

如此抒情的还有《变形记》①，如同《判决》，儿子最后都以死表爱。《变形记》中的甲虫格里高尔临死前的心理活动更是催人泪下。被父亲砸进的血淋淋"烂苹果"已让"周围发炎"，且"蒙上了柔软的尘土"，以至于"早就不太难过了"。他只是"怀着温柔和爱意想着自己的一家人。他消灭自己的决心比妹妹还要强烈呢……"儿子、哥哥、曾为一家人奔波卖命的格里高尔是如此沉思而走进命若游丝、终止气息的。在被隔离、被嫌弃甚至受到父亲的重创致残之后，心满意足觉得"足够的补偿"却是"起居室的门"不再闭合了，于是格里高尔就可以"每到晚上——他早在一两个小时以前就一心一意等待着这个时刻了"。在家人晚餐相聚时，"他就可以躺在自己房间的暗处，家里人看不见他，他却可以看到三个人坐在点上灯的桌子旁边，可以听到他们的谈话……"这是他从前的生活，沦为甲虫的格里高尔只能"以一种渴望的心情怀念这种气氛"。卡夫卡哀婉地讲述着一个无端被沦落为非人之人的情感，充满愧疚，却又满怀深情。正是如此情深意切，最后不得不献出生命。

卡夫卡试图寓言性地叩问：沦落了的生命是否可以渴望"营养"，像"妹妹"小提琴的音乐？他徜徉其间，曾愿意为她付出全部；即使沦为非人，亦坚持独具慧眼。可惜就是因这份执着牺牲了生命。在卡夫卡看来，门从来未向渴望还有情感敞开，而是"灾难间"门庭洞开。作者始终立于被疏离的"儿子"视角，千难万险，被剥离了为人的全部肢体，仅剩"坚硬得像铁甲一般的"背脊，还有挣扎不懈的"细得可怜"的腿，即使被砸断，"火烧一般"却也要坚持不懈，"坚持下去，咬紧锁匙！"在笔者读来，似乎这样的视角，正隐喻着卡夫卡欲开启的心智，那异化了的人类早已不熟悉的情缘。似乎这样的情愫，弱势的临死的"儿子"更能表达。

谁说父亲高龄年迈？当杀死儿子之后，一如格里高尔的父亲，脱去了老朽，重新焕发活力。当然，《变形记》故事中的父母、妹妹是将"世界上要求穷人的一切，他们都已尽力做了"来展示活力新生的。但笔者更

---

① 〔奥地利〕弗兰茨·卡夫卡：《变形记》，李文俊译，人民文学出版社，1994，以下引文皆来自本版本。

愿意将这作为揭示权力之寓言来理解,就像《判决》中揭示的,仅因为我难以成为你一样的人,就被判决去死。除了权力,还能有什么样的东西如此令人丧心病狂?也只有权力的霸道才能如此随心所欲地操纵他人生死。而且,没有任何一种权力愿意有后代的,所谓培养接班人,其实只不过是自欺欺人罢了。占据权力者个个都希望断子绝孙,自己万岁万岁万万岁。万古长叹的倒是卡夫卡笔抒的后代却甘愿于情深似海,把自己化为云彩。

第三章　如云彩般飘逸的寓言叙事

卡夫卡的寓言小说《饥饿艺术家》[①]，乍一看"饥饿"，首先会解题"艺术家"对知识的渴求，特别是当你自身遭遇信息封锁，感觉窒息难耐时。但细瞧卡夫卡的"饥饿"，既与求知无关，更与求食无缘。"饥饿"是一个"艺术家"的表演内容，仅与"表演"发生关系，而且这"表演"还是不及物的，也就是说，不是通过表演作为桥梁谋取什么，而是只到尽职尽责乃至献身为止。卡夫卡正是营造出了这样一个悬乎的场景，让读者如入迷宫。

人们多半习惯于这样思维，但凡表演总有目的，以展示绝食的表演其意义何在呢？无论是政治抗议还是行为艺术，背后总有点意旨吧，相比较之下，卡夫卡的"艺术家"似乎为"表演"而死，却少了表演的内涵，反倒是政客们高调倡导什么行为艺术，更似走秀般的表演了。在媒体影像风行的当下，表演之意义当然在吸引眼球，吸引眼球背后当然有企图，像展览的经理，要的是票房，但卡夫卡笔下表演者的独特就在于没有因超高的票房而星族般四彩流溢，反倒是"阴郁"无比，在"光彩照人、扬名四海"时，"谁能对所见到的一切不满意呢，没有一个人"。但是"只有饥饿艺术家不满意，总是他一个人不满意"。也就是说，表演者，即使是以"笼子"的形式，只要有反省，主体就难灭。而当下流行的表演主体却是死了的，即使推出星和模，依旧空洞无主体内容。展秀是通往豪门富家的通

[①] 卡夫卡：《卡夫卡小说选》，叶廷芳等译，人民文学出版社，1994。

道，甚至从选秀包装起，就是我卖青春你捧场。一堆骨架支撑着五颜六色的皮囊，似乎卡夫卡发誓要颠覆的就是俗世的肉体买卖关系，于是才要展示"瘦骨嶙峋"。在笼子里的"艺术家"也是高傲的，卡夫卡极尽他的反讽语汇，"不屑椅子""礼貌致意""强作笑容"等等，都是"艺术家"拒绝媚俗的姿态。与讨好市场完全背离，卡式"艺术家"只是"完全陷入沉思，对谁也不去理会，连对他来说如此重要的钟鸣（笼子里的唯一陈设就是时钟）他也充耳不闻，而只是呆呆地望着前方出神，双眼几乎紧闭"。让"饥饿"带着深深的"心灵冥想"，在完全丧失"沉思"的时代表演一场"心灵冥想"，犹如在丧失头颅的躯体上方呼唤、悲悯。

笔者认同美国评论家斯托尔曼（R. W. Stallman）的观点，即这"沉思"中，"艺术家自信创造性的表演或观点是永垂不朽的"（《今日弗兰茨·卡夫卡》），但笔者不认同作者的"时间击败了否定时间流逝的人，而时间的流逝就是我们今天的现实"。在斯托尔曼看来，笼子里的"时钟"终于将"艺术家"击毙，因为他最后的死使看守员忘记了时间。但笔者认为卡夫卡的出色恰恰是对时间的蔑视，从笼中辉煌时艺术家对其"不屑"到最后干脆将时间废置，卡夫卡倾心象征而出的皆是"不朽"。在叙写到"双眼几乎紧闭"时，叙述者要用的是卡氏惯用的娴熟伎俩："有时端起一只很小的杯子，稍稍啜一点儿水，润一润嘴唇。"在卡氏看来这是非常朴素的叙事，平庸者很容易误解，以为"艺术家"笼中亦有稍微的妥协，这样的误读会导致小说下段的不知所云。因为若允许对"水"妥协，那么对"食"也难坚持。其实，卡夫卡此处书"水"非真需，而是使用其寓意之技，在"沉思"的明喻中宕开一笔，像彩虹划破灰暗的天空，暗示我们死白的大脑闪现一束圣光，那是苏格拉底时代的沉思颂歌，"润一润嘴唇"，就好似雅典广场的演讲在暗流涌动。作者用叙述做了无声处理，一如"饥饿表演"。因此，"饥饿"更是某种表演技巧，是表演主体事业的全部。

因此，小说第二段，以论证的方式，阐明"饥饿"的神圣性。在"川流不息"中要超越出一份纯粹，是知其不可为而为之者的通病。卡夫卡让"公众"推选出了"看守"，而"看守"的本质却是"屠夫"。结果，艺术家的"饥饿"就只能与屠夫的"吃"相缠相绕，一如精神与物质的相对。卡夫卡从艺术家的黯然神伤开始叙写。作者要写出的是为艺术献身者与这个时代的冲突,为事业的荣誉,饥饿表演者"无论在什么情况下都是点食不进的",因为"他艺术的荣誉感禁止他吃东西"。可悲哀的是没有人信他,更悲哀的是这个世界已经没有信的可能,只可怜这艺术家的执着,为了证明自己在晚上没有偷吃东西,倾尽解数,甚至用歌声来吸引看守保持清醒,以看守的职责无差错来做艺术家贞洁的见证。而事实上,即使是昼夜辛苦,而且清晨掏腰包奖赏看守的一夜辛劳,却依旧不能让他人甚至看守自己证明艺术家的忠贞,因为,打盹甚至开小差像人性般天经地义,还有你可能"一边唱歌,一边偷吃呢",执着难,信执着更难!古希腊为荣誉可死,荣誉在现代却啥也不是!再说,谁有胆量去保证他人的执着?为别人见证,代价太大。无论怎样付出都不被信任,让艺术家忧郁消沉。更难堪的是,因荣誉的销匿而伤心欲绝到"消瘦不堪",竟然会被误认为是"饥饿",真是奇耻大辱。更相悖的是,言不由衷的世道,对任何由衷的表达都会践踏乃至批驳其伪善。

小说第三段,作者花两页的篇幅来叙说用脑袋生活者渐渐走向人头无所皈依。从自我反省开始着笔,对职责、对自我的反省意识,本是人之初为人之根本。艺术家对自我的反省在世人看来几乎是江湖骗子,更不能容忍的是,还炫耀技艺,将世人弃之如敝屣的东西视为至宝,是可忍,孰不可忍?竟然是表演,就该有作秀的自我定位,妄称追求,才当被耻笑。卡夫卡在这里开始将"追求"与"生道"对峙,艺术家追求的是"超越",对高峰境界的执着,为此,"饥饿表演"就无终期。但世俗讲究适可而止,像票房讲究周期一样。所以,经理要将"饥饿表演"定为四十天作为最高期限。"经验证明,大凡在四十天里,人们可以通过逐步升级的广告招徕不断激发全城人的兴趣,再往后观众就疲了,表演场就会门庭冷落。"因此,到了四十天期满,就会有一场哗众取宠的仪式,在鲜花、美女还有救援医务人员的热闹中,将饥饿艺术家从笼中抬了出来。这天衣无缝的世俗程序却让一心想要超越自己极限的艺术家迷惑不解:"为什么要停止表演呢?……为什么要剥夺他达到这一境界的荣誉呢?为什么这群看起来如此赞赏他的人,却对他如此缺乏耐心呢?自己尚且还能继续饿下去,为什么他们却不愿意忍耐着看下去呢?"依旧是艺术的追求与表演的实际之区别，好似脑袋与身体之差异。

卡夫卡意在表明，物质世界对身体的珍视与脑袋的理念有着本质的区别，可不解世事的艺术家却迷茫混淆了。阴差阳错地，票房经理要的"饥饿"可以产生物质效应，就像灾难可以生情一般；而艺术家只因不能企及极限境界而被俗世折磨到奄奄一息。荒诞的是，这追求被摧残而酿造得奄奄一息，竟然又很好地沦为了煽情的另一效用。以失败为坚守之阵地的卡夫卡，在短短叙事中几乎可以说是尽情地让物质去诋毁精神。"过分沉重地压在他细弱的脖子上的脑袋"，无论是对食物还是美女，感受到的都是恶心和残酷。更无奈的是，经理还有权以出场之势，一下就"双手举到饥饿艺术家的头上"，将殉道者作为一件"极易损坏的物品"，像所有拍卖者对待古董般，阴谋地"微微一撼"，"于是饥饿艺术家只能听任一切摆布；他的脑袋耷拉在胸前，就好像它一滚到了那个地方，就莫名其妙地停住不动了"。当世道多以无头尸体般地过活为正常时，异己的脑袋就只能随摆布而停止，要么如骷髅般做些花饰的装点，要么就只能弃置无用。但是卡夫卡笔下的艺术家，"双膝出于自卫的本能互相夹得紧紧，但两脚却擦着地面，好像那不是真实的地面，它们似乎在寻找真正可以落脚的地面"。如果说剧场经理的展销不是艺术家要落脚的"真实地面"，那归宿就真的无法存于人间了。

接下来，故事主要叙述饥饿与虚弱的因果倒置，非真的世界，一如现代人的生存状态，艺术以"昔日爱好"消逝，无所皈依了。喝彩的观众将饥饿艺术家抛弃了，而这艺术家却除了"饥饿"一无所长。这是专业技能在蔑视专业的时代所遭遇的必然命运。在此，笔者的解读禁不住要问：什么是卡夫卡的时间观念呢？故事的叙述者旁白道："诚然，饥饿表演重新风行的时代肯定是会到来的，但这对于活着的人们却不是安慰。那么，饥饿艺术家现在该怎么办呢？"卡式的寓言时间有过去的辉煌，未来的"肯定"，就是无现在。对于任何理想主义者来说，时下都是缺席的。全身心都投注进自己事业的艺术家，要随时势改行，"不仅显得年岁太大，而且主要是他对于饥饿表演这一行爱得发狂，岂肯放弃"。于是，在万不得已之中，能坚持自己事业的途径只有一条，就是从艺术的展览降格走向马戏场，在人们观看畜生的途径中为他设了一个笼子，沾了一点畜生的光芒，以至于要去观看畜生的人们顺带也就把他给览看了。

不合时宜的挚爱是导致殉道者死于当下的原因。只要一触到情弦，就立马会信誓旦旦。饥饿艺术家在马戏场应聘时，因一时激动，"竟忘掉了时代气氛"。如果说这篇短篇小说的前半部分揭示了精神与物质的相对，那么后半部分从马戏场开始，就完全着力于基督似的殉道描绘了。笔者认为，小说已不在乎艺术的表演主体与动物相邻，而更着重的是观者自身，俗世人群。当人们正在蜂拥地往兽类而趋时，艺术家，或者不灭的精神正是人趋奔兽途中的一个"障碍"。卡夫卡用象征手法，精到地将这艺术的精髓，为人趋向兽设障，淋漓尽致却又冷静如工匠般精嵌于故事。笔者认为，卡夫卡小说的魅力在于，不只是给你故事，而是在故事中蕴藉着思想理念，对饥饿艺术家的叙述，关键还在于对艺术本质及现状的思考。从与经理"跑遍欧洲"的循环展到马戏场，从个体专技转化成了群体普遍竞争制，"马戏团很庞大，它有无数的人、动物、器械，它们经常需要淘汰和补充"。再也没有什么是永恒不变和独一无二的了，人都如物如兽般分群而争，一如涌来观兽的大众。卡夫卡之所以将他们分为几派，派与派的争执与冲突，说其影射了时下艺术专业批评也不为过。只是货真价实的理解者阙无，却只是"吵嚷得震天价响"，如此的现实与其说使得艺术家"颤抖"，还不如说由此他才拿定主意要决绝于时下。

但是，在吵嚷、无知之外，故事又出其不意地荡开一点涟漪，好似艺术家那坚持不懈要寻找落实之地的"双脚"，绝望处仍寄寓了希望，构设了一家长与孩子的讲解。也就是说，真正的艺术生命在故事中，尽管孩子难以理解，叙述者亦问——他们懂得什么叫饥饿吗？如果说饥饿只是物质的食物现象，那么婴儿期就有本能反应。这更可以证明卡夫卡的"饥饿"就是非物质的别有所指，而这所指之精神才是疑问——孩子懂吗？而笔者更认为，这疑问指向的并非是孩子自身，反而是质问这个时代世道。孩子即使暂时不知，也还有将来的希望："然而在他们炯炯发光的探寻着的双眸里，流露出那属于未来的、更为仁慈的新时代的东西。"未来如天国般未知、难以企及，却又总不失信心，这是理想者唯剩的安慰。也许是孩子家长的启发，于是艺术家就有了"暗自思忖"："假如他所在的地点不是离兽笼这么近，说不定一切都会稍好一些。"像所有渴望净土之士，幻想这世界若能让亲近兽类的动物群居在动物笼，而人有人的居所，特别是艺术家可以传授知识为己任。可现实是残酷的，饥饿艺术家清楚，倘若他欲申诉，结果是就连作为"障碍"的功能都将被取缔。也许除了天国的净土，于世间，人很少有自主趋近完美的可能。

笔者几乎揣度，艺术家最后被忘却在腐草底下，很大程度上是自我选择，是他绝望之后寻求僻静安宁的唯一可能。在他沉入腐草底下之前，从"扬长而去"的愚众到对讲述饥饿艺术的质疑，好似对自己一生的追求做了一个总结，直至"美术字"被撕，日期牌的更换也遭"腻烦"，艺术家就像圆寂般遁入自己追求的"沉思"境界中了，"像他先前一度所梦想过的那样继续饿下去，而且像他当年预言过的那样，他长期进行饥饿表演毫不费劲"。在被世间遗忘抛弃的时空中，终于拥有了超越的可能。但是，这超越却无法有历史的踪迹，因为"连饥饿艺术家自己都一点不知道他的成绩已经有多大"。在理想光芒即将趋近时，却又不得不"心变得沉重起来"，因为不只是历史无载，更是因为世间太多"游手好闲的家伙"，将会玷污和"奚落"艺术家付出生命的神圣。而这充满谎言的世界，"人们的冷漠和天生的恶意"是会直接挫伤艺术家理想之崇高的。叙述者在此挺身而出要做见证："因为饥饿艺术家诚恳地劳动，不是他诳骗别人，倒是世人骗取了他的工钱。"

似乎最后是作者为见证艺术家的成绩或者说是为其归宿立了一个像丰碑似的梯子，方构设了一出"管事"发现闲置笼子的事件，使得腐草底下的艺术家出色地做了最后的告别表演："你还一直不吃东西？"管事问，"你到底什么时候才停止呢？"不需要再说什么了，艺术追求取得了终极胜利，是这超越实现之胜利，让通篇都处在劣势的艺术家陡然与这个世界的观众换了位。尽管他生命已趋近尾声，但艺术之魂高高在上，以至于企及"仁慈"的极态，不只是宽恕愚蠢的一切，还要向俗世道歉："请诸位原谅"，毕竟是自我艺术的追求将一帮俗人拽来陪阵。故此，艺术家要呈明，就像基督徒最后进入天堂必做的忏悔一样："我一直在希望你们能赞赏我的饥饿表演"，但当管事迁就地回答说"我们也是赞赏的"时，这伪善再也不会让艺术家受到伤害了，而是坚定地否决："但你们不应当赞赏！"有着绝妙叙事本领的卡夫卡，这里夸张性地使用反讽对话，让精神之高贵与俗世之伪善做了淋漓的表演。管事附和道："好，那我们就不赞赏。"审美主体的坚守与丧失审美主体的乌合豁然映衬而出。但是为什么呢？表演的目的是什么再度隐隐而出，艺术家泄露天机："因为我只能挨饿，我没有别的办法。"这样带有形上色彩的献身之语，凡俗的管事当然不懂："瞧，多怪啊！"管事说，"你到底为什么没有别的办法呢？"这样的问题，是屡屡发生在俗世质疑理想者之间的，而倘若理想者要坚持疏导几乎是对牛弹琴。因此，回光返照的艺术家似乎在最后的时刻得天道，努力用几乎"亲吻"的仁慈，以俗世之耳能懂的方式解释道："因为我找不到适合自己胃口的食物。假如我找到这样的食物，请相信，我不会这样惊动视听，并像你和大家一样，吃得饱饱的。"让俗世相信他的坚持是本能，是无法不坚持的唯一。艺术家把理念对艺术的追求转换成生理的习性，于是，就安全地获得了世间的"信"，而且拥有了"继续饿下去"的理由。

最后的谢幕是挥一挥衣袖，不带走一片云彩的潇洒：打扰大家的视听了，献身饥饿是宿命。故事本该在此结束，但卡夫卡意犹未尽，还要戳穿俗世的芸芸众生。艺术家执着信念的生命在这娱乐的时代实在太不好玩、太闷，就像艺术家曾付出生命却被世人"弃置如此长时间的笼子"，终于因一只"凶猛的野兽"而"赏心悦目，心旷神怡"了起来。凶猛是这时代的天经地义，无所不能的野兽几乎"连自由也随身带着"，而人们就为此癫狂到"舍不得离去"。卡夫卡如此荒诞地给我们照了最后一个快照。驻笔！

第四章　影像网状化叙事

　　叙事学产生本身就意味着以科学的方式来分析写作的某种程序和规范，试图在漫无边际的虚构殿堂，可以把握想象思维的某种功能状态。叙事的演变与科技手段分不开，比如普罗普所使用的归纳法，将自童话以来的叙事归纳出模式规律：故事开头有多少种模式类型，故事进程中有怎样的障碍设置，结尾又能获得几种可能性。而叙事操作本身，更与材料工具的更新递进分不开。比如，中国曾经是竹简刻字，那在竹简上刻下的故事穿插想象，只能在构思前完成，否则刻下如刀记的秩序，除非遗失和残缺了某块竹简，一般多为循规蹈矩。印刷术的发明，一定程度上使得后来剪辑技术运用到故事叙事成为可能。也就是说，蒙太奇的电影制作手法，运用到叙事写作中时，已囊括了虚构想象及叠加剪辑组接之功。如今的写作，多为电脑操作，复制拼接的快易前所未有，那么对叙事的影响如何呢？

　　本章以马里奥·略萨的文本为范例，试图阐明网络技术对叙事的冲击。一个立志为文者，可以很好地利用这新科技，将写作叙事发掘光大，而不是利用网络便利就胡来乱搞抑或抄袭平庸。一个好的叙事文本是在丰富想象、超然天分之外借助技术更新，犹如蛟龙般潜入文字自身，精雕细琢，方可夺目绚烂。

　　马里奥·略萨将写作当成"宿命"，他崇拜福楼拜就在于《包法利夫人》文本中不只写了一个幻想女人的故事，还在于作者一次次剖析自己怎样写。福楼拜对技艺的精益求精、打磨组接文字的功夫胜出写作天分，让马里奥折服。在《一个作家的证词》中,马里奥谈道:写小说非常费工夫,需要将生活中沉淀的影像不断加工、修改,使得也许并无光彩之物,通过努力和坚持,直到造就一部天才之作、杰作为止。他的《酒吧长谈》号称费时十五年,作者说若让他自己选择一部留世之作,那就是这部,因为写得最辛苦。[①] 要能真正理解这份"辛苦",必须深入文本中剖析其技艺。在进入其技艺之前,笔者要指出的是,读马里奥·略萨的作品也不轻松,特别是当读者还没能进入故事时,你会被一种混乱的叙事搞蒙。作者说他最喜爱的不是写作,而是在一堆混乱文字影像中开始慢慢修整梳理。这也同样要求读者离析纷乱的线索和交响的声音,最后你恍然大悟在其中。如此文本,对读者的智力和思考,有着明确要求,即使是如《劳军女郎》这样的刺激性故事,你的阅读也不能只是满足快感为止,而必须在辨析中跨越一道道艺术巅峰,使得文学就是文学,不只是消遣。

马里奥·略萨出身中产阶级,但有平权思想,而且写作基本在谋生的业余中完成。有人说他的作品不无现实主义风采,他自己也强调文学该具有批判性。[②] 那么,本章首先来探析他在文本中是如何进行揭示和批判的。

《酒吧长谈》中的主人翁圣地亚哥,《纪事报》的记者,写过剿狗社论,当造成自己的狗也被捕后开始寻狗,接触黑人工作区域——狗场,肮脏、野蛮、工资低下。这些一般的末流作者也都能写,甚至是他们混饭吃而故弄玄虚的主要核心内容。但马里奥·略萨却出其不意,让这哗众取宠的通俗情节只做了故事的一个铺垫序曲,力求展示的却是圣地亚哥一个少爷与失去联络多年的曾经的黑用人的相逢。这个与劳动人民亲如兄弟、情同手足的细节并不新鲜,克服小资的心理刻画,文学长廊里也多如牛毛。马里奥·略萨叙事讲求一定的精致,比如使用三个"犹豫",因为黑人并没有认出少爷,少爷完全可以避开麻烦,可是却伴随着重新获得自由的狗巴杜盖"冲着灰蒙蒙的天空汪汪直叫"声,抑制不住地喊出了黑人的名

[①] 参见〔秘鲁〕马里奥·巴尔加斯·略萨于2011年6月14日上午在上海外国语大学逸夫会堂所做的演讲。
[②] 在《一个作家的证词》演讲最后,马里奥·巴尔加斯·略萨谈到"文学并不是消遣,文学有一种批判的精神"。

字。"犹豫"反衬出的是黑人朴实真诚的欢喜。接下来是四个小时平民酒吧的叙旧,这是《酒吧长谈》的第一幕。叙旧的内容在这第一章节似雾里看山,掠影略显。作者精心构设这故事纲领性一幕的网状效果,让悬念如游戏峰峦迭起,挑逗、暗诱,使读者不知不觉就如折服于鱼饵的游鱼上了钩。由此可见马里奥·巴尔加斯·略萨的潜心。

名为"长谈",却很少对话,可以说对话钩织在叙述者少爷叙事视角的观察中,那是一种身不由己的深入,却在心理上又时时受画外音干扰性摩擦。不是图像的单纯结构,而是集影像、音响及气味交织的网状呈现。影像里有现实的破旧几乎千疮百孔、有透过闭塞缝隙依旧流露出的自然天空和石块、有炉火的劳作,还有伴随饭菜热气的调戏,更有观察者隐秘的恐惧;相对这一切的是久别重逢喜悦中的黑人安布罗修的坦荡和浑然不知。在"汗味、葱蒜味、尿味和垃圾味"、电唱音乐声、嗡嗡的人声、马达声和喇叭声混杂的背景下,意识自然进入无意识中,再森严的阶级界限在恍惚中也必然动摇。于是才有"安布罗修接过圣地亚哥递过来的香烟吸了起来,又把烟屁股抛到地上,用脚踩进地里。他咂咂作响地嚼着汤里的鱼,拿起鱼刺一直吮到发亮。他一面狼吞虎咽地把面包塞到嘴里,大口大口地咽着啤酒,并用手抹着脸上的汗水,一面听着圣地亚哥讲话,不时地回答或问上几句"(略萨,2011)。这是一个阶级高位的俯视镜头,镜头里的底层呼应着前面的味道及音响。作者的审视在叙事之中,而读者却已明白了评判。可这评判却又是那样不具有稳定性,犹如网络看不见的传送波流起伏不定,"岁月不知不觉地就把人给毁了,少爷"(略萨,2011)。这是一句看似不经意却实际是作者精心的穿插。而读者若不仔细专心阅读,几乎容易忽略掉这心语的对话。

可是对这底层黑人的交心之语,少爷的回应是什么呢?"圣地亚哥思忖着:我怎么还不离开他呢?我该走了。"(略萨,2011)就好比根本用不着阐释的画面,以视觉的高下就足以将等级优劣、傲慢与卑微展露无遗。但是,叙事者却是那样冷静深邃,不动声色,叙事视角从少爷意识中金蝉脱壳般出来,成了纯粹客观的描述:"圣地亚哥又要了啤酒,斟满杯,抓起自己的酒杯。"这个状况性画面成为一个回旋符,在接下来的篇章中反复插入叙述中。当意识以等级身份的高傲冒出时,下意识地"圣地亚哥又要了啤酒"就会如网络插件一般中断你的思维。这要酒的似醉非醉的状态，揭示出来的确是一种颇具意义的东西，只是叙事者不动声色而已，仅仅让叙事本身说话，由读者心领神会。叙事者俯视视角下的图景："他一面讲话、回忆，一面打瞌睡、想心事。他观察着啤酒上面的泡沫，每个泡沫犹如一个小小的火山口，静静地张开嘴喷出黄色的泡泡，然后又消失在被人手捂温了的黄色液体中。他眼也不闭地喝着酒，打着嗝，掏出香烟点上就吸了起来。他弯下身子去抚摸巴杜盖：妈的，事情算是过去了。他讲，安布罗修也讲。"（略萨，2011）在这一组交替叙事的画面中，读者难以区分谁是他、他是谁。如此叙事要产生的效果正是少爷与黑人已经难分你我，是在努力突破阶级身份的局限将朋友双方的视线拉平。只有在这平视的客观里，等级才化为乌有。

只是少爷是无意识的行为，叙述者用了第三人称"他"作为"讲"的主语，而黑人的"讲"却是由衷的，也是主体本身的，所以是"安布罗修也讲"。微妙到不露痕迹的区别处理，正是叙事视角暗度陈仓之机，于是就又有了"安布罗修的眼泡发紫了，鼻翼像是长跑过后似的扇动起来"（略萨，2011）。不难明白，叙事视角已从客观叙事移向了少爷的俯视视角了，因此俯视中的"他"就是被看的黑人了："后来他每饮一口就吐一口唾沫，出神地凝视着苍蝇，在回忆往事，在倾听，一会儿悲一会儿喜，一会儿悲喜交加，他的眼光一会儿怒，一会儿惊，一会儿走了神；有时还哼上几声。他那头发已经发白。工装外面罩着一件上衣，大概原来是蓝色的，扣子都掉了。衬衣的高领子像根绳子缠绕在颈部。"（略萨，2011）这个俯视视角本来隐含了鄙夷，但好似叙事者也不能接受这样的跌宕，于是狐疑性地插入一投注性目光，这目光正好与圣地亚哥叠合，既成就了圣地亚哥的主体性，又如镜面般隐含了一道反射光："圣地亚哥朝他那双大鞋看了一眼，鞋上满是泥泞，都走了样，穿的时间太久了。"（略萨，2011）这还是一道可以反射出同情、怜悯的光芒，但是，这个"故友"的少爷，却又有另一番不为读者知道的隐情，导致他念叨："他讲话的声音时断时续，是那么结结巴巴、畏畏缩缩，那么小心翼翼，似在苦苦哀求。"（略萨，2011）从上面所有安布罗修的语言形态中，没有任何蛛丝马迹是"结巴"、"畏缩"和"苦苦哀求"，只有一种可能，那就是这段图景只是圣地亚哥的意念行为。既然是意念，这主体的圣地亚哥也就自然转换为了第三人称"他"了，于是恍惚间"又听到了这声音：充满了敬意、急切和内疚，然而却是一种失败者的声音"（略萨，2011）。这是叙事者还没有给读者抖包袱的伏笔，是故事的隐情，是某种隐情使得少爷假想对方必然做出如此的声音反应，而这反应的结果是少爷全部的意旨，那就是要击败对方。

而事实上，面对岁月沧桑，没有胜利者。"他不是比当年老了三十岁，四十岁，而是老了一百岁。"（略萨，2011）这贬损的想象一直蔓延，以至于故友的黑人已是"意志消沉，老态龙钟，愣头愣脑，大概还得了肺病"。总之，比人比己都"倒霉千倍"。即使有万般恩怨，面对一个如此倒霉的对手，也只能作罢。所以又出现了"我该走了，我得走了"——"然而圣地亚哥又要了瓶啤酒"。其实，在圣地亚哥恍惚之时，安布罗修一直很清醒："你醉了，小萨，瞧你马上要哭出声来了。在我们这个国家里，生活总是虐待老百姓，少爷，自从由您家出来后，我的经历就像电影里的冒险故事一样。"（略萨，2011）此时作者的态度已现端倪，通过直接的对话形式，将传统赞许的劳苦大众的淳朴自然烘托出高位，谁怜悯谁，得由心理强度和情怀说了算。安布罗修以对民众群体的体谅关怀就显得高于圣地亚哥的个人性。也就是说，阶级评判的终极旨归其实与现实主义甚至马克思主义文学没啥区别，却用了一种别样且娴熟无比的叙事策略，将读者带入犹如玄幻之境。此出位的高明还在于同前面叙事者客观平视拉开了层次，所以到这里，完全可以使用对话本身来说明了。"生活待我也不好啊，安布罗修。"（略萨，2011）到目前的叙事进程为止，这是唯一的少爷向故友貌似倾吐的肺腑之言。而这句对话的背后却闪烁着无数评审的眼光，几乎都遮掩不住地要透露出作者的态度，叙事者还有读者的批判。心胸狭窄的少爷，依旧以为自己与"老百姓"还是有距离的，只不过"也"不好吧；且以己度人，底层有索取、愤怒、反抗嫌疑，所以要高高在上的似所有老板对讨薪民工的态度：我们日子也不好过，呵呵。自以为是的草包样就在于丑态已现光天化日之中，却只有其自己还踌躇满志："圣地亚哥又要了啤酒。"这句再次回旋复沓的叙述语已递进了层次，隐含出叙事者还有读者禁不住的讥讽。紧接着一句"我是不是要吐?"若你是一个愚蠢如草包的读者,很容易被叙述的网状迭起所迷惑。因为这"吐"有可能是因为"煎炒气味、脚臭和狐臭的气味在翻腾"(略萨,2011)。可这只是少爷的水准,若你高明于草包水准,自然可以将这句"吐"作为双关语,进行批判却不露痕迹。只有在少爷这样的局限中,才趾高气扬地嫌恶另一个阶级拙劣的装饰,诸如"抹了油膏"、"满是头屑的扁平后脑勺上涂了发蜡"以及"停停唱唱"的破旧"落地式唱机",它们物质的低劣直接引发少爷内心长久灌注的阶级偏见,那是"记忆中的那些鼠窃狗盗的形象",在这个自以为是敢于入虎穴的少爷看来,此时,亦有了比较性的批判:"比起在座的那些酒足饭饱的面孔、血盆大口和苍白的无须面颊来显得更为清晰和难以磨灭。"于是不无得意地吆喝:"再来瓶啤酒!"作者在这里恰如其分地用了一个多么贴切的感叹号!而相对于这样醉酒似的夸张性踌躇满志,另一个朴实之声却犹如弦外之音:"我们这个国家简直是个蟋蟀罐,秘鲁就像一个巧妙的七巧板,对不对,少爷?"(略萨,2011)

在知识的包装中,一个阶级总自以为是地高高在上于另一个阶级,可是马里奥·略萨在不知不觉中利用叙事的对比较量使之被颠覆了,而且黑人安布罗修是那样礼貌、文明及有尊严。可沉迷于醉生梦死的少爷却始终无法进入任何超越个人心胸的话题,在他的眼里、感受中,叙事者代替他道出:"两人交谈着,这中间圣地亚哥不时地听到安布罗修尊敬、胆怯而又放胆地说着:我得走了,少爷。"(略萨,2011)叙事者其实明白无比,且后来读者也清楚,底层靠卖劳力为生的安布罗修,因四个小时的怠工,有可能会失去唯一的生活依靠。但是相对安布罗修来说,养尊处优的圣地亚哥是不懂的。叙事者在此处叠合进入少爷的感受,笔者认为潜藏着蔑视和唾弃,都不值得将其作为有意识之物对待了。所以从这样醉态虚幻之物的视角再看过去,就必然是虚妄:"隔着堆满酒瓶的长桌,安布罗修眼光流露出醉意和恐惧,在他眼里变成了个矮小而无害的人。"(略萨,2011)此句中的一个人称代词"他",不是按照叙事习惯指代句子前的主语,而是转换了主格,以那自以为是的阶级视域作为了主格,成就了其心理的自我安慰。一如巴杜盖无目的的"汪",还有禁不住的"不停地吠",犹如主旋律的隐约荡漾,这场较量在胜负即将掀牌时,引火线的狗吠好比鸣笛启示。"圣地亚哥感到内心掀起一阵旋风,一阵兴奋,他感到时间停滞了,只有臭气。"(略萨,2011)这时,臭气已经从物质的转换成品格的了。

谁,什么人会在臭气中玄幻癫狂?文本导出一句疑问:"我们还在交谈吗?"这是第一次使用合词主语"我们",是在故友少爷与前仆人黑人情怀之间画上绝缘性停止符之后,作者使用了"我们"。这个复数词囊括了作者、叙事者和读者。还在交谈吗?还值得交谈吗?还有交谈的可能和必要吗?"浓浓的臭气仿佛是一条被分割成若干段的河流,有烟草味、酒味、人体味,还有剩菜味。各种气味在酒吧那热腾腾而沉重的空气中回旋缭绕。"一个阶级熏陶培养的后代,既是受惠者又是受害者的双重人格,与其说臭气使人晕眩,不如说是明辨出了清醒。

圣地亚哥年轻时选择入学圣马可、参与激进活动且曾天真地"以为生活富裕,做个阔少爷会毁了自己",于是要追求"倒点霉就会锻炼成为一个坚强的人"(略萨,2011),他对"乔洛"(平民区)姑娘的态度,对女仆阿玛莉亚,先是小孩游戏性调戏后又满怀孩子的同情,且这同情的情绪真实到后来干脆娶了个"乔洛"女人安娜,对自己阶级身份的叛逆,一如现代以来无论是小说还是诗歌常常注重的拜伦式英雄。但是,略萨的新创意却使这个叛逆少了现代性的高昂,夹杂了无数后现代的反思和质疑。

圣地亚哥与自己的家庭以及阶级财产决裂得非常彻底。万分疼爱他的父亲死后留下了遗产,虽然经济窘困,但他依然以对贪财的哥哥及他的阶层的蔑视,潇洒地放弃了。圣地亚哥这个人物符号意义的复杂性就在于,现实平民区里,他别具一格地不屑于财,也不享受贫民的阶级身份,反而一生都纠结于"倒霉"。客观上不能否认的现实是,失去家庭的经济资助是一个人生涯的转折点。故事中圣地亚哥与臭卡约互为镜像,二者都在小时候被父亲视为天才,前者因为圣马可的激进政治影响与始终迁就疼爱他的父亲决裂,后者却因为自己的怪异性取向和婚姻被父亲驱逐。不同的却是,前者一生浸满了19世纪以来多数人的颓唐无奈,而后者却成为奸商政客,无耻残暴。这组镜像关系的反射不是要揭示人物心理,而是作者隐而不显地对社会进行批判。

圣地亚哥始终不乏对真实的执着,或许作者在这个人物符号中凝聚了其自身经历和自身体会，就好像成长之后回眸自己的历史足迹，故此安排如小雀斑的青年智论："'瘦子想上圣马可大学，因为他不喜欢神父，而喜欢接近人民。'波佩耶说道，'话又说回来了，这个人就是别扭。要是他爸妈让他上圣马可，他又该说，不，我要上天主教大学了。'"（略萨，2011）也就是说，圣地亚哥人物的双重性，有着不少青春期叛逆的无目的性。这就使得这个人物之政治追求其实有许多引号和问号乃至感叹号的碰撞掺杂，所以文本总在批判的犀利笔墨下给予另一个希望性转折，总是峰回路转："突然，所有这些气味被一种高于一切、不可战胜的臭气吸收了：爸爸，你、我都错了。"这错到底是什么内涵？即使文本后面故事情节还潜伏不显，但世事沧桑下的人生总是荆棘丛生、歧途纷纭，已昭然揭出哲思的超然。而这认识又不是盖棺论定，只是一个巧遇间的偶然触及和中途认知，那么这"错"能接近哪个程度呢？一句"这是一种失败的味道"（略萨，2011）既是当下的感受，又是人生历练后的无奈和伤感，与前面"失败的声音"构成复沓，已然形成递进。在这味道的失败定格中，在人生的普遍意义下，已经包含了圣地亚哥的自我认识，是这醒悟导致了他的哭泣。泪水里有他与死亡了的父亲隐约寻回的惺惺相惜般的体味，还有自己对"真实"的执念。圣地亚哥想倾尽自己的薪水三千五百索尔，换取安布罗修道出"真相"，这"真实"是圣地亚哥与父亲的死结，也是他糊涂阶级意识立场下的一锅粥，他的生命在这酱缸里荒废而断送，像溺水者似的，他渴望黑人安布罗修的拯救。他愿意帮助安布罗修，给他介绍报社看门的职位，比临时工逮狗要强百倍，这机会本身也是考验，安布罗修是否是逃犯？是否杀过人？是否这一切都是死去的父亲指使？"可是我现在不恨他了，他既然已经死了，我也就不恨他了。"（略萨，2011）恨酿成了一个儿子对挚爱他的父亲晚年的全部，而这个父亲却是"他这一辈子最关心的就是搞清楚您为什么不爱他了，少爷"（略萨，2011）。什么是爱的真实？什么又是恨的真实？谁能搞得清、说得明呢？圣地亚哥认为爱自己的父亲"生前是个小人，但他本人并未察觉，他是无意的，再说，在我们这个国家里，小人多如牛毛，而且我相信他也为此付出了代价。安布罗修"（略萨，2011）。如此断语却让父亲的司机安布罗修近乎要捶胸顿足："少爷啊，少爷，您怎么能这样说您爸爸呢，少爷？"（略萨，2011）在黑仆人眼里，圣地亚哥的父亲是一个"大好人"，"因为您爸爸是那么聪明，那么慷慨，少爷，"安布罗修说道，"反正一切都好。"（略萨，2011）读者清楚这个"一切"是可以一会儿在引号之内，一会儿在引号之外的。作者总是在炫耀他叙事技巧的精湛，引号内与引号外的蹦跶总透显出意义的灵动。一切的好，是不是与爱有关？一切的坏又是不是因为恨？能说出"一切"是不是必须有"了解"作为前提？"他为什么以为我不爱他了？"圣地亚哥说道，"我爸爸还跟你说了我些什么？""您爸爸不是跟我说的，"安布罗修说道，"是跟您妈妈、哥哥、妹妹和朋友说的。他们在汽车里谈，我开车时听到的。"作者、读者都知道这组对话里暗藏杀机，是陷阱与狡猾对垒，但是作者让当事人符号呈现时，却故意营造好似天真无邪、懵然无知。

略萨的写作，似乎动机就在于研究，每个语词符号的组合都呼唤你去深入剖析。这里，少爷的问，即使你还不清楚故事抖包之后的意思，读者至少会迷惑：父亲作为主人、上层阶级怎么就与司机成为无话不谈的知己呢？如果真是这样，持激进思想的应该是那父亲，而且父子就不可能有思想上的龃龉。而安布罗修的回答，将一系列人称代词罗列在一起，分明就在逃避掩盖什么。当迂回战术不管用时，才来了个直截了当："你比我更了解我的爸爸。"圣地亚哥说道，"告诉我，他还说了我些什么？""我怎么能比您更了解您的爸爸呢？"安布罗修说道，"瞧您想的，少爷。"（略萨，2011）不是谦虚，而是躲闪真实。

真实是现实主义写作手法的命根，可是略萨却让"真实"犹如荆棘，是刺手的玫瑰，他不是写侦探小说，却无意间有了侦探的无穷兴趣。对于案件来说，既可以把读者的欲求调动到极致，又可以将案犯隐藏和躲避的伎俩玩成杂耍般天马行空。《酒吧长谈》正是一部非侦探小说型的侦探小说，是因为这侦探的"真实"其实比虚幻更无足轻重，故事要探究的是关于爱、关于书面上的儿子和书背后的司机与故去父亲的纠结——那个死去了的人到底爱谁？是尊敬还是羞愧？是该赞扬还是该唾弃？或许就犹如生生死死，那只是一个平凡的父亲，亦有着不一样的取向，生活就像政治或者经济，人逃不脱羁绊，却内在有着别样的里子。于是角逐性回合交战，完全可以超越少爷与司机的对话，而形成在作者与读者的思辨性追究中，自然就有了关乎人性的天平衡量。

因此，文本《酒吧长谈》序曲在点到为止的纲要中，不仅埋下悬念纠纷，而且不乏伦理判别，以如此超乎现实价值的判断终止"长谈"："我得走了，免得您为自己说出的话而后悔。"安布罗修的声音嘶哑了，也充满了怜悯："我不需要工作，您要知道，我不接受您的恩惠，更不想要您的钱。您要知道，您那位爸爸不配做爸爸。您知道就行了。您也见鬼去吧，少爷！"（略萨，2011）

实际上，《酒吧长谈》是在逼近真实犹如追逐月亮却被天狗吃去了的寓言中结束的。虽说故事分为洋洋四部，却在第一部的第一节就设定框架，结构整全，结尾敲定了。可以说无所谓真或者实，只有认识弥漫于叙事间——"圣地亚哥想道：安布罗修用大棒杀狗，我却用社论杀狗，他比我强，我付出的代价更大，倒霉也更大。他想道：可怜的爸爸啊"（略萨，2011）。回肠荡气的内心呼唤，在引子似的第一章节，狗是寻回了，人生却有许多难能追回……

第五章　声音交响化叙事

如果说影像网状化将对话以叙述的语式描述而成，那么声音的交响化，却能很好地追踪马里奥·略萨操控对话的绝技。有人说，对话的交替变换具有"浓缩时空"的功效。在《劳军女郎》的前言中，孙家孟归纳了马里奥·略萨对话的几种技法。比如通过视觉、听觉营造的立体效果，将正面侧面、（本章认为还有）心理、意识无意识统统展示在一个平面上，好似与读者玩一个猜谜游戏，在看似混乱的组合中，其实有完整的形象丰富的意义。还有其他批评家分析的"话题衔接法"和"双线推进法"，"即一面以对话进行小说的主线，一面以行动过渡时间"。[1]

这里举出《酒吧长谈》的一个实例。圣地亚哥家里的女仆阿玛莉亚被太太（圣地亚哥的母亲）辞退，少爷圣地亚哥内疚，原因是他自己的欲望和恶作剧，让一个经常受他哥哥妹妹少爷小姐欺负，却坚忍地承受，且需要劳动挣得衣食的女孩遭殃了。圣地亚哥约参议院的儿子朋友"小雀斑"作陪送五镑钱。对话要将少爷的欲望、药品、对下层女孩的偏见、灰姑娘亘古性的激动、女佣被辞退、少爷施舍、参议院儿子（亦是上层普遍的世俗观念）心疼金钱以及失去工作的阿玛莉亚的情怀等众多"话题衔接"在短短的场景中，而且要将到贫民窟"送钱"与在中产阶级"豪宅"跳舞"双线推进"，将内疚性施舍行动的对话作为叙事主线，将记忆对话作为辅线阐明事发缘由，双线还外加"小雀斑"对圣地亚哥妹

---

[1] 马里奥·略萨：《劳军女郎》，孙家孟译，人民文学出版社，2009，第4页。

妹的迷恋、母亲迁怒于女仆、哥哥奇斯帕斯搞女人的招数、圣地亚哥与父亲政治立场的对立，还插上短短几句黑佣安布罗修的处境伏笔和贫民窟经验等音波混杂，读者稍不留神的话，几乎难以明白故事的来龙去脉。

马里奥·略萨喜欢用引号对话组接进陈述对话中，前者是为了放慢叙事速度，呈现话语及语词的表情神态，细节只能由读者在感受中把握。后者却是速度加快，迅速变换叙事视角，作者、叙事者、故事中的人物、读者一起尽量在瞬变中捕捉场景、感受、意识、无意识等律动。

"我就是不愿去做弥撒，干吗一定要向那个神父解释呢？"圣地亚哥说道。

"也就是说，你自认为是个无神论者了？"波佩耶说道。

"我不认为我是无神论者，"圣地亚哥说道，"我不喜欢那个神父并不等于不信上帝。"

"你不去做弥撒，你家人怎么说？"波佩耶说道，"拿蒂蒂来说吧，她怎么看？"

"那乔洛女用人的事使我很痛心，小雀斑。"圣地亚哥说道。

"忘掉算了，别犯傻。"波佩耶说道，"说起蒂蒂，她今天早晨怎么没去海滩？"

"她跟女朋友到赛艇俱乐部去了。"圣地亚哥说道，"我说你怎么还不接受教训？"（略萨，2011）

以上这段对话中，除了意识交织，没有穿插。圣地亚哥想着女用人，"小雀斑"想着圣地亚哥的妹妹。

可接下来却插入安布罗修的疑问，似乎是提醒读者，指示灯转换航道，使用小一号字体：

"就是红脸膛，有雀斑的那位？"安布罗修说道，"参议员堂埃米略·阿雷瓦洛的儿子？我当然知道。蒂蒂小姐跟他结婚了？"（略萨，2011）

"我不喜欢有雀斑的，也不喜欢红头发的。"蒂蒂做了个怪相，"而他二者兼备。呜呜，真叫人恶心。"（略萨，2011）

这两句对话，不发生在圣地亚哥求助"小雀斑"去女用人家里送钱的路上，也不发生在同一叙事时间，前者属"长谈"，后者属意识旋律画外插入。但说的是一个事件，只是话语的接受者漂浮不定，从而扩张了指示意义。作为序曲故事的承接，以及后来故事的伏笔，小字号安布罗修的话，有惊讶、忧伤，却是对一个传递消息者的回答和对事件本身痛苦的叩问。而蒂蒂否决与厌恶的话与安布罗修的"结婚"之问对称，在故事包裹未抖开之前，读者很难理解其中玄机，最多理解为娇小姐对哥哥们或者朋友们的调侃，而安布罗修也只是老仆人的关心而已。但是这组话语却充满了能指力量，使得接受作为游动所指，使故事及人物心理无论在场还是不在场皆扩大了话语意义空间。因为，上层阶级即使相貌生理有极大反差，也终究会成就夫妻，这是历史上反复演化的政治与婚姻的同构。而将性与政治进行交响叙事，正是略萨的情有独钟。在故事的叙述里，读者会知道"小雀斑"很入世且后来从政如鱼得水，一如征服蒂蒂；而下层的安布罗修与阿玛莉亚，却是彼此相爱，然而自始至终充满恐惧、压抑、贫困，最后生死分离。如此叙事设计不只暗含对爱情意义的叩问，更是通过对话组接交错出时间转换，以此来承接场景，使叙事回归主线。

"我最感痛心的是由于我的过错她被辞退了。"圣地亚哥说道（略萨，2011）。

"其实是奇斯帕斯的过错。"波佩耶安慰他说，"你本来也并不知道'育亨宾'是干什么用的。"接下来是一段介绍圣地亚哥的哥哥奇斯帕斯的陈述。然后是：

"我知道是干什么用的，只是从来没见过。"圣地亚哥说道，"你认为这药真会使女人动情吗？"

"是奇斯帕斯胡说，"波佩耶低声说道，"他真的跟你说过能使女人动情？"

"是的，但是用过了量就要死人了，奇斯帕斯少爷。"安布罗修说道，"您可别给我惹祸，小心，要是给您爸爸捉住，我就完蛋了。"（略萨，2011）这句话以小一号字再度跳到安布罗修。在这里，读者开始有点明白为什么前文提到成年后的圣地亚哥对安布罗修有恐惧记忆。少年圣地亚哥对社会及性陌生而好奇，安布罗修介绍说"'大教堂'是个酒吧、饭馆，还兼幽会旅馆，少爷，厨房后面有一间小屋子，租金每小时两索尔"。这些对话不呈现具体话语场景，只是意念插入法。但对话体式紧凑分明，连年轻的圣地亚哥之问也用的是小一号字："你怎么知道那女的是

妓女？"（略萨，2011）

但是，少年圣地亚哥与安布罗修的对话，之所以插入送五镑钱去女仆家苏尔基约区的路上，正是因为主线叙事，正在这个贫民窟街区进行。虽然视觉影像中亦有林荫、公园，还有婴儿车的一派祥和，但幼小的少爷心灵中早已被灌输进许多关于这区域的贬损话语，营造者既有上层阶级的习惯偏见，也有像安布罗修这样也许是从这区域走出进入中产阶级家庭为仆的真实经验。就是在今天的西方，富人区与穷人区、白人区与黑人区，也不乏如此篱笆隔绝。这些地域人情的隔绝，其根深蒂固性远远超过种族、身份可以想象的范围。甚至贫民窟在马里奥的文字中丝毫不见，如气味般盘旋，本章只是使其昭然若揭而已。

"他跟你说过，只要用一小匙，任何女人就会跟你睡觉，是吗？"波佩耶低声说道，"我看这都是他胡编的，瘦子。"

"需要试验试验，"圣地亚哥说道，"哪怕光是为了证实一下呢，小雀斑。"（略萨，2011）这两句对话是承接回忆欲望、迷魂药而来。由此还构设了一组圣地亚哥从哥哥处得到"育亨宾"的对话过程。从陈述对话开始，有圣地亚哥与"小雀斑"对女人既朦胧又对刺激充满向往的兴奋，有圣地亚哥对哥哥的否决评判，还有回忆少年欲望被挑起的多重倒叙。叙述对话与引号直接对话交互衔接：奇斯帕斯赛马赢了钱，兴奋地到圣地亚哥房间，"劝圣地亚哥说：到岁数了，你也该活动活动了，这么大的人还是个男童，你不害臊吗？说着递给圣地亚哥一支香烟。奇斯帕斯又说道：别扭扭捏捏的，有女人了没有？圣地亚哥骗他说有了。奇斯帕斯关心地说：是时候了，说真的，你应该破贞了，瘦子"。

"我不是一直求你带我逛妓院去吗？"圣地亚哥说道。

"你要是得了脏病，老头子非要我命不可。"奇斯帕斯说道，"再说，男子汉搞女人要自己想办法，花钱买不算本事，你不是以为什么都行吗？可你在女人问题上还懵懵懂懂的呢，超级学者。"

"我从来没认为自己什么都行，"圣地亚哥说道，"人犯我，我才犯人。好了，奇斯帕斯，带我去逛妓院吧。"接下来还有一组关于圣地亚哥与父亲和哥哥都不同的政治立场对话，之所以插入，是因为奇斯帕斯认为连女人都不懂的乳臭未干毛小子还总是义正词严地批评，可连弄个女人也得低三下四的。

"咱们是人各有志。"圣地亚哥说道,"好了,带我去妓院吧。"(略萨,2011)

"去妓院?没门儿。"奇斯帕斯说道,"不过,我教你一个办法能搞上女人。"为什么这里要使用直接引语对话?放慢行文速度,意在让读者反思什么呢?每个对话里都有两个醒目大字"妓院"。这个词语如此慢镜头要玩味出何种内涵?绝对不是一个男童破贞那么简单。笔者认为,更大的主题隐在后方,金钱与女人,甚至是富家子的金钱与下层女人的纠葛。下文就更加清晰了,对话从再倒叙返回倒叙。

"'育亨宾'在药店里能买到吗?"波佩耶说道。

"是私下买到的,"圣地亚哥说道,"这是违禁品。"

"放一点点在可口可乐或是热狗里,"奇斯帕斯说道,"你就等着吧,慢慢就会起作用。等她动情了,一切就看你的了。"

"比如说吧,奇斯帕斯,"圣地亚哥说道,"这种药能用在多大岁数女人身上?"

"你不至于笨得给十岁小女孩用这种药吧。"奇斯帕斯笑了,"对十四岁的女孩子就可以用,但只要一点点。虽说十四岁的女孩不容易得手,但用了这药你就可以为所欲为。"(略萨,2011)这里有一个对比性组接,前两句倒叙中清楚这春药属于"违禁品",也就是说,他们靠近犯罪和危险。后三句的再倒叙,却突出的是"为所欲为"。这是富家子或者说钞票的特权,在世界的任何角落,无论何时何代。问题是,好比猎人手中的猎枪已子弹上膛,猎物呢?谁?哪一个女人该被圣地亚哥的药枪命中?

接下来的叙事是关于世间有许多女人,街头处处皆是,"小雀斑"把爱情留给蒂蒂小姐,可以为她死,但是街上任何女人都可以混混。"圣地亚哥说:由于我的过错她才被辞退的,送点钱给她有什么不好?我看你别是爱上那个乔洛姑娘了,五镑钱可是个不小的数目,我们还不如请那两个孪生姐妹去看电影呢。这时两个姑娘已经乘上了一辆绿色的莫里斯牌汽车。波佩耶:唉,晚了,兄弟。这时圣地亚哥已经点上了一支烟。"(略萨,2011)这段陈述对话叙事,镜头已经回归叙事主线,叙事时空早已翻山越岭跌宕起伏好几回了。连圣地亚哥也成长了,虽然没有文字表露他是否破贞,由男童转为了男子汉,但从"点上了一支烟"足以表明成长的形象了。

"我想奇斯帕斯肯定不会给自己的未婚妻用'育亨宾',这都是他胡编的,好叫你出丑。"波佩耶说道,"你难道会给一个正派的姑娘用这种药粉吗?"如果说连"小雀斑"都有如此界限,正派和不正派女人的判别,那么谁该是猎物,什么理据可以证明她是"不正派"的呢?

"对未婚妻当然不能用,"圣地亚哥说道,"但对风骚的娘们儿为什么不可以用呢,你说是不是?"(略萨,2011)

"那你怎么办?"波佩耶说道,"是用掉它,还是丢掉它?"这几句直接对话里,有多少世间不公的汹涌澎湃。在世界文学的长廊里,多少个玛斯洛娃样的少女,本纯洁美丽且勤劳,却被富家子弟作为猎物,发泄完性欲,塞几个钱就大事告捷。即使如苔丝,有着祖先真实的贵族身份,却无法逃脱家里的贫穷,而这贫穷就是一个被富家子侮辱的合法理由,最后只能从一个美丽少女走向杀人犯、囚犯。马里奥书写到此,笔者想也许作者真的受福楼拜饮砒霜的影响,叙事者停下了,将直接对话改为了叙述:"我本来想丢掉它,小雀斑。圣地亚哥脸红了,放低了声音,嗫嗫嚅嚅地说,后来我想了很久,想出了个主意,但仅仅是为了看看这药的效力到底如何,你看怎么样?"(略萨,2011)这本来没有引号的陈述,是心虚?理亏?少爷心里已经有了猎物目标,但首先得要说服自己的是"她"定是不正派的、是风骚的。

五镑钱的价值很大,大到"小雀斑"不停地絮叨。五镑钱的价值也真大,大到也许会毁去一个少女的一生!是这样的世间逻辑,让叙事再支离都不会脱去本旨,施舍的五镑钱与前面的妓院交相辉映。正是这扭曲的逻辑让理亏者恐惧,所以,文本叙事中,将圣地亚哥的恐惧处理得恰到好处。马里奥喜好使用双关语:

"就怕阿玛莉亚一发火把我赶出来。"圣地亚哥说道。(这恐惧既有初入贫民窟的紧张、对安布罗修经验的担忧,更有理亏、负疚的害怕)

"五镑钱也是一笔可观的数目了,"波佩耶说道,"管保她像接待国王一样接待你。"(略萨,2011)他们是去道歉、施舍,还是去妓院?对于以金钱论人的价值之扭曲逻辑,也许没有分别。文本从这里开始,声音的交响化就越来越明显，一个语句涵盖了双重意境乃至话语场，好像你开了两个视频，同时播放不同时空的声音，却在同步中。

"我有点紧张，"圣地亚哥说道，"昨天我失眠了一整夜，大概就是为了这事。"（略萨，2011）为何事难入眠？为送钱，还是为下药？读者不能分辨，而文本也就自然过渡到下药的倒叙中。两个少男，乘圣地亚哥父母外出，即使女仆睡下，也得叫醒她来作为猎物成就少爷的心事。这里，使用的是叙述对话："她这就来，小雀斑。圣地亚哥看到她没睡：给我们送点可口可乐上来。两人笑了。嘘，她来了。是她吗？是她。"（略萨，2011）快速转换，恶作剧开始，"嘘"却一语双关。似乎作者也在故意给读者设迷魂阵，仓促一读"她来了"，真以为是女用人送可口可乐来了。只有潜心去比较叙事细节，诸如"她走到了门口，用惊奇、疑惑的眼光打量着他俩，她一言不发，后退一步倚在门框上"。若没有下文辅助，阅读可能只能迷惑，一个被要求送上可口可乐的女仆服务，怎么可能是这样的形态？一不会惊奇、疑惑，二不可能"一言不发"地傲慢。还有"她身穿一件粉红色毛衣，里面衬衫的扣子未扣上"。这几乎是诱惑读者去纠缠有关"正派"的问题。"她是阿玛莉亚，可又不是，波佩耶想道，因为她以前一直是扎着围裙在瘦子家中忙来忙去的，手里不是端着托盘，就是拿着掸子。这时她披头散发地站在那里：您好，少爷。"（略萨，2011）难道真是瞌睡碰上了枕头，这猎物也蠢蠢欲动，要往枪口上撞？女仆也趁主人太太不在家，打算放纵一回？

其实，全都是作者给读者暗设的圈套。她在自己贫贱的家里，无须修边幅。突然的冒闯者，犹如窥视了隐私。"我妈妈告诉我，说你离开我们家了。"圣地亚哥说道，"你走了，我很难过。"两大段对话只有圣地亚哥的话语是直接用引号注出，而阿玛莉亚的回答只在陈述中。"不是我自己想离开的，是索伊拉太太把我辞退的。为什么要辞退我，太太？索伊拉太太：这是我的事，你现在就去收拾东西。阿玛莉亚说着用手压平头发，整好衬衫。"（略萨，2011）也许这辞退风波背后还另有蹊跷，在圣地亚哥看来，母亲的"事"是为了惩罚下药的行为，而索伊拉自己的事，很有可能别有他意。而阿玛莉亚整理衣衫既承接了"收拾东西"，还双关出在母亲自己的事中，有"不正派"的危险，而这描述实际面对的是送钱来的圣地亚哥和"小雀斑",那么始终是"正派"的。在接下来的陈述中,女孩告诉圣地亚哥求了太太好久,但是没有用,更说明本来"正派"的少女,也许就因那被放药的晚上而遭受到了不只是失去工作的危险,还有更大的大灰狼在暗中瞄上了猎物。正派与不正派其实相隔咫尺,多少如芳汀似的女劳工,就因为被迫丧失了工作的权利,而被不正派的男人和社会吞噬。这是为什么冉阿让有终身的愧疚,可悲惨的世界一点也没有因为雨果的塑造而更加美好些许的原因。

"把盘子放在茶几上吧。"圣地亚哥说道,"等等,我们在听音乐。"叙事镜头在此倒叙,陷阱之初,少女茫然不知:"阿玛莉亚把盛着可口可乐的漆盘放在奇斯帕斯照片的前面,带着满面好奇的神色在斗橱前站住了。她穿着白色的制服和与制服配套的平跟鞋,但没戴围裙和头巾。"这才是服务女仆的形象,而且规整严谨。只不过对另一个世界,她每日辛劳服务的上层有某种好奇罢了。"干吗在那儿站着?来,坐下,还有地方。"阿玛莉亚轻轻地笑了。"我怎么能坐呢?索伊尔太太是不喜欢我走进少爷们的房间的。""您难道不知道?傻瓜,我妈今天不在。"(略萨,2011)

也许自古以来,上层世界的一个捉弄、一个玩笑,下层世界中的可怜人们就只能以赤诚甚至感恩来接受,结果,有希腊神话中伊娥的故事,一份少女也许只是向往,或者只是被遭遇,却落得丧失人形、生不如死。阿玛莉亚一点也不知道危险藏在这看似友好的邀请中,好似上层世界平等到了下层,自己也可以尝一口少爷小姐们喝的可口可乐,听一曲美妙的歌。甚至把少爷的"紧张"都当成了真诚,却茫然不知他紧张的是若你拒绝,回到自己仆人的房间,药就无法进入你的身体,就无法达到他们的目的。可是,姑娘,你只有坚守自己的卑微,唯一的安全!

阿玛莉亚不是一个"装模作样"的人,靠劳动为生的人,即使想装模作样也难。在圣地亚哥的盛情和"小雀斑""装模作样"这样的话语刺激下,"阿玛莉亚看看圣地亚哥,又看看波佩耶,在床的一角坐了下来,脸色很严肃"。叙事者也许都动了恻隐之心,要帮女孩证明"正派",而不正派的正是他们。"圣地亚哥站起来向漆盘走去。他可别大意,可别放多了,波佩耶思量着又看了阿玛莉亚一眼",而且,为了掩护,分散她的注意力,"指了指收音机:你喜欢这些人唱的吗?唱得真棒,对吗?我喜欢,唱得太好了"。叙事者在这叙述对话中,尽可能地冷却自己的感情,却掩饰不住悲伤。多么简单的对话,看不见地雷埋伏,更无死伤,是一个音乐的共鸣。这是真的吗?"阿玛莉亚双手放在膝上,笔挺地坐着,半闭着眼睛仿佛要更好地欣赏:这是北方歌手唱的。"高明的作者,有许多隐语在这貌似冷静却动情难遮的叙述中。如果你出生在另一个世界另一个阶级,另一处地方另一番情境,你会是谁?女仆阿玛莉亚懂得欣赏,懂得这是"北方歌手唱的"。而拥有音乐并将音乐作为诱饵者,在干什么呢?"圣地亚哥继续倒着可口可乐。波佩耶不安地偷偷看着他。"马里奥用如此善恶交响叠加出精妙的叙述对话。如音乐演奏,此时,都不能再使用弓,必须用手指弹拨,以便叩问:"阿玛莉亚?你会跳舞吗?"(略萨,2011)为什么要主语复指?为什么要在阿玛莉亚和"你"中再插进问号?"跳圆舞曲、波莱罗,还是哇腊恰?阿玛莉亚微微一笑,严肃起来,接着又是微微一笑:不,我不会。她向床沿上滑了滑,交叉起双臂,这动作很不自然,好像身上的衣服太窄小了似的,又好像背上有刺,可是她那映在镶木地板上的影子并未移动。"(略萨,2011)铁板钉钉如出身如身份,阿玛莉亚可以选择吗?但致命的还是某种禁不住的诱惑,尽管窘迫不自然,却挪不开步,难以返归自身。

可是,马里奥,作者用笔,却通过交响的叙事,像仙女助了灰姑娘水晶鞋般,帮卑微的阿玛莉亚浮起屹立:"我给你送点钱来,用这钱买点什么吧。"圣地亚哥说道。"给我的?"阿玛莉亚看了钞票一眼,但没去拿,"索伊拉太太付了我全月的工资,少爷。"(略萨,2011)场景交替,在自己贫穷的家里,阿玛莉亚是自己,尊严自然。即使是那让"小雀斑"啧啧视为巨款的五镑,也没有构成直接诱惑。这似乎在证明,其实钱不是姑娘堕落的缘由。

但叙事镜头及时转换,跳跃沉浮,且精确无比。"圣地亚哥带头举杯一饮而尽。……我喝,少爷,祝您健康!阿玛莉亚喝了一大口,喘了口气,把杯子从嘴边拿下,还剩半杯,真好喝,凉丝丝的。波佩耶走近床边。"(略萨,2011)马里奥的话语组接、叙事排阵,真好比精雕细琢的木工,每个榫头都镶嵌得恰如其分。下药成功,接下来就是为所欲为了。

"你要是愿意,我们来教你跳舞。"圣地亚哥说道,"这样,等你有了未婚夫,就可以跟他去参加晚会,而不至于干看着别人跳舞了。"

"没准儿人家早就有未婚夫了。"波佩耶说道,"阿玛莉亚,你坦白,有没有?"

"小雀斑,你瞧她笑的那样子。"圣地亚哥抓起她的一只胳臂,"你肯定有了,你的秘密我们早就发现了,阿玛莉亚。"这里又是双关或者说影射,发现的秘密不是"未婚夫",而是药效,圣地亚哥的试验通过阿玛莉亚的笑似乎证明了药效。

"你有了,你有了,"波佩耶一屁股在她身旁坐了下来,抓住她的另一只胳臂说,"瞧你笑的,坏妞儿。"作者在这里特意使用了直接对话,好让细节慢慢展露无遗,好比药效慢慢发挥作用,向为所欲为潜进——"坏妞儿"(略萨,2011)。

只有少爷们,而且是下药者,方知这姑娘的"笑"是坏。阿玛莉亚自己是不知道的。也许她真的开心了一回,好似天堂的门竟然如此敞开,让她飞舞,灰姑娘也仙女了一回。马里奥·略萨是清醒的,清醒到必须分辨真伪。因此接上来一段叙述对话:"阿玛莉亚笑弯了腰,她摆动着双臂,但是圣地亚哥和波佩耶仍然抓住不放。有什么呀,少爷,我没有未婚夫。阿玛莉亚一边说,一边用肘推搡着,想把二人推开。圣地亚哥抱住了她的腰,波佩耶把手放到了她的膝上。阿玛莉亚使劲用手推开:这可不行,少爷,别碰我。波佩耶又扑了过来:坏妞儿。没准儿你会跳舞,你骗我们说不会,你坦白。好吧,少爷,我收下了。为了表示不是装腔作势,她拿起了钞票,用手卷了起来,放进了毛衣的口袋:我要您的钱,心里真是过意不去,您现在星期天看电影的钱都没有了。"(略萨,2011)两个场景被作者嫁接得天衣无缝,而且遥遥呼应那个刺激性的语言"装腔作势"。这是一份愧疚补偿的钱,而阿玛莉亚理解却是"朋友"的好意,故此,叙事者接下来就在"朋友"一词上大下功夫,如文学长廊中不乏的描写:贫穷的家庭突然接待了贵客,虔诚的主人用自己的"裙子擦了擦房间当中的桌子:就坐一会儿。她眼睛里闪现了一丝狡黠的光芒:你们先谈着,我去买点东西,一会儿就回来"(略萨,2011)。作者在整个少爷下药的预谋中并没有使用"狡黠",却给了阿玛莉亚,并与"光芒"相接。可见"狡黠"的作者立意于聪慧。阿玛莉亚真的是去买可口可乐了,而且还不忘记少爷们喜好用"麦秆喝"。相对这纯真,作者镶嵌进那天晚上少爷们意淫中的种种侮辱性恶行,而姑娘却如清风般,好似初萌了爱情。

"你干吗要麻烦。"圣地亚哥说道,"我们早想走了。"

阿玛莉亚递上可口可乐和麦秆,拖过一把椅子,在他们对面坐了下来。她这时已经梳好了头发,系了腰带,扣好了衬衣和毛衣上的扣子。她看着两人喝,而她自己却不喝。

"傻瓜,你不该这么破费。"波佩耶说道。

"我花的不是自己的钱,是圣地亚哥少爷送给我的钱。"阿玛莉亚笑了,"略微招待一下而已。"(略萨,2011)笔者会认为,阿玛莉亚教会了少爷该如何花钱,钱可以是个什么东西。正是作者交响出的和声,人人,本可以如此和平。

第六章　情节节奏化叙事

　　马里奥·略萨创作的故事，喜欢用填充式来完善情节。《酒吧长谈》中，直叙"酒吧"场景时，上文已经分析，以网状的组接、旁观插叙和审视，造就了"长谈"的间接性，以至于在貌似"长谈"的"酒吧"场景中，却无丝毫畅通的对话沟通。但是，之所以命名为"长谈"，是因为这实际行为真实发生过了。只是作者使用了别具一格的结构，以先描轮廓后填充色彩的方式，好似中国的工笔绘画，有的几乎就像是瓷版画，或许把描出的架构先烧一遍底色，然后不混淆地层层加彩。

　　总在读到后面的章节方恍然大悟，原来"长谈"内容丰富。情节构成中，似乎马里奥有意破坏有始有终如"嘀嗒"的叙事时间进程，而欲追寻某种意象性时间，也可以称其为"情节时间"，是指这"时间"锻造的情节，更趋近心理而非叙事的物质外在表象。既然是心理意象的时间回溯，情节在"长谈"中的时间流淌，就必然隐含了某种伦理性意蕴，也就是小说中反复敲击的鼓点"何时倒霉"。

　　音乐中，鼓点的作用在于敲击出节奏，不只是煽动起情绪，它还使得情节叙事具有某种连贯和深入的可能，逼迫你省思。故事回忆一段青春豪情，革命加爱情。圣地亚哥考进了一所政治倾向非常强烈的学校圣马可，还与一男一女构成追慕地下共产主义组织的三角关系。此情节跨文本几章，其中不无穿插其他故事，但由鼓点"何时倒霉"始终牵系。这是主人翁初恋，是从这个女孩身上，"圣地亚哥回想道：我发现了一个女人，她可以干更多的事，不光是为了跟人睡觉，不光是为人想念，让人追逐，是的，她可以干更多的事……"（略萨，2011）激发有作为的情绪，如蒸汽翻滚，但叙事者冷静诙谐。鼓点"何时倒霉"敲在"革命"地下组织的伴奏中，很容易暗示读者某些政治情绪的兴奋。可叙事者却捣乱性地在读者刚刚欲端正思想严肃以待时，却插入像是黑人问语，不用小字号，显明此问属意念，是"长谈"正文的联想："小萨，是不是由于在上一年级的时候看到圣马可是个大妓院，而不是像你所想的那样的天堂，你就倒霉了？"（略萨，2011）"大妓院"此处是比喻说法，意在讨论圣地亚哥对自己选择且奋力考取的大学之评价。不学无术，既无书本知识，政治亦感冷漠，唯一值得记忆的，就是阿伊达这个女性了。于是获取美人心成为主人翁不愿意承认的意识，但实为潜在意识的主核，亦是复调旋律之一，好似旋律的核心乃爱，其中另一层是圣地亚哥与父亲的关系。"您爸爸说，是圣马可害了您。"安布罗修说道，"他说您不爱他了，这要怪圣马可。"（略萨，2011）当小字号延续"长谈"时，中间夹杂的同步发生的意念由正常字号道出学校革命组织的人事关系叙述：这既是对父子反目的阐释，因为一个追求革命者与资产阶级父亲当有界限；又是解构陈旧的一问一答一事一追究的方式，犹如节奏的间隙起伏。而且也说明，人由思维到言谈的行为，不可能是单线平面的，任何谈话都只是思维活动的一条线索，同时同步还有没有"谈"出的心里独白或者话外音。从此，家庭父子关系的走向，通过仆人安布罗修的插话导出，与学校革命团体有关"华盛顿"这个人物的组织建设交相辉映。

"我爸爸跟你说我不爱他了？"圣地亚哥说道。

"你以为华盛顿走掉是由于这个？"阿伊达说道。

"他这一辈子最关心的就是搞清楚您为什么不爱他了，少爷。"安布罗修说道。

"他是法律系三年级学生……华盛顿……"圣地亚哥回想着，"他是第一个成为熟人、成为朋友的人。"

"他为什么以为我不爱他了？"圣地亚哥说道，"我爸爸还跟你说了我些什么？"

"我们为什么不组织个学习小组呢？"华盛顿心不在焉地说道。

…………

"学习小组?"阿伊达一字一字地说道,"学习什么?"

"您爸爸不是跟我说的,"安布罗修说道,"是跟您妈妈、哥哥、妹妹和朋友说的。他们在汽车里谈,我开车时听到的。"

"学习马克思主义。"华盛顿很自然地说道……

"你比我更了解我的爸爸。"圣地亚哥说道,"告诉我,他还说了我些什么?"

"这一定很有意思,"哈柯沃说道,"咱们组织个小组吧。"

"我怎么能比您更了解您的爸爸呢?"安布罗修说道,"瞧您说的,少爷。"(略萨,2011)

犹如小提琴与钢琴协奏曲、小字与常体字、父子与革命组织间的人人关系,内在核心要素是"爱"和"了解",还有背后可能的如"阴谋"般的计划。关于爱与了解,本章已在第一部分分析,这里着重的是性与政治的和声共鸣,突出的不是圣地亚哥父子关系,而是圣马可大学的爱情与政治纠葛下的三角关系。之所以父子关系会作为背景音乐,恰是因为父子不和被认为是这所大学之错。其实"错"的扑朔迷离还在于爱的本质,人在成长过程中由亲情之爱过渡到性别之爱是必然,政治只是个由头,暗下伏笔。而"倒霉"作为关键词,关联上了两组不同的爱恨情仇,是因为分组了,圣地亚哥才在爱情上败给了哈柯沃。三人本来同行,分组导致圣地亚哥独自立他组,三角关系的一对男女刚好成就了爱情。似乎鼓点"何时倒霉"有了结论性意义。但是,旋律未尽,鼓点难止,而且必须踩出别样丰富的花点。

小萨,是不是因为在上二年级的时候开始觉得光学习马克思主义不够,还必须信仰,你就倒霉了?你倒霉是不是由于缺乏信仰,小萨?您对上帝缺乏信仰,少爷?我对任何事物都缺乏信仰,安布罗修。(略萨,2011)从这里开始,整整一段,对话没有引号,依旧是小字号与常体字交响,不过节奏急促,交杂多声部,辨析出敌我是非朋友。是因为圣地亚哥对信仰的怀疑,才导致了三角关系的天平失衡。尽管叙事中有一种心灵意识的话外音:小萨。最好当时能够把眼一闭:马克思主义是以科学为依据的;把拳头一攥:宗教就是无知;把脚一跺:上帝并不存在;把牙咬得咯咯响:阶级斗争是历史的动力;咬紧牙关,深吸一口气:无产阶级摆脱了资产阶级的剥削，也就解放了全人类；冲啊：也就建立一个没有阶级的世界。本章不无遗憾地感受到，这个话外音始终不能完全决定心灵的真实，于是圣地亚哥在杂糅情绪下"回想"：小萨，可结果你没能够这样做，你过去是、现在是、将来是，即使到死你也是个小资产阶级（略萨，2011）。

这个判决对于一个追逐政治理想的小年轻来说打击沉重，他反思无论是家庭还是学校，他都在"装假"，是这样的痛苦回想才使得酒吧场景中圣地亚哥喝醉了。在这叙事中偶然插入一句："您最好别再喝了，少爷。"安布罗修说道。佐证了叙事始终是"长谈"的一部分，一块调色板块而已。就在板块色彩高潮迭起时，鼓点重锤："小萨，你是由于缺乏信仰才倒霉的吗？会不会是由于你太胆怯了？"圣地亚哥自责，"一个既胆怯又无信仰的人就像同时患了梅毒和麻风一样。"（略萨，2011）永恒总在现实中破碎，只剩"臆造、夸张、说谎"的"永不结束"的"独白"，是这让圣地亚哥痛苦万分。鼓点轰鸣，追究其切音，在"倒霉"以锤定音之下，到底何时呢？"小萨，是不是在第二学年最后几个星期、期末考试之前，无事可做的日子里倒霉的？"他曾经拼命以阅读马克思著作来抗争，在去姑娘阿伊达家时，黄昏将步入黑夜之时，欲望的蠕虫还"越长越大"，"湿漉漉""黏糊糊"，几乎"越来越有希望"，却在抵达后，方知转换为了"尖刀"，将"心灵"破碎如"面包屑"了。那是阿伊达告诉他哈柯沃向她表白爱意之时，也是圣地亚哥再度认清自己"怯弱"之刻——"十月的一天晚上，七点，在阿列基帕路的第四街区上。"圣地亚哥说道，"我明白了，安布罗修，我就是在此时此地倒霉的。"（略萨，2011）

鼓锤定音，却余音未尽。人该如何表达？声音之中的声音，该如何辨别和区分？情节在这样的节奏跌宕中韵味无穷。说马里奥·略萨的叙事具有网络交响品格，正在于无论是如绘画的填色还是协奏的和鸣，其关联方式一如网络标签关键词，只要输入标签关键词，所有的情感色块就统统关联入视频网块，比如上文所引的关于何时"倒霉"的辨析、性、政治、爱情、革命，还有父子关系、父亲与黑司机的瓜葛，甚至凶杀，统统可以由关键词"早晨"索引出来。但是，这个"早晨"不是固定的，始终在游动变换，一如各色块的相互交错。

无论是爱情还是仕途，人生就是这样荡着秋千、翻着跟斗，上下折腾、跌宕起伏。只有世事的无常像生死，不分等级肤色贵贱，平等地对待每个人。这似乎是马里奥·略萨塑造故事的意旨。所以，故事不在乎章回，不在乎开始，也不在乎怎样结束，只要把每个人生的色块填满，充满了偶然性，似乎作者呕心沥血就在于营造一个随意，随意到读者稍微分心，就必然在纷乱的线索中迷路。马里奥自己在《谎言中的真实》中认为："实际生活是流动的，不会停止，也无法度量，是一种混乱状态；每个历史事件在混乱中与全部的历史事件混合在一起，由此，每段历史既无开头也永远没有结尾。"[①] 他的填色方式，基本遵循如此对生活的认识，所以才会有交错对话穿插历史横断面的写法。无论是奥德利亚政变与执政，还是圣马可学潮和聚会，甚至每个个人的历史，都是在某种共时且不无纷乱中呈现出来，从而填满故事的色彩。但是，略萨又非常强调："小说是写出来的，不是靠生活生出来的。"（略萨，2011）也就是说，小说写作在模仿现实生活时必有匠心。

在纷乱的色彩里，定有一个意旨、一个核心、一条枢机密布的线索。只是这个开头和结尾的故事时间，与现实时间有着"深渊相隔"（略萨，2011）。就像《酒吧长谈》，似乎作者在努力共同展示现实与虚构的双重时间，若把"长谈"的四个小时模拟为现实时间，那么每个读者都会清楚，其实故事里的时间跨过时代和个人的半生乃至一生的历史。这些历史内容皆以色块的形式，或者是叠屏或者是链接的方式共存于阅读空间。只是这个叠屏和链接的速度，不是由网管说了算，而是如略萨："一部小说的主权不仅是由写小说的语言产生的，也是由它的时间体系、由存在流动于小说中的方式产生的：存在何时停下，何时加快速度，叙述者为描写那编造的时间采取什么时间角度。……小说中的时间是为了获取某种心理效果而制造的装置。在这个装置里，过去可以放在现时的后面（结果在原因前面）。"（略萨，2011）因此，就不难理解《酒吧长谈》中，故事叙述

[①] 〔秘鲁〕马里奥·巴尔加斯·略萨：《谎言中的真实——巴尔加斯·略萨谈创作》，赵德明译，云南出版社，1997。

之初，常常会有突如其来的鼓点，其节奏犹如空穴来风之感，比如圣地亚哥在酒吧突然向安布罗修追问："你别装疯卖傻，"圣地亚哥闭上眼，吸了一口气，"我们坦率地谈谈吧，缪斯是怎么回事？我爸爸是怎么回事？是不是他命令你干的。"（略萨，2011）这其实暗含了整个故事的结果，是因为安布罗修杀害了一个叫缪斯的女人，从而离开了圣地亚哥家到处流浪。"长谈"纠结的全部就在于安布罗修与圣地亚哥父亲的关系，他们与这缪斯的恩怨。可是操弄符号的作者，绝对不会直截了当给你结果，而是营造了一个现实与虚幻同构的迷宫。在这迷宫里，读者只能听凭突兀的鼓点来跟踪节奏线脉。

在安布罗修叙说自己的太太阿玛莉亚的死以及自己的女儿时，语言上空会骤然一声鼓点或者说啰音"锵"的一下，堂费尔民说道："你干了这种事，就必须离开这里，无赖！"前文已论述非"长谈"之外的联想语言都是用常态字，所以圣地亚哥父亲堂费尔民突然出现在了意念文字里。而在知道结果之前的读者会一头雾水，不知此鼓点来自何方。而这意念文字叙述的却是阿玛莉亚失身于安布罗修之后，遭到安布罗修无礼的羞辱性拒斥，且遭到圣地亚哥母亲的辞退，而堂费尔民却介绍她去了药厂，对爱情失望的女孩与药厂另一位工人特里尼达恋爱结婚的故事。这可以说是一个关于爱情的伤痛，之所以安布罗修在谈到死去的妻子时会联想或者说链接到这故事，且链接上堂费尔民，都因这锥心之痛。

安布罗修当初是因为恐惧而不敢公开与阿玛莉亚的恋情。那么他恐惧什么呢？与堂费尔民有什么关系呢？回答这个问题，作者将叙事速度几乎放到了空山回音中，袅袅难擒。只见在圣地亚哥谈他的圣马可大学的政治以及意念链接到关于"怯弱"与爱情时，空中又响起一声鼓点："那当然，"堂费尔民说道，"你必须离开我家，离开利马，销声匿迹。这不是为我自己考虑，无赖，我是为你着想。"（略萨，2011）的确，是安布罗修自己杀害了缪斯，不是堂费尔民指使。但是安布罗修是因为缪斯敲诈堂费尔民才干的。可以说堂费尔民在某种程度上的确如安布罗修认为的"一切都好"，他给了安布罗修两万索尔，让他逃离，自己去创业安家。而叙事者却只让堂费尔民的这声鼓点敲了一下，表明线索仍在潜动而已，且之所以这鼓点发声，还在于语言环境的营造，那是圣地亚哥意念里的纠结：爱情与革命，谁该看得更重呢？圣地亚哥在"长谈"中告诉安布罗修，他那时什么都不懂，都不相信，只有出走、逃避，销声匿迹。是"销声匿迹"这个关联词、爱情与革命的矛盾氛围，将安布罗修与堂费尔民的意念对话插入了故事中。"您叫我到哪儿去呀，老爷？"安布罗修说道，"您不信任我了，您是在赶我走，老爷。"（略萨，2011）在圣地亚哥回想青年时的热血、革命甚至跃跃欲试要加入共产党的激情，以及与阿伊达、哈柯沃的三角恋情挣扎中，关于"信任"这样的标签，才链接了安布罗修回应堂费尔民的鼓点声。

如星星般稀疏的鼓点、袅袅余音，正是马里奥为小说把握的节奏。原来堂费尔民——圣地亚哥的父亲与安布罗修是不为世俗所接纳的同性恋，安布罗修是被动的，但也有无限的依赖和留恋。不喜欢政治却要利用政治做生意的堂费尔民，同性恋的生活恰是他在各方压力运作中回归本我的一个放松保护的装置，一如小说中他的另一别墅之地"安贡"。他占有黑人司机安布罗修，当有别样的、纯粹的情感要求。"我知道你当时为什么要那么干了，无赖。"堂费尔民说道，"不是由于她总找我要钱，不是由于她总讹诈我。"（略萨，2011）此鼓点是在选举政治的色彩背景下敲出的，这里的关键词是阴谋、讹诈，还有玩着像玩选票、玩女人一样的游戏。臭卡约是投机生意和政治的行家，虽然中学没有毕业，却是个天才的投机冷血者。堂费尔民做生意般介绍了缪斯做了臭卡约的情妇，而阿玛莉亚与安布罗修旧情复燃，并做了缪斯的女仆，于是缪斯抓住了堂费尔民的隐私，在得知阿玛莉亚为安布罗修怀了孕后，在臭卡约被政客玩输逃亡离开秘鲁之后，开始敲诈堂费尔民。略萨出色的叙事技巧就在于可以让无论多么轰轰烈烈的历史都成为背景，就像油画的底色，虽然语言很多，却只是做了底子；而真正的语意却是几个零星的鼓点，好似画面上蜻蜓点水地提了一点亮色艳色而已。堂费尔民的情感起伏跌宕，就在这样的隐约中，一如他对圣地亚哥的情感，总是背影般鞠躬尽瘁，让人感动。而对安布罗修，作者有意如此安排对话穿插：

"你当时认为我会因为得知你有女人而把你辞退，"堂费尔民说道，"而且你也以为干了那件事就等于卡住了我的脖子，其实你也是想讹诈我，无赖。"

"先生,他们说选举里有鬼。"一个警卫说道。

…………

"我曾经问他什么时候把老婆从钦恰接来,"埃斯皮纳说道,"他说永远不接来了,就让她留在钦恰。您瞧,卡约这乡巴佬变得多坏,堂费尔民。"

…………

"够了,别哭了,"堂费尔民说道,"难道不是这样吗?难道你不是这样想的吗?难道你不是因此才那样干的吗?"

…………

"不过我想将军不会认为这是坏事,凡是卡约干的,他都认为是好事。"埃斯皮纳上校说道,"将军说我对国家最大的贡献就是把卡约挖掘了出来,把他从内地弄出来同我一道工作。卡约简直把将军装在口袋里了,堂费尔民。"

"好了,对,对,"堂费尔民说道,"别哭了,无赖。"

…………

"好了,你并不想讹诈我,而是想帮我的忙。"堂费尔民说道,"不过,你还是按我说的去做吧。好了,听话,够了,别哭了。"

"我们等了那么久,原来就是为了抢票箱这点小事"……

"我没看不起你,也不恨你。"堂费尔民说道,"很好,你尊敬我,你是为我好,为了不让我受罪,好了,好,你不是无赖。"

"门迪萨瓦尔以为自己很有把握,"乌朗多说道,"他以为这是他的地盘就能获得多数票,结果是鸡飞蛋打。"

"对,很好!"堂费尔民说了又说(略萨,2011)。

这组对话穿插,即使加进"鸡飞蛋打"的标签,也一定可以索引到页面。但是作者绝对不只满足叙述清楚一个事件的来龙去脉,更大的兴趣却是在扩张人的心理时空。为此,叙事者不惜将时间错乱性并置。政治选举是在臭卡约刚入仕途得意之时,而堂费尔民与安布罗修的对话,却发生在臭卡约的政治生命结束之后。之所以组合在一起,且鼓点频频、节奏舒缓,目的就在于揭示堂费尔民这个人物。前文已有儿子圣地亚哥与安布罗修的争执,这个父亲,到底是小人还是好人?略萨并不喜好判断,他的人物构设基本全权通过叙事策略，通过选择符号的组接来尽量拓展这个人物性情的立体多面。尽管网页上可能只是平面的单人接电话的形式，所有安布罗修的神态语言都通过堂费尔民的接听转述而出，但读者完全可以在意念上链接到其他阐释画面而得出自己对这人物的感受。

不少评论当论及略萨用立体画刻画人物时，多雷同性地指出人物的多重身份，比如慈爱的父亲、暗地的同性恋、政客交易者，等等。笔者却认为，身份的复杂在一定程度上可以多面揭示人物的性格有可能多异，但这不是绝对的。一个大众化扁平人物也可以有多重身份，既扮演好父亲的角色又扮演好奸诈商人或者残忍政客的角色；而一个立体多面且具独特性格之人，也可以就在一重身份或者一种心情下纷彩多变。马里奥叙事的出色就在于刻画人物着重的是性格，性格的别具一格，方显出立体多面、色彩纵横。外在的身份，如相貌，在整容术广告遍布大街小巷电线杆的今天，外貌的美和丑，职位、身份的高低与尊卑，都具有了大众化的可塑性。但人物构造的叙事魅力就在于创造独特性。堂费尔民的独特并不在于他是个同性恋者或者商人，而在于他没能成为一个好父亲，且其社会、经济地位对圣地亚哥的情感爱莫能助。所以，外在如圣地亚哥的心语："他使出浑身解数奋斗着，为了不被人吃掉，他就得吃人；他到底是个受害者还是个害人者？"（略萨，2011）这个问题表明了堂费尔民这个人物既典型又普遍的意义，"受害"与"害人"本来不该成为一个同构性问题，但恰似畸形的社会使然。机械型的社会是不可谈羞耻与否的，而人不一样，堂费尔民的内在还有一份外人不知的"羞愧"感。

因此，马里奥·略萨最具魅力且费尽心机构设的叙事，就在于写人。影像网状化、声音交响化、叙事时间的把握及鼓点快慢的节奏，都在力求将人的心理时空延宕回旋。对军事寡头奥德利亚的独裁统治的否决，也在于这个官僚机制将"人像蚂蚁一样组织起来，一个无所不能的压缩机粉碎了人们的一切个性"（略萨，2011）。人无法逃离生存的时代环境，如作者慨叹的，他与他的同龄秘鲁人，"是在温柔的暴力或是粗暴的柔情中成长的"（略萨，2011），小说就为了揭示这病态现象。不是人自己愿意"倒霉"，而是在整个国家都"倒霉"的时刻，人无处可逃。圣地亚哥对安布罗修说："反正在我们这个国家里，一个人自己不倒霉，也要让别人倒霉。我并不后悔，安布罗修。"（略萨，2011）关键是，后悔对人生不具有任何意义。人生多有惋惜，就像堂费尔民对自己的爱儿语重心长："我一直搞不懂，瘦儿子，"小萨，他低着头不看你，仿佛是在对潮湿的土地或是长满青苔的岩石讲话，"你离家出走，我起初以为是由于你有自己的想法，你是共产党，愿意像穷人那样生活，想为穷人斗争。可是，你真的是这样吗，瘦儿子？你甘愿在这种平庸的位置上干下去？为了一个无所作为的前途？"（略萨，2011）叙事者中间的插语，极尽了世事人生的苍凉。

其实，每个人的选择和行事，初衷一定不会是碌碌无为。在弱肉强食的社会，人有着万分无奈的苦衷。就像书中第一部第 7 章，在政治阴谋角逐叙述中的空镜头，那"一面消化着鬣蜥"，"一个劲地往上飞"的兀鹰，到最后也只能"小心翼翼地伸出它那灰色的钩爪。它是想试试铅皮的承受力、温度，还是想试试铅皮存在不存在呢？它收拢双翅，在铅皮棚顶上停了下来，警惕地东瞅瞅西望望。但是为时已晚。石块雨点般砸进了它的羽毛，打断了它的骨头，折弯了它的尖啄……"（略萨，2011）兀鹰的象征，谁也难逃宿命。在第二部第 9 章，臭卡约败北，感受的就是"一个幻影突然变成了现实，跳在他的背上，把他压倒了"（略萨，2011）。只是倒下的唏嘘声各异，臭卡约可以"像坟墓一样一声不吭"（略萨，2011）。那是因为他掠夺投机成性，拒绝给予。

在略萨的笔下，情欲也和相貌或者官职权力一样，好似过眼云烟。能将身躯倒下的唏嘘转换为后世的语言思念，终究需要情怀。安布罗修对堂费尔民的缅怀，就因"他坐在那里，让我喝酒，平等待我"（略萨，2011）。

不管是什么肤色，底层对上层的向往，一如兀鹰的向上飞翔，渴望平等。阿玛莉亚对缪斯的感恩也缘于此。作者非常机巧地不是借用深知内情且与缪斯有同性床头之好的妓女凯妲来叙述被谋杀的缪斯人生，而是借女佣阿玛莉亚之口，塑造出一个特立独行、为情魂断之女色。缪斯与凯妲曾作为臭卡约性怪癖的情欲挑逗者，与其政治双簧缠绵，却只有阿玛莉亚刻骨铭心地思念，甚至将自己女儿的名字都用了缪斯奥登希娅之名。阿玛莉亚坚信太太的好不同于他人的好，推究其根源，却是缪斯"平等"待她，像前文论述的初尝"可口可乐"一样,阿玛莉亚感激缪斯让她学会了洗澡用肥皂。缪斯对于阿玛莉亚,就是一个追求的目标和向往,是在这样一份追求的偶尔满足中,留下了根深不灭的思念情怀。

没有人会同意圣地亚哥的哥哥奇斯帕斯的问题:"你这辈子到底想干什么?你为什么总是想方设法使自己倒霉?"(略萨,2011)而圣地亚哥恰恰是在追求中"倒霉"的,只是他想追求特立独行:"因为多亏我考上了圣马可,我才没成为一个模范学生、模范儿子,也没成为一个模范律师,安布罗修。"(略萨,2011)"模范",正是机器型塑泯灭个性的结果。"倒霉不一定有倒霉相"(略萨,2011),但"倒霉"却宿命地与个性追求悖逆。对自己没有期待的算不算是人?

"您问我这辈子希望成为什么样的人,少爷?"安布罗修说道,"这还用说,我想成为富翁。"

…………

"您希望成为幸福的人,是吗,少爷?"安布罗修说道,"我当然也希望幸福,可是,有钱和幸福是一回事呀。"(略萨,2011)这是穷人的普遍心声,但事实上,有了钱的人,像堂费尔民、臭卡约并不幸福,倒是圣地亚哥对自己的婚姻表示了满意:"我对自己的婚事很满意,"圣地亚哥说道,"问题是这实际上不是我自己决定的,是命运强加给我的,同我的工作一样,同我身上发生的一切事一样。说来不是我做事,而是事做我。"(略萨,2011)《酒吧长谈》阐述的依旧是现代意义上的人在终极意义上是被动可怜的动物,仅有的幸福也只不过如安娜失而复得的小狗巴杜盖而已(略萨,2011)。更多的却是如阿玛莉亚、安布罗修期望的阶级超越,最后都只是比原点更沮丧。前者最后到死更适应了村妇的生活,后者却逃亡、穷困潦倒。本可以两年后回利马时再求助堂费尔民,但终究因为一份情怀还有自尊,没有这样做。但是自尊又能坚守什么呢?最后靠着一个"无所求"的黑人相助,谋得了临时性的捕狗工的工作。

《酒吧长谈》[①]的结尾,驻笔在安布罗修对自己回家乡钦恰的叙述中,

[①] 〔秘鲁〕马里奥·巴尔加斯·略萨:《酒吧长谈》,孙家孟译,人民文学出版社,2011,第3、5、14~15、17~18、20、23、25~33、37、92、98、101~102、105、119、135、145、148~149、155~157、445、501~502、540、548页。

可谓让扑朔迷离的故事悠悠地滑出了一个绵绵无绝期的叹息。物是人非，却只有落后依旧、贫穷依然。而追求游走之人难以过江东，与豪情壮志根本无关，"我当天晚上就回到了利马，发誓再也不去了。我在利马倒了霉，可在钦恰，除了感到倒霉，我还感到自己衰老了，少爷"（略萨，2011）。这最后的结尾也有评论者注意到作者使用了叙事者、人物第一人称、第三人称的转换。[①] 本章认为如此叙事转换，正是将各阶层尽管差异纷争，但最终在人生的意义上，归为圆舞曲的哀鸣。这才是虚构之真！真的是磨难，真的是叩问！

马里奥·巴尔加斯·略萨起笔《酒吧长谈》于1969年，这也是网络刚刚起步之时。笔者认为，此文本的可贵，恰在于写作技艺与工具的崭新默契和探索。

---

① 梁丽英：《浅析〈酒吧长谈〉中的对话艺术》，《苏州科技学院学报》2004年第4期。

第七章　以冰块包裹激情之叙事

传统研究《百年孤独》[①]者多纠结于"魔幻",即故事情节的表面含义,一个"百年家族"从创建到消亡的故事。虽也会读出某种"魔幻现实主义"的关于族群衍生的象征语义,但笔者认为,并没能揭示此奇幻文本的核心或者说"实质",也就是说,只满足表面故事,并不能穷极作者创作野心。

比如,文本终结处,是读者及研究者都不会忽略的情节,即这个百年家族的第六代奥雷良诺·巴比洛尼,在"译读出全本羊皮书"的时刻,这个"镜子城""幻景城"——更是以"冰"建构的"城市",会随"飓风"消失。好似所有的读者皆因如此"消失"震撼得目瞪口呆,以至于都忽略了作者还留有文本的尾巴:"这手稿上所写的事情过去不曾,将来也永远不会重复,因为命中注定要一百年处于孤独的世家不会有出现在世上的第二次机会。"(马尔克斯,1989)是因为人们太注重这个"世家"的消失,加之"孤独"的自我情感体验,而忽略了这"唯一不二"之说,实乃文本落幕的重锤鼓点,有一锤定音之效。

作者定音,其文本是"前不见古人,后不见来者。念天地之悠悠,独怆然而涕下"的作品。获得诺奖,刮起拉美魔幻的文学飓风,皆属于人们体会了陈子昂诗的后句,但往往就忽略了其前句,关于文学,作者如此宣称,该是何等野心!

[①] 〔哥伦比亚〕加西亚·马尔克斯:《百年孤独》,黄锦炎等译,上海译文出版社,1989。

首先，文本的生命在于阅读，但是孑然独立于世的文本是世人难以读懂的。早在罗兰·巴尔特的阅读理论创建之前，尼采就警告世间要把"阅读当成艺术"，这需要"技巧"。但不幸的是，此阅读"技巧"在现代"失传"了，于是他依旧呼吁，读他文字者，"若要消化它们，人们必须像奶牛一样，而不是像现代人那样，学会反复地咀嚼"。① 奥雷良诺·巴比洛尼这个人物符号的创建，绝对不仅仅是一个家族的"第六代"而已，无论是他的生命创立（携竹篮降临），还是成长（被外祖母菲南达监禁隔世），都与一个家族血统的绵延不搭关系。而且，正是家族根本就无意甚至时刻防范着这个血脉，奥雷良诺·巴比洛尼方能超然物外，获得纯粹阅读的时空和可能。虽然近亲情欲诞生了家族第七代"长猪尾巴的孩子"，但既不具有传代的使命，更不是要以当下世人解读的"猪尾巴"来羞辱和毁灭这个家族；相反，菲南达防御而囚禁外孙的意图，不是预测到乱伦，而是恐惧关于女儿梅梅私生子的流言，是对话语的恐惧。奇妙的是，当世人的话语以冰块隔绝的方式冻结起奥雷良诺·巴比洛尼时，他反而在如此孤独中获得了某种魔幻性的超阅读能力。此阅读的超能，正是为了衬托绝世的像"羊皮书"那样的超文本——其实也就是《百年孤独》文本自身。之所以故事不是终结在家族的第七代，而一定要终结在这阅读使命的第六代身上，就在于文本创建与阅读之绝世意义。

其次，文本建立，其生命并非是现代虚假模式的装帧和摆设，而是口口相传，是看似无形却犹如幽灵般代代延续。作者给予文学无上的尊严。文学也许是关于某个人物某个宗族某段情爱的想象，但作者清楚"生命比想象的还要短暂"（马尔克斯，1989）。正如似肥沃土地般孕育这百年家族代代相传，最后坐在终生不离的摇椅上死去且神话般伴同世间各色杂物与土壤一起掩埋在"舞池中央"的庞拉·特内拉（马尔克斯，1989），可谓是"相传"的缩影，尽管其生命长过百年，但与话语故事相较，依旧匆匆不敌。再如文本第23章，写到了一个并非神秘的"加泰罗尼亚学者"，他曾是文字的守护者，以书店的名义；亦是文学的创造者，尽管书写了大半生的"三箱字片"无人能识；还是知晓自圣徒奥古斯丁以来的

---

① 〔德〕弗里德里希·威廉·尼采：《论道德的谱系》，周红译，三联书店，1992，第9页。

传译者，他告诫说"有朝一日人都坐一等车厢而书却进货物车厢"，那么，"世界就遭殃了"（马尔克斯，1989）。相对于作者心中的文学，百年家族的消失，如同人的死亡，是意料之中的，甚至文学，在书写、阅读和不知之间，亦是以消逝为形式而追索永恒的。当阿尔丰索的翻译手稿"全丢失"时，"博学的祖父知道后，非但没有追究，反而乐不可支地说，这正是文学作品的自然归宿"（马尔克斯，1989）。什么是文学的自然归宿？这有关传播的问题，正如书中不断重复着重的"时间循环"（马尔克斯，1989），并以"猪尾巴"孩子来象征。

百年前的"猪尾巴"孩子，"在最纯洁的童贞状态中度过了四十二年"，结果却被屠夫用肉斧砍掉血流不止身亡（马尔克斯，1989）。要提请注意的是，此"屠夫"却是以"朋友"叙之，且"斧砍"非习俗不容非法律制裁，近如"朋友"为混沌凿七窍致其亡之寓言。是现实中的人渐渐丧失天地灵性，不知宇宙浑然，而导成悲剧。这亦是文学真谛丧失的根源。百年后的"猪尾巴"孩子却纯空如清风，消逝得透明且不着痕迹。这个有可能是被蚁阵吃去的孩子，也许就是文学传播的变种，一如文本反复吟咏的"没完没了"（马尔克斯，1989），是灵性的飘逝。一如小说中魔幻性推崇吉卜赛情节，不是在故弄玄虚于"巫术"（这也是"魔幻现实"与当下网络玄幻之本质区别，前者蕴藉文学的灵魂），而是文本开篇第一页，紧随着所有研究者都注意到的特殊句法（——许多年之后，面对行刑队——奥雷良诺上校——"将会"想起——见识冰块的那个遥远的下午）是吉卜赛"嘶哑"的喊声："任何东西都有生命"且"一切在于如何唤起它们的灵性"（马尔克斯，1989）。被作者赋予一定预测能力的奥雷良诺上校，可以预测桌子上的滚烫汤锅掉到地上，但他始终不能预测自己的死亡。故此文本在开篇第一句必须以一个超然的叙事者来预测生命死亡与冰块的关系，强调的就是文学之灵。此"灵"是老实的记载，一如"墨尔基阿德斯是个老实人"（马尔克斯，1989），"老实"的定位是魔幻现实文学的根基。如此通灵且又在百年之内不为世人所解之创作，方为文学。通过游吟歌手的吟诵，通过或是"朗诵"或是"喃喃自语"，甚至虽死犹生的墨尔基阿德斯通过与百年间布恩地亚家族的奥雷良诺子孙属灵对话，文学得以传播。如此无穷的意义，方使这个羊皮书上天文书写者墨尔基阿德斯得到文本中最最尊严的安葬。虽然他天文书的记载如咒语般预测了这个家族的消亡和这个城市的泯灭，却是百年间最让人"狂欢"的殡葬（马尔克斯，1989）。不是无知的人们狂欢自己百年后的逝去，而是文学蕴于狂欢中，即使创造者如墓碑上的仅有之字"墨尔基阿德斯"，也无须懂更多，客观之在。

文学并不虚幻，虚幻的是人的贪婪本性，是欲望，就像霍塞·阿卡迪奥·布恩地亚一定要用吉卜赛人的磁铁去开采地下黄金一样。有不少研究者都提到《百年孤独》具有《圣经》创世的结构隐喻，但笔者认为，不只是马贡多这族群的创立是对事物命名，犹如语言的追踪溯源，更因为欲望未膨胀之初，马贡多是不存在死亡的，不是因为此城镇的年轻，而是因为如伊甸园初始，欲望话语还未发生或者说仅露端倪。欲壑难填方带来生命的终结，故此方需要"冰块"的"时代发明"。不是热带地域需要冰块想象，而是现代社会，膨胀的激情需要"冰块"，需要"冰块"包裹激情的文学叙事，这方使《百年孤独》文本别具一格，前无古人、后无来者。

上文开篇已论及《百年孤独》的"冰块"与生命的关系，是以开篇定音的奥雷良诺·布恩地亚上校面对"行刑"的关键时刻作为文本首句点出。而面对"行刑"这样一个特殊时刻，乃是作为《百年孤独》文本大半本叙事的鼓点，且作为文眼成为指挥音响的核心，提挈叙事延伸。"许多年以后，在正规军官命令行刑队开枪前一分钟，奥雷良诺·布恩地亚上校重温了那个和暖的三月的下午的情景：父亲中断了物理课，一只手悬在空中，两眼一动也不动，呆呆地倾听着远处吉卜赛人吹笛擂鼓。"（马尔克斯，1989）此鼓点，正将"冰块"与生命导向了叙事。

一如上文所说，马贡多居民给予了吉卜赛吟者墨尔基阿德斯"狂欢"且尊严的殡葬，但是作为这个城镇的创建者，霍塞·阿卡迪奥·布恩地亚与妻子乌苏拉本当得到更加尊重的礼遇，但事实却不然。前者阿卡迪奥，虽说尊墨尔基阿德斯为圣，甚至不无现代科技的想象，但终究被困守于现实泥潭，以至于半个世纪被捆绑在栗树底下，被人遗忘而终；后者乌苏拉，这个布恩地亚家族的顶梁柱，老年受尽生离死别、身体残疾之苦，以至于质问上帝："是不是真的以为人的身体是铁打的，忍受得了这么多的痛苦和折磨。"但此问对叙事者来说，是不问之问，既用不着问号，更连问者自己"问着问着"也"糊涂了"（马尔克斯，1989）。苦难与人生，连体孪生。乌苏拉是象征，"她的身体逐渐萎缩，变成了胎儿，变成了活僵尸。最后的几个月，她竟变成了像一只裹在衬衣里的干洋梨，她老是举着的手臂看起来就像一只猴爪"。由于她可能几天一动不动，被曾孙儿们当成玩具藏在谷仓柜子里，"差一点没叫老鼠吃掉了"。在死亡还未完全降临之际，这曾祖母，布恩地亚家族的主奶奶已被曾孙儿们判定了死亡，无论乌苏拉如何大叫"我还在说话""我还活着"，孩子们依旧判定："她像蟋蟀一样死去了。"因为孙儿们的如此判定，乌苏拉最后"在事实面前认输了。'我的主啊！'她轻声嚷着，'这么说，这就是死亡了'"（马尔克斯，1989）。让读者感觉魔幻惊悚的正是这样一个"事实面前"！

叙事者为什么要如此刻薄地对待一个创家立业、几乎顶天立地的女人？马尔克斯自己曾不无赞许地认同女性是建家立业而男性是败家荒淫的。乌苏拉坚强精明，她储藏一坛坛金子，认为"只要上帝让我活着"，"这幢疯人院里就不会缺钱花"（马尔克斯，1989）。她本该当然的是布恩地亚家族子孙的高祖，但荒诞的是，家族尊崇的高祖却是一个十四岁的一脸稚气的"雷梅苔丝"。推举"雷梅苔丝"为家族圣位者正是乌苏拉。那么乌苏拉与雷梅苔丝两个符号之间有何差异，以至于让叙事者如此颠倒黑白地倾斜天平？就像与乌苏拉近一百二十岁高龄相对，雷梅苔丝只活到十四岁，相对乌苏拉的强壮精明，雷梅苔丝一直尿床，最后似乎是因此而死。正像乌苏拉的激情在于黄金和扩建家居，雷梅苔丝的全部激情在于满屋子的娃娃。结果却是娃娃的雷梅苔丝获得高祖之尊，晓明事理的乌苏拉却死于玩偶之戏。问题就出在"激情"上。雷梅苔丝具有的天性，正是乌苏拉匮乏的，所以雷梅苔丝与其说是家族之圣，不如说是乌苏拉的偶像。

乌苏拉死时，"连鸟儿也被烤得晕头转向，一群群小鸟像霰弹似的撞死在墙上，有的还撞破了铁纱窗，冲进卧室死去了"（马尔克斯，1989）。如果叙事都被激情烧灼到如鸟般撞进"卧室"而死，还有什么样的死亡不会发生呢？为了阐释如此激情影射，作者还并列安排了一个离奇叙事：因传说，邻里杀了一只杂种怪兽，它有被损伤的羽毛、被戕害皮肤，还有折断了的翅膀，仅剩残骸，流着绿色的血液，睁着朦胧的大眼，"与其说它像人，还不如说它像娇弱的天使"，以至于被杀后，"人们无法确定，究竟把它当作动物扔在河里，还是把它当作基督徒埋入土中"（马尔克斯，1989）。文本中叙述过许多的死，有三千人的大屠杀，有奥雷良诺·布恩地亚上校发起的三十二次战斗和三十二次失败。躲过十四次暗杀、七十三次埋伏和一次行刑队的枪决，有二十个叫"奥雷良诺"的儿子被一夜剿灭等死的描述，都比不上这只怪物，叙事如此凄迷哀婉。

因此，本章认为，是现代人的激情，埋下了死亡的隐患。正如火车的降临——"这列无辜的黄色火车将给马贡多带来多少捉摸不定的困惑和确凿无疑的事实，多少恭维、奉承和倒霉、不幸，多少变化、灾难和多少怀念啊"（马尔克斯，1989）。叙事者在这里又玩了一个既成事实的预测将来时，隐患不言却暗藏其中。早已不只是火车，还有机械文明的所有发明都让马贡多沸腾——"上帝似乎决意要考验一下人们的全部惊讶能力，他让马贡多的人们总是处于不停的摇摆和游移之中，一会儿高兴、一会儿失望，一会儿百思不解、一会儿疑团冰释，以至于谁也搞不清现实的界限究竟在哪里"（马尔克斯，1989）。正如本章曾指出的，不是文学虚幻，而是现代人的欲望将真实与幻景混淆不清了。其时，正是马贡多人彻底否决吉卜赛人把戏之刻。连"年迈的乌苏拉尽管步履蹒跚，走路还要扶着墙壁，但是当火车快要到达时，却像孩子似的兴高采烈"（马尔克斯，1989）。笔者认为，叙事者对乌苏拉的残酷，无须再举他例已基本明晰，其实是对现代文明的否决、对歌吟的怀恋。早在建村之初，"全村人的家里都养满了苇鸟、金丝雀、食蜂鸟和知更鸟。那么多不同的种类的鸟儿啾啾齐鸣，真是令人不知所措。乌苏拉只好用蜂蜡堵住耳朵，免得失去对现实生活的感觉"（马尔克斯，1989）。是这如同储存黄金的感觉，让她在叙事者的天平上跌落，甚至都不及靠纸牌混迹的庞拉·特内拉。一个十四岁，被"外乡人"强奸，结果又被爱情俘虏，于是注定要终身等待的女人，"她把男人们全当成是他，不管是高个子还是矮个子，金发的还是黑发的，也不管是陆路来的还是海路来的，只要是纸牌许诺给她的,她就跟他们混上三天、三个月或者三年。在长期的等待中,她失去了粗壮的大腿、结实的乳房和娇柔的脾性,但狂乱的内心却依然如故"(马尔克斯,1989)。就是这样一个心中坚守着爱的等待,用身体温暖供奉天下男人的女人,"她从来不收人家的钱,也从不拒绝给人家行方便,就如直到她人老珠黄的黄昏之年从未拒绝过来找她的无数男人一样。他们既没有给她钱,也没给她爱,只是有时候让她得到一点快活"(马尔克斯,1989)。但是当她与百年家族的第二代霍塞·阿卡迪奥生下的儿子阿卡迪奥要找她满足情欲时,这个女人宁可花费一辈子积蓄为这个不知自己是其母亲的儿子物色他女。就是这样一个用身体无私养育宽慰这百年家族子孙的女人,叙事者给予了几乎是对神奇的敬仰。①

文本中另一个毫无尊严的死者就是情欲丰富的雷蓓卡,她全部的勇敢果断就在于敢于出手。死时,她"孤零零地躺在床上,身子蜷得像一只虾,头顶因长发癣而光秃了,大拇指还放在嘴里"(马尔克斯,1989)。这个当情欲不能满足就食土的未脱尽蛮荒的女人,叙事者赋予她的倨窶不无残忍。而相对守贞如信教的菲南达,相对乌苏拉,叙事者的贬损也节制得多。她们二人是百年家族真正的统治者,乌苏拉的家门敞开接纳四方,而菲南达的"门"开着就是为了"关闭"。就是这个孤独一生连亲生女儿也弃、视亲外孙如外人的菲南达,外在礼节永远高于内在感受的菲南达,临终也要铺上亚麻桌布,面对空缺的十五个座位一人独食,终不放弃讲究。死后四个月,美丽依旧,身上依旧盖着貂皮大衣。

真正让叙事者倾心的是俏女雷梅苔丝,她从未真正涉足世事,即使去教堂做弥撒,也要将俊脸遮挡,但其自然随意如风的性情却让久经沙场的奥雷良诺·布恩地亚上校感觉此女就像经历了二十年的战争。这份沉静如冰的凝练,即使是裸体,即使是男性眼光偷窥袭击,都不能穿透这超凡脱

---

① 以等待誓永恒的伎俩属马尔克斯笔法惯技。在《霍乱时期的爱情》中有几乎类似被诱奸的十四岁的阿梅里加·比库尼亚超凡脱俗地为弗洛伦蒂诺·阿里沙自杀,有以深爱之情辅助阿里沙成就事业但爱情却只枯萎在某个"10月15日晚11点左右"被强奸的瞬间之等待终生的莱昂娜·卡西阿尼斯。那魔幻性的自信仅凭强奸犯的形体和做爱方式就能从一千个人中把强奸犯辨识出来,诸多逆反逻辑的关于强奸的话语,无不在强调某种思念情绪和坚持的别具一格。此强奸话语模式曾在20世纪八九十年代的中国文学中,以模仿之作风行。

俗美女的胴体。世间那些为她的美而自杀的激情都被认为"幼稚",是这样的悟彻剔透,于是死得离奇地美——裹着床单就飞升飘逝了。

为什么一个于现实生活几乎空洞的女体,会被一个将军誉为"二十年战争经历"的历练,而一个真的经历了几十年战争死里逃生、求死不成的将军,却无论是生还是死,抑或风驰电掣地在疆场在女人的性床,最后都是空洞?似乎马尔克斯的铺张性笔法都淋漓于女人了,于是他笔下的男性就必得谨慎。一如奥雷良诺·布恩地亚,一生都没有琢磨透翻牌预测的庞拉·特内拉在他声誉鼎盛时期的预言性警告:"小心你的嘴巴。"(马尔克斯,1989)

小心什么?将军一生都沉默寡言,行动远远强于言说的奥雷良诺·布恩地亚,"嘴"或者说"语言"于他到底有什么潜在危险?文本中,读者清楚将军在三岁时预测汤锅掉下,那是他生命关于"语言"最炫目的刹那,后来,或许是内心激情性许诺,比如在"一位年近两百岁的游吟歌手"的虚幻中,那可以将"魔鬼"击败的对歌手的语言里,奥雷良诺·布恩地亚却感觉无味,而走进了一个每晚要接待七十个男人为了偿还自己不小心睡着导致灯烛烧毁了祖母房舍的妓女屋。即使每晚要接客七十人,床单可以拧出河水般湿漉漉的性工作汗水,依旧需要干上十年方可以还清祖母债务的姑娘,让奥雷良诺·布恩地亚激情澎湃,暗许诺言,要娶这样一个既满足他英雄救美的情怀,又可以"每天晚上享受她给予七十个男人的柔情"(马尔克斯,1989)。叙述者几乎是不着痕迹地暴露男性浩然无边之野心,但总是遭阉割。奥雷良诺·布恩地亚的幻想因姑娘的悄然离去而破灭,在很长一段时间里,他利用实验室封闭自己,弃绝语言。直到一个外派镇长九岁的女儿雷梅苔丝重新激发起将军无限的爱情想象,奥雷良诺·布恩地亚的语言方复活在了"无头无尾的诗句"中。尽管这些将雷梅苔丝变了形的诗句也"写在墨尔基阿德斯送的粗糙的羊皮纸上,写在浴室里的墙上,写在自己的手臂上",但这是文学吗?作者城府极深,虽然关于爱情的话语如同绵延充斥于文学长廊的喧嚣——诗句里的"雷梅苔丝出现在下午两点催人欲睡的空气中;雷梅苔丝在夜蛾啃物掉下来的蛀屑中,雷梅苔丝在清晨面包的蒸汽中……"(马尔克斯,1989)无所不至、倩影常在的激情,是不是生发文学?

文本告诉我们,当雷梅苔丝带着一个十四岁的未成年人的天真及伴同腹中一对双胞胎仙逝后,将军又在很长一段时间陷入失语状态。直到激情于战争,无须政治立场,只是因为内心的"高傲",就必须一次次发动战争。于是诗歌又重新复活,虽然在军旅生活中,再也没有像雷梅苔丝那样的情诗。一路被送上床的女人,尽管"她们把他的种子撒播在整个加勒比海岸",产生了二十个奥雷良诺后代,"但没有在他的感情上留下一丝痕迹"(马尔克斯,1989)。无论是女人还是二十个以奥雷良诺命名的儿子,他们皆空洞无比,一夜间诞生又一夜间毁灭,丝毫不着语言痕迹,只不过"二十年的战争风云,人们借助它可以重温上校的夜间行军线路"而已(马尔克斯,1989)。故此,这样的"激情"仓促如人生的白驹过隙,为之语言,大可焚之一炬。《百年孤独》的叙事别出机杼,尽显不着一字尽得风流的随意,诸如乌苏拉"趁印第安女人帮她往面团里加糖的当口儿,她朝院子里看看散散心——"(马尔克斯,1989),于是就衍生出雷蓓卡与阿玛兰塔生死角逐的爱情故事。还有在极端孤独无援间,乌苏拉又那样往窗外一看,就瞥见了早已丧失语言能力却半个世纪始终在栗树底下默默听她倾诉已经死了的丈夫,只不过他比死时老多了。还有雷蓓卡在早晨不经意地往窗外一瞅,就看见了行刑队的枪眼正对准了奥雷良诺·布恩地亚将军,于是,因为纵情而沦为乖乖奴隶的将军兄长霍塞·阿卡迪奥救下了将军,结果在某一天自己却在进家门时丧失了性命。所有这些不经意的情节组合,都别具匠心。

"小心你的嘴",与其说是警告奥雷良诺·布恩地亚,不如说是警告所有充斥在文学中却又难是文学者的那些该焚之一炬的语言。文本以叙事的方式不露痕迹地论证了此论点。在激情煽动奥雷良诺·布恩地亚作情诗时,也正是雷蓓卡神魂颠倒于钢琴师皮埃特罗·克雷斯庇这个"唯一让她退化吃土的男人"之刻(马尔克斯,1989),他们几乎每日都期盼颠倒时日,将明天当成今天来过,却最后在滥情中无疾而终。还有阿玛兰塔的情诗,最后只是愤怒悔恨的见证。这些情节其实都是佐证,作者心中文学之界限泾渭分明。

文学无论写生还是写死,皆如命运般,难能只因激情一时燃烧而已矣。就像庞拉·特内拉的终身等待,等待的是不该等待的强暴者,那永不会真的到来的爱情；就像雷蓓卡和阿玛兰塔之间那误导的悲剧；就像乌苏拉半个世纪的空房，半世纪的与栗树下捆绑的丈夫语言永不可抵达的交流；就像霍塞·阿卡迪奥·布恩地亚半世纪与自己杀害的朋友交心；等等。文学企图写出的是某种冥冥中的高贵，即使现代小说如卡夫卡等系列叙述者，以揭示命运的失败为旨归，时间循环往复咏叹的依旧是古希腊索福克勒斯似的吟诵：尽管如此多灾多难，我的高龄和我的灵魂的高贵仍使我认为一切皆善。这"高贵"在加缪的《西绪福斯神话》的解读里，是"日常表达悲剧，用逻辑表达荒诞"。[①]奥雷良诺·布恩地亚将军所有的激情都只是"行动"，语言却是喑哑的。一如他最后重复锻造的小金鱼，是标志，也是遗忘。而这生命却如尼采所说：问题只在路上。

当叙事鼓点一次次以"怀念的陷阱"（马尔克斯，1989）迫使将军呼唤"冰块"时，命运已似西绪福斯的巨石，以忧伤强调出人永远朝向的是不知尽头的苦难。有预测能力的将军之死在毫无死亡迹象的"镶嵌"小金鱼尾巴的时间间隙里，一声"马戏团来啦"的吆喝，把本来要走向栗树撒尿的将军引到了街上，于是在始终"想着"及在"小便时他还试图继续想马戏团的事，却已经记不起来了"时，一生戎马辉煌的将军，一生失败也如小金鱼锻造再熔化再铸造的将军，就"像一只小鸡似的把头缩进脖子里，前额往栗树干上一靠，就一动不动了"。直到第二天，他的没有履行过法律手续的侄媳妇，默默做了这个家族一辈子仆人的圣塔索菲娅在倒垃圾时，方"注意到兀鹫正在一只只飞下来"（马尔克斯，1989）。

语言没有能力传达意义，是能指漂浮的语言学耳熟能详的道理。于"高贵"的文学，一如俏女雷梅苔丝的升天，无论是升天的方式还是成长的奇特，都是"深沉而长久的沉默中一点点成熟起来"（马尔克斯，1989）的空洞能指，恰似寓言般显示出"冰块包裹激情"的叙事策略。在热带，"冰块"是最不可靠之物，包裹"激情"的危险，一如雷梅苔丝升天那样不可思议，却又随时可能发生。当叙事像冰块融化般有痕迹或者

[①] 〔法〕阿尔贝·加缪：《西绪福斯神话》，郭宏安译，新星出版社，2012，第133页。

无痕迹,只有升天漂浮的幻象,永恒如何发生?中国绘画之词"留白",在语言理论运用文学时,在阐述能指空洞索向时,恰到好处。

正如文本以"孤独"留白于世间,阿卡迪奥、奥雷良诺本是一对共谋的兄弟,百年家族的第二代,后者的语言付之一炬,前者几乎没有语言。上文提及他因雷蓓卡的随意一看而救下兄弟,与他最后的死不构成任何直接关系。对于这起谋杀,文本隐晦莫测,只有在后代阿卡迪奥闯进封闭枯死的雷蓓卡房屋时,被一杆黑洞洞的枪对准,方有些许端倪。正如托马斯·曼所说:沉默不是目的,表述沉默才是目的。

叙事者居心叵测之处就是要"表述沉默"。一起在家庭发生的凶杀案,当"霍塞·阿卡迪奥刚关上门,蓦的一声枪响震动了整幢房子"(马尔克斯,1989)。这无疑是一起谋杀,但叙事者不关注叙事真相,不陈述谋杀动机以及揭示凶手,而是铺张死去灵魂的血液,它生动如灵:"一股鲜血从门下流出,流过客厅,流出家门淌到街上,在高低不平的人行道上一直向前流,流下台阶,漫上石栏,沿着土耳其人大街流去,先向左,再向右拐了个弯,接着朝着布恩地亚家拐了一个直角,从关闭的门下流进去,为了不弄脏地毯,就挨着墙脚,穿过会客室,又穿过一间屋,划了一个大弧线绕过了饭桌,急急地穿过海棠花长廊,从正在给霍塞上算术课的阿玛兰塔的椅子下偷偷流过,渗进谷仓,最后流到厨房里,那儿乌苏拉正预备打三十六只鸡蛋做面包"(马尔克斯,1989)。这曲里拐弯的鲜血路径,只为一句话、一个通知——"我死了"。

"三十六只鸡蛋"说明此时的家族还在兴盛中,母亲乌苏拉还正处于眼观六路、耳听八方的佳境,这个因为情欲娶了雷蓓卡而被驱赶出门的儿子,像所有遭难者一样不无困难地将消息"急急"送达母亲,几乎就是申冤。但错误的是,这血报的信息误判了方向,"偷偷"地"流过"阿玛兰塔,却直抵乌苏拉。叙事在此将速度放得非常缓慢,犹如不少侦探小说一样,乌苏拉"逆着血迹的流向,寻找这血的来处"(马尔克斯,1989)。慢镜头回放,将上面血流淌的路线再由母亲重探和侦察一遍,终于在一所她没有来过的房子,儿子的卧室,"一股火药燃烧以后的气味呛得她几乎喘不过气来,只见霍塞·阿卡迪奥脸朝下,趴在地上"(马尔克斯,1989)。案件并不复杂,却成了"马贡多始终没有探明原因的唯一奥秘"。

叙事速度慢放如侦探,却不得力、不得果,问题出在哪里?壮年的乌苏拉几乎是火眼金睛,即使老年失明,"她也能凭着记忆继续'看'到一切",而且"气味"还是她逮人逮物都不会出差错的"辅助妙法"(马尔克斯,1989)。那么,用"草木灰和柠檬汁"、"盐和醋"和"碱水"浸泡"六小时",再用"辣椒、茴香和桂花叶做调料,用文火"将尸体都煮烂也去不掉的"火药味",怎么就蒙住了一个母亲破案的双眼?笔者认为,这铺张焚尸灭迹的陈述,要揭示的正是乌苏拉的态度。

《百年孤独》中,没有哪一种爱不易退化,反而是恨伴随生命天长地久。尽管乌苏拉曾外出寻找这个随吉卜赛人出走了许多年的儿子,尽管有思念也有重逢的喜悦,但日子总会比魔幻更能麻木人生,再炽热的情感,其实只不过"如肉体上的感觉,就像一块小石子落进了鞋肚里"(马尔克斯,1989),"移步艰难"而已。人总会将鞋底倒倒而后就无觉地过起自己的生活。乌苏拉的形象,比世间许多母亲更加操劳;但是,就是这样操劳的母亲,也会如此冷酷。对另一个儿子,那第一个出生在马贡多的奥雷良诺,在其生命垂危时,母亲乌苏拉"搜肚刮肠地寻找事由来回忆儿子",结果是"找来找去没找到"(马尔克斯,1989)。人是因为有如此本性,方为孤独。因此,造就永恒的文学,不是情书,不是情欲,不是如人们善于且轻易掉下的"人类历史上最古老的眼泪"(马尔克斯,1989),而是吟咏孤独。

孤独本身就是留白的人生,就像死者永远的沉默,就像生者永不可能企及的言说。奥秘的留白,呈现了乌苏拉的态度,即使到老年,乌苏拉还一直保持"挑着全家重担时一样的勤勉",甚至"在无法穿透的老年的孤寂中,她却是那么敏锐,足以洞察家中发生的哪怕最微不足道的事情"(马尔克斯,1989)。如此洞察真相的能力,却以放弃或者掩盖真相凝成了奥秘。这是因为乌苏拉对"内心焦躁、情欲外露"的雷蓓卡有着别样的心思,乌苏拉有着"敬仰"之情,尽管她们之间毫无血缘关系,但是乌苏拉"敬仰"雷蓓卡的勇气,甚至认为这样的勇气方是拯救家族之力。不少评论者是认同这样的观点的。但笔者认为,这里蹊跷丛生,正是叙事者与乌苏拉的分歧,更是作者马尔克斯思考文化历史的两难。文本中几乎可以说正是乌苏拉心中的"蝎子"① 成为她最后在叙事中无尊严之死的缘由。

但是，这"蝎子"却寓意复杂。其实，精明的乌苏拉在她暮年，已经凭直觉敏锐地"发现自己行动迟钝并不是年老与黑暗的第一个胜利，而是时间的一个过失"（马尔克斯，1989）。差错出在现在的时间与过去的时间不同，乌苏拉用了一个忍俊不禁却又朴素无比的比喻："过去上帝安排年月时并不像土耳其人量一码细棉布时那样耍花招。"（马尔克斯，1989）也就是说，现在的时间有欺骗性，"不仅孩子们长得快了，连人们的情感的演变也换了方式"（马尔克斯，1989）。一直对现代文明不乏其丈夫般的热情且又能脚踏实地借用技术整建家族的乌苏拉，这是第一次对"现在"产生疑惑。这关于时间的思考，不只是叙述学的问题，更是结构学的问题，还是拉丁美洲切近文化历史的书写问题。是真实时间出了差错，还是叙事时间出了差错，抑或是历史时间发生了超出人想象的跌宕？

研究界早已熟悉本雅明曾比喻过的"历史天使"："他回头看着过去。在我们看来是一连串事件的地方，他看到的只是一整场灾难，这场灾难不断把新的废墟堆到旧的废墟上，然后把这一切抛到他的脚下。天使本想留下，唤醒死者，把碎片弥合起来。但是一阵大风从天堂吹来；大风猛烈地吹到他的翅膀上，他再也无法把它们合拢回来。大风势不可挡，推送他飞向他背朝着的未来，而他所面对着的那堵断壁残垣则拔地而起，挺立参天。这大风就是我们称之为进步的力量。"② 这段笔者在他文中多次引用且阐释的论述，在此只作为理解乌苏拉符号以及作者书写的路径。乌苏拉的敏锐意识正是刮向"进步"之风，以废墟的形式将她吹向背对未来的过去。也正是这样的临终性警醒，方有上文指出的在她死时那如天使的怪

---

① 乌苏拉心中有两尊神，一是外乡人——十四岁就死了的儿媳雷梅苔丝；另一个就是被竹椅送来的陌生人——血肉的雷蓓卡。文本第13章叙述乌苏拉进入暮年时，"感到有一种无法抑制的愿望，真想像外乡人那样破口大骂一通，真想有一刻放纵自己去抗争一下。多少次她曾渴望过这一时刻的到来，多少次又由于种种原因产生的逆来顺受而把它推迟了，她恨不得把整整一个世纪来忍气吞声地压抑在心中的数不尽的污言秽语一下子倾倒出来"。这是她心中的"蝎子"。见马尔克斯《百年孤独》，上海译文出版社，1989，第236~237页。

② Walter Benjamin, *Illuminations*, Edited by Hannah Arendt, Translated by Harry Zohn, Schocken Books, 1968, pp. 257 - 258.

兽被残杀且朦胧睁眼于苍天之叙述。

都知道这个百年家族代表着族群历史，也是拉丁美洲文化的象征，最后走向了衰落甚至灭亡。死亡之后怎么办？这方是将文学走向永恒走向文化历史性思考的必然。本雅明的忧伤表述里其实不乏对现代文明的向往，但是拉丁美洲的书写却更多两难性的迷惑。就像乌苏拉，她尊崇为圣的偶像雷梅苔丝与雷蓓卡正是文明与野蛮、现在与过去的相对。乌苏拉认可雷蓓卡一如认同过去如土地般的自然且不乏野蛮，这是为什么叙事者要那样精致地书写儿子死亡之血流向的文明，不打扰人也不玷污地毯，而母亲却狂欢似的不无野蛮地消磨了尸体的原因。两重叙事时间的对照书写，无意识却将显灵的血与有意识却丧智性的人，暗喻潜伏，是魔幻现实主义的神功。并不像许多讴歌拉丁美洲文学革命风暴之评述，认为外来文化乃千古奇罪。

《百年孤独》文本更多的是探索和拷问，是对历史时间的生死拷问，于是利用了叙事时间。直线走向文明辉煌的时间是乌苏拉一生所努力的，而循环时间是她暮年顿悟的。但只是循环到过去么？叙事者不惜利用虚构（哪怕承担"花招"之风险），就像掌控侦破路径的去和回，采取不同的叙事速度一样，叙事者操控着死亡的时间。给予雷蓓卡这个回到土地且倔犟地维护其封闭最终成就了不可修复之死亡，意在表明以僵死的封闭走向的死亡是没有新生的，循环当有他山之石。

以冰包裹激情之叙事，正是以辩证思维寓言性写作来警示，或高贵或低俗、或前进或倒退、或生或死，一步之遥，失若千斤。

第八章 "爱自己的敌人"链接神话之叙事

马尔克斯喜好用预言性的句式，比如上章开篇指出的《百年孤独》著名的首句，以将来过去时态合成，营造文本某种寓言品格。由于寓言具有枯死与繁荣、消亡与创建的二元辩证性，可以具有远隔时空依旧呼唤意义的执着，拉丁美洲魔幻现实主义借用此术是当然。半个世纪以来，全世界都不能否认拉丁美洲文学带来的旋风，但若将如此文学语言的冲击仅仅局限在一个家族从"猪尾巴"到"猪尾巴"，或者是创世到消亡，实在太表面。故本章认为有必要讨论《百年孤独》建构历史的话语方式，即穿透文本语言表层去深入探究叙事要素关联的内层。

正如上文说到的"操控死亡时间"，叙事者喜欢用一种如同"上帝"般的百无不能、百无不知的语气：最有骨气的老军人赫里奈多·马尔克斯在"无法想象"的"凄惨"雨天由送葬队伍扛着经过时，乌苏拉许下等到天晴就死的诺言。她晃着"传令天使"般的手姿对棺木中的将军告别："再见吧，赫里奈多，我的孩子，"她喊道，"请代向我的亲友们问好，跟他们说等天晴时我们就见面了。"（马尔克斯，1989）这位将军似乎是作者很认可的，他是阿玛兰塔的追求者，乌苏拉一度以为他可以成为自己的女婿，甚至比儿子奥雷良诺·布恩地亚将军更觉亲己。无论是对于军队还是爱情，赫里奈多坚守自己忠诚的信念。或许只有这样的人才配沟通生死，因为乌苏拉没有如此信赖过他人，让他带着这样的信息去亡灵的世界。女儿阿玛兰塔在临死前超越了爱恨情仇，"觉得她可以通过为世人做最后一件好事来弥补她卑微的一生"，于是要给"死者带信"（马尔克斯，1989）。这非但没打动乌苏拉，反而通过独白联合第三人称的使用,似乎叙事主体是乌苏拉与叙事者合一,生成这样一个冷峻幽默:"乌苏拉根据布恩地亚家的人总是无病而死的经验,毫不怀疑阿玛兰塔准是得到了死神的预告。但是不管怎么说,乌苏拉还是提心吊胆的,她害怕在搬运信件的忙乱中,在那些糊里糊涂的寄信人想使信件早早送达的心急忙乱中,把阿玛兰塔活着就下葬了。"(马尔克斯,1989)阿玛兰塔的"下葬"叙事埋伏了一语双关,她是该活着下葬,还是死后只有超度却无下葬,此留白本章先悬置,待后面再议。

"雨天"是一个时间形态,因为它,读者清楚阿玛兰塔死在先,赫里奈多葬在后;"雨天"还是一个可以"操控"如日月的长度,且关系生死、衰荣,是不无神话要素的意象:"这雨一下就是四年十一个月零二天。"(马尔克斯,1989)如此漫长的"雨",除了叙事者,估计天公也难。长雨是马贡多败毁的罪魁祸首,它使得"人们的怠惰与健忘的贪婪形成对照,对往事的记忆逐渐销蚀殆尽",竟然连共和国总统要将曾被奥雷良诺·布恩地亚将军拒绝多次的"实心金块"勋章再度颁发给他的后代,没有人能告诉给已经准备好"纪念大会的发言稿"者地址。比健忘还有趣的是荣耀与耻辱的辩证写法。其时,奥雷良诺第二因为漫长的雨影响到繁盛的牲畜养殖和彩票,已经温食不保,但情妇培特拉·科特却劝阻他"别去出丑"(马尔克斯,1989)。

双语辩证及隐喻象征,使故事无论是情节元素还是语言思维,都链接入神话。不少学者都注意到《百年孤独》对《圣经》及希腊神话的借用,甚至其狂欢式的夸张技艺,也让人联想到拉伯雷的《巨人传》。甚至有人认为这是文学"根深蒂固的模仿性"所致,"并显示不可消除的程式性"。[1] 但本章有意探究的却是《百年孤独》文本链接神话的意图。先来看奥雷良诺第二,他是百年家族第四代人物中被重点描绘者。文本非常重视命名隐喻性格,一如恩斯特·卡西尔提醒人们注意的——"语言和神话的理智连接点是隐喻",[2] 奥雷良诺第二与阿卡迪奥第二属双胞胎,前者的命名隐喻着性格偏重沉思默想,而后者更多躁动外向。但奥雷良

---

[1] 〔俄〕叶·莫·梅列金斯基:《神话的诗学》,魏庆征译,商务印书馆,2009,第120页。
[2] 〔德〕恩斯特·卡西尔:《语言与神话》,于晓等译,三联书店,1988,第102页。

诺第二的狂欢挥霍，常常让乌苏拉怀疑，当初为了助人辨别他们双胞胎，每人手上挂着自己名字的牌子被互换了。似乎马尔克斯有意暗示语言的双重性格，既有命名的固定性又有难以嵌定的游离性。不只是这双胞胎的混淆，还有故事开篇不久，马贡多人被传染了失眠，渐渐就受到失忆的威胁，于是人们就借用语言，将所有的东西都像这双胞胎一样挂上牌子，结果混乱不堪。还有奥雷良诺第二的妻子菲南达晚年痴迷于信件文字，却像变戏法似的乱蹦乱跳。不过，奥雷良诺第二的外向性格，却是由情妇一手打造而成。其锻造的渠道却似神话中的母神，可以让牲畜繁殖兴盛。

笔者兴奋的是，不只是母神的生育繁衍，更是谷神墨忒耳与女儿珀尔塞福涅的冥府遭遇结构，隐喻出奥雷良诺第二与妻子及情妇结构模式的意义。奥雷良诺第二追逐并迎娶了世上最漂亮的女王级人物菲南达，直到死她的美都无与伦比，但过头的文明礼仪信条，让她在性事上困难无比：新婚五十天，在狂欢性婚宴宣泄之中，却是新婚夫妻不能同房，必须分居；五十天之后，新娘从头到脚严严实实套上长衫，只在生殖器处开一个绣着花环采编的洞。这离奇的性遇，让新郎掉头回到起初只是因为迷茫双胞胎谁是谁就干脆享受一份爱情由两个人来共同肩负乐趣的情妇培特拉·科特的怀抱。一男二女结构不同凡俗，可比拟珀尔塞福涅奔波在冥府丈夫哈德斯与母亲墨忒耳间，恰是为了繁殖。希腊神话中，无论是母神还是谷神，都是生命与死亡辩证合一者。谷神墨忒耳若发怒，人类即颗粒无收，只有每年冥府的女儿归来，与母亲团聚了，大地方谷物丰收。奥雷良诺第二向妻子解释必须住在情妇家原因就在于牲畜的繁殖。

培特拉·科特是以做彩票生意为生，奥雷良诺第二"叫培特拉·科特做兔子的彩票生意。兔子繁殖、长大，快得叫人几乎来不及卖掉彩票"。甚至，一天夜里，兔子忙碌生产"吵得他们再也无法安睡，天亮时，……院子的地上铺了一层兔子，晨光熹微中一片青蓝色"（马尔克斯，1989）。后来牛猪齐上，"一夜之间，奥雷良诺第二成了畜群和土地的主人"。一箱箱钞票不只是用于广结朋友、饮食挥霍，甚至用其将百年家族的墙糊了一遍。从彩票到糊墙，语言的符码意义已悄然浮现，正如波德里亚所说："所有赌注都是象征的。"① 在奥雷良诺第二与培特拉·科特编码彩票的过程中，由于情感的参与走向了繁殖。以墙的形式糊出，恰是呈现象征的功能意义。这里无法避开的问题是，培特拉·科特与奥雷良诺第二如胶似漆，"情欲是那么迫切，他们曾不止一次地在准备吃饭的时候互相瞅着，然后一句话不讲，盖上菜盆饭碗，饿着肚皮进卧室去寻欢了"（马尔克斯，1989）。然而，只造就了牲畜奇幻般繁殖，培特拉·科特却始终未能受孕；反倒是奥雷良诺第二偶尔回妻子处，就像珀尔塞福涅吃了石榴籽，不得不到冥府履行职责，与妻子菲南达的难得性事却百发百中，诞下一个儿子和两个女儿，成为布恩地亚家族第五代。在这对比性的别致结构中，叙事已经不只是神话链接或演变，而是使得奥雷良诺第二这个人物符号本身具有了某种神话要素。奥雷良诺第二在情绪高涨甚至每每"聚会高潮"时就会"叫了起来"，"别生了，生命是短促的"（马尔克斯，1989）。

漫长的雨天，奥雷良诺第二却选择了回到妻子身边，虽然心中思念情妇，"却毫不动心"（马尔克斯，1989），甚至菲南达因自己身体隐情恐惧丈夫"偷偷溜进她的房间"，劝他回到情妇那儿去，奥雷良诺却坚持要等待雨停了再说，而且"产生一种清心寡欲的海绵式的平静"（马尔克斯，1989）。使繁盛的牲畜灭绝且无论是牲畜还是彩票都从此一蹶不振的，是奥雷良诺第二的"寡欲"还是"雨天"？笔者倒是认为，雨，虽然未能如传统"润物细无声"似的对奥雷良诺第二的财产产生助其茂盛之力，却起到了犹如宗教般宁静的灵魂或者说认识的洗礼效果。事实上，在他因牲畜繁盛，叙事者已极尽渲染其豪放品格，且几乎将情绪煽动膨胀到极点时，文本情节插入拉伯雷似的"巨人"暴食的故事改写，但是马尔克斯使用了"比赛"。拉伯雷的巨人无人能比，但马尔克斯的巨人不只属于现代，还犹如现实本身，是天外有天、山外有山。参比者是一个叫卡米拉·萨加斯杜梅的，"是全国闻名的图腾式的女性"，绰号"母象"。当奥威尔写下《变形记》将人与动物合体时，其图腾火焰上耸立出的是罗马帝国的雄健。那么，关于奥雷良诺第二的饕餮竞赛之书写，

---

① 〔法〕让·波德里亚：《象征交换与死亡》，车槿山译，译林出版社，2009，第51页。

自然就不只是关乎"食"了。卡米拉·萨加斯杜梅一如拉伯雷的庞大固埃,具有高瞻远瞩孕育后代的意志,"她是为了寻找一种使她的孩子更好地摄取营养的方法才开始学习吃的艺术的,这就是不靠人为地刺激胃口而靠精神上的绝对安宁来吃饭的方法"(马尔克斯,1989)。就像本章上面一再论述的,《百年孤独》的叙事者欲揭示,这百年家族的痼疾在于对后代对未来的兴趣皆只在体育上而已。就像性不关乎爱情,吃若无"道义"追求,输就是必然。导向奥雷良诺第二探索内心,比起吃及差点撑死的叙事,功不可没。

自此情节之后,菲南达对丈夫滞留迷恋在情妇家的事实会在女儿梅梅从寄宿学校回家度假时暴露的担心纯属多余。因为叙事者就像由建筑师外部装帧架构走向与结构工程师合一内外皆修功能,来打造奥雷良诺第二这个百年家族第四代之稀有符号。他对女儿梅梅的慈爱和慷慨给予,堪比给予情妇的审美高度,甚至某种程度上让培特拉·科特感到了威胁。但是叙说父女情感,着重的不是情感而是父女像血缘那样相似的共同性,即对自由开放的向往类别。这共同的属性,使得不只是父女,更是与叙事者、叙事语气及情节都达到某种共谋关系,而其共同的相对者就是菲南达。在辩证性比较母亲和父亲的情妇时,梅梅突兀地产生出一种"强烈的感情",且"费了好大的劲才没有当面指责"菲南达和阿玛兰塔"矫揉造作、精神贫乏和崇尚荣华的痴狂"。当母亲追问她的异样时,回答却是:"现在我才发觉自己是多么爱你们呀。"(马尔克斯,1989)这看似平静无常的母女对话,却让像懂得年轻时的自己一样的阿玛兰塔听出了惊世骇俗的"敌意"。爱与恨的拉锯战对人的戕害,在梅梅这个符号上穷尽到极致。当她将恨言不由衷地说出是爱时,叙事者象征性地给予她"功能紊乱症",以至于两败俱伤——向往自由的女孩被禁闭"五天"接受严格治疗,而象征性秩序也不得不"忍受"病症"紊乱"的结果。在爱海几乎从小到大都枯竭苍白的菲南达,曾经按照自己的理想目标塑造女儿,当然听不出爱的表达底下的恨。叙事者的残酷在于不只是要将爱恨揭示得淋漓尽致,还要撕开菲南达作为母亲意符的伪装,将人性缺失之痛展露无遗。笔者认为,当梅梅以葬送自己的方式莫名其妙地陷入与随身携带蝴蝶意象的男子恋爱,已经是将自己物恋与自由了。几乎可以说,患"紊乱病症"

时吐出的"苦汁"都泛化成了"蝴蝶"。日后,梅梅被菲南达送往自己小时候生长的"死亡"之城——一个远方修道院,梅梅致死思念的都是"蝴蝶",且将她全部的恨用了一个小篮子,承载着她与蝴蝶爱的结晶——百年家族的第六代——也是文本将终止其身的奥雷良诺·巴比洛尼亚送给了母亲,让母亲在恨中体味到关于死的爱。

梅梅只是作者利用语言附会"物"的一个过渡。叙事目标仍然是奥雷良诺第二。当奥雷良诺第二因雨天滞留在家,偶然发现被妻子囚禁的外孙,不只是教孩子穿衣、梳洗等人的生活常识,更是喜悦地用上了梅梅房间里废置的《百科全书》来教育孩子(据叙事者交代,虽说他不懂英文,但他热衷按图编故事)。也可以这样理解,与其说是这外公在教孩子,不如说是奥雷良诺第二在用行为实现某种认识的作为。米歇尔·福柯写作《词与物》时,说是因为受到《大英百科全书》的启发,决定要梳理归类某些认识。在彩票中、在糊墙的钞票中甚至在近乎撑死或者激情情欲中,奥雷良诺第二关于"物",其实是某种虚空。但遗憾且叙事者给予文本不无悲凉性反讽的是,当奥雷良诺第二借用"雨天"的契机欲探求"物"时,依然皆是虚无。

战争年间有三人将金子藏于圣像中存放在乌拉苏家,在奥雷良诺第二用钞票糊墙时,圣像破而露金,那时的金在挥金如土者眼里,是"无"。但当"雨天"让奥雷良诺第二体会了贫穷后,绕家掘地三尺就是求金不得。"物"与人的奥妙,因语言符号的诡谲走向形而上。

《百年孤独》中多处呈现如此魔幻意图,比如第一代霍塞·阿卡迪奥·布恩地亚与栗树肌肤相亲半个世纪多,"当这位年迈的、备受日晒雨淋之苦的大汉开始呼吸的时候,房间的空气中弥漫着一种嫩蘑菇、棒棒花和野外的陈腐而浓烈的怪味道"。乌苏拉当时千方百计将丈夫从栗树上搬移回自己的床上,最后除了叙事生态循环似的"味道"之外,丈夫还是归回了栗树。栗树下,霍塞·阿卡迪奥·布恩地亚半个世纪与自己杀害的老朋友"死亡后衰老得几乎成了粉末的普罗登肖·阿基拉尔"的灵魂相伴(马尔克斯,1989);栗树下,乌苏拉百年里建设家族的辛酸、孤独抑或喜悦统统与听而非听的丈夫及丈夫死后的魂灵相倾相诉。人语物灵,《金枝》告诉我们:"这种思想就是为了要同一个动物、一个精灵,或其他强有力的神物建立相互感应关系，以便使人能把自己的灵魂或灵魂的某些部分安全地寄存在对方身上，并且又能从对方身上获得神奇力量。"① 弗雷泽是将此作为了图腾的信念，寄托于"物"，是为了灵魂的安全，好比将钱存放银行来作保险。

可是，现实若没有形上超越，保险除了自欺欺人之外，依然只是一个虚无。菲南达"诞生在离大海一千多公里的一座凄凉的城市里，并在那里长大成人"（马尔克斯，1989）。这是一个将祈祷死人的钟声和墓碑当成活人生活全部意义的城市，此环境下培养的菲南达，不只是有天仙的美丽，还受过良好的淑女教育。但她唯有的信念就是一个关于"瞬息即逝"的"女王"镜像，在奥雷良诺第二追逐并要娶她之前从未怀疑过她总有一天必然成为镜像中的女王。而现实中，她只能凭"编扎起殡葬时用的棕榈叶王冠"来支撑"一贫如洗"（马尔克斯，1989）的家庭。因为父亲被军人利用搞政治活动让她扮演万圣节女王，对此一时"气愤而走了神"（马尔克斯，1989），结果她就嫁给了百年家族。于是听天由命地只能将"女王"的梦想转化为布恩地亚家族诸如亚麻桌布这样的细节来实现了。她很异类，怪只能怪"王冠"的捉弄，这使得她无法忍受布恩地亚家族不体面的"点心和小糖寿买卖"，甚至都不能接受圣塔索菲娅·德·拉·佩达这个本该是她婆婆却实际是整个家族用人的女人。

菲南达与阿玛兰塔似乎内心都有对高贵特别是"仪式"的某种追求，却是至死都敌视的一对。原因大概是"菲南达对阿玛兰塔不懂得天主教与生活的关系，而只知道天主教与死亡的关系这一点十分气愤，好像天主教并不是一种宗教，而只是一份殡葬礼仪单"（马尔克斯，1989）。读者批评说即使再有阐释的自由，也难逃开叙事者如此漫不经心却设下的圈套。以灵魂超越为神圣职能的天主教，是宗教还是殡葬礼仪单，却成了两个女人处事方式不同的问题。阿玛兰塔的"矫揉造作"是用她的创造力杂糅情感，将兄长奥雷良诺将军的尸体塑造成依旧神采奕奕的军人符号，阻止死亡"腐烂掏空身体"。她对天主教的全部热情就在于如何美化尸体

---

① 〔英〕J. G. 弗雷泽：《金枝》，徐育新等译，新世界出版社，2006，第650页。

以求达到符号能顽强超越死亡而保有当初生命拥有过的"社会力量",①并以神圣的仪式将这超越如极美的符号像追索永恒那样送进坟墓。而菲南达的宗教是例行公事那样的祈祷,就像她一生刻板的生活,叙事者说"她的一生就好像一直在下雨似的。她从来没有改变过作息时间,也没有放松过礼仪家规"(马尔克斯,1989)。

死亡符号的寄托,在她的理解里,就好比当年编织"棕榈叶王冠"用于殡葬,只是为了生活。也可以说,菲南达对"物"的依托完全是逆对《金枝》信念的,但对"保险"的向往和恐惧却是同样的。当年新婚时,菲南达其实像培特拉·科特将情爱追求寄托于彩票数字的赌注一样,她"身上带着一张有金色小锁匙的年历,上面她的精神导师用紫色的墨水画出了克制性欲的日子"(马尔克斯,1989)。她捣腾的数字像彩票符码一样"分散在一片密密麻麻的紫色的×号中"(马尔克斯,1989)。这是她精神寻求超越企图安全获得"保险"的见证。但事与愿违。在漫长的雨季,这个从远方嫁到马贡多的女人,这个被百年家族上下贬损为"妖精"的女人,最需要依傍的已经不是丈夫,而是某隐形医生。由于她有子宫脱垂的危险,所以她最体己最依托的是偷偷要儿子在外地寄来的"子宫托",就像灵魂要存于"物",钱要存银行,菲南达将生命寄托于"子宫托"。但是,就像现代世界难能安全一样,动荡的世界,银行也是无保险的,丈夫因喉头生疾,以为是菲南达施巫术,将藏好的"子宫托"查出来烧毁了。

菲南达,这个一生守了大半辈子活寡的女人,最后死时遗体"背心夹里上缝"的"一只卷边袋"中(马尔克斯,1989),深藏着的是三个还没用完的"子宫托"。可见她到死都在惴惴不安的恐惧中。"子宫托"就像无所皈依的灵魂一样挂在脖子上,还是等到晚年投注极大热情,几乎成为菲南达精神寄托的儿子在回家渴盼遗书中的遗产时发现的。或许是"子宫托"太沉重,让叙事者也滞了笔,抑或是巨额遗产与"子宫托"的落差带来的震惊太大,以至于菲南达的安葬被"留白"似的近于虚化了。

---

① 〔法〕让·波德里亚:《象征交换与死亡》,车槿山译,译林出版社,2009,第251页。

奥雷良诺第二娶菲南达又设法逃避她，就像人既有冒险的潜在冲动又万分恐惧一样。喉咙的"结子"，也似这感觉的象征，"就像想哭又忍着"。人生在辩证中，无以逃避。就像奥雷良诺第二追求到死城想要在菲南达处寻求的是"宁静"，却感受到痛苦。生与死、外在与内在、贫穷与富有等二元相对，正如本章此节论述之初已提及的孪生。"雨天"带来的归类探寻，就像奥雷良诺第二年轻时曾打算学习做小金鱼谋生一样，耐不住寂寞，虎头蛇尾。似乎外在打造的宁静就像菲南达的文明礼节不是奥雷良诺第二的风格，宿命性地他只能在培特拉·科特处探寻。当事业一蹶不振，"物"皆为"无"时，"奥雷良诺第二嘴上没讲，心里却想，问题不是出在这世界上，而是在培特拉·科特那神秘内心的某个角落里，大雨时期那里出了毛病，致使牲畜不育、银钱溜走。他怀着这个不解的谜团深入到她的感情中探索，寻觅他感兴趣的东西，却找到了爱情，因为他希望她爱他，结果爱上了她。培特拉·科特感到他对她的爱逐渐加深，也越来越爱他了"（马尔克斯，1989）。

本章已经提到，辩证思维链接神话走向寓言，而将爱情赋予寓言品格，是马尔克斯的精心雕琢。爱情的生命循环如宇宙生生不息，为爱情塑造的符号永远没有年龄，超越生死。马尔克斯甚至在获得诺贝尔奖期间书写的《霍乱时期的爱情》塑造的主人翁，即使滥性六百二十二人次，却在一生求索的爱人面前说他是"处男"。这样的循环奇迹正发生在奥雷良诺第二与培特拉·科特经历大雨磨难之后，直奔爱情真谛："两人都想到，当年胡乱的欢闹、可观的财富和毫无节制的性爱都是爱情的障碍，他们叹息在虚度了多少光阴后才找到了这个共享孤独的天堂。在无儿无女的共同生活中狂恋了那么多年后，他俩还是奇迹般地在桌上和床上相爱。他们过得如此幸福，以至于在变成两个衰弱的老人后，还像小兔子似的欢闹，像小狗似的打闹。"（马尔克斯，1989）可是，这爱情的幸福是那样与菲南达的不幸辩证到近乎孪体，菲南达曾在孤独的祷告中向"仁慈的主"倾诉："在累断腰脊，拼命维持着一个用大头针支撑起来的家庭，不让它沉没，每天从早起忙到睡觉，总有那么多的事情要做，总要忍受、处理那么多的事情，到上床睡觉时两眼都像是沾满了玻璃粉，可是从来没有人对她说过一次'早安，菲南达'，或者问一句'晚上睡得好吗，菲南

达'；也从来没有人，哪怕是出于礼貌，问过她为什么脸色那么苍白，或者为什么醒来时眼圈发紫……"（马尔克斯，1989）

正是"存在"与"欠缺"如此不可分割，正是"肯定"与"否定"如此孪生一体，罗兰·巴尔特才会提出"写作具有迷惑"。[①] 笔者更是将这"迷惑"当作语言链接神话的一种方式，行进寓言迷宫的路径。人生，正如马尔克斯在"受奖演说"中给自己的界定："只不过是一个被命运圈定的数码而已。"[②] 奥雷良诺第二与培特拉·科特这对情侣，即使在最幸福的爱的"真谛"里，对"数码"的未知性也同样惴惴不安。早在"喉结"发生之前，这对情侣彩票生意已不能丰衣足食，甚至常常食不果腹，但将贫困中能挣扎到的"最大的一堆"收入，必定首先"献给菲南达"，而且"没有一次是出于内疚或慈悲。他们这么做是因为觉得菲南达的舒适比他俩的舒适更为重要"。叙事者侧眼旁观，洞察明晰，好像神谕："事实上，尽管他俩都不知道，但二人都把菲南达想象成为两人想要而没有生过的女儿。"文本的说服力是紧接着的一个举例："有一回，他俩甚至甘心情愿地连喝三天面糊汤，为了省下钱来给菲南达买一块荷兰桌布。"（马尔克斯，1989）

难道是幸福迷恋诞下不幸？是叙事写作以繁殖的假象进一步推进潜入神奇。"喉结"发生时正值奥雷良诺第二让培特拉·科特的彩票与"谜语"挂钩，尽管占卜且烧毁了菲南达的"子宫托"，还按符咒将一只生鸡蛋埋在了栗树下，可奥雷良诺第二终于还是为"喉结"走向死亡途中，诺言将爱情也穿透，他必须死在妻子菲南达的床上。在他当年离开培特拉·科特去追逐迎娶菲南达时，留给培特拉·科特的就是一双漆皮靴，自那以后，奥雷良诺第二就留下遗言，死后要穿着这双靴子进入坟墓。但遗憾的是，培特拉·科特在将垂死的奥雷良诺第二及其全部零碎物品送往菲南达的床上时，却偏偏忘记了这重要的漆皮靴。而当她挽救性拜访菲南达并请求呈送漆皮靴以完成情人的遗愿时却遭拒绝。菲南达获得了丈夫的死，培特拉·科特却只能坚守像漆皮靴的忠贞却又不可更改的遗憾和空

[①] 〔法〕罗兰·巴尔特：《符号学原理》，李幼燕译，三联书店，1988，第220页。
[②] 〔哥伦比亚〕加布里埃尔·加西亚·马尔克斯：《拉丁美洲的孤独》，见《霍乱时期的爱情》附录"受奖演说"，徐鹤林等译，漓江出版社，1987，第383页。

落。很难准确判断，是否因为生命如此宿命性的空落，使得培特拉·科特在奥雷良诺第二死去多年之后，无论自己有无食物果腹，都坚持不懈每周将满满一篮子食品放在菲南达的门前，直至供给到菲南达死。

"爱自己的敌人"在《福音书》中是训导，认为自己虔诚于宗教的菲南达没能做到。"爱自己的敌人"在尼采处，是像"猛然一甩就抖落了许多寄生虫，而这些寄生虫却深入其他人的皮下"。[1] 培特拉·科特在自己也迷惑的情境下，却是如此而为。这个彩票商的遗孀，一生似乎都如彩票赌注般需要勇气、耐心，还有等待。叙事者界定她是"本地人中唯一具有阿拉伯人心力的人"（马尔克斯，1989）。当年在奥雷良诺第二狂欢的婚礼期间，叙事者说全世界人都认证了一句真理，那就是她是一个不幸的女人。但培特拉·科特却以彩票的毅力和神奇的运气赢得了有目共睹的幸福和爱情。这个似乎坚忍享受幸福却从来毫无怨言的女人，即使是在因"大雨"而造成爱情空缺、牲畜死亡的季节，即使"她那双食肉动物的咄咄逼人的目光，因为长时间凝视暴雨变得忧伤而温顺了"（马尔克斯，1989）。笔者会将这"温顺"当成世界改变态度的一种隐喻，一个始终在"目光"或是判断或是羞辱或是羡慕或是贬损之下生存的"情妇"，如果没有一个强大无比的保护壳和坚强无比的内心，怎么可能在如此"目光"中还能"幸福"？文本在塑造这个人物时，从模仿女王的爱情拍照时起，作者、读者、叙事者和文本世界中的每一个，都像看守有如窥视癖一般在注视这个女人，而她，是否也有如菲南达那样的抱怨？留白了。似乎是看不见的"忧郁"或者说有一种连自我叙说忧郁也不能的处境，于是就只好将这"忧郁"像抖落"寄生虫"般，到那些注视她的目光的皮下，于是，正如本雅明说的，"忧郁使生命从中流淌出来"，而"客体在忧郁者的凝视下变成了寓言"。[2]

形成寓言的，不单是某个人物符号之"客体"，还有叙事方式。以培特拉·科特与菲南达作为爱情的两面，组合进符号奥雷良诺第二，就是为

---

[1] 〔德〕弗里德里希·威廉·尼采：《论道德的谱系》，周红译，三联书店，1992，第23页。

[2] Walter Benjamin, *Origin of German Tragic Drama*, Translated by J. Osborne, London: New Left Books, 1977, p.183.

了在狂欢性极乐的生命里能"流淌"出某种"忧郁"孤独的品性。如此叙事，在奥雷良诺将军之妻雷梅苔丝腹中就孕育了。但叙事者以一种"胎死腹中"的戛然而止之笔，将十四岁的雷梅苔丝作为高祖母画像，永远高瞻讽喻于世；百年家族的香火只好延续在了万人可上的庞拉·特内拉土壤。这本身就是一种反讽，夭折掉奥雷良诺将军与雷梅苔丝腹中的双胞胎，放纵庞拉·特内拉与奥雷良诺将军媾合的后代，以乱伦终极，本身就是错。而将第二代奥雷良诺将军的兄长阿卡迪奥与庞拉·特内拉媾合的后代作为香火延脉，更有其编造荒诞的别样意图。奥雷良诺第二与他的孪生兄弟阿卡迪奥第二可谓是叙事者精心设置的叙事策略，他们好比事物的外在和内在辩证合一，他们相互间从出生到死亡，皆为一个"错"字了得。

似乎叙事目的就在于营造文学文本可将人生符号化，让生命及历史成为像"晾在铁丝上的衣服"之音乐符码。有时可见、有时不可见，有时颠三倒四、时间错乱，有时就因为一个时刻，就像奥雷良诺将军与"冰"、阿卡迪奥第二与"活埋"，成为锻造孤独还有恐惧的全部。错，是虚构编造的真谛，正是因为"阴差阳错"，叙事才能此起彼伏。操作好"错"，《百年孤独》文本方"从现实到达非现实或神奇的境界，从已知到达未知，从现在到达过去或将来或时间已经消失了的永恒"。① 正如文本中，"当霍塞·阿卡迪奥第二已经能把羊皮书上那些密码般的字母分类"，也就同时意识到"时间也会有差错，也会出故障，它也能被撕成碎片，在一间屋子里留下一块永恒的碎屑"（马尔克斯，1989）。

但是，当阅读活动完全接受"假设一个容易出错的叙述者，就是假设一个控制着反讽的深思熟虑的幕后交流者"时，② 却无法忽略意符蕴于自身的含义，像霍塞·阿卡迪奥第二，这个以叙事策略的明智理解了叙事时间"错"之本质者，却是一个小时候看"活埋"之后，影响其一生都

---

① 〔南非〕安德烈·布林克：《创造与毁灭——加布里埃尔·加西亚·马尔克斯的〈百年孤独〉》，载《小说的语言和叙事：从塞万提斯到卡尔维诺》，汪洪章等译，上海人民出版社，2010，第243页。

② 〔以色列〕塔玛·雅克比：《作者的修辞、叙述者的（不）可靠性》，载〔美〕詹姆斯·费伦等《当代叙事理论指南》，申丹等译，北京大学出版社，2007，第107页。

恐惧且执着于真实者。只有他坚守"三千人遭屠杀的真实",为了避免也是论证,他没有被活埋,他的母亲圣塔索菲娅·德·拉·佩达——那一生像"影子"一般沉默的女人,连接受奥雷良诺将军烧毁诗作都不忍的女人,却那样轻描淡写地"为了履行自己的诺言"在儿子阿卡迪奥第二下葬前,"用厨房菜刀"(马尔克斯,1989)将他的脑袋割了下来。这里既是语言与生命同构之隐喻,更链接出《施洗者约翰被斩首》的著名神话,献出头颅,可否纠正或者说避免人生离合、世事沧桑、诸多不幸之"错"?

对"真"或者"错"的语言操作混合效果的追问,要算百年家族第二代绝奇女性阿玛兰塔符号的塑造了。阿玛兰塔"并不美丽",但也曾像"豆蔻年华"时期的梅梅,"讨人喜欢,单纯坦率,有着头一眼就让人舒服的优点"(马尔克斯,1989)。叙事者有意将这百年家族第二代老姑娘的生命时间无限拉长,蜘蛛网般缠绕着文本叙事、缠绕着读者阅读,就像敏感的阿玛兰塔后来对待爱情的态度:"她的谨慎而又缠绕万物的柔情慢慢地在她男友的四周织起了一张看不见的蛛丝网,使他在八点钟离去时真的得用白嫩的、没戴戒指的手指去拨开。"(马尔克斯,1989)倘若你稍不留神,定会迷惑无疑。就像引注中涉及的安德烈·布林克关于《百年孤独》的研究,目前,还不能知道第242页关于阿玛兰塔的错误是作者还是译者犯下的,错误地将阿玛兰塔当成了菲南达的小姑子,其实论辈分,阿玛兰塔该是菲南达丈夫奥雷良诺第二的姑婆。故此,叙事者和读者都必须用书写或者阅读的"手指"不断"拨开",以辨别方向。

"从来不知道什么叫着苦闷","舞步常常使全家欢腾"的阿玛兰塔因为一段"秘密恋情"的失败而"彻底改变了她内心的向往"(马尔克斯,1989)。叙事者诡谲处在于,阿玛兰塔爱情的失败始终是"秘密"的,就像她后来挑拨"乱伦"玫瑰的荆棘却意象化为永恒似的。她对雷蓓卡未婚夫的单相思、她日思夜想的情书,叙述者都讳莫如深地做了故意要掩人耳目的处理,当雷蓓卡因难耐的情欲而改嫁后,调琴师皮埃特罗·克雷斯庇也深刻认识到当初只是"错把雷蓓卡急切抚摸他的一时冲动当成爱情",而事实上"经过漂洋过海的寻觅"后在阿玛兰塔处方"终于找到了真正的爱情"(马尔克斯,1989)。这时叙事者才揭开帷幕,让意大利的抒情尽情绽放。万分有趣的是，当读者观看这万花筒似的"真"爱情时，充斥了比如"给阿玛兰塔翻译彼特拉克的十四行诗"，共同把"明信片装订成一本精致的相册，里面都是情侣们在孤寂的花园里的图画以及中了爱神箭的丹心和衔着金丝带的鸽子的图案"（马尔克斯，1989）。画饼充饥，是爱情给人类许下的最大谎言。尽管随着这"幻想大暖棚"的爱情，皮埃特罗·克雷斯庇的"复制品"小店生意也像奥雷良诺第二的牲畜繁殖一样"繁荣"，但这让所有人都"觉得阿玛兰塔正在走向一个没有险阻的幸福境地"（马尔克斯，1989），却远远不如培特拉·科特享受爱情那样一帆风顺。问题是，在奥雷良诺第二初涉情妇之领地时，叙事者含沙射影地说这是逢场作戏；而阿玛兰塔与皮埃特罗·克雷斯庇的爱情却犹如千古诗歌和图片中反复吟唱的情投意合，还有忠贞不渝。

如果叙事者早已告诉你自己完全是"不可靠"的，那么这叙述的爱情能不能信？某种情感其实就像"怀乡"似的，"竟会把水沟里的淤泥和腐烂的甲壳动物的气味变成鲜花的淡雅的芬芳"（马尔克斯，1989）。乌苏拉在晚年的"观察"中发现："阿玛兰塔是从未有过的最为温柔的女人。她以惋惜的心情彻底搞明白了，阿玛兰塔对皮埃特罗·克雷斯庇的一切不合情理的折磨，并非如大家所认为的那样是出于报复心理；她那使赫里奈多·马尔克斯上校终身失望的缓慢折磨，也不像人们认为的那样是出于她的一腔辛酸。所有这一切都是她那强烈的爱情与不可战胜的怯弱之间的殊死搏斗，而最后却是那种荒谬的恐惧占了上风，阿玛兰塔的这种害怕的感情始终凌驾于她自己那颗备受磨难的心。"（马尔克斯，1989）

如果号称千古奇缘的爱情，都不能给予人克服恐惧之力量，那这爱情还能被歌颂为心灵的庙宇吗？作者在这里的叩问可谓发人深省。以两位男性符号渗透进阿玛兰塔符号中，前者她深爱过，却在爱情上改弦易张，而且复制品累累；后者是叱咤疆场的将军，虽然阿玛兰塔不爱他，但日积月累，就好像离不开他。每当幽会于阿玛兰塔的缝纫室时，将军都将自己走向坟墓也不卸下的可以保家卫国的军刀礼貌地挂在大厅。可问题不只是悬挂大厅的军刀无法保卫爱情，实则，再强悍的保卫，对于爱情祈祷的安全也定无能为力！是恐惧让阿玛兰塔的爱情信念必然走向必须以"他者"别样的话语形式来建构或者说穷尽自身。

好比巴洛克艺术,只有"骷髅"才象征出无法取代的奥林匹亚诸神的超越。阿玛兰塔魔幻性地迷恋上死亡的庆典,而且完全以此替代了她本当有的婚礼仪式。她的爱情表达方式也如巴洛克艺术那样完全转换为精雕细刻的创造:"像绘制色彩缤纷的桌布,编织精制的金银绦带,用十字花法绣出孔雀那样……"在终于等待到皮埃特罗·克雷斯庇的求婚时,她却拒绝了,结果导致这个因爱情一时的错却遗憾了终身的意大利抒情者,用"充满爱情的嗓音,使整个小镇上的人们都飘飘欲仙"(马尔克斯,1989),自己却"安息在了香水中"(马尔克斯,1989)。叙事者非常节制地将皮埃特罗·克雷斯庇的死亡就此凝固在一片芬芳中,让所有"窗户"都散射灯光者,因为不能点亮阿玛兰塔的"黑洞洞"(马尔克斯,1989)而必然喑哑。就像"骷髅"的奥秘,这生命骤然的"喑哑"却赢得了阿玛兰塔那块标志永恒的"黑纱布绷带"——它包裹着阿玛兰塔为惩罚自己将手放在火上烤烫伤留下的疤痕(马尔克斯,1989)。叙事时间一如巴洛克艺术那样繁复丰富,以阿玛兰塔的爱情作为装饰呈现的客体,无论是求婚还是后来的乱伦,总在关键的那一刻到来之前,语言铺垫出无比的精致细腻甚至情感厮磨,然后就是跌宕起伏的迂回,外加自我放纵的犹豫不决等等,这一切表达,与其说是关乎阿玛兰塔的爱情或者情欲,不如说是作者马尔克斯在盈溢巴洛克的神奇。

巴洛克艺术有着在辩证中追求极端纯粹完美的品性。一如叙事者将阿玛兰塔爱情的叙事时间一方面如"蛛丝"般缠绵文本,另一方面却以阿玛兰塔符号的准确严格的时间点来求极致。阿玛兰塔与菲南达的不同在于,菲南达无论书写(比如给孩子们、隐形医生等的信件)还是仪式追求,都是以丧失时间为结果的,所以她总会把"直肠和阴道"搞混,结果导致她作为母亲在孩子的记忆和情感里不着痕迹。而阿玛兰塔不同,她清晰如镜,不染丝毫杂尘。"八月的一天下午,阿玛兰塔在给了她那位坚忍不拔的追求者以最后的答复后,自己也承受不了她那固执脾性的压力,她关在房里为自己一直到老死的孤独而痛苦起来。"(马尔克斯,1989)这是阿玛兰塔在拒绝她一生中第二个执着要给予她婚礼仪式的男人赫里奈多·马尔克斯将军后的态度。细心者不难发现,叙事者在这里施了一个分身术,将阿玛兰塔与"她"微妙地通过"自己"的感受进行了剥离——

一方面是"冷漠",另一方面是"忧伤",辩证合一地生发出一种奇特的效果,那就是穿越生死之后的奥雷良诺将军注意到的:"阿玛兰塔的冷漠——她的忧伤在傍晚时分发出一种清晰可辨的压力锅的声响。"(马尔克斯,1989)

读者清楚,《百年孤独》的叙事中设置了两个比较明显且不断以语言复沓效果来强调的叙事鼓点:其一是上章提到的,奥雷良诺上校面对"死"时关于"冰"的联想;其二就是由阿玛兰塔绘绣"裹尸布"凝成。可以说,阿玛兰塔的"鼓点"有着"压力锅的声响"的嘶鸣功效,与"冰"鼓相对,但皆共同于"死"的某个特定时刻。与"冰"关联的"死",是可以将时间冻藏的;但是高压锅的"死"却是爆发性的,是将时间压缩到那么一刻。关键在于阿玛兰塔始终都不能"摧毁回忆",而且"像奥雷良诺上校思念战争一样,不可避免地,阿玛兰塔也想起了雷蓓卡。但是当她的兄长能够使那种回忆变得无声无息的时候,她却只能将回忆之火燃得更旺"(马尔克斯,1989)。

文本中,似乎是奥雷良诺第二带回家"一架击弦古钢琴"而挑起了阿玛兰塔的痛。"也就是这个时候,阿玛兰塔开始织她的裹尸布了。"(马尔克斯,1989)专心致志织裹尸布的阿玛兰塔,其时"高挑个儿,细长身材,生性高傲和总是穿着好几层泡泡纱衬裙……"就是这样一个依旧不失魅力的阿玛兰塔,"表现出一种经得起岁月及许多不幸回忆考验的,与众不同的气派,像是额头上印着表示贞洁的圣灰十字"(马尔克斯,1989)。叙事者以超乎常人的全知全能揭穿阿玛兰塔的"圣灰十字"其实就是她的爱情与仇恨,以她手上的"黑色绷带"作为标志。她比信徒的祷告还虔诚于这"绷带","睡觉时也不解下,并且总是由她自己洗净熨平"(马尔克斯,1989)。从这"绷带"走向"裹尸布",就像由一个静止的符号走向巴洛克艺术的雕琢,使得叙事时间在高压锅的"绷带"似的压抑闷闭之后,必然走向"裹尸布"的爆发。如果说生命的语言存在形态以"物"作为寄托的话,阿玛兰塔正是从年轻至年迈,从"绷带"中的压抑走向"裹尸布"的华丽。

"裹尸布"的编织叙事很巧妙地链接到《荷马史诗·奥德赛》那"白天绣,晚上拆"的坚贞妻子珀涅罗珀,是为爱情延宕时间。阿玛兰塔延宕的却是活着的孤独,绣和拆的方式,是她"想以这种方式来保持孤独"(马尔克斯,1989)。只是叙事者连"孤独"也一定是辩证的,阿玛兰塔的孤独无时无刻不与那毁灭其至爱的敌人雷蓓卡关联。"早晨,当心中的寒冰把她从寂寞孤单的床上惊醒的时候,她想到雷蓓卡,当她用肥皂擦洗干枯的乳房和萎蔫的下身时,当她穿上老年人穿的洁白的荷兰麻布做的裙子和胸衣,当她调换手上那可怕的赎罪的黑色绷带的时候,她就想到雷蓓卡。无时无刻,不管睡着了还是醒着,不管是在受人称颂的崇高时刻还是遭人奚落的猥琐境遇,阿玛兰塔总是想到雷蓓卡……"(马尔克斯,1989)爱情的刻骨铭心远远抵不上仇恨,日月磨损,孤独销蚀,痛苦亦得升华,"裹尸布"是如此提炼的结晶。当一个生命过早地终止了向往时,天上的鸽子再也不会携带希望,那么唯一能做的就是期待死亡之信。阿玛兰塔日思夜盼,就为了等待"雷蓓卡的死讯","有一段时间,她确实把纽扣拆下来又钉上,以免百无聊赖的等待显得过分漫长和痛苦"(马尔克斯,1989)。

本雅明在《德国悲苦剧的起源》中曾指出,巴洛克艺术是以"炼金术"般的高超来雕琢骷髅的,阿玛兰塔就是这样以设计和创造的艺术才华来设想雷蓓卡的"治丧计划"。她准备穷尽自己的艺术创作才华,来修补雷蓓卡的"皮肤""脑壳""假发",将雷蓓卡丑陋无比的尸体打造出"漂亮",然后裹上她精心制作的绝妙无比的"裹尸布"。本章曾指出,叙事者操控死亡时间,不管阿玛兰塔如何向上帝祈求也无用。一方面,笔者认为把雷蓓卡的死亡处理在阿玛兰塔之后,让她"吮"着手指野蛮地死去,潜伏了作者关乎历史的态度,此点前面已述;另一方面,是要打破阿玛兰塔太明晰的仇恨,当她对雷蓓卡完美无缺的治丧计划胸有成竹时,却"想到自己如果出于爱的深情也将会同样这么做的时候,不由得一阵颤栗"(马尔克斯,1989)。"爱自己的敌人",原来既可以超越宗教意义也可以超越尼采现实,而使敌人与自己镜像合一。当阿玛兰塔最后知道自己死亡的时间时,一生都没能与爱人融为一体的阿玛兰塔却与恨了一生的仇敌雷蓓卡交融了。当华美精致的裹尸布裹着阿玛兰塔这"老处女的尸体"时,叙事者论断:"她丑陋,面色也不好……"(马尔克斯,1989)天造良缘地契合了巴洛克艺术的追求,而"黑绷带"与"裹尸布"也完美合一了。

本来，在阿玛兰塔身上，这二者绝对没有混淆的可能，"黑绷带"是给予自己的，为凭吊爱情；"裹尸布"是给敌人的，为折磨一生的仇恨。就像时间对她来说何其精确，她本来可以幸福一生的转折点就在那么诡谲的一刻，从此断送了她全部的美好，锻铸了她一生的凄惨和不幸！而当"这一刻"作为呼唤"远古的气息"时，由内容走向精美的形式，"时刻"就发生了本质性的变化。它可以骤然降临，就像死神驾临，没有惊恐、没有疑惑，"只是样子有点古气"，平常到可以让阿玛兰塔"帮她穿针引线"（马尔克斯，1989）。

死神到来，意味着生命的终止。但是于巴洛克艺术，却是反其道而行之。曾经爱情到来时，生命屡屡死亡；而当死神到来时，却神奇地被要求了"开始"。死神吩咐阿玛兰塔"四月六日开始织她自己的裹尸布。死神还准许她在制作裹尸布时，想做得如何复杂和精致就做得如何复杂和精致，不过要像给雷蓓卡制作时一样诚实。死神告诫说，在完成制作裹尸布的那天傍晚，她将没有悲痛、没有恐惧、没有苦楚地离开人世"（马尔克斯，1989）。这值得玩味的离奇叙事，在即将结束的生命历程到底"开始"了什么？

"裹尸布"是大家都清楚的如巴洛克华美的形式，变异繁复如粒粒珍珠的形式，蕴涵了怎样的内容和意义？死神一如远古的"骷髅"，莫测高深，只要求阿玛兰塔在制作这精美形式时，无论爱还是恨，都必须诚实。似乎以爱或恨都可镶嵌的方式，付诸形式。在此行为中，"时刻"可被拖延，"阿玛兰塔订购了细白爽滑的亚麻纱线，自己织成麻布。她织得非常仔细，仅这一项工作就花了四年时间"（马尔克斯，1989）。也可被"加速"，当阿玛兰塔"唯一的目标就是完成她的裹尸布"时（马尔克斯，1989）。问题是笼罩在死神话语下的"时刻"，无论是"拖延"还是"加速"，都丝毫没有死亡的气息，反而是"生"之景象。由死而生，是巴洛克形式蛊惑世代之奥秘。阿玛兰塔也就真的"在这项工作上的专心致志已经给了她承认失败所需要的镇静"，镇静到可以让"整个世界缩小到了她的皮肤的表面……"让读者叹为观止的是，原来巴洛克的形式主义有如此神功，可以浓缩到或许是每颗珍珠的表皮，从而释放出心灵。阿玛兰塔就是在这样的释放操作中，"摆脱了所有的痛苦"（马尔克斯，1989）。

"既不是出于恨,也不是出于爱,而是出于对孤独的无比深邃的理解。"(马尔克斯,1989)爱情始终都没能帮助阿玛兰塔摆脱"悲痛"、"恐惧"和"苦楚",死神以"永恒"之默许,让阿玛兰塔重新认识了人生。

以华美精致来追求永恒的巴洛克艺术,表现手法夸张得近乎离奇,就像阿玛兰塔"在这件从未有哪个女人完成过的极其精致的制品上绣完了最后一针……"就只能"一点不动声色地宣布她将于傍晚去世"(马尔克斯,1989)。本来她也想推迟到梅梅的古钢琴音乐会后死,但这被死神敲定的"时刻"就像嵌绣在形式上的珍珠,不可变更。而阿玛兰塔也像咏叹调那样高昂地要作为使者,承担沟通生死的使命。叙事者也如雕刻或者细绣那样,将阿玛兰塔接待马贡多人纷纷来托阿玛兰塔捎信的情景细叙慢演。"到下午三点,大厅里就放了满满一箱的信件了。那些不想写信的人就托阿玛兰塔捎个口信,她把口信一件件记在小本子上,上面写着收信人去世的日期和姓名。"她还安慰说:"您甭担心,我到了那儿以后,头一桩事就去打听他,并把您的口信转告给他。"(马尔克斯,1989)这哪里是走向死亡,分明是要从马贡多出远门旅行,没准就去了罗马。因此在奥雷良诺第二看来,"如果说这个时候有谁还像活人的话,那就是镇定自若的阿玛兰塔"。就像收拾旅行袋还亲自监督包裹装车一样,阿玛兰塔"亲自吩咐把信件放进一只涂着柏油的箱子,并指点箱子应该怎样放入墓中才能防潮"。阿玛兰塔就像请裁缝做衣服一样,请木匠给自己量身定做了棺材,一切收拾停当,就像旅行者坐在候车厅一样悠闲,"时间还充裕,足以削去手足上的老茧"(马尔克斯,1989)。这一切,让菲南达觉得这简直就是闹剧。真的闹剧却是"老态龙钟"的神父也闻风"带着圣体礼用品赶来",却正"看到阿玛兰塔穿着高级细棉白布的长睡衣,头发披散在背上……"嘲弄的结果是神父将侍童打发走了,自己却想"利用这个机会,使二十年来一直言不尽意的阿玛兰塔做一次忏悔"。但他被阿玛兰塔反驳,并"坚持叫乌苏拉为她的童贞公开作证"(马尔克斯,1989)。闹剧不仅衬托出阿玛兰塔沐浴更衣的极美趋近神圣,更是巴洛克艺术追求中对现世教会的质疑。

叙事者为阿玛兰塔唱的是咏叹调,或者还故意用了阉割手,内容却始终萦绕着17世纪巴洛克文学中表达的生死忧郁,只是这忧郁空灵得不容俗世触碰。当死期即到时，就像飞机火车正点抵达的前一刻，阿玛兰塔"自己辫好长长的辫子，盘在耳朵上方，就像死神叫她在棺材里应该做的那样"。然后"她向乌苏拉要了一面镜子，四十多年来她第一次看到自己的被岁月和苦难毁损了的脸庞。她惊讶地发现这脸容同脑海中想象的形象是多么相似"（马尔克斯，1989）。他人的眼其实只不过是连镜子都不如的冷漠，而自己即使无镜亦能凭着疼痛知道戕害有多深。叙事者仅用巴洛克绘画常使用的高光，凝固了阿玛兰塔生命结晶出的"忧郁"，而且仅仅是一个永恒的手势。阿玛兰塔连头发盘的位置都要遵循死神的要求，足见她对永恒承诺抱着坚定的信心。但是，叙事者是非常不可靠的，仅仅说"为阿玛兰塔祈祷了九夜"。似乎叙事者忘记了死神的承诺，忘记了阿玛兰塔信誓旦旦地说给马贡多人们捎信的使命。就好像阿玛兰塔符号本身就是叙事者要创建的巴洛克艺术，但是她和她的"裹尸布"，其实只不过是叙事者玩了一把巴洛克的多米诺骨牌，精心求索的永恒，只要那么稍微一推，就灰飞烟灭了。

或许这是拉丁美洲文学既吸收巴洛克精华求索神奇，但又有自我探求。在饱满而精确的期待中总要玩一把因"错"而谋的空落，于是一切皆漂泊不定。没有人可以忽略，阿玛兰塔的一生，除了爱情和仇恨，除了绣花和缝纫，还有一个作为就是抚养了百年家族的第三代奥雷良诺·霍塞和第四代俏姑娘雷梅苔丝及一对取名"第二"的双胞胎，还有第五代霍塞·阿卡迪奥。与其说叙事者在记述抚养关系，不如说是借抚养的便利来突破禁忌。乱伦，是所有禁忌中最让人有共识性畏惧的禁忌。"百年家族"的历史，关于"猪尾巴"的神示或者说神咒，都在追问：为什么两两相亲、亲梅竹马，有着血缘相识共通的人之间，不可以继续亲密？天地间，也许就像"百年家族"的第一代，他们本来就该是相知超过世上任何其他相识之人，为什么到达一定成婚年龄就必须分离，否则就一定要落入到神咒里？

而"百年家族"的历史就是为逃避这咒语从而迁徙方得起始的。更残酷的是，虽然这第一代没有遭遇"猪尾巴"，但付出了昂贵代价。这一对知音，其实是被咒语分离了，被捆绑在栗树下的阿卡迪奥·霍塞·布恩迪亚的相知倾心之人，宁愿是鬼魂，也从来不再是乌苏拉。阿玛兰塔抚养第三代奥雷良诺，是因为自己的私恋诅咒要以毒咖啡毒死雷蓓卡，结果毒誓应验在了十四岁的怀有双胞胎的雷梅苔丝身上了，愧疚让她抚养起奥雷良诺将军与庞拉·特内拉媾合的儿子第三代奥雷良诺。此符号几乎一生没有任何作为，只是一个提供给阿玛兰塔接近乱伦可能的工具。好似阿玛兰塔对自己的爱和恨，都需要一个器物来依托。但是人类关于人体器官有其宿命性的荒诞，在生殖器还不具有性工具职能时，它是可以共享的，是超乎禁忌的，在某一个特定时刻，之前可以随意触碰占有的身体方成为禁忌。这是作者隐在文本中的探讨。故此第三代奥雷良诺符号功能就是从阿玛兰塔"盯着"奥雷良诺一下巴"肥皂泡"刮胡子开始，"她在这一刻起开始衰老了"（马尔克斯，1989）。叙事视角始终保持在叙事者的偷窥状态，叙事者体味到"她"的衰老，正与奥雷良诺长大成人相对。通过这初长成的器官的"看"，其实是叙事者感受奥雷良诺的"看"，开始对性功能的占有。这一老一少彼此的身体，叙事者言明本来是占有过数万次的，但就因特定的某个时刻，即器官的功能作用之刻，禁忌方诞生。而人又有突破禁忌像偷吃"苹果"神话一样的罪中的极乐。

作者其实没有惯常的道德评判，无论是对叙事者的偷窥还是对偷吃禁果的愉悦。但在禁忌占上风时，将第三代奥雷良诺符号结束了。没有任何逻辑显示应当杀死第三代奥雷良诺符号。而且叙事者还有如此一段抒情，似伴奏死亡般讽喻性地暗示这个一生无为的生命本来可以在传宗接代中有所作为："奥雷良诺·霍塞应该是有幸在她身上体验到阿玛兰塔所拒绝给予的幸福，注定将跟她生七个儿女，并将老死在她怀里的，但步枪的子弹打进了他的后背，穿出来把他的前胸打烂了，他应验了纸牌的倒霉的预示。"庞拉·特内拉为奥雷良诺·霍塞准备了一位二十岁的少女，"刚用菊花水洗了澡，在庞拉·特内拉的床上撒上迷迭香葡的叶子，这时枪声响了"（马尔克斯，1989）。若非神咒，俄狄浦斯娶母的神话不会发生。二十岁的无名少女本可以借第三代奥雷良诺母亲庞拉·特内拉的床纠正阿玛兰塔的乱伦且替"百年家族"延续后代，可为什么叙事者以"死"来终结性地阻止此代代相传的发生？

作者对日常惯例不无讽喻，曾借用乌苏拉瞎眼明辨，是因为"每个成员每天都在不知不觉地重复同样的行程，同样的动作，以至在同样的时刻说着几乎同样的话"（马尔克斯，1989）。只要稍不留神越出了点滴常规，那么事端就发生了。而文本叙事迷恋的正是神奇，且往往在器物中。当第三代奥雷良诺符号之器物功能不再关乎禁忌，也就足以平庸而死了，只是阿玛兰塔意犹未尽。没有多少交代，阿玛兰塔需要抚养第五代霍塞·阿卡迪奥，他是菲南达的宝贝儿子，菲南达到死都在给他写信，以至于丧失了时间感。而这个儿子对菲南达及菲南达的尸体似乎都冷漠麻木，但始终忘不了阿玛兰塔。是为了这样一个"永恒"性的"不忘"，叙事者给予了阿玛兰塔接近可以为她曾孙器物之机会。但是，吊诡无比的是，阿玛兰塔的犯忌是天理不容的——"那是在送小霍塞·阿卡迪奥去神学院之前三年，阿玛兰塔给他洗澡，摸他时，没能像一个老奶奶对她的小孙儿那样，却像一个女人对一个男人，像人们传说的法国女郎们所干的那样。也跟她自己十二岁和十四岁时想对皮埃特罗·克雷斯庇所干的那样。"她是为了"摧毁回忆"，于是才"使用了老年人最绝望的举动"（马尔克斯，1989）。

忘却与记忆，辩证如魔地自古以来相缠折磨着人类。阿玛兰塔为"那股不幸的细流涓涓流淌而感到痛苦"，以至于愤怒到要"用针刺自己的手指……"（马尔克斯，1989）叙事者给予霍塞·阿卡迪奥某种关乎"器物"的纯粹品格。之所以阿玛兰塔在他心目中占据的地位高于母亲菲南达，正是因为后者只依赖信件，而文本说"通信"只不过"是在交流各自的想象"。魔幻现实的叙事者，追求实实在在。霍塞·阿卡迪奥思念阿玛兰塔，因为"在浴池里受到的阿玛兰塔的抚爱以及她用丝粉扑在他两腿上擦粉时的舒服感觉使他摆脱了恐惧"（马尔克斯，1989）。当长大成人却依旧是童子之身的霍塞·阿卡迪奥回到马贡多，"仰面躺着思念"的只有阿玛兰塔，"仰面躺在酒里，睁着双眼思念着阿玛兰塔"（马尔克斯，1989）。为这份"纸醉金迷的生活也不能弥补的内心"的思念，霍塞·阿卡迪奥痛苦万分。这宿命性地决定了"浴池"是霍塞·阿卡迪奥将对阿玛兰塔的思念推向坟墓极致的终极地，故此叙事者让这第五代符号死在了永恒的思念中：霍塞·阿卡迪奥"浮在异香扑鼻的水面上，身体又肿又大，还在想念着阿玛兰塔"（马尔克斯，1989）。阿玛兰塔一生，不得不辛酸地接受"爱情这棵芳香的、被虫蛀蚀的番石榴树"必然"步步濒临死亡"且远远比生命还要短暂（马尔克斯，1989）。于是到死时，从"裹尸布"的精美制作中超脱，领悟要携带臃肿的世人信件去追求另一世界的永恒，却又被不可靠的叙事者遗忘而耽搁了。她没有想到的是，比爱情和诺言更持久的，却是霍塞·阿卡迪奥的思念在膨胀中进入了永恒。

但是，永恒寄托于"器物"真的就坚不可摧么？巴洛克的贵族豪华，不也是昙花一现?! 可以说，所有非奇特之事，《百年孤独》文本都忽略不计。比如阿玛兰塔抚养的双胞胎阿卡迪奥和奥雷良诺第二，因他们对创建阿玛兰塔符号的神奇无任何效用，无甚笔墨记载他们间的抚养之情。之所以微量笔墨记载俏姑娘雷梅苔丝，还是因为阿玛兰塔本来希望她的仇恨可以像繁殖一样传给后代。她用语言塑造雷蓓卡"负义"故事的形式，"想以此让侄女分担她那日益衰竭的怨恨，并使这种怨恨在她死后也能延续下去"（马尔克斯，1989）。正如本章前面提到的，文本中俏姑娘雷梅苔丝符号是语言不能穿透的，无论是爱的话语还是恨的话语。

叙事者赋予雷梅苔丝的符号是一种别具一格的"距离"，无论是远距离鲁莽得犹如寻死的追慕者，还是近距离的抚养者，雷梅苔丝始终在叙事里是不可接近的。她于己是风，于他人却是"致命的气流"，导致所有追求俏姑娘雷梅苔丝者的生命基本都昙花一现。本雅明将这种关于"距离"的独特现象称为"气息"，俏姑娘雷梅苔丝正是氤氲于"气味"中，那"神秘的香气"，即使追求者已然为尸体，也定会"融为一体"，即使化为灰烬，也依旧盘旋。这正是本雅明把握远古的理解。可以说，"器物"总会腐蚀，而"气息"却如悠悠神话，总会以"链接"的方式遭遇当下，此乃堪称"艺术作品"，而俏姑娘雷梅苔丝正是作者如此潜心追求的一个隐喻。从阿玛兰塔符号到雷梅苔丝符号，就像将巴洛克描绘的对象升华到艺术形式本身，连"仪式"也从具象走向抽象。本雅明说："一件艺术作品的独一无二与它置身于传统的织体之中是分不开的。这个传统本身完全是活生生的，极易发生变化的。"[1] 无论昙花一现，抑

---

[1] 〔德〕瓦尔特·本雅明：《机械复制时代的艺术作品》，张旭东译，德文原刊 *Teitschrift fur Sozialforscbung*, V, I, 1936。

或随风飘逝，总会有那样一种不懈的永恒，犹如叙事方式，与气息相遇乃独一无二。

上一章的开篇就指出《百年孤独》作者的野心，那前无古人、后无来者的艺术追求。当将文本情节及人物各类符号做了系列周游性论述之后，重新回到文本的尾声，该对这寓言式的表达方式做一个总结了。批评者及任何读者都不会否认《百年孤独》是一个关乎"历史"的文本，而它恰恰又是关于"自然"的文学。当本雅明解读德国悲苦剧时就得出："正是由于自然与历史的奇怪的结合，寓言的表达方式才得以诞生。"① 按本雅明的理解，此种表达方式的目标是神秘训喻，甚至"起源就是目标"。② 但本章更愿意将"百年家族"历史的起因与终结作为一个从负罪到救赎的循环来理解。正如文本从表兄妹的婚姻起，一对相爱之人，却"被一条比爱情更坚实的纽带系结在一起，那是一种共同的良心谴责"（马尔克斯，1989）。发展到家族史终结时，作为姑姑的阿玛兰塔·乌苏拉与侄儿奥雷良诺·布恩地亚的情爱，已经是将整个外在世界都"渺茫"虚化，突出"他俩就像漂浮在真空的世界中，而唯一日常的也是永恒的现实就是爱情"（马尔克斯，1989）。甚至最后诞下的"猪尾巴"孩子，在叙事者看来，也绝对不是惩罚，而是高度礼赞："这孩子生下来就是为了重振血统、清除它的恶习、改变它孤独的本性的，因为他是一个世纪来唯一由爱情孕育出来的后代。"（马尔克斯，1989）

问题是，为什么文本要将如此救赎最后处理于终结？震撼笔触的是，当"百年家族"只剩下唯一的第六代奥雷良诺·布恩地亚，"倒在"具有跌宕历程隐喻的"摇椅"里时，历史的重压已让他感觉难以承负，甚至都"不禁佩服起凋谢的玫瑰上的蜘蛛网的坚韧，钦佩野麦的顽强和二月清晨日出时空气的耐心"（马尔克斯，1989）。就在这全是本雅明笔下的"骷髅"与"气息"的意象间，这个父亲"看到了孩子，他已经成了一张

---

① 〔德〕瓦尔特·本雅明：《德国悲苦剧的起源》，载陈永国等编《本雅明文选》，中国社会科学出版社，1999，第123页。
② 〔美〕理查德·沃林：《瓦尔特·本雅明救赎美学》，吴勇立等译，江苏人民出版社，2008，第39页。

肿胀干枯的皮了,全世界的蚂蚁群一起出动,正沿着花园的石子小路费劲地把他拖到蚁穴中去"(马尔克斯,1989)。笔者认为,这第七代"猪尾巴"孩子,几乎如历史一样面目不清,却象征显著,一如历史本身,人格化自然,掏空其内容,让真理亦是希望,从空虚中腾升。透过历史表皮,求索历史本源与实质,乃救赎所为。

不只是这孩子及奥雷良诺是自然历史性象征意符,阿玛兰塔·乌苏拉同样是整本历史变迁中意象的合成和终结。当叙事者一次次强调她的时装时,意在揭示的就是表皮与实质的预言性分离。她喜好拆了组、组了拆的习性,正是历史循环本身。从她"用丝带牵着丈夫的脖子"到"渴望发现,在死亡的彼岸"——"橘黄色的尖啸和那看不见的气球",正囊括了整个文本中诸如雷梅苔丝的表象与实质、乌苏拉的循环往复、雷蓓卡的情欲及阿玛兰塔生死情爱的纠结和跌宕。最后,她的血,那"对于爱情以外的任何办法都无动于衷"的"热血"流淌了二十四小时之后,尽了,泛出的是——"脸部轮廓分明,一块块紫斑消失在一片雪白的霞光里,重新露出了笑容"(马尔克斯,1989)。毁损历史的实在内容,即转瞬即逝的美,寻求永恒的超越,那历史的真理本质。以死亡的形式,呼唤永恒;穿过尸体的皮囊,凝就天使的脸庞。

正如上一章起篇所言,不只是《百年孤独》的故事本身,更是文本建构和传播及阅读的一种方式,皆属寓言。文本与家族一起终止于能破译天书且有打破巴别塔语言分割能力的第六代奥雷良诺。在语言上,他无师自通,突破远古与当代、地域与时空的禁忌,以具象与抽象的词语组合,将语言与心灵完全打通。与其说他与姑姑的极乐性恋情为乱伦,不如说是以性爱在同宗族的突破禁忌作为隐喻,所以激情已不再是情欲,而是象征性地映衬着语言文本的突破,而且不只是某一器官的满足,是对身体整体作为象征的崇拜:"他们发现在单调情爱之中还有未曾开发的地方,要比情欲更有趣味。他们开始对身体崇拜。"(马尔克斯,1989)这种人类稀有的相濡以沫、同舟共济,即使平静依旧,缠绵且情笃如初,也在奥雷良诺第二与情妇的晚年做了文本性预演。而到文本总结归纳时的奥雷良诺与阿玛兰塔·乌苏拉,已如历史天使般,将现世一切推向"未来的渺茫",这与本雅明领悟的历史天使背对的未来类同，这"渺茫使他们的心转向了过去"（马尔克斯，1989）。于是，哲学意义上的"尸体"救赎方在透明如史之本质中飞升起来，寓言在废墟中腾升，腾升向未来——马尔克斯在诺贝尔奖获奖词中说道："我们作为寓言的创造者，相信这一切是可能的；我们感到有权利相信：着手创造一种与这种乌托邦相反的现实还为时不晚。到那时，任何人无权决定他人的生活或者死亡的方式；到那时，爱情将成为千真万确的现实，幸福将成为可能；到那时，那些命运注定成为百年孤独的家族，将最终得到在地球上永远生存的第二次机会。"[1]

---

[1] 马尔克斯："受奖演说"，载马尔克斯《霍乱时期的爱情》附录，张用泰译，漓江出版社，1987，第386页。

终 篇

真实在瞬间，瞬间在别处

一

无处不是羁绊，唯有想象能突破禁忌，能穿越时间，打破心灵与心灵、心灵与世界的藩篱。而叙事，正是这样一种独特的技巧，通过使用某种技艺，将感受碾为碎片，再谋求新结构的组合，于是最隐秘的意识与外部世界沟通关联，让意义不仅仅存在于表述之物上，而是衍生去向更大的时空。

对现代小说的研究，特别倾心想象意识的灵动，且实践于自己的叙事方式中，伍尔夫堪称佼佼者。一个创作者，如何将萦绕心间多年的幻境真实呈现，言说方式尤为重要。伍尔夫的叙述，与其说是小说，不如说是实践其批评理论的一种模式。比如《到灯塔去》，众所周知，其第一部分是围绕拉姆齐夫人活动成文，而到第三部分却是以女主人的死亡缺席，某种不在之在成就意义。以一个目睹过去、经历现在的客人莉丽的视角为核心，她既是一个见证者，又是一个旁观者，还是一个感受万千者，更是一个创作者。于是她举起画笔，还有空中飘扬的颜色，但该如何落笔，成为批评家伍尔夫欲深究的。曾经，画家在面对台阶对面拉姆齐夫人正在给儿子读童话《渔夫的故事》的真实瞬间，只能在画布上落下一个旁有阴影的三角形。之所以当时无论是画家自己还是观者，都不能明了画面之意义，就在于这三角形既不能延续拉斐尔的圣母题材，也反映不了当时的现实。时隔多年之后，对面的台阶是空空如也，物是人非，那曾经的瞬间已然在天上，却在某种意念的激动感怀中，画家的笔意识到有一种创作的从容，那就是"你必须和普通的日常经验处于同一水平，简简单单地感到那是一把椅子，这是一张桌子，同时，你又要感到这是一个奇迹，是一个令人销魂的情景"。① 只要有了这样一种处理想象的态度，瞬间就会真实清晰于眼前，落笔即大功告成。

叙事功能其实就是神笔的点蘸，在想象中点出"一滴银液"，于是就将人类的黑暗，无论是过去还是未来，都统统照亮。这需要目标明确，精神之疆域明晰。伍尔夫曾经如此赞颂简·奥斯丁的神笔，"她用手杖一指"，万籁俱寂，无论是"激情和狂想"，还是个体的悲哀和愤怒，"在人类天性的地图上"，唯有升华的"非个人化"叙事，乃唯一宗旨。② 伍尔夫一向将其批评理念与叙事实践融会贯通。以"想象"这个理论概念为例，笔者曾在研究安徒生的文中指出，当俄国理论家康·帕乌斯托夫斯基要阐述"想象"理论时，借用的却是叙事——一个关于安徒生爱情的虚构故事，以至于将想象理论与叙事如此天衣无缝地结合。而当研究思路落实到伍尔夫时，想象与叙事已然是天造之整体。谁说"想象"就有远离真实的危险？事实上，恰是因为想象，方使得个体非自然性地谋得超越的桥梁，达到沟通作者与世界、叙述者与读者的另一种别样的真实。这里以《到灯塔去》第二部分"岁月流逝"为例先作说明。

伍尔夫十三岁丧母，此隐秘之痛一直伴随作者内心。她未曾接受过正规教育，文学天分之外的修养培训基本来自其父。在《到灯塔去》文本中作者要尽力刻画出自己父母之性格。而在第二部分"岁月流逝"中，母亲的化身"拉姆齐夫人"已经去世，对于一个情感上一直依赖妻子的拉姆齐先生以及拉姆齐夫妇的子女还有朋友来说，悲痛可谓是叙事者沟通一切的枢机。二流作者会去叙述比如大战的历史，比如痛哭和哀怜；而伍尔夫仅仅用精到无比之笔，点银成金般将个人化的情绪隐蔽深藏在景色幻梦中，真实也就恰如其分地跌宕在如潮之海、如

---

① 〔英〕弗吉尼亚·伍尔夫：《到灯塔去》，瞿世镜译，上海译文出版社，2008，第249~250页。
② 〔英〕弗吉尼亚·伍尔夫：《论简·奥斯丁》，载《论小说与小说家》，瞿世镜译，上海译文出版社，2009，第17~18页。

影之光的情绪中。

无论是结构还是语句,都如镶嵌宝石珍珠那样,一颗不能多,也一颗不能少,恰到好处。正如福斯特赞叹的:"略少一笔,则将失去它所具有的诗意;略增一笔,则它将跌入艺术宫殿的深渊,变得索然无味和故作风雅。"[①] 悲哀的个人化情绪如何以美感的节奏和韵律呈现非个人化的叙事?第一节,作者只用了七句话,这是一个无论历史还是个人都满具黑暗的时刻,与其说是黑暗的景色,不如说黑得无边无涯,方漫浸第二节,那犹如"虚无"的笼罩。叙事者非常谨慎,绝不繁衍哲学家的"虚无",人与"虚无"间,其无以逃脱的历史强加的形态,好比"共同欣赏一个笑话"。与读者的共同经验却是,明知在"虚无"中,但笑的苦涩和泪痕不见一字,却尽是风流。黑得如此"混淆不清","几乎没有一个人的躯体或心灵置身于黑暗之外,可以让你来区分",于是,方有了三重"蹑手蹑脚""偷偷绕过""悄悄溜过"的景色铺展。

第一个"蹑手蹑脚"的是"黑暗",你挡也挡不住地被吞没,即便是你费尽心机想锁出一个超越的空间,它也会"从锁匙孔和缝隙"中侵入你的"卧室",在黑暗中,人找不到避难所。第二个"偷偷绕过"的是"从那阵海风的躯体上分离出来的一些空气",人生无常,岁月流逝,好在有点滴空气,"它们穿过生锈的铰链和吸饱了海水潮气而膨胀的木板",穿越死亡如逝的沉重,进行询问:芊芊如丝的生命像"噼啪扇动的糊墙纸"悬挂在那儿的"嬉戏",还能幸存多久?抑或重修焕然期待时日?"糊墙纸"的生命由"红色、黄色的玫瑰"组成,当生命历史和岁月都退逝而去之后,这些纸上的玫瑰,是否还能永葆青春?还有生活的碎片,混迹"废纸篓"中的盟友、敌人,又能"保存多久"?伍尔夫是把小说当成精致艺术来雕刻的,处心积虑中暗藏着那么一个意象,那么一个句子,有可能比生命要长久。"长久"不能仅到"询问"为止,于是有了黑暗中顽强透析的"不规则的光线",那是"没有被云朵遮住的星星、漂泊的船只或那座灯塔发射出来"的,尽管微弱、"苍白",却也能指引"空气",犹

---

① 这是与伍尔夫同时代的英国作家爱·福斯特对伍尔夫小说《海浪》的赞誉。参见〔英〕弗吉尼亚·伍尔夫《海浪》,曹元勇译,上海译文出版社,2012,第1页。

如光芒。

想象的建构,绝对不只是停留在叙事者的自我营造中,而是叙事本身可以激发读者无穷的想象。无论是"云朵遮住的星星",还是"漂泊的船只",还有故事核心的"灯塔",都是可以激发读者无尽思绪和联想的意象。伍尔夫却点到为止,且警告有些东西"碰不得,也毁不掉"。物在人亡,是普天共识。但在伍尔夫的诗意里,探访者只需"像羽毛般轻柔"抚慰,无论是主人还是物件以及仆人,万物皆一体,在抚慰中安息,于是"悄悄暗访",无论几重路径,均最终归一,"止步、聚集、叹气",让"一点儿沙土吹落到地上",连这点滴空气和光线,也要"发出一阵无名的悲叹",而这悲叹又是那样的内敛,仅仅"使厨房发出了回响",空物萧然,这空寂如死的厨房,"霍然洞开,但什么也没放进来,又砰的一声关上了"(伍尔夫,2008)。

在如诗如画的铺垫中,方有了第三节渐渐接近人物心灵的瞬间。即使是黑暗寂静的安息也只是片刻,上帝鼓掌中的"帷幕"翻来是云、覆来是雨,反复无常,且以"冰雹覆盖宝藏",且粉碎扰乱成性,以至于平静很难,碎片永远不能"凑成一个完美的整体",我们也"不可能在那些散乱的片段上清晰地看出真理的字句"。一切只是瞬间而已,当一个孤独者质疑、徘徊于海滩时,心灵的航向却投向了空落。文本叙到这里,作者用了一句精而又精、警而又警的句子——"The hand dwindles in his hand"。[①]必须返回到英文,用其他任何翻译,都不足以呈现伍尔夫用笔的精到。这消逝的纤手,耳旁的回音,已穷尽了一切思念。其余都是多余的了。故此,伍尔夫总是用简单的括弧,就把事实扼要且不着任何感情色彩地介绍了:"拉姆齐夫人已于前晚突然逝世,他虽然伸出双臂,却无人投入他的怀抱。"[②]

拉姆齐夫人逝世是真实的,拉姆齐先生及作者深入《到灯塔去》文本第一部分,充分了解过拉姆齐夫人风采的读者、所有人的悲痛都应该说

[①] *To the Lighthouse*, by Virginia Woolf, http://ebooks.adelaide.edu.au/w/woolf/virginia/w91t/contents.html.

[②] 以上引文引自〔英〕弗吉尼亚·伍尔夫《到灯塔去》,瞿世镜译,上海译文出版社,2008年,第153~157页。

是真实的。但叙事者的笔触好比审度油画的眼睛,"从生活往后退一步",①调动着叙事的变焦,让现实的悲痛天衣无缝地化在了幸存的光影、空气与黑暗的周旋中,以至于对个人命运哀悼的情绪升华进更加非个人的诗意想象中。这就是伍尔夫在她的一篇重要论文《贝内特先生与布朗夫人》中阐述的思想,何谓真实?谁来评判真实?伍尔夫不只提出了如此问题,还试图找到"一种表达事实真相的方式",②一种别于叙事者全知全能的表达方式,一种调动身心潜能去感觉自然事物本身,捕捉转瞬即逝的印象之别样的表达方式。伍尔夫认为,这样方是小说新时代的希望,因为"每一个瞬间,都是一大批尚未预料的感觉荟萃的中心。生活总是不可避免地比我们——试图来表现它的人们——要丰富得多"。③

二

像帕乌斯托夫斯基阐述想象理论一样,伍尔夫在论及人物的性格刻画中,使用的是叙事故事的方式。她认为,要把握"布朗夫人"的性格,讲一个自己旅行的故事,其"优点是具有真实性"。④下文试图探讨伍尔夫是如何在《到灯塔去》中刻画她父母性格的,即通过何种想象及叙事功能揭示拉姆齐夫妇的性格特征。

《到灯塔去》第一部分"窗",核心刻画的就是拉姆齐夫人及他们夫妇的濡沫情感。福斯特说,伍尔夫是在"原子和秒的宇宙中工作"。⑤其笔将人物原子化,且放于宇宙命脉中。拉姆齐夫人,一个生产了八个孩子的母亲,操持着一个宾客满棚却并不富裕的家庭,这样的女人一般来说是

---

① 〔英〕弗吉尼亚·伍尔夫:《狭窄的艺术之桥》,载《论小说与小说家》,瞿世镜译,上海译文出版社,2009,第327页。
② 〔英〕弗吉尼亚·伍尔夫:《贝内特先生与布朗夫人》,载《论小说与小说家》,瞿世镜译,上海译文出版社,2009,第312页。
③ 〔英〕弗吉尼亚·伍尔夫:《狭窄的艺术之桥》,载《论小说与小说家》,瞿世镜译,上海译文出版社,2009,第330页。
④ 〔英〕弗吉尼亚·伍尔夫:《贝内特先生与布朗夫人》,《论小说与小说家》,瞿世镜译,上海译文出版社,2009,第293页。
⑤ 这是与伍尔夫同时代的英国作家爱·福斯特对伍尔夫小说《海浪》的赞誉。参见〔英〕弗吉尼亚·伍尔夫《海浪》,曹元勇译,上海译文出版社,2012,第9页。

既没有自我时间也没有自我空间的。在伍尔夫的女性批评意识中，虽说不乏对拥有"一间自己的屋子"之号召，切中精髓地强调时间、空间以及经济的独立对于女性来说的重要，但笔者更认为其女性意识的别具一格，不是其革命性，而是弥足珍贵的人性体悟；在艰难缝隙之中去打捞时光，在纷繁中别出一处心理独处的空间。一如拉姆齐夫人，她既不懂丈夫的哲学，也不读他的书籍，除了操持家务之外，更多的时间总在不离手地编织。即使写信，她也只能在院子里台阶旁的石凳上。就像画家莉丽指认的，拉姆齐夫人是无法拥有整个上午什么事情不干，只立在花架旁作画或者吟诗的。这本该是一个暗哑于历史的女性符号，但拉姆齐夫人的光辉，是如何在暗哑中反射且光亮于四周的呢？一个没有个性的生命，是难以说服天下的，伍尔夫赋予其人物的恰恰是在磨灭其个性的间歇和不易中突出其人物的特别。叙述者采用的是多层复调且视角不断变换之手法，来组合拉姆齐夫人这个符号蕴含的各方元素。

首先，文本中对拉姆齐夫人的善心，评判近于模棱两可。好似脱去全知全能功能的叙事者自己也难能对这样一个超凡脱俗的女人进行准确的评价，而只能让她褒贬于不同视角、不同心理陈述中。同性间，文本第一部分，在画家莉丽的视角中有许多排斥性审视，近于吹毛求疵的挑剔多于敬重。但叙事者赋予莉丽的目光却欲透析真实，就像作为女性批评者的伍尔夫自己，从外在美满的婚姻中看到一个女人辛劳的真实。在丈夫及许多年轻崇拜者的男性目光里，极端美丽的拉姆齐夫人只有在莉丽的眼里，苍老、疲累。而这看法如实地反射在拉姆齐夫人自己看到的镜中自己的影像。身心都掩饰不住的有求歇息的暗示，又是她溘然长逝的深深之伏笔。但是，就像阴影总难以遮蔽如实光辉一样，在拉姆齐夫人去世之后，面对空荡荡的石阶，莉丽陡然回想起那个总是手臂挎着篮子走访各个贫穷需要她帮助的人家的拉姆齐夫人。在文本第三部分，在对象完全香消玉殒之后，在她的美丽和光辉都再也无法造成他人任何心理压力之时，特别是那个从前总是向妻子求救的拉姆齐先生如今都来向自己乞求怜悯之时，这个仅仅因为活得长久就自然拥有了叙事话语权利的画家莉丽，禁不住失声痛哭而呼唤出那个只懂编织和只会给孩子讲童话故事的女人——拉姆齐夫人！

不离手编织的袜子,那是为看守灯塔人的孩子、一个病体之躯赶织的,但由于天气障碍,去灯塔只能是泡影,而成为无用之功。似乎叙事者有意要用自己模棱两可的笔触影响读者,让你无法对一个丰富的生命的优劣简单地盖棺论定。所以才使用了一个叫"塔斯莱"的符号,通过这个符号的编设,就像在美神维纳斯的完美形体上,一个残臂启开一个深邃思考的缺口,让所有接触到文本虚构之功者,你不能偷懒敷衍、一目十行,而必须老实诚恳地探究作者的点睛用意。塔斯莱,是拉姆齐先生的一个学生,孩子们嘲笑说他是"一百一十位小伙子"的追随者中的一员。他出生在一个有九个孩子消费却只有一个小药房的药剂师父亲微薄薪金操持的大家庭,十三岁就独自谋生,仅靠自己顽强的意志攻取名校的学位,所以他有着一种总想表现自己内在才华,甚至自吹自擂不惜抵牾他人的毛病。孩子们都不喜欢他,连"掉了牙的老狗贝吉也咬过他"(伍尔夫,2008)。但这个众矢之的,这个很有可能就被暗示进文学史上于连或者拉斯涅这样的人物形象和性格者,在拉姆齐夫人的光晕中,就像一株因某种俗世的伤害而病恹恹随时都可能萎谢的植物,被一双超凡的园林之手,以极度培植爱护之心浇灌抚慰滋润。作者之笔犹如饱吸墨汁的海绵,绵延覆盖大地般,蕴含了无限的遥远和广阔——文本第一部分中,在拉姆齐夫人应付塔斯莱、拉姆齐先生及宾客的各类行径的间歇中,平行衬托好似空镜头的叙述之语暗示拉姆齐夫人总担心自己亲手培植的园林有一天会被马虎的工人糟蹋了。塔斯莱近似一株有着性格弱点的病苗,但拉姆齐夫人却总给以体己关怀,犹如一扇"窗"透射的阳光倾泻温暖。

不同的镜片下的眼睛会得出不同的关于拉姆齐夫人的印象,尽可能地还原生活本身,去除外部杂质,尽可能地用文字去表达某种"变化多端、不可名状、难以界说的内在精神——不论它可能显得多么反常和复杂"。伍尔夫认为这是"小说家的任务"。① 拉姆齐夫人普普通通一天中的内心活动就是这样呈现在读者面前的。不计其数的生活元素从四面八方纷至沓

---

① 〔英〕弗吉尼亚·伍尔夫:《论现代小说》,载《论小说与小说家》,瞿世镜译,上海译文出版社,2009,第8页。

来，拥挤在显微镜下，就像孩子们对塔斯莱的评判，让拉姆齐夫人感受到"分歧，意见不合，各种偏见交织在人生的每一丝纤维之中"（伍尔夫，2008）。就在感叹的瞬间，让她体会到自己血管里流淌的意大利祖先的血液，那份先古的热情奔放，还有"机智、毅力和韧性"，她试图以如此怀古之念来抗拒现实中"感觉迟钝的英国人，或者冷酷无情的苏格兰人"。然而，拉姆齐夫人在这瞬间更深入的深思却还在别处，那是"当她挽着一只手提包，亲自去访问一位穷苦的寡妇或一位为生存而挣扎的妇女之时，她手里拿着笔记本和铅笔，仔细地、分门别类地一项一项记录每家每户的收入和支出、就业或失业的情况"。也就是说，在拉姆齐夫人的自我审视中，她希望自己不再是以私人身份去施舍的妇女，"她希望自己成为她不谙世故的心目中非常敬佩的那种阐明社会问题的调查者"（伍尔夫，2008）。可以说，这是伍尔夫自我的女性意识，只不过通过小说的形式，让精神的内核像"原子的簇射"，但当它们一颗颗"原子坠落下来，构成了星期一或星期二的生活，其侧重点就和以往有所不同；重要的瞬间不在于此而在于彼"。①

此生彼念是哲学始终困扰大地的永远也扯不清的思绪，好在小说家可以凭想象自由驰骋。虚构中的故事，犯不着去评定谁平庸谁高尚，伍尔夫说："生活并不是一副副匀称地装配好的眼镜；生活是一圈明亮的光环，生活是与我们的意识相始终的、包围着我们的一个半透明的封套。"② 若有一个契机，某些原子就会落入心灵，于是有些或许"倏忽即逝"，有些或许会如钢刀深深地铭刻在心头。这就是塔斯莱感受到的拉姆齐夫人。

因为拉姆齐夫人茫然若失于生活别处的意念，方感觉身后那被孩子们嘲笑的年轻人"手足无措的窘态"，于是邀请他一同进城。玩笑说这是"去进行一次伟大的远征"，并不在于拉姆齐夫人所作所为，比如她首先建议性询问抽劣质烟草的塔斯莱需不需要邮票、信纸、烟草，但被有着于连式自尊的塔斯莱都否决了；而后是闲聊，却让一个一惯受人冷待的塔斯

---

① 〔英〕弗吉尼亚·伍尔夫：《论现代小说》，载《论小说与小说家》，瞿世镜译，上海译文出版社，2009，第8页。
② 〔英〕弗吉尼亚·伍尔夫：《论现代小说》，载《论小说与小说家》，瞿世镜译，上海译文出版社，2009，第8页。

莱"受宠若惊";再就是她"充满孩子般的狂喜",大呼小叫要大家都去看马戏,挑起了从没机会看过马戏的塔斯莱的自卑;于是又高谈阔论,让她也不得不猜想:这一本正经的冬烘学究,这个叫人难以忍受的讨厌鬼,一定"喜欢对别人说起如何与拉姆齐一家去看易卜生的戏剧,而不是去看马戏"(伍尔夫,2008)。但毕竟滔滔不绝让这个年轻人又重新恢复了自信,于是讨厌的感觉就消失了。再穿越一望无际的自然之美,及对街头假冒艺术家者的审度,直到拉姆齐夫人进入一栋简陋的房子,看望一位妇女……通过如此叙事流程,拉姆齐夫人的形象已经在塔斯莱的心中美幻绝伦了。于是仅仅是与这样一位夫人同行,也让塔斯莱"感到无比的骄傲"。让一个自卑者恢复自信,而且骄傲到可以庄严地道出自己的姓氏,还有比如此远征更有意义的吗?

事实上,在塔斯莱不断向詹姆斯说"明天灯塔去不成"时,有一个复沓的谴责浮现在拉姆齐夫人脑海:"讨厌的小伙子!"因为在自己幼儿受到打击之后,拉姆齐夫人只能一遍遍重复:"也许睡了一宵醒来,你会发现太阳在照耀,鸟儿在歌唱。"(伍尔夫,2008)这就是拉姆齐夫人与别人的不同,似乎她是在违背事实地哄骗,而残酷却是真实本身,那么心灵到底需要哪一个呢?不肯放晴的天气,让一个六岁孩子失望。拉姆齐夫人的念叨,孩子一定会记住的,一定会记住的。若世上不生长打击该多好啊,这妄想让拉姆齐夫人产生幻想:要是我的孩子不长大,也就不会受到生活的折磨,那该多好啊!

笔者认为,拉姆齐夫人其实就是伍尔夫论述普鲁斯特小说那样一个精美的文化产品之典型——"是如此多孔而易于渗透,如此柔韧而便于适应,如此完美地善于感受"。她以母性的羽翼天使般笼罩大地,呵护生灵,"单薄而有弹性,不断地伸展扩张,它的功用不是去加强一种观点,而是去容纳一个世界"。正是如此的光芒,让她受到新时代教育的孩子们,即使立在质疑传统的现代位置,对他们的母亲也不能不"肃然起敬"。正是对塔斯莱的态度,那种将"追随"转化为"邀请"的平等尊重的态度,化石成金,让普通的行为转化成叩醒心灵底壁的颤音。她的孩子们在心中如此隐喻:"就像看到一位皇后从泥巴里抬起一个乞丐脏脏的双脚,用清水把它们洗净。"(伍尔夫,2008)这正是伍尔夫在极力阐述的叙事功能，一种透视法的操作，将心灵"尽可能在分析中使用其能力"，于是让感受的意象升入空中，"从高处的某一个位置上，用隐喻来给予我们关于同一事物的一种不同的观感"。伍尔夫自己论述的"这种双重的目光"，[1]正是拉姆齐夫人光辉营造之所在。当然，雍容华贵的皇后给一个乞丐洗脚只是一种仪式，但仪式与生活的不可缺少甚至重要性，正在于其潜移默化及楷模之意义。

其次，拉姆齐夫人作为家庭主妇俨然是这个家庭秩序的中心，但问题是：这个符号的仪式意义仅仅为了秩序么？而且对于一个崇尚自然、体悟每丝每毫的个体情绪变化、有着海纳百川之情怀者，怎么就那么器重一个晚餐的大家聚首呢？所有的人（可能还内心相互抵触）非要聚在一张餐桌上的仪式，怎么就那么神圣不可侵犯，而必须取代一个人独自用餐？人为什么不可以按照自己的生理所需随时随地独自用餐呢？这是叙事者自我反复的诘问，似乎用餐远远不只到进食为止，而是蕴涵了作者难以排解的深思。

关于人生意义的讨论，在文本第三部分，"灯塔"篇是以莉丽的内心独白来引发如此叩问而启动叙事的。"这是什么意思？这一切又能意味着什么？"（伍尔夫，2008）莉丽面对只有她独自一人空荡荡的餐厅发出如此质问。是一时的孤独和寂寞的情绪吗？人不是一直在争取自由自在？不是努力在渴望清静独处？正是冥思的空间，方勾起莉丽十年前的记忆：那必须大家聚首的餐桌上她心灵偷闲自任放逐的刹那，她曾超越性地在内心想象将"小小树枝和叶瓣的图案构设上桌布"，那是一种在众声覆盖下默默隐忍性的抵触，一种对自己不随波逐流的坚持，是洒脱的唯有艺术之追求。但是，叩击画家心扉的图画始终未完成，到底是什么阻碍了艺术品的完成呢？"孤独""死亡"这样的叹息在残缺人生的踟蹰中悲鸣，让画家感受到："在这个奇特的早晨，这些言词像其他一切东西一样，成了一种象征，涂满了那灰绿色的墙壁。她觉得，只要她能够把这些象征凑到一块儿，用一些句子把它们写出来，那么，她就有可能把握住人生的真谛。"

---

[1] 〔英〕弗吉尼亚·伍尔夫：《论心理小说家》，载《论小说与小说家》，瞿世镜译，上海译文出版社，2009，第268~271页。

（伍尔夫，2008）

　　特殊的时代赋予了现代心灵某种近乎异常的表达模式。伍尔夫说："在现代人的心灵中，美并不与她的影子而是与她的敌手为伴。"[①] 就像波特莱尔到艾略特等使用的以丑为美的表现形式。但是伍尔夫的心灵世界晶莹剔透，正如有人誉之，她眼中看到的"尽是一块块翠玉和珊瑚，好像整个世界都是宝石镶成的"。[②] 要承受住美被时代撕碎之痛，坚强自不用说，作为小说家，当更有技巧方法。这是作为批评家的伍尔夫对小说家的要求。她曾在审视康拉德的写作中指出："一位小说家的眼光是既复杂又特殊的；它之所以是复杂的，是因为在他的人物之后和人物之外，他必须树立一些稳定的东西，好让他把人物与它们联系起来；它之所以是特殊的，是因为既然他是具有某种感觉的孤零零的个人，他所能够确信无疑的生活而是有严格局限的。如此微妙的一种平衡很容易受到破坏。"[③]

　　欲寻求怜悯的拉姆齐先生，想坚守自己独立不受打扰的莉丽，甚至作为个人的拉姆齐夫人的死亡，都是有"局限"的，无论是孤独还是死亡，若叙事者把握不住那个支撑平衡的"稳定的东西"，笔就会泄而无序更无力。所以，对于死亡使情绪泛滥的描述当谨慎而克制，伍尔夫批评梅瑞狄斯道："如果一部小说充满着死去的人物，即使它充满着深刻的智慧和崇高的教导，它也没有达到作为一部小说应有的目标。"[④] 可以理解，关于死亡，不说大战的毁灭，仅就拉姆齐一家（拉姆齐夫人、儿子安德鲁、美丽的女儿普鲁），故事中最美最具人生之希望的人们，就那样不可避免地死去了。这按捺不住的无奈和伤感，竟让老用人麦克奈布太太的耳畔像耳鸣似的回荡拉姆齐夫人的问候："晚上好，麦克奈布太太"，"晚上好，麦克奈布太太"（伍尔夫，2008）。相对于从来没有注意过这老仆人的拉

[①] 〔英〕弗吉尼亚·伍尔夫：《狭窄的艺术之桥》，载《论小说与小说家》，瞿世镜译，上海译文出版社，2009，第322页。

[②] 引用勃卢姆斯伯里的青年作家莫莱默之语，参见〔英〕弗吉尼亚·伍尔夫《到灯塔去》，瞿世镜译，上海译文出版社，2008，第13页。

[③] 〔英〕弗吉尼亚·伍尔夫：《论约瑟夫·康拉德》，载《论小说与小说家》，瞿世镜译，上海译文出版社，2009，第188页。

[④] 〔英〕弗吉尼亚·伍尔夫：《论乔治·梅瑞狄斯》，载《论小说与小说家》，瞿世镜译，上海译文出版社，2009，第214页。

姆齐先生,老眼昏花的仆人竟然糊里糊涂,总弄不清到底是谁死了,即使有人千真万确地告诉她夫人死了,可是老态龙钟的心灵还是狐疑。

死亡,从来都是上帝的骰子,不由人做主。人生被死亡、孤独分割,碎片纷纭。画家莉丽,正是在这样的语境及心境中,恢复自己未完成的艺术品残图,还有自己"曾经考虑过一幅图画的前景的布局问题"(伍尔夫,2008)。可人生的规划亦如艺术品的布局,难免会受挫折,能侥幸存留的,或许也只能是"对面墙上的灰绿色的幽光",似乎莉丽的心灵中就有了某种形体从"餐桌上建造"而冉冉升起,但脆弱易碎,"那些空着的座位,这就是构成人生的一些成分,然而,怎样才能把它们凑合成整体呢?"(伍尔夫,2008)

笔者愿意这样理解:莉丽正是受到人生某种残缺的刺激,产生出某种瞬间的"激愤的情绪",方有了"出于一颗被丑恶激怒而想以某种美来作为补偿的心灵的努力"。① 还有恐惧,当莉丽十年后再度在拉姆齐家的别墅惊醒时,情不自禁地"一把抓住床上的毯子,就像一个失足下坠的人,紧紧抓住悬崖边缘的草根"(伍尔夫,2008)。伍尔夫曾在《一位作家的日记》中自问:"为什么生活如此像万丈深渊之上的小径?"生命在岁月的洪流中跌宕,哪怕心灵可以栖息片刻,伍尔夫曾比喻:"一根绳索向我们扔了过来,我们抓住了一段独白;我们用牙齿咬住绳索,被匆匆忙忙地从水里拖过去;我们狂热地、疯狂地不断往前冲,一会儿被水淹没,一会儿露出水面,在这一刹那间看到的景象,比我们以往任何时候都要理解得更加清楚,并且获得了我们通常只有在生活的压力最为沉重的时候才能得到的那种启示。"② 这种创作形态,在莉丽醒来的时刻,也正是沧桑的历史复苏的时刻,运用于《到灯塔去》的文本叙事中。叙事者用了诗歌的五个"让"字排比,叙述出在毁灭中的放任和随波逐流。但是,在"黑夜已经终止、黎明还在哆嗦的犹豫不决的时刻,如果一片羽毛降落到天平上,也会把一切的秤盘给压下去的。只要一片羽

---

① 〔英〕弗吉尼亚·伍尔夫:《论爱·摩·福斯特的小说》,载《论小说与小说家》,瞿世镜译,上海译文出版社,2009,第234页。
② 〔英〕弗吉尼亚·伍尔夫:《俄国人的观点》,载《论小说与小说家》,瞿世镜译,上海译文出版社,2009,第244~245页。

毛,这幢正在沉沦、坍塌的房屋就会翻身投入黑暗的深渊"(伍尔夫,2008)。但是,倘若有一股力量,即使像麦克奈布太太那样衰老迟缓、斜眼瘸腿,"某种并不自觉的力量",也可以"把腐朽和霉烂的过程抑制住",就像"从时间的深渊中打捞起一只即将淹没的脸盆,又抢救出一只快要沉没的碗橱",或者从"尘土中捡起了全套威佛利小说和一套茶具"(伍尔夫,2008),满目疮痍的历史渴待拯救之力。而就像废墟似的别墅的重整活儿,"叫一个女人来干实在太多了"一样,叙事者"一个女人受不了,受不了,实在受不了"(伍尔夫,2008)的悲伤感叹,实在是承载历史的生命共息。

现代意识下追求"整体"意念,一如在废墟上重建家园。伍尔夫在评述陀思妥耶夫斯基笔下的"灵魂"时,清晰地意识到历史的残酷及不可回避的现实。也就是说,在大战之前关于灵魂指向彼岸的形上意识,在大战之后的英国人头脑中该调整速度、频率,还有时空的跨度,且需要更改单色单声,像19世纪的俄国人那样去领受现实中的灵魂自身。那是"与理智关系甚微"的骚动,是在"飞沙走石的风暴"中,像捣拌沙浆那样将灵魂的元素——无论是恶棍还是圣徒,既美好又卑鄙的行为,以大杂烩的时代技术,"纠缠在一起","混杂为一团",互相融合到"不论你是贵族还是平民,是流浪汉还是贵妇人","不论你是谁,你是容纳这种复杂的液体,这种模糊的、冒泡的、珍贵的素质——灵魂的器皿。它洋溢、横流,与其他灵魂融汇在一起"。[1] 如果你体会到了这"器皿"的神奇,你就有可能了解拉姆齐夫人及她行为中的秩序与自然间冲突的张力。

伍尔夫的批评触角锋利且先在于她的小说叙事者,更超越于她笔下的人物。《到灯塔去》的第二部分"岁月流逝"中,当麦克奈布太太探看几近荒废的别墅时,其叙事者依旧滞留在对"整个宇宙似乎都在兽性的混乱和任性的欲望中漫无目标地厮杀、翻腾"的哀叹,面对混沌骚动,依然静如花草树木,只会守株待兔地"瞅着前方,向上仰望,却什么也没看见,没有眼睛,有多么可怕"(伍尔夫,2008)。批评悄悄潜入,原来

---

[1] 〔英〕弗吉尼亚·伍尔夫:《俄国人的观点》,载《论小说与小说家》,瞿世镜译,上海译文出版社,2009,第244~246页。

恐惧除了外在的因素之外，还有内在的"守株"和"盲视"。殊不知，曾经的拉姆齐夫人是何等了得，眼观六路、耳听八方！锋利暗含在精美绝伦的叙事结构中，《到灯塔去》三个部分的组合，几乎是首颔颈联。当作者有意让叙事"仰望"而"看不见"时，已然在呼唤，像灵魂的融合一般，文本整体交融，拉姆齐夫人与莉丽，其实就是互为镜像的孪体。

伍尔夫的笔头总是饱满墨汁，意念也就随兴流淌。她喜欢以进餐为聚焦点，来审度时代历史的变迁。在《一间自己的屋子》里，她就明确指出吃与思想关联，是因为人体器官的构造有些不合理，将"心脏、躯干、脑子混在了一起，而不是分装在分开的部分里的"。这过错她认为在一百万年以后一定会得到纠正，但在未纠正之前，"牛肉和梅子"是否能点亮"脊椎"，可就是大问题。① 那么，是独饮的咖啡，还是空荡荡的餐厅光影在"点亮"画家莉丽的"脊椎"呢？早在十年前的度假，莉丽曾经向拉姆齐的儿子安德鲁探听他父亲"写的书是讲什么的"。孩子回答："主体、客体与真实之本质。"这深奥的哲学问题让莉丽迷茫，于是安德鲁解释得直截了当："那么你就想象一下，厨房里有张桌子，而你却不在那儿。"（伍尔夫，2008）由此，文本的剖析镜头也终于拉回到《到灯塔去》的第一部分——"拉姆齐夫人的晚餐"。

在伍尔夫论及陀思妥耶夫斯基的"灵魂"融合时，虽对英国的等级陈规制度有否定，但并不是要颠覆秩序，她否决的是英国文学中多讽刺而少悲悯的情怀。悲悯，让你不是停留在热衷考察整个社会的表面，而是深切地关注个人本身，体悟心灵。拉姆齐夫人灵魂中最珍贵的素质，正是悲悯，它根深蒂固地本能性地长在她的天性中。

食之礼仪，无论中西，于传统，乃以文化品格求之。求精求细求别致，使食超越于粗糙的肠胃机械碾碎，而升华为意蕴。故此有沐浴更衣者好比祭祀之隆重。拉姆齐夫人对她做给丈夫、孩子还有宾客的晚餐，乃为如此仪式。但是伍尔夫的叙事总是去除庞杂而集中一点，在预备晚餐过程中，仅仅集中"每晚例行挑选首饰的小仪式"，是女儿露丝最喜欢的。作为母亲的她都把握不住女儿热心背后隐秘的理由，是孩子有某种对物质装

---

① 〔英〕弗吉尼亚·伍尔夫：《一间自己的屋子》，王还译，三联书店，1989，第21页。

饰的太过热情，还是因为女儿对母亲有一种难以言表的至深感情？这感情打动着拉姆齐夫人，深责自己的付出与这情感"是多么不成比例啊！"（因为她非常清楚自己的偏爱，她偏爱不谙世事的最小的两个孩子，还有可以荣获奖学金、似乎有广阔前途却不幸沦为大战炮灰的安德鲁，以及美丽非凡的普鲁。在晚餐尾声，当露丝伸手取梨损坏了拉姆齐夫人欣赏无比的果盘时，母亲几乎诧异，这难道是自己的孩子吗？虽然这完美无缺的果盘是露丝的杰作，但女儿并没能为美超越其物质本身。）这让拉姆齐夫人惆怅，为孩子们的未来担忧，似乎她感觉到露丝将来是要受苦的（伍尔夫，2008）。吊诡的是，《到灯塔去》整个文本中并不叙述露丝未来生活的悲苦，倒是被拉姆齐夫人赞赏看好坚信未来一定会幸福的女儿普鲁，幸福婚姻一年后就因难产而死。那么，隐在的问题就浮现出来了：难道物质化的女孩，或者她有着深深的情感，就会受苦吗？狡猾叙事者的路径曲里拐弯。

似乎连孩子们挑首饰的热情，都能呼唤出拉姆齐夫人的悲悯，所以，她有意让孩子们尽情捣腾。在儿子杰斯泼与露丝的挑选争比间，将要佩戴首饰的夫人却神游窗外，倾情于一对被夫人赋予名字的鸟儿的家居生活，还有夫妻间的口角，于是装饰在对鸟儿的生命关注中，完全心不在焉了。但是，当拉姆齐夫人"走下楼梯，穿越餐厅，微微领首"（伍尔夫，2008），好像她接受了人们"无法表达的心意——他们对她美貌的赞叹"时，她俨然已成为一位将军，正在步入她即将统领的大军队伍中。

原来首饰对于拉姆齐夫人来说，就像身经百战的将军在阵容前必须佩戴军功章那样，意义仅到此为止。但是一个优秀的关于"将军"的叙事，却当求无限。伍尔夫曾经批评英国叙事中"占统治地位的不是俄国的茶饮，而是我们的茶壶；时间是有限的，空间是拥挤的"。常常把固有的写作形式强加给作者，比如"环境具体化"，写一个将军就必须"从描述他的宅邸着手"。[①] 拉姆齐夫人的餐厅环境，"非常简陋，毫无美感"（伍尔

---

① 〔英〕弗吉尼亚·伍尔夫：《俄国人的观点》，载《论小说与小说家》，瞿世镜译，上海译文出版社，2009，第245~246页。

夫，2008）。打个比方说，拿破仑做将军的才华卓越，也带着精兵强将，可是环顾四周，皆是寒冷荒漠的滑铁卢地域环境，寸草不生就能让你溃不成军。所以，叙事者要突破瓶颈（伍尔夫一直把自己的如此突破之功称为实验），要在这简陋的空间、有限的时间里，达到俄国"茶饮"的宽广，似乎是要转拿破仑之败为胜了。

起初，进入拉姆齐夫人餐桌上的士兵可谓是个个无心恋战，在将军本该号令各就各位时，疲疲沓沓，让将军失望地感到自己只剩拥有"一只无限长的桌子，还有盘碟和刀叉"。就连自己为他付出一生的丈夫，就在这将军的伤感里，也失去了爱的光彩。将军若也无精打采起来，势必懊悔自己"虚度年华，有何收获"（伍尔夫，2008）。你可以说这是战前的心理危机，也可以说是叙事者的机巧，为了要突出一个巧妇，就必须先贬损一下无米情境，以便水到渠成的那个"炊"得以凸显其整合出的美妙之功。还有若笔触可以深入到将军的情绪里，实在比描绘他的外在军刀军枪更有说服力。另外，伍尔夫一直非常欣赏叙事的双重性，以至于强调人与人间的孪体组合、雌雄同体。而对于将军来说，本来就大多过着双重生活。在拉姆齐夫人给餐桌上那些懒散无法成军的士兵分汤时，她强烈地感觉到自己"置身于""这生活的旋涡之外"，甚至坐在"餐桌的首席"位置，却感觉到"一切都已经成为过去，一切都已经成了陈迹，她已超脱了一切"（伍尔夫，2008）。正如一个临战且满怀抱负的将军，就在指挥的枢机要位，突然战胜了自己的荣誉之心，超越了荣辱得失，淡了也就入定了。

但是，若将军喑哑了、号角无音了，军队该如何行进呢？叙事者旁观独白道："如果她不开口，谁也不会来打破僵局。因此，就像人家把一只停了的钟表轻轻摇晃一下，她使自己精神振作起来。"只见，她费力地去把握自己原来熟悉的脉搏的跳动，滴答作响，如此而已。可她必须"不断重复、留神倾听，保护促进这还很虚弱的脉搏，就像一个人手里拿着一张报纸守护着一个微弱的火苗"（伍尔夫，2008）。原来女人也有虚弱如婴孩的时候。伍尔夫在批评中曾经直言："人生都是艰难困苦的，在进行着永久的挣扎奋斗，需要极大的勇气和力量。我们既是多幻觉的动物，所以最需要的是对自己有自信。没有自信，我们就等于摇篮里的婴孩。"① 拉姆齐夫人自身也有如纸护火苗般的虚弱是莉丽不知道的。莉丽的眼睛就像拉姆齐夫人自身的审视，几乎不曾真的离开过自身。莉丽感受到了拉姆齐夫人的"淡漠疏远"，而作为一个宾客身份的观察者，就像命运预兆必然会溃败的士兵注目将军，"莉丽·布里斯库望着她闯进了那片奇异的真空地带，要跟着她进入这荒无人烟的领域是不可能的，但她的大胆举动使旁观者感到寒心，他们至少会试图用目光追随她，就像人们目送着一条正在消失的帆船，直到那些帆篷都沉没到地平线下"（伍尔夫，2008）。莫非伍尔夫在运用"以迂为直，以患为利"（《孙子兵法·军争第七》）的兵法战术吗？在莉丽的目光追随里，拉姆齐夫人正在潜入必败无疑的伏地。原因是，当她在拯救自己信心的刹那，突然就像空中的休止符一样"默然"停驻在了"俯身面对的威廉·班克斯"，于是，就像交响乐的转折起伏，休止符后的颤音倾泻——"她对自己说——多可怜的人！他没有妻子，没有女儿，除了今天晚上，他总是独自在宿舍进餐"（伍尔夫，2008）。

悲悯就像强心针一般，让那本来弱如婴孩、气息微弱的拉姆齐夫人重新获得了力量，"她开始创造活跃的气氛"了。在莉丽的旁观里，这个"苍老""疲乏"的女人，其实"就像一个筋疲力尽的水手，看见那风又灌满了他的帆篷；然而他已经几乎不想重新起航了。他在想：如果船沉了，他就随着旋涡一圈一圈往水里转下去，最后在海底找到一片安息之所"（伍尔夫，2008）。伍尔夫的笔，就像她倾心的人物在美中不容瑕疵一样，容不得钩心斗角。特别是同性间，她的理想更多是同盟。

莉丽看拉姆齐夫人的眼光有许多爱怜，当看到"她对威廉·班克斯嫣然一笑，好像那条沉船翻了过来，阳光又重新照耀着它的帆篷了，莉丽心中感到宽慰"（伍尔夫，2008）。莉丽与拉姆齐夫人，是独身与婚姻的两极化象征，好似前者有保护自己的能力，为自己活；而婚姻磨损的女人，像拉姆齐夫人只为别人而活。在莉丽的理解里，军功章对于那个自我生命疲惫不堪的船长几乎毫无意义，他只求安息；反倒是为了船上的他人，必须顽强不息。所以，莉丽不无责备地"琢磨"：拉姆齐夫人为什么

---

① 〔英〕弗吉尼亚·伍尔夫：《一间自己的屋子》，王还译，三联书店，1989，第41页。

要"怜悯"班克斯呢?就像她同情塔斯莱,拉姆齐夫人为什么要"永远同情男人"呢?

这两个男人在莉丽心中有着完全不一样的评价。班克斯让莉丽敬重,就在班克斯看她的画之时,让她感受到了这个男人对拉姆齐夫人的那种"经过蒸馏和过滤不含杂质的爱情,一种不企图占有对方的爱情;就像数学家爱他们的符号和诗人爱他们的诗句一样,意味着把它们传遍全世界,使之成为人类共同财富的一部分"(伍尔夫,2008)。这份一个男人对另一个女人的爱情,让旁观的老处女莉丽领会到"一种狂喜的陶醉",与这"陶醉"相比,其他一切都"黯然失色"了,只有这个使莉丽深受感动的男人的"默默凝眸"。"因为,再也没有什么东西能够像这种崇高的力量、神圣的天赋那样,给她带来慰藉,消除她对于人生的困惑,奇迹般地卸脱人生的负荷。"不可以有任何的其他来扰乱"这悠然神往的状态"之延续,伍尔夫说:"正如你不会去遮断透过窗户横洒到地板上的一道阳光。"(伍尔夫,2008)有趣的是,读者明白,在拉姆齐夫人的眼光中,在班克斯与莉丽靠近的片刻图画中,她想到威廉会同莉丽结婚的,于是她低头"笑了"。这幸福之笑,在后来餐桌上保罗与敏泰的爱情中,也让拉姆齐夫人如此幸福地"笑了"。只是,在莉丽的眼光中看不到拉姆齐夫人为自己生发的甜蜜笑容,而且根本不能相信拉姆齐夫人为保罗和敏泰的笑是安慰而不是忧虑,不是将本来可以幸福于单身天堂中的年轻人送进了婚姻的火欲中。心灵啊,在感受爱中,本来可以靠得何等亲密之近;而心灵又因为诸多遮蔽,相去何等遥远!

塔斯莱,在莉丽的眼里,"他确实是她有生以来所看到过的最丑的人"(伍尔夫,2008)。餐桌上,在拉姆齐夫人与班克斯正谈论他们共同的朋友的来信时,塔斯莱已经愤怒地想知道"他们在胡扯些什么废话"。更不幸的是,拉姆齐夫人又及时地捕捉到了他的不满,而殷勤地补偿性问道:"塔斯莱先生,你常写信吗?"这更让塔斯莱怒不可遏。因为他没有礼服可穿,于是对他来说,那"衣冠楚楚入席"者,实在"无聊、浅薄、庸俗"(伍尔夫,2008)。而这些庸俗的人们只会重复"你难得收到有价值的邮件"这样无聊的话题,甚至让塔斯莱义愤填膺:"她们什么也不干,光是说、说、说,吃、吃、吃。这全是女人的过错。女人利用她们所

有的'魅力'和愚蠢,把文明给搞得不成样子。"(伍尔夫,2008)

男人似乎总是要论论天下、谈谈社会、讲讲文明的。拉姆齐的哲学思考中,就有试问"普通人的命运,是否就是我们借以衡量文明程度的标准呢?"(伍尔夫,2008)自然,拉姆齐的哲学思维,大概不会同意他的学生塔斯莱对女人的贬损,甚至都不会想到这个学生在他美丽夫人的餐桌上,正盘算着如何在朋友面前"讽刺挖苦"与这看似美满家庭"待在一起的日子"(伍尔夫,2008)。而一听到高谈阔论就会惊讶多于厌烦的拉姆齐夫人,当她视察育儿室时,只祈祷孩子楼上住着的塔斯莱不要总是"砰"的一声把书摔在孩子头顶上方的地板上。因为塔斯莱在餐桌上的愤怒,导致他再度挑衅地要"坚持自己的意见"——"明天灯塔去不成啰,拉姆齐夫人"(伍尔夫,2008)。这种故意性戳伤,让拉姆齐夫人觉得,"正当孩子们将要睡着的时候,他似乎很有可能会粗手粗脚地用他的肘部把一堆书从桌子上扫到地板上去"(伍尔夫,2008)。可是,就在担心自己孩子"容易激动"的同时,拉姆齐夫人亦感觉到塔斯莱"看上去又是多么孤独",于是决定"她要设法使他明天受到较好的待遇"(伍尔夫,2008)。她认为,要么是婚姻,要么是事业成功,都能帮助塔斯莱放下一些表现欲,为此是多么希望这个年轻人在事业上获得成功啊,到那时,她相信他就不会总是"我我我"的了。

拉姆齐夫人天性中的"悲悯",让她总放射出某种异彩神光。这就是为什么她的孩子普鲁看到上方楼梯上的母亲时会发出由衷的感叹:"那就是我的妈妈!"她希望所有人都能"看看她的妈妈有多美,她觉得有这样一位母亲真是无比幸运"(伍尔夫,2008)。而拉姆齐夫人自己的感受里,却犹如"穿过楼梯的窗口看到"的"月亮","——那金黄色的、收获季节的满月"(伍尔夫,2008)。她曾自我反思:"感到她想给他人以帮助和安慰的种种愿望,不过是虚荣心罢了。她如此出于本能地渴望帮助别人、安慰别人,是为了使自己得到满足,是为了使别人对她赞叹:'啊,拉姆齐夫人!可爱的拉姆齐夫人……拉姆齐夫人,可真没说的!'并且使别人需要她,派人来邀请她,大家都爱慕她。她心中暗暗追求的不就是这些东西吗?"(伍尔夫,2008)

伍尔夫曾经揭示,想要谋取自信的人,总是要设法找出超人一筹之处,无论是钱财、地位或者"一个很直的鼻子",抑或"祖父的像",总要妄想"人类的一半,是天生的不如他"。这导致了"几千年来妇女都好像是用来作镜子的,有那种不可思议。奇妙的力量能把男人的影子反照成原来的两倍大"。①《到灯塔去》文本中,拉姆齐先生就是这样一次次向夫人索取的,只要受到任何关于自信的威胁,就一定要向夫人求救,而在儿子詹姆斯六岁孩子的眼里(当时他正直挺挺地站在母亲的两膝之间),感觉自己的母亲"已升华为一棵枝叶茂盛、硕果累累、缀满红花的果树,而那个黄铜的鸟嘴,那把渴血的弯刀,他的父亲,那个自私的男人,扑过去拼命地吮吸、砍伐,要求得到她的同情"。叙事者极力营造一个孩子目光里的嫉恨,那个高大的男人,就这样"听够了她安慰的话语,像一个心满意足地入睡的孩子,他恢复了元气,获得了新生,他用谦卑的、充满感激的眼光瞧着她"(伍尔夫,2008)。

如此居心叵测的叙事排列却让拉姆齐夫人不愉快,起初还不知道这不愉快来自何方,慢慢醒悟,是"她不喜欢感到她自己比她丈夫优越,即使是在一刹那间也不行;不仅如此,当她和他说话之时,她不能完全肯定她所说的都是事实,这可叫她受不了"(伍尔夫,2008)。也就是说,拉姆齐夫人非但不需要贬低别人来谋取自信,甚至在甘愿作为男人的镜子时,宁可相信其真而拒绝接受其伪。因为她几乎是心甘情愿地"连躯壳也不存留"地完全"慷慨大方"地贡献给他,以至于让叙事者也感受到当那男人就像婴孩吸吮母乳般满足了之后将嘴一吐睡去了,而拉姆齐夫人却"好像一朵盛开之后的残花一般,一瓣紧贴着一瓣地皱缩了,整个躯体筋疲力尽地瘫软了"(伍尔夫,2008)。

这正是莉丽不满拉姆齐夫人之处,莉丽是拉姆齐夫人的互补。当塔斯莱在餐桌上无礼时,她及时地回敬,要求这个反复要坚持自己意见否决明日去灯塔者"明儿一定要陪我到灯塔去。我可真是想去"。这让塔斯莱感到被嘲笑、被捉弄,以至于更加粗暴、更加无礼地说莉丽"会晕船的"(伍尔夫,2008)。而当此话一出口,他就更加恼怒,以至于迫不及待地"希望有人能给他个机会,让他表现自己。他的欲望是如此迫切,使他在

---

① 〔英〕弗吉尼亚·伍尔夫:《一间自己的屋子》,王还译,三联书店,1989,第42页。

椅子里坐不安稳"（伍尔夫，2008）。莉丽对塔斯莱的心情了如指掌，就像看清了 X 光照片上的胫骨一样，清楚坐在她对面的那个年轻人"想要表现自己的渴望"，但是对于讥笑妇女"不能绘画，不能写作"者，"她就想：我为什么要帮助他从压抑的痛苦中解脱出来呢？"虽然莉丽也清楚有一套可笑的准则，妇女皆有义务去帮助那些要迫切表现其欲望的男人，满足其虚荣心，但作为老处女的莉丽有权用"公平合理的态度来考虑问题"，是双方都不愿意助对方一臂之力才落到如此局面的。所以莉丽只坐在那里隔岸观火，默默微笑（伍尔夫，2008）。

但是，洞察秋毫的拉姆齐夫人及时发话了，她先化解莉丽关于明天到灯塔去的打算，至少她自己认为是认真的，一是暗示塔斯莱，非作弄儿戏；二是暗示莉丽。然后煞有介事地介绍一个"周游世界十次"的英雄，却在自己丈夫带他去灯塔时晕船了。最后悄悄托一下塔斯莱，说："塔斯莱先生，你是个不怕晕船的好水手吗？"犹如点穴神功，塔斯莱愤怒"抡起的大锤"就只能高高悬在了空中，即使落下，也清楚不能"去拍那只蝴蝶"了。而且，又一次从自卑中缓过劲来，他的祖父是打鱼出身，他们从来都不晕船，自力更生，奋斗成功，充满骄傲。而莉丽在这同时准确收到拉姆齐夫人的信息："亲爱的，我要葬身火海啦。除非你给眼前的痛苦浇上一些止痛的香膏，对那小伙子说上几句好话，人生的航船就要触礁了——真的，现在我就听见那咬牙切齿和痛苦呻吟的声音。我的神经就像小提琴的弦线一样紧紧地绷着，只要再碰一下，它们就要断裂啦。"（伍尔夫，2008）为了拉姆齐夫人的感激和赞许，莉丽想"我还有什么代价不能付出呢？"（伍尔夫，2008）她内心清楚自己不真诚，却客客气气，充满和气地问道："您愿意陪我一块儿去吗？塔斯莱先生？"这友好瞬间就让塔斯莱从妄自尊大的心理状态中解脱了出来，于是开始讲述自己从婴儿起就经大风大浪洗礼的事迹。就这样本来敌对充满火药的双方谈话气氛就顺利转变了。

伍尔夫的理论和实践中，无不投射出如此智性之光。现实转变成辞藻，写作者是如何把现实变成辞藻的呢？就像把时间浓缩进瞬间，如何将幽闭之物像把沉入海底的气泡拽出水面，如何让它们穿越自己的思维，然后推开后脑勺的天窗，让语言像幽闭的燕子展翅翱翔。如此锻造的语言，就像伍尔夫常说的，哪怕力着一句，却有千钧一发之力，化干戈为玉帛。要是世界上的将军都有如此语言神功，人类还能有战争发生吗？雅典娜的橄榄枝定会漫山遍野地长青不灭地永存心灵。

可是人与人之间的关系，不只是莉丽感受到的隔阂和虚伪，就是拉姆齐夫人也深深意识到自己"某些渺小之处"，因为她从每年要到他们家来度假的诗人卡迈克尔的婚姻悲剧中感觉到："人与人之间的关系，即使在最好的情况下，也多么美中不足，多么卑鄙，多么自私自利。"（伍尔夫，2008）拉姆齐夫人想，自己本来"有实事求是的天性，为了爱她的丈夫，她却不得不违背事实"（伍尔夫，2008）。而对卡迈克尔说："您要邮票吗？您要烟草吗？这本书也许您会喜欢？"（伍尔夫，2008）诸如此类的友好，都被敬而远之了，她助人为乐的天性在卡迈克尔处总是失落。似乎他受到妻子伤害之后，就连她拉姆齐夫人也不信任了。而当心照不宣之人要勉强地聚集在这一张餐桌上时，为了打破尴尬局面彼此必须说点什么，还要假装"侧耳倾听"，但事实上心里却在想："求求老天爷，可别让我内心的真实思想暴露出来。"（伍尔夫，2008）个个都像政客游刃于官场，饭局成了历练竞技的角斗场，就像班克斯看到的塔斯莱，男性与男性之间，班克斯"通过他脊椎中的神经感觉到"，那"小伙心怀嫉妒，愤世嫉俗"，但一半是因为自己，而另一半更可能是为工作，为"他的观点，他的科学"。所以，作为同性且年长的班克斯，在意识到自己"落伍"的同时，却有点欣赏起塔斯莱痛骂政府时的勇气和能力。因为他知道，这样的天才人物，"在政治和其他方面都有一手"，且"领袖人物"总会如此"脱颖而出"（伍尔夫，2008）。

如果说莉丽与塔斯莱的战役由于异性间的差异让拉姆齐夫人还能有能力掌控的话，那么男人与男人之间的争论乃至争斗，让拉姆齐夫人深感力不从心。就像一个文官被安在了武场，坐在了要统领千军万马的指挥总台，却对刀枪懵懂茫然。她想任凭两个男人去争执，但也不能让大家看出来，他们那么关心的问题，而"我是多么无动于衷"。每当这时，就像一个习惯古典交响乐的指挥，在遭遇合成音乐时，他会自然寄希望于对面的鼓手，就像餐桌上对面坐着的丈夫，拉姆齐夫人希望他的鼓点可以震局，把控舞台重心。丈夫的哲学，比如"文明的进展是否取决于伟大的人物?""莎士比亚从未存在过,这个世界的面貌和今天的现状会大不相同吗?"这些深奥的问题她不太懂,也就自然不会理解丈夫"各种艺术仅仅是强加在人类生活之上的装饰而已"的观点(伍尔夫,2008)。她渴望自己的晚餐是艺术而不是政治,她盼望丈夫给予自己帮助,因为她是那样崇拜他,就好比他们的婚姻本身就是艺术之精华,"似乎一直有人在她面前赞扬她的丈夫和她的婚姻,她不禁激动得容光焕发,完全没意识到,赞扬她丈夫的人就是她自己"(伍尔夫,2008)。是她自己有某种夸张的本性,像咏叹调。而就在拉姆齐夫人像圣徒祈求对艺术的忠贞般向她丈夫求助地"望去"时,就在拉姆齐夫人脑海中以为会"发现"上帝容貌般的"气宇轩昂"时,事实却"完全不是那么回事儿!他正在撇着嘴巴、蹙额皱眉、红着脸儿发火。天晓得,这是怎么啦?她疑惑不解。到底是怎么回事儿?"(伍尔夫,2008)

  伍尔夫笔下女性之间的友谊,像拉姆齐夫人与莉丽,有种暧昧性的情谊;而男性间却更多潜伏着竞争与角逐。无论是拉姆齐先生自我感觉,还是好友班克斯对他的评价中,拉姆齐的学问都堪称优秀,在二十几岁时,就写出了出色的著作。但是文本结尾,奥古斯都·卡迈克尔却成了闻名遐迩的诗人,成就远远高出拉姆齐先生。而在故事的第一部分,这个曾被婚姻伤害过的"可怜的老头儿奥古斯都",在拉姆齐夫人的晚餐餐桌上,碰一下爱伦的手臂,说了声:"爱伦,请你给我再来盘汤。"于是就让拉姆齐先生"板起了脸孔"(伍尔夫,2008)。这使得拉姆齐夫人顿时就看见"他的怒火像一群猎犬,猛冲到他的眸子里、他的眉梢上,她知道,马上就会有什么可怕的事情爆发出来,到了那时——求上帝开恩吧!她看见他捏紧拳头控制住自己,就像刹车挡住了车轮,他的全身似乎在迸射出火花"——她丈夫在"要求她"观察,并要她"为这个而赞扬他"。餐桌的首席在拉姆齐夫人心中似乎是一个优秀的舵手之席,只负责船舶与海洋、轻风与蓝天的和谐,能保证航行顺利畅通就尽了天职。至于船上的坐椅板凳,乃至风帆,它们尽可以自由发挥自主功能,而犯不着集权性地规整划一。

  这是她与她丈夫的区别。拉姆齐先生最讨厌的是,在自己吃完之后,"看到别人还在吃东西"(伍尔夫,2008),这让他无法忍受。或许这就是他的儿女们在文本最后被强迫要求陪同去完成只是他个人心愿的"去灯塔"时心中渲染的"暴君"之认定来由。可是为什么奥古斯都·卡迈克尔不能添盘汤呢？"他们可以让他再来一盘，要是他需要的话。"隔着长长的餐桌的两头，夫妻灵犀对答。拉姆齐要夫人注意到喝汤者的不雅；而拉姆齐夫人要求丈夫做出解释："为什么要这样明白地把自己的厌恶心情显示出来呢？"她甚至不知道喝汤的诗人是否意识到。但看到卡迈克尔泰然自若地坐在那儿喝汤，好似他都不在乎，"不管别人讥笑他或生他的气，他全都不在乎"。如果想喝，"他就再要一盘"。这镇定让拉姆齐夫人肃然起敬，尽管她知道诗人不喜欢自己，但为了这个原因（是诗人自己的创伤吗？），她才尊敬他（伍尔夫，2008）。危险自然不在诗人这方，而是"人人都看出"她的丈夫在生气，拉姆齐夫人想。露丝、罗杰都在盯着父亲瞧，拉姆齐夫人知道，再过一秒钟，"他们姐弟俩就会忍不住狂笑一阵"，就像一个机敏且有着丰富经验的拆雷将军，在炸弹只剩一秒即将引爆之时，拉姆齐夫人果断下令："把蜡烛点起来！"（伍尔夫，2008）

　　伍尔夫曾经批评乔治·艾略特说："她缺乏那种选定一个句子并把某个场面的核心压缩到这个句子中去的准确无误的鉴别能力。"[①] 而她自己的叙事实践，伍尔夫的句子，往往不只是有千钧之力，更具有高超的鉴赏识别的感染效果。当八支蜡烛放上餐桌，刚才被暮色阴影弄得支离破碎的景象一下子就明了起来，可以看见围绕着餐桌的光区与窗外的夜色。主题总是在高光中凸显的，即使不说黄昏阴影重重会影响心情，就是白昼，也大多是散光。谁能在大白天打出一道高光，让人们可以聚焦而完成主题升华？理解光的语言，需要剔除杂质干扰，也就天然具有整合能力。拉姆齐夫人的餐桌似乎就在这蜡烛光的聚合作用下"结成了一个整体"，刚才还因为"汤"的原因几乎有分崩离析的危险，因为这蜡烛之光，船舶就绕开了险礁，好似餐桌上所有的人都正在共同地穿越一个洞穴，共同地对抗黑暗和潮湿，共同地朝向光的方向——"所有的蜡烛都点燃起来，餐桌两边的脸庞显得距离更近了，组成了围绕着餐桌的一个集体"（伍尔夫，

---

① 〔英〕弗吉尼亚·伍尔夫：《论乔治·艾略特》，载《论小说与小说家》，瞿世镜译，上海译文出版社，2009，第46页。

2008）。尽管像莉丽，依旧在保持自己的独立和清醒，面对大家突然振奋的精神，始终反省白日网球场上的瞬间，坚实的形体可突然消融，但"彼此之间的空隙是如此宽阔"。而现在蜡烛照耀出这简陋、没有窗帘的房间里的人们，他们的容貌即使在烛光辉映下，亦只不过是些"光亮的面具"（伍尔夫，2008）。

也就是说，离间的效果依然"相同"，依然间隙在餐桌进食的人与人之间，没有什么激动或者说水乳交融真的发声了。而拉姆齐夫人不同，好似她有鉴赏静物之美的卓越天分，蜡烛明亮的光辉照亮了餐桌中央"一盘浅黄淡紫"（伍尔夫，2008）的果盘，她的孩子露丝竟然用水果装饰出一个如此美丽非凡的童话世界，色彩如光如火，与烛光交相辉映，激发你想象遨游在一个晶莹剔透的世界。而这赏心悦目的惊现中，拉姆齐夫人还看到了奥古斯都同样在玩味领略，他的目光深深侵入那果盘里，"在那儿打开一蓬花球，在这儿撷取一束花穗"，然后"又返回他的眼窝"。这是他瞧东西的方法，与拉姆齐夫人的不同，可这又有什么关系呢？毕竟他们"共同注视一个物体"，这就足以让"他们感到团结一致"（伍尔夫，2008）。

就像激流、旋涡，还有暗礁给这顿晚餐带来阵阵惊险一样，这顿在文本中具有历史性意义的晚餐，还被至少三重光束点亮。不同的是，当险情发生时，作为舵手的拉姆齐夫人是力挽狂澜、化险为夷；而当光束点燃餐桌时，这位有着超凡品位的将军只愿意尽情欣赏与享有，一种真正具有品位的享受。不是每一个人都能有资格享受生活的，这需要天分，这与财富物质无关。

蜡烛的光芒可谓第一次照亮了整体的气氛；当美丽英俊的敏泰和保罗走进餐厅，并且将爱情的欢乐带上餐桌时，第二次点燃了大家的情绪。如果说在欣赏果盘与烛光时，是欣赏者的动态投射于物体的静态，那么，在拉姆齐夫人欣赏爱情中的"那种灿烂夺目的光彩，那种醇厚芬芳的神韵"时，几乎甘愿将自己静态化。在敏泰的神采飞扬中，拉姆齐夫人看到自己的丈夫又恢复了青春，又焕发起迷人似青年的风度，她宁可把为琐事操心衰老了的自己——"就把它放在这儿吧"（伍尔夫，2008），至少她也可以静态观赏保罗的单纯和神采奕奕。这样的幸福让拉姆齐夫人觉得，"出自真情的与别人感情上的交流，似乎使分隔人们的心灵的墙壁变得非常稀薄（这是一种宽慰和幸福的感觉），实际上一切都已经汇合成同一股溪流，这些桌、椅、地图是她的，也是他们的，是谁的都无关紧要，当她死去的时候，保罗和敏泰会继续生活下去"（伍尔夫，2008）。

照亮餐桌的光与伍尔夫构设文本的结构紧密配合，就好比是舞台总监的调度，点亮情绪的光，呈递进状态，与生命的形态、情意的缠绵及人生的意义相关联。一顿晚餐耗时不少，上菜的流程像一条龙一样那么蜿蜒，但叙事者仅仅点到开局三心二意的"汤"，然后是一个插话，拉姆齐夫人不得不打断班克斯先生，来"吩咐女仆注意菜肴的保温，它们端上来应该是热腾腾的"（伍尔夫，2008）。似乎那些中间上的菜肴，就像与主题关系不大的群众演员，它们的存在，只不过是为了时间的长度或者空间的位置，并不需要知道姓甚名谁。而这"保温"和"热腾腾"的吩咐，与其说是对菜肴的要求，不如说是对心灵对情感的呼唤，因为此时此刻，班克斯先生感叹完"人生如浮萍，聚散本无常"（伍尔夫，2008），就在内心评价自己。在各种圈子里，他都有朋友，但"从来不允许自己陷入陈规陋习"。他讨厌干扰，因此才喜欢"独自用膳"。为了友谊，他作出了牺牲。为了拉姆齐夫人的高兴，可是多么琐碎、腻味，"应酬简直是可怕地浪费时间"（伍尔夫，2008）。与他心目中的工作相比，这一切简直就是"毫无意义"。

好似被浪费了时间的班克斯因为太恼怒就有了上了年纪的偏执，竟一口气像连珠炮似的放出四个"毫无意义"，而且最后两个还用了重复强调式。这些都与拉姆齐夫人关联，她的存在、她的美貌，还有她和她的幼子坐在窗前。作者、叙事者、读者和旁观探测到班克斯心灵秘密的莉丽，许多人都清楚，拉姆齐夫人的"存在""美貌"，还有如拉斐尔圣母画一样的窗口母子图，是怎样感染过班克斯，对他有着何等非凡意义！可人好似就喜欢与自己抗争，就为了自己与自己过不去，而做出许多不近情理的事情。这让班克斯自己也"很不自在；他觉得自己太无情义，竟然会坐在她身旁而对她无动于衷"（伍尔夫，2008）。他剖析自己，觉得是"因为他不喜欢家庭生活"。如果是他一个人，可以拿起一本书来阅读，就犯不着去追问关于人生的问题。人与人间，心灵与心灵间，隔膜何其旷远，即使彼此有情感在先，即使彼此都想为对方好，却也总是南辕北辙。

在拉姆齐夫人心中，她清楚班克斯对自己是有情感的，那不是一般的男女之情，也正是这个说不清道不明的"情"字让班克斯感到难受：遥遥相望时，那美丽的影像如彩虹般让他痴迷；而他此时此刻"正坐在拉姆齐夫人身旁，却没一句话要和她说"（伍尔夫，2008）。这控制不住的残酷，好似刀拿反了，刀尖不是向外，而是戳向自己内心。生痛的感受让他拷问友谊，"即使是最美好的友谊，也是多么脆弱"（伍尔夫，2008）。当拉姆齐夫人终于回过头来对他说"非常抱歉"时，班克斯已经感到"生硬而枯燥，就像一双湿透之后又风干了的皮靴，很难把脚伸进去"（伍尔夫，2008）。这是一个绝妙的比喻，可以用于任何被情感淋湿过又被生活风化过的生命。只是生命态度各有千秋，有的像三月里的小雨，润物细无声，却紫藤情深；而有的排山倒海，唬山唬岩，就是光溜溜、赤条条，连水印也没有。有的对待风干了的陈芝麻烂谷子，有推陈出新的风范和勇气，一股脑将其扔进垃圾堆，好似什么都从未发生；而有的总会在心灵深深的地方存留一个空间，像那厚厚实实的线装书书页里夹藏了一片干枯了的枫叶。而班克斯，是那种为了水印要求自己作出牺牲，"硬着头皮把脚塞进去"，敷衍也要"敷衍几句不可"的理智者。就像将军探看士兵、领袖访问平民，倘若让对方有丝毫"发现他无情无义，对她毫不关心"，那都将造成"令人不愉快"的后果。所以，脚已经在"风干"的靴子里也许委屈得快要酸麻了的班克斯向拉姆齐夫人"侧过身去，彬彬有礼地俯首倾听"（伍尔夫，2008）。

拉姆齐夫人的处事态度总是别具一格，就在班克斯要努力以洗耳恭听的形态向自己倾侧而来时，她却问了一句实事求是之语："您在这嘈杂的场所进餐，一定觉得很讨厌吧。"叙事者不肯用问号，那是多余的，因为拉姆齐夫人自己心如明镜，他放弃了独自享用的晚餐。但是，难道请班克斯来到她的餐桌，是她的自私吗？拉姆齐夫人内心的情感替自己做着辩护，就像班克斯内心的情感为自己的牺牲惋惜一样。这顿晚餐，拉姆齐夫人最想企及的理想就是让班克斯心满意足，让一个长期孤独之人感受到温暖。她生命的彩霞就靠情感与情感、心灵与心灵相互沟通，方得以点燃。可惜，威廉·班克斯尽管尽力勉强自己，却没有心情再让叙旧穿越心灵了。人渴望情谊，就像上帝赋予了我们天生难以完美的弱点，拥有情谊者总是会更加贪恋再多一点；而对于一个无情谊者，甚至就像拉姆齐夫人对卡迈克尔，明知他不喜欢自己，也就无欲无求。是敏感多维的心灵，让叙事者不用问号而将拉姆齐夫人的问语改用了法语，并且交代只有在"她感到心烦意乱之时，她就利用她的社交风度。就像在会议上发生争执之时，主席为了达到团结一致的目的，就建议大家都说法语。可能这是蹩脚的法语，说得词不达意，尽管如此，只要大家都说法语，就会产生某种秩序和一致"（伍尔夫，2008）。

　　人的外在和内在就是这样无可奈何地难以达到统一。拉姆齐夫人的内心诉求，从一开始就很好地把握到一个沟通契机，那是她与班克斯共同的二十年前的朋友来信，勾起了二十年前的美丽回忆，那是"悠悠晃晃"，那是"无忧无虑"，那是"不必为将来担忧"，事过境迁再重漫心头，"就像重读一本好书"，虽然你"已经知道这个故事的结局如何"，而且"生命之流"也"像小瀑布一般倾泻不息"，难能自我掌控方向，但人生总有一个"源头密封着，像湖水一般静止地储存在它的堤岸之间"。只要有心深入，处子如初，这顿晚餐、这张餐桌就定能在记忆的涌动中亲密无间。但是，无论拉姆齐夫人使用何招，班克斯都毫无反应。"她不能勉强他。她失望了。"她知道"他意识到自己无情无义，意识到她希望谈一些更为亲切的话题，但他目前没有心情来奉陪"。拉姆齐夫人想："威廉怎么变得像老处女一般拘谨啦。"他局促不安，"觉得生活很不如意"（伍尔夫，2008）。就好像敏泰一不小心把祖母的别针掉下悬崖，一种纪念落入悬崖的感觉。若有所失的拉姆齐夫人尽量找些话说，免得冷场。

　　如果人都本着内心去交流，是可以无须语言而灵犀相通的。但是，人又总是无力抵达内心，就只好依靠语言；而语言之在又是那样充满了不确定性，而且歧路纷纭，于是就需要某种方式疏离出话语，就像法语在英语场域、在这张餐桌、在两位二十多年的至交之间使用起离间手法，结果情绪的沟壑就平复了，大家都可以呵呵——今天天气，哈哈哈。

　　人的纠结就在于，哪怕你一辈子广结朋友，也财势亨通，但能有几个人真正的与你不说共享而只是"谈论"私人生活呢？如果聚在一起是为了排解孤独，那么根本进入不了私人生活的谈话算谈话吗？打哈哈出几声天气或者隔着十万八千里的狂想靴子挠痒痒般地骂骂政府，对个人的孤独，有效吗？不能说在奔赴聚会的途中人不会有期待，就好像身体驱动，渴望抵达心灵，而心灵却永远如射不中的靶心，让每个渴望团聚之人就只能是射不中靶心也要射。

伍尔夫的深刻性不在于认识孤独，更不在于其笔触摩擦上孤独的表皮，而是深入进具有时代意义的孤独内在。对于不无幻灭感的现代意识，孤独是人生中不可缺失的一部分，属于本性之一，具有生命的绝对、先验之纯粹；正是这样，内在具有本质意义上的纯粹性，否决了情感间的单纯可能。也就是说，人与人间的情感，无论是至亲挚友之间，抑或夫妻相濡以沫之誉，皆存像浮雕与浮雕之间的必然间隙，人内在本质的自我，尽管沉浸着孤独，却依然如呼吸与生命之不可缺地洋溢在彼此间隙间。但是，就像浮雕艺术家，不能允许浮雕与浮雕间的不完美一样，小说是那样一种最贴近现实生活的艺术，此形式的塑造，无论是人物还是语言的凝练，都将起着像浮雕与浮雕间的大理石的作用，缝合密闭间隙，用艺术之彩将间隙表面抚平磨光熨帖。伍尔夫就是这样使用起她笔的双声叠韵的。

无论是威廉还是拉姆齐夫人，抑或关于独处还是聚餐，皆是肯定与否定之声复调交缠。当威廉以个体优在于群体之上，像具有等级意识般地评判拉姆齐夫人时，在认为聚餐的俗不可耐时，内心对自己无情的反省始终交响不息；而基于情感诉求，拉姆齐夫人在渴望与失望之间亦是复沓生成。这两个独自个体的内心独白交互之复调，尽管间隙在分歧中，却始终有着一个共同的旋律基础，那就是情感本身。对于一个对方不喜欢自己的人来说，就像拉姆齐夫人感受卡迈克尔，只愿付出，不指望回报。恰是彼此情深，叙事者将笔触以双语的形式，深入得愈深，心灵的隐痛就愈甚。而这情感的共同性，正是独处与聚餐的关键。正像卢卡奇说的，此乃"一个被注定独居又被社会的渴望吞噬了的人的痛苦"。

现代人的命运——"每一个人都必然奋起脱离孤独，又必然在不可补救的孤独之中"。正是由于具有这样的双重性，卢卡奇认为，绝对的孤独者没有一个"世俗的伴侣"，只能在语言上追求"对白"。那么无论是内心独白的复调，还是英语环境的餐桌上使用起法语，都是孤独者对抒情的形式表达。特别是后者,当拉姆齐夫人说起法语,就好比希腊悲剧的合唱队举起面具,此形式的"艺术意义在于,它赋予处于一切生活之外,并超越一切生活的本质以生活的丰富性"。①

事实上,对拉姆齐夫人的刻画,叙事者一直有意立足其"世俗性",有意将其比衬于牛津剑桥学富五车的教授和高才生,还有诗人画家们,就好比现实交相辉映于诗兴。这是伍尔夫笔的独特之色,从诗的魔幻之树上伸出常青藤般的优美手臂,"从匆匆流过的日常生活的溪流中抓住一些碎片",②像星光点燃宇宙。

拉姆齐夫人的晚餐桌,在迟来的保罗和敏泰的爱情辉映整个餐厅的同时,在威廉·班克斯与拉姆齐夫人的私密谈话转换为面具的交际敷衍之刻,在情感潜入谷底有可能触礁的瞬间,那道在晚餐铺垫之时就以厨娘的精益求精埋下伏笔吊人胃口的——"棕包的砂锅里喷发出橄榄油和肉汁的浓郁香味"的牛肉,在适宜时刻被端上了餐桌。就在得到爱情许诺的保罗不断使用"咱们"这个词语的关键之时,与其说是"足足花了三天时间"焖出的牛肉香味,不如说是蕴藉的情感喷发更现光辉,这道"酥软的牛肉"正是第三道照亮餐桌的光束。

"油光闪亮"、"棕黄色的香味"和"肉桂树叶和美酒"会聚一堂的丰富,足以使那个仅仅凭爱情刹那之光打出的"咱们"黯然失色。就好比老姜之辣的历练,"老骥伏枥,志在千里"的内涵,特别是情感,温炖慢煮的酝酿最是讲究。叙事者就用一道不无世俗之菜的色香味加上人之情创造了某种奇迹,人物的塑造也就顺势跨越出无底深渊,如妖娆屹立的彩虹。拉姆齐夫人就这样敞亮出如虹光辉。威廉·班克斯重新燃起对拉姆齐夫人的"全部爱慕敬仰之情",就连画家莉丽在拉姆齐夫人如此"光芒四射"的感染力触动下,也因自己"精神"的"贫乏"而自惭形秽。

匠心独运的叙事者利用莉丽的视角,镜头切换,让你伴随莉丽跌进圈套还迷惑难解。只见拉姆齐夫人"谈论什么菜皮"之时,莉丽注目到

---

① 〔匈牙利〕格奥尔格·卢卡奇:《小说理论》,杨恒达编译,(台北)唐山出版社,1997,第15~18页。
② 〔英〕爱·摩·福斯特:《弗吉尼亚·伍尔夫》演讲稿,载《海浪》,曹元勇译本序,上海译文出版社,2012,第11页。

"蕴藏在她体内的所有的美,又像花朵一般开放了",这"惊人的气质""所向披靡"。就通过"菜皮",拉姆齐夫人"提高"让莉丽瞠目结舌的"力量",让人"崇拜"的力量(伍尔夫,2008)。

长期以来,理论批评界皆清楚伍尔夫思想中的女性意识及意识流写作,而最宝贵且具独特性的是一个女性作家将自己的身份、感悟、批评及创作融为一体。伍尔夫在论述艾米丽·勃朗特时就公然申明:一件可被称为自傲的事情就是"像女人那样写,不像男人那样写"。不是宣言,而是信念,正是这样的宗旨,使得伍尔夫的创作达到一种流动在静止中完成的力量。伍尔夫自己对这无穷的力量有着清晰的认识:"女人几百年来都是坐在屋里的,所以到现在连墙壁都渗透了她们的创作力。这种力量真是胜过砖瓦水泥的力量而且必须应用到写作、绘画、商业、政治上去。"[1] 莉丽对拉姆齐夫人的同性间的感受恰到好处地体现了伍尔夫的思想。

在《到灯塔去》第三部分,当海边别墅已经被雨打风吹战争洗礼磨损到几近残垣断壁时,人们关于"人生意义的伟大启示"并未出现于"岁月流逝"中,于是记忆里的某个日常生活的小小事件,却泛出"奇迹和光辉,就像在黑暗中出乎意料地突然擦亮了一根火柴,使你对于人生的真谛获得一刹那的印象"(伍尔夫,2008)。那就是曾经拉姆齐夫人用"牛肉"或者"菜皮"点燃的启示。那个曾经将大家凝聚在一起的瞬间,具有永恒的启示性,如同画家莉丽在艺术中的追求。

当将果盘、牛肉及菜皮作为启示的烛光来隐喻性理解时,伍尔夫的虚构已接近"道成肉身"的理想境界了,就像圣餐中面包与红酒象征耶稣的躯体和鲜血。那么自然要追问:拉姆齐夫人的"道"在何方、为何物呢?笔者认为,一个"情"字即可定音。无论是夫妻之情、母子之情、朋友之情,抑或李体同性的隐秘之情,甚至对异性的怜悯之情等等,皆因这"情"如宗教般的氛围弥漫,方让差点就镜破钗分的班克斯能转得重楼复阁之意;本对爱情嗤之以鼻的莉丽也能因其"美丽"而不禁兴奋得"在它的边缘颤抖";更不要说拉姆齐夫人自己那犹如翻版的女儿普鲁,

---

[1] 〔英〕弗吉尼亚·伍尔夫:《一间自己的屋子》,王还译,三联书店,1989,第92、107页。

虽说刚刚起步"坠入尘世",却已经在爱的光芒反映中浮现对幸福期望的神采。叙事者诗意形容:"好像爱情的太阳从桌布的边缘升起,而她还不知道这是什么,就弯下身去向它致意。"(伍尔夫,2008)正是这郁郁葱葱又不断甦生的诗意,化解掉男性间的好争和龃龉,就连本不喜欢拉姆齐夫人的卡迈克尔,也不得不心甘情愿地在诗的吟诵中向拉姆齐夫人鞠躬,好像"致以崇高的敬礼!"(伍尔夫,2008)

这份与不可能之事邂逅且征服的力量,恰来自将神奇与奇迹加之于现实的语言掌控技巧及叙事功能,使得一间普通的餐厅朴素的餐桌着了情境的魔法,那正是叙事者要拉姆齐夫人"仔细地帮班克斯先生挑了一块特别酥嫩的牛肉"的同时,让"她觉得它带有永恒的意味"(伍尔夫,2008),一如灯塔和诗歌本身,是由宁静的瞬间构成的永恒。

应该说在拉姆齐夫人目光清澈,"不费吹灰之力,就能环顾餐桌,揭开每一个人的面纱,洞察他们内心的思想感情"之刻,那束能够"照亮了水面的涟漪和芦苇"的犹如深水底下投射灯光那样的目光,那平衡如"鲽鱼"的功夫(伍尔夫,2008),正是叙事者在透过想象的棱镜窥探现状左右"局势"。而作为人物符号的拉姆齐夫人,"她像一只兀鹰一般"在已经绕过险礁步入诗情画意般安详的餐桌"上空翱翔盘旋,像一面旗帜那样在喜悦的气氛中迎风飘扬,她身上的每一根神经都甜蜜地、悄悄地、庄严地充满着喜悦,她瞧着他们全都在吃喝,她想,她的喜悦就是来自她的丈夫、子女和宾客;这喜悦全是从这深沉的寂静之中产生出来的"。伍尔夫说,是这"喜悦"像"烟雾"逗留,像"袅袅上升的水汽",将大家"安全地凝聚在一起",无须语言,也不用声音,在静寂中趋近事物的核心(伍尔夫,2008)。

最后,笔者将落笔于人物符号拉姆齐夫人对"纯粹"的追求,以讨论想象在叙事中的提炼。伍尔夫在论述"现代随笔"时,非常强调一种提炼之后的"纯"性,[1] 不只是她对批评理论的要求,更亲历实践于她的

---

[1] 参见 Virginia Woolf, *The Common Reader*, "The Modern Essay": "the essay must be pure—pure like water or pure like wine, but pure from dullness, deadness, and deposists of extraneous matter." 上海世界图书出版公司,2010,第237页。

小说甚至人物刻画中。想象与叙事，不是一个静止形态，而是彼此互动始终交互的流动体，好比作家与叙事者、叙事者与读者、叙事与作品、作品与阅读，皆在流动交互中。

上文已经分析《到灯塔去》的叙事者是如何将大家无比熟悉的"晚餐"，在高光具象的推动中，通过烹饪与品味，就好比创造与阅读，激发起不只是作者还有读者的无穷想象。阅读中，我们充分感受到伍尔夫作为小说家那卓越的天赋，通过拉姆齐夫人在餐桌上统领大军、调兵遣将的综合能力的展示，文本的阅读"兴味盎然"地揭示出叙事者在文本构设中显示的"设计各种模式的能力，以及它把事物之间的联系和不一致之处呈现出来的能力"。①

有不少批评家也会指出伍尔夫创作的散漫和逻辑问题，但伍尔夫心目中的杰作，甚至它们的"成功"，"并非在于它们没有缺陷——实际上我们容忍了它们所有的重大失误——而是在于一个完全掌握了透视法的头脑的无限说服力"。② 接下来笔者就要说服读者接受伍尔夫散漫意识流淌中的隐在逻辑性，这也是伍尔夫批评中指导我们阅读的一种方式，即"自由自在地从事物的本身寻求乐趣。只有当我们不再沉浸于习惯之中，我们才能看出事物的奇特之处，我们就站在外面来观察那些没有力量左右我们的东西，于是，我们看到了正在活动的心灵"。③

限知叙事就在于有许多你难以把握难以左右的情境发生，即使是两个彼此深爱的心灵，总在趋近征途中，而终极却如灯塔，遥遥远照。于是我们只能在外观察，自由自在领受瞬间的快感。

笔者发现构设拉姆齐夫人形象的内在逻辑有赖叙事的互文参照。在母子图中拉姆齐夫人给儿子詹姆斯读童话《渔夫的故事》，叙事者交代是有意将保罗和敏泰的爱情与渔夫和他老婆的故事交织在一起来叙事的。叙事者认为"这两件事很容易同时进行"，好似这童话不是说给孩子听的，因为在

---

① 〔英〕弗吉尼亚·伍尔夫：《论心理小说家》，载《论小说与小说家》，瞿世镜译，上海译文出版社，2009，第267页。
② 〔英〕弗吉尼亚·伍尔夫：《论爱·摩·福斯特的小说》，载《论小说与小说家》，瞿世镜译，上海译文出版社，2009，第224页。
③ 〔英〕弗吉尼亚·伍尔夫：《论心理小说家》，载《论小说与小说家》，瞿世镜译，上海译文出版社，2009，第267页。

孩子的心灵里，童话叙事结构的内在复杂还难以穷尽，孩子还只能满足故事表面的情绪，在故事结束时，"兴趣"就"消失了，某种其他的事物取而代之"（伍尔夫，2008）。而童话故事的内涵，那种以爱的名义捆绑在一起的心灵征途却是无替代品可以置换的，这是拉姆齐夫人在阅读童话故事时脑海中流淌的主旋律，而"渔夫和他老婆的故事"却只"像给一支曲调轻柔地伴奏的低音部分，它时常出乎意料地穿插到那旋律中来"（伍尔夫，2008）。

事实上这是一曲多么复杂交响的曲调，敏泰与保罗的婚姻之未来不可知，可知的是那和声共鸣、旁敲侧击的拉姆齐夫妇自己的婚姻，还有独身的莉丽自己的意识与他人意识的交缠。这关于爱的旋律，既是心灵与心灵融合的诉求，又是每个生命必须经历、无法回避，始终在人生中奏鸣如浪涛起伏跌宕的自然节律。原来，我们小时候熟悉的童话还有除了否决渔夫老婆的贪婪之外的另外一更深层的含义，正是伍尔夫意识到的。叙事者截取的故事片段中，不在于突出老太婆的索取，也几乎不显现金鱼的报答和惩罚，而在反复强调渔夫渴望企及老太婆愿望的努力和挣扎。他向金鱼的求愿，是一种要走进老太婆的努力，而渔夫的愿望始终不能抵达老太婆的欲望，这是一桩南辕北辙的婚姻。

《到灯塔去》的叙事者很巧妙地隐去了金鱼的愤怒，而且强调来势凶猛的狂风暴雨——"房屋被掀翻了，大树连根拔起，地动山摇，岩石滚进了大海，天空一片漆黑，电闪雷鸣，黑色的海浪滚滚而来——"这分明是家园的颠覆，但叙事者的奇迹却是在这毁灭末日中，感受到"就像教堂的尖塔和高耸的山峰，浪尖儿上泛着白沫"（伍尔夫，2008）。文本中不断强调拉姆齐夫人内心一种幻灭似的悲观情结，但是叙事者总可以如宗教情怀般，在万劫不复中投下拯救的目光，这目光的启示意义常人难及，就像百年来大家阅读《渔夫的故事》，仅到因果报应为止，到老太婆丧失一切，她的贪婪被惩罚为止。而拉姆齐夫人要鸣奏的爱之旋律，却在毁灭中腾升起如教堂尖顶似的象征，是这样一种将"苍白"亦定要反射的意志力。拉姆齐夫人故事的最后，在心灵经过生死忧虑之后，镇定无比地，叙事者特意交代，"仿佛这是她自己杜撰出来的，她凝视着詹姆斯的眼睛说：'直到现在，他们还在那儿生活着呢。'"（伍尔夫，2008）叙事者此处用了直接引语，既是格林讲述的，更是拉姆齐夫人坚信随叙事者陈述的。

世界由各种需要组成，人与人间，特别是相爱的双方，似乎在一方索取中，另一方总是无限地希望满足对方，就像渔夫对他的老婆。而在拉姆齐夫妇他们自己、他们的孩子眼里，宾客心中都清楚，拉姆齐一直在向自己的夫人索取。文本中反复拉姆齐夫人的内心独白，只要她丈夫需要，她就会不惜一切地给予。但奇怪的是，在她阅读理解《渔夫的故事》中，当"大声朗读"到"那个渔夫变得心情沉重"时，他本意是不愿意去的，却依旧"来到海边"，连海水也因这不情愿而变了颜色，由充满收获和希望的"黄绿"色变成了"深紫、蓝黑、灰暗、混浊"。但叙事者指出，"它是平静的"，与其说的是海面，不如说的是当时拉姆齐夫人的心情，她渴望将《渔夫的故事》与自己的婚姻保持一段距离，所以，此时此刻，"拉姆齐夫人真希望她的丈夫不要选择这样的时刻在他们面前停下脚步"（伍尔夫，2008）。也就是说，在有意识地强调无限付出的许诺里，依旧存留连自己也不情愿理解的下意识保留，以及叙事者冷眼旁观到的真理——需求与给予间的不可弥合之缝隙。这里没有平衡的天平，总是一边沉沉低下而使另一边轻轻扬起。

只是这起起落落似跷跷板的运动，每一个限制性的目光感受到的，都可能是盲人摸象。在拉姆齐夫人自己心目中，她的丈夫高高扬起，她不断独白自己对他的崇拜，只要他挥一挥手，就会覆没了她的思想。在孩子和宾客眼里，这对夫妻的天平是那么不平等地倾斜，比如在莉丽眼里，喜欢以独身保持本色的她总要故意低下头，避开被拉姆齐一家"爱"的激情淹没以保持一份清醒的洞察力。那么在莉丽的认识里，拉姆齐夫人"——就是那只手套扭曲的手指"（伍尔夫，2008）。

有许多针对伍尔夫同性论点的臆想批评，但在笔者的分析里，同性论述是她思辨爱情本质的抽象意义之表述方式。在《达洛卫夫人》中，还显现出少女闺蜜情深的那种同性自然情结，但《到灯塔去》中同性意符已经完全是一种叙述策略了。当叙事者描绘莉丽将"头依靠在拉姆齐夫人膝上"时，铺展长段心理论辩，不是在泛滥肉体的渴望，而是在思辨何为爱情的真谛。莉丽符号是以同性的角度来模拟人与人特别是爱人之间的接触，讨论的是"一个人和他所爱的对象"，能否"同水倾入壶中一样，不可分离地结成一体"，躯体能否达到这样的结合。伍尔夫的笔有着超过滤的精纯,但遗憾的是常常被后世的混浊低劣地歪曲了真相。尽管伍尔夫有先见之明,连用重复排比句:"什么也没有发生!当她把头靠在拉姆齐夫人膝上时,什么也没发生。"(伍尔夫,2008)多么强调着重的意识,但后世却昏庸到熟视无睹。

在伍尔夫的笔下,爱人之间的肉体欲望多为宁静,似乎是在她推崇的"静"之意境中,方有了那种水乳交融。夫妻间,当拉姆齐偶尔从书本中抬起头"瞧着"自己的夫人"看书。她看上去非常安详,正在专心阅读。想到大家都离开了,只剩下他们俩在一起,他很高兴。他想,生活的完整意义,并不在于床笫之欢……"(伍尔夫,2008)而在同性之间,莉丽对拉姆齐夫人的依恋远远不及孩子们对母亲的依恋,甚至都不及年轻的保罗对拉姆齐夫人的崇拜和信赖。也就是说,对世俗的肉体运动习惯,伍尔夫的思想及叙事有意背道而驰。采取的方式犹如拉斐尔艺术中追求的那种静谧,而非普鲁斯绘画中肉体的颤抖和热烈。但是静谧之中思想的涌动,却是伍尔夫欲企及的高度。将头靠在拉姆齐夫人腿上的莉丽,静止的画面上涌动的是思想的潜流,在探讨爱情,还有知识和智慧。

拉姆齐夫人只不过是叙事策略中的一个枢纽,作为三角图形的核心制高点;而拉姆齐与莉丽,异性与同性之间的关系角逐,仅是构成三角关系的动态可能。在拉姆齐夫妇之间,天平或高或下的运动,没有价值判断,双方都心甘情愿,可谓顺向运动。拉姆齐先生的性格刻画是在铺展夫人的描绘中表露的,这个在朋友班纳斯眼里该有卓越才华和成就的男人,因为爱情和婚姻滞步了,但拉姆齐先生自己的认识及叙事者的洞察中却是"他看见他前面的篱笆一次又一次围绕着他脚步的停留而旋转,象征着某种结论;他看见他的妻子和孩子;他重新看到那些经常点缀他思想进程的、插着蔓延开去的红色天竺葵的石瓮,在天竺葵的叶瓣之间,书写着——"(伍尔夫,2008)这个只能抵达 Q 级别顶多会再往 R 进军的头颅,尽管会为不能攀上 Z 而感到失败挫伤,但"篱笆"已然成为他生命的部分,且构成他的写作和阅读。

在拉姆齐人物符号的塑造上,可以看出托尔斯泰对伍尔夫的影响,某种幸福感受伴随其中的幻灭意识。拉姆齐需要被捧,暴怒常常让夫人惊恐,不知"谁又闯祸了"。但也只有拉姆齐夫人懂得这颗智慧头脑在"思想领域中"无比"勇敢",却在"生活领域中如此懦弱"(伍尔夫,2008)。这是叙事者赋予拉姆齐人物自身的张力,在幸福和挫败中跌宕。每个生命其实都有这样的内在运动,在期望攀上 Z 之巅峰中,往往会中途遇到挫折,结果"从日常生活的琐事中去寻求安慰",却又无法摆脱对自己的谴责:"似乎被人发现他在一个悲惨的世界中过着幸福生活,对一位光明磊落的男子汉来说,这是一种可耻的罪恶。"(伍尔夫,2008)这种托尔斯泰式的罪恶感,似乎是男性喜好比较判断"庄严的主题"与"渺小"琐事的天性使然。相对拉姆齐先生因外在评判而产生的内在自我的挣扎,拉姆齐夫人却只有内在心灵的需求,而且是以对外在不无"讽刺意味"的蔑视表露出来的。女性符号不同于男性之处就在于她深刻地意识到某种形而上色彩的孤独,"拉姆齐夫人经常觉得,一个人为了使自己从孤独寂寞之中解脱出来,总是要勉强抓住某种琐碎的事物,某种声音,某种景象"(伍尔夫,2008)。

这是一对差异性非常明显的夫妻,正是因为彼此外在符号性的距离,使得他们之间的爱情和彼此交融更加神奇。当将他们各自内心独白呈现观照时,方有三角形的另一支点莉丽旁观洞察之音:"精巧微妙地纠结在大脑的错综复杂的通道中的思想",能够像"水倾入壶中"那样"结合一致吗?或者,人的心灵能够如此结合吗?"(伍尔夫,2008)莉丽与拉姆齐先生之间的运动是逆向运动,在洞察拉姆齐夫妇异性婚姻之中,审视爱情,方提出同性之情的可能。但叙事者使用的依旧是问号,自问:"和拉姆齐夫人结为一体吗?"理由来自当男性无限张扬其知识性时,女性同性间获得同盟,即"渴望的不是知识,而是和谐一致;不是刻在石碑上的铭文,不是可以用男子所能理解的任何语言来书写的东西,而是亲密无间的感情本身"(伍尔夫,2008)。

叙事者让莉丽符号不只是作为拉姆齐夫人符号的互补,还有其同一性;叙事者让总在丈夫面前心甘情愿放弃自我的拉姆齐夫人拒绝直白地表达感情。"她只会说:他的外套没粘上面包屑吗?有什么她可以为他做的事情吗?"就是不说"爱",以至于"他称她是没心肝的女人",她还是坚持不说。但是当她对着他瞧,"她瞧着他,开始微笑,虽然她一句话也不说,他知道,他当然知道,她爱他"(伍尔夫,2008)。

伍尔夫喜好将叙事和阅读互文性操作，甚至人物符号之间，包括自己与自己，都在阅读审视中。但是，阅读理解却不能依靠表面上的语言，而需要心灵沟通。在莉丽的阅读里，拉姆齐夫人的"心灵密室中，像帝王陵墓中的宝藏一样，树立着记载了神圣铭文的石碑，如果谁能把这铭文念出来，他就会懂得一切，但这神秘的文字永远不会公开地传授，永远不会公之于世"（伍尔夫，2008）。在莉丽的解读里，"知识和智慧"就藏在拉姆齐夫人心中，尽管她搞不清楚这是"学问"，还是"美丽的谎言"。——"为了把一个人的全部理解力在寻求真理的途中羁绊在金色的网兜里？"（伍尔夫，2008）

叙事者隐而不显的答案却是在拉姆齐夫妇的情感关系中，至少这不是一个等边三角形，莉丽与拉姆齐夫人同性间距远远短于他们夫妇之间，既是认同，更是情感绵延。于是这三角形支点的分量亦各有倾斜，就好比平面难以支撑的三个支点，在多方引力的牵扯中，于是就呈现了立体多层的变幻空间。

拉姆齐的"求实"和知识，在他的妻子心目中"深深地激起仰慕、同情和感激之情，就像插进海底的一根航标，海鸥在它上面栖息，浪花拍打着它，它孤单地屹立在浪潮之中履行它的职责，标明了航道，在满载旅客的欢乐的航船中，激起一种感激之情"（伍尔夫，2008）。这是拉姆齐自己理解的夫妻关系。在他的眼里，他对妻子的阅读，从来都认为美若惊鸿。这美还包含着她对"知识"的理解，在拉姆齐夫人的认识里，"男性的智慧就像织布机上的铁桁一般，上下摆动、左右穿梭，织出了晃动不已的布匹，托起了整个世界，因此，她可以完全放心地把自己交托给它，甚至可以闭上眼睛，或者让她的目光闪烁片刻，就像一个孩子从枕头上仰望树上的层层叶片，对它们眨眨眼睛"。拉姆齐夫人甘愿让"男性的智慧所编织出来的东西衬托住、支撑住她的身躯"（伍尔夫，2008）。

似乎窗明几净，叙事者暗添凝香，在拉姆齐欣赏夫人之美时，拉姆齐夫人明镜般清晰。丈夫也许会认为他的妻子难以理解诗，"他夸大了她的淳朴无知，因为他喜欢认为她并不聪明，也不精通书本知识"。只要她永远"美"下去就好了。

伍尔夫在小说文本里使用的是曲笔通幽，不去直抒胸臆地批驳男权，而是以叙事策略来隐喻。拉姆齐夫人仅凭自然感受像沉睡中梦游那样进入诗歌，她潜水进入，其实就为了与丈夫沟通。当晚餐之后，她放弃与孩子们去海边，压抑住自己的渴望，直追丈夫走进房间，先是"拿起袜子，开始编织"（伍尔夫，2008）。她"到这里来"唯一想要的，她的需求，在晚餐圆满到瞬间就成为过去时，她想要她丈夫开口对她说一句话，可他正沉湎在司各特的阅读中。就在对丈夫阅读的阅读中，"她把袜子猛然拉直，在她的唇边和额际，那些像用钢刀雕镂出来的优美线条显露了出来，她像一棵树一般静止了，那棵树刚才还在风中颤动、摇曳，现在风小了，树叶一片一片地静止下来"。

编织与袜子，是伍尔夫构设她笔下女性人物的特殊意象。一如莉丽感受到的超越石碑上的文字，图案空灵，配置"唇边和额际"雕镂的"优美线条"来呼应，再以树的动静喻示的情绪波澜相组合，人生的丰富、跨时空锻造的繁复意义，就好似空镜头的分割和叠层，就这样让拉姆齐夫人明晓谁更伟大这都没什么关系，"她对他有充分的信心"（伍尔夫，2008），似乎这就足够了，让她不得不"闭上眼睛"去体会。于是在她"一边结着绒线，一边在心中"就"思忖"起"月季花儿都已盛开，蜜蜂嗡嗡飞舞在花丛里"的诗句，这餐桌上丈夫与宾客朗诵的诗句，就这样在宁静的感受中"流过"拉姆齐夫人的脑海，"每一个字就像一盏有罩的小灯，红的，蓝的，黄的，在她黑暗的脑海中闪亮，似乎连它们的灯杆儿也留在上面"（伍尔夫，2008）。

叙事者将一个家庭主妇在追随丈夫思维渴望与其同步时，隐喻为了一个初学潜水的探险者，当她"把钢针插进袜子"，停下编织专心"吟诵"时，仿佛跌宕在深海中，"觉得自己忽而往后退下，忽而往上攀登，用手拨开在她头顶上波动的花瓣，开路前进"（伍尔夫，2008）。尽管她起初只能明白花瓣的颜色，还不能抵达诗句，但在这阅读的行为中与丈夫的阅读同步了；尽管他依旧无话可说，但她领悟并接收到他阅读中传递过来的信息，那就是"如果思想的进展过程就像字母从 A 到 Z 那样循序渐进的话"，那曾经让他烦恼和失败的情绪就在阅读中消失了，他和她一样尽管没有沟通，但共同认识到了"谁达到 Z 是无关紧要的"，"总有人会达到这个水平——如果不是他，那就是别人"。何为羁绊和自由？叙事者通过阅读的吟诵，巧妙无比地将自由的鸽子放飞天空，而拉姆齐夫人"正在朝着那树巅、那顶峰攀登"。在"心满意足""宁静安详"中,"她觉得她的心灵被打扫过了,被净化了"。于是就这样"从生活中提炼出"精髓,拉姆齐夫人就"完整地把握住了——这首十四行诗"(伍尔夫,2008)。

伍尔夫的女性意识是明显的,拉姆齐夫人的被动性昭然若揭。就在她沉入阅读的同时,叙事者依旧要她睡眼"惺忪","似乎在说,如果他要她醒来,她就愿意醒来,她真的愿意,否则的话,她还想睡觉,她要再睡一会儿,哪怕是一会儿也好,行吗?"(伍尔夫,2008)一个女人的阅读,带着如此的请求,是伍尔夫在理论中不能容忍的。当以小说人物夸张性地突出过分的卑微时,就不只是自嘲和自讽,更隐含着某种女性生命必须具有的坚韧。只懂得女性的外在美而不信任她懂阅读的丈夫——拉姆齐先生,在文本这唯一给予夫妻共同的阅读时刻,不仅没能真的领悟同步的意义,甚至都没能抵达妻子在诗歌中攀缘的高度和潜入的深度——"好像仍是冬天/你已飘然而去/我与这些幻影一块儿嬉戏/犹如我和你的倩影一起徘徊"(伍尔夫,2008)。

一个男人对自己所爱的女人的理解,叙事者始终含蓄地将笔滞留在镜子的反射层面。就好比叙事方法,只是像镜子似的反映生活之技是伍尔夫强调小说家应当超越的。拉姆齐先生在丧失夫人之后,镜子"被打破了"之后,尽管孤寂绝望,连男人为志业的"沉思冥想"都成了"不堪忍受的了",但始终没能穿透镜身或者说超越潜入意识源流的灵魂。似乎这个男人失去的只是"镜子本身"——"不过是更加崇高的力量在它下面沉睡之时,在寂静中形成的一层表面化的玻璃质而已"(伍尔夫,2008)。当这个男人故技重演向莉丽乞求同情时,就像穿衣需求镜照。而不同的是,莉丽对拉姆齐夫人的追念,却远远超过拉姆齐先生,叙事者给予重笔渲染。

拉姆齐夫人活着时构成的三角形,同性间只是一短边距,夫妻间是长线;而叙事落到追忆之笔时,因为情感的内在性,同性莉丽的思念绵延,而拉姆齐先生却依旧干巴巴。叙事三角图形变形组合的复杂及阴翳,常常是让批评界在理解伍尔夫文本和思想时走向歧义的原因之一,就好比小孩玩变形积木,稍不留神即错认颜标。特别是莉丽使用的是女性身体感悟语言,当深究"生和死"时,她的追忆浸染肉体的感觉,甚至明确"空虚"不是"心灵在感觉"而是"肉体",是曾经被拉姆齐夫人坐过而如今空落了的台阶、"椅套的褶边"、"蹒跚"的小狗、"花园里起伏的声浪和低语",以及思念的魔掌、呼唤而不能再得的失落,造成揪心之痛。这份肉体深深感受的痛,还无法用语言来表述,就好比欲求靶心,"言辞却向旁边飘逸"(伍尔夫,2008),任何向死者祈求复活的希望,都会在绝望中渐渐剥蚀,最后不得不放弃希望。

人"怎能用言辞来表达肉体的感情,来表达那儿的一片空虚呢"?如果你的领悟只到"肉体"的字面意义,势必误读伍尔夫要强调的那种痛如锥心的感觉。这痛事实上远远超越肉体本身。拉姆齐夫人无论是生还是死,在莉丽的疼痛里,"就像精致的曲线和图案花饰,围绕着一个完全空虚的中心"。叙事者说,"她本是那空虚的幽灵",而女性与男性最大的差别,就像莉丽与拉姆齐先生在思念中的差异,后者只追求或者说仅仅理解到"有"的物质性,而女性却能因生命本体的感悟触及灵魂,体会那种超越物质的"无"——"幽灵、空气、虚无,这是一种你在白天或夜晚任何时候都可以轻易地、安全地玩弄于股掌之间的东西"(伍尔夫,2008)。生之重,透过死,不能承受之"轻"升华了。

远远不只以莉丽结构三角叙事图,拉姆齐一家,夫妇与孩子就是复杂的多边形。正像莉丽遥望小船感受到那"船旁边的倩影"(伍尔夫,2008),当拉姆齐与孩子们终于驶向灯塔时,驾鹤仙去的拉姆齐夫人在叙事中始终幻影缭绕。她本是多边形的主要躯干,而今虽然虚幻如气,却是多边图形求解的必不可少之在。就好比是一道难解的立体几何题,必须作一条虚线,有了它的存在,即使是无中之有,也能使得无论是边长还是角度,皆在关系对应中迎刃而解。

先说由虚线联络起关于女儿凯姆的部分。符号凯姆在小说第一部分出现过刹那,在拉姆齐夫人给詹姆斯读童话时,受比目鱼的吸引,凯姆曾有探头的闪现,好像摇镜头不经意捕捉的一个笑脸,似乎没有意义,甚至读者也难以明白为什么叙事者要有这样一个闪现。在《渔夫的故事》讲到老太婆要渔夫去找比目鱼,因为她要当国王,这时插进了凯姆的闪现,于是拉姆齐夫人说:"要么进来,要么出去,凯姆。"(伍尔夫,2008)似乎只是为了交代拉姆齐夫人与儿子詹姆斯"志趣相投,他们在一起融洽而愉快"(伍尔夫,2008),不愿意有他人打扰。事实上,拉姆齐夫人了解自己女儿凯姆的性情，吸引她的目标不能持久，她很快"就会和往常一样坐立不安"（伍尔夫，2008）。对凯姆的界定，既呼应着《渔夫的故事》中需求与满足的无常，更像一个围棋高手，在布阵开局不久，就将一颗棋子放在了棋盘边角处，此举看似不起眼，让人都感觉不到这一手棋有何意义，直到阵势铺张繁衍，渐渐脉络走向了这颗布阵之棋，方明晰了这不起眼而孤零零的棋子之功效。凯姆就是这样在驶往灯塔的小船上，犹如那颗围棋棋子显现出功效。她成为父亲拉姆齐和弟弟詹姆斯间的关键支点，两位男士都从她身上将本来虚无的"倩影"——曾经拉姆齐夫人的影像现实化起来。但是，两位男士从凯姆的身上感受到的都是拉姆齐夫人的弱点，就像一个没得到优生学厚爱的孩子，遗传到的基因弱质重重。别有用心的叙事者，事实上正是让这份"弱"来折射男性或许是他们本质性的东西。因为，凯姆与拉姆齐夫人不同，那句简短的插语"要么进来，要么出去"，就是要否决掉女儿的犹豫不决。如果说拉姆齐夫人曾经作为镜子长期以来衬托男性翻倍高大，那么另一种棱镜，没准就将要求照耀的形象夸张变形且矮小了呢。符号凯姆就起到这样一个哈哈镜作用。

应该说，凯姆对父亲的感情里夹杂着伍尔夫自己对父亲的崇拜，她的知识素养自幼来自父亲的培育和熏陶。所以，凯姆是真正需要且在书本知识上获得父亲帮助之人，不同于拉姆齐夫人，只因为丈夫喜欢保护她的感觉，而心甘情愿只为满足他。捧着书的凯姆，正是小径中自学的伍尔夫，父亲和"老先生"书柜间的通道是她蹒跚学步之径，"如果它在这两位抽着烟、剪着《泰晤士报》的老先生中间能够通过，那么它就是正确无误的了"。此处的"它"，也许正是伍尔夫蹒跚起步的思想足迹，只有在父亲书房里，凯姆"可以把你所想到的不论什么东西，像一片泡在水里的树叶一般铺展开来"（伍尔夫，2008）。尽管凯姆喜欢父亲的阅读，一如拉姆齐夫人阅读丈夫的阅读之姿，但凯姆的"瞅着"却不具有拉姆齐夫人对丈夫的坚信不移，凯姆始终想用就"瞧他一眼吧，现在瞧瞧他吧"来说服詹姆斯及自己，可是，那镜子反射出的形象始终现实无比。不知道父亲读的书是什么内容，却知道这本他不离身、书角都弄卷了的小书后的"衬页上，他记下了他曾为晚餐花了十五个法郎，买酒花了多少，给服务员消费花了多少，所有这一切，在那一页的下角都整整齐齐加在一起"

（伍尔夫，2008）。

拉姆齐夫人可以把丈夫反射高大且诗兴洋溢，常常将像"修理屋顶费用"这样的现实哽在喉咙，不肯吐出。就像她的镜面是打磨抛光了的，不准任何凹凸不平发生，方使得那照耀的男性光辉只有灿烂。但是，作为下一代的凯姆，伴随战争成长，人生如漂泊大海中的扁舟，每个生命都似一个孤岛，虽凹陷不平，暗流涌动，却也当在宇宙中有一席之地，这就是幸存者唯有的希望。正是因为现实充满了"灭亡"，因为"各自孤独的灭亡"（伍尔夫，2008），才会让信任摇摆不定，时时警惕安全。凯姆就是这样面对父亲——既有"瞧"他阅读时的安全感，又有他吟诵时的"灭亡"之念，让她惶惑迷茫，以至于父亲和詹姆斯约定若是比喻为门内门外时，她始终决断不了是进还是出。这在孩童时就被母亲看出的犹疑不决，却被父亲笼统地归类为了女性脑袋的"糊涂"，甚至认为这是母亲的遗传，是女性"异乎寻常的魅力的一部分"（伍尔夫，2008）。叙事者就这样，通过母女两代女性对男性的折射，用不着任何评判和争执，就水到渠成，暗含讥讽地道出"糊涂"的真实意涵。

再看虚线分割出关于儿子詹姆斯的图形部分。似乎男权意识对女性的伤害远远不及对男性本身的伤害，特别是当这样的伤害过早地降临给了男童。灯塔，对六岁时的詹姆斯来说，"是一座银灰色的、神秘的宝塔，长着一只黄色的眼睛，到了黄昏时分，那眼睛就突然温柔地睁开"（伍尔夫，2008）。那个时候，就是这个叫"父亲"的一遍遍说道："会下雨的。明天你不能到灯塔去。"（伍尔夫，2008）也许这个说法本身只是像天气预报那样机械客观，但叙事者将"到灯塔去"作为一个梦幻旅程，一个追梦的象征，使得否决就成了暴力的代名词。当詹姆斯渐渐向男子汉靠拢时，在面对"远方"好似"一片非常荒凉而单调的荒原"时，在人生必须经历的"上面是积雪，底下是岩石"的征途时，詹姆斯会惊讶地感觉到"在那片荒原上，只有两队足迹——他自己的和他父亲的。只有他们俩互相了解"（伍尔夫，2008）。

俄狄浦斯情结是寓言，更是宿命，不同于女性间的情感，男性之间的主体建构总伴随着恐惧和仇恨。伍尔夫使用了索福克勒斯追根溯源式的叙事追问，结果詹姆斯"拨开了遮蔽他目光的往昔岁月的层层叶瓣，窥探那座树林的心脏地带,在那儿,光和影互相交替,扭曲了万物的形态,一会儿阳光令人目眩,一会儿阴影遮蔽了视线"。只见叙事者旁敲侧击到一个"慌乱摸索"中的男性,以及他成长途中的情感创伤。叙事者要大家设想,詹姆斯就像一个"软弱无能的孩子,坐在摇篮里或大人的膝盖上,看见一辆马车在无意之中碾碎了什么人的脚。假定起先他看见那只脚在草丛中,光洁而完整;然后他看到那车轮碾过;随后他又看见那只脚鲜血淋漓,被压得粉碎。但是,那车轮可不是故意伤人"。虽然"脚"的意象让人联想到婴儿期的俄狄浦斯被父亲钉住的双脚后跟,但伍尔夫用小说的形象语言阐述了毁脚的寓意,就像斩断梦的翅膀一样。超越索福克勒斯及后来心理学理论关于弑父娶母之讨论,恰是伍尔夫强烈的女性意识。叙事之意不在揭示詹姆斯的心理状态,而是要谴责那"碾过"的行为,即使是男权的集体无意识,就好比那不是故意伤人的车轮。所以,那只被碾的"脚"是无指代的游移意符,正如男权造成的伤害,不是一次性的,而是不停反复、代代更替的。

当"到灯塔去"成为一个心灵伤疤后,父亲再要求他们必须去灯塔,已然构成对揭开伤疤的再度伤害。因此,在詹姆斯的感受里,当一大早,"他的父亲穿过走廊来敲门唤他们起床,叫他们到灯塔去,那车轮就碾过了他的脚,碾过了凯姆的脚,碾过了大家的脚。你只能坐在那儿眼巴巴地瞧着它"(伍尔夫,2008)。在凯姆"瞧着"父亲"翻过一页又一页"的阅读中,感受到"他披荆斩棘地笔直前进"的同时,詹姆斯只"瞧着"那只被碾碎的"脚",感受到的是记忆里某个宁静美丽的花园中,"精美纤细,光线能使它飘起,声音能使它皱缩"如心之叶瓣的"纱幕"下,"一个人影儿,她弯下腰来,屏息谛听,走进过来,再走开去"。大家无不清楚,詹姆斯"听见衣裾窸窣、项链叮咚的轻微响声"来自他对母亲的记忆,她是唯一一个可以推心置腹说"真话的人"。在詹姆斯眼里母亲的"真实"是"她对他持久不衰的吸引力的源泉",可是这份对母亲的追忆,却总让詹姆斯感受到被父亲监视而使其"颤抖""犹豫"。正是"在那个幸福的世界里",有像"刀刃"一样的"尖锐锋利的东西"在他童年的头顶"逗留"降落,"把他笼罩在阴影之中",而且"不肯走开,它在空中耀武扬威",似弯刀,"在叶瓣和花丛中砍伐,使百花枯萎、枝叶凋零"（伍尔夫，2008）。这就是詹姆斯仇恨父亲的理由，灯塔作为象征，由温暖丰富跌落进冰冷僵硬。

拽着凯姆建立反抗父亲的同盟，几乎是叙事者为詹姆斯设置的一个陷阱、一个佐证。之所以他目不转睛地掌舵，是因为"他没有力气动弹，没有力气来轻轻地拂去一颗接着一颗落在他心头的这些悲哀的微尘。好像有一根绳索把他捆在那儿，他的父亲把它打了一个结"（伍尔夫，2008）。詹姆斯寓言般地自幼小时就与父亲产生了对峙，却又随着成长宿命性地跌进了男性共同体中。与凯姆与母亲两代女性的异同一样，叙事者暗示，詹姆斯与父亲，亦是异中有同。遗传学的悲哀在于那"同"的依旧是男性意识的弱质。上一代，像拉姆齐，毕竟还有勇往直前近于史诗的抒情和昂扬；而下一代却更多是裹足不前的犹疑，是心理痼疾。就像伍尔夫对18、19世纪的小说极端推崇一样，叙事者对经过大战之后的下一代的语气里，有更多的忧伤和不安。

从詹姆斯的眼里看凯姆——"悲哀、阴沉"，叙事者接着对这个论断使用了一个似是而非的插话比喻，似乎是要帮助詹姆斯理解这"悲哀、阴沉"——好比"会出现这样的情况：当一朵乌云飘落在一片绿色的山坡上，出现了一种严重的气氛，四周的群山之间弥漫着一片阴暗和忧伤，似乎那些山峦必须认真考虑那个被乌云笼罩在阴影中的山坡的命运，或者寄予同情，或者幸灾乐祸"（伍尔夫，2008）。这个将凯姆想象为"被乌云笼罩"的比喻，之所以不用詹姆斯的直接联想，而采取叙事者的旁敲侧击，似乎在提供某种信息：下一代之间存在的障碍，人与人间孤独的决绝。詹姆斯忐忑不安，当"注意"眼前的凯姆时，"她的手指浸在海中玩水，她呆呆地望着海岸，什么也不说"时，詹姆斯感受到凯姆与"母亲不一样"——"不，她不会屈服的"。但是现实与记忆总是拉扯分割着詹姆斯，于是从凯姆某种一拂而过的"表情"，那种"在他记忆之中熟悉的表情"，顿时就会让詹姆斯怒不可遏地感受到"她会屈服的"。就像曾经他身边的某人——"她们会垂首俯视她们正在编织的绒线，或者什么别的东西；然后她们会突然抬头仰望；一道蓝光闪过——"（伍尔夫，2008）他想起了母亲的笑，母亲的屈服。通过詹姆斯来观察女性共同体，叙事者巧妙地利用了女性的"手中有物"与无物的手指尽情"泡在海水里"进行了暗喻比照。凯姆与母亲一样,在男性争斗的世界里困惑不已,但面对自然情景,"凝视大海""眺望岛屿""观察波涛""感受海鸥"时,如同母亲贴近自然一样,处于生理上的半睡半醒状态(伍尔夫,2008);但与上一代不同的是,幻灭感更加深重。

伍尔夫对心理小说实验非常感兴趣。在批评中,她很早就认识到心理感受的呈现需要客观参照物,一如后来拉康发现的在镜像关系中人的主体建构。伍尔夫更强调"心灵决不能满足于被动地容纳一个又一个感觉,必须赋予这丰富的感觉以一定的形态"。故此,她非常欣赏亨利·詹姆斯的"没有物质疆界"的叙事世界,认为这样的叙事方式,能使"每一个事物都被思想的光芒穿透"。[1] 可以说,"灯塔"这个文本核心象征意象就是如此一个可以通过"光芒"穿透的"物质",一个能够赋予"丰富"感觉的"形态"。而通过对"到灯塔去"的态度折射出人物心理的差异,且构成人物之间特别是两代之隔犹如镜像的结构分析。

关于"去"的肯定与否定及此行为的失败与成功,构成整个故事的脉络。当六岁的詹姆斯向往"去"时,"灯塔"是一个刚刚起步产生梦想的意念,非物质性的,父亲的否决给孩子的打击恰恰是因为拉姆齐客观现实物质化的品性,这是父子两人根本的差异。既然"到灯塔去"是一个需要实现的行为,那么在客观条件允许的状况下就去实现好了。如果一定要把灯塔与心灵挂钩,最多只不过是亡故妻子的一个心愿,她曾经希望能带孩子去灯塔,而且要带上探看守灯塔者的慰问。这些拉姆齐先生都做到了,虽然带的是"南希马马虎虎给他们扎起来的棕色大纸包"(伍尔夫,2008)。这个礼物纸包还不如包裹干粮的纸包更让拉姆齐先生熟悉,至少叙事者没能在拉姆齐先生的需求中知晓礼物是什么,使得读者也就恍然不知拉姆齐先生读饱了书吃饱了面包奶酪之后整理行装将棕色纸包放在膝上的内容。只是记忆会以和弦的形式隐隐奏出,曾经拉姆齐夫人使劲赶织为送给那守灯塔者患腿疾孩子的袜子。就像旋律中总会夹杂着打击乐的合成组装,叙事者非常诡异地交代过,拉姆齐先生在出发去灯塔前,走向莉

---

[1] [英]弗吉尼亚·伍尔夫:《论心理小说家》,载《论小说与小说家》,瞿世镜译,上海译文出版社,2009,第268、269页。

丽，渴求同情，而让莉丽事后无比羞愧的是"当他展示他流血的手、刺伤的心，并请求她的怜悯时"，当一个人恳求你安慰他的灵魂时，莉丽却惊叹道："多漂亮的皮鞋！"甚至都想象，"这两只鞋会自动地走到他的房间里去，即使拉姆齐先生不在场，它们也会表现出他的悲怆、乖戾、暴躁、风度"（伍尔夫，2008）。伍尔夫何等卓越地让"物质"出其不意地烙上灵魂的烙印！

当"灯塔"与梦相连，詹姆斯感受到的是"脚"被碾碎，因为"去"的行为携带心灵；而当"去"凭"鞋"即可抵达时，要一双"一流"的鞋至关重要，得用"最好的皮革"制造，然后就是"扎牢"一个"永不松散的结"（伍尔夫，2008）。把灯塔作为意念，詹姆斯与母亲相仿，更追求的是伍尔夫一再强调的内在心灵而不是外在世界；但父亲在詹姆斯的梦与现实间，"扎牢"了一个"结"，使得他不能逃避地必须近距离真实地面对"光秃秃的石礁上的一座荒凉的孤塔"。就像梦破人生，远距离幻想的许多色彩，最后"不过如此而已"（伍尔夫，2008）。

值得玩味的是伍尔夫的叙事实验，她让想象力"飞奔急驰"，以"弥合"人与人间，像"爱"与"恨"这样的极端词语之间的"距离"。像她在批评中分析普鲁斯特的叙事——"每一件证据都放到读者的眼前，心灵的任何一种状态都建立在这些证据之上"。无论是詹姆斯还是凯姆，抑或他们拟定的反抗暴君的同盟，就在证据面前，把父亲——"缓慢地、逐渐地、完全地把那个被观察的对象包围拢来"。[①] 结果，詹姆斯看到了父亲"就像躺在沙滩上的古老岩石"，生发两颗心灵背后对共同体的感受——"万物之真谛的那种寂寞感"的"有形躯体"（伍尔夫，2008）。这是人类在物质世界里挣扎跌宕的共同"悲怆"，一个在无助的人生旅途上全神贯注系着鞋带的形象。只有他，方懂得——"根本没有上帝！"（伍尔夫，2008）

异教徒的体验来自伍尔夫父亲的亲身经历，恰似凯姆眼中的拉姆齐先生。凯姆与拉姆齐夫人不同的是，灯塔并不是她的终极意义，她更愿意在

---

① 〔英〕弗吉尼亚·伍尔夫：《论心理小说家》，载《论小说与小说家》，瞿世镜译，上海译文出版社，2009，第271、274、275页。

海上去眺望自己居住的岛屿，飞速的航行让她兴奋的恰是"好像他们在同时干着两件事；他们在阳光下吃着午餐；他们又在一艘大船沉没之后驾着小舟在暴风雨中挣扎"（伍尔夫，2008）。这份瞩目父亲且心理上依赖父亲的保护最后穿越危难获得的安全感，正是伍尔夫通过想象穿透现实的叙事精髓，亦是文本最后莉丽通过像"年迈的异教神祇"一般的诗人卡迈克尔体会到的——"一只紫罗兰和常春藤编成的花环从高处落下，它慢慢地飘荡，最后终于坠落到地面"（伍尔夫，2008）。

人们常常混淆"现实"与"生活"，多数将"现实"与"生活"并列同构为一词，但是又常常有不安分守己的灵魂，在生活中总要探寻意义和人生的目的，这就使得现实生活表面上似乎是一个词，但内在总是裂痕满布。人与人间、心灵与心灵间，更不要说男人和女人不同性别及不同身份、阶级乃至宗族之间，"现实"与"生活"总是游移变形，不在一个平面，总是奇幻为立体诡异。伍尔夫似乎一直在努力实践，想找到一个平衡点，就像通过某种技能某种方法，将分割的空间弥合，使变异的形体趋向和谐。

无论是上文分析的三角形还是多边形，就像莉丽作为拉姆齐夫妇局外的观察者，这个三角的分歧点，最终与拉姆齐夫妇在悲悯中达到和谐。而凯姆与詹姆斯的联盟与父亲暴君的想象性对峙，在叙事的缓缓行进中皆化为乌有。就好比小船的行驶，不是飞刀裁割海面，而是穿越表皮之后，瞬间如海水的弥合，不管浪花的变形如何奇特复杂，多边形的幻象最终好似魔术的隐线悄悄就拆除了，于是刚才还是峻峭斗转棱角突兀的牌型刹那间就在魔术师的高超手中化为了驯良的一线，最后两手一合，万象归一。

伍尔夫的理论并不创造概念，就像"现实主义"这样的概念，在伍尔夫的批评以及叙事实践中，更多是分解为体验来经受。"现实是什么意思？"伍尔夫在批评中如此自问自释。她说："它好像非常无定，非常靠不住的一样东西——一会儿可以在都是尘土的路上找到，一会儿在街上一小块报纸上，一会儿又在阳光下的一朵水仙上。它能使屋里一群人欣然，又能使人记住很随便的一句话。一个人在星光下走回家的时候感到它的压力，它使静默的世界比说话的世界似乎更真实些——可是它又在皮卡底利市声嘈杂中的公共汽车里。有的时候它又在离我们太远的形体里使我们不能看出来它们的性质是什么。可是不论它触到了什么,它就固定了那东西,使它永远存在。那就是在一天的表皮除掉,扔掉以后所剩下来的东西;那就是以往,以及我们的憎爱所剩下来的东西。我认为作家比别人更有机会与现实共同生存。"① 也就是说,当"生活"要追求意义的探寻时,"现实"就成为某种方法。在方法论中的"现实"实质上属于"技艺",就像魔术师的手,想象与叙事并进,"生活"的那副魔术之牌方有企及终极目的的可能。

因此,任何平常之物,伍尔夫都尽量在叙事中利用"想象力"给它某种"有韵律的秩序",就像她安排设计的男人和女人以及情感关系。尽管伍尔夫的思想洞穿女性意识,但在叙事方法上,她否认某种低级局限的性别叙事。她认为若小说家在构想"第一句话"时,只是"想到自己的性别就无救了"。她甚至强调方法论上的雌雄同体——"一个人一定是女人男性或者男人女性"。② 意义只生发在超越中。为此她推崇小说写作该如艾米莉书写《呼啸山庄》那样,"能够把我们赖以识别人们的一切外部标志都撕得粉碎,然后再把一股如此强烈的生命气息灌注到这些不可辨认的透明的幻影中去,使它们超越了现实。那么,她的力量是一切力量中最为罕见的一种。她可以使人生摆脱它所依赖的事实;寥寥数笔,她即可点明一张脸庞的内在精神,因此它不需要借助于躯体;只要她说起荒野沼泽,我们便听到狂风呼啸、雷声隆隆"。③

《到灯塔去》文本建构就是利用了如此叙事方法。八个孩子的家庭,并没有一一叙述每个成员,仅突出与"灯塔"相关者,即与人生意义探寻相缠者。有些是重笔层染,有些却面目不清,只是"寥寥数笔",仅到其精神为止。安德鲁与南希就是这样出现在文本中的。这对姐弟在敏泰与保罗的男女之爱中如狂风骤起,吹皱了情绪的波纹,于是"气恼"地泛生出"安德鲁想到南希竟然也是女的,就觉得很气恼,南希想到安德鲁

---

① 〔英〕弗吉尼亚·伍尔夫:《一间自己的屋子》,王还译,三联书店,1989,第135页。
② 〔英〕弗吉尼亚·伍尔夫:《论心理小说家》,载《论小说与小说家》,瞿世镜译,上海译文出版社,2009,第119、128页。
③ 〔英〕弗吉尼亚·伍尔夫:《论〈简爱〉与〈呼啸山庄〉》,载《论小说与小说家》,瞿世镜译,上海译文出版社,2009,第35页。

竟然是个男的，也很不快"（伍尔夫，2008）。对这个突兀之笔的浪花，有许多阐释空间，但就好比人人都在秩序中，现实中这对姐弟俩只能也只会"整整齐齐穿上鞋，把鞋带的蝴蝶结儿扎得特别紧"。叙事者用一个轻如叹息的虚笔，揭示的不只是情绪的一个浪蝶，还有对幸福永恒的叩问，对祖传的装饰形式的叩问，如同敏泰在爱情幸福倾临的瞬间失落了祖母传代的宝贝"别针"。

在希望与失望的海洋，人，人的生命，只是"无限渺小"的一点。无论是死于战场的安德鲁还是后来马马虎虎包裹礼物去灯塔的南希，意义在变焦中，幸福与灾难毗邻、灾难与幸福相伴，伸缩调控的只是感受，就像一会儿是"大海的广袤"，一会儿又变成"水潭的渺小"（伍尔夫，2008）。感受深渊中的眼睛，变焦调控的技艺，才是叙事要突出的灯塔。

笔者认为，这就是拉姆齐夫人内在生命"严峻"的思索中举起的那只"棕红色的长袜子"。叙事一如她的编织，沉默寂静，疏远淡漠。而想象一如那灯塔"长长"的"光柱"，在人的生命与"无生命的事物：树木、溪流、花朵"融为一体时，编织中就把思绪与心灵的实质"精炼""提纯"。于是，就像伍尔夫理论中要告诉读者的，那个"布朗夫人"就是"赖以生存的灵魂"和"生活本身"，那就是拉姆齐夫人的光芒，那就是灯塔的光芒！

童话、史诗、寓言集合探讨于想象叙事中，正是一个虚构性关联组合。故此，终篇针对伍尔夫之笔，回环往复于开篇童话中论及的帕乌斯托夫斯基以文本叙事来讨论想象理论的策略，分析批评理论与创作实践的双向互动，意在通过想象突破禁忌，穿越时空，企及叙事峰塔，启迪心智。

参考文献

1. 〔德〕H-G. 伽达默尔:《伽达默尔论柏拉图》,余纪元译,光明日报出版社,1992。
2. 〔英〕H. P. 里克曼:《理性的探险——哲学在社会学中的应用》,商务印书馆,2006。
3. 〔英〕J. G. 弗雷泽:《金枝》,徐育新等译,新世界出版社,2006。
4. 〔德〕M. 舍勒:《爱的秩序》,林克等译,三联书店,1995。
5. 〔美〕W. J. T. 米歇尔:《图像理论》,陈永国等译,北京大学出版社,2006。
6. 《20世纪西方宗教哲学文选》,李哲汇译,上海三联书店,1991。
7. 《春秋公羊传注疏》,载《十三经注疏》,中华书局,1980。
8. 〔美〕詹姆斯·费伦等:《当代叙事理论指南》,申丹等译,北京大学出版社,2007。
9. 《鲁迅全集》,人民文学出版社,2005。
10. 《罗念生全集》,上海人民出版社,2007。
11. 〔法〕阿尔贝·加缪:《西绪福斯神话》,郭宏安译,新星出版社,2012。
12. 〔美〕阿瑟·丹图:《叙述与认识》,周建漳译,上海译文出版社,2007。
13. 〔古希腊〕埃斯库罗斯等:《古希腊戏剧选》,罗念生译,人民文学出版社,1998。
14. 〔美〕埃里克·沃格林:《城邦的世界——秩序与历史》卷二,陈周旺译，译林出版社，2008。

15. 〔美〕埃里克·沃格林：《城邦的世界》，陈周旺译，译林出版社，2008。

16. 〔美〕埃里希·弗罗姆：《占有还是生存》，关山译，三联书店，1992。

17. 〔南非〕安德烈·布林克：《小说的语言和叙事：从塞万提斯到卡尔维诺》，汪洪章等译，上海人民出版社，2010。

18. 〔南非〕安德烈·布林克：《小说的语言和叙事》，上海人民出版社，2010。

19. 〔古希腊〕柏拉图：《文艺对话集》，朱光潜译，人民文学出版社，1988。

20. 残雪：《灵魂的城堡：理解卡夫卡》，上海文艺出版社，1999。

21. 陈宏天等：《昭明文选译注》，吉林文史出版社，1988。

22. 〔美〕大卫·宁等：《当代西方修辞学：批评模式与方法》，常昌富等译，中国社会科学出版社，1998。

23. 〔德〕恩斯特·卡西尔：《语言与神话》，于晓等译，三联书店，1988。

24. 〔奥比利〕弗兰茨·卡夫卡：《卡夫卡小说选》，叶廷芳等译，人民文学出版社，1994。

25. 〔德〕弗里德里希·威廉·尼采：《论道德的谱系》，周红译，三联书店，1992。

26. 〔俄〕弗拉基米尔·雅可夫列维奇·普罗普：《故事形态学》，贾放译，中华书局，2006。

27. 〔俄〕弗拉基米尔·雅可夫列维奇·普罗普：《神奇故事的历史根源》，贾放译，中华书局，2006。

28. 〔美〕弗雷德里克·杰姆逊：《后现代主义与文化理论》，北京大学出版社，1997。

29. 〔英〕弗吉尼亚·伍尔夫：《到灯塔去》，瞿世镜译，上海译文出版社，2008。

30. 〔英〕弗吉尼亚·伍尔夫：《论小说与小说家》，瞿世镜译，上海译文出版社，2009。

31. 〔英〕弗吉尼亚·伍尔夫：《一间自己的屋子》，王还译，三联书店，1989。

32. 〔英〕弗兰科·克莫德：《终结的意义：虚构理论研究》，香港牛津大学出版社，1998。

33. 〔德〕格奥尔·威廉·弗里德里希·黑格尔：《美学》第三卷下册，朱光潜译，商务印书馆，1981。

34. 〔匈牙利〕格奥尔格·卢卡奇：《小说理论》，杨恒达编译，（台湾）唐山出版社，1997。

35. 葛晓音：《汉唐文学的嬗变》，北京大学出版社，1990。

36. 顾颉刚：《古史辨》第二册中篇，上海古籍出版社，1982。

37. 〔德〕海德格尔：《论真理的本质——柏拉图的洞喻和〈泰阿泰德〉讲疏》，赵卫国译，华夏出版社，2008。

38. 〔丹麦〕汉斯·克里斯蒂安·安徒生：《安徒生童话故事集》，叶君健译，人民文学出版社，1992，2007年第8次印刷。

39. 〔丹麦〕汉斯·克里斯蒂安·安徒生：《安徒生童话与故事全集》，石琴娥译，译林出版社，1992。

40. 〔丹麦〕汉斯·克里斯蒂安·安徒生：《安徒生文集》，林桦译，人民文学出版社，2005。

41. 〔美〕汉娜·阿伦特：《精神生活·思维》，姜志辉译，江苏教育出版社，2006。

42. 〔古希腊〕赫西俄德：《工作与时日·神谱》，张竹明等译，商务印书馆，2006。

43. 〔美〕华莱士·马丁：《当代叙事学》，伍晓明译，北京大学出版社，1990。

44. 〔哥伦比亚〕加西亚·马尔克斯：《百年孤独》，黄锦炎等译，上海译文出版社，1989。

45. 〔法〕居代·德拉孔波：《赫西俄德：神话之艺》，吴雅凌译，华夏出版社，2004。

46. 〔俄〕康·帕乌斯托夫斯基：《金玫瑰》，戴骢译，上海译文出版社，

2004。

47. 〔波〕莱谢克·柯拉柯夫斯基：《宗教：如果没有上帝》，三联书店，1997。

48. 〔美〕勒内·韦勒克·奥斯汀·沃伦：《文学理论》，刘象愚等译，江苏教育出版社，2005，2006年第二次印刷。

49. 李蹊：《骈文的发生学研究——以人的觉醒为中心之考察》，河北大学出版社，2005。

50. 李学勤主编《周礼注疏》（下），郑玄注，贾公彦疏，北京大学出版社，1999。

51. 李泽厚：《美的历程》，安徽文艺出版社，1994。

52. 〔美〕理查德·沃林：《瓦尔特·本雅明救赎美学》，吴勇立等译，江苏人民出版社，2008。

53. 〔俄〕列夫·舍斯托夫：《舍斯托夫集：悲剧哲学家的旷野呼告》，上海远东出版社，2004。

54. 〔法〕罗兰·巴尔特：《符号学原理》，李幼燕译，三联书店，1988。

55. 〔秘鲁〕马里奥·巴尔加斯·略萨：《酒吧长谈》，孙家孟译，人民文学出版社，2011。

56. 〔秘鲁〕马里奥·巴尔加斯·略萨：《谎言中的真实——巴尔加斯·略萨谈创作》，赵德明译，云南出版社，1997。

57. 〔法〕米歇尔·福柯：《知识考古学》，谢强等译，三联书店，1998。

58. 〔丹麦〕尼尔斯·托马森：《不幸与幸福——克尔凯郭尔镜像》，京不特译，华夏出版社，2004。

59. 〔加〕诺思洛普·弗莱：《神力的语言——"圣经与文学"研究续篇》，吴持哲译，社会科学文献出版社，2004。

60. 彭辂：《诗集自序》，《明文授续》卷36，味芹堂刻本。

61. 〔法〕让-皮埃尔·韦尔南：《神话政治之间》，余中先译，三联书店，2001。

62. 〔法〕让·波德里亚：《象征交换与死亡》，车槿山译，译林出版社，2009。

63. 申小龙：《语文的阐释》，辽宁教育出版社，1991。

64. 〔丹麦〕斯蒂格·德拉戈尔：《在蓝色中旅行——安徒生传》，冯骏译，译林出版社，2004。
65. 〔丹麦〕索伦·克尔凯戈尔：《克尔凯戈尔日记》，上海社会科学院出版社，1992。
66. 〔德〕瓦尔特·本雅明：《德国悲苦剧的起源》，载陈永国等编《本雅明文选》，中国社会科学出版社，1999。
67. 〔德〕瓦尔特·本雅明：《启迪》，张旭东译，香港牛津大学出版社，1998。
68. 汪晖编《文化与公共性》，三联书店，1998。
69. 王逢振等编《西方文论选》，章国锋译，漓江出版社，1991。
70. 〔德〕威廉·狄尔泰：《体验与诗》，胡其鼎译，三联书店，2003。
71. 〔俄〕维·什克洛夫斯基：《散文理论》，刘宗次译，百花洲文艺出版社，1994。
72. 吴小平：《中古五言诗研究》，江苏古籍出版社，1998。
73. 〔美〕希利斯·米勒：《文学死了吗?》，广西师范大学出版社，2007。
74. 〔法〕雅克·德里达：《多义的记忆——为保罗·德曼而作》，蒋梓骅译，中央编译出版社，1999。
75. 〔法〕雅克·德里达：《文学行动》，赵兴国等译，中国社会科学出版社，1998。
76. 杨伯峻：《春秋左传注》，中华书局，1981。
77. 〔俄〕叶·莫·梅列金斯基：《神话的诗学》，魏庆征译，商务印书馆，2009。
78. 叶廷芳编《论卡夫卡》，中国社会科学出版社，1988。
79. 叶维廉：《中国诗学》，三联书店，1992。
80. 〔德〕于尔根·哈贝马斯：《现代性的哲学话语》，曹卫东译，译林出版社，2008。
81. 余虹：《中国文论与西方诗学》，三联书店，1999。
82. 余嘉锡：《世说新语笺疏》，上海古籍出版社，1993。
83. 周振甫：《周振甫讲古代散文》，江苏教育出版社，2005。
84. Aristotle, "The Norton Anthology of World Masterpieces," *Poetics*, vol.

1, 1973.

85. D. Bordwell, *Narration in the Fiction Film*, University of Wisconsin Press, 1985.

86. Georg Lukács, "The novel is the form of the epoch of absolute sinfulness," *The Theory of the Novel*, MIT Press 1971.

87. Julia Kristeva, *Revolution in Poetic Language*, Translated by Margaret Waller, Columbia University Press, 1984.

88. Michel Foucault, *The Order of Things an Archaeology of the Human Sciences*, Vintage Books, 1994.

89. Roland Barthes, *The Pleasure of the Text*, Translated by Richard Miller, Hill and Wang, 1975.

90. *The Cambridge Companion To Kirkegaard*, Edited by Alastair Hannay and Gordon D. Marina, Cambridge University Press, 1998, 三联书店, 2006。

91. The *Kristeva Reader*, Edited by Toril Moi, New York: Columbia University Press, 1986.

92. Vincent B. Leitch, General Editor, *The Norton Anthology of Theory and Criticism*, W. W. Norton & Company, 2001.

93. Virginia Woolf, *The Modern Essay*, 上海世界图书出版公司, 2010。

94. Walter Benjamin, *Illuminations*, Edited by Hannah Arendt, Translated by Harry Zohn, Schocken Books, 1968.

95. Walter Benjamin, *Origin of German Tragic Drama*, Translated by J. Osborne, London: New Left Books, 1977.

后记　豆蓬瓜架雨如丝

人生无常，虽说春日艳阳也不能彻底逃得脱恶风阴霾，但生命总还是要在呼吸中坚持。坚持一份小如丁豆的执着，求一份蓬出世外的仙遇。我这样想，当初蒲松龄要结出一个心灵的"瓜架"淋"雨"境，定有许多不为人知的遭恶遇鬼之痛，于是就幻想出狐仙之善之美。与朴素良善为知己，闲出一派自己的园地。

知堂老人晚年结集共通此境，说是偶然的关系，多了些历程，却讲的也并非"海上老人的离奇故事"，而是一份朴素的心情，他用绍兴方言说是"在讲'造话'了"，品出一份"苦茶"之意境。

我愿意这样来理解自己的这本文稿。年少时无知、好奇心重，知识涉猎范围太广太杂，而且走的路太多，若经常不惧黑暗，就怕遇鬼时。但路总会有尽头，脚步也总有歇息的时刻；无论是心情还是历程，这本书都堪为过渡之作。

周作人曾经被喻从死亡出发，做"歌"，乃为"能够使那爱惜刹那的生命之心得到满足"之故。虽说老人慨叹自己而今"如意"的"改革"也只"不过是这桌上的摆钟砚台墨水的位置，以及歌的行款……原是无可无不可的那些事情罢了"。真的让人深感锥心之痛的事情，苦雨斋老人说："我岂不是连一个指头都不能触它一下么？不但如此，除却对于它们忍从屈服，继续的过那……生活以外，岂不是更没有别的生于此世的方法么？"（见《苦茶·我的工作五》）淡泊如漠的知堂毕竟曾经历过五四风云，也就更感自己"造话"的"木偶"之"玩具"。

并无什么大作为的我，向来仅求栖居简单一枝头的我，从"小人书"

重新起步是自然。知堂喜爱且建树的是"自八岁至八十岁的儿童"都爱读的,我却在这"猴子"已形成,"就差一条尾巴"的后记中依旧不能妄断读者的喜好。但愿意借周作人的提醒——"请八十以内的小孩读了,再去讲给八岁以上的小孩听去吧"(《苦茶·我的工作二》)。

喜好侵凌霸占天下众床的狂妄者,最后其实也只能体占一席。万千世界,无论是主动还是被动,褪尽铅华后,仅剩尘土之初,自然本身。回归原本,追究叙事本源,是我2007年回国之后,在"雨如丝"的季节,掸掸灰尘,收拾心情,倾心结豆,顿寂"瓜架"之为。这一吟,五载驹隙,点滴声漏。三十多万字,去理论之凡俗,求故事之清新。雪泥鸿爪,聊足蔽风雨。纹竹幽山,聊以自娱——正像知堂老人"独向龟山望松柏,夜乌啼上最高枝"。

最后,感谢景德镇学院科研处、景德镇社联的推荐,感谢江西省社科联的资助。感谢《南方文坛》《南方论丛》《景德镇高专学报》《中国文学研究》等刊物,本书某些篇章曾予以发表,并准予收入本书出版。还要感谢社会科学文献出版社社会政法分社社长王绯及责编周琼女士、单远举先生。

(于瓷都二〇一三年阴雨绵绵早春三月时)

图书在版编目(CIP)数据

想象与叙事：童话·史诗·寓言/张慧敏著.—北京：社会科学文献出版社，2013.12
(江西省哲学社会科学成果文库)
ISBN 978－7－5097－5206－7

Ⅰ.①想… Ⅱ.①张… Ⅲ.①叙事文学－理论研究 Ⅳ.①I0

中国版本图书馆 CIP 数据核字 (2013) 第 248468 号

·江西省哲学社会科学成果文库·

想象与叙事

—— 童话·史诗·寓言

著　者 / 张慧敏

出 版 人 / 谢寿光
出 版 者 / 社会科学文献出版社
地　　址 / 北京市西城区北三环中路甲 29 号院 3 号楼华龙大厦
邮政编码 / 100029

责任部门 / 社会政法分社 (010) 59367156　　责任编辑 / 周　琼　单远举
电子信箱 / shekebu@ssap.cn　　　　　　　　责任校对 / 李若卉
项目统筹 / 王　绯　周　琼　　　　　　　　　责任印制 / 岳　阳
经　　销 / 社会科学文献出版社市场营销中心 (010) 59367081　59367089
读者服务 / 读者服务中心 (010) 59367028

印　　装 / 三河市尚艺印装有限公司
开　　本 / 787mm×1092mm　1/16　　　印　张 / 23.25
版　　次 / 2013 年 12 月第 1 版　　　　字　数 / 361 千字
印　　次 / 2013 年 12 月第 1 次印刷
书　　号 / ISBN 978－7－5097－5206－7
定　　价 / 79.00 元

本书如有破损、缺页、装订错误，请与本社读者服务中心联系更换
▲ 版权所有　翻印必究